한국인을 위한 일본소설 개설

김순전·사희영·박경수 공저

제이앤씨
Publishing Company

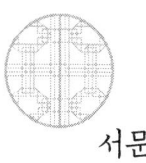

이 책은 '일본문학'의 백미라 할 수 있는 '일본소설日本小說'을 이해하고 감상해 보려는 한국인에게 도움을 주기 위한 개설서이다. 지금까지 한국인에게 '일본소설'은 어렵게만 느껴졌는데, 이에 따라 '일본소설'의 흐름과 특징을 이해하고 작품에 대한 흥미와 관심을 높여 문학과의 거리를 좁히고, 작품을 분석·비평하는 힘을 키워줄 수 있는 '한국인을 위한 일본소설 개설'을 개발하고자 하였다.

'인문학의 위기' 혹은 '인문학의 빈곤'이라 일컬어지는 현재, 세계적인 천재 스티브 잡스Steve Jobs, '소니'나 '마쓰시타'의 창업주들이 자신의 모든 창의력의 바탕이 '인문학'이었음을 밝힌 사실은 시사하는 바가 크다. 이는 과학문명의 홍수 속에서 또 다른 과학문명을 창조하고 새로운 가치를 만들어 가는 우리 삶의 기저에 인간을 위한 그리고 인간이 인간답도록 존재하기 위한 인문학적 사고가 필요함을 의미한 것이라고 생각된다.

이러한 '인문학적 사고思考'의 기둥 중 하나라 할 수 있는 문학은 과거를 살았던 선조 혹은 현재를 살아가는 우리의 모습을 투사하여, 과거 역사 속에서의 삶과 현재의 삶의 모습을 비교 가능함은 물론 시공간의 제약 없이 간접 경험할 수 있도록 한다. 또한 작품 속 수많은 인물들을 통해 자신의 삶을 반추해 보며 스스로를 더욱 성장시키기도 한다. 이는 정치와 사회 그리고 문화를 배경으로 그 안에서 살아가는 인간의 모습을 형상화하여 재생산한 것이 문학이기에 가능한 것이다.

자신이 어떠한 분야에서 활동하든 과거의 문학작품을 접함으로써 그 사람들의 마음속 깊은 곳에서 그들을 만날 수 있고, 그 과정에서 자신을 성찰해 보고, 현재의 삶을 되짚어 보며 미래의 가능성을 열어갈 수 있는 것이 문학의 힘이라고 믿는다. 또 과학이 인간에게 편리를 제공하

4

여 인간이 살아가는 외면을 윤택하게 하는 것이라면, 문학은 인간적인 삶의 올바른 방법을 제시하여 인간의 내면을 풍요롭게 하는 중요한 토양을 배양하는 것이라 할 수 있을 것이다.

이에 한국인에게 '일본소설'을 정리하고 소개하는 것은, 인문학의 자리매김에 벽돌 한 장을 쌓는 일이며, '가깝고도 먼 나라'로 인식하고 있던 일본을 보다 쉽게 이해하는 초석이 되리라 생각한다.

이 책은 '한국인을 위한 일본소설 개설'을 목표로 기존의 문학사와 문학에 대한 이론적 지식만을 서술하는 방식을 지양止揚하고, 작품의 이해를 돕는데 중점을 두었다. 그간 '일본소설' 관련 도서는 시대적 설명이 부족하기도 하였고, 소설의 원문이 게재되어 있지 않아 작품에 대한 밀착이 어려운데다 '스토리'가 없어서 이해와 감상이 충분히 이뤄지지 않았었기 때문에, 이런 점을 보충하려고 노력하였다.

작품의 이해를 돕기 위한 작가와 작품 소개 그리고 짤막하게나마 원문을 제시하여 감상해봄으로써 이후 작품을 선정하고 정독할 수 있는 과정으로 유도하고, 이를 통해 한국인이 일본문학을 향유할 수 있는 '일본소설'을 만들고자 노력한 것이다. 또한 문학연구와 문학비평 그리고 문학교육의 세 영역이 서로 유기적으로 배합된 '일본소설'을 시도하였다.

그리하여 문학에 대한 흥미와 관심을 높이고 문학과의 거리를 좁혀, '문학적 지식'과 '문학적 감수성'을 키워줄 뿐만 아니라, 문학작품을 통한 분석과 비평의 힘을 배양하고, 더 나아가 예술적 감수성의 발달과 자아 정체성을 성장시킬 수 있도록 도와주고자 하였다. 또한 내용에 있어서도 학습자의 흥미도, 작품내용의 난이도 등을 고려하여 작가와 작품을 선정하여 소개함으로써 사회·문화적 관점을 통합적으로 수용할 수 있는 다원적인 시각을 제시하고자 하였다.

이 책의 구성은 크게 1부부터 7부까지, 그리고 〈부록〉으로 구성하였다.

제1부에서는 '문학과 소설의 이해'로, 문학의 기원과 발생 그리고 소설의 구조와 일본소설의 시대적 흐름을 설명함으로써 일본소설의 이해를 돕는 입문과정으로 삼았다.

제2부에서는 '중고소설中古小說'로, 헤이안시대를 배경으로 귀족문화 속에 형성된 산문장르를 소개하였다. 장원莊園을 토대로 한 후지와라藤原 가문의 섭관정치와 궁정을 중심으로, 왕조王朝의 귀족과 여류작가들이 문학을 향유하는 주체로 등장하면서 창작된 모노가타리物語와 설화說話 등을 기술하였다.

제3부에서는 '중세소설中世小說'로, 미나모토노요리토모源賴朝가 가마쿠라鎌倉에 바쿠후幕府를

연 1192년부터 1603년까지의 약 400년간의 소설의 흐름을 정리하였다. 전란을 배경으로 한 군키모노가타리軍記物語, 불교가 신앙으로 대중에게 뿌리 내리면서 일반민중 사이에 읽히는 모노가타리가 성행하면서 설화문학과 연결되어 나타난 오토기조시お伽草子 등과 관련한 내용을 담았다.

제4부 '근세소설近世小說'에서는 도쿠가와 이에야스德川家康가 일본을 통일하고 1603년 에도에 바쿠후(幕府: 막부)를 개설한 이후 15대 쇼군將軍 도쿠가와 요시노부德川慶喜가 1867년 바쿠후 권력을 천황에게 돌려준 약 265년간을 배경으로 이뤄진 소설 흐름을 정리하였다. 바쿠한체제幕藩體制를 토대로 교통망이 정비되고, 화폐 유통경제가 창출되어 도시가 성장하면서 부富를 축적하게 된 조닌町人이 중심이 된 우키요조시浮世草子, 곳케이본滑稽本, 닌조본人情本 등의 소설형태를 서술하였다.

제5부 '근대소설近代小說'에서는 ①메이지明治 초기 계몽기시대(1868~1887), ②메이지 중기·말기 시대(1887~1912), ③다이쇼大正시대(1912~1926), ④쇼와昭和시대(1926~1945)로 나누어, 서양의 근대문명을 받아들여야 한다는 입장을 취한 서양화의 지향과 서구문예사조의 유입 등으로 변화되어가는 소설의 특징을 기술하였다.

제6부 '현대소설現代小說'에서는, 전쟁에 패전한 이후의 일본사회를 배경으로 형성된 소설의 흐름을 정리하였다.

제7부 '한국인 일본어소설韓国人の日本語小說'에서는, ①식민지시기에 창작된 조선인 일본어소설의 작품유형과 ②재일동포 작가들의 문학 활동 및 작품들을 소개하였다.

〈부록 1〉에서는, '日本文学·人名·作品名 事項' 등에 대해, ⓐ한글발음 표기 ⓑ한문·가나 표기 ⓒ'내용(용어)에 대한 설명' 등을 넣고 여기에 일반적인 개설을 덧붙였다.

〈부록 2〉에서는 '日本小說의 시대별 흐름'을 도표로 정리하여 일본문학의 일반을 좀 더 쉽게 이해할 수 있도록 하였다.

이 책이 일본소설을 비롯한 산문문학의 이해를 도울 수 있는 초석이 되기를 바래본다. 아울러 차후 일본문학에 보다 쉽게 접근할 수 있는 길라잡이 역할을 하는 매체로, 작가와 독자가 상호 소통하는 효율적인 자료가 되기를 기대하는 바이다.

또한 일반인에게도 '한국인을 위한 일본소설 개설'을 통해 일본인의 심상에 더욱 가까이 접근하여 일본을 이해하고, 국제적 감각을 높이고 인문학적 소양을 연마하는 기재가 되길 바란다.

6

마지막으로 어려운 출판업계 상황에도 흔쾌히 출판을 허락해 주신 제이앤씨 윤석현 사장님과 직원 여러분을 비롯해, 이 책이 출판되기까지 원고 교정에 수고하신 전남대학교 일본근현대문학연구팀 여러분들께도 감사의 말씀을 드린다.

2015년 6월

김순전·사희영·박경수

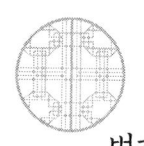

범례

1. 고유명사는 일본어 발음으로 읽는 것을 원칙으로 하였다. 표기법은 국립국어원에서 정한 외래어표기법에 따라 한글로 표기하였고, 초출의 경우는 이해를 돕기 위해 일본 원어 혹은 한글 번역을 병기하였다.

2. 부호는 아래와 같은 의미로 사용하였다.
   • 「　」 : 잡지, 기관지
   • 『　』 : 단행본, 작품명
   • (　) : 원문을 병기하거나 그 밖에 필요할 때
   • 〈　〉 : 기관이나 단체, 사건 전쟁이나 법안, 문학상
   • ≪　≫ : 신문사
   • ' ' : 강조 및 독백

3. 각 부의 흐름은 시대적 흐름에 따라 기술하였으며, 각 부가 끝나는 부분에 몇 개 항목의 '질의응답'란을 배치하여, 각각의 내용을 재확인할 수 있도록 하였다.

4. 본문은 학습자의 이해를 돕기 위해 작가의 약력과 작품의 설명을 기술하였고, 대표작가의 작품은 원문과 번역문을 함께 제시하여 일본어 학습자가 아닌 일반인도 그 내용을 확인할 수 있도록 하였다.

5. 이 책의 마지막에 일본소설을 이해하는 자료로서 일본작가 혹은 소설작품이나 문학개념과 관련된 용어 그리고 소설의 시대별 흐름 등을 〈부록〉으로 제시하였다.

목차

10

제1부 문학과 소설의 이해

제1장

문학의 기원과 발생

광의의 문학(文学, Literature)은 모든 분야를 포함하는 학문을 의미하는데, 근래에는 그 의미가 한정된 문예의 의미로, 시詩·소설小說·설화說話·희곡戲曲·수필隨筆·일기日記·평론評論 등 언어 또는 문자로 표현되는 문장에 의해 예술적 활동이 행해지는 모든 분야의 활동을 포함시키는 것이 일반적이다.

문학의 기원을 예술충동적인 측면에서 살펴보면, 인간이 가진 잉여정력Surplus of Energy이 인간의 유희 본능을 자극하여 예술을 창조한다는 유희충동설(遊戲衝動說, Play-impulse), 인간이 가지고 있는 본래의 모방하려는 본능이 예술을 창조해내는 동력이 된다는 모방충동설(模倣衝動說, Imitative-impulse), 쾌락을 줌으로써 다른 것의 흥미를 끌려는 흡인본능설(吸引本能說, Instinct to Attract others by Pleasing), 그리고 자기를 표현하려는 본능이 예술의 동기가 된다는 자기표현본능설(自己表現本能說, Self-Exhibiting Instinct) 등 네 가지로 나누어진다.[1]

이러한 다양한 설을 근거로 하는 문학은 원시시대 무용이나 음악과 일체되어 나타난 것을 시작으로 점차 무용과 음악이 분리되어 문자로 기록된 문학으로 자리하게 되었고, 또한 각국의 국민성과 문화를 배경으로 시대성을 담은 다양한 장르를 포함한 문학으로 발전하게 되었다.

다양한 문학 발생론이 있지만 일반적으로 문학의 발생과 전개과정을 원초적으로 거슬러 올라가 보면, 원시사회와 유사한 주술적이고 의례적인 신앙 구조 속에 문학의 기원이 있으며, 춤이나 노래, 연극 등을 동반하여 발생하였고, 그것이 역사와 정치와도 뒤섞여서 진행되다가

---

1 村松定孝(1985), 『文学槪論』, 双文社 pp.11~14.

문학으로써 점차 자립해 온 것이라고 생각된다. 일본문학의 발생도 고대의 제례祭禮와 밀접하게 관련되었다고 할 수 있다.

고대의 제사祭祀는 쌀을 중심으로 하는 농경의례가 주체이고, 일본문학의 발생은 이와 같은 농경의례와도 연결되어있다.

특히 문학 중 소설 분야는 19세기에 이르러 산업혁명과 더불어 정치적 개혁이 이루어짐에 따라 크게 진전되었고, 인쇄술과 매스컴의 발달로 인해 대중사회가 형성됨에 따라 다양한 소설들이 출현되어 읽히고 있다.

일본에서 문학이란 용어의 사용은 한학漢学을 의미하는 것으로 『논어論語』에서 "문예文藝"라 칭해지던 것이 근세에 들어서 사서오경을 배우는 경학經学이나 유학儒学을 의미하는 것이었다. 그러나 근대에 들어와 'humanities'의 번역어로 사용되면서 인문학의 의미로 정착되었다.

광의의 문학이 창작의 문학으로 사용된 최초의 경우는 1904년(M 37년)에 니시 아마네西周에 의해서이다. 니시 아마네는 「지설知說」에서 "대개 모든 학문 중에서 통설의 학문이라 칭할 수 있는 것은, 문文, 수數, 사史, 지地의 네 분야를 말함이라(凡ソ百学ノ中ニ就テ、普通ノ学ト称スベキハ、文、数、史、地ノ四学ナリ)"라고 하였다. 그중에 특히 문文이라는 것은 언어를 의미하는 것으로 어학과 문학으로 나눌 수 있음을 언급하며 문학 장르까지 구분하고 있다.

제2장 일본문학의 특징과 이념

일본문학은 운문韻文의 시가詩歌나 산문散文의 모노가타리物語를 중심으로 살펴보면 '화조풍월花鳥風月'의 서정과 영탄이 뛰어난 문학이다. 이러한 것은 렌가連歌나 렌쿠連句처럼 단절과 연속의 비약과 불이해不理解를 초래하면서까지 불안정한 그 속에 담긴 미美 의식을 찾아가는 문학이며, 개인을 넘어 자리에 함께한 '무리'가 창조해 온 문학이다. 고대의 모노가타리는 사건의 내적 갈등 전개보다 연중행사年中行事나 의식을 묘사하는 것으로 연결 전개되며, 또한 중세의 특색 있는 문학이 중세뿐만 아니라 근세, 근대, 현대에 이어져 오고 있다.

또 일본문학은 즐거움을 추구하는 측면보다 구도적求道的 자세에 의해 발전되어 왔는데, 와카和歌가 와카의 창작이나 와카 자체에 관한 학문(歌論, 歌学)을 추구하는 학예의 길로 가는 가도歌道로 나타났고, 제아미世阿弥의 노가쿠론能楽論이 체험의 예술론이라 할 수 있는 실천론적 색채가 진해진 것도 일본문학의 특색이라 할 수 있다.

근대에 이르러 유럽 문학이념을 받아들여 일본 근대소설은 사소설私小說이라는 다른 장르를 형성하였다.

문학작품에는 작가의 자각에 의해 얻은 하나의 미적 이념이 존재하고 그것이 중심이 되어 작품 전체를 통일하는 역할을 하고 그것을 통해 작가의 개성을 표현하게 되는데 이를 문학이념이라고 한다. 문학이념은 시대적 변천에 따라서 발현되고 전개되어 왔다.

이를 시대 흐름에 따라 정리해 보자.

▶ **사야케**淸明

상대문학上代文学의 성격으로 신과 인간과의 관계를 잇는 주술적 성격을 띠고 있다. 그러한 경우 맑고 깨끗한 마음이 존중된다.

아마노이와토天岩戸가 열리고 아마테라스오미카미天照大神가 나타났을 때, 신들이 노래한 가요 "정취 있도다! 얼씨구 흥미롭도다! 오호라 즐겁도다! 얼씨구 청명하도다! 오호라(あはれ。あな面白。あな、楽し。あな、清明。おけ。)"라고 고고슈이古語拾遺[2]에서 노래한 것을 비롯해 자연의 청명함을 중심으로 한 노래가 『만요슈万葉集』에도 잘 나타나 있다.

▶ **조쿠고**直剛

가모노마부치賀茂真淵가 『만요슈』의 가풍歌風을 평할 때 '마스라오부리ますらをぶり'[3]라고 한 것처럼 상대문학은 곧은 마음을 노래한 것이 많은데, 전체적으로 긴장된 어조와 반복에 의해 용감함을 고조시키는 표현에도 강함이 표현되어 있다. '아라미타마荒御魂'라고 하여 거칠고 사나운 영혼을 의미하는 순박하고 장중한 정신과 가조歌調는 곧바르고 힘찬 격조를 말한다.

▶ **와**和

강직과는 반대로 온화한 정신을 이르는 '니기미타마和御魂'라고 칭하였다. 『니혼쇼키日本書紀』의 소몬카相聞歌에는 "아무리 높고 험난한 산도 내님과 둘이서 넘으니 편안한 방석에 앉아 있는 듯 편하네(梯立の嶮しき山も、我妹子と二人越ゆれば安席かも)"라며 남녀의 우아한 심정을 아름답게 노래하고 있다. 섬세하고 서정적인 심정 내용 표현과 함께 부드럽고 온화하고 용맹스런 정신에 대해서 솔직하고 청아하고 밝게 표현하고 있다.

▶ **다와야메부리**たわやめぶり

'다와야메부리たわやめぶり'는 『만요슈』와 대비되는 명칭으로, 『고킨슈古今集』의 가풍을 논할 때 언급된다. 『만요슈』 말기의 부드럽고 온화하며 섬세한 감정과 표현을 계승하여 거기에 한시적 발상과 가론歌論적 사고가 더해진 것이 'たわやめ'이다. 상대문학의 청명, 강직, 화합과 같은

---

2 古語拾遺こごしゅうい : 고고슈이는 신베노 히로나리斎部広成가 807년에 편찬한 헤이안平安時代의 신도神道 자료이다.
3 마스라오부리ますらをぶり : 용기 있고 강하며 훌륭한 남자를 칭하는 '마스라오益荒男丈夫'라는 단어에서 유래한 것으로, 만요슈 와카에서 보이는 남성적이고 대범한 가풍을 말한다.

소박한 문학이념이 지성에 의해 윤색되어 회의懷疑 추량적으로 표현되었다.

▶ 아와레あはれ

『겐지모노가타리源氏物語』는 모토오리 노리나가本居宣長 이후 '모노노아와레もののあはれ'의 문학으로 평가된다. 그것은 『겐지모노가타리』에 등장하는 인물들을 통해 인생의 기쁨과 슬픔의 명암을 연쇄적으로 불쌍한 인간의 운명으로 남녀의 군상을 뚜렷이 드러내고 있다. 외부 세계에 존재하는 자연이나 인간사에 대해 동정적이고 비애감을 동반해 발현하고 있다.

▶ 오카시をかし

『겐지모노가타리』의 '아와레あはれ'와 더불어 중고문학을 대표하는 문학이념 중 대조적으로 언급되는 것이 '오카시をかし'이다. 『다케토리모노가타리竹取物語』, 『이세모노가타리伊勢物語』와 같은 모노가타리나 『도사닛키土佐日記』에는 그 용례가 많지 않지만, 『우쓰호모노가타리宇津保物語』나 『무라사키시키부닛키紫式部日記』에는 간혹 사용되고 있다.

'오카시'는 어떤 대상에 대해 즐겁고 유쾌한 마음, 흐뭇하고 기분 좋은 마음 등 쾌적한 감정을 일컫는다. 이러한 심리가 웃음에 이르는 상태까지를 표현한다. 『마쿠라노소시枕草子』에 보이는 쾌적하거나 기품 있어 마음이 끌리는 정취의 대상에 일어나는 감정과 달리, 경쾌하고 우스꽝스런 의미의 '오카시'는 이후 교겐狂言, 하이카이俳諧, 센류川柳, 교카狂歌의 중심 이념으로 이어졌다.

▶ 쓰레즈레つれづれ

'쓰레즈레つれづれ'는 창작할 당시의 작자의 환경과 심경을 나타내는 것으로, 작품 창작을 가능하게 한 기본적 조건을 말한다. 『마쿠라노소시枕草子』의 발문跋文의 서두를 보면 "이 글은 눈에 보이고 마음에 떠오르는 것을, 사람들이 사려하는 것들을 이런저런 시골 생활에서 써 모은 것이라(この草子、目に見え心に思ふことを、人やは見んとすると思ひて、つれづれなる里居のほどに書き集めたる)" 적고 있다. 창작 동기로서, 또한 그와 연유되는 한가롭고 여유 있는 자연의 상태에서 그 심정을 토로하는 배출구로서 순수한 논리적 사고의 깊이와 관조의 철저함을 담았다. 이는 단편성, 고백성의 문학 성격을 나타내고 있다.

▶ 무조無常

'무조無常'는 중세문학의 중심 이념으로 중세문학작품의 전체 배경으로 깔려있다. 유배와 해임이 난무한 공적 생활과 근심, 고민, 실의, 절연, 불신이 가득한 사적 생활을 발견함으로써 세상의 모든 것을 무상한 것으로 보고 그러한 세상을 싫어하여 그 결과 속세를 떠나서 은둔하고 방랑하는 것을 말한다. 무상관無常觀은 중고시대를 통해 흐르는 불교적 사상이었지만, '호겐保元의 난', '헤이지平治의 난'에서부터 두드러져 겐페이전투源平の戦い에 이르러 헤이안 귀족 사회가 붕괴하고 무사가 주도하는 봉건사회 탄생을 겪으면서 인생의 덧없음과 무상이 단지 관념에 머무르지 않고 실제 생활태도로 나타난다. 가모노 조메이鴨長明의 『호조키方丈記』에는 무상관無常觀이 작품의 중심을 이루고 있으며, 특히 『헤이케모노가타리』의 서두 "기온정사의 종소리, 모든 것이 무상함을 알리는 울림이어라!(祇園精舎の鐘の声、諸行無常の響あり)"에도 중세문학의 지배적 이념이 잘 나타나 있다.

▶ 유겐幽玄

설명적 표현을 피하고 단지 어렴풋한 정서로서의 세계를 그려낸 것을 말한다. 일본문학자 히사마쓰 센이치久松潛一는 『일본문학사 연구日本歌論史の研究』에서 "'유겐幽玄'은 '아와레あはれ'나 '오카시をかし' 그리고 '다케타카시たけ高し' 등을 복합한 의미를 가지고 있다"라며, 표현에 있어서는 정서적이며, 의미내용에 있어서는 "'아와레'나 '오카시' 그리고 '다케타카시'를 합친 복합미"라고 서술하고 있다. 또 "미적 이념으로서는 서정의 미를 중시하고 있으며, 정취의 상징적 표현을 가리키고 있다."[4]라고 말하고 있다. 단독적인 하나의 미적 이념에 한정되는 것이 아니라 여운이 나타나는 정숙한 정취의 상징적 표현이라고 할 수 있다. 이후 '유겐'은 가면假面 음악극인 '노가쿠能楽'에 도입되었고, 제아미世阿弥에 의해 강하거나 약한 것 속에 자연히 나타나는 우아한 아름다움, 장중함, 정숙함과 같은 정서적, 몽환적, 상징적인 미를 추구하게 되었다.

▶ 우신有心

'우신有心'은 후지와라 데이카藤原定家가 가장 중시하였던 가론歌論으로 모든 것을 통하는 기본적인 와카和歌적 요소로서 강조하였다. 마음을 투철하게 하여 청명清明의 경지境地에 다다를 때

---

4 久松潛一(1963), 『日本歌論史の研究』, 風間書房, pp.220~223.

에 와카의 참 경지를 발견해내고 거기에 깊은 감동을 고상하고 기품 있는 모습으로 담아서 지적으로 완성한 것을 말한다.

와카를 읊는 마음 자체는 거짓과 위선이 없는 진실한 마음으로, 맑아야 할 뿐만 아니라 개인의 순수한 감동이 있어야 하는 것으로, 억지로 꾸며낸 허구의 것이 아니어야 한다. 그런 청순한 마음이 담긴 특색 있는 가체歌體를 '우신타이有心体'라 하였다. '우신'은 '유겐'과 함께 중세문학의 문학이념이라 할 수 있다.

▶ 후가風雅

근세에 들어서는 '후가風雅'라는 보편적 문학이념으로 나타나게 되는데 이를 정착시킨 것은 마쓰오 바쇼松尾芭蕉이다. 바쇼는 사이교西行의 와카, 소기宗祇의 렌가, 셋슈雪舟의 그림, 리큐利休의 다도茶道에 나타나는 일관된 미적 이념을 '후가風雅'라는 하나의 단어로 요약하였다. 변화하는 계절의 자연을 솔직하게 받아들이고 자연과 친숙해져, 청순한 마음으로 한적하고 우아한 자연을 음미하고 이해하여 터득하는 것을 말한다.

▶ 와비わび

'와비わび'는 동사 '와부わぶ'의 연용형이 명사화된 것으로, 쓸쓸하고 적적하며 외로운 상태를 '와비시わびし'라고 한다. 처음 '와비'는 뜻대로 되지 않아 세상에서 인정을 받지 못하는 자신의 처지를 불만스럽게 생각하고 그러한 것을 표현하는 것으로 시가詩歌의 미적 이념으로 승화시키지 못했다. 그러나 마쓰오 바쇼는 불우나 빈곤한 생활 상태에서 오는 고독감을 이겨내고 그것을 해탈하여 불우나 빈곤 속에 마음의 안정과 만족을 발견하고 그것을 '하이카이'의 미적 이념으로 승화시킨 것이다.

▶ 사비さび

'사비さび'는 동사 '사부さぶ'의 명사형으로 두 가지의 의미를 지닌다. 하나는 사람이 드물어 호젓하고 한적한 상태를 의미하고, 또 하나는 시간의 경과에 의해 노화되어가는 모습을 의미한다. 자연의 적막과 애수 그리고 쓸쓸함과 더불어 오래된 사물에서 배어나오는 색에서 나타나는 치장하지 않는 자연스런 아름다움을 말한다.

요시다 겐코吉田兼好의 『쓰레즈레쿠사徒然草』에 오래된 책자를 깊은 맛으로 표현한 서술에서 낡은 상태의 모습에서 미를 발견해내는 의식을 확인할 수 있다.

▶ **곳케이滑稽**

유머나 페이소스는 문학 구성상 필요한 요소 중 하나지만 골계미滑稽味가 표면에 나타나는 그 이면에는 반대로 슬픔이 드리워져 있다. 이런 골계적滑稽的 성격을 '곳케이滑稽'라고 하며 여러 종류의 일본문학에 산재하여 있다. 특히 이러한 '곳케이'를 중심이념으로 일관되게 추구하며 창작된 것이 '교겐', '교카', '센류' 등이며, '노能', '와카', '하이쿠俳句' 등과는 대립되는 형태로 나타나 있다. 산문문학에서는 짓펜샤 잇쿠十返舎一九의 『도카이도추히자쿠리게東海道中膝栗毛』나 시키테이 산바式亭三馬의 『우키요부로浮世風呂』, 『우키요도코浮世床』에서 구현되어 있다.

▶ **이키意気·스이粋·쓰通**

근세문학의 주류는 조닌町人[5] 문학이었고, 그 주요 무대는 유곽遊廓이었다. 그래서 유곽의 풍속습관이나 남녀관계 등이 많이 묘사되어있다. 에도江戸 조닌이 선호했던 미적 이념으로 비겁하지 않고 적극적인 마음됨됨이를 '이키意気', 용모나 언동 모습 태도 등이 세련된 모습을 '스이粋', 자연적인 색기色氣가 느껴지고 人情이나 世情에 능통한 사람이나 유곽이나 화류계에 능통한 사람을 '쓰通'로 세분할 수 있지만, 산토 교덴山東京伝은 『쓰겐소마가키通言総籬』에서 '粋'와 '意気'를 '通' 개념에 포함시키고 있듯이 유사한 개념으로 취급하고 있다. 이러한 미적 개념들은 닌조본人情本이나 샤레본洒落本에 잘 묘사되어 있다.

---

5 조닌町人 : 도시의 상인·장인 계층의 사람.

제3장

소설의 구조

일반적으로 소설(小說, Novel)이란 산문으로 쓰인 상상에 의해 꾸며낸 허구의 이야기로, 내용과 관계없이 우연에 의해 전개 되는 것이 아닌 현실에 있음직한 이야기의 전개와 내용에 개연성이 있는 글이다. 이 속에 삶의 진리가 담겨진 진실성 있는 이야기를 말한다.

이를 간단하게 아래의 도표로 나타낼 수 있다.

▶ 소설의 구조

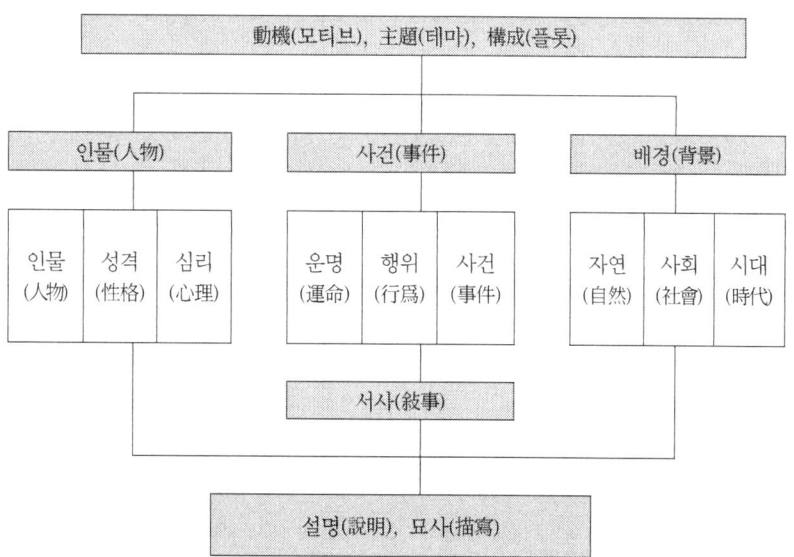

① 동기(動機, motif)

ⓐ 생활적동기生活的動機 : 작가의 견문에 의해 인생이나 사회사상의 날카로운 관찰에 의해 일상의 경험에 의해 동기를 얻는 것을 말한다.

ex) 다니엘 디포(Daniel Defoe, 1660~1731)가 자서전 형식으로 쓴 소설『로빈슨 크루소 Robinson Crusoe』(1719)는 청교도사상에 근원을 두고 구성되어 있다. 이 소설의 틀은 실화에서 빌려 왔다. 알렉산더 셀커크Alexand Selkirk라는 선원이 조난을 당해 칠레의 어떤 무인도에서 4년 4개월간 생활하다가 1709년에 구출된 일이 있었다. 디포는 이 선원이 쓴 표류일기에서 작품의 힌트를 얻었지만 구상과 인물은 그의 상상력의 결과물이다.

ⓑ 표현적동기表現的動機 : 인생이나 사회 현상을 보고 모순된 인생이나 혹은 혼돈된 세상 모습을 풍자하여 자기의 이상이나 교훈 혹은 의견을 소설에 표현하는 것을 말한다.

ex) 이솝Aesop의 『이솝 우화』, 中世-설화說話, 모노가타리物語, 近世-권선징악소설勸懲小說, 近代-풍자소설諷刺小說, 풍속소설風俗小說, 정치소설政治小說

ⓒ 주제적동기主題的動機 : 관찰, 경험, 독서, 사색 등에서 인생문제나 사회문제를 주제로 취하는 것을 말한다.

ex) 森鷗外 -『다카세부네高瀨舟』(재산의 관념과 안락사의 문제를 주제로 취함) 관념소설觀念小說, 테마소설, 문제소설問題小說 등.

ⓓ 제재적동기題材的動機 : 소설의 제재가 되는 인물, 사건, 국면에 흥미를 가지고 인물을 주인공으로 취하고자 하는 동기.

ex) 『헤이케모노가타리平家物語』(平淸盛를 중심으로 한 것), 성격소설性格小說, 심리소설心理小說

② 主題^{theme}

인간의 필요물인 종교, 사회, 자연의 투쟁. 작가의 인생관과 세계관이 숨어 있다.

> ⓐ 종교宗敎 → 신앙信仰 → 교의敎義 → 미신형식迷信形式
> ⓑ 사회社會 → 창조創造 → 법칙法則 → 편견형식偏見形式
> ⓒ 자연自然 → 생존生存 → 사물事物 → 풍우형식風雨形式

③ 構成^{plot}

뼈대가 되는 것을 짜 맞추어 엮어 꾸미는 것을 말한다.

> ⓐ 인물 : 사상, 감정, 의지를 가진 개성적 성격과 심리를 가진 개성적인 내부자가 행동을 만들어 내고 사건을 전개하는 것.
> ⓑ 사건 : 내부적 개인적 계기와 외부적 사회적 계기로 나눠짐. 양자의 대립, 교섭에 의해 표현되는 상극相剋, 갈등葛藤을 말함.
> ⓒ 배경 : 인물이 속한 사회, 사건이 일어난 시대, 사회적 환경을 말하는 것으로, 행위와 사건을 결정하는 요소.

이렇듯 소설이란 여러 등장인물과 플롯 그리고 다양한 환경과 장소들을 배경으로 이루어진 하나의 이야기이며 인물의 행동 동기를 탐구할 수 있는 이야기를 일컫는다. 그리고 복잡한 구성, 다양한 등장인물, 분량이 많은 소설을 장편소설(長篇小說, Novel), 중간 정도인 중편소설(中篇小說, Novella 또는 Novelette), 길이가 짧은 단편소설(短篇小說, Short Story)로 구분한다.[6]

---

6 M.H.아브람스 著·최상규 譯(1999), 『문학용어사전』, 보성출판사, pp.186~192.

제4장

일본소설의 시대적 흐름

대륙으로부터 文学이 들어오기 전에도, 일본에는 많은 민요적인 가요가 있었다. 그 일부는 『고지키(古事記, 고사기)』나 『니혼쇼키(日本書紀, 일본서기)』에 수록되어 있다.

원시 고대의 농민들은 촌락을 형성하고 정착하여 생활하였기 때문에 자신들이 거주한 일정 지역 외의 일들은 알 수 없었다. 일본에 통일 국가가 생긴 5, 6세기 이전에는 각 씨족으로 나뉘어져 있을 뿐, 자신들의 외부 세계에 대해서는 동경과 공포를 품는 경향이 있었다. 벼농사는 날씨에 따라 좌우되었고, 씨앗은 일정한 시기에 뿌리지 않으면 성장도 수확도 할 수 없었다. 거기에는 생산신령生産靈인 태양신과 토지신의 은혜가 없으면 안 된다고 생각하였다. 그런 까닭에 한 해를 몇 구간으로 나누어서 태양신과 토지신에 대한 종교의례를 매년 규칙적으로 행하였던 것이다. 이를 연중행사年中行事라 하여 특히 5월(皐月)의 모내기와 9월(長月)의 수확, 그리고 11월(霜月)의 추수를 감사하는 제의祭儀는 정월(睦月)에 있어서 새로운 한 해가 순조롭게 운영되기를 기원하는 예축행사豫祝行事와 함께 가장 중요시되었고, 농사가 평안하게 잘 이루어지기를 바라는 농경의례로서 행하여졌던 것이다. 현재 이러한 농경의례의 실체를 형태적으로 또는 구조적으로 파악할 수 있을 정도로 충분히 연구되어 있지는 않지만, 그 중심이 타계관념他界觀念과 결합된 일신日神, 즉 태양신을 모시는 신앙과 조상을 모시는 조령祖靈 신앙에 있다고 보고 있다.

신이나 악령은 모두 자신들이 생활하는 지역의 바깥쪽에 살고 있다고 생각해 왔으며, 깊은 산속이나 바다 건너 저편에 자리한 나라에서 찾아온다고 믿었다. 특히 농작에 알맞은 씨앗을 부여해 주고, 또한 생육과 생산을 수호하고 관장하는 신령은 천상세계를 대표하는 태양신이었다. 해가 떠오르는 동쪽에는 도코요노쿠니常世国가 있으며, 토지를 수호하는 선조의 신령인 조령이 사는 서쪽에서부터 서북쪽 구석에 걸쳐서는 네노쿠니根国와 하하노쿠니妣国가 있다고 생각하였고, 또한 지하에는 죽은 자의 세계인 요미노쿠니黃泉国가 있다고 생각하였다. 각 씨족과 가정에서는 이에 관한 제례祭禮가 정기적으로 행해졌다. 봄과 가을에 정해져 있는 제례 날에는 그러한 바깥 세계에서 신들과 함께 그 사자使者가 축복과 감사를 받기 위해 방문하는 것이다. 이러한 신들을 맞이하는 의례에 문학과 예술의 근원이 되는 요소가 동반되어 있었다.

일상생활에서 억제되어 있었던 이성을 향한 감정을 숨김없이 마음껏 표현할 수 있는 공식적인 연례행사 '가가이'라고도 하는 '우타가키歌垣'가 있었다. 본디 오곡五穀의 풍요를 기원하는 농경의례의 의미를 가진 우타가키는 노래와 춤을 동반한 자유로운 만남의 장으로 이루어졌고, 이러한 마쓰리祭를 통해 기키가요(『고지키』와 『니혼쇼키』에 실린 가요의 총칭)와 『만요슈』 초기의 노래로 이어지는 서정적인 계보의 원시 형태였던 가요歌謠, 즉 '우타歌'가 춤과 음악과 결합되면서 행해졌을 것이다. 그리고 『고지키』 등에 볼 수 있는 것처럼, 서사적인 계보를 형성한 씨족이나 각 집안의 신들과 위대한 업적을 남긴 영웅에 얽힌 이야기인 '가타리고토語り事'를 족장族長이나 '미코巫女'와 같은 무당巫祝들이 그 대표가 되어서 읊기도 하였을 것이다. 이러한 제반 요소와 함께 이것들과 관련된 각종 언어활동을 담은 내용이 문학과 예술의 형식으로 알맞게 다듬어지면서 서서히 발달해 간 것이다.

원시신도原始神道는 주술신앙을 바탕으로 하는 소위 샤머니즘으로, 문학의 발생은 신神의 주언呪言에서 비롯된 것으로 보고 있으며, 우타의 발생도 이와 같은 맥락으로 볼 수 있다. 또한 신이란 존재는 일종의 '공동환상共同幻想'으로서 집단의 구성원인 각 개체個體가 공동체共同體로 향하는 마음이라 할 수 있다. 즉, 전승傳承이란 입에서 입으로 전해 내려온 구승口承이며, 특별하게 마련된 '장場'이라는 공간空間에서 읊어지는 집단의 문학이자 공동체문학이라고 볼 수 있다.

일반적으로 일본의 상대문학은 큰 갈래로 운문 성격의 '우타'와 산문 성격의 '가타리語り'라는 두 가지 형태로 나눌 수가 있다. 이를 서정시抒情詩와 서사시敍事詩라고 해석하여, 서정시는 와카와 같은 운문 장르의 작품으로 형성되었으며, 서사시는 작자의 창작과 비판정신에 의해 산문화가 이루어지고, 이후 모노가타리 문학을 생성시켜 나갔다고 할 수 있다.

신에 대한 두려움에서, 혹은 그 두려움을 진정鎭靜시키기 위한 것에서 토지칭송土地稱誦 등과 같은 신을 찬양하는 행위에서 출발한 '우타'와 '가타리'는 기키가요記紀歌謠에서는 동일한 범주에 속해 있는 것으로 본다. 이것으로 일본의 상고시대의 일정 시점까지는 '우타'와 '가타리'가 분화되지 않은 상태로 전해 내려왔다고 할 수 있을 것이다. 그리고 이 시기에 문학을 담당하는 층은 귀족이나 승려였으며, 그 내용 또한 신들의 초인적 행위를 비롯해, 유명한 귀족이나 귀족들의 연애 이야기 등을 서사하고 있다.

한편 일본소설의 흐름을 살펴보면 『겐지모노가타리源氏物語』에서 『다케토리모노가타리竹取物語』를 모노가타리의 시조始祖로 서술하면서 문자로 기록된 산문적 문예를 통칭한 것이 소설의 시작이라 볼 수 있다. 순서에 따라 정리해서 내용을 이야기 한다는 의미의 동사인 '모노가타루物語る'가 명사화되어 사용된 모노가타리란 명칭은 메이지明治시대부터 '소설小說'이라는 명칭으로 정리되며 정착되었다. 그리고 근세에 서민이 문학을 창작하고 향유하면서 일반서민들의 평범한 생활이나 연애를 노래하였으며, 인생의 진실을 나타내게 되었다. 근세 초기에는 종교적 교훈이나 경계의 목적을 비롯해 다양한 내용의 가나로 쓴 가나조시仮名草子에 이어 근대 초기에는 과도기의 문학을 거쳐 다양한 문학사조와 함께 작품들이 창작되었다.

일본문학을 시대적으로 구분할 때, **상대문학**(~794, 大和, 奈良時代), **중고문학**(794~1192, 平安時代), **중세문학**(1192~1603, 鎌倉, 南北朝, 室町時代), **근세문학**(1603~1868, 江戸時代), **근대문학**(1868~1945, 明治, 大正, 昭和前期時代), **현대문학**(1945~, 昭和後期, 平成時代)으로 나눈다.

그러나 일본소설의 흐름으로 볼 때 중고시대를 그 시작으로 볼 수 있는데, 고대 전승의 전기적인 요소인 공상적이고 환상적인 요소가 강한 **덴키모노가타리**(伝奇物語: 전기 이야기)와 와카를 중심으로 엮은 **우타모노가타리**(歌物語: 노래 이야기)로 크게 구분되고, 이들을 **중고모노가타리**中古物語라 한다. 이후 중고모노가타리를 모방한 **기코모노가타리**(擬古物語: 의고 이야기), 전쟁과 무사를 주제로 한 **군키모노가타리**(軍記物語: 전쟁 이야기), 민간적인 소재를 포함한 짧은 단편들의 **오토기조시**(御伽草子: 옛날 이야기) 등을 **중세모노가타리**中世物語라고 한다.

근세에 이르러서는 가나仮名로 쓰인 계몽적이고 교훈적 작품인 **가나조시**仮名草子를 시작으로, 조닌의 풍속을 사실적으로 묘사한 **우키요조시**浮世草子, 장편역사나 전설을 소재로 한 전기적이고 교훈적인 작품 **요미혼**読本, 유곽을 배경으로 하여 회화체 문장의 수법을 사용한 **샤레본**洒落本, 연애를 주제로 한 대중적인 작품 **닌조본**人情本, 서민의 생활을 익살스럽게 풍자한 **곳케이본**滑稽本, 그림이 들어가 있는 작품 **구사조시**草双紙 등이 등장하는데, 이 시기의 작품들을 **근세모**

노가타리近世物語라 한다.

메이지기에 들어서면 서양문명의 유입과 함께 문학 사조와 문학 용어가 도입되면서 모노가타리(物語, Romance)라 불리던 작품들은 소설로 명명되었다. 특히 메이지 초기부터 20년까지는 모노가타리와 소설을 잇는 계몽기로 에도시대의 통속 소설을 이어받아 메이지의 새로운 풍속을 그린 **희작소설**(戱作小說: 게사쿠쇼세쓰), 서양소설을 번역하여 소개한 **번역소설**(翻訳小說: 혼야쿠쇼세쓰), 새로운 정치제도와 사회구조 변화를 소재로 한 **정치소설**(政治小說: 세이지쇼세쓰)로 나누어지고, 이후 다양한 사조가 등장하게 된 쇼와전기昭和前期까지의 소설을 **근대소설**近代小說이라 한다.

마지막으로 제2차 세계대전이 종전된 이후의 전후문학을 시작으로 현재에 이르기까지를 **현대소설**現代小說로 구분한다.

한편 초기 일본에 유학한 조선인(조선유학생)에 의해 시작된 조선인 일본어소설과 이후 일본에 정주하고 있는 한국인에 의해 이뤄진 일본어 작품은 재일 한국인문학在日韓国人文学으로 구분하여 논의된다.

1 예술 충동적 측면에서 본 4가지 문학기원설에는 어떤 것들이 있나요?

2 문학 생성과 발전 과정을 생각해 보아요.

3 일본문학의 특징에는 어떤 것들이 있을까요?

4 일본문학이념 중 기억에 남는 것은 무엇인가요?

5 소설 구조의 중요한 세가지 요소로 어떤 것을 말할 수 있을까요?

6 소설은 분량에 따라 어떻게 구분할 수 있나요?

7 일본소설의 시대적 흐름을 정리해 봅시다.

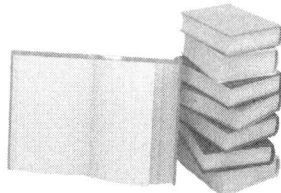

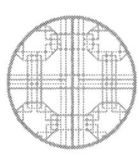

한국인을 위한 일본소설 개설

제2부 중고소설中古小說

제1장 덴키모노가타리伝奇物語

제2장 우타모노가타리歌物語

제3장 겐지모노가타리源氏物語

제4장 헤이안 말기 모노가타리平安末期物語

제5장 레키시모노가타리歷史物語

제6장 설화說話

귀족여인 혹은
여관(女官)들의
정장 ▷

◁ 남자가 조정에
드나들 때
입었던 정장

　중고시대는 간무천황桓武天皇 때인 794년에 도읍을 헤이안平安(지금의 교토京都)으로 천도함과 동시에 고대의 율령체제가 붕괴되고 장원을 배경으로 한 후지와라 가문藤原氏의 섭관정치攝關政治[1]가 그 중심을 이루게 되었다. 섭관정치는 후지와라노미치나가藤原道長 때 절정을 이루고, 궁정을 중심으로 여류문학의 전성기를 맞이하게 된다. 헤이안 천도 후, 초기 100년간은 견당사의 파견 등으로 당나라 문화를 의욕적으로 섭취하게 되나, 894년 견당사가 폐지된 이후에는, 이 시대 문학의 주체인 왕조王朝의 귀족과 여류작가들에 의해 가나假名 문자로 쓰여진 '와카和歌, 일기日記, 모노가타리物語, 수필隨筆, 설화說話' 등이 나타나기 시작했다.

　칙찬집[2]인 『고킨슈(古今集: 고금집)』를 비롯하여, 『겐지모노가타리(源氏物語: 겐지 이야기)』 등 일본의 대표적인 고전문학이 이 시기에 성립되었다.

　고대에는 여러 가지 신화나 전설이 『고지키(古事記: 고사기)』나 『니혼쇼키(日本書紀: 일본서기)』에 담겨 전승되었다. 또한 신괴神怪나 괴담怪談으로 민간에 전래되었고, 한문으로 수록되었다.

　한편 가나문자가 발달되고 보급됨에 따라 일상생활에서 사용하는 언어가 자유롭게 표현할

---

1 섭관정치攝關政治 : 딸을 천황의 부인으로 들이고 거기서 태어난 황자로 황위를 계승하게 함으로써 천황의 외조부가 되어 실권을 장악하는 정치형태를 말함. 어린 천황을 대신하여 정무를 돌보는 섭정攝政과, 천황이 성장한 이후에는 천황을 보좌하여 정무를 돌보는 관백關白의 첫 음을 따서 만들어진 용어이다.
2 칙찬집勅撰集 : 칙찬와카집勅撰和歌集이라고도 한다. 천황이나 상황上皇의 명령에 의해 찬자撰者가 지명되어 조직적인 시집이나 가집歌集으로서 편집하여 진상된 한시집漢詩集이나 와카집和歌集을 말한다.

수 있게 되었고 새로운 문학 형식이 등장하게 되었는데 이것이 모노가타리이다. 모노가타리는 앞에서 언급한 것처럼 '이야기하다'라는 '모노가타루物語る'에서 시작된 것으로, 소설의 전신으로 볼 수 있다.

상대上代에도 얼마간 있었다고 생각되는 모노가타리는 오늘날 많이 남아 있지 않지만, 헤이안시대에 히라가나ひらがな의 발달과 보급은 산문散文에 의한 표현을 촉진하였다. 그리고 당唐나라 소설의 영향을 받아 『다케토리모노가타리(竹取物語: 대나무 자르는 할아범 이야기)』를 비롯해, 『우쓰호모노가타리宇津保物語』, 『오치쿠보모노가타리落窪物語』 등과 같이 전래되어 온 이상한 이야기를 총칭한 '덴키모노가타리(傳奇物語: 전기이야기)'가 기록되었다.

한편 노래가 발전한 것으로, 『이세모노가타리伊勢物語』, 『야마토모노가타리大和物語』 등의 모노가타리가 서정敍情문학으로서 지어진 것을 '우타모노가타리(歌物語: 노래 이야기)'라고 한다.

중고시대의 모노가타리는, 전승된 것을 중심으로 기록한 '덴키모노가타리(傳奇物語: 전기이야기)'와 스토리가 주로 노래歌에 의해 진행되는 '우타모노가타리(歌物語: 노래 이야기)'로 나누어지는데 그 특징을 비교해 보면 다음 표와 같다.

종류	특징
덴키모노가타리 (伝奇物語)	- 허구적이고 공상적인 이야기 - 서사적이며 복잡한 구성 - 낭만적 경향이 짙음 대표작품: 『다케토리모노가타리(竹取物語)』, 『우쓰호모노가타리(宇津保物語)』, 『오치쿠보모노가타리(落窪物語)』
우타모노가타리 (歌物語)	- 와카(和歌)의 구승설화를 중심으로 유래나 배경 등을 서술한 이야기 - 서정적이며 단순한 구성 - 사실적인 경향이 강함 대표작품: 『이세모노가타리(伊勢物語)』, 『야마토모노가타리(大和物語)』, 『헤이추모노가타리(平中物語)』

제1장 덴키모노가타리伝奇物語

덴키모노가타리는 초기에 나타난 모노가타리의 형식으로 '쓰쿠리모노가타리(作り物語: 허구 이야기)'라고도 하며, 현실과는 차원이 다른 세계를 서사하여, 공상적인 줄거리를 중심으로 하여 전기伝奇적인 성격이 강하다.

현존하는 최고의 모노가타리는 가나로 쓰인 『다케토리모노가타리竹取物語』이다. 그 뒤를 이어 전기적인 경향보다 현실적이고 사실적인 성격을 강하게 띤 작품으로 『우쓰호모노가타리宇津保物語』와 『오치쿠보모노가타리落窪物語』가 나타났다.

▶ 『다케토리모노가타리竹取物語』

일본에서 가장 오래된 창작 소설로 볼 수 있는 『다케토리모노가타리』는 『다케토리오키나노모노가타리(竹取翁の物語: 대나무 자르는 할아범 이야기)』 혹은 『가구야히메노모노가타리(かぐや姫の物語: 가구야히메 이야기)』라고도 한다. 『다케토리모노가타리』의 성립 연도와 작자는 알려져 있지 않다. 그러나 헤이안 중기에 성립된 『겐지모노가타리』에서 모노가타리의 원조라고 일컬어진 것으로 헤이안 초기에 성립되었음을 추정할 수 있다. 또 작자는 미상이나 원문에서 당시의 여성들이 잘 사용하지 않는 한문 훈독체訓読体의 표현이 많이 사용된 것으로, 한시문의 교양을 갖춘 남성 귀족 관료로 추정된다.

대나무를 꺾어 생계를 유지해 가던 노인이 대나무 속에서 9센티 정도의 여자아이를 발견하

여 집으로 데리고 돌아와 가구야히메かぐや姬라는 이름을 지어 주고 돌봐 주니, 한 달 만에 아름다운 여인으로 성장하여 귀족과 천황에게 청혼을 받지만 구혼자들을 거절하고 8월 15일 보름달이 뜬 밤에 달세계로 올라간다는 내용이다.

가구야히메라는 아름다운 여성을 중심으로 한 이야기는 신선사상神仙思想과 그 당시의 구혼설화求婚說話를 내포하고 있다. 이는 당나라에서 전해진 중국이나 인도의 설화 혹은 전설 등을 당시 귀족사회를 배경으로 만들어낸 이야기라고 추정된다. 특히 대나무 속에서 여자아이가 나오는 출생 설화나 구혼 문제에 낸 다섯 가지 보물 등의 내용은 중국의 티베트 민족에 전승되는 민담인 『한치쿠코조斑竹姑娘』 이야기와 같은 소재의 이야기 형태로 언급되기도 한다. 전기적이기는 하나 귀족들이 구혼하는 장면에서는 귀족들의 오만함과 교활함을 그려내며 귀족 사회의 현실을 풍자적이고 사실적으로 잘 표현하고 있는 작품이다.

❀ 작품 줄거리

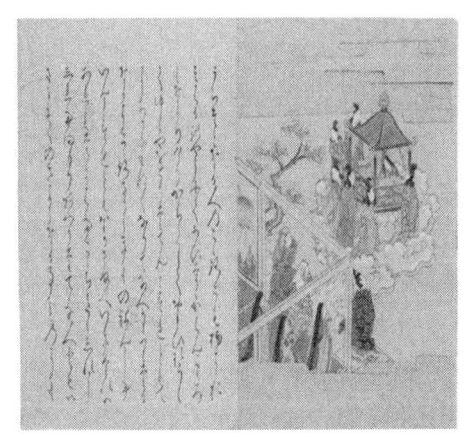

옛날 어느 마을에 할아버지와 할머니가 살고 있었다. 할아버지는 대나무를 베어 갖가지 물건을 만들어 팔며 생활하였다. 그러던 어느 날 빛나는 대나무에서 9센티의 여자아이를 발견하였다. 할아버지는 갓난아이를 데려와서 '가구야히메'라고 이름 짓고 길렀다.

그 후 할아버지가 대나무를 하러 갈 때마다 대나무 안에서 돈을 발견하게 되어 부자가 되었다.

아름답게 성장한 가구야히메의 소식을 들은 많은 청년들이 청혼을 하러 왔다. 그러자 가구야히메는 귀공자 5명의 구혼을 무시할 수도 없어서, 어려운 문제를 낸다. 이시쓰쿠리노미코石作皇子에게는 석가모니의 주발을 가져오라고 하고, 구라모치노미코車持皇子에게는 신선이 산다는 봉래산에 있는 뿌리가 은이고 줄기가 금이며 진주열매가 열리는 나무의 가지를, 우다이진右大臣인 아베노미우시阿倍御主人에게는 불 속에서도 타지 않는다는 쥐의 털로 만든 옷을, 다이나곤大納言인 오토모노미유키大伴御行에게는 용의 목에 빛나는 구슬, 주나곤中納言의 이소노카미노마로石上麻呂에게는 제비가 품고 있다는 안산安産할 수 있는 조개를 가져오라고 주문하였다. 그리고 그 보물을 가지고 오는 사람과 결혼할 것을 약속하지만 모두 실패한다. 이후 왕의 구혼을 받지만 그것도 물리치고 8월 15일 밤에 달나라에서 온 사자를 따라 달나라로 돌아가고, 상심한 천황은 가구야히메가 남긴 불사不死약을 하늘에서 가장 가깝다는 스루가노쿠니駿河国에 있는 높은 산에 올라 편지와 함께 태우게 하였다. 이와 연관되어 후지산富士山이라는 명칭이 유래되었다고 전해진다.

◉ 작품 원문 『다케토리모노가타리竹取物語』

〈一。かぐや姫の生ひ立ち〉

今は昔、竹取の翁といふ者ありけり。野山にまじりて、竹を取りつつ、よろづのことに使ひけり。名をば、さかきの造となむいひける。その竹の中に、もと光る竹なむ一筋ありける。あやしがりて寄りて見るに、筒の中光りたり。それを見れば、三寸ばかりなる人、いとうつくしうてゐたり。翁言ふやう、「我朝ごと夕ごとに見る竹の中におはするにて、知りぬ。子となり給ふべき人なめり。」とて、手にうち入れて家へ持ちて来ぬ。妻の女に預けて養はす。うつくしきこと限りなし。いと幼ければ籠に入れて養ふ。

竹取の翁、竹を取るに、この子を見つけて後に竹取るに、節を隔てゝよごとに金あるたけを見つくる事かさなりぬ。かくて翁やうやう豊になり行く。

この児、養ふ程に、すくすくと大きになりまさる。三月ばかりになる程に、よき程なる人に成りぬれば、髪上げなどさうして、髪上げさせ、裳着す。帳のうちも出ださず、いつき養ふ。この児のかたちけうらなる事世になく、屋のうちは暗き所なく光り満ちたり。翁心地あしく、苦しき時も、この子を見れば、苦しき事もやみぬ、腹立たしきことも慰みけり。翁、竹を取る事久しくなりぬ。いきおひ猛の者に成りけり。この子いと大きに成りぬれば、名を三室戸齋部のあきたをよびてつけさす。あきた、なよ竹のかぐや姫とつけつ。この程三日うちあげ遊ぶ。よろづのあそびをぞしける。おとこはうけきらはず呼び集へて、いとかしこく遊ぶ。

〈十。ふじの山〉

その後(のち)、翁、女、血の涙を流して惑(まど)へどかひなし。あの書きをきし文を読み聞かせけれ
ど、「なにせむにか命もおしからむ。たが為にか。何事も用もなし」とて、薬も食はず、
やがて起きもあがらで、病(や)み臥(ふ)せり。中将、人々引き具して帰りまいりて、かぐや姫を、
え戦(たたか)ひ止めず成りぬる事、こまごまと奏(そう)す。薬の壺(つぼ)に御文そへ、まいらす。ひろげて御覧
じて、いといたくあはれがらせ給ひて、物もきこしめさず。御遊びなどもなかりけり。大
臣上達(かんたちべ)を召して、「いづれの山か天に近き」と問はせ給ふに、ある人奏す。「駿河(するが)の国に
あるなる山なん、この都も近く、天も近く侍る」と奏す。これを聞かせ給ひて、

　　　逢(あふ)ことも涙にうかぶ我身(わがみ)には死なぬくすりも何にかはせむ

かの奉る不死(ふし)の薬に、又、壺具(つぼぐ)して、御使に賜はす。勅使には、つきのいはかさといふ人
を召して、駿河の国にあなる山の頂にもてつくべきよし仰(おほ)せ給ふ。嶺(みね)にてすべきやう教へ
させ給ふ。御文、不死の薬の壺ならべて、火をつけえ燃やすべきよし仰せ給ふ。そのよし
うけたまはりて、つはものどもあまた具して山へ登りけるよりなん、その山をふじの山と
は名づけゝる。その煙(けぶり)いまだ雲のなかへたち上るとぞ言ひ傳へたる。

◎ 작품 번역문

〈1. 가구야히메 탄생〉

　지금은 옛날이야기로 대나무 자르는 할아버지(다케토리노오키나, 竹取の翁)라고 불리는 사람이
있었다. 들이나 산에서 대나무를 베어 여러 가지 일에 사용하였다. 이 할아버지의 이름은 사카
키노미야쓰코さかきの造였다. 어느날 대나무 가운데, 반짝이는 대나무 하나가 있었다. 이상히
여겨 다가가 보니 대나무 통속이 빛나고 있었다. 그 속을 들여다 보니 9센티쯤 되는 사람이
매우 아름다운 모습으로 있었다. 할아버지는 "내가 아침저녁으로 본 대나무 속에 있어서 알았
네! 내 자식이 될 아이인가 보다."라고 말하고, 손 안에 넣어 집으로 가져왔다. 부인인 할머니
에게 맡겨 양육시켰다. 더할 나위 없이 귀여웠다. 너무 작아서 바구니에 담아서 키웠다.
　할아버지가 대나무를 벨 때마다, 이 아이를 발견한 후로는, 대나무 마디 사이마다 황금이 있는 대나무를 자주 발견하게 되었다. 이렇게 해서 할아버지는 부자가 되어 갔다.

이 어린아이는 양육해 가는 사이에 쑥쑥 크게 자랐다. 3개월 정도 지났을 무렵에, 성년식을 치루기에 적당할 정도의 사람이 되어서, 이런저런 성인식 준비를 하여, 머리를 올리고 치마를 입혔다. 장막에서 밖으로 내놓지도 않고 애지중지 키웠다. 이 아이의 외모가 아름다운 것이 세상에 비할 바 없고, 온 집안은 어두운 곳이 없이 밝았다. 할아버지는 기분이 나쁘거나 괴로울 때도 이 아이를 보면 괴로움이 없어졌고 화가 났다가도 위안이 되는 것이었다. 할아버지는 황금이 들어 있는 대나무 자르는 일을 오랫동안 계속했다. 그래서 세력이 강한 부호가 되었다. 이 아이도 상당히 성장하였기에, 미무로도인베노아키타三室戸斎部のあきた라는 사람을 불러 이름을 짓게 했다. 아키타는 그녀의 이름을 '다케노가구야히메'라고 지었다. 이름을 지은 축하연을 베푼 3일간, 연회를 베풀어 갖은 놀이로 많은 것을 즐기게 하였다. 남자는 이런저런 구별없이 모두 초청하여 대단히 성대하게 잔치하며 놀았다.

〈10. 후지산〉

그 후 할아버지와 할머니는 피눈물을 흘리면서 한탄했지만 소용이 없었다. 가구야히메가 적어둔 편지를 읽어 주었지만, "무엇을 한들 생명이 아까울쏘냐? 아깝지 않다. 누굴 위해서 목숨이 아깝겠는가? 모든 것이 필요 없다."라고 약도 먹지 않는데다 그대로 일어나지도 않고 병들어 누웠다. 주조中将는 사람들을 거느리고 궁중으로 돌아가, 가구야히메의 승천을 말리지 못하게 된 것을 상세하게 진언했다. 약 단지에 편지를 곁들여 바치니, 편지를 펼쳐보시고 더욱 심하게 슬퍼하셔서 음식도 드시지 않고, 잔치같은 것도 하지 않았다. 대신大臣들을 불러서 "어느 산이 하늘에 가까운가?" 하고 물으시니 한 사람이 진언하였다. "스루가노쿠니駿河の国에 있는 산입니다. 궁궐에서도 가깝고 하늘에도 가깝습니다." 하고 진언하였다. 이것을 들으시고,

그리운 만남 / 눈물이 어려오네 / 이내 몸이야 / 죽지 않는 불사약 / 다 무슨 소용이랴
    (이젠 가구야히메를 다시는 만날 수 없어 / 그 슬픔이 너무 커서 흐르는 나의 눈물에 이내몸
이 뜰 정도이니 / 죽지 않는 불사약인들 / 무슨 소용이 있으리오)

라고 노래를 읊으셨다.

가구야히메가 올린 불사약에, 편지와 단지를 곁들여 시종에게 주었다. 칙사로는 쓰키노이와 카사쯔키のいはかさ라는 사람을 불러, 스루가노쿠니에 있다는 산 정상에 가지고 가도록 분부하셨다. 정상에서 해야 할 것을 가르치셨다. 편지와 불사약을 넣은 단지를 가지고, 불을 붙여 밝히도록 명령하셨다. 이와카사는 그 취지를 받들어, 병사들을 많이 거느리고 산으로 올라간 것에 연유해, 그 산을 후지산ふじの山이라고 이름 지었다. 그 연기가 지금도 구름 속에 피어오른다고 전해진다.

▶ 『**우쓰호모노가타리**宇津保物語』

일본 헤이안시대 중기인 10세기 후반에 성립한 전체 20권으로 된 일본문학사상 가장 오래된 장편 모노가타리이다. 저자는 확실치 않지만, 미나모토노시타고源順라는 설도 있다. 『다케토리 모노가타리』에서 보이는 전기적인 성격을 이어받은 모노가타리이다. 『겐지모노가타리』나 『마쿠라노소시枕草子』에 그 일부분이 소개되어 있는 것과 관련하여 사실적인 묘사는 『겐지모노가타리』의 성립에 영향을 준 것으로 알려져 있다. 당시의 귀족에게 있어 연주가 교양이었던 귀족문화를 반영하듯, 악기의 하나인 거문고를 소재로 한 이야기가 전개되어져 간다. 당시의 연중행사를 기록한 일기적인 기술이 많이 보이는 점도 특징 중의 하나이다.

구성을 살펴보면 『우쓰호모노가타리』는 각 권에 독자적인 명칭을 가지고 있으며, 일부의 권卷에는 사본에 의해 별도의 명칭을 가지고 있는 것도 있다. 또한 권의 배열순서도 현대어역 작품이나 주석서에 의해 차이가 있다. 이와나미서점岩波書店의 『우쓰호모노가타리 一~三』에 의해 분류해 보면, 1. 도시카게俊蔭, 2. 다다코소忠こそ, 3. 후지와라노키미藤原の君, 4. 사가노인嵯峨院, 5. 무메노하나가사梅の花笠, 6. 후키아게吹上 上, 7. 후키아게吹上 下, 8. 제전의 심부름꾼祭の使, 9. 국화의 연菊の宴, 10. 아테미야あて宮, 11. 초가을初秋, 12. 학무리田鶴の群鳥, 13. 새해 첫 창고문 열기蔵開 上, 14. 새해 첫 창고문 열기 中, 15. 새해 첫 창고문 열기 下, 16. 국양国讓 上, 17. 국양 中, 18. 국양 下, 19. 누상楼上 上, 20. 누상 下로 구성되어 있다.

❀ 작품 줄거리

기요하라 도시카게淸原俊蔭는 당나라로 가던 중 난파하여 우연히 페르시아로 가게 된다. 거기

서 천인天人·선인仙人을 만나 신비의 거문고 연주비법을 전수 받아 귀국한다. 기요하라 도시카게는 관직을 그만두고 딸에게 거문고 연주비법을 전수한 뒤 가문의 부흥을 부탁하고 죽는다. 도시카게의 딸은 다조다이진太政大臣과의 사이에 아들 나카타다仲忠를 낳은 후 아버지의 뜻을 받들어 기타야마北山 숲의 동굴 우쓰호うつほ에서 아들에게 거문고 연주비법을 전수시킨다. 한편 나카타다는 평판이 대단한 미나모토노요리마사源正頼의 딸 아테미야貴宮에게 구혼을 청하지만 아테미야는 황태자와 결혼하여 후지쓰보藤壺로 불리게 된다. 나카타다는 온나이치노미야女一宮와 결혼하고, 딸 이누미야犬宮가 태어나자 어머니에게 거문고 비법을 이누미야에게 전수해 달라고 부탁한다.

거문고의 연주비법을 전수 받은 이누미야는 두 사람의 상황上皇 사가인嵯峨院과 스자쿠인朱雀院을 저택에 초대하여 거문고를 연주하니 두 사람 모두 깊이 감동받는다.

▶ 『오치쿠보모노가타리落窪物語』

10세기 말에 성립한 모노가타리로 전체 4권으로 이루어져 있으며, 작자는 알려져 있지 않다. 그러나 한서漢書 인용이 많고, 노골적인 표현이나 천박한 조소적 표현에서 하급귀족의 남성으로 추정되기도 한다.

제목의 오치쿠보落窪는 박복한 주인공이 살던 방의 이름에서 유래된 것이다. 아름다운 용모를 가진 오치쿠보가 그 이름대로 다다미가 움푹 파인 초라한 방에 살며 계모에게 괴롭힘을 당하는 '계모담継子いじめ' 설화의 효시로, 일본판 신데렐라 이야기의 구조를 가진 이야기이다. 계모와 의붓딸을 중심으로 현실감 넘치는 대화체 문장과 개성이 뚜렷한 인물 그리고 치밀한 플롯과 뚜렷한 주제의식을 담아 묘사한 헤이안 모노가타리이다.

당시의 귀족사회 풍속 및 가정비극을 사실적으로 그리고 있으며, 장면구성이나 인물묘사가 뛰어나 『겐지모노가타리』에 영향을 끼친 것으로 알려져 있다.

❀ 작품 줄거리

주나곤 미나모토노타다요리源忠頼의 딸 오치쿠보는 황녀인 친어머니와 사별하고 계모의 슬하에서 살고 있었는데, 계모에게 냉대를 받아 초라한 방에서 불행하게 살고 있었다. 그러다

시녀인 뇨보女房 아코기의 도움으로 우콘右近의 쇼쇼少將 미치요리道賴를 만나게 된다. 이를 알게 된 계모는 오치쿠보를 물건을 저장하는 구석방에 감금하고 호색 노인 덴야쿠노스케와 억지로 결혼시키려 한다. 오치쿠보를 사모한 미치요리는 오치쿠보가 갇혀 있는 것을 구출해 내고 두 사람은 결혼하게 된다. 미치요리는 계모에게 복수를 하지만 결국 용서하고 일가를 보살펴 준다.

제2장 우타모노가타리 歌物語

덴키모노가타리와 함께 나타난 것이 우타모노가타리(歌物語: 노래 이야기)로, 덴키모노가타리에 비해 우타(歌: 와카)가 이야기 구성의 중심이 되고 있다.

즉, '우타모노가타리'는 와카라는 일본의 전통 노래를 중심으로 하여 줄거리가 전개되고 사건이 끝나는 모노가타리의 일종이다. 가공적인 성격이 강한 것과 시카슈私家集를 각색한 것 등으로 나눌 수 있으며, 여러 사람들의 에피소드를 모은 것과 특정한 중심인물을 가진 것이 있다. 헤이안시대에 성행한 우타모노가타리의 내용은 여러 갈래지만 와카에 얽힌 사랑이야기나 사별 혹은 불행을 탄식하는 이야기로 헤이안 귀족의 인간관계를 현실적으로 묘사하고 있다.

와카를 중심으로 한 대표적인 작품으로, 최초의 우타모노가타리는 『이세모노가타리伊勢物語』이다. 와카의 서정성과 산문의 서사성과의 융합에 의한 새로운 형태의 모노가타리이다. 뒤를 이은 작품으로 『야마토모노가타리大和物語』, 『헤이추모노가타리平中物語』 등이 있다.

▶ 『이세모노가타리伊勢物語』

헤이안 초기에 성립한 우타모노가타리인데 1권으로 이루어져 있으며, 『자이고가모노가타리在五が物語』, 『자이고추조모노가타리在五中将物語』, 『자이고추조노닛키在五中将の日記』라고도 한다.

와카를 중심으로 형성된 현실적인 우타모노가타리의 최초 작품이다. 작자는 미상이지만, 주인공은 9세기에 실존인물인 아리와라노나리히라在原業平[3]인 것으로 알려져 있다. 이러한 근거는 본문의 제63단을 비롯한 여러 단에서 아리와라노나리히라와 연관된 내용들이 나타나기 때문이다. 그러나 수십 년에 걸쳐 복수의 작자에 의해 확대 재생산되어 성립된 것으로 추정되며, 모노가타리의 성립 당시부터 고전 교양의 중심이 된 것과 내용 분량이 적당하여 많은 사람에게 사랑받은 것으로 추측된다.

작품명은 『겐지모노가타리』에 언급된 것에서 유래되었다는 설이 있으나, 현재는 제69단이 이세伊勢를 배경으로 한 것에서 유래되었다는 설이 유력시되고 있다.

내용은 여러 방면의 여성을 좋아하는 남성을 설정하여 아름다운 애정을 현실적인 인간관계 중에서 결정시키고 있다. 간결하면서도 함축성 있는 문장은 세련된 우아함으로 '미야비みやび'라는 문학이념으로 완성되었다. 특히 '이로고노미(いろごのみ、色好み)'의 이상형을 그린 것으로, 『겐지모노가타리』를 비롯하여 후대 모노가타리 문학이나 와카에 큰 영향을 주었으며, 근세에는 『니세모노가타리仁勢物語』와 같은 패러디 작품도 나타났다.

❀ 작품 줄거리

이 작품은 125단으로 되어 있으며, 각 단段은 거의 "옛날 어떤 남자가 있었다."라는 글로 시작되며, 그 남자의 일생을 그리고 있다. 각 단의 이야기 내용은 남녀의 연애를 중심으로, 부모와 자식 사랑, 주종 사랑, 우정, 사교 생활 등 다방면에 걸쳐 있다. 주인공과 연관된 인물로 익명의 남녀가 등장하기도 한다. 나리히라의 이야기뿐만 아니라 니조二條 황후나 사이구齋宮[4]와의 금지된 사랑을 읊은 노래를 토대로 한 호색가好色家의 이야기와 서민의 순애담 등이 증보되는 등 보편적인 인간관계의 여러 가지 모습도 담겨 있다.

---

3 아리와라노나리히라在原業平 : 헤이안시대의 귀족으로 육가선六歌仙 중 한 명.
4 사이구齋宮 : 伊勢 신궁에 봉사한 미혼의 여자 황족.

◉ 작품 원문 『이세모노가타리伊勢物語』

〈一。しのぶみだれ〉

昔、男初冠して、平城の京春日の里に、しるよしして、狩にいにけり。その里に、いとなまめいたる女はらから住みけり。この男かいまみてけり。おもほえずふるさとにいとはしたなくてありければ、心地まどひにけり。男の着たりける狩衣の裾を切りて、歌を書きてやる。その男、しのぶ摺の狩衣をなむ着たりける。

春日野の若紫のすり衣しのぶのみだれかぎり知られず

となむ、おひつきていひやりける。ついで、おもしろきこととともや思ひけむ。

みちのくのしのぶもじずり誰ゆゑに乱れそめにしわれならなくに

といふ歌の心ばへなり。昔人は、かく、いちはやきみやびをなむしける。

◉ 작품 번역문

〈1. 마음의 동요〉

옛날, 어떤 남자가 성년식을 치루고 나라奈良의 수도 가스가春日 마을에 영지領地가 있는 연유로 사냥을 나갔다. 그 마을에 매우 우아하고 아름다운 자매가 살고 있었다. 그 남자는 이 여성들을 몰래 훔쳐보았다. 뜻밖에도 낡고 적적한 마을에 어울리지 않는 아름다운 자매여서 마음이 흔들리고 말았다. 남자는 자신이 입고 있던 사냥복의 옷자락을 잘라, 노래를 적어 여자에게 보냈다. 그 남자는 시노부즈리[5] 문양의 사냥복을 입고 있었다.

가스가 자근[6] / 물들인 시노부즈리 / 어지런 문양/ 그댈 본 내 마음도 / 한없이 어지럽네

---

5 시노부즈리忍摺 : 넉줄고사리의 잎과 줄기를 천에 문질러 꼬인 것 같은 무늬를 낸 문양.

(가스가 들판의 자근처럼 젊고 아름다운 그대들을 보고 / 이 사냥복의 시노부즈리의 문양처럼 / 마음은 천 갈래 만 갈래 어지럽기 한이 없어라.)

라고 점잖은 투로 읊었다. 때마침 적절하게 정취 깊은 것이라도 생각했던 것인지!

미치노쿠의 / 시노부즈리는 / 누구 때문에 / 흔들려 물드는가 / 바로 당신 때문에

(시노부즈리의 흩어진 모습을 흉내 낸 듯이 / 내 마음은 어지럽습니다만, 그대밖에 그 누구의 탓으로 / 내 마음이 흔들리는 내가 아닌데(모두 그대들 탓입니다).

라는 풍정風情의 노래를 읊었다. 옛사람들은 이처럼 풍류를 즐겼던 것이다.

▶ 『헤이추모노가타리平中物語』

『헤이추모노가타리平中物語』는 헤이안 중기의 호색가인 실존인물 다이라노사다부미平貞文를 주인공으로 한 작품으로, 10세기 중엽에 성립된 우타모노가타리이다. 『헤이추닛키平中日記』, 『사다부미닛키貞文日記』라고도 하며, 사다부미의 가집을 토대로 한 실록풍의 우타모노가타리이다. 내용은 답장이 없는 여성, 부모의 반대로 인해 이루어지지 못하는 사랑, 여성의 행동을 보고 정이 떨어진 경우 등 사랑을 찾아 헤매는 다이라노사다부미의 다양한 사랑의 행적들을 그리고 있다. 와카의 명인인 사다부미가 익명의 여인들과 주고받은 증답가贈答歌가 담겨 있는데 이는 사랑의 노래를 주고받은 여성들의 이름이 밝혀져 있는 『고센와카슈後撰和歌集』와 양상을 달리한 특징이라고 할 수 있다.

148수의 단가短歌, 2수의 렌가連歌, 1수의 장가長歌를 포함한 총 38단段의 설화와 단장斷章 1편으로 구성되어 있다. 『이세모노가타리』의 영향이 큰 작품으로, 『이세모노가타리』에 비해 지문이 많다. 헤이안 중기의 색채가 강한 우타모노가타리이다.

---

6 여기서는 자근紫根이라는 식물 문양을 물들인 것으로 자근 혹은 자주괴불주머니라고도 한다. 산기슭의 그늘진 곳에서 자라며 긴 뿌리 끝에서 여러 대가 나와서 높이 20~50cm까지 자라고 능선이 있으며 가지가 갈라진다. 뿌리에서 나온 잎은 잎자루가 길고 작은 잎이 3장씩 2번 나온다.

▸ 『야마토모노가타리大和物語』

　『야마토모노가타리大和物語』는 10세기말에 성립된 작자 미상의 우타모노가타리로 173단의 단편으로 구성되어 있으며, 약 300수의 와카가 담겨 있다. 『이세모노가타리』의 영향으로 성립된 작품으로 추정되지만, 『이세모노가타리』가 주인공 한 사람의 일대기로 구성되어 있는데 반해, 『야마토모노가타리』는 전해 내려오는 와카의 설화를 모아서 기록한 것으로, 각 단 마다 주인공이 다르게 등장하는 옴니버스 형태로 구성된 단편집이다. 그 등장인물로는 천황과 황후 귀족에서부터 승려와 유녀에 이르기까지 매우 다양하다. 전반부인 140단까지는 실존인물의 와카와 관련된 성격이 강한 데 비해, 후반부인 141단부터 173단까지는 비련이나 이별 그리고 재회와 만남 등의 구비전설이나 실존인물의 연애사건 등 많은 설화를 포함하고 있다.

제3장
겐지모노가타리源氏物語

일본문학의 최고봉이라 불리며, 세계적으로도 훌륭한 문학작품으로 평가되는 『겐지모노가타리(源氏物語: 겐지 이야기)』는 11세기 초에 무라사키 시키부紫式部가 쓴 전체 3부 54권으로 이루어진 장편소설이다. 『겐지모노가타리』는 이전의 두 갈래의 모노가타리를 종합한 허구적인 모노가타리로서 높은 예술적 완성도를 드러냈다.

작자 무라사키 시키부는 후지와라노다메토키藤原為時의 딸로 덴로쿠天録 원년인 970년에 태어났다고 하지만 확실하진 않다. 그 아버지인 다메토키는 에치젠越前이나 에치고越後의 지방관을 역임한 자로 시문詩文에 뛰어난 지식인으로 알려져 있으며, 어머니는 시키부式部가 어릴 때 죽었다.

무라사키 시키부는 어렸을 때부터 아버지의 책을 읽으면서 한문, 문학, 음악, 불경 등에 대한 교양을 몸에 익혔고, 아버지의 지도를 받아 문학적 소양을 키워나갔다. 성장하여 후지와라노부타카藤原宣孝와 결혼하여, 다음 해에 딸을 출산하지만, 결혼 3년째 남편이 병으로 급사하는 바람에 결혼 생활은 3년으로 끝난다.

남편이 사망한 후 『겐지모노가타리』의 창작에 몰두하게 되었다. 이후 후지와라 미치나가藤原道長의 장녀인 중궁中宮 쇼시彰子를 모시게 되었고, 이후에도 모노가타리를 집필하였다고 한다.

이야기의 대부분은 이상화된 주인공 히카루겐지光源氏를 주인공으로 하여 귀족사회의 사랑과 괴로움을 그려 인간의 진실을 추구했다. 특성은 화려한 전반부와 조용한 후반부를 배열하여 구성면에서 뛰어나며, 등장하는 많은 인물의 개성을 잘 구별하여 표현하였으며 특히, 성격, 심리묘사가 뛰어나다. 모노노아와레もののあはれ[7]의 정취를 띠고 있어 귀족 사회의 향취를 전하고 있다.

『겐지모노가타리』의 주제 전개는 초반에는 그동안 보여진 모노가타리의 전통적 제약에 구애받고 있지만, 작가의 주체적인 성찰에 의해 점차 깊은 내면성이 부여되어 궁중宮中 귀족사회의 화려한 생활 속에 있는 인간의 근원적인 모습을 그리고 있다. 이 모노가타리는 일상생활에서 소외된 고독한 영혼을 계속 응시한 작가의 자질을 엿볼 수 있으며, 그 결과 허구의 방법을 추구하여 거기에 상상력을 더하여 장대한 모노가타리를 창조하였다고 할 수 있다.

『겐지모노가타리』에 등장하는 인물은 500명에 이르고, 그 기간도 4대 천황에 걸친 70여 년에 이르는 장대한 모노가타리를 이루고 있지만, 그 구성은 매우 치밀하다. 또한 내면묘사가 뛰어나 개개의 등장인물의 심리분석과 성격묘사 등은 더없이 정교하다. 자연과 인간과의 융화를 꾀하고 있으며 고금의 와카 800여 수나 한시漢詩를 인용한 참신하고 우아한 문장은 와분타이和文體의 대표라고 할 수 있다. 이후 성립된 왕조모노가타리王朝物語의 대부분은 『겐지모노가타리』의 영향을 받고 있으며, 문학뿐만이 아닌 에마키모노絵巻物나 고도香道[8] 등 다른 분야에도 막대한 영향을 끼쳤다. 일본 고전중의 고전으로 일본문학사상 최고의 걸작으로 칭해지는 전형적인 왕조소설이다.

❁ 작품줄거리 및 구성과 내용

『겐지모노가타리』는 54첩으로 된 장편으로 히카루겐지의 생애를 적은 전편과 그의 아들 가오루薫의 반생을 그린 후편으로 되어 있는데, 주제의 전개 면에서 볼 때 전편을 2부로 나누어 전체를 3부 구성으로 나누는 것이 일반적이다.

---

7 모노노아와레もののあはれ : 일본 헤이안시대의 왕조문학을 이해하는 데 있어서 중요한 문학적 미적 개념, 미의식의 하나이다. 직역 또는 의역하여 사물의 슬픔, 비애의 정 등의 의미를 갖는다.
8 고도香道 : 향을 피우고 그 향기를 즐기는 기예技藝.

〈제1부〉기리쓰보桐壺 장에서 후지노우라하藤裏葉 장까지이다. 주인공 히카루겐지의 출생에서 여러 가지 사랑의 편력을 거쳐 준다이조準太上천황에 이르기까지의 과정을 담고 있다. 히카루겐지는 기리쓰보천황의 황자로 태어나 유례없는 자질을 가졌으나 어머니 쪽 집안이 낮아 후지와라 성을 받고 신하로 강등된다. 그 후 돌아가신 어머니와 닮은 기리쓰보천황의 후궁 후지쓰보藤壺와 허락되지 않은 사랑에 빠지게 되고, 이후 이상향의 여성으로 여긴 그 조카딸인 무라사키노우에紫の上와 순애보에 빠지고, 유가오夕顔와 아카시노우에明石の上 등과 교섭하게 되고, 이후 스마須磨에 좌천되는 실의를 겪고 난 후 권세와 부귀의 정점에 이르게 되는 장면을 담고 있다.

〈제2부〉와카나若菜 장부터 마보로시幻 장까지이다. 부귀영화의 정점에 다다른 히카루겐지의 어둡고 숙명적인 죄의 자각으로 고뇌하는 만년의 모습이 서사되어 있다. 온나산노미야女三の宮가 시집을 가게 됨에 따라 제1부에서 쌓아 올린 이상세계의 모순이 점차 폭로되고, 붕괴된다. 히카루겐지 자신의 후지쓰보와의 허락되지 않는 사랑을 재현하듯 가시와기柏木와 온나산노미야의 비극이 연출되는 동안 무라사키노우에가 죽음을 맞이하게 되고 히카루겐지도 불안과 고뇌 속에 세상을 떠나게 된다.

〈제3부〉니오우노미야匂宮 장부터 유메노우키하시夢浮橋 장까지이다. 히카루겐지가 죽은 후 우지宇治를 무대로 하여 가오루나 니오우노미야 등 겐지의 자손과 우지노하치노미야宇治の八宮의 공주들이나 우키후네浮舟와의 이루지 못할 사랑 등이 그려져 있다. 사랑의 메마름과 인간불신 등이 냉엄하게 추구되어 벗어날 수 없는 존재의 부조리와 불교에 의해서조차 구원받지 못하는 숙명적인 세계를 그려내고 있다. 우지宇治를 배경으로 한 마지막 10권은「우지주조宇治十帖」라고 불리기도 한다.

각 첩을 도표로 나타내보면 다음과 같다.

◆ 『겐지모노가타리』각 첩의 제목

부	帖	제목	기간
1부	1	기리쓰보(桐壺)	源氏誕生-12歲
	2	하하키기(帚木)	源氏17歲 夏
	3	우쓰세미(空蟬)	源氏17歲 夏, 하하키기(卷)
	4	유가오(夕顏)	源氏17歲 秋-冬, 하하키기(卷)
	5	와카무라사키(若紫)	源氏18歲
	6	스에쓰무하나(末摘花)	源氏18歲 春-19歲 春, 무라사키(卷)
	7	모미지노가(紅葉賀)	源氏18歲秋-19歲 秋
	8	하나노엔(花宴)	源氏20歲 春
	9	아오이(葵)	源氏22歲-23歲 春
	10	사카키(賢木)	源氏23歲秋-25歲 夏
	11	하나치루사토(花散里)	源氏25歲 夏
	12	스마(須磨)	源氏26歲春-27歲 春
	13	아카시(明石)	源氏27歲春-28歲 秋
	14	미오쓰쿠시(澪標)	源氏28歲冬-29歲
	15	요모기우(蓬生)	源氏28歲-29歲, 미오쓰쿠시(卷)
	16	세키야(関屋)	源氏29歲 秋, 미오쓰쿠시(卷)
	17	에아와세(絵合)	源氏31歲 春
	18	마쓰카제(松風)	源氏31歲 秋
	19	우스구모(薄雲)	源氏31歲 冬-32歲 秋
	20	아사가오(朝顏)	源氏32歲 秋-冬
	21	오토메(少女)	源氏33歲-35歲
	22	다마카즈라(玉鬘)	源氏35歲 以下, 다마카즈라十帖
	23	하쓰네(初音)	源氏36歲 正月, 다마카즈라(卷)
	24	고초우(胡蝶)	源氏36歲 春-夏, 다마카즈라(卷)
	25	호타루(蛍)	源氏36歲 夏, 다마카즈라(卷)
	26	도코나쓰(常夏)	源氏36歲 夏, 다마카즈라(卷)
	27	가가리비(篝火)	源氏36歲 秋, 다마카즈라(卷)
	28	노와키(野分)	源氏36歲 秋, 다마카즈라(卷)
	29	미유키(行幸)	源氏36歲 冬-37歲 春, 다마카즈라(卷)
	30	후지바카마(藤袴)	源氏37歲 秋, 다마카즈라(卷)
	31	마키바시라(真木柱)	源氏37歲 冬-38歲 冬
	32	우메가에(梅枝)	源氏39歲 春
	33	후지노우라바(藤裏葉)	源氏39歲 春-冬
2부	34	와카나(若菜)上·下	源氏39歲 冬-41歲 春/41歲 春-47歲 冬
	35	가시와기(柏木)	源氏48歲 正月-秋
	36	요코부에(横笛)	源氏49歲
	37	스즈무시(鈴虫)	源氏50歲 夏-秋, 요코부에(卷)

	38	유기리(夕霧)	源氏50歳 秋-冬
	39	미노리(御法)	源氏51歳
	40	마보로시(幻)	源氏52歳
	41	구모가쿠레(雲隠)	光源氏の死を暗示。
3부	42	니오우노미야(匂宮)	薫14歳-20歳
	43	고바이(紅梅)	薫24歳 春, 니오우노미야(卷)
	44	다케카와(竹河)	薫14,5歳-23歳, 니오우노미야(卷)
	45	하시히메(橋姫)	薫20歳-22歳, 이하 우지주조(宇治十帖)
	46	시이가모토(椎本)	薫23歳 春-24歳 夏
	47	아게마키(総角)	薫24歳 秋-冬
	48	사와라비(早蕨)	薫25歳 春
	49	야도리기(宿木)	薫25歳 春-26歳 夏
	50	아즈마야(東屋)	薫26歳 秋
	51	우키후네(浮舟)	薫27歳 春
	52	가게로(蜻蛉)	薫27歳
	53	데나라이(手習)	薫27歳-28歳 夏
	54	유메노우키하시(夢浮橋)	薫28歳,

〈『源氏物語』 주요 등장인물 소개〉

▌ 히카루겐지光源氏 : 제1부와 제2부의 주인공. 기리쓰보천황과 기리쓰보코이桐壺更衣[9] 사이
에 태어난 기리쓰보천황의 두 번째 아들. 천황의 자식이나 천황계가 아닌 신하로서 후
지와라 성을 받음. 스마須磨에 칩거하지만 복귀하여 준다이조천황准太上天皇에 올라 로쿠
조인六条院이라고 불림. 정식부인으로 아오이노우에葵の上, 온나산노미야女三宮가 있고,
겐지의 이상형 여성으로 무라사키노우에紫の上가 있다. 자식으로는 유기리夕霧(아오이노
우에의 딸), 레이제이천황冷泉帝(후지쓰보藤壺 중궁의 아들, 표면상으로는 기리쓰보의 아
들로 되어 있음), 아카시明石 중궁(아카시明石의 부인의 딸)이 있으며 양녀로 아키코노무
秋好 중궁(로쿠조노미야스도코로六条御息所의 딸)과 다마카즈라玉鬘(내대신内大臣과 유가
오夕顔의 딸)가 있으며, 표면상의 자식으로 가오루薫(가시와기柏木와 온나산노미야女三宮
의 자식)가 있다.

▌ 기리쓰보천황桐壺帝 : 히카루겐지의 아버지. 겐지 외에 스자쿠천황朱雀帝, 호타루효부교蛍
兵部卿, 하치노미야八の宮가 있다. 막내인 레이제이천황은 후지쓰보천황의 자식이 아닌

---

9 고이更衣 : 황실 내전内殿에서 뇨고女御 다음 가는 여관女官.

겐지의 자식이다.

▌ 후지쓰보 중궁藤壺中宮 : 기리쓰보천황의 선대 천황의 황손녀. 겐지의 어머니인 기리쓰보코이와 닮아 기리쓰보코이의 사후 후궁이 된다. 겐지와 밀통하여 레이제이천황을 낳았다.

▌ 아오이노우에葵の上 : 우대신의 딸로, 겐지의 최초의 정실부인. 어머니 황태후는 기리쓰보천황의 형제로 겐지와는 종형제이다. 부부 사이는 좋지 않았지만 회임하여 유기리夕霧를 낳는다. 로쿠조미야스도코로六条御息所와의 수레싸움으로 미움 받아 생령生靈에 의해 죽게 된다.

▌ 도노주조頭中将 : 좌대신의 자식으로 아오이노우에의 오빠. 겐지의 친구이자 라이벌. 연애, 승진 등 항상 겐지를 앞지른다. 자식으로 가시와기柏木, 구모이노카리雲居雁, 고키덴노뇨고弘徽殿女御, 다마카즈라玉鬘, 오미노기미近江の君 등이 있다.

▌ 로쿠조미야스도코로六条御息所 : 기리쓰보천황 형의 후궁. 겐지의 애인. 겐지에 대한 애착이 깊어 냉담한 겐지를 원망하여 아오이노우에를 죽음에 이르게 한다.

▌ 무라사키노우에紫の上 : 후지쓰보 중궁의 조카. 효부교노미야兵部卿宮의 딸. 어릴 적 겐지의 눈에 띄어 양육되어 아오이노우에가 죽은 후 부인이 된다. 겐지와의 사이에 아이가 없어 아카시 중궁을 양녀로 들인다. 만년에는 겐지와의 사이가 소원해져 무상을 느낀다.

▌ 아카시노키미明石君 : 아카시노뉴도明石の入道의 딸. 겐지가 불우할 때, 겐지와 관계를 맺어 아카시 중궁을 낳으나, 무라사키노우에의 양녀로 보낸다.

▌ 스에쓰무하나末摘花 : 히타치노미야常陸宮의 딸. 겐지의 애인. 매우 야윈 데다 코가 코끼리처럼 길고 코끝이 빨간 추녀로 작품에 등장하는 가장 못생긴 여인으로 묘사되어 있다.

▌ 온나산노미야女三の宮 : 스자쿠인朱雀院의 세 번째 황녀로 겐지의 조카에 해당되며 후지쓰보 중궁의 조카이다. 겐지의 만년에 두 번째 정실부인이 된다. 유약한 성격으로 가시와기와 정을 통하여 가오루를 낳는다.

▌ 가시와기柏木 : 내대신内大臣의 장남. 온나산노미야와 정을 통한 것이 적발되어 겐지의 분노를 사게 된 후 마음에 두다 병으로 사망한다.

▌ 유기리夕霧 : 겐지의 장남. 아오이노우에의 아들. 아오이노우에가 죽은 후 하나치루사토花散里에게 양육된다. 2살 연상의 사촌누이 구모이카리雲居雁를 사랑하여 부인으로 삼는

다. 가시와기가 죽은 후 그의 아내인 온나니노미야女二宮를 강제로 부인으로 삼는다.

- 가오루薫 : 제3부의 주인공. 겐지(사실은 가시와기)와 온나산노미야 사이의 아들. 태어나면서부터 몸에 좋은 향기가 난다하여 가오루라 부르게 된다. 우지노하치노미야宇治の八の宮의 장녀 오기미大君, 오기미가 죽은 후 동생인 나카노기미中君, 우키후네浮舟를 상대로 연애편력을 쌓아 간다.

- 니오우노미야匂宮 : 긴조우천황今上帝과 아카시 중궁 사이의 아들. 세 번째 황자로서 방탕한 생활을 보낸다. 가오루에게 대항심을 불태운다. 우지노하치노미야의 나카노기미를 주위의 반대를 무릅쓰고 부인으로 삼지만, 이복동생 우키후네에게도 관심을 나타내는 등 가오루의 집착을 알면서도 빼앗는다.

- 우키후네浮舟 : 하치노미야와 궁녀에게서 태어난 딸. 어머니가 결혼하여 양부가 있는 히타치常陸에서 키워진다. 가오루와 니오우노미야 사이에서 고뇌하여 물에 투신자살을 시도하지만 요카와노소즈橫川の僧都가 구해 준다.

◈ 작품 원문 『겐지 모노가타리源氏物語』

　いづれの御時にか、女御・更衣あまた候ひたまひける中に、いとやむごとなき際にはあらぬが、すぐれて時めきたまふありけり。初めよりわれはと思ひ上がりたまへる御方々、めざましきものにおとしめそねみたまふ。同じほど、それより下臈の更衣たちは、まして安からず。朝夕の宮仕へにつけても、人の心をのみ動かし恨みを負ふ積もりにやありけむ、いとあつしくなりゆき、もの心細げに里がちなるを、いよいよ飽かずあはれなるものに思ほして、人のそしりをもえはばからせたまはず、世のためしにもなりぬべき御もてなしなり。上達部・上人なども、あいなく目をそばめつつ、いとまばゆき人の御おぼえなり。唐土にも、かかることの起こりにこそ、世も乱れ悪しかりけれと、やうやう天の下にもあぢきなう、人のもて悩みぐさになりて、楊貴妃の例も引き出でつべくなりゆくに、いとはしたなきこと多かれど、かたじけなき御心ばへのたぐひなきを頼みにて交じらひたまふ。

● 작품 번역문

어느 천황의 치세 때였을까, 천황을 섬기는 뇨고女御나 고이更衣들이 즐비하게 많고 많은 대제의 후궁 중에, 그다지 고귀한 집안 출신이 아닌 데도, 천황에게 누구보다도 각별히 총애를 받은 고이가 있었다. 처음 입궁했을 때부터, 자기야말로 천황의 총애를 제일로 받을 거라고 우쭐대고 있던 뇨고들은 이 고이를 눈에 가시로 여기며 대단히 경멸하거나 질투하였다. 그리고 고이와 비슷한 신분이거나 그보다 낮은 지위의 고이들은 더욱 마음이 편치 않았다. 고이는 궁중 생활의 일상에서, 그러한 여인네들의 마음을 애태워, 맹렬한 질투로 원망이 쌓이고 쌓인 탓인지, 점차 병색이 짙어져 쇠약해져 갈 뿐으로, 이상하게 우울해져, 친정에 가서 지내는 일이 잦아졌다. 그 때문에 천황은 그런 고이를 더욱 애처롭게 생각하시고, 사랑스러움은 한층 더 쌓일 뿐으로, 사람들의 비난 따위 일체 마음에도 두시지 않으셨다. 완전히 세간 이야깃거리가 될 정도로 우대하셨다.

대신이나 당상관들도 지나친 처우에 어이없어 외면할 정도로, 그것은 정말 눈뜨고 보고 있을 수 없을 정도의 총애였던 것이다.

"중국에서도 이런 후궁後宮의 일이 발단이 되어 세상이 혼란해지고 어려운 사건이 벌어진 것이다."라고, 차츰 세간에서도 소문이 돌기 시작하여, 현종 황제에게 지나치게 총애를 받은 탓으로, '안녹산의 난'을 야기한 당나라의 양귀비楊貴妃의 예例 따위로도 비유되어 떠도는 상황이라서 고이는 가만 있을 수 없을 정도로 괴로운 맘이 더해 갔다. 다만 더없이 깊고 큰 천황의 황송한 총애만을 의지하며 궁중 생활을 계속하였다.

제4장
헤이안 말기 모노가타리 平安末期物語

『겐지모노가타리』이후에도 헤이안 말기까지 많은 장편 단편의 모노가타리가 쓰여졌지만, 『겐지모노가타리』의 수준에 미치지는 못했다. 허구의 모노가타리 문학은 『겐지모노가타리』를 정점으로 하여 헤이안 귀족사회의 쇠퇴와 함께 쇠퇴해 갔다. 이후의 작품들은 비현실적인 제재題材를 취하거나 줄거리 변화를 추구하거나 새로운 취향을 찾지만, 『겐지모노가타리』의 모방에 머물고 있다. 작품으로는 『요루노네자메(夜の寝覚: 밤잠을 깨다)』, 『하마마쓰추나곤모노가타리浜松中納言物語』, 『사고로모모노가타리狭衣物語』, 『도리카에바야모노가타리(とりかへばや物語: 바꾸고 싶은 이야기)』, 『쓰쓰미추나곤모노가타리堤中納言物語』등이 있다.

▶ 『요와노네자메夜半の寝覚』

『요루노네자메夜の寝覚』혹은 『네자메모노가타리寝覚物語』라고도 한다. 11세기 중후반경에 성립되었다고 추정되며, 작자는 미상이나 『사라시나닛키更級日記』나 『하마마쓰추나곤모노가타리』의 스가와라노타카스에노무스메菅原孝標女로 추정되고 있기도 하다. 전생의 인연을 숙명적으로 받아들이고 살아가는 여자 주인공의 일생을 그린 것으로, 『겐지모노가타리』의 영향이 짙지만 등장인물의 심리를 잘 관찰하여 정밀하게 그려낸 심리묘사가 매우 뛰어나다.

◉ 작품 줄거리

다조다이진太政大臣은 아내를 잃은 뒤 4명의 자녀를 양육하는데 그중 나카노기미(中の君, 후에 네자메노우에-寝覚の上)는 음악적 재능이 뛰어났다. 그 재능을 천인도 사랑한 탓인지 13세의 15일 밤에 나타나 비파의 비곡을 전해주고, 다음 해 15일 밤에도 나타나 그녀의 기구한 운명을 예언하고 사라진다. 사다이진의 장남 주나곤은 나카노기미의 언니인 오기미와 결혼을 약속한 사이였으나 오기미의 동생인 것을 알지 못한 채 나카노기미와 관계를 맺게 되고, 나카노기미를 회임시키게 되어 주나곤의 결혼 생활은 파탄에 빠진다. 한편 나카노기미는 늙은 관백関白과 결혼하지만, 관백이 죽고 미망인이 된 나카노기미는 여러 소문으로 인해 타격을 입고 아버지의 거처로 옮겨 출가를 원한다. 주나곤은 그동안의 일을 고백하고 나카노기미를 맞아들인다.

▶ 『하마마쓰추나곤모노가타리浜松中納言物語』

헤이안 후기에 성립한 후기 왕조 모노가타리의 하나이다. 11세기 중엽에 성립했으며 작자는 스가와라노타카스에노무스메菅原孝標女인 것으로 추정하지만 확실하지 않다. 전 6권이나 제1권은 아직 발견되지 않아 현존하는 것은 전 5권이다. 꿈의 예언과 계시 등 몽상적이고 윤회와 같은 초자연적인 사상이 깔려있으며, 무대가 당나라까지 확대된 것이 특색이다. 배경이 된 당나라는 기존의 몽상적 장소에서 탈피해 사실적으로 묘사하고 있으나, 당나라 묘사가 정확하지는 않고 몇 개의 지명만 언급되어 있다. 이 작품은 이후 『마쓰라노미야모노가타리松浦宮物語』에 영향을 주었다.

❀ 작품 줄거리

하마마쓰 주나곤은 사람들의 소문과 꿈의 예언으로 아버지가 당나라의 태자로 환생한 것을 알게 되고, 너무 보고 싶은 나머지 천황에게 청하여 반대를 무릅쓰고 견당사로서 3년간 당나라에 가게 된다. 당나라에 도착한 주나곤은 태자 어머니인 황후의 아름다움에 끌려 황후와 관계를 맺게 되고 황후는 아들을 출산한다. 삼년이 흘러 황후의 편지와 아들을 데리고 귀국한다.

황자를 데리고 귀국한 주나곤은 요시노에 가서 부탁받은 황후의 편지를 그 가족들에게 전한다. 주나곤은 황후를 잊지 못하는 와중에 황후와 닮은 요시노의 히메기미(황후의 이복여동생)를 자신의 거처로 데려오려고 하지만, 히메기미의 이야기를 들은 시키부쿄미야가 데리고 가버린다. 히메기미는 정신이상을 일으키며 자신을 주나곤이 있는 곳에 보내달라고 희망하게 된다. 어쩔 수 없이 주나곤에게 보내지만, 시키부쿄미야는 계속해서 히메기미를 만나러 오게 된다. 이후 주나곤은 요시노 히메기미와 시키부쿄미야 사이에 태어난 아이가 죽은 황후가 환생한 것임을 꿈에서 듣게 되고, 아버지가 환생한 황자가 태자가 된 것을 알게 된다.

▶ 『**사고로모모노가타리**狹衣物語』

11세기 후반에 성립하였으며, 전 4권으로 구성되어 있다. 작자는 헤이안시대 여류가인女流歌人인 로쿠조사이인노센지六条斎院宣旨[10]이다. 『겐지모노가타리』의 「우지주조宇治十帖」의 주인공 가오루와 매우 닮은 주인공 사고로모狹衣의 연애편력을 서사한 것으로, 전반부는 외모와 재능이 뛰어난 주인공의 이룰 수 없는 사랑의 번뇌를, 후반부는 절망적으로 끝나버린 사랑의 추억과 번민을 담고 있다. 주제나 구성면에서 통일성은 있으나, 『겐지모노가타리』의 영향이 현저하며 퇴폐적인 분위기를 띠고 있다. 그러나 사고로모의 번민을 구사하며 현실을 의식한 작품으로 평가되고 있으며, 운명관, 몽상적 묘사나 주인공의 우유부단함 등 우수적인 분위기가 돋보이는 작품이기도 하다.

---

10 로쿠조사이인노센지六条斎院宣旨 : 스자쿠천황의 네 번째 황녀인 바이시 나이신노(禖子内親王, 천황의 남매나 황녀 혹은 적출의 황녀)의 궁녀.

◉ 작품 줄거리

사가嵯峨천황의 동생 호리카와堀川 관백関白의 외동아들 사고로모는 사촌 여동생 겐지노미야源氏の宮를 사랑해 고백하지만 거절당하고 천황의 딸 온나니노미야와 약혼하고 강제적으로 관계를 맺어 온나니노미야는 회임하게 된다. 사고로모의 우유부단한 성격에 절망한 온나니노미야는 사고로모의 아들을 출산한 후 출가한다. 사고로모는 상심한 마음에 우연히 만난 아스카이온나기미飛鳥井女君와 관계를 맺지만, 낮은 신분의 그녀를 속이게 되고, 사고로모의 사랑을 믿지 못한 그녀는 물에 뛰어들어 자살을 꾀한다.

겐지노미야가 신탁에 의해 가모사이인賀茂斎院[11]이 되자, 사고로모는 출가를 위해 절에 참배하러 가는데, 아스카이온나기미와 딸의 존재를 듣게 된다. 이후 딸이 살고 있는 이치힌미야一品宮의 거처에 몰래 숨어들어갔다가, 이치힌미야에게 마음이 있다고 오해한 호리카와 관백에 의해 이치힌미야와의 혼담이 무리하게 성사되어 냉랭한 결혼 생활을 하게 된다. 사고로모는 출가를 시도하지만 아버지에 의해 저지당하게 되고, 겐지노미야와 닮은 시키부쿄의 히메기미와 맺어져 마음의 위안을 받는다. 사고로모는 신탁에 의해 천황에 즉위하지만, 즉위의 영광과는 반대로 겐지노미야와 온나니노미야를 생각하는 우수의 날들을 보낸다.

▸ 『도리카에바야모노가타리とりかへばや物語』

11세기 말에 성립되었으며, 작자는 미상이지만 남자인 것으로 추정되며, 남성과 여성이 바뀌는 비현실적인 설정이다. 두 사람을 중심으로 한 인간관계의 묘사는 현실적이고 중층적이다. 전 4권으로 구성되어 있다. 아들은 여자로서 딸은 아들로서 자라는 과정을 그리고 있는데, 특히 남장의 딸이 재상宰相 주조中将에게 자신의 성을 들킨 후 몸을 허락하는 장면은 엽기적이고 퇴폐적이라는 평가를 받기도 한다. 당시 사회의 제약 속에서 개인적 성향과 사회적 역할의 차이를 부각시킨 점은 이 작품의 큰 특징으로 꼽히기도 한다.

---

11 가모사이인賀茂斎院 : 헤이안시대부터 가마쿠라鎌倉시대에 걸쳐 가모미오야 신사賀茂御祖神社와 가모와케이카즈치 신사賀茂別雷神社에 봉사하는 미혼의 나이신노内親王 또는 여왕.

◉ **작품 줄거리**

간파쿠關白 사다이진左大臣에게는 두 사람의 아이가 있었다. 여성적인 성격의 남자아이와 활발하고 남성적인 여자아이인 성격 탓에 두 사람은 성性을 바꾸어 길러지게 되었다. 딸은 남성으로서 궁정에 출사하여 재기를 발휘하여 출세 가도를 달린다. 한편 아들은 후궁으로 출사하기 시작한다. 이후 딸은 친구인 주조에게 여성인 것을 들키게 되고 주조의 아이를 임신하여 출산한다. 아들도 주군의 온나토구女東宮를 연모하며 관계를 맺게 되면서 자신의 성에 고뇌하다 주위 사람들이 눈치 채지 못하게 두 사람이 서로 바꾸어 각각 본래의 성으로 되돌아가 관백과 중궁의 위치까지 오르게 된다.

▶ 『**쓰쓰미추나곤모노가타리**堤中納言物語』

헤이안 후기 이후에 성립한 10편의 단편을 모아놓은 모노가타리집으로, 1055년 고시키부小式部의 「오사카고에누곤추나곤逢坂越えぬ権中納言」 외에는 필자나 성립연대는 미상이다. 이외에 「하나자쿠라오루쇼쇼花桜折る少将」, 「무시메즈루히메기미虫愛づる姫君」, 「고노쓰이데このついで」, 「요시나시고토よしなしごと」, 「하나다노뇨고はなだの女ご」, 「하이즈미はいずみ」, 「호도호도노케소ほどほどの懸想」, 「가이아와세貝合はせ」, 「오모와누가타니토마리스루쇼쇼思はぬ方にとまりする少将」 등이 수록되어 있다.

「오사카고에누곤추나곤」은 「로쿠조사이인모노가타리아와세六条斎院物語合」를 위해 만들어진 신작으로 가오루형薫型의 귀공자의 사랑을 그린 것이며, 「하나자쿠라오루쇼쇼」는 여러 관직의 주인공이 등장하는 것에 따라 제목이 다르기도 하다. 「무시메즈루히메기미」는 다조다이진太政大臣 후지와라노무네스케藤原宗輔의 딸이 모델로 추정되며, 「요시나시고토」는 서간풍의 단편으로 편지 내용을 필자가 인용하는 체재를 취하고 있다. 「하이즈미」는 전반부는 「이세모노가타리」 23단의 소재를 기조로 하고 있으며, 후반부는 교겐狂言 「구로누리墨塗」 계열의 소재를 담고 있다.

각각 소재, 구성, 주제가 다른 이야기로 구성되어 있으며, 참신한 발상과 날카로운 기지, 풍부한 유머에 귀족계급에 대한 통렬한 풍자, 생생한 묘사와 명확한 주제가 드러난 근대의 단편소설에 가까운 새로운 경향을 나타낸 모노가타리이다. 헤이안시대에서 가마쿠라시대에 걸쳐 창작된 모노가타리가 중편이나 장편인 것에 비해 단편을 모은 모노가타리로 일본에서 가장 오래된 단편소설집으로 큰 의의를 가진다. 한편 제목에 사용된 '쓰쓰미 주나곤堤中納言'이라는 인물은 작중에는 등장하지 않는 것으로 제목에 대한 여러 가지 설이 있을 뿐 확실한 것은 없다.

◉ 작품 줄거리

완벽한 귀공자인 주나곤이 사랑하는 온나노미야女宮를 찾아가지만, 결국 맺어지지 못하고 끝나는 이야기인데, 집으로 돌아가는 길에 벚꽃이 아름답게 핀 저택에서 아름다운 아가씨 모습을 보고 반해서 여자의 침소에 숨어들어 유괴해 오는데, 집에 와서 보니 아가씨의 할머니인 여승이었다는 스토리이다. 눈썹이 없고 이가 까만 다이나곤의 히메는 성인식을 치루고 난 후에도 단장을 하지 않아도 아름답고 기품이 있었다.[12] 어려서부터 성인이 된 이후로도 털벌레만을 좋아하였는데, 저택에 몰래 들어온 풍류남이 히메를 몰래보고 노래를 지어 건네는 이야기 등을 담고 있다.

---

12 헤이안시대에 성인식을 치룬 여성의 단장은 눈썹을 깎고 이를 까맣게 칠하는 관습이 있었다. 따라서 태생적으로 눈썹이 없고 이가 까만 다이나곤의 히메는 자연미인의 조건을 가지고 있었던 것이다.

제5장
레키시모노가타리^{歷史物語}

헤이안 말기가 되면 무사세력이 증가하는 한편 후지와라씨藤原氏는 권력을 잃게 되고 극도의 영화를 누리던 귀족계급도 점차 권력을 잃게 된다. 1052년부터 말세에 들어간다는 불교의 말법사상으로 인하여 인심이 동요되고, 1027년 후지와라노미치나가藤原道長의 사후에는 현란한 왕조문화를 낳는 섭관체제도 점차 무너져 갔다. 귀족문화도 쇠퇴하고 귀족들의 문학이던 모노가타리의 창작도 저조하게 된다. 귀족들은 귀족사회의 퇴조를 자각하면서 화려한 과거의 영광을 회고하여 그리워하며 역사의식에 기초한 새로운 '레키시모노가타리(歷史物語: 역사 이야기)'를 시도하게 된다. 그리하여 역사적 사실에서 소재를 가져와 가나문으로 쓴 소설인 레키시모노가타리가 탄생되게 된다.

그러한 작품으로『에이가모노가타리榮花物語』,『오카가미大鏡』,『이마카가미今鏡』 등이 있다.

▶ 『에이가모노가타리榮花物語』

헤이안시대 최초의 레키시모노가타리로 가나문仮名文으로 기록된 작품이며 작자 미상이다. 모노가타리 형식을 취하고는 있으나『고지키古事記』나『니혼쇼키日本書紀』등 릿코쿠시六国史[13]의 뒤를 잇는다는 의도를 분명히 하고 있다. 887년 우다천황宇多天皇의 치세부터 73대 호리카와

---

13 릿코쿠시六国史 : 일본의 나라시대부터 헤이안시대에 걸쳐 엮은 여섯 가지의 관에서 편찬한 역사책. 한문으로 쓰인 편년체 역사책. 릿코쿠시의 마지막은 『니혼산다이지쓰로쿠日本三代実録』으로 고코光孝천황으로 끝나고 있다.

천황堀河天皇 때인 1092년까지를 기록한 것으로, 15대 약 200여 년의 역사를 편년체로 기술하고 있다. 정편正編 30권과 속편續編 10권으로 구성된 전 40권으로, 정편과 속편의 작자와 성립 연대가 다른 것으로 추정되고 있으며, 『겐지모노가타리』의 영향을 받은 것으로 추정된다.

정편은 네 명의 딸을 천황의 황후로 만들고 딸이 낳은 자손을 천황의 자리에 즉위시켜 섭정으로서 최고의 권력을 쥐었던 후지와라 미치나가藤原道長의 화려한 일생을 중심으로 서술되어 있으며, 속편은 미치나가 사후의 자녀들의 이야기를 적고 있다. 정편은 우다천황에서 호리카와천황에 이르기까지 각 천황의 즉위 전후의 사정이나 황후와 후궁 그리고 황자와 황녀에 대해 기술하고 있으며 이를 둘러싼 공적인 여러 행사와 사적인 이야기들이 수록되어 있다. 속편은 미치나가의 사후로 고이치조 천황시대 후반에서 호리카와천황에 이르는 6대, 약 60년간의 역사적 내용을 담고 있다.

역사 서술의 방법을 따르면서도 역사서 밖의 진실을 함께 서술하는 역사와 허구虛構가 공존하는 모노가타리이다. 그러나 연회나 와카 대회와 같은 귀족적인 행사 모습과 와카를 담는 등 궁정 귀족생활의 일반적 기록에 머물고 있으며, 각각의 인물상은 지극히 평이하다. 후지와라 미치나가에 대한 찬미로 시종 일관되어 정치적 언급이나 비판정신이 결여되었다는 평가도 있지만, 레키시모노가타리歷史物語라는 새로운 문학 형식을 만들어 냈다는 점에서 의의가 있다고 할 수 있다.

❀ 작품 줄거리

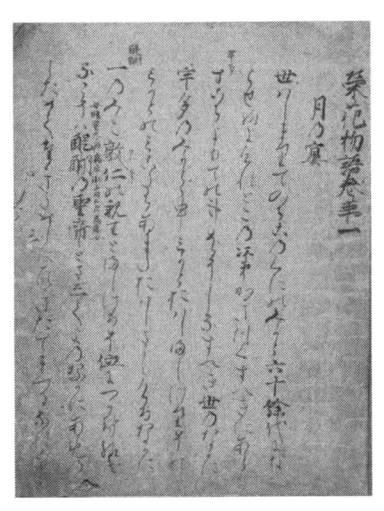

미치나가는 좌대신의 딸 린시倫子에게 적극적으로 구혼하여 결혼하게 되고, 이후 타고난 운과 권력욕으로 승진을 하여 눈부신 영화를 누리게 된다. 절대 권력과 최고의 영화를 누린 미치나가藤原道長지만, 정치적 권력을 얻기 위해 수단과 방법을 가리지 않은 죄업으로 인해 미치나가의 딸인 간시寬子가 중병에 걸려 출가한 후 죽고, 기시嬉子도 동궁을 낳은 지 3일 만에 죽는다. 딸들이 차례로 죽자 미치나가는 병이 점점 깊어져 극락왕생을 염원하다 임종을 맞고, 미치나가의 딸 이시威子의 꿈에 아름다운 승려가 나타나 미치나가가 극락의 최하위 단계로 환생했다는 미치나가의 편지를 전해준다.

▶ 『오카가미大鏡』

11세기에서 12세기 초에 성립된 것으로 추정되며, 작자는 미상이다. 850년 몬토쿠文德천황에서 1025년 고이치조後一条천황까지 14대 176년의 역사를 기전체로 기술한 두 번째 레키시모노가타리이다. 『오카가미』는 『이마카가미今鏡』, 『미즈카가미水鏡』, 『마스카가미增鏡』 등과 함께 시쿄四鏡라 한다. 내용적으로는 2번째 시대를 취급하고 있으며, 비범한 역사관이 엿보이는 작품이다. 서명의 '오카가미'는 "역사를 확실하게 반영하는 뛰어난 거울"이라는 의미이다.

190살의 오야케노요쓰기大宅世継와 180살의 나쓰야마노시게키夏山繁樹라는 두 노인이 옛날이야기를 진행해 가며 나이 많은 부인과 젊은 무사가 참가하여 문답을 해가는 희곡 풍의 구성방식이다. 네 사람의 좌담에 의해 역사의 뒷이야기까지 밝혀내는 서술로 후지와라 미치나가의 영화에 중점이 두어져 있으나, 『에이가모노가타리』의 단순한 구성과 찬미로 일관된 주제를 다양화·입체화해서 발전시킨 것으로 섭정정치에 대한 비판정신이 뚜렷하게 나타난 작품이다.

문장을 살펴볼 때 가나문 속에 한문훈독체漢文訓読体를 섞어 사용한 것으로 간결하고 힘찬 남성적인 느낌을 주는 것에 근거하여 작자는 밝혀지지 않았으나 후지와라에게 비판적인 남성 교양인이었을 것으로 추정된다. 구성이나 문체 그리고 비판정신 등 모든 면에서 역사소설의 걸작으로 꼽힌다.

◎ 작품 줄거리

우린인雨林院의 법화경 읽는 법회에서 후지와라노미치나가藤原道長의 영화와 권력쟁탈에 대한 옛날이야기를 시작한다.

우대신이었던 스가와라노미치자네菅原道真는 좌대신 도키히라보다 학문이나 사상면에서 뛰어나 천황의 신임을 받았다. 이를 시기한 도키히라는 미치자네에게 누명을 씌우고, 미치자네는 귀양 도중에 출가出家하여 얼마 후 죽는다. 이후 원한을 품고 악령이 되어 재앙을 내린다. 네 번의 궁궐 화재, 도키히라의 급사를 비롯한 일족의 재앙, 폭풍우와 홍수 및 가뭄과 같은 재앙이 잇따른다. 후지와라 집안의 섭정정치 기반을 마련한 무라카미천황의 후궁 안시安子는 원래 성격이 관대하고 온정을 베푸는 여자였으나 다른 후궁을 질투하여 걷잡을 수 없는 일을 저지르곤 한다.

▶ 『이마카가미今鏡』

작품의 성립은 1170년 혹은 1178년 전후로 추정되며, 작자는 후지와라 다메쓰네藤原為経란 설이 유력하지만 확실하지 않다. 『이마카가미』는 현재의 역사란 뜻으로 『오카가미』의 뒤를 이은 1025년 고이치조천황부터 1170년 다카쿠라천황까지의 146년간의 역사를 기전체로 서술하고 있다.

화자는 『오카가미』에 등장하는 오야케노요쓰기의 손자로 무라사키 시키부 밑에서 일한 '아야메あやめ'라는 150살의 노파에게서 들은 이야기를 적는 형식을 취하고 있다. 처음 3권은 천황기, 중권 5권은 후지와라노미치나가藤原道長를 비롯해 그 자손들을 다룬 대신열전, 마지막 2권은 귀족사회의 고사와 일화로 나뉜다. 형식이나 내용은 『오카가미』를 모방하고 있으나 각 권명巻名이나 편명編名을 가지고 있는 것이 특색이다.

역사소설이지만 역사기술보다는 오히려 궁정의 풍류에 관계된 학문 예능의 기술을 중심으로 하고 있는 것이 특징이다.

◎ 작품 줄거리

때는 1170년 3월이며, 야마토大和의 가스가노春日野 근처에서 정월 신사 참배를 마치고 귀가하는 사람들에게 '아야메あやめ'라는 150살의 노파가 이야기를 해 준다. 아야메는 무라사키 시키부 밑에서 일하며 세이 쇼나곤清少納言의 거처에도 출입한 일이 있다. 제68대 고이치조천황에서 제80대 다카쿠라천황에 이르는 이야기, 후지와라노미치나가를 비롯한 후지와라 가문의 이야기, 후지와라 일족을 대신해 권력을 쥐고 있었던 미나모토노도시후사源俊房를 비롯한 겐지 가문源氏家의 열전 이야기, 이치조一条천황 이전의 시문과 학문에 관한 일화들을 들려준다.

제6장
설화 說話

　'설화說話'는 민간에 전승되는 이야기를 편찬한 것으로 옛날부터 사람들 사이에 전해져 오는 이야기로 신화나 전설 민화 등을 총칭한다. 나라시대 중기 이후 불교가 융성해지면서 대중에게 폭넓게 침투하자, 불교 교리를 설법하기 위한 설화가 생겨났다. 처음에는 불교 설화가 중심이었으나, 후기의 귀족사회의 쇠퇴와 함께 생활에 기반을 둔 세속 설화가 등장하게 되었다. 불교설화로는 『니혼료이키(日本靈異記: 일본영이기)』, 『산보에코토바(三宝絵詞: 세가지 보물의 말)』, 『우치기키슈(打聞集: 주워들은 이야기)』가 나타났고, 헤이안 후기가 되면서 귀족사회의 쇠퇴에 따라 전통적 귀족사회를 중심으로 한 문학 기반을 추구하려는 움직임이 나타나면서 귀족, 무사, 서민 생활과 연관된 세속설화도 집대성되어 12세기 후반에는 불교설화와 세속설화를 집대성한 『곤자쿠모노가타리슈(今昔物語集: 고금이야기집)』가 만들어졌다.

▶ 『니혼료이키日本靈異記』

　『니혼겐호젠아쿠료이키日本現報善悪靈異記』 혹은 『니혼코쿠겐호젠아쿠료이키日本国現報善悪靈異記』를 줄여서 『니혼료이키』라 칭한다.

　헤이안 초기에 쓰여져 전승된 제일 오래된 설화집이며 설화문학의 효시로 나라奈良의 야쿠시지薬師寺[14]의 승려

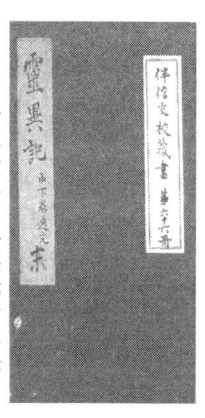

교가이景戒에 의해 편찬되었다. 상·중·하 3권으로 구성되어 있으며, 변칙적인 한문으로 표기되어 있다. 성립연도는 확실하지 않지만 서문과 본문의 기술을 통하여 822년(弘仁 13년)으로 추정된다.

상권에 35화, 중권 42화, 하권 39화 등 약 116화의 설화가 수록되어 있는데, 이야기의 시간적 배경은 야마토시대부터 헤이안시대까지이며, 나라시대가 많고 오래된 설화는 유랴쿠천황雄略天皇 때의 이야기로 추정된다.

공간적 배경은 가즈사노쿠니上総国(현재의 지바현千葉県 중부)를 비롯 히고노쿠니肥後国(현재의 구마모토현熊本県)에 이르기까지 그 범위가 매우 넓다. 그중 기노쿠니紀伊国(현재의 와카야마현和歌山県과 미에현三重県 남부)의 이야기가 가장 많다.

등장인물은 서민, 관리, 귀족, 황족 및 유명한 고승에서부터 가난한 승려에 이르기까지 다양하게 등장한다. 주제와 상관없는 배경과 설정은 당시의 세태를 잘 엿볼 수 있다.

편찬의 목적에 의해 기적이나 기이한 이야기가 많은데, 선악은 현세現世나 내세來世에서 반드시 그 보답을 받고, 그렇지 않으면 지옥에서 받는 것도 있다. 설화의 대부분은 선을 행하면 좋은 보답을 받으며, 악을 행하면 악으로 되받는다는 이야기 등이 대부분이지만, 일부는 선악과 직접적인 관련이 없는 괴이한 이야기도 있다. 나라시대의 민간설화와 인과응보의 원리와 신앙의 공덕을 기리는 권선징악적인 불교설화가 뒤섞여 있다.

일본에서 불교보급에 애썼던 쇼토쿠태자聖德太子에 얽힌 이야기를 비롯해 대불건립의 이야기, 당시의 서민 생활과 불교와의 관계 등을 묘사하고 있어 이야기로 엮은 일본 불교 역사라고 할 수 있다. 중국 불교설화집을 답습하고 있으나 처음으로 설화를 집대성하여 정리 편집한 것에 큰 의의가 있으며, 이후 많은 불교설화 문학을 탄생시켰다.

◎ 작품 줄거리

논에 대는 물을 둘러싼 싸움(上卷 第3), 훔친 물건을 시장에서 파는 도둑(上卷 第34, 第35, 下卷 第27), 장기간 근무한 변방군인(사키모리)의 부담(中卷 第3), 병영의 광산을 지방관이 인부를 써서 채굴한 것(下卷 第13), 유랑인을 수색해서 세금을 징수하는 관리(下卷 第14), 저울이나 되의 사용을 속인 이야기(下卷 第20, 第26) 등이 있다.

---

14 야쿠시지藥師寺 : 일본 나라시에 위치한 유명한 불교 사원의 하나이다.

▶ 『산보에코토바三宝絵詞』

　헤이안 중기 984년에 성립된 설화집으로 『산보에三宝絵』라고도 칭한다. 미나모토노타메노리 源爲憲가 편찬하여 올린 불교입문서인데, 3권으로 이루어져 있다. 본문 주석註釋에 의하면 성립 당시는 삽화가 있었으나, 현존하는 것은 삽화가 없이 설화만이 남아 있다. 산보三宝는 세 가지 보물로 부처, 경전, 승려를 말하며 『산보에』는 그러한 공덕에 대해서 적은 것이다. 상권 13화 는 석가의 출생담을 서술하고, 중권 18화는 일본의 고승들의 이야기가 담겨있는 등 『니혼료이 키』의 불교설화를 바탕으로 귀족사회의 불교사상과 민간신앙을 동시에 수용하고 있다. 또 하 권은 연중 불교행사인 법회의 내력 및 방법 등에 대한 해설을 실고 있는데, 이러한 경향은 원 정院政[15]의 진전과 함께 무사계급 등 새로운 계층이 역사의 전면에 나타나면서 귀족층의 가치 관이 크게 변질되었음을 의미한다고도 하겠다.

▶ 『곤자쿠모노가타리슈今昔物語集』

　12세기 초에 성립된 것으로 추정되는 인도, 중국, 일본의 불교설화, 세속설화를 모은 전체 31권으로 이뤄져있으나 현재 8권, 18권, 21권은 결권인데, 이는 편집할 때부터 누락된 것으로 처음부터 존재하지 않은 것으로 추정된다. 인도, 중국, 일본 삼국의 불교설화, 세속설화 약 1,100여 가지 설화가 담겨져 있으며 편자 미상의 작품이다.

　『곤자쿠모노가타리슈』의 구성은 인도(天竺: 1-5), 중국(震旦: 6-10), 일본(本朝: 11-31)의 불 교설화, 세속설화 등 3부로 구성되어 있다. 거의 모든 이야기가 "지금은 옛날(今は昔)"로 시작 하여 "~라고 전해지고 있다(~となん語り伝へたるとや)"라는 형식적인 통일을 기하고 있어 편 의적인 통칭으로 『곤자쿠모노가타리슈今昔物語集』라고 불린다. 광범위한 지역을 무대로 다양한 계층의 등장인물의 행동이나 지혜를 사실적으로 묘사하고 있는데, 이 중에서 특히 주목을 받 는 것은 권21 이후에 수록되어 있는 세속설화로 불교설화와는 달리 일반민중과 무사·승려·학 자·의사 등의 모습을 생생하게 그리고 있다.

　『곤자쿠모노가타리슈』는 소재가 풍부하고 설화의 무대가 되는 지역이 광대할 뿐만 아니라

---

15 원정院政 : 10세기 말, 시라카와 상황 때부터 상황 혹은 법황이 원院에서 국정을 결정하던 정치 형태.

등장인물이 다양한 것이 큰 특색이라 할 수 있다. 문체는 한자와 가타카나를 뒤섞어 쓴 와칸콘
코분和漢混淆文 문체로 쓰여져 있다. 3부구성의 각 권의 내용을 보면 인도편 제1권부터 4권은
석가의 탄생과 생애, 석가의 설법, 석가의 중생교화와 입멸, 석가 입멸 후의 불제자의 활동,
석가의 전세 이야기 등을 포함한 석가의 불교설화가 담겨 있다. 중국편은 제6권부터 9권까지
로 중국으로의 불교전파 역사, 법화경의 공덕, 효자 이야기, 중국의 사서에 전해지는 기이한
이야기 등을 담겨 있다. 일본편의 제11권부터 20권까지는 일본으로의 불교전파와 역사, 법회
의 기원 및 공덕, 법화경 통독과 영험담, 승려의 극락왕생, 관세음보살이나 지장보살의 영험담,
속인의 출가와 극락왕생 이야기, 덴구天狗 이야기, 저승에서 살아온 이야기 등이 담겨 있다.
또 21권부터 31권까지는 후지와라 열전, 예능담, 무용담, 기이한 이야기, 우스운 이야기, 도둑
이야기, 동물이야기, 연애이야기 등의 세속설화가 담겨 있다.

◎ 작품 원문 『곤자쿠모노가타리슈今昔物語集』

今は昔、摂津の国の辺りより盗みせむがために、京に上りける男の、日のいまだ暮れざ
りければ、羅城門の下に立ち隠れて立てりけるに、朱雀の方に人しげく行きければ、人の
静まるまでと思ひて、門の下に待ち立てりけるに、山城の方より人どものあまた来たる音の
しければ、それに見えじと思ひて、門の上層に、やはらかきつき登りたりけるに、見れば
火ほのかにともしたり。

盗人、怪しと思ひて、連子よりのぞきければ、若き女の死にて臥したるあり。その枕上
に火をともして、年いみじく老いたる嫗の白髪白きが、その死人の枕上に居て、死人の髪
をかなぐり抜き取るなりけり。

盗人これを見るに、心も得ねば、これはもし鬼にやあらむと思ひて恐ろしけれども、も
し死人にてもぞある、おどして試みむと思ひて、やはら戸を開けて刀を抜きて、「おのれ
は、おのれは」と言ひて、走り寄りければ、嫗、手まどひをして、手をすりてまどへば、
盗人、「こは何ぞの嫗の、かくはし居たるぞ」と問ひければ、嫗、「おのれが主にておは
しましつる人の失せ給へるを、あつかふ人のなければ、かくて置き奉りたるなり。その御

髪の丈に余りて長ければ、それを抜き取りて鬘にせむとて抜くなり。助け給へ」と言ひければ、盗人、死人の着たる衣と嫗の着たる衣と、抜き取りてある髪とを奪ひ取りて、下り走りて逃げて去にけり。

さて、その上の層には、死人の骸ぞ多かりける。死にたる人の葬などえせざるをば、この門の上にぞ置きける。

このことは、その盗人の人に語りけるを聞き継ぎて、かく語り伝へたるとや。

〈巻29 第18話〉

작품 번역문

지금은 옛날이야기로, 셋쓰攝津 지방 근처에서, 도둑질을 하기 위해 상경한 남자가, 아직 날이 저물지 않았기 때문에 라쇼몬羅城門 아래에 숨어 있었다. 라쇼몬에 이어진 헤이안쿄平安京의 스자쿠朱雀 큰길에는 아직 인적이 많았다. 그래서 조용해질 때까지 기다리려고 생각하여 라쇼몬 아래에서 기다리고 있으려니, 산성山城 쪽에서 많은 사람들이 다가오는 소리가 들렸기 때문에, 모습을 보이고 싶지 않아서, 성문 2층 언저리로 살짝 기어 올라가니 희미한 불빛이 켜져 있다.

도둑은 이상한 일이라고 생각하여, 창문으로 들여다보니 젊은 여자의 시체가 눕혀 있었다. 그 시체 베갯머리에 불을 밝히고, 매우 늙은 백발의 노파가 거기에 앉아서, 죽은 사람의 머리카락을 난폭하게 뽑고 있는 것이었다.

훔쳐보던 남자는 이 모습을 보고 아무래도 그 상황이 이해되지 않아서, 혹시나 귀신이 아닌가 생각하여 무서웠지만 어쩌면 이미 죽은 사람일지도 모른다. 한번 시험삼아 놀래켜 보자 하고 마음을 고쳐먹고 살짝 문을 열고 칼을 빼서 "너는 누구냐? 너는 누구냐?"라고 소리치며 달려들자, 노파는 놀라고 당황해서 두 손을 맞잡고 문지르며 낭패하는 모습이었다. 그러자 도둑은, "이봐, 노인네! 도대체 당신은 누구냐? 뭐하고 있는 것이냐?" 하고 묻자, 노파는 "실은 이 분은 나의 주인이신데, 돌아가셔서 장사 치러줄 사람도 없어 이렇게 여기에 놓아둔 것이오. 머리가 키를 넘길 정도로 길어서, 가발로 만들려고 생각하여 뽑고 있는 것입니다. 아무쪼록 도와주세요."라고 간청하였다. 이 말을 듣고, 도둑은 죽은 사람이 입고 있던 기모노와 노파의 기모노,

게다가 뽑아 놓은 머리카락까지 낚아채어 라쇼몬 이층에서 뛰어내려, 어디론지 도망쳐 사라졌다.

헌데 라쇼몬의 이층에는 죽은 사람의 해골이 수없이 많이 흩어져 있었다. 장례식도 치루지 못한 죽은 사람을 이 라쇼몬 이 층에 버려 방치해 놓은 것이었다.

이 일은, 그 도망친 도둑이 사람들에게 말한 것이 전달되어, 이렇게 세상에 널리 퍼져 전해진 것이다.

〈권29 제18화〉

1 중고소설의 특성과 내용에 대해 정리해 보세요.

2 덴키모노가타리란 무엇인가요?

3 우타모노가타리란 무엇인가요?

4 겐지모노가타리의 구성 및 내용 그리고 특징을 생각해 봅시다.

5 헤이안 말기 모노가타리의 작품과 특징을 말해 보아요.

6 레키시모노가타리란 무엇인가요?

7 중고시대 설화의 특징과 작품을 이야기해 봅시다.

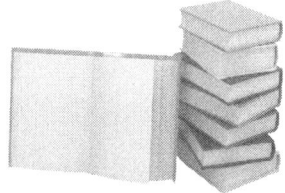

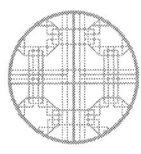

한국인을 위한 **일본소설** 개설

제3부 중세소설中世小說

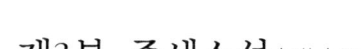

◆ 무사들의 저택

　중세는 미나모토노요리토모源頼朝가 가마쿠라鎌倉에 바쿠후幕府를 연 1192년부터 도쿠가와
이에야스德川家康가 에도江戸에 바쿠후을 개설한 1603년까지의 약 400년간을 말한다. 이 시기는
정치 중심의 이동에 따라, 가마쿠라시대, 난보쿠초南北朝, 무로마치室町, 아즈치安土・모모야마桃
山시대로 나눌 수 있다.

　중고 말기 계속된 전란으로 인해 후지와라씨 등 귀족계급이 점차 몰락해 간 반면, 상대적으
로 다이라씨平氏, 미나모토씨源氏 등 무사계급이 대두하고 성장해 간 전환기였다. 그리고 가마
쿠라바쿠후鎌倉幕府 성립 이후는 무가武家 세력이 점차 커져 조정朝廷과 가마쿠라 바쿠후가 대립
한 '조큐의 난承久の乱'[1]을 거치면서 정치 경제의 실권을 장악하게 되었다. 정치의 중심이 가미
카타上方에서 아즈마 지방東国으로 옮겨갔지만, 여전히 교토京都는 문화중심지로서의 역할을 이
어갔다. 문화사적으로 말하면 왕조적인 미와 거칠고 비속하며 야성적인 지방적인 것 그리고
민중적인 것들이 서로 대립하고 융합하는 전환의 시대였다.

　무가들의 세력 다툼이 계속되면서 하극상 풍조가 만연함에 따라, 전쟁을 소재로 한 '군키모
노가타리(軍記物語: 전쟁 이야기)'가 등장하였다. 또 기존에 문학을 담당하였던 계층 중에서 귀족에
서 탈락한 자, 봉건사회의 질서에서 도피한 지식인, 불안한 현실보다 내세를 지향하고 불교에
귀의하고 은둔한 은자隠者 등을 중심으로 수필과 기행문학이 나타났다. 그리고 불교가 대중에

---

1 조큐의 난承久の乱 : 가마쿠라시대鎌倉時代인 1221년에 고토바상황後鳥羽上皇이 가마쿠라 막부 타도를 위해 거병하였
　　다가 실패한 난을 말한다.

게 신앙으로 뿌리 내렸고 민중 사이에 읽히는 모노가타리가 성행하면서, 서민의 세계가 문학의 전면에 등장하였다. 이는 설화문학과 연결되어 '오토기조시(お伽草子: 동화 이야기)'가 나타나게 되었을 뿐만 아니라 작자와 독자도 남성이 많아지게 되었다.

제1장
기코모노가타리 擬古物語

'기코모노가타리(擬古物語: 의고 이야기)'는 가마쿠라시대부터 근세 초기에 제작된 중·장편의 모노가타리를 말한다. 이 시기에는 헤이안시대의 귀족들을 주인공으로 하여 궁정사회의 연애를 소재로 한 중고中古시대의 모노가타리의 아류에 해당되는 작품들이 많이 등장하였다. 대표적인 기코모노가타리로 『마쓰라노미야모노가타리松浦宮物語』, 『스미요시모노가타리住吉物語』, 『고케노코로모(苔の衣: 이끼옷)』, 『이와시미즈모노가타리石清水物語』 등이 있다. 이는 귀족들이 몰락하기 시작하면서 자신들의 처지를 한탄하며 지난날의 영화를 그리워하며 중고모노가타리를 모방한 작품들이라 할 수 있다. 또한 인세이기院政期 무렵부터 오토기조시お伽草子에 이르기 이전의 모노가타리를 새로이 개작한 작품들도 많이 나왔다.

▶ 『마쓰라노미야모노가타리 松浦宮物語』

가마쿠라 초기인 12세기 후반에 성립한 모노가타리로, 가마쿠라시대 가인이었던 후지와라노사다이에藤原定家가 쓴 것으로 추정된다. 3권으로 이루어져 있다.

작품은 벤노쇼쇼弁少将인 다치바나 우지타다橘氏忠를 주인공으로 하여, 당나라를 배경으로 한 기이한 체험을 적은 것으로 『우쓰호모노가타리』와 『하마마쓰추나곤모노가타리』의 영향이 엿보이는 작품이다. 작품 줄거리는 다이나곤의 아들 다치바나 우지타다橘氏忠가 간나비神奈備[2]의

---

2 간나비神奈備 : 신도에서 신이나 영혼이 머무는 곳으로 위패를 모시거나 신령을 접견하는 매체인 나무 등을 둘러놓

황녀와의 사랑에 실패하여 크게 좌절한다. 이후 견당부사가 되어 당나라로 건너가, 당나라 황제의 여동생 가요 공주華陽公主와 사랑을 나누고 거문고 비곡을 전수받지만, 공주는 일본의 하세長谷절에서의 재회를 약속하고 승천하고 만다. 이후 황제가 우지타다에게 어린 황제의 후견을 부탁하고 죽고 난 후, 반란이 일어나게 된다. 우지타다는 갑자기 갖게 된 불가사의한 힘으로 반란을 평정하고 황태후와 사랑을 맺게 되지만, 조국을 향한 그리움과 황태후와의 사랑 사이에서 고민한다. 이 작품은 주인공이 사랑하는 세 명의 여성을 중심으로 내용을 전개해 가는 전기적이고 몽환적인 이야기로, 이국적인 정취가 엿보이는 작품이다.

▶ 『스미요시모노가타리住吉物語』

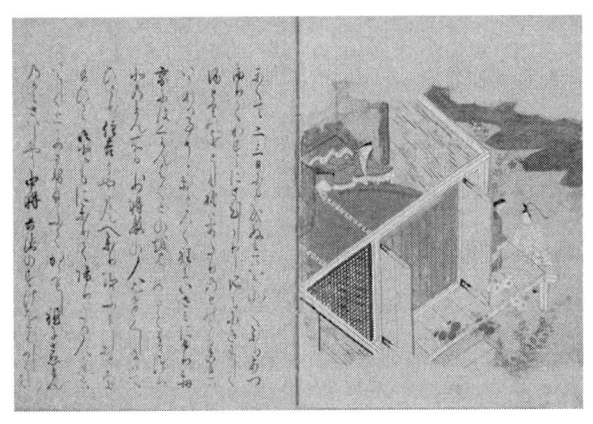

『스미요시모노가타리』는 헤이안시대의 모노가타리가 가마쿠라 초기인 약 1221년경에 개작된 것으로 추정된다. 작자 미상이며, 전2권으로 이루어진 『스미요시모노가타리』는 이본異本이 많으며, 『오치쿠보모노가타리』를 모방한 듯한 계모담과 하세관음長谷観音의 중생에 대한 은혜 등이 섞여 있다.

작품 줄거리는 어머니를 여의고 계모 슬하에 살던 아가씨에게 구혼자가 나타나 행복한 결혼을 하려고 하자 그때마다 계모가 방해한다. 견디지 못한 아가씨는 어머니의 유모의 도움으로 스미요시에 몸을 숨긴다. 구혼자인 쇼쇼少将는 여기저기 찾아 헤매다 꿈에 계시를 받고 스미요시에 가서 아가씨와 재회한 후 미야코都에 돌아와 행복한 결혼 생활을 하고, 결국 계모는 몰락하여 죽고 만다는 내용이다. 계모담을 바탕으로 괴로움을 참고 견디어 남녀가 결혼하기까지의 과정을 자세하게 그리며 더불어 하세관음의 영험을 제창한 작품이다.

은 영역.

▸ 『이와시미즈모노가타리石清水物語』

가마쿠라 중기인 1271경에 성립된 모노가타리로 추정되며, 작자 미상이며 2권으로 구성되어 있다. 『岩清水物語』라고도 표기하며, 『쇼산미모노가타리正三位物語』라고도 한다.

관백의 딸과 히타치노카미常陸守의 아들인 이요노카미伊予守와의 사랑을 그리고 있다. 주요인물은 무사로 설정하고, 전란을 배경으로 그려나간 것이 헤이안시대의 다른 모노가타리와 다른 양상을 보인다.

작품 줄거리는 아즈마 지방東国의 전란에서 귀환한 이요노카미가 관백의 딸을 잊지 못하고 이와시미즈에 들어가 머물며 그녀를 만나게 되기를 기원하였다. 기도한 보람이 있어선지 꿈에 신탁을 받는다.

이요노카미를 중심으로 하여 아키노기미秋の君, 고와타노히메기미木幡の姫君 등 세 사람을 둘러싼 연애 이야기로, 무사와 귀족 아가씨의 사랑을 그린 모노가타리이다.

▸ 『고케노코로모苔の衣』

가마쿠라 중기인 1271년경에 성립된 것으로 추정되는 작품으로 작자 미상이다. 전체 4권이며, 춘하추동으로 구성되어 있다. 전반부는 『오치쿠보모노가타리』와 닮은 계모 이야기이며, 후반부는 『겐지모노가타리』의 영향이 짙은 3대에 걸친 연애 이야기가 담겨 있다. 약 40년간 80여 명의 인물을 중심으로 그린 작품으로 겐지노곤다이나곤源氏の権大納言부터 3대에 걸친 사람들의 운명과 사랑을 그린 대하모노가타리大河物語다.

① 제1권: 봄은 곤다이곤과 사이인노우에西院の上와의 결혼과 사이인노히메기미西院の姫君를 낳은 후 꿈에서의 죽음의 예언대로 발병하여 죽는 내용을 담고 있다.
② 제2권: 여름은 고케노코로모노우다이쇼苔衣の右大将가 사이인노히메기미와 사랑에 빠지고 결혼하는 내용을 담고 있다.
③ 제3권: 가을은 고케노코로모노우다이쇼가 다이나곤大納言이 되고, 사이인노히메기미의 사후 1주기를 맞는 날 출가하여 행방불명이 된다.

④ 제4권: 겨울은 다이나곤의 아들 고케코로모노와카기미苔衣の若君가 쇼쇼少將에서 다이나곤이 된 후 출가하여 원령귀신物の怪에게 괴롭힘을 당하는 중궁이 된 딸을 도와준다.

이외에도 계모의 나쁜 계략, 꿈의 계시, 스미요시에서의 방랑, 어린아이를 두고 요절한 사이인노우에와 사이인노히메기미의 비극적인 죽음 등 40년에 걸친 숙명과 비련의 이야기들이 담겨 있다.

이 모노가타리는 헤이안시대의 모노가타리에 보이는 연애의 기쁨이나 슬픔보다 여주인공들의 비참한 운명을 반복되게 그리고 있어, 당대의 무상관과 염세관이 강하게 표출된 기코모노가타리라 할 수 있다.

제2장
레키시모노가타리歷史物語

실제 역사를 토대로 하여 모노가타리 식으로 쓰여진 '레키시모노가타리(歷史物語: 역사 이야기)'
는 중고시대에 이어 귀족계급이 몰락하고 무사정권이 수립된 중세에도 나타나게 되는데 대표
적인 작품이 『미즈카가미水鏡』, 『마스카가미增鏡』이다.

▶ 『미즈카가미水鏡』

『미즈카가미』는 가마쿠라 초기인 1195년경에 성립된 것으로 작자는 나카야마 다다치카中山
忠親가 유력하다는 설과 미나모토노마사요리源雅頼라는 설이 있으나 정확하지는 않다. 4권의 가
가미모노鏡物, 즉 시쿄四鏡의 세 번째 작품이지만 내용으로는 가장 오래전 시대를 담고 있는
레키시모노가타리이다.

일본 신화에 등장하는 초대 천황인 진무천황神武天皇 때부터 헤이안시대의 54대 닌묘仁明천황
에 이르는 660년부터 850년까지 54대의 행적을 편년체로 기록한 레키시모노가타리이다.

작품 줄거리는 73세의 노파가 하세절에 머물며 기도할 때, 수행자가 나타나 이상한 체험을
이야기 한 것을 기록한 형식을 취하고 있다. 독자적인 내용이라기 보다는, 헤이안 후기 천태종
승려인 고엔皇円이 저술한 『후소랴쿠키扶桑略記』[3]에서 내용을 뽑아 적은 것이다. 그러나 서문에

---

3 『후소랴쿠키扶桑略記』 : 헤이안시대의 사찬 역사서. 종합적인 일본 불교문화사이며 릿코쿠시六国史(고대일본의 율령
국가가 편찬한 6개의 정사집)의 발췌본으로서 후세 식자들에 의해 증보되었다.

는 저자의 독자적인 역사관을 담고 있는 것이 특색이라고 할 수 있다.

▶ 『마스카가미増鏡』

작품 성립 시기가 남북조시대인 1376년으로 추정되는 『마스카가미』는 헤이안 후기의 『오카가미』와 『이마카가미』 그리고 가마쿠라 초기의 『미즈카가미』의 뒤를 이은 레키시모노가타리로 시쿄의 마지막에 해당되는 작품이다. 작자는 니조 요시모토二条良基설을 비롯해 다양한 인물이 거론되지만 확실치 않다.

현존하는 것은 20권으로 고토바천황後鳥羽天皇이 즉위한 주에이寿永년대부터 고다이고천황後醍醐天皇이 오키지방隱岐国으로 유배되었다가 교토에 돌아온 겐코元弘 3년까지의 15대로 1183년부터 1333년까지 약 150년간을 편년체로 기록한 작품으로, 시쿄 중 가장 새로운 시대를 다루고 있다.

『마스카가미』는 사가嵯峨의 세이료지清凉寺에 참배하러 온 100살의 늙은 여승이 말하는 옛이야기를 기록하는 방식을 취하고 있다. 이처럼 색다른 레키시모노가타리 방식을 취하고 있지만, 특정인의 궁정 생활 기록이 섞여 있고 우아한 기코분타이擬古文体로 쓰여 있는 것이 특징이다.

구성은 전체 3부로 나누어져 있는데, 제1부는 고토바천황을 중심으로, 제2부는 사가천황을 중심으로 기술되어 있으며, 제3부는 고다이고천황의 즉위부터 오키지방의 유배와 정권 회복까지를 기록하고 있다.

작자의 왕조궁정사회에 대한 동경이 엿보이는 작품으로 시쿄에서 『오카가미』와 함께 가작으로 꼽히는 걸작이다.

제3장
설화說話

헤이안시대의 안정된 정치와 문화 전통에 대한 관심은 더욱 강해져 귀족사회에 얽힌 이야기는 의욕적으로 기록되었다. 그러나 중세시대라는 이전과는 다른 새로운 시대의 도래는 지방이나 서민세계의 이야기에 신선한 흥미를 불러일으켰다. 불교신앙도 높아져서 여러 명의 은둔자와 고승들의 일화와 신불의 영험담 등을 담은 불교설화가 만들어졌다. 중세는『곤자쿠모노가타리』의 뒤를 잇는 많은 설화說話가 만들어졌는데 중세사회의 특색을 잘 반영하고 있다. 특히 일반설화로는『우지슈이모노가타리(宇治拾遺物語: 우지슈이 이야기)』와『짓킨쇼(十訓抄: 열가지훈계집)』가 대표적이며, 불교설화로는『호부쓰슈(宝物集: 보물집)』와『홋신슈(発心集: 불심집)』 그리고『샤세키슈(沙石集: 사석집)』 등을 들 수 있다.

▶ 『우지슈이모노가타리宇治拾遺物語』

『우지슈이모노가타리』는『곤자쿠모노가타리』와 함께 설화문학의 걸작으로 꼽히는 작품이다. 1221년경 성립된 것으로 추정되며, 작자 미상이다. 현존하지 않은 미나모토노다카쿠니源隆国가 편찬한『우지다이나곤모노가타리宇治大納言物語』에서 흩어진 것을 모은 것이라는 의미에서 제목이 붙여진 것으로, 약 197화의 이야기가 담겨있으며 전체 15권으로 되어 있다.

서문에 의하면 수록된 설화는 일본뿐만 아니라 인도와 중국을 무대로 하고 있으며 불쌍한 이야기, 이상한 이야기, 무서운 이야기 등 다양한 설화를 모은 것이라는 해설이 덧붙여져 있다.

새로운 설화보다 『곤자쿠모노가타리』와 겹치는 이야기가 많은데, 이는 『고지단古事談』의 영향으로 쓰인 것이라고 할 수 있다.

　귀족부터 서민에 이르기까지 다양한 등장인물과 일상적 이야기에서 진기한 이야기 또 우스운 이야기 등 다양한 내용의 설화를 담고 있다. 그 내용을 크게 구분해 보면 불교설화, 세속설화, 민간전승 이야기 등으로 나눌 수 있다. 그러나 불교설화의 경우도 신앙심을 유도하는 특정된 의도는 보이지 않고 난잡하고 유머러스한 소재를 다루고 있는 것이 특색이라 할 수 있다.

◉ 작품 원문 『우지슈이모노가타리宇治拾遺物語』

　翁顔をさぐるに年来ありし瘤跡形なく掻い拭ひたるやうに更々なかりければ、樵らん事も忘れて家に帰りぬ。妻のうば「こはいかなりつる事ぞ。」と問へば、しかじかと語る。「あさましき事かな。」と云ふ。

　隣にある翁左の顔に大きなる瘤ありけるが、この翁瘤の失せたるを見て、「こはいかにして瘤は失せ給ひたるぞ。何処なる医師の取り申したるぞ。我に伝へ給へ。この瘤取らん。」と云ひければ「これは医師の取りたるにもあらず。しかじかの事ありて鬼の取りたるなり。」と云ひければ「我その定にして取らん。」とて事の次第を細かに問ひければ教へつ。

　この翁云ふままにしてその木の空虚に入りて待ちければ、誠に聞くやうして鬼ども出で来たり。居まはりて酒飲み遊びて、

　「いづら翁は参りたるか。」と云ひければ、この翁怖ろしと思ひながらゆるぎ出でたれば、鬼ども「ここに翁参りて候ふ。」と申せば横座の鬼「こち参れ。疾く舞へ。」と云へば、前の翁よりは天骨もなく疎々奏でたりければ、よこ座の鬼「この度は悪ろく舞ひたり。かへすがへす悪ろし。その取りたりし質の瘤返し給べ。」と云ひければ、末つ方より鬼出で来て「質の瘤返し給ぶぞ。」とて、今片方の顔に投げ付けたりければ、左右へに瘤付きたる

翁にこそなりたりけれ。物羨みはせまじき事なりとか。

〈제1권 3화「鬼に瘤取らるる事」〉

◎ 작품 번역문

　할아버지가 얼굴을 손으로 만져보니, 줄곧 달려 있던 혹이 어디론가 씻어낸 듯 완전히 없어져서 나무를 하는 것도 잊은 채 집에 돌아왔다.

　할머니가 "이게 어찌된 일이우?" 하고 물으니, 일어난 일을 여차여차 이야기하니 "어머나, 놀라워라" 하고 말하였다.

　옆집에 사는 할아버지는 왼쪽 볼에 커다란 혹이 있었는데, 할아버지의 혹이 없어진 것을 보고 "어떻게 혹이 없어진 것이야? 어느 의사에게 뗀 것인가? 내게도 알려주지 않겠나? 나도 이 혹을 떼고 싶어" 하니, "이건 의사가 뗀 것이 아니고 이러저러해서 도깨비가 뗀 것이야"라고 하였다.

　"나도 그렇게 해서 떼어야지" 하고 지난 일을 꼬치꼬치 캐묻고 알아낸 후 옆집 할아버지는 할아버지에게 들은 대로 그 나무동굴에 들어가 기다리고 있었다. 그러려니, 듣던 대로 도깨비들이 나타났다. 둥그렇게 둘러앉아 술을 마시며 놀더니 "전에 만난 할아버지는 온 것이냐" 하고 물었다. 옆집 할아버지는 무섭다고 생각하면서도 덜덜 떨며 나갔다. 도깨비들이 "할아범이 왔사옵니다" 라고 말하니, 대장 도깨비가 "이쪽으로 와라, 어서 춤을 춰봐라" 라고 말하였다. 하지만, 일전에 온 할아버지처럼 능숙하게 추지 못하고 허둥거렸다. 그러자 대장 도깨비는 "이번엔 엄청 못 추는 군. 정말 못 추는 군. 저번에 떼어 놓았던 혹을 돌려줘라" 하고 명하니, 끝에 있던 도깨비가 나와서 "떼놓은 혹을 돌려줄게!"라며, 얼굴 반대쪽 뺨에 혹을 던져서 양쪽 뺨에 혹이 붙은 할아버지가 되고 말았다.

　무턱대고 남을 부러워해서는 안 된다는 것이다.

〈제1권 3화「도깨비에게 혹 떼인 이야기」〉

▶ 『짓킨쇼十訓抄』

　교훈적인 목적을 가지고 만들어진 『짓킨쇼十訓抄』는 가마쿠라 중기인 1252년 성립된 설화집으로, 여러 편찬설이 있지만 확실치 않다.

　10개의 교훈의 예화가 담겨 있는 『짓킨쇼』는 인도, 중국, 일본의 설화 282화가 10개의 항목으로 분류되어 전3권으로 구성되어 있다. 유교적인 사상이 근저에 흐르고 있으며 연소자의 교화教化를 목적으로 편집되었다. 각각의 교훈을 지킨 예와 지키지 않은 예를 정리하여 예증을 들어 설명하고 있다.

　작품 줄거리는 중국이나 일본의 역사는 물론 고전에서 인용을 사용하여 바른 사람의 모습을 설명하고 있다. 10개의 항목은 "1. 은혜의 소중함 2. 오만에 대해 3. 윤리에 대해 4. 입은 재앙의 근원 5. 친구 선택의 소중함 6. 충의에 대해 7. 사리분별에 대해 8. 인내에 대해 9. 체벌에 대해 10. 재능육성에 대해" 등으로, 각 항목에 맞게 적당한 예화를 들고 있다.

▶ 『홋신슈発心集』

　『홋신슈発心集』는 가마쿠라 초기인 1216년경에 성립된 설화집으로, 헤이안 말기 가인歌人인 가모노초메이鴨長明가 만년에 편찬한 작품이기 때문에 『조메이홋신슈長明発心集』라고도 불린다. 불도를 추구한 은둔자의 설화집으로 일반적으로는 전체 8권 102화로 알려져 있으나 고사본古寫本은 존재하지 않는다. 인도 중국보다는 일본에 중심을 두고 불심 이야기, 은둔 이야기, 극락왕생 이야기, 불교영험설, 고승전 등 불교관계의 설화를 수록하고 있으며, 불전佛典에서 인용된 이야기가 많다. 은둔자를 등장인물의 주체로 하여 은둔길을 선택한 승려, 마음의 방황으로 왕생하지 못한 성인, 속세에 살면서 기예의 길에 열중하여 무아의 경지에 도달한 사람들의 삶의 모습을 그리며 편자의 감상을 덧붙이고 있다. 인간 마음의 갈등이나 의식의 심층을 투시한 것이 종래의 불교설화집과 다른 면이라 할 수 있다.

▸ 『샤세키슈沙石集』

『샤세키슈沙石集』는 가마쿠라 중기 1283년경 성립된 작품으로 무주無住 법사가 편찬하였다. 1279년에 쓰기 시작하여 1283년에 완성되었으나 이후에도 계속 가필하여 이본이 많이 존재한다. 책명은 "모래에서 금을, 돌에서 옥을 찾아낸다(沙から金を、石から玉を引き出す)"는 것에서 그러한 좋은 이야기를 모은다는 의미에서 『샤세키슈』라고 칭하게 되었다. 통속적인 예화에 교리를 교묘하게 연결시켜 민간의 교화를 꾀하고 있는 작품으로 가나를 섞어 쓴 불교설화집이다. 10권으로 약 150화의 설화가 수록되어 있다.

승려 입장에서 논어나 법화경에서 취재한 경전을 많이 인용하고 있지만, 다른 설화집에서 볼 수 없는 인과응보 이야기, 미담, 도덕적인 이야기뿐만 아니라 신변의 일, 농담, 우스운 이야기 등도 담겨 있다. 또한 단순한 설교를 탈피하여 불교의 교훈교리를 설명하는 흥미진진한 설화집이다. 중국, 인도, 일본 등 여러 나라에서 제재題材를 구해 영험담이나 고승전에서 부터 각지를 두루 돌아다닌 무주 법사 자신의 견문을 토대로 기록한 여러 나라의 사정과 서민생활의 실태, 예능 이야기, 우스운 이야기 등 다양한 내용을 담고 있다. 설화의 편집과 배치에 작자의 사상과 세계관을 반영하려는 의도가 잘 나타나 있다.

제4장
군키모노가타리軍記物語

　중세中世를 대표하는 새로운 문학 장르로 가장 특징적인 것은 가마쿠라鎌倉시대부터 무로마치室町시대에 걸쳐 쓰여진 '군키모노가타리(軍記物語: 전쟁 이야기)'이다.

　'호겐의 난保元の乱'과 '헤이지의 난平治の乱', '겐페이 쟁란源平争乱', '조큐의 난承久の乱', '겐코의 난元弘の乱', '남북조 쟁란南北朝争乱'으로 이어지는 역사적인 전환시대를 살았던 지식인들이 전쟁을 주제로 하여 쓴 역사소설의 일종이라 할 수 있으나 설화적인 제재나 허구가 섞여 있기도 하다. 또한 역사적 전투를 배경으로 실전에 참가한 무사들의 전투에 관한 회상담이나 보고 등은 기록문학으로서 예능과 결부되어 이야기되고 증보되면서 성장해 갔다.

　군키모노가타리의 선구라 할 수 있는 헤이안 중기에 쓰인 '다이라노마사카도의 난平将門の乱'의 전말을 그린 『쇼몬키将門記』 이후, 헤이안 후기 오슈 지방에서의 전쟁前九年の役을 소재로 한 『무쓰와키陸奥話記』이다. 이 시기에 군키모노가타리는 한문체 군담이었지만 무사들의 영웅적 활약에 대한 관심을 불러 일으켜 중세 모노가타리의 선구적인 작품이었다고 할 수 있다.

　중세의 군기모노가타리軍記物語로는 가마쿠라시대에 일어난 '호겐의 난'을 그린 『호겐모노가타리保元物語』, '헤이지의 난'을 그린 『헤이지모노가타리平治物語』, '겐페이 쟁란'을 배경으로 한 『헤이케모노가타리平家物語』, '남북조 쟁란'을 배경으로 한 『다이헤이키(太平記: 태평기)』 등이 있다.

▸ 『**호겐모노가타리**保元物語』

1156년에 일어난 '호겐의 난'을 중심으로 전후 사정을 그린 작품으로 작자 미상이다.

헤이안시대와는 달리 중세 무사들의 인간적인 모습이 모노가타리의 전면에 드러나게 되었다. 이러한 군기모노가타리에서는 일본 가나仮名와 한문을 혼용한 와칸콘코분和漢混淆文이라는 새로운 문체가 창안되었다.

작품은 도바鳥羽천황의 스토쿠崇德천황 양위 문제로 인해 도바천황이 죽은 후 스토쿠천황이 병사를 일으켜 스토쿠와 고시라카와後白河천황과의 왕위 계승을 둘러싸고 후지와라藤原와 미나모토源 그리고 다이라平 집안의 가족들이 양분되어 대립하였으나 결국 스토쿠 측의 패배로 끝난 것을 배경으로 하고 있다. 자세한 내용은 간행본에 따라 조금씩 차이가 있으나 대체로 미나모토노타메토모源為朝의 활약을 주로 담고 있으며, 전란의 승자보다 패자인 다메토모의 아버지를 비롯해 스토쿠천황 쪽에 동정심을 담고 있고, 실질적으로 전쟁을 수행한 무사들의 동태를 중심으로 귀족의 부패와 무사의 발흥을 묘사하고 있다.

▸ 『**헤이지모노가타리**平治物語』

1159년에 일어난 헤이지의 난을 소재로 하여 와칸콘코분으로 쓰인 군기모노가타리이다. 가마쿠라 전기에 성립된 것으로 3권으로 추정되며 작자는 정확히 알 수 없다. 『헤이지키平治記』로도 불린다. 서문에는 헤이안 말기에 무사의 힘을 필요로 하는 내용이 담겨있다.

작품 줄거리는 고시라카와後白河천황이 최대의 무가武家 세력인 다이라노키요모리平清盛를 제거하고 권력을 잡기 위해 기요모리가 구마노熊野 참배를 간 틈을 타, '호겐의 난'으로 불만을 가진 미나모토노요시토모源義朝를 꾀어서 병사를 일으킨다. 그러나 되돌아온 기요모리에 의해 진압되게 되는 과정을 그린 것이다. 『호겐모노가타리』와 같이 겐지源氏 가문에 대한 동정적인 시선이 담겨 있는 것이 특징이다.

▶ 『헤이케모노가타리平家物語』

　　『헤이케모노가타리』라는 제목은 나중에 붙은 것으로 가마쿠라 초기인 1221년경에 성립된 것으로 추정되는 군기모노가타리이다. 작자 미상이며 전 12권으로 이루어져 있다. 와칸콘코분으로 쓰인 대표적 군기물軍記物로 평이하고 유려한 문장이 특징이다.

　　'호겐의 난'과 '헤이지의 난' 이후 다이라 집안의 전성기로부터 멸망까지를 다루고 있는데, 몰락하기 시작한 헤이안 귀족들과 새로이 대두되는 무사들을 그려내고 있다.

　　본래 비파 연주와 함께 낭송되었던 낭송 문학의 하나로, 귀로 듣는 문예형식이었다. 맹인 비파법사琵琶法師라 불리는 예능인에 의해 전파되어, 특히 문자를 못 읽는 서민에게 큰 환영을 받았다. 간행된 책에 따라 서명이나 권수 및 문체와 내용 등이 다양하지만 에도시대에 출판된 것이 오늘까지 널리 읽히고 있다. 중세의 요쿄쿠誑曲[4]와 근세의 조루리浄瑠璃[5]를 시작으로 근대 문학에 이르기까지 많은 영향을 주었다.

　　전체의 줄거리는 다이라노타다모리平忠盛의 입신출세와 그의 아들 기요모리平清盛가 호겐의 난과 헤이지의 난 뒤에 영화를 누리는 전반부와, 미나모토씨源氏의 거병과 추격으로 낙향한 다이라씨平氏 일문이 1185년 '단노우라壇の浦'의 전투에서 안토쿠安徳천황과 함께 몰살당하는 후반부로 구성되어 있다.

　　『헤이케모노가타리』의 전편에는 불교적 무상관이 흐르고 있다. 즉 『헤이케모노가타리』는 다이라씨 일족의 영고성쇠를 그리고 있지만, 승자필멸의 이치가 다이라씨 일족만이 아니고, 미나모토씨인 요시나카나 요시쓰네의 경우도 꼭 같은 인간의 운명이라는 점을 역설하고 있는 것이다.

---

4 요쿄쿠誑曲 : 노能의 대본. 시쇼(詞章, 시가나 문장)에 가락을 붙여서 부른 것으로 무사의 영웅적 행적을 노래하는 경우가 많으며, 불교신앙이 농후하다.
5 조루리浄瑠璃 : 16세기 맹인음악가의 가타리모노로서 발생하여 비파나 부채 박자를 반주로 하여 사랑 이야기를 읊은 것이 널리 알려져 조루리로 정착되었다.

『헤이케모노가타리』의 문장은 대체로 일본 고유어와 한문 훈독체가 어우러진 와칸콘코분和漢混淆文이지만, 우아한 정담이나 풍류담을 묘사할 경우에는 고유의 문체로 헤이안시대의 전통을 동경하는 장면을 연출하고 있다. 이러한 『헤이케모노가타리』의 다양한 문체는 귀족과 무사, 중앙과 지방, 우아함과 거침을 세련된 문장으로 표현하여 뛰어난 문학성을 창출하였다.

◉ 작품 원문 『헤이케모노가타리平家物語』

祇園精舎の鐘の声、諸行無常の響きあり。沙羅双樹の花の色、盛者必衰の理をあらわす。おごれる人も久しからず、ただ春の夜の夢のごとし。たけき者もついには滅びぬ、偏に風の前の塵に同じ。

遠く異朝をとぶらへば、秦の趙高、漢の王莽、梁の朱昇、唐の禄山、これらは皆旧主先皇の政にもしたがはず、楽しみをきはめ、諫めをも思ひ入れず、天下の乱れん事を悟らずして、民間の愁ふるところを知らざりしかば、久しからずして、亡じにし者どもなり。

近く本朝をうかがふに、承平の将門、天慶の純友、康和の義親、平治の信頼、奢れる心も、猛き事も、取々に社（こそ）有りしかども、親（まぢかく）は六波羅之入道、前の太政大臣平朝臣清盛公と申せし人の消息、伝え承る社（こそ）心も詞も及ばれね。

◉ 작품 번역문

기원정사의 종소리는 제행무상의 여운이 있다. 사라紗羅 쌍수雙樹에 핀 꽃의 색도 성聲한 사람은 반드시 쇠衰한다는 이치를 나타낸다. 오만불손한 사람도 오래 가지 못하니, 그저 짧은 봄날 밤의 일장춘몽이로다. 용맹하여 성공한 자도 결국에는 망하니, 오직 바람 앞의 힘없는 먼지와 같도다.

멀리 다른 나라의 예를 보면, 진秦나라의 조고趙高, 한漢나라의 왕망王莽, 양梁나라의 주승朱昇, 당唐나라의 안록산安祿山 같은 사람들은 모두 섬기던 옛 주인인 선황의 정치도의에 따르지 않고, 오로지 쾌락만을 추구하며 진실한 간언도 귀담아 듣지 않고, 천하가 혼란해 지는 것을 깨닫지 못하고, 민중의 걱정을 돌아보지 않아서 오래가지 못하고 망해버린 자들이다.

가까이 일본의 예를 보면 쇼헤이承平의 다이라노마사카도平將門, 덴교天慶의 후지와라노스미토모藤原純友, 고와康和의 미나모토노요시치카源義親, 헤이지平治의 후지와라노노부요리藤原信頼 이들은 오만한 마음도 세력이 번창한 것도 모두 제각각 보통이 아니었다. 그러나 최근 로쿠바라六波羅의 뉴도入道, 전 태정대신 다이라노키요모리平淸盛의 모습은 말로 전해들은 것만으로 형언할 수 없는 상상을 초월하는 것으로 어떻게 표현할 말이 없다.

▸ 『다이헤이키太平記』

『다이헤이키』의 작자는 고지마법사小島法師로 추측되지만, 다수의 작자에 의해 증보 개정된 것으로 여겨진다. 정확한 성립 시기는 알 수 없지만 대략 1371년경으로 추정되며, 전체 40권으로 구성되어 있다. 문체는 와칸콘코분이며 화려한 미치유키분道行文으로 유명하다. 또 남조南朝 쪽에 치우쳐 있어 남조 쪽 사람에 대한 진혼의 의미가 있었던 것이 아닌가 추측되며, 당시의 사회풍조나 하극상에 대한 비판적 시각이 그려져 있다.

『다이헤이키』는 3부 구성으로 제1부 1권부터 11권까지는 남북조南北朝시대를 무대로 고다이고천황後醍醐天皇의 즉위에서부터 호조北条 씨 토벌의 음모, 가마쿠라바쿠후의 멸망까지가 그려져 있다. 제2부는 12권부터 21권까지로 겐무建武의 친정과 붕괴, 남북조의 분열 그리고 제3부 23권부터 40권은 '간오노조난観応の擾乱',[6] 2대 장군 아시카가 요시아키라足利義詮의 죽음 후 호소카와 요리유키細川頼之의 관령管領취임까지를 그린 모노가타리이다.

가마쿠라 막부의 붕괴로부터 남북조의 전란과 남조가 쇠퇴에 이르는 50년간의 역사를 그리고 유교의 도덕관과 불교의 인과론이 짙게 깔려 있다. 헤이케모노가타리에 비해 문학적인 완성도는 떨어지지만, 요쿄쿠, 조루리, 강담(講談, 고단),[7] 소설 등 후세 문학에 많은 자료를 제공하였다.

---

6 간오노조난観応の擾乱 : 간오観応 원년元年부터 3년(1350~1352)에 일어난 아시카가 다카우지足利尊氏와 아시카가 다다요시足利直義 양쪽이 나뉘어 싸운 전국적 내란이다. 다카우지 쪽 고노모로나오高師直 일족의 멸망 등으로 일진일퇴하다가 다다요시의 독살에 의해서 종결된 난을 말한다.
7 강담(講談, 고단) : 연설자가 높이 있는 강연대의 책상 앞에 앉아, 종이부채를 두드리며 장단을 맞춰 군기물이나 정담政談 등 주로 역사물 등을 관중에게 강연이나 강의식의 말투로 읽어 주는 것.

제5장

오토키조시 御伽草子

중세 이후 문화적으로 성장한 무사계급과 서민층이 사회의 전면에 등장하게 되면서 단편소설인 '오토기조시(お伽草子: 동화 이야기)'가 크게 유행하게 되었다. 오토기조시는 가마쿠라 말기부터 에도시대에 걸쳐 성립된 장르인데, 새로운 주제를 취한 단편 모노가타리로, 그림이 삽입되어 있는 형식이다. 문학사적으로는 남북조의 기코모노가타리擬古物語의 뒤를 이어 근세 초기의 가나조시仮名草子 이전까지 성행한 300여 편의 이야기를 말하는 것으로 대부분이 작자 미상이다. 오사카大阪에 있는 책방에서 23편의 단편 모노가타리를 골라서 '오토기분코御伽文庫'라고 이름 붙여 판매한 것에서 유래되어, '오토기조시お伽草子'라는 모노가타리의 명칭이 성립되었다.

초기의 오토기조시는 사원에서의 설교나 창도唱導 등, 종교적인 계몽이나 감동을 유도하는 것으로부터 출발하였으며, 모노가타리의 소재나 작품의 주인공도 귀족·승려·무사·서민·동식물 등에 이르기까지 광범위하게 등장시켜 다양한 독자층을 확보하였다.

오토기조시는 그 내용에 따라 일반적으로 귀족모노가타리公家物語, 승려(불교)모노가타리僧侶·宗教物語, 무사모노가타리武家物語, 서민모노가타리庶民物語, 이국적 모노가타리異国·異郷物語, 다른 종류의 모노가타리異類物語 등으로 나눌 수 있다.

문학사에 나타난 오토기조시의 특징을 살펴보면, 첫째 작품의 단편성을 들 수 있다. 독자층이 서민층이기 때문에 교양 수준이 그다지 높지 않아 장면과 사건의 줄거리 위주의 단편으로 구성되었다. 둘째 작품 구조의 유형성으로, 여러 유사한 이야기가 독자들의 욕구에 따라 제작되었다. 셋째 계몽성·교훈성이 강하다는 점이다.

겐지모노가타리의 '모노노아와레物のあはれ'와 같은 미의식에서 오토기조시의 계몽적이고 교훈적이며 유형적인 주제로 전락하게 된 것으로, 오토기조시는 귀족문학에서 서민문학으로 옮겨가는 이행기의 장르이며, 특히 새로운 독자층인 서민을 계몽하고 교훈을 주는데 그 목적이 있었다고 할 수 있다.

이후 문학 전승자도 귀족과 승려에서 점차 일반 민중으로 바뀌어 가면서 근세문학으로 이어지게 된다.

▶ 『**잇슨보시**一寸法師』

무로마치室町시대에 성립된 것으로 추정되며 작자 미상이다.

작품 줄거리는 아이가 없던 노부부가 신에게 기도하여 할머니가 아이를 갖게 되었다. 그러나 태어난 아이는 잇슨(一寸 : 3센티)밖에 되지 않았고, 더 이상 자라지 않았다. 그래서 이름을 '잇슨보시'라고 짓게 되었다.

무사가 되기 위해 교토로 상경한 잇슨보시는, 대신大臣의 집에 일하게 되었고 가족 모두에게 사랑받았는데, 특히 그 집 아가씨에게 사랑 받았다. 어느 날 아가씨의 참배길에 동행하게 되었는데, 참배를 마치고 돌아오는 길에 도깨비를 만나게 된다. 도깨비가 아가씨를 잡아가려는 것을 잇슨보시가 막자, 도깨비는 잇슨보시를 삼켜 버렸다. 삼켜진 잇슨보시는 도깨비 뱃속을 바늘로 찔렀다. 그러자 도깨비는 아프다며 항복하였고, 잇슨보시를 토해내고 산으로 도망가 버렸다. 잇슨보시는 도깨비가 떨어뜨린 방망이를 휘둘러 몸을 키워 180센티가 되었고, 아가씨와 결혼하여 오래도록 잘 살았다는 이야기이다.

▶ 『**우라시마타로**浦島太郎』

『우라시마타로』는 무로마치시대에 성립된 것으로 추정되는 오토기조시로 작자 미상의 작품이다.

여러 이야기가 현존하지만 일반적인 줄거리는, 어부인 우라시마타로가 어느 날 낚시를 갔다가 아이들이 거북이를 괴롭히는 것을 보고 도와준다. 그러자 거북이는 타로에게 인사로 용궁에 데리고 간다. 용궁에서 환대를 받은 타로가 집으로 돌아가려하자 용궁 공주는 "결코 열어서는 안 되요"라며 옥으로 만든 상자를 건네주었다.

타로가 해변에 도착해 보니 타로가 알고 있는 사람이 아무도 없었다. 타로가 며칠간 용궁에서 지냈던 시간들이 지상에서는 오랜 세월이 흐른 것이었다. 절망한 타로가 옥상자를 열자 상자 안에서 연기가 피어올랐고, 연기를 쏘인 타로는 노인의 모습으로 변하고 만다는 내용이다.

1 중세소설의 특징과 종류에 대해 정리해 보세요.

2 기코모노가타리란 무엇인가요? 또 어떤 작품들이 있나요?

3 레키시모노가타리란 무엇인가요? 시쿄四鏡란 무엇인가요?

4 불교설화와 세속설화의 종류에는 무엇이 있나요?

5 군기모노가타리란 무엇인가요? 또 어떤 특징과 작품이 있나요?

6 헤이케모노가타리에 대해 설명해 봅시다.

7 오토기조시의 특징과 의의에 대해 생각해 봅시다.

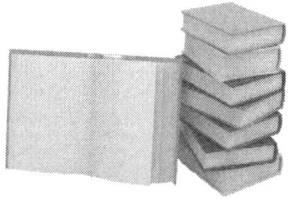

제4부 근세소설近世小說

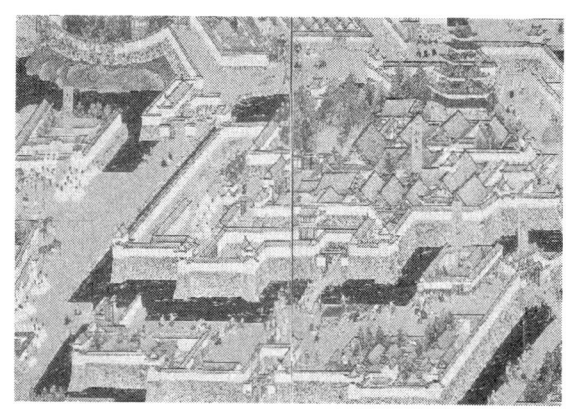

◆ 바쿠후幕府 성립 시기의 에도성江戸成

도쿠가와 이에야스가 일본을 통일하고 1603년 에도에 바쿠후幕府를 개설한 이후 15대 쇼군
將軍 도쿠가와 요시노부德川慶喜가 1867년 바쿠후 권력을 천황에게 돌려준 약 265년간을 근세시
대 혹은 에도시대라 한다.

근세에는 중앙의 통일정권으로서 에도 바쿠후(江戶幕府: 에도 막부)를 세우고 그 밑으로 독자적
인 한(藩: 번)을 두고 다이묘大名에게 통치하게 하는 바쿠한 체제(幕藩體制: 막번 체제)가 확립되었다.
또한 사士・농農・공工・상商의 신분제도 확립되었다. 대외적으로 쇄국정책을 실시하면서 나가사
키長崎와 쓰시마対馬를 창구로 해서 중국, 네덜란드, 조선에 한정해 교역하였다. 또 기독교를
금지시키며 탄압하였고 해외 도항을 금지하였다.

도쿠가와 바쿠후는 지배체제를 강화하기 위해 하나의 지방에 한명의 다이묘가 거주하는 곳
에 정무를 보는 성을 하나만 둔다는 〈잇코쿠이치조레이一国一城令〉를 제정하였다. 또 무사계급
을 통제하기 위해 〈부케쇼핫토(武家諸法度: 무가제법도)〉를 제정하여 주군에 대한 충성과 부모와
조상에 대한 효孝 그리고 예禮를 바탕으로 한 질서를 요구하였다. 그리고 각 다이묘에게는 처자
를 에도에 거주하게 하고, 한藩과 에도를 교대로 왕복하게 하는 〈산킨코타이(参勤交代: 참근교대)〉
를 의무화하였다.

한편 교통망이 정비되고 연공미가 증진하여 상품유통이 증대되었다. 또한 화폐제도의 통일
로 화폐 유통경제가 창출되면서 도시가 성장하였다. 교통과 상업 발달에 의해 부를 축적하게
된 조닌町人이 등장하게 되면서 문학과 예능에 관심을 둔 조닌이 많아지게 되었다.

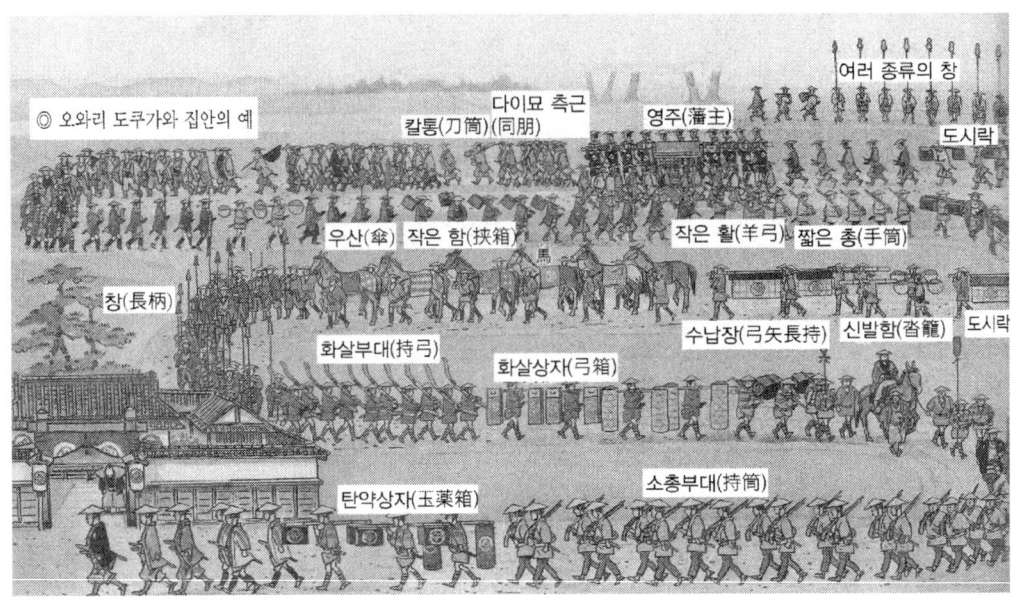

◎ 오와리 도쿠가와 집안의 예

여러 종류의 창

다이묘 측근
칼통(刀筒)(同朋)

영주(藩主)

도시락

우산(傘) 작은 함(挟箱)

작은 활(羊弓) 짧은 총(手筒)

창(長柄)

화살부대(持弓)

화살상자(弓箱)

수납장(弓矢長持) 신발함(沓籠) 도시락

탄약상자(玉薬箱)

소총부대(持筒)

◆ 다이묘大名 행렬

　근세문학의 특징은 서민계층의 문학, 즉 조닌문학의 등장이라고 할 수 있다. 무사나 농민보다 낮은 지위였지만 경제력을 바탕으로 자신들의 삶의 방식이나 사고방식 혹은 취미 등을 반영한 문학을 지향하게 되었고 스스로 창작에 참가하게 되었다. 특히 인쇄술의 발달에 따라 대량의 판본板本이 공급되면서 점점 독자층이 확대되었다.

　이러한 근세문학은 시대적 흐름과 지역을 중심으로 하여 크게 가미가타문학上方文学과 에도문학江戸文学으로 구분하기도 한다.

　가미가타문학은 겐로쿠元禄시대를 중심으로 한 에도 전기 1686년부터 1704년까지로, 근세초기까지 경제 문화 중심지였던 가미가타를 중심으로 이뤄진 문학을 말한다. 가미가타문학의 창작을 담당하였던 계급은 중세문화와 문학을 담당하였던 귀족, 무사, 승려 들이었다. 이 시기의 소설로는 중세의 오토기조시의 흐름을 잇는 가나조시仮名草子와 우키요조시浮世草子가 만들어졌고, 마쓰오 바쇼松尾芭蕉에 의한 하이카이俳諧, 지카마쓰 몬자에몬近松門左衛門에 의한 조루리浄瑠璃 등이 근세문학사의 토대를 구축하였다.

　뒤이어 나타난 에도문학은 덴메이天明기인 1772년부터 1789년까지 또 가세이化政에 해당하는 1804년부터 1830년까지 이뤄진 문학을 말한다. 덴메이기에는 적극적인 재정정책으로 상업이 번영하고 자유로워 향락적인 분위기 속에 주로 무사계급의 지식인층에서 유희적 문학이 배출된 것이 기보시黄表紙, 샤레본洒落本, 교카狂歌 등 골계滑稽를 주축으로 하는 게사쿠戯作문학이 탄생했고 조닌들에 의한 세련된 관찰과 표현을 특색으로 하는 문학이 꽃피었다. 간세이寛政기에는 〈간세이 개혁〉으로 게사쿠문학이 탄압 대상이 되자 일단 쇠퇴하였다가 다시 회복되었다. 그러나 무사계급이 게사쿠에서 멀어짐에 따라 작품에 지성적이고 이지적인 면은 사라지고 대신 권선징악과 감정에 호소하는 곳케이본滑稽本이나 닌조본人情本 그리고 고칸合巻 등이 주류가 되었다. 이러한 경향은 문학적인 면에서는 저속화되었다고 볼 수 있겠지만, 알기 쉬운 문학으로 향유 계층을 확대하여 근세문학의 대중화를 이룩하였다고 할 수 있다.

　이러한 시대를 배경으로 한 근세시대近世時代 소설은 '가나조시', '우키요조시', '요미혼読本', '샤레본', '닌조본', '곳케이본', '구사조시草双紙' 등으로 구분된다.

제1장

가나조시 仮名草子

'가나조시'는 에도시대 초기에 가나仮名 혹은 가나를 섞어 쓴 문장의 작품을 말하며 17세기 초부터 약 80년간에 걸쳐 쓰인 산문작품을 총칭한다. 오토기조시에 이어 가나를 사용해 서민에게 맞게 출판된 잡다한 분야를 포함한 읽을거리를 말한다. 작자 대부분은 당시의 지식인층으로 아사이 료이浅井了意, 스즈키 쇼산鈴木正三 등이 있다.

계몽적인 내용이 많으며, 유교적 교훈을 포함한 모노가타리나 설화집 또는 우스운 이야기, 명소안내기, 유녀평판기 등 실용적인 내용을 포함한 작품도 많다. 또 하나의 작품에서 다양한 성격을 가지고 있는 경우도 많아 특정한 분류로 구분하긴 힘들지만 이러한 성격의 가나조시가 많이 창작되어 서민들에게 읽혀졌다.

▶ 『니닌비쿠니二人比丘尼』

『니닌비쿠니(二人比丘尼: 두명의 비구니)』의 작가는 스즈키 쇼산鈴木正三이며 약 1650년 후반에 간행되었으며 2권으로 이루어져 있다.

줄거리는, 시모후사下総에 사는 스다 야에須田弥兵衛는 25살에 전사하고 그 부인은 17살에 불교의 도리를 추구하는 보살이 되었다. 어느 날 불당에서 20살 정도의 여자와 만나 서로 자신의 신상 이야기를 서로 묻고 대답한 후에 그곳에서 함께 살게 된다. 다음 해 여자는 죽고, 죽은지 35일되는 오칠일五七日까지 유골을 지키다가, 부인은 절에 들어가 어느 늙은 비구니를 모시다 편안한 죽음을 맞이하게 된다는 이야기이다.

덧없는 세상에서 열심히 염불하여 극락왕생을 추구하는 불교 교리를 설법하는 불교 교훈의 책으로, 후에 오자키 고요尾崎紅葉의 『니닌비쿠니이로잔게二人比丘尼色懺悔』(1889)에 영향을 준 작품이다.

▶ 『기요미즈모노가타리淸水物語』

아사야마 이리안朝山意林庵의 작품으로 1638년에 간행된 것으로 추정되며, 전체 2권으로 이뤄져있다. 아사야마 아리안은 호소카와 다다토시細川忠利와 도쿠가와 다다나가德川忠長를 모신 유학자로, 당시의 정치 또는 풍속에 대한 비판을 할 요량으로 소설 형태를 취하여 이 책을 저술하였다.

기요미즈데라淸水寺에 참배했을 때, 승려와 많은 청중들이 문답하고 있는 것을 방청하는 식의 형태 취하고 있는 『기요미즈모노가타리淸水物語』는 학문에서부터 은자隱者, 현인賢人, 법도法度, 사무라이 기질侍の氣質, 주군의 마음가짐主君の心得, 화물化物, 싸움喧嘩, 순사殉死, 천도天道의 문제에 이르기까지 다양한 주제의 내용이 수록되어 있어 불교의 교리뿐만 아니라 당시 학문을 비롯한 정치론이나 도덕론 등을 엿볼 수 있다.

▶ 『니세모노가타리仁勢物語』

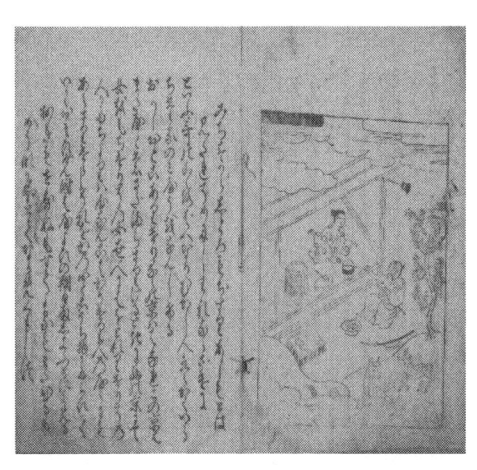

작자 미상으로 1624년부터 1640년에 성립된 작품으로 추정되며 2권으로 이뤄져 있다. 헤이안시대의 우타모노가타리 『이세모노가타리伊勢物語』의 글자, 발음, 문장 구성 등을 모방한 작품으로, 고전의 우아한 세계를 비속하게 표현한 것으로 해학성을 추구한 작품이다.

새로운 근세의 풍속을 받아들여 비속한 골계문학으로 완성한 것으로, 고전을 비꼬고 풍자하여 근세문학의 창시를 꾀한 것이다. 서명은 『이세모노가타리』를 풍자적으로 표현하여 '니세(僞: 가짜)'의 의미를 담고있다.

　고전의 우아한 세계를 비속의 세계로 표현하여 해학성을 연출하는 창작기법을 '모지리(もじり: 비튦)'라 하며, 이러한 수법은 커다란 근세문학의 특징이기도 하다.

✺ 작품 원문 『니세모노가타리(仁勢物語)』

　をかし、男、頬被りして、奈良の京、春日の里へ、酒飲みに行きけり。その里に、いとなまぐさき魚、はらかといふ有けり。此男、買ふて見にけり。おもほえず古巾着にいとはした銭もあらざりければ、心地まどひにけり。男の者たりける借り着物を脱ぎて、魚の値ひにやる。其男、渋染めの着物をなむ著たりける。

　　春日野の魚に脱ぎし借着物酒のみたればさむさ知られず

となむ、又つぎて飲みけり。酔ひて、おもしろき事どもや思ひけむ。

　　道すがらしどろもぢすり足元は乱れそめにし我奈良酒に

といふ歌の心ばへなり。昔人は、かくいらちたる飲みやうをなんしける。

✺ 작품 번역문

　한 이상한 남자가 얼굴을 수건으로 감싸고 나라의 가스가라는 마을에 술을 마시러 갔다.

　그 마을에 몹시 비린내 나는 생선, 송어가 있었다. 남자는 그것을 사려 했는데 뜻하지 않게 낡은 옷 **속엔** 극히 적은 푼돈만 있어 마음이 혼란스러웠다. 남자는 얻어 입고 있던 옷도 벗어, 생선 값으로 주었다. 그 남자는 감색 옷을 입고 있었다.

가스가 들판/ 생선 값 대신하여 / 벗어 준 헌 옷 / 술에 취하고 나니 / 추위마저 잊었네
(가스가의 생선 값으로 헌옷도 벗어 주었지만, 술을 마시니 추운지도 모르겠네)

라고 읊고, 또 술을 따라서 마셨다. 취해서 재미있는 일도 있는 것이다.

길을 걸으니/ 너저분한 무늬 옷 / 발언저리에 / 흐트러져 물드네 / 나라술에 취하네
(술을 마시고 길을 걸으니 너저분한 무늬 옷처럼 비틀비틀 발걸음이 흐트러지고, 나는 나라
奈良 술에 취하네)

라고 노래로 마음을 달래네. 옛날에는 이렇게 불안 초조하게 술을 마시는 사람도 있었으리라.

▶ 『오토기보코御伽婢子』

에도 전기前期의 가나조시인 『오토기보코』는 승려인 아사이 료이浅井了意의, 13권 13책으로 된 작품으로, 단편괴기담 67화의 이야기가 담겨져 있다. 1666년 성립된 것으로 추정되며, '오토기보코伽婢子'라고도 쓴다.

중국 명나라의 괴기소설이나, 구우瞿佑의 『전등신화剪灯新話』 그리고 이창기李昌祇의 『전정여화剪灯余話』, 『집이지集異志』 등을 번안하여 그중, 괴기담을 모은 것이다. 오토기보코는 아이들의 액막이厄払い 인형을 의미하는 것으로, 서문을 살펴보면 아동용 교훈서로서 이러한 서명이 붙이게 되었다고 밝히고 있다.

목차를 살펴보면, 「스이진토낫타뇨보(水神となった女房: 물의 신이 된 아내)」, 「아사노무쿠이(厚狭の報い: 아사의 보은)」, 「겐주쓰미오타스케즈(幻術身を助けず: 요술도 몸을 살리지 못하고)」, 「조세이노센닌(長生の仙人: 장수의 선인)」, 「니시노쿄야케호로비루(西の京焼けほびる: 서쪽 도읍이 불타서 망하다)」, 「유레이가무쇼노우와사바나시오스루(幽霊が武将の噂話をする: 유령이 무장의 소문을 내다)」, 「가마이타치토다이바카제鎌鼬と提馬風」,[1] 「시노비노쇼타이(忍びの正体: 은자의 정체)」, 「난니시스루센초(難に死す

---

1 가마이타치鎌鼬 : 일본에 많이 전해진 요괴나 혹은 요괴가 일으킨 괴이한 현상을 말하며, 다이바카제提馬風 : 걷고 있던 말이 돌연 쓰러진 현상으로 '기바'라고도 한다.

る先兆: 난으로 죽을 전조)」, 「핫코쓰노요카이(白骨の妖怪: 백골의 요괴)」, 「에마가싯토스루(絵馬が嫉妬する: 에마의 질투)」, 「보탄도로(牡丹灯籠: 모란등롱)」 등이 있다.

『전등신화』에서 18화의 이야기를 번역하였으며, 인명이나 지명을 일본식으로 바꾸었고 문장도 번역조에서 탈피하였다. 괴담소설 유행의 계기가 되었으며 후세에 많은 영향을 끼쳤다.

제2장 우키요조시浮世草子

'우키요조시浮世草子'는 근세문학의 주요 문학형식의 하나로 우키요본浮世本이라고도 한다.

이하라 사이카쿠井原西鶴의 『고쇼쿠이치다이오토코好色一代男』 이후 일련의 작품 이전까지의 가나조시와는 별도로 구별하여, 우키요조시라고 불린다.

처음에는 '구사조시'라고 불렸지만 이후 우키요조시로 구분되었고, 겐로쿠시대에 오사카를 중심으로 크게 유행하면서 민중생활을 중심으로 한 다양한 주제를 취한 작품이 등장했다.

'우키요浮世'는 원래 중세 전란의 근심 걱정이 가득한 세상이라는 의미의 '우키요憂世'의 의미가, 근세가 되면서 현세를 의미하는 들뜬 세상이라는 '우키요浮世'의 의미로 사용되며, 남녀의 정사情事나 호색好色의 의미를 담고 있기도 하다.

교토의 하치몬지야八文字屋에서 출판된 것은 특히 '하치몬지야본八文字屋本'이라 하였으며, 겐로쿠기부터 18세기 중엽까지 간행되었다.

우키요조시의 창시자라 할 수 있는 이하라 사이카쿠井原西鶴의 업적이 유명하다. 오사카의 부유한 상인의 집안에서 태어난 이하라 사이카쿠는 11세에 하이카이에 입문하여 단린談林파를 대표하는 하이카이시俳諧師로 야카즈하이카이矢数俳諧를 창시하였고, 이후 1682년 『고쇼쿠이치다이오토코好色一代男』를 출판하여 호평을 얻은 뒤 여러 가지 장르의 작품을 출판하였다. 이하라 사이카쿠는 하이카이시와 우키요조시 작가로서 뿐만아니라 닌교조루리人形浄瑠璃의 작가로도 활동하였다.

사이카쿠의 우키요조시 유형을 나누면, 고쇼쿠모노(好色物: 호색물), 부케모노(武家物: 무가물), 조닌모노(町人物: 상인물), 자쓰와모노(雜話物: 잡화물) 등 4가지로 나눌 수 있다.

▎ 이하라 사이카쿠의 우키요조시 4가지 유형
    ① 고쇼쿠모노好色物 : 『好色一代男』, 『好色一代女』, 『好色五人女』
    ② 부케모노武家物 : 『武道伝来記』, 『武家義理物語』
    ③ 조닌모노町人物 : 『日本永代蔵』, 『世間胸算用』
    ④ 자쓰와모노雜話物 : 『大下馬(西鶴諸国ばなし)』, 『本朝二十不孝』

▶ 『**고쇼쿠이치다이오토코**好色一代男』

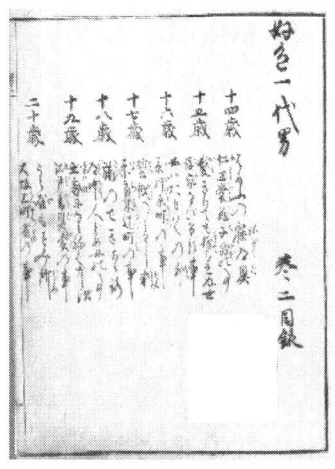

『고쇼쿠이치다이오토코』는 우키요조시의 대표작으로 이하라 사이카쿠의 처녀작이다. 1682년경에 발간된 것으로 8권 8책으로 되어 있다.

이 작품은 주인공 요노스케世之介의 인생에서 일어난 단편적인 에피소드를 모은 것이다.

『겐지모노가타리』를 모방하여 54첩을 54장으로 할애하고, 주인공 나이 7세 때부터 60세까지인 54년간을 서사하고 있다.

▎ 『고쇼쿠이치다이오토코』
    ▪ 1·2권 : 7세~20세까지의 청년기 (14장)
    ▪ 3·4권 : 21세~34세까지 (14장)
    ▪ 5~8권 : 35세~60세까지 (26장)

줄거리는, 불과 7세 어린나이에 몸종을 사랑하여 성에 눈을 뜨게 된 요노스케는 다양한 여성들과의 사랑의 편력으로 인해 17세 때 아버지에게 의절 당한다. 이후 여러 지방을 방랑하며 호색에 몰두하였고, 어머니로부터 아버지 재산을 물려받아 유명한 유녀들이 있는 유곽을 전전

한다. 최후에는 돈을 가득 실은 배를 타고 저 멀리 여자들만 산다는 섬을 찾아 출항한 이후 소식이 끊어진다는 이야기로, 요노스케의 호색 행각을 한 장에 한 해씩 할애하여 서술하고 있다.

이 작품은 주인공 요노스케의 호색적이고 자유분방한 인생을 묘사한 것으로 서민 남성의 호색적 삶의 방식을 그려냄으로써 크게 인기를 얻었다. 또 당시의 서민적 취향에 맞춘 것으로 오락성뿐만 아니라 관능적인 색채가 짙고, 숨길 수 없는 마음속 깊은 곳의 욕정과 욕망을 가진 인간묘사가 두드러진 작품이다.

☀ 작품 원문 『고쇼쿠이치다이오토코好色一代男』

　七歳　けした所が恋はじめ

　　桜もちるに嘆き、月はかぎりありて入佐山、ここに但馬の国かねほる里の辺に、浮世の事を外_{ほか}になして、色道ふたつに寝ても覚めても夢介_{ゆめすけ}と替名_{かえな}呼ばれて、名古屋三左_{さんざ}、加賀の八などと、七つ紋の菱にくみして身は酒にひたし、一条通夜更けて戻り橋、ある時は若衆出立_{わかしゅでたち}、姿をかへて墨染めの長袖、又は立髪かづら、化物が通るとは誠にこれぞかし。それも彦七_{ひこしち}が顔して、願はくは噛殺_{かみころ}されてもと通へば、なほ見捨て難くて、その頃名高き中にも、かづらき、かをる、三夕_{さんせき}、思ひ思ひに身請けして、嵯峨_{さが}に引込み、あるいは東山の片陰_{かたかげ}、又は藤の森、ひそかに住みなして、契りかさなりて、このうちの腹より生れて世之介と名によぶ。あらはに書きしるすまでもなし。知る人は知るぞかし。

● 작품 번역문

7세 불이 꺼진 곳이 사랑의 시작

벚꽃도 지는 것을 슬퍼하는 달빛 가득한 이루사노야마入佐山.

이곳 다지마但馬 지방의 금을 캐는 마을 근처에 세상일은 팽개쳐두고 정사(남색과 여색)의 두 가지 길에 밤낮으로 빠져 있어 유메스케夢介라고 불리는 사람이 있었다. 나고야산자名古屋三左나 가가노야쓰加賀の八 등의 패거리들과 함께 술에 빠져 있다가 이치조一条에서 밤을 새고 돌아가는 다리. 어느 때는 소년 모습의 복장이고, 또 어느 때는 모습을 바꾸어 검은 빛 중의 모습을 하거나 혹은 여장을 한 모습 또는 아이의 가발을 뒤집어 쓴 모습 등 그야말로 도깨비 같은 모습이었다. 게다가 히코시치彦七[2]의 얼굴을 하면서도 원하면 죽더라도 정을 통하고자 하였고 이를 유녀들도 내버려두지 않았다. 당시 명성이 높았던 유녀로는 가쓰라기かづらき, 가오루かをる, 산세키三夕가 있었는데, 몹시 사랑하여 몸값을 지불하고 기생호적에서 빼내와 정을 통하였다. 사가嵯峨에 틀어박히거나 혹은 히가시야마東山의 한쪽 구석에서, 혹은 후지노모리藤森에 몰래 거처하며 정을 쌓아서 그중의 한 사람의 배에서 아이가 태어나니 그 이름을 요노스케라 지었다. 아마 아는 사람은 다 알고 있을 것이다.

▶ 『니혼에이타이구라日本永代蔵』

1688년 간행된 이하라 사이카쿠의 작품으로, 6권에 각각 5화의 이야기를 담은 전체 30화로 이뤄진 단편소설집이다. 『니폰에이타이구라日本永代蔵』라고도 한다.

사이카쿠의 조닌모노의 첫 번째 작품으로, 가나조시 중 부자가 되기 위한 교훈담인 『조자쿄長者教』에서 힌트를 얻었으며, 『다이후쿠신초자쿄大福新長者教』라는 부제를 달고 있다. 금전세계는 전통적인 문학 관념에서는 다루지 않은 소재였으나 금전을 소재로 하여 새로운 문학을 만들어 내었다.

---

2 히코시치彦七 : 다이헤이키太平記의 주인공으로 길을 묻는 여자를 안내하다가 도깨비를 등에 업었다는 괴담에 등장하는 인물.

　서민이 근면 검약하고 지혜를 발휘하여 부를 쌓은 이야기를 주로하고 있으며, 그 외 부자가 된 후 망하기까지의 과정을 담은 이야기 등, 부와 관련된 세상의 모습을 그리고 있다. 철저한 검약가로 알려진 후지야 이치베藤屋市兵衛 등을 비롯해 실제로 존재하는 부자를 모델로 각색하여 지혜와 재치를 발휘하여 큰 부자가 된 서민들의 모습을 열전으로 그린 작품이다.

　작품의 줄거리는 아침에 마시는 차를 팔아서 도매상이 된 리스케利助는 더욱 돈을 벌고 싶다는 일념에서 차 찌꺼기를 섞은 차를 섞어 팔게 되어 천벌을 받아선지 발광해서 죽게 된다는 이야기, 또 돈의 고마움과 돈에 정성을 들인 사람의 집념을 잘 아는 검약가 2대가 선의의 마음에서 주은 돈을 유곽에 전해 주러 갔다가 유흥에 빠져 집이 망한다는 이야기로 되어 있다.

제3장
요 미 혼 読本

요미혼은 문장 중심의 읽기 위한 책이라는 의미로 요미혼이라 불렸지만, 18세기 중엽부터 가미가타上方에 등장하여 나중에 에도로 옮겨 출판된 일군의 소설을 말한다. 픽션으로 권선징악이나 인과응보를 작품 구성으로 하고 있다. 오락성도 강하지만 한어漢語를 사용하고 있어 회화문의 평이한 곳케이본이나 구사조시 등과 비교해 문학성이 높은 것으로 평가된다. 인쇄기술이나 원고료제도 등 출판체제가 정돈되어 있기도 했고, 책 대여점을 통해 유통되었기 때문에 많은 독자를 획득했지만 대중적으로 저렴한 가격의 구사조시와는 유포된 양은 비교가 되지 않을 정도로 적다. 18세기 오사카에서는 쓰가 테이쇼都賀庭鐘와 우에다 아키나리上田秋成가 19세기에는 에도에서 교쿠테이 바킨曲亭馬琴과 산토 교덴山東京伝 같은 작가가 활약하였다.

요미혼은 중국 백화소설白話小說에서 영향을 받은 것으로, 백화소설을 번안한 것이 등장하였다. 초기 요미혼은 고전적 지식을 가진 지식인층에 의해 쓰여졌다. 18세기 후반에는 번안에서 벗어난 작품이 창작되어지면서 가미가타를 중심으로 유행한 요미혼을 '전기요미혼'이라고 한다. 이후 에도를 중심으로 창작되어진 것을 '후기요미혼' 혹은 '에도요미혼'이라 한다.

전기요미혼은 쓰가 데이쇼都賀庭鐘를 중심으로 하여 시작되었다. 당시 유학자나 의사 등 지식인 사이에 유행하고 있던 중국의 백화소설에서 영향을 받아 한어를 사용한 힘찬 문체를 가진 단편 기담소설『하나부사조시英草紙』가 발표되었다. 또 국학자에 의한 요미혼도 나타났고, 우에다 아키나리上田秋成의 등장으로 전기요미혼이 완성되었다고 할 수 있다.

후기요미혼은 19세기에 걸쳐 가미카타에서 에도로 옮겨졌다. 후기요미혼의 기초를 쌓은 사람은 간세이 개혁으로 인한 출판 단속 이후 요미혼으로 진출한 산토 교덴山東京伝이며, 산토 교덴의 뒤를 이어 활동한 작가는 교쿠테이 바킨曲亭馬琴이다.

전기요미혼으로는 쓰가 데이쇼의 『하나부사조시英草紙』, 우에다 아키나리의 『우게쓰모노가타리雨月物語』와 『하루사메모노가타리春雨物語』 등이 대표적이며, 후기요미혼의 대표작품으로는 산토 교덴의 『주신스이코덴(忠臣水滸伝: 충신수호전)』, 교쿠테이 바킨의 『난소사토미핫켄덴南総里見八犬伝』 등을 꼬을 수 있다.

▶ 『우게쓰모노가타리雨月物語』

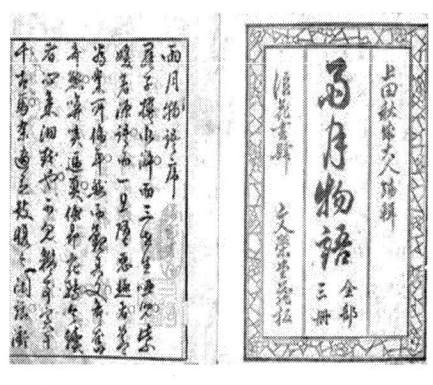

『우게쓰모노가타리』의 작자는 우에다 아키나리이다. 사생아로 태어난 그는 4살 때 기름과 종이를 파는 상인의 양자로 들어가 성장한 후 의사로 전업하였고, 18살 때에는 하이카이와 게사쿠 그리고 고전에 관심을 가지고 고전문학의 부활과 언어 개혁을 주장하였다.

만년 작품인 『하루사메모노가타리春雨物語』는 아키나리의 특이한 역사관을 위탁한 10편의 단편을 묶은 작품으로 유명하다.

우에다 아키나리는 1776년에 전기요미혼의 대표작으로 유명한 『우게쓰모노가타리』를 저술하였다. 이 작품은 9편의 괴담소설 묶어 5권으로 출판한 단편집으로, 집념이 응집된 인간성의 진실을 괴이한 출현을 통해 그려내고 있다.

와칸콘코분和漢混淆文을 기본으로 하고 있으며, 힘차고 고색창연한 정취를 가진 문체는 『우게쓰모노가타리』의 테마인 괴이한 출현을 효과적으로 준비하는 역할을 다하고 있다.

작품 목차는 1편부터 4편까지는 비운의 스토쿠 상황上皇의 능을 사이교 법사가 참배하는 이야기인 「시라미네白峯」, 중국의 『고금소설古今小說』에 나온 작품 『범거경전』을 번안한 「깃카노치기리(菊花の約: 국화의 약속)」, 중국 괴담소설집인 『전등신화剪燈新話』에 나온 작품을 소재로 한 「아사지가야도(浅茅が宿: 황폐한 집)」, 물고기를 즐겨 그리는 승려가 물고기로 변신했다가 죽을 뻔 한 이야기인 「무오노리교(夢応の鯉魚: 꿈속의 잉어)」로 되어 있다. 또 5편부터 8편까지는 여행

중인 부자親子가 고야산에서 원령이 된 도요토미 히데쓰구豊臣秀次 일행과 만나 무서운 일을 겪는다는 「붓포소(仏法僧: 불법승)」, 호색을 좋아하는 남편의 바람에 배신당한 부인이 남편을 저주해서 죽인다는 「기비쓰노카마(吉備津の釜: 기비쓰의 솥)」, 예쁜 여자로 변신한 뱀과의 이야기인 「자세이노인(蛇性の婬: 뱀화신의 탐음)」, 사랑하는 소년의 죽음에 미쳐 인육을 먹기에 이른 고승이야기를 담은 「아오즈킨(青頭巾: 파란두건)」이 담겨 있다. 마지막 9편은 돈을 소중히 여기는 무사의 잠자리에 금전의 정령이 노인의 모습으로 나타나 돈과 사용하는 주인과의 관계를 이야기 하는 「힌푸쿠론(貧福論: 빈부론)」 등이 담겨 있다.

작품의 소재는 『고금소설』과 같은 백화소설, 『전등신화』의 문어체 소설 그리고 『호겐모노가타리』와 같은 중세 군키모노가타리 등에서 소재를 취한 것이지만 일본적 요소에 작가의 사상을 더해 놓은 작품으로 요미혼의 걸작으로 꼽히고 있다.

◉ 작품 원문 『우게쓰모노가타리雨月物語』

〈菊花の約〉

　青々たる春の柳、家園に種ることなかれ。交りは輕薄の人と結ぶことなかれ。楊柳茂りやすくとも、秋の初風の吹に耐めや。輕薄の人は交りやすくしてまた速なり。楊柳いくたび春に染れども、輕薄の人は絶て訪ふ日なし。播磨の国加古の驛に丈部左門といふ博士あり。清貧を憩ひて、友とする書の外はすべて調度の絮煩を厭ふ。老母あり。孟子の操にゆづらず。常に紡績を事として左門がこゝろざしを助く。其季女なるものは同じ里の左用氏に養はる。此左用が家は頗富さかえて有けるが、丈部母子の賢きを慕ひ、娘子を娶りて親族となり、屢事に托て物を餉るといへども、口腹の爲に人を累さんやとて、敢て承ることなし。一日左門同じ里の何某が許に訪ひて、いにしへ今の物がたりして興ある時に、壁を隔て人の痛楚聲いともあはれに聞えければ、主に尋ぬるに、あるじ答ふ、これより西の国の人と見ゆるが、伴なひに後れしよしにて、一宿を求らるゝに、士家の風ありて卑しからぬと見しまゝに、逗まいらせしに、その夜邪熱劇しく、起臥も自はまかせられぬを、いとをしさに三日五日は過しぬれど、何地の人ともさだかならぬに、主も思ひがけぬ過し出て、こゝち惑ひ侍りぬといふ。左門聞て、かなしき物がたりにこそ。あるじの心安からぬ

もさる事にしあれど、病苦の人はしるべなき旅の空に此疾を憂ひ給ふは、わきて胸窮しく
おはすべし。

🌼 작품 번역문

〈국화의 약속〉

　푸르디 푸른 봄날 버드나무는 정원에 심지 말라. 친교는 경박한 사람과 맺지 말아라. 버드나무 무성하기 쉽지만, 초가을 바람에 견디지 못한다. 경박한 사람은 사귀기 쉽지만, 또한 쉽게 끊어진다. 버드나무는 매년 봄에 무성해지지만 경박한 사람은 절교하여 찾아오지 않는다. 하리마 지방 가코加古라는 역참마을에 하세베 사몬이라는 학자가 있었다. 청빈하게 분수에 만족하고 살아서 친구로는 서적 외에 모든 세간의 번거로운 것들을 싫어하였다. 늙은 어머니와 살았는데 맹자의 어머니에 뒤지지 않았다. 평상시 옷감을 짜는 일을 하여 사몬의 학문을 도왔다. 그 여동생도 같은 마을의 사요씨에게 시집갔다. 사요의 집은 굉장한 부자로 번영했지만, 하세베 모자의 현명함을 존경하여 그 딸을 며느리로 맞아서 친척이 되고난 후 때때로 일이 있을 때마다 하세베 집에 선물을 보내왔다. 그러나 "입과 배를 채우기 위해 사람을 번거롭게 해서는 안 된다." 하여 오히려 받는 일이 없었다. 어느 날 사몬은 같은 마을의 모씨의 집을 방문해 고금古今의 이야기로 흥에 겨워 있을 때, 벽 건너편 방에서 사람의 고통스러운 신음소리가 애처롭게 들려와 주인에게 그 연유를 물으니 주인이 대답하기를, "여기서 보면 서쪽 지방 사람인 듯한데, 길동무에게 뒤쳐져 하룻밤을 재워줄 것을 부탁하여서, 무사의 풍모가 보이고 천한 사람으로 보이지 않아 머물게 하였는데, 그날 밤 열병이 심해져서 거동도 혼자 하지 못하게 되었다. 가여워서 사나흘을 더 머물게 하였지만 어디 사람인지도 확실하지 않아서 주인은 생각지 못한 실수를 했다고 당혹스럽다."라고 대답하였다. 사몬이 들어보니, 애처로운 이야기였다. 주인의 마음이 편하지 않은 것도 당연한 일이지만, 병으로 아파하는 사람 입장에서는, 아는 사람 없는 낯선 곳에서 병으로 고통스러운 것이 더욱 힘들고 답답할 것이라 생각했다.

▶ 『난소사토미핫켄덴南総里見八犬伝』

『난소사토미핫켄덴』의 저자 교쿠테이 바킨曲亭馬琴은 에도 출생으로 메이지시대 이후 다키자와 바킨滝沢馬琴으로도 알려진 작가이다. 하급무사 집안의 출신으로 9세 때 아버지가 사망한 후 10세 때 집안의 대를 이어야 했다. 24세에 산토 교덴山東京伝에게 입문하여 기뵤시黄表紙 작가가 된 후 요미혼 작가로 전환하였다. 노년에 실명한 후에는 구술에 의해 창작 생활을 이어 갔다.

『난소사토미핫켄덴』은 에도시대 후기에 창작된 장편 요미혼으로『사토미핫켄덴里見八犬伝』혹은『핫켄덴八犬伝』이라고 한다. 1814년에 간행하기 시작하여 28년에 걸친 작업 끝에 1842년 완성한 작품이다. 전체 98권巻으로 106책冊의 대작이다.『우게쓰모노가타리』와 함께 에도시대 게사쿠문학의 대표작으로 꼽히며 일본 장편 전기소설이다.

작품의 줄거리는 무로마치室町시대인 아시카가足利 말기를 배경으로 하여 '仁·義·礼·智·忠·信·孝·悌'의 8개 덕목을 나타내는 8명의 핫켄시八犬士가 난소南総 지방의 사토미里見 집안의 신하가 되어 사토미 가문의 부흥을 위해 활약하는 이야기이다.

『난소사토미핫켄덴』은 중국『수호전水滸伝』의 영향을 받은 것으로 특히 작품의 발단에 해당되는 부분의 구성이 비슷하다. 충신, 효자, 정부貞婦의 행위는 보답을 받고 간신, 샛서방, 악녀 등의 행위는 벌을 받는 유교적 도덕에 토대를 둔 권선징악이나 인과응보의 이야기를 담고 있다. 잘 짜인 구성과 문학성으로 후기 요미혼의 대표작으로 꼽힌다.

제4장
샤레본 酒落本

　'샤레본'은 에도 중기의 게사쿠문학의 하나이다. 반지(세로 25cm x 가로 35cm)의 1/4 정도의 크기로 곤냐쿠혼こんにゃく本이라고도 한다. 샤레본은 작품배경을 유곽으로 하여 손님과 유녀와의 노는 모습이나 유곽 풍속을 소재로 하고 있으며, 유곽의 손님과 기생과의 회화를 중심으로 세련된 정취를 사실적으로 묘사한 소설을 의미한다. 화류계에서 능통하고 즐긴다는 의미의 '스이粋'[3]라는 미적 이념을 이상으로 하여 유녀와 손님의 흥정을 묘사하거나 세상물정에 어두운 손님을 해학적으로 표현한 내용을 주로 하고 있는데, 유곽에서의 실제 놀이방법에 대한 안내서였다고 할 수 있다. 이외에도 실용적인 명소 가이드 책 등도 읽혔다. 원래는 가나조시仮名草子의 유녀평판기의 종류나, 이하라 사이카쿠井原西鶴와 같은 작가들의 유녀를 묘사한 우키요조시浮世草子가 시초였으나 나중에 속어의 회화체 위주의 책을 통칭하게 되었다.

　에도시대 조닌의 재치와 해학을 엿볼 수 있는 작품이었지만, 작품 양식의 한계성과 간세이개혁으로 인한 풍기단속으로 처벌되거나 금지되고 난 후 쇠퇴되어, 닌조본과 곳케이본으로 옮겨 갔다.

　대표 작품으로는 이나카로진타다노지지田舎老人多田爺의 『유시호겐遊子方言』과 산토 교덴山東京傳의 『쓰겐소마가키通言総籬』나 『게이세이카이시주핫테傾城買四十八手』 등이 있다.

---

3 스이粋 : '이키粋'라고도 하며 세련되고 운치와 매력이 있는 모습을 말하며 특히 화류계·연예계의 사정에 밝고 통달하여 화류계에서 풍류를 즐기는 것을 말한다.

▶ 『유시호겐遊子方言』

　　에도시대 중기의 게사쿠 작가로 알려진 이나카로진타다노지지田舍老人多田爺가 1770년에 발표한 작품으로 샤레본의 정형이 된 작품이다. 『유시호겐遊子方言』은 중국 최고의 방언집인 『요시호겐揚子方言』을 풍자적으로 비꼬아서 표현한 것이다.

　　샤레본의 전성기인 덴메이天明기에, 샤레본의 스타일이 갖춰진 『유시호겐』이 출판되었으며, 유곽의 세부적인 묘사를 정확하게 묘사하였다. 화류계에 통달한 사람인 체하는 남자가 순진한 아들을 데리고 요시와라吉原에 가서 다음날 돌아온다는 이야기인데, 차를 파는 가게의 부인이나 유녀들의 회화를 중심으로, 요시와라의 풍속이나 풍류를 즐기는 멋진 모습의 사람과 순진한 사람을 비교하여 적고 있다. 이런 작품들에 대한 평판이 좋아지면서 비슷한 종류의 책이 많이 만들어졌다.

　　회화 위주의 문체를 사용하고 있으며, 등장인물의 복장과 언어 그리고 동작 등을 자세하게 그려내어 유형적 성격을 표현하고, 그 안에 해학거리를 담은 소설적 구성을 확립하여 '이키'라는 이념을 샤레본으로 정착시킨 획기적인 작품이라 할 수 있다.

▶ 『게이세이카이시주핫테傾城買四十八手』

　　산토 교덴은 에도 후기에 우키요에시浮世絵師이자 게사쿠샤戯作者로 활동한 작가이다. 에도의 전당포 집안 출생으로 15세에 우키요에浮世絵를 배우고 기뵤시의 화가로서 활동하였으며, 22세에 산토 교덴으로 칭하였다. 28세에 기뵤시혼黃表紙本에 그린 삽화가 검문에 걸렸고, 31세에는 샤레본이 벌금형을 받았다.

　　『게이세이카이시주핫테』는 1790년에 성립된 작품으로, 요시와라의 크고 작은 가게에서 여러 가지 직업을 가진 손님들과 제각각 다른 지위의 유녀들과의 규방에서 이뤄지는 대화와 평을 담고 있다. 유곽에 온 손님과 유녀가 중심이 되어 규방을 무대로 유곽에서 창녀를 사서 데리고 노는 여러 가지 모습과 솜씨를 그리고 있다. 유흥의 온갖 종류와 모습을 그리는 것을 통해 그 내면의 심리를 냉담하고 신랄하게 응시하고 있다. 작자가 유곽을 통해 인간을 관찰하는 날카로움과 애정을 표현하고 있으며 심리묘사가 뛰어난 작품이다.

제5장

닌조본人情本

  '닌조본'은 17세기 중엽부터 출판된 에도의 지혼地本[4] 중 서민의 연애를 테마로 한 대중적 장편연애소설을 말한다. 에도시대 후기인 분세이文政기부터 메이지 초년까지 유통되었다. 닌조본은 남녀의 애정을 중심으로 에도 말기의 퇴폐적이고 무기력한 세태를 반영하고 있어 특히 여성에게 많이 읽혔다. '간세이 개혁' 탄압으로 인해 샤레본이 풍기단속으로 금지되자, 샤레본과 비슷한 형식을 취하여 그 무대를 유곽에서 서민의 일상생활장소로 옮겨 놓고, 도련님이나 상점 주인이 아내나 처녀 혹은 유녀 등과의 관계를 묘사하고 있으며, 악당에게 괴롭힘을 당하는 어려운 상황 속에서도 좌절하지 않는 여주인공의 기개와 임기응변으로 행복에 이른다는 이야기들을 소재로 하고 있다. 조닌 사회의 인정人情, 특히 그들의 연애나 치정의 세계를 그리고 있다는 점에서 샤레본과 성격을 달리 한다.

  가장 활발하게 활동한 작가는 다메나가 슌스이爲永春水로, 대표작은 『슌쇼쿠우메고요미春色梅兒譽美』이다. 덴포天保기에 왕성하게 창작되었지만, 덴포개혁 당시 작품내용의 문란으로 다메나가 슌스이가 바쿠후의 조사를 받아 처벌을 받으며, 닌조본은 메이지기 들어 자취를 감추게 되었다.

---

4 지혼地本 : 에도에서 출판된 구사조시 종류의 책으로 가미카타上方의 에혼絵本 등과 구별해서 일컬어진다.

▶ 『슌쇼쿠우메고요미春色梅兒譽美』

『슌쇼쿠우메고요미』의 작자인 다메나가 슌스이는 에도 후기의 게사쿠 작가로, 30세에 고샤쿠시講釈師로 활동하다가 32세에 게샤쿠 작가에 뜻을 두고 시키테이 산바式亭三馬에게 사사 받은 후 작품을 창작하기 시작하였다.

덴포개혁 때 닌조본의 내용이 문란하다는 이유로 심문을 받았으며, 다음 해 수갑 50일 형을 받고 그로인한 노이로제로 그 다음 해에 사망하였다.

『슌쇼쿠우메고요미』는 에도시대의 닌조본으로『春色梅曆』라고도 표기한다. 1832년부터 1833년에 간행된 이 작품들은 4편 13책으로 되어 있다. 다메나가 슌스이는 이 작품으로 닌조본 작가로서의 명성을 얻게 되었다. 이후 속편으로『슌쇼쿠다쓰미노소노春色辰巳園』를 쓰기도 하였다.

작품 줄거리는 에도의 마을을 배경으로 나쁜 계략에 의해 은둔생활을 강요받고 유곽의 거문고 판매점에서 일하는 아름다운 청년 단지로丹次郎와 단지로를 사모하는 게이샤 요네하치米八 그리고 약혼자 오초お長와의 관계를 그린 것이다. 미남자 단지로와 기생 및 평범한 여인들과의 얽힌 연애 이야기를 회화체 문장을 사용하여 생동감 넘치는 인물을 묘사함으로써 큰 인기를 얻게 되었다.

작자 다메나가 슌스이는 이 작품에 의해 닌조본이라는 양식을 확립했는데, 이때까지 성행했던 샤레본, 곳게이본, 요미혼과 같은 희작戲作의 여러 요소要素를 받아들여, 남녀관계 특히 기생과의 사랑을 중심으로 묘사한 것이 닌조본이다. 남녀의 사랑뿐만 아니라, 보통사람들의 인정을 서사하는 것도 있어서, 닌조본은 근대소설로 연결되어 간다.

숨어 지내는 단지로의 집(長屋)에, 연통하고 있는 기생 요네하치가 찾아와 한때를 함께하고 있는 장면이나, 어릴 때 약혼한 오초를 요네하치가 질투하는 장면을 통해 남녀의 사랑이 섬세하게 묘사되어 있다. 관능적인 남녀의 섹스 장면을 암시하고 있는 "미안한 짓을 했네요(わりい事をしたねへ)"라는 대화문에서 엿볼 수 있듯이 '武士の文学'으로서 유학儒學에서 부정否定해 왔던 인간의 성적 측면을 과감하고 섬세하게 묘사한 '조닌의 문학町人の文学'으로서의 희작이었다고 할 수 있다.

◈ 작품 원문 『순쇼쿠우메고요미│春色梅児誉美』

「米八その薬を茶碗についでくんな。胸がどき〰するから(よね八はさしぐしで男の髪を
とかしながら)「ヲやそふかへどうせうねト、びっくりして薬を持来る「何サ何でもねへが
ト(にっこりわらふ)「わりい事をしたねヘト(これもにつこりわらふ)「そりゃァそふとアノ
お長はどふしたのふ「お長さんかヱあの子も寔に苦労しますヨ。それに鬼兵衛どんが、何
かおかしらしいそふだから、猶心づかひしてゐるようすサ。随分わちきも側で気を付てるま
すげれども、何をいふにもおまへはんのことを少はかんくつて居る(このかんくるとはすい
りゃうしてゐるといふぞくごなり)ものだから実にしにくふございまさアな「そふさあれも
幼年中からあのよふに育合たから、かはひそふだヨト(すこしふさぐ)「さよふサネ、おさな
馴染は格別かわいゝそふだから、御尤でございますヨト(つんとする)

(『春色梅児誉美』初編巻之一)

◈ 작품 번역문

"요네하치 그 약을 그릇에 따라줘. 가슴이 두근두근하니까." (요네하치는 머리빗으로 남자의
머리를 빗질하면서) "어? 그래요. 어떻게 하죠." 하고 깜짝 놀라서 약을 가지고 온다. "아니야
아무것도 아니야." 하고 (생긋 웃는다) "미안한 일을 했네요." 하고 (또한 생긋 웃는다) "그건
그렇고 오초는 어떻게 된 거야?" "오초씨요? 그 사람도 정말 고생해요. 게다가 기헤이가 뭔가
이상한 것 같아서 더욱 마음을 쓰고 있는 모양이라서요. 저도 몹시 옆에서 신경을 쓰고 있지
만, 뭐라 해도 당신 일을 조금 헤아리고 있어서(여기에서 간쿠루는 헤아리고 있다는 뜻의 속어
이다) 실로 하기 힘들어요." "그래 그것도 어렸을 때부터 그처럼 길러져서 불쌍해요." 하고 (조
금 우울해진다) "그래요 어릴적 친구는 각별하게 불쌍하니까. 지당한 말씀이에요." 하고 (뾰로
통해진다)

(『순쇼쿠우메고요미』初編권一)

제6장
곳케이본滑稽本

'곳케이본'은 에도 후기 게사쿠의 일종으로, 모노가타리성을 중시한 요미혼에 비해 회화문을 위주로 한 평이한 문장으로 되어 있다. 단순한 말장난이나 상식에서 탈피한 언동이나 음담패설 등으로 대중적인 독자의 웃음을 유도하고 있다. 요미혼에 비해 가격이 저렴하고 한자에 대한 지식이나 구성력을 필요로 하지 않았기 때문에 취미로 쓰인 작품이 많았고, 지방에서도 독자적으로 출판되었다. 해학과 교훈을 담고 있으며, 익살과 웃음으로 서민의 생활을 생생하게 그렸고, 라쿠고落語와 서로 영향을 주고받으며 창작되었다.

웃음과 해학을 중심으로 한 소설로, 교훈을 해학적으로 설명하는 '단기본談義本'의 흐름을 이어 받았다. 간세이 개혁으로 인해 기뵤시가 세태를 풍자하는 신선미를 잃어버리고, 샤레본은 '한카쓰半可通',[5]를 폭로하는 재미를 상실하게 된 상황에서, 무대를 유곽에서 서민의 일상생활로 옮겨 놓고 그들의 세계를 유머러스하게 묘사함으로써 웃음의 문학으로 독자에게 크게 환영받았다.

곳케이본의 대표작품으로는 짓펜샤 잇쿠十返舍一九의 『도카이도추히자쿠리게東海道中膝栗毛』와 시키테이 산바式亭三馬의 『우키요부로浮世風呂』, 『우키요도코浮世床』 등이 있다.

---

5 한카쓰半可通 : 근세의 '쓰通'의 개념에 이르지 못한 다른 상태를 '야보野暮' 혹은 '한카쓰半可通'라고 표현하였는데, '한카쓰'는 어중간한 지식밖에 가지고 있지 않음에도 불구하고 그것에 대해 능통해 있는 듯한 행동을 하는 사람을 말한다. 샤레본에서 해학적인 존재로서 '한카쓰'의 인물상을 소재로 하고 있다.

▶『도카이도추히자쿠리게東海道中膝栗毛』

짓펜샤 잇쿠는 에도 후기의 게사쿠 작가이자 우키요에시浮世絵師로 시즈오카의 하급관리 집안에서 태어나 일본에서는 최초로 작품 활동으로 생활을 영위한 직업작가이다. 짓펜샤 잇쿠는 19살까지 무가에 봉공하다가 낭인이 되어 기다유義太夫의 집에 기숙하며 조루리浄瑠璃 작가가 되었다. 30살에는 종이의 가공이나 삽화를 그리는 일을 도왔고, 기보시를 출판한 이후에는 생활을 위해 매년 20부 전후의 작품을 20년 이상에 걸쳐 써 나갔다. 짓펜샤 잇쿠는 독학으로 기보시 외에도 샤레본, 닌조본, 요미혼, 교카슈狂歌集에 이르기까지 다양한 작품을 창작하였다. 『도카이도추히자쿠리게』가 크게 히트하면서 짓펜샤 잇쿠는 유행작가가 되었는데, 그 배경에는 당시 데라코야寺子屋가 증가함에 따라 식자율이 높아졌고 그로 인해 독자층이 형성되며 책을 판매할 수 있는 시장 형성이 이뤄졌기 때문이다.

『도카이도추히자쿠리게』는 1802년부터 간행한 작품으로 작가의 취재여행을 토대로 1814년까지 초판이 인쇄되었고, 후속편인 『조쿠히자쿠리게続膝栗毛』가 1810년부터 1822년까지 간행되어졌다. 제목의 『도카이도추히자쿠리게』에서 '쿠리게'는 갈색말을 의미하고, '히자쿠리게'는 자신의 다리를 말馬 대신 사용한다는 의미의 도보여행을 의미하는 데에서 온 것이다.

작품 줄거리는 에도에 사는 야지로베弥次郎兵衛와 기타하치喜多八가 이세伊勢신궁에 참배하기 위해 도카이도東海道를 따라 교토와 오사카를 유람하고 다시 돌아오는 이야기이다. 여행 도중 두 사람의 실패담이나 우스운 이야기를 담아내고 있다.

종래의 기행물이 명소나 명물을 소개하는 것에 비해 이 작품은 여행길에서의 실패담이나 서민의 생활과 문화를 그려내 인기를 구가하였다.

▶ 『우키요부로浮世風呂』

　작가 시키테이 산바式亭三馬는 에도시대 후기의 지혼地本작가이자 우키요에시이다. 판목장이 아버지 밑에서 자라 출판 쪽 환경을 접하면서 게샤쿠 작가의 길을 걷게 되었고, 18살에 기보시를 출판하기도 하였다. 21세에 책방의 데릴사위가 되어 작가와 출판업을 겸하게 되었고, 부인이 죽은 후 헌책방을 열어 게사쿠 작품창작에 힘을 쏟았다. 34세부터는 헌책방을 그만두고 약 판매와 제조를 시작하였는데, 저서에 약 선전을 첨부하기도 하고 약을 사러온 손님이 독자가 되기도 하여 풍족한 삶을 영위하기도 하였다.

　『우키요부로』는 1809년부터 1813년에 걸쳐 간행되었다. 내용은 4편 9책으로 나눠져 있으며 초편과 4편은 남탕의 모습이 서사되어 있고, 2편과 3편은 여탕의 모습이 담겨 있다. 이 작품은 당시의 에도 서민의 사교장이었던 목욕탕을 무대로 하여 당시의 생활상과 함께 라쿠고의 화술을 수용하여 회화의 경묘함과 여러 계급의 남녀 모습을 밝게 그려내고 있다.

◎ 작품 원문 『우키요부로浮世風呂』

前編　巻之上　浮世風呂大意

　熟監るに、銭湯ほど捷径の教諭なるはなし。其故如何となれば、賢愚邪正貧福貴賤、湯を浴んとて裸形になるは、天地自然の道理、釈迦も孔子も於三も権助も、産れたまゝの容にて、惜い欲いも西の海、さらりと無欲の形なり。

　欲垢と梵悩と洗ひ清めて浄湯を浴れば、旦那さまも折助も、孰が孰やら一般裸体。

　是乃ち生れた時の産湯から死だ時の葬潅にて、暮に紅顔の酔客も、朝湯に醒的となるが如く、生死一重が嗚呼まゝならぬ哉。

　されば仏嫌の老人も風呂へ入れば吾しらず念仏をまうし、色好の壮夫も裸になれば前をおさへて己から恥を知り、猛き武士の頸から湯をかけられても、人込じやと堪忍をまもり、目に見えぬ鬼神を隻腕に雕たる侠客も、御免なさいと石榴口に屈むは銭湯の徳ならずや。

心ある人に私あれども、心なき湯に私なし。譬へば、人密に湯の中にて撒屁をすれば、湯はぶくぶくと鳴て、忽ち泡を浮み出す。

✹ 작품 번역문

전편 상권 우키요부로 대의

곰곰이 생각해 보면 공중목욕탕만큼 솔직하게 가르쳐주는 것이 없다. 그 이유가 왜 그런가 하니 현명함과 어리석음, 부정과 올바름 그리고 가난함과 부유함 또 귀함과 천함을 불문하고 목욕을 하기위해 발가벗는 것은 천지자연의 이치이기 때문이다. 석가와 공자도 오산於三과 곤스케權助[6]도 태어난 모습 그대로, 아까운 것도 원하는 것도 서쪽 바다에 흘려보내고, 산뜻하게 욕심이 없는 모습이 된다.

욕심의 때와 번뇌를 깨끗이 씻어내고 탕에서 나오며 마지막으로 몸에 물을 끼얹으면 주인도 하인도 모두 다 똑같은 알몸이 된다.

이것은 즉, 태어날 때는 갓난아이 목욕으로, 또 죽었을 때는 입관으로, 어제저녁의 홍안의 취객도 아침 목욕에 맨얼굴이 되듯이, 사는 것도 죽는 것도 종이 한 장 차이처럼 마음대로 안 되는 것이다.

그러므로 부처를 싫어하는 노인도 목욕탕에 들어가면 나도 모르게 염불을 외우고, 호색을 좋아하는 젊은이도 알몸이 되면 앞을 가리며 스스로 창피하게 여기고, 용맹스런 무사도 머리에 목욕물을 끼얹고도 붐비기 때문이라고 참으며, 눈으로 볼 수 없는 귀신 모습의 문신을 한쪽 팔에 새긴 난봉꾼도 미안하다며 욕조 출입구에 몸을 구부리는 것도 목욕탕의 덕이 아닐까.

마음이 있는 사람에게 자아도취의 마음이 있고, 마음이 없는 목욕탕에는 자아도취의 마음이 없다. 예를 들면 사람들 몰래 목욕탕 안에서 방귀를 뀌면 목욕탕에서는 보그르르 소리가 나고 바로 거품이 떠오른다.

---

6 곤스케權助 : 에도시대에 하인에게 많이 붙인 이름으로 남자 하인을 의미한다.

제7장
구사조시草双紙

'구사조시'는 에도시대 중기 무렵부터 에도에서 출판된 책인데, 그림이 들어가 있는 오락 중심의 책으로, 다시 아카혼赤本, 구로혼黒本, 아오혼青本, 기뵤시黃表紙, 고칸合巻 등으로 구별된다. '구사草'라는 말은 일반적인 것을 의미하는 것으로, 각 페이지에 삽화를 그려 넣고 여백에 히라가나ひらがな로 설명을 덧붙였는데, 처음에는 아동과 부녀자 중심의 동화에서 시작하여 점차 성인용으로 진화되었다. '구사조시'는 '에조시(絵草紙, 絵双紙)' 혹은 '에혼絵本'이라고 불리기도 한다. 보통 10쪽을 묶은 것을 1책冊으로 하며, 여러 책이 모여 한 권巻의 작품이 되었다. 초기의 아카혼은 약 8x12cm였으나 나중에 약 14x20cm의 크기가 주류를 이루었다.

아카혼은 간분寛文 때부터 간행된 것으로 빨강이나 자주색으로 물들인 표지에 제목을 붙였다. 5장 1책으로 약 10쪽에서 20쪽 정도를 1편으로 하였다. 『모모타로桃太郎』, 『사루카니갓센(さるかに合戦: 원숭이와 게의 싸움)』과 같은 옛날이야기나 그림으로 설명한 아동용 중심이었지만 점차 성인용도 만들어 졌다.

구로혼은 엔쿄延享 때부터 유통된 책으로 검은색 표지의 왼쪽 가운데에 제목을 붙이고 오른쪽 가운데 표지그림을 인쇄하였다. 2~3책이 1편을 이루었으며 역사물이나 영험기 혹은 전해 내려오는 무용담이나 군기물 또는 연애물 등의 내용을 담고 있었고 이외에도 조루리나 가부키 또는 요쿄쿠의 줄거리 등 이야기 폭이 넓었다. 그러나 고정된 형식에 구애받아 점차 독자의 시선을 끌지 못하여 유행에서 멀어지게 되었다.

아오혼도 엔쿄 때부터 시작되어 메이와明和시대에 더욱 성행하였다. 풀잎이나 꽃치자로 표지를 물들인 것으로 왼쪽 가운데에 제목을 붙이고 또 오른쪽 가운데에 표지그림을 인쇄하였다. 2~3책이 1편을 이루고 있으며, 구로혼과 비슷한 시기에 출판되어 내용은 닮아있지만 연애, 유곽, 골계, 해학 등이 더욱 노골적으로 표현되었다.

기보시는 1775년경부터 지식층을 대상으로 써졌는데, 해학적인 내용의 소설로 노란 표지로 되어 있다. 전쟁·복수·장사·금전·연애·종교에서 정치에 이르기까지 시대와 대상을 초월하여 폭넓은 주제를 다루고 있다. 고전을 응용하여 재치, 골계, 해학을 섞어서 풍속과 세상을 획기적으로 그려내었다. 작가는 단순한 풍자가 아닌, 풍자 대상의 본질을 포착하여 이를 예리하게 묘사하는 이른바 '우가치(穿ち: 천착)' 수법에 보다 더 큰 관심을 가지고 있었다.

고칸은 기보시가 장편화되어 1책의 책수가 증가하여 10~15장을 통합해서 모은 것이다. 처음에는 복수극復讎劇을 중심으로 하는 교훈적 경향의 색채가 짙었지만 점차 집안 문제나 다양한 소재가 등장하였고, 장정裝幀도 화려해졌다. 그러나 덴포개혁의 단속 대상이 되어 점차 감소되었다가 바쿠후幕府 말기에 다시 왕성해졌지만 작품의 질은 떨어져 메이지시대에 들어 소멸하였다.

1 근세소설에 대해 정리해 보세요.

2 이하라 사이카쿠井原西鶴의 우키요조시를 그 특징에 따라 분류해 보세요.

3 요미혼의 특징과 대표작가 및 작품을 이야기해 봅시다.

4 샤레본의 특징과 대표작가 및 작품을 이야기해 봅시다.

5 닌죠본의 특징과 대표작가 및 작품을 이야기해 봅시다.

6 곳케이본의 특징과 대표작가 및 작품을 이야기해 봅시다.

7 구사조시의 특징에 대해 이야기해 봅시다.

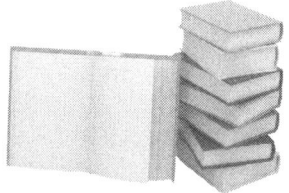

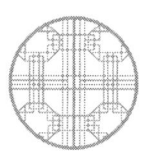

한국인을 위한 일본소설 개설

제5부 근대소설近代小說

일본 근대의 시대구분은 크게 ①메이지明治 계몽기시대(1868~1887), ②메이지시대(1887~1912), ③다이쇼大正시대(1912~1926), ④쇼와昭和시대(1926~1945)로 나눌 수 있다. 보편적으로 근대문학이라 함은 1868년 메이지유신 이후부터 1945년 〈태평양전쟁〉 종전까지의 문학을 말한다.

일본은 에도시대 말기가 되면서 대내적으로는 농촌경제와 상공업의 발달이 이뤄져 조닌町人을 중심으로 한 서민경제가 융성해졌다. 이로 인해 무사계급이 주축이 된 도쿠가와 바쿠후德川幕府의 지배력은 점점 약해지기 시작하였고, 대외적으로는 서구열강들의 문호개방에 대한 압력이 거세졌다.

1853년에 미국의 페리제독은 거대한 흑선黑船을 이끌고 와서 일본에 개항을 요구하였다. 우세한 군사력을 앞세운 미국의 개항 요구를 거부하지 못하고 결국 다음 해인 1854년 미국과 화친조약을 맺음으로써 마침내 개국하기에 이르렀다.

이리하여 오랫동안 쇄국정책을 취하고 있던 도쿠가와 바쿠후 체제가 붕괴되면서 쇄국체제가 무너졌고, 뒤이어 다른 여러 국가들과 수호통상조약을 맺게 되었다. 쇄국정책의 폐기는 일본열도의 지배구조를 바꾸는 기폭제가 되어 존왕양이尊王攘夷 운동이 격화되었고, 마침내 천황의 친정親政을 표방하는 메이지 신정부가 들어서게 되었다. 이후 짧은 기간 동안 서양열강들과 같은 자본주의 국가로 발전하기 위해 추진된 일본의 근대화는 내부적으로 여러 가지 문제점과 모순을 떠안은 채 정치, 경제, 문화를 비롯한 모든 사회 전반에 걸친 대변혁을 추구하였다. 무엇보다도 근대 서구에서 성립된 국민국가를 만들기 위해 국민을 창출하고 정치 문화적으로 통합하기 위해 노력하게 된다.

　시모노세키下関 포격을 통해 진보된 서구의 근대적 무기의 위력을 실감한 일본은 서구화를 통해 서양의 앞선 문물을 받아들여야 한다는 입장을 취하고 서양화를 지향하였는데, 이러한 추세가 문학에도 영향을 미치게 되어 여러 사조와 다양한 문학 형태로 나타나게 된다.

제1장

明治初 10年代 小說

일본에서 1868년부터 1887년에 해당되는 시기는 근세에서 근대로 이행되는 과도기로 계몽기라 불린다. 계몽이라는 것은 "어둠을 깨우친다"는 뜻으로, 쇄국정책 때문에, 세계정세보다도 30년 정도 뒤쳐져 버린 일본에 있어서는 그야말로 계몽이라고 부르기에 어울리는 시기였다.

◆ 1878년 천황의 에도성江戸城 입성

왕정복고의 쿠데타인 메이지유신明治維新에 의해 새로운 시대인 근대가 시작되었다. 메이지유신은 정치권력이 쇼군將軍에서 천황天皇으로 옮겨진 것을 의미한 것뿐만 아니라 근세 봉건사회에서 근대 자본주의 사회로 전환되는 출발점이었다.

메이지유신 이후 신정부는 근대화정책의 일환으로 행정체계를 재편하기 위해 판적봉환(版籍奉還: 한세키호칸)을 단행하였다. 봉건영주들이 소유하고 있던 영지領地를 조정에 헌상하게 함으로써 형식적인 의미의 봉건제도를 폐지하였다. 또한 폐번치현(廢藩置県: 하이한치켄)을 단행하여 봉건적 지배단위인 번(藩: 한)을 없애고 근대적 행정단위인 현(県: 켄)을 설치하였고, 현의 행정은 중앙정부가 직접 임명한 지사가 맡도록 하였다. 또한 메이지정부는 위로는 홋카이도를 일본영토로 편입시키고 사할린과 지시마千島 열도에 대한 영토경계를 확정했다. 또 아래로는 청나라의 힘이 약화된 틈을 타 무력을 동원하여 오키나와沖縄의 류큐琉球 왕국을 일본영토로 편입시키고 일본 통치하에 두었다.

또한 신분제를 폐지하고 농공상 신분을 총괄하여 평민으로 칭하고 성姓을 갖는 것을 허락하였다. 그리고 서로 다른 신분 간의 통혼을 인정하고 직업과 거주의 자유를 인정하는 사민평등 정책을 추진하였다. 1872년에는 학제學制를 도입하여 문부성을 설치하고 소학교小学校를 설립하는 등 근대학교제도 확립을 위해 힘썼으며, 1873년에는 지조개정地租改正을 통해 토지소유권을 명확히 하고 토지가土地價를 확정하여, 조세 수입의 안정을 도모하고 근대적 재정제도를 확립해 나갔다.

한편 식산흥업정책을 적극적으로 추진해 근대산업 육성을 도모하였고, 이를 뒷받침하기 위해 근대적인 은행제도와 통화제도를 도입하는 한편 교통 및 통신 발달에 힘을 썼다. 이 시기에는 서양열강에 대항할 수 있는 통일국가의 확립을 목표로 하고, 서양문명의 급속한 도입에 힘을 쏟았다. 특히 국가기구와 산업의 정비가 시급한 과제였기 때문에, 보다 공리적이고 실용적 면에 치중하여 노력을 하였다.

◆ 근대 긴자銀座 거리 풍경

이때 급격히 유입된 서양의 사상이나 문화는 문학에도 커다란 영향을 끼쳤다. 서양문명이 유입됨에 따라 서양의 사상이나 문학작품을 번역하여 소개하는 등 계몽시대가 시작되었다.

근세적 문학관에서 근대적 문학관으로의 이행기에는 먼저 에도 말기부터 전통적인 수법에 의해 메이지의 신풍속新風俗을 그린 게사쿠의 흐름이 있었고, 문명개화의 흐름 속에서 서구사상을 번역 소개한 것이 번역소설로 나타났으며, 자유민권운동의 고양에 따라서 그 사상 침투를 목적으로 한 정치소설의 등장에 의해 소설과 문학에 지식인층의 관심이 모아졌다. 또한 활판인쇄 발달로 인한 신문 보급과 학교 교육에 의한 식자인구의 증가는 독자층의 전국적 확대라는 면에서 근대문학 출발의 외적 환경이 되었다.

계몽기의 장르를 간략하게 정리하면 근세소설의 흐름을 잇는 희작소설(戱作小說: 게사쿠쇼세쓰), 서양 소설을 번역하여 소개한 번역소설(翻訳小說: 혼야쿠쇼세쓰), 새로운 정치제도와 사회구조 변화를 소재로 한 정치소설(政治小說: 세이지쇼세쓰)로 구분할 수 있다.

번역소설과 정치소설은 문명과 사상의 소개 및 정치적 계몽이 목적이었기 때문에 문학적인 가치는 충분하지 않았다. 하지만 문학에 대한 관심을 널리 일반인들에게 부여하고 당시의 문학에 새바람을 불어넣은 점에서 문학사적 의의가 있다고 하겠다.

1 희작소설戱作小說

'희작(戱作, 게사쿠)'은 유희로 만든 작품이라는 의미로 근세 후기에 성행하였던 작품들을 말한다. 이러한 작품들이 메이지 초기까지 이어져 나타났고, 이러한 에도시대의 통속소설을 이어받아 메이지시대의 신문명과 함께 생긴 새로운 풍속들을 그린 작품들을 '희작소설(戱作小說: 게사쿠쇼세쓰)'이라고 한다.

근세에 성행했던 곳케이본滑稽本의 해학적인 부분이 독자들에게 환영받지 못하면서 가나가키 로분假名垣魯文을 비롯한 5명 정도만이 전문적인 작가로 활동하였다. 그러나 고전문예의 복귀와 신문의 연재소설 형식이 나타나면서 작품이 창작되었고, 또 활자 인쇄기술의 발달을 계기로 메이지 초기에도 계속 이어졌다.

특히 메이지유신 이후 서구문명이 유입되면서 문명개화의 풍조 아래 여러 가지 계몽활동이 전개되었지만, 새로운 문학형식이 정립되지 못하고 에도시대의 게사쿠문학이 계승되어 나타났다. 봉건체제의 타파와 같은 정치적인 배경을 토대로 문학에서도 새로운 신시대의 풍조를 추구하였지만, 쓰보우치 쇼요坪内逍遙 등에 의해 근대문학이 성립되기 전에 에도시대의 희작문학을 계승한 과도기적인 작품들이라고 할 수 있다.

그렇지만 문명개화라는 새로운 시대의 도래를 가장 민감하게 받아들인 게사쿠 작가 가나가키 로분 등에 의해 기존 게사쿠의 해학적인 수법을 토대로 새로 유입된 신문명 풍속이 포착되어 그려지게 되었다. 그러한 대표적인 작품이 『세이요도추히자쿠리게西洋道中膝栗毛』와 『아구라나베安愚樂鍋』이다. 이들 작품은 권선징악을 기축으로 한 흥미 본위의 문학에서 완전히 벗어나지는 못했지만 기존 소설형식을 가져와 그 안에 새로운 시대를 풍자하고 골계한 점이 당시의 시대풍속을 잘 포착한 작품으로서 평가되고 있다.

▶ 『세이요도추히자쿠리게西洋道中膝栗毛』

1870년부터 1876년에 간행된 작품으로 전15편 30권으로 이뤄져 있다. 게사쿠 곳케이본의 성격이 강하며 『반코쿠코카이세이요도추히자쿠리게万国航海西洋道中膝栗毛』라고도 한다.

1편부터 11편까지는 가나가키 로분이 쓰고, 12편부터 15편까지는 또 다른 게사쿠 작가 후소칸総生寛이 집필하였으며, 반큐카쿠萬笈閣에서 간행되었다.

가나가키 로분은 에도 출생으로 에도 말기부터 메이지 초기에 활발히 활동하였던 게사쿠 작가이자 신문기자이다. 에도 후기의 교겐 작가이자 게사쿠 작가인 하나가사 분쿄花笠文京에게 사사받고 활동하였으며, 소신문小新聞이나 대중지의 창간 및 집필에도 관여하였다.

짓펜샤 잇쿠의 『도카이도추히자쿠리게』를 모방한 『세이요도추히자쿠리게』는 『도카이도추히자쿠리게』의 주인공이었던 야지로베弥次郎兵衛와 기타하치北八의 3대 자손에 해당하는 인물이 주인공으로 등장하여, 영국의 런던 만국박람회를 구경하기 위해 요코하마의 상인을 따라 상하이上海를 거쳐 영국 런던에서 열리는 만국박람회를 구경하기까지의 여행기록을 해학적으로 기술한 것이다. 이 작품은 작가들의 경험을 토대로 하기보다는 당시 유행하고 있던 계몽사상가 후쿠자와 유키치福澤諭吉의 『세이요타비안나이西洋旅案内』라는 서양 여행 가이드북을 참고로 하여 쓴 것이었다. 실제 여행 체험은 없었지만 영문이 가능했던 가나가키 로분은 새로운 문물에 대한 지식의 정확성을 토대로 하였기에 황당무계한 이야기는 아니었다. 그러나 후반부는 이야기의 스케일이 커져 다른 희작자(戯作者: 게사쿠샤)인 후소 칸에게 맡겨져 집필되었다.

▶ 『아구라나베安愚樂鍋』

가나가키 로분의 『아구라나베』는 1871년부터 1872년까지 간행된 작품으로 3편 5책으로 간행되었다. 「우시조단牛店雜談」이라는 제목 위에 간단한 내용이 기록되어 있듯이, 불교적 문화의 영향으로 쇠고기를 삼가던 일본인들이 서양문명에 영향을 받아 양반다리를 하고 쇠고기 전골을 즐긴다는 설정의 세태풍자 소설이다.

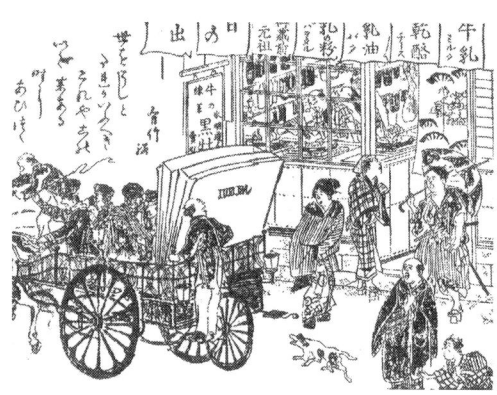

시키테이 산바의 『우키요도코浮世床』의 이발소나 『우키요부로浮世風呂』의 목욕탕을 대신해, 그 무대를 문명개화의 새로운 풍속으로 출현한 쇠고기 전골 식당을 배경으로 하여, 거기에 모여든 손님의 모습이나 대화를 해학적으로 그림으로써 문명개화의 세태를 반가워하는 서민의 양상을 담아낸 작품이다.

등장인물은 시골 출신의 촌뜨기 무사, 공인, 미숙한 문인, 기생, 상인과 같은 서민계급으로 정교한 인물묘사와 회화에 사실미를 담아 무비판적이고 소탈하게 개화의 현실을 받아들이는 서민의 생활의식과 풍속을 부각시키고 있다. 소박한 쇠고기 전골 식당 안 서민들 사이의 잡담에 문명개화 세태를 해학적으로 서사한 작품으로, 유신 이후의 문학공백기를 메운 작품이다.

◉ 작품 원문 『아구라나베安愚樂鍋』

初編自序

世界各国の諺に。仏蘭西の着倒れ。英吉利の食だふれと。食台に並べて譜ど。衣は肌を覆ふの器。食は命を繋ぐの鎖。心の猿の意馬止て。咲いた桜の花より団子。色即是食色気より。餐気を前の佳美肉食。牛にひかれて膳好方便。

仏徒家の五戒さらんパア。虚と実の内外を西洋風味に索混て。世に克熟し甘口とは。作者が例の自己味噌。家言もあしの不果放行。彼小便の十八町。慢々地急案即席調理。刻葱の五分ほども透ぬ測量のタレ按排。生肉の替りは後輯にして、一帙端を採給へと。文明開

化開店の。告條^{ひきふだ}めかして演述^{のぶる}になん

明治四歳辛未^{よつのとし}の卯月^{うつき}初の五日

東京本石街萬笈閣の隠居^{とうけいほんこくちやうばんきうかく}に於て

牛の煉薬黒牡丹の製主

仮名垣魯文題　印

● 작품 번역문

초편 작가 서문

세계 각국에, "프랑스는 의복으로 망하고, 영국은 먹는 것으로 망했다"라는 속담을 사람들은 테이블에 둘러 앉아 말하지만, 의복은 피부를 덮어주는 도구이며, 음식은 생명을 이어주는 쇠사슬이다. 번뇌와 욕정은 이상한 곳으로 움직이며 날뛰는 말과 소란 피우고 멈추지 않는 원숭이처럼 억누르기 힘든 것이다. 금강산도 식후경이다. 물질적인 것은 곧 먹을 것으로 성적인 것보다도 우선한다. 식욕이 먼저인데 맛있는 육식은 더욱 그러하다. 여러 가지 교묘한 방법으로 중생을 가르쳐 이끌 듯 소에 이끌려서 센코지善光寺 방면으로 향한다.

부처의 오계五戒는 될 대로 되어라. 거짓과 진실의 안팎을 서양풍미로 뒤섞어 본다. 쇠고기 장국이 달콤하고 익숙한 것처럼 세상사를 잘 아는 내가 능숙하게 써 보려 하나 잘 진척되지 않는다. 소의 소변이 길게 늘어지 듯 늘어진 속에 갑자기 작품 아이디어가 떠올라서 그것을 요리해 보았을 뿐이다. 쇠고기전골에 넣은 파 정도의 궁리에 지나지 않는다. 부족한 것은 나중으로 미루고 쇠고기전골을 맛보듯이 일단 이 책을 펼쳐 봐 주길. 문명개화 개점의 광고처럼 적어보았다.

메이지 4년 신미년 4월 5일

도쿄 혼코쿠초 반큐카쿠 은거隱居에서

소 연고 고쿠보탄(자흑색 모란)의 제조자

가나가키 로분 題 印

2 번역소설翻訳小説

서양문학의 자각적인 번역이 시작된 것은 메이지 10년대부터로, 서양문학의 본격적 이식의 첫걸음이 된 것은 서양 문학작품의 번역 및 번안의 출판이다. '번역소설(翻訳小説: 혼야쿠소세쓰)'은 일반적으로 세 가지로 분류된다. 첫째는 스마일스의 『사이고쿠릿시론西国立志編』과 같이 부녀자나 아동의 계몽을 목표로 한 것, 둘째는 J.S. 밀의 『지유노코토와리自由之理』와 같은 메이지 10년대에 대두한 자유민권운동과 관련된 정치적 이상을 널리 알리기 위한 것, 셋째는 순수하게 문학적 가치 그 자체를 중시한 것이다. 그러나 당시 번역된 작품의 성격을 살펴보면 위와 같은 분류가 확실하지 않는 작품 또한 상당수 존재한다. 예컨대 『가류슌와花柳春话』와 같은 소설은 정치소설의 범주에 들어가면서도 한편으로는 연애소설의 성격도 띠고 있다. 이러한 양상은 탐정소설이나 표류 모험소설의 경우에서도 찾을 수 있다.

문명개화의 홍수 속에 태어난 번역소설은 특히 1877년부터는 외국문학의 번역이 활발해졌다. 서양의 정치나 사상 혹은 풍속을 소개한 번역소설은 서양에 대한 호기심이 많은 지식인이나 청년층으로부터 관심과 인기를 모으기 시작해, 다양한 범위에 걸쳐 완역이나 초역으로 혹은 단행본으로 또는 신문과 잡지의 연재물로서 간행되었다.

대표적인 번역소설로는 니와 준이치로丹羽純一郎의 『가류슌와』, 가와시마 주노스케川島忠之助의 『하치주니치칸세카이잇슈八十日間世界一周』 등이 있다. 이외에도 『로빈슨크루소Robinson Crusoe』, 『이솝 우화Aesop's Fables』, 『아라비안나이트The Arabian Night's Entertainment』 등의 번역물도 출간되었다.

▶ 『**가류슌와**花柳春話』

메이지유신으로 서구의 신지식을 접촉하게 된 일본인은 동시대의 영국작가들 에드워드 조지, 얼 리튼, 벤저민 디즈레일리 등의 정치소설을 유입하여 번역하였다. 당시의 일본 독자는 소설이 정치나 실제 인생문제에 지침이나 해답을 찾아줄 수 있을 거라는 실천적 효용을 기대하고 있었다.

『가류슌와(花柳春話: 화류춘화)』(1878~1879)는 메이지 초기의 대표적인 번역소설로, 영국 정치

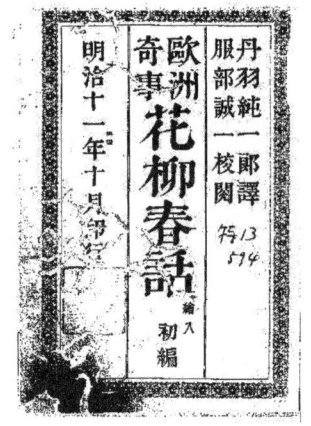

가이자 소설가인 E. G 리턴Lytton의 작품 『어니스트 몰트래버스 Ernest Maltravers』를 당시 번역가이자 평론가였던 니와 준이치로丹 羽純一郎가 번역한 소설이다.

상류계급 출신의 주인공 어니스트와 서민 출신의 여주인공 아 리스가 서로 사랑하는 사이가 되어, 많은 장애를 뛰어넘고 시련 을 극복한 후 모든 일이 순조롭게 풀리고 이루어진다는 줄거리 로 교양소설의 일종이다. 소년의 출세담에 연애를 섞어서 많은 인기를 구가하였다.

『가류슌와』는 번역가이자 평론가인 니와 준이치로丹羽純一郎(후에 오다 준이치로織田純一郎로 개명)가 번역한 것이다. 니와 준이치로는 「日本民権真論」 등 정치평론을 전개하는가하면 ≪오사카아사히신문大阪朝日新聞≫ 등의 주필로서 활약하기도 하였다.

재주 있는 젊은 남자와 아름다운 여자의 연애를 한문훈독체漢文訓読体로 그려냄으로써 이후 의 정치소설에 영향을 끼쳤다.

▶ 『하치주니치칸세카이잇슈八十日間世界一周』

『하치주니치칸세카이잇슈(八十日間世界一周: 80일간의 세계일주)』는 1872년에 발표된 프랑스 소설 가 쥘베른의 작품 『팔십일간의 세계Le tour du monde en quatre-vingt jours』를 번역한 소설로, 영국 재산가 필리어스 포그가 집사를 데리고 80일간 세계일주 를 횡단을 시도하는 파란만장한 모험이야기이다.

전 재산의 절반을 세계 일주하는데 경비로 사용하고, 남 은 돈 절반으로 80일간 세계 일주가 가능하다는 내기에 돈 을 걸은 후, 런던을 출발하여 철도나 증기선을 이용하여 여행하고 다시 80일 만에 런던에 돌아오는 내용이다. 쥘 베른의 작품을 메이지시대 번역가이자 은행가인 가와시마 주노스케川島忠之助가 1878년 번역하여 출판하였다.

3 정치소설政治小說

'정치소설(政治小說: 세이지쇼세쓰)'은 자유민권운동의 선전이나 계몽수단으로서 작자의 정치주장을 게사쿠戱作식 취향에 의존해 외국 혁명문학을 번역하거나 번안하는 데서 시작되었다. 초창기에는 외국의 작품을 번역하는 형태로 나타났지만, 국회개설 등으로 자유민권운동이 고조되던 1877년부터 1886년까지는 정치소설로 유행하게 되었다. 새로운 정치제도와 사회구조 변화를 소재로 한 이 장르는, 정치사상의 주장이나 선전선동을 목적으로 전개되었다. 정치나 그것에 관련된 사물을 주제로, 특정의 정치사상을 고취하는 것을 목적으로 쓰여졌다. 특히 메이지 초기 국민계몽이나 자유민권론, 내셔널리즘 등을 고무시키기 위해 쓰인 소설들을 말한다.

일본에서 정치소설은 당초 비문단非文壇 문학, 대중소설의 하나로서 경시되었다. 메이지 20년대에 야노 류케이矢野龍渓는 문학이란 국민이 즐기는 국민문학적인 것이어야 한다고 주장하였는데, 이것이 문단문학과 대중문학 분화의 원형이 되었다. 이전까지 문학을 유희나 욕정에 한정된 장르에서 벗어나 정치나 민족을 포함한 인간의 여러 가지 가능성에 관여했다고 평가되었다.

이러한 정치소설들은 정치에 열중하고 있던 청년층이나 지식층의 마음은 사로잡았으나 구태의연한 고전 한문체의 문장과 유형적인 인물묘사로 문학의 혁신을 촉진시키는 활동으로까지 연결되지 못하고 자유민권운동이 수습되는 1890년에는 쇠퇴하고 말았다. 그러나 이전까지만 해도 소설을 저속한 것으로 파악하고 있던 지식인 계층이 정치와 사회문제를 제재로 소설을 창작함으로써 소설 및 문학에 대한 편견을 개선시켜 근대문학을 수용할 수 있는 기반을 만들었다고 평가할 수 있다.

▶ 『게이코쿠비단経国美談』

『게이코쿠비단(経国美談: 경국미담)』은 바쿠후 말기의 무사 출신으로 메이지시대의 관리이자 저널리스트이며 정치가였던 야노 류케이矢野龍渓가 창작한 정치소설이다.

야노 류케이는 릿켄카이신토立憲改進党에 참가해 정치활동을 하였는데, 당 운영에 바빠 과로로 병상에 있게 되었을 때 국민을 고무시키고 당정을 세우는데 도움이 될 만한 정치소설을 시도하였다. 1885년부터 신문사업 시찰을 위해 유럽을 여행하고, 홍콩을 경유하여 프랑스 등을 1886년에 걸쳐 방문하였고, 이때 문화, 과학기술, 상업에 이르는 다양한 분야에 관심을 가지고 『슈유잣키周遊雜記』 등을 발표하기도 하였다. 귀국 후에는 ≪유빈호치신문郵便報知新聞≫의 구독료의 인하와 기사의 충실, 문체의 평이화, 배달의 신속화 등 신문개혁을 꾀하기도 하였다.

국정전반에서 남진론南進論이 강했던 당시의 실정을 반영한 해양모험소설 『호치이분報知異聞』을 연재하여 독자로부터는 호평을 받았으나 우치다 로한内田魯庵 등에게 "인간이 그려져 있지 않다"라며 비판을 받았다. 이에 대해 야노 류케이는 패사稗史소설이란 인간을 기쁘게 하는 것이 중요하고 부산물로서 일본의 흥망성쇠, 해외의 풍토나 산물 등을 알리는 것이라고 반론하기도 하였다.

1883년 발표된 이 작품은 평판을 얻으며 출판되게 되는데 특히 전편 제11회의 「하루노하나 (春の花: 봄의 꽃)」는 자유민권운동가의 소시카壯士歌로서 애창되었다. 자유민권운동이 고조되면서 1884년 2월에 후편이 출판되었다. 이 작품은 고대 그리스 역사인 테베의 부흥과 쇠퇴를 제재로 하여 민권의 중요성과 문명에 대한 동경 등의 정치철학을 담고 있다.

번역과 창작의 중간적 작품으로 가조쿠셋추타이(雅俗折衷体: 아속절충체)[1] 문체를 사용하고 있다. 책의 범례에 참조한 그리스 역사의 서명을 게재하며 사실에 가치를 둔 자세를 표명하고 있다. 그러나 등장인물에 '지智', '인仁', '용勇'의 관념을 담는 등 요미혼의 계보에 연결되어 그 한계를 벗어나지 못하고 있다.

▶ 『가진노키구佳人之奇遇』

도카이 산시東海散士는 정치가이자 소설가로 현재의 지바千葉현 출신이다. 『가진노키구佳人之奇遇: 가인의 기우)』는 도카이 산시의 정치소설로 1885년 초편이 간행된 이후 1888년까지 4편이 간행되었으며, 1891년에는 5편이 간행되었고, 〈청일전쟁〉 이후인 1897년에는 6편부터 8편까지 완결되어 전 16권으로 되어 있다.

작품 줄거리는 아이즈会津의 신하였던 도카이 산시가 미국으로 건너가 필라델피아의 독립내

---

1 가조쿠셋추타이雅俗折衷体: 메이지 초기에 사용한 소설 문체 중 하나인데, 헤이안시대의 문어문文語文에 기초한 표현법과 일상적 속어와 혼합한 문체로 보통 지문은 문어체로 회화문은 구어체로 쓴 것을 말한다.

각에서 활동하였던 핀란드의 미녀를 비롯해 중국 명나라 때의 신하 등 망국의 슬픔을 안은 사람들을 만나 권리의 회복운동에 매진하려는 그들과의 교분을 그리고 있다. 동아시아 운영에 관한 의견, 세계의 지지地誌, 세계역사의 주석 등을 덧붙여 전반부는 소국이 대국에 의존한 상태로는 민족적 해방을 이룰 수 없다는 것, 소국의 국민은 나라를 지키는 힘을 가지지 않으면 안 된다는 것, 작은 나라들끼리 힘을 합쳐 협력해야 한다고 주장하고 있다. 후반부는 작자 자신이 유럽을 시찰할 때의 체험이 섞여 있고, 또한

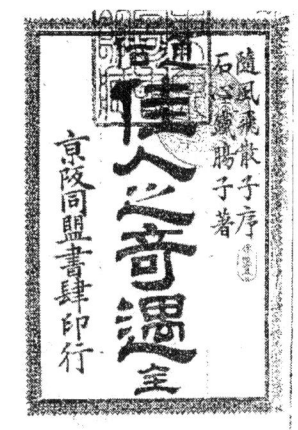

김옥균과의 교우관계에서 조선반도를 둘러싼 토론이나 〈청일전쟁〉 후의 삼국간섭을 둘러싼 토론 등이 작품의 주축을 이루고 있어 가인佳人의 모습은 작품에서 멀어져 있다.

▶ 『셋추바이雪中梅』

『셋추바이(雪中梅: 설중매)』의 저자는 스에히로 뎃초末広鉄腸로 신문기자이자 중의원 의원이었고 정치소설 작가였다. 에히메현愛媛県 출신으로 1861년 한코藩校인 〈메이린칸明倫館〉에 입학하였다. 1875년 ≪東京曙新聞≫의 편집장으로 활동하였고, 1890년 제1회 중의원 선거에 출마해서 당선되었다.

1886년 博文堂에서 발행된, 당시 정치소설의 대표작이라 할 수 있는 『셋추바이』는 上下 2권으로 이뤄져있으며, 자유민권운동을 배경으로 청년지사 구니노모토이国野基와 가인佳人 도미나가 오하루富永お春를 중심인물로 하여 작가가 소속된 당파의 사상을 피력하고 있다.

작품 서두에 기술된 시대적 배경은 메이지 23년 국회가 설립되고 난 150년 이후로 설정되어 있다. 호우로 인해 우에노 박물관 뒤에 위치한 우구이스타니鶯谷 계곡이 무너졌는데, 그곳에서 출토된 비문에 쓰인 국회설립에 진력을 다한 부부 지사 이야기를 담고 있다.

1887년부터 1888년에 속편인 『가칸오花間鶯』가 간행되었는데, 민간당원, 정당 불필요를 주장하는 사람, 과격 공산주의자 등이 등장하여 정치에 대해 비평하고 있다.

◉ 작품 원문 『셋추바이雪中梅』

雪中梅　上篇

第一回
老母凭枕示遺訓
小女揮涙告素懷

老母の咳声「コンへコン。「お春や、一寸(ちょっと)来てお呉れ。お春n居ぬかへ。小女「ハイ御母(おつか)さん何の御用で御座います。先刻(さつき)までお側に居りましたが、余り能くおよツて居らつしやるから、一寸と彼方(あちら)で新聞を読んで居りましたワ。モー四時で御座いますからお薬を召し上りませんか。老母「マア薬n止(よ)しませう。お春や、此様(こんな)ことを云ふと、お前が猶の事心細く思ふだらふが、私の身体(からだ)nモウ長いことn無いヨ。小女「御母さん、なぜそんな弱い事を仰(おつ)しやいます。昨晩もアノ先生が御帰りの時に玄関まで送つて参り、御病気の様子を聞きましたらネ、御母さん長い御病気の事でもあるし、随分お弱りでnあるが、未だ左(さ)して御老衰と云ふ程でもないから、今に御全快になるに相違ないと云nれました。御母さんさう力を落したものでnお座いません。老母「ウンへ。昨日山本さんが帰る時に、お前が玄関へ出て何かヒソへ話をする様子だから、耳を立てゝ聞ても話の模様nサツパリ分からなんだが、お前が茲(ここ)へ来た時に眼元がうるんで居たので、山本さんの云たことも大抵(たいてい)分りました。小女「いゝヱ、あの時は勝手で下女(おさん)が御飯を焚(た)て居て、余り煙(けぶ)りましたから、ツイ涙が出たので御座います。老母「さうでn無いヨ。お医者nなんと仰しやつたか知らないが、早や一年越の肺病で、此の様に痩(やせ)る〵かりだもの、どうして癒(なほ)るものかね。小女「御母さんの御病気が此の上お悪い時にn、私しn独りで如何なりませう。ソンナ心細いことを話して下さいますな。老母コンへ「私しも死にたくnないが寿命のないのn仕方が無いでnないか。私とお前n国から来て未だ一年もたゝぬ内に、御父さんn彼(あ)のやうにおなりなさるし、頼みに思ふ梅二郎さんn今に行方が知れず、其の上に私しの此の大病ゆゑ、お前nどの様に心細い事だらふと、私しn夫れ計りが気にかゝるよ。

🌸 작품 번역문

설중매 상편

제1회	
소녀	늙은
눈물을	어머니
흘리며	베개에
평소의	기대어
소망을	유훈을
고하다	밝히고

늙은 어머니의 기침 "콜록콜록. 오하루야 잠깐 와주렴. 오하루 있니?"

소녀 "네, 어머니. 무슨 일이세요? 조금 전까지 옆에 있다가 잘 주무셔서 잠깐 저쪽에서 신문을 읽고 있었습니다. 벌써 4시인데 약 드시겠어요?"

노모 "약은 됐다. 오하루야! 이런 말을 하면 불안하겠지만 내 목숨은 이제 얼마 남지 않은 것 같구나."

소녀 "어머니, 왜 그런 약한 말씀을 하세요. 어젯밤도 의사 선생님을 배웅하며 어머니 병세를 여쭈었더니, 오랜 병세로 꽤 약해져 계시지만, 아직 그렇게 노쇠한 정도는 아니니까 금방 완쾌될 것이 틀림없다고 말씀하셨어요. 어머니 그렇게 낙담하실 것 없으세요."

노모 "응. 어제 야마모토 씨가 돌아갈 때 네가 현관에 나가 소곤소곤 이야기하는 것 같아 귀를 기울였지만 잘 들리지 않더구나. 하지만 돌아 왔을 때 눈가가 젖어 있어서 야마모토 씨가 말한 것을 대충 알겠더구나."

소녀 "아니예요. 그때는 부엌에서 오산이 밥을 짓고 있었는데 연기가 너무 나서 눈물이 나온 것이예요."

노모 "그렇지 않아. 의사 선생이 뭐라고 했는지 모르겠지만, 벌써 1년 넘은 폐병으로 이렇게 야위기만 할뿐인데 어떻게 낫겠어."

소녀 "어머니의 병이 더 나빠지면, 전 혼자서 어떻게 해요. 그런 불안한 이야기는 하지 말아 주세요."

노모 "나도 죽고 싶지 않지만, 수명이 짧은 것은 어쩔 수 없는 일이잖니. 나와 네가 고향을 떠나와서 아직 1년도 채 안 돼 아버지는 돌아가시고, 믿고 있던 우메지로 씨는 아직도 행방을 모르고, 게다가 내 병에 네가 얼마나 불안할까 하고 나는 그것만이 신경 쓰이는구나."

제2장

明治20~30年代 小說

메이지 신정부는 1889년 2월 〈대일본제국헌법〉을 발포하였다. 이원제二院制를 비롯해 책임 내각제와 사법권의 독립 그리고 신민臣民의 권리와 의무 등을 규정한 근대적 헌법 체제를 갖춘 〈대일본제국헌법〉을 1890년 11월부터 시행함으로써 근대국가의 체계를 마련하게 되었다. 그러나 국민주권 대신 신성불가침한 천황이 통치권을 총람한다는 천황 주권을 기본원칙으로 하였다. 그리고 추밀원과 귀족원 등 특권적 기관이 설치되고 대신도 천황에 의해 임명되는 등 의회의 기능이 제약되어 있었다. '민중' 또한 '국민'이 아닌 '신민'으로 규정되어 신민의 권리는 법률에 의해 제약되었다. 또 독립명령, 긴급칙령, 비상대권 등 의회를 통과하지 않는 입법수단이 '천황대권'으로서 광범위하게 인정되었다. 그리고 군대는 내각 통제 권한 밖에 둠으로써 통수권을 독립시키고, 이를 토대로 군軍이 독자적인 행동을 취할 수 있는 근거가 마련되었다.

1894년 일본은 조선이 갑오농민전쟁 진압을 위해 청나라에 파병을 요청한 것을 빌미로 일본 공사관과 거류민을 보호한다는 명목 아래 군부대를 파병하여 〈청일전쟁〉을 도발하였고, 평양 전투에서 큰 승리를 거두게 되었다. 그리고 1895년 4월 시모노세키下関에서 강화조약을 체결한 일본은 타이완을 식민지로 할양 받고 거기에 막대한 배상금까지 획득하게 되었고, 이 전쟁으로 축재한 자본가의 이윤 등을 바탕으로 일본 자본주의의 급속한 발전을 이룩하게 된다.

1880년(M20)대 일본 문단에서는 서구의 사실주의가 유입되면서 기존의 소설개념이 크게 변화하게 된다. 이 시기의 문단사조를 살펴보면 크게 '사실주의(写実主義: 샤지쓰슈기)', 최초의 문학 결사단체인 겐유샤(硯友社: 연우사)를 중심으로 한 '겐유샤분가쿠(硯友社文学: 연우사문학)', 겐유샤의 오자키 고요尾崎紅葉와 함께 독자적 미의 세계를 구축한 고다 로한幸田露伴을 중심으로 한 의고전주의疑古典主義 입장의 '이상주의(理想主義: 리소슈기)' 등을 들 수 있다. 이외에도 최초의 여류직업 작가로 히구치 이치요樋口一葉 등의 활동이 두드러진 시기이다.

1880~1890년대(M20~30)에는 독일 유학에서 귀국한 모리 오가이森鷗外에 의해 낭만주의가 일본문단에 유입되었다. 18세기에서 19세기에 걸쳐 유럽을 중심으로 성행하였던 자연을 중시하고 이성을 초월하거나 영원을 지향하는 경향이 강하고 창조적인 개성을 존중하는 사조인 '낭만주의(浪漫主義: 로만슈기)'가 문단의 주류가 되었다.

모리 오가이森鷗外를 중심으로 한 초기의 낭만주의는 자아의 해방이나 확립을 지향하였으나, 〈청일전쟁〉의 승리로 자본주의가 본격화되고 빈부격차가 커지면서 사회나 도덕문제에 대한 관심이 높아지면서 관념觀念소설이나 심각深刻소설이 등장하기도 하였다. 그러나 오래가지 못하고 메이지 30년대에는 후기 낭만주의 작가들이 활약하게 된다.

1 사실주의寫實主義

사회 각 분야에서 문화개량의 기운이 고조되는 가운데, 소설개량에 대한 최초의 시도가 쓰보우치 쇼요坪内逍遥에 의해 이루어졌다. 일본문학의 근대화가 본격적으로 제기된 것은 사실주의[2] 문예이론이 도입되면서 기존에 잡기나 여가활용쯤으로 여겨지던 문학의 개념이 변화되면서 '사실주의(寫實主義: 샤지쓰슈기)'가 대두되었다. 종래 일본의 소설은 '게사쿠戲作'의 성격이 강하여 한시문이나 와카보다 품격이 떨어지는 것으로 여겨 왔다. 하지만 근대 문명사회에서는 문학의 여러 문학 장르에서도 가장 진화한 형태이자 예술로서 중시되었다. 서양에서의 소설의 역할을 기준으로, 일본소설 개량이 제창된 것이 인정人情 및 세태世態와 풍속風俗의 묘사 즉 사실주의 이론이다. 외부에 보이는 진실을 노출하여 외부에 노출시켜야 한다는 인정을 심리학에 입각하여 시각화하여 묘사의 의의에 역점을 두고 묘사의 객관성과 예술로서 소설의 독자적

---

2 사실주의 : 19세기에, 프랑스의 작가 발자크와 프로베르 등에 의해서 수립된 문학운동. 주관을 섞지 않고, 현실을 있는 그대로 묘사하는 입장으로, 19세기 후반에는 문학의 중심이 되었다. 쓰보우치 쇼요의 사실주의는 종래의 게사쿠문학에 대항해서 제창되어진 것이기 때문에 이론적으로 불충분했지만 그것이 그대로 겐유샤(硯友社, 연우사)문학으로 계승되어갔다.

가치를 주장한 것이다.

▶ **쓰보우치 쇼요**坪内逍遥

쓰보우치 쇼요는 메이지시대에 활약한 일본의 소설가이자 평론가였으며 번역가이자 극작가로 활동하였다. 오와리尾張번 무사 출신의 집에 태어나 도쿄대학 문학부 정치과를 졸업하고, 도쿄東京전문학교의 강사가 되었다. 1889년에 도쿠토미 소호德富蘇峰의 의뢰를 받아 『사이쿤(細君: 아내)』[3]을 발표한 것을 끝으로 더 이상 소설은 집필하지 않았다. 1890년부터는 셰익스피어와 지카마쓰 몬자에몬近松門左衛門에 대한 연구에 착수하였다. 이후 셰익스피어 작품의 전역全譯에 힘을 기울여 1928년에 전 40권을 완성하였다. 「와세다분가쿠早稻田文學」를 창간·주재하였고, 문학근대화를 선도했을 뿐만 아니라 희곡도 창작하면서 연극의 혁신을 꾀하여 신극운동의 선구자로 연극의 근대화에도 큰 역할을 하였으며 후대 문학자 양성에도 힘썼다.

특히 1885년에 발표한 『쇼세쓰신즈이(小說神髓: 소설신수)』는 기존 소설의 위치를 변화시킨 문예평론서로 평가되고 있다. 메이지에 들어와 일본문학은 에도 게사쿠의 흐름을 담은 게사쿠문학이나 서양사상이나 풍속을 전하고 계몽하기 위한 정치소설이 중심이었지만, 『쇼세쓰신즈이』는 객관적인 묘사에 중점을 두고 심리적 사실주의를 주장하였다. 이는 황당무계한 로맨스를 사실적인 노벨Novel로 발전시켜 현대문학에 있어서 소설의 위치를 정하고 또한 인정세태人情世態 묘사를 축으로 하는 사실주의 입장에서 소

설을 개량 진보시킨 방법을 제시하고 있다. 근대 리얼리즘의 시작을 연 『쇼세쓰신즈이』는 그때까지 부녀자나 아동의 놀이로서 취급되어진 소설을 성인이나 학자들이 감상할 수 있는 문학의 위치로 자리매김하였다는데 큰 의의가 있다.

『쇼세쓰신즈이』는 885년부터 1886년에 걸쳐 쇼린도松林堂에서 간행되었다. 구성은 상권과

---

3 사이쿤(細君, 아내) : 1893년 발표한 소설. 작품의 줄거리는 외국에서 돌아온 관리이자 학자이며 저술가인 남편과 사범학교를 나온 아내와의 부부 갈등을 그리고 있다. 남편은 온갖 횡포를 부리고 두 사람 사이는 신교육을 받은 부부라고는 생각할 수 없을 정도로 구태의연한 모습을 보이게 된다. 결국 참지 못한 부인이 이혼을 신청하는 모습을 담아 파탄에 이른 부부관계를 사실적으로 그린 소설이다.

하권으로 이뤄져 있으며, 상권은 소설에 있어서 중요한 인정을 묘사하는 것과 세상의 모습이나 풍속을 묘사하는 것에 대해 기술하고 있고, 하권은 소설 창작의 구체적 방법을 제시하고 있다. 도덕이나 공리주의적 면을 문학에서 배제하고 객관적으로 묘사할 것을 강조하고 있다. 소설을 예술로서 발전시키기 위해 에도시대의 권선징악의 모노가타리를 부정하고 소설은 먼저 인정을 그리고 다음으로 세태풍속 묘사가 이뤄져야 한다고 주장하였다. 문학의 자율과 예술성에 대해 심리적 사실주의를 주장함으로써 일본근대문학의 탄생에 크게 기여하였다.

쓰보우치 쇼요가 이러한 문예이론을 구체화하기 위해 쓴『도세이쇼세이카타기当世書生気質』는 1885년부터 1886년까지 17권으로 나누어 간행되었는데, 1886년에는 17권이 2권으로 합본하여 간행되었고, 이후 1권으로 간행되었다.

작품 줄거리는 메이지 초기의 대학생을 중심으로 하숙생활과 고깃집이나 요큐텐楊弓店[4] 등에서 노는 학생들의 모습을 그려 대학생 사회의 풍속과 성격을 묘사하였다. 그러나 작품이 닌조본人情本의 줄거리 전개를 나타내고 있는 것이나 곳케이본에서 보이는 삽화나 문체 등 게사쿠의 영향이 강하게 나타나는 등 실제적인 일본의 근대소설이라고 보기에는 어렵다. 쇼요의 근대문학관은 게사쿠문학의 영향에서 탈피하지 못하고 불완전하게 끝났지만, 후에 후타바테이시메이二葉亭四迷에 의해 보완되었다.

◉ 작품 원문『쇼세쓰신즈이小說神髓』

小説の主脳は人情なり、世態風俗これに次ぐ。人情とはいかなる者をいふや。曰く、人情とは人間の情欲にて、所謂百八煩悩是なり。夫れ人間は情欲の動物なれば、いかなる賢人、善者なりとて、未だ情欲を有ぬは稀なり。賢不肖の辨別なく、必ず情欲を抱けるものから、賢者の小人に異なる所以、善人の悪人に異なる所以は、一に道理の力を以て若しくは良心の力に頼りて情欲を押へ制め、煩悩の犬を攘ふに因るのみ。（中略）此人情の奥を穿ちて、賢人、君子はさらなり、老若男女、善悪正邪の心の中の内幕をば漏す所なく描きいだして周密精到、人情を灼然として見えしむるを我が小説家の務とはするなり。よしや人

情を写せばとて、其皮相のみを写したるものは、未だ之れを真の小說とはいふべからず。其骨髓を穿つに及び、はじめて小說の小說たるを見るなり。「小說の主眼」

✿ 작품 번역문

   소설의 중핵은 인정人情이고, 다음에 세태풍속世態風俗으로 이어진다. 인정이란 어떤 것을 말하는가? 대저 인정이란 정욕情欲으로 소위 인간의 백팔번뇌라 할 수 있다. 게다가 인간은 정욕의 동물이어서 아무리 현명하고 착한 사람이라도 이제까지 정욕을 갖지 않는 인간은 드물다. 현명하고 불민함의 구별 없이 누구나 반드시 정욕을 품고 있기 때문에, 현명한 사람이 소인과 다르고, 선한 사람이 악한 사람과 다른 까닭은 오로지 도리의 힘으로 또는 양심의 힘에 의해서 정욕을 억제하거나 번뇌의 악마를 쫓아낼 뿐이라. (중략) 이 인정의 핵심을 뽑아내어, 현명한 사람, 군자는 말할 것도 없고, 남녀노소, 선악정사의 마음속 깊은 내막을 빠짐없이 묘사하여, 주도면밀하게 진정한 인정을 제대로 내보이는 것을 우리들 소설가들의 임무라 할 것이라. 하물며 인정을 묘사한다면서, 그 피상적인 것만을 그려내는 것은 아직 이를 진정한 소설이라고 할 수 없을 것이다. 그 골수骨髓를 뽑아내기에 이르러 비로소 소설이 소설다움에 이를 것이다. 「소설의 주안」

▶ 후타바테이 시메이二葉亭四迷

   후타바테이 시메이二葉亭四迷는 일본의 소설가이자 번역가이다. 필명의 유래는 문학의 이해가 없던 아버지에게 들은 말이라는 설과 쓰보우치 쇼요의 이름을 빌려 출판한 처녀작『우키구모(浮雲: 뜬구름)』에 대해 비하한 것이라는 설이 알려져 있다. 오와리尾張(지금의 아이치현愛知県)의 무사가문 출신으로 아이치현 아사히가오카旭丘 고등학교 졸업 후 외교관을 목표로 센수專修대학을 졸업하고, 도쿄외국어학교 러시아어과에 입학하였으나 중퇴하였다.

   그는 쓰보우치 쇼요의『도세이쇼세이카타기当世書生気質』에 남겨진 게사쿠문학의 영향을 비판하였고, 쇼요의 권유로『쇼세쓰소론(小說総論: 소설총론)』을 발표하기도 하였다. 또한 러시아 문학의 번역에도 힘썼는데 특히 쓰루게네프에게 관심을 많이 가져 러시아 사실주의 문학을 번역하고 소개했으며 자연묘사의 문체는 많은 작가에게 영향을 주었다. 1904년에는 오사카아사히 朝日신문사에 입사한 후 1908년 ≪아사히신문≫ 특파원으로서 러시아에 부임했다가 귀국 도 중 벵갈만 해협에서 객사하였다.

후타바테이 시메이는 쓰보우치 쇼요의 생각을 심화, 발전시킨 문예평론서인 『쇼세쓰소론』 을 「주오가쿠주쓰잣시中央学術雑誌」에 발표하였고, 작품 『우키구모(浮雲: 뜬구름)』에서 일본 최초 의 근대소설을 실현하였다.

『쇼세쓰소론』은 쓰보우치 쇼요의 영향을 받아 비판적인 내용의 깊이를 더해 『쇼세쓰신즈이』 의 결점을 보완한 소설이론서로, 형形과 의意의 2가지 용어를 사용해 소설을 정리하였다. 소설 은 세상의 다양한 형태를 그리는 것으로, 의를 직접적으로 표현한 리얼리즘을 주장하여 작위 적인 선악의 양극을 설정하는 권선징악의 모노가타리를 비판하였다. 또한 쓸모없이 형태만을 그리고 의를 그리지 않은 소설은 서투른 것으로 형에 대한 의의 우위를 나타내었다. "예술은 감정을 통해 진리를 추구하는 것"이며 "모사模寫라는 것은 실상을 빌려 허상을 그려 내는 것"이 라고 주장하며 허구를 창작의 중심으로 주장하고 근대적 리얼리즘의 골격을 갖춘 소설이론을 전개하였다.

◉ 작품 원문 『쇼세쓰소론小說総論』

人物の善悪を定めんには我に極美（アイデアル）なかるべからず。小説の是非を評せん には我に定義なかる可らず。されば今書生気質の批評をせんにも予め主人の小説本義を御風 聴して置かねばならず。本義などという者は到底面白きものならねば読むお方にも退屈なれ ば書く主人にも迷惑千万、結句ない方がましかも知らねど、是も事の順序なれば全く省く訳 にもゆかず。因て成るべく端折って記せば暫時の御辛抱を願うになん。

凡そ形（フホーム）あれば茲に意（アイデア）あり。意は形に依って見われ形は意に 依って存す。物の生存の上よりいわば、意あっての形、形あっての意なれば、孰れ{いずれ}を重とし 孰を軽ともしがたからん。されど其持前の上よりいわば意こそ大切なれ。意は内に在ればこ そ外に形{あら}われもするなれば、形なくとも尚在りなん。されど形は意なくして片時も存すべ きものにあらず。意は己の為に存し形は意の為に存するものゆえ、厳敷{きびしく}いわば形の意には

あらで意の形をいう可きなり。夫の米リンスキー（魯国の批評家）が世間唯一意匠ありて存すといわれしも強ちに出放題にもあるまじと思わる。

　形とは物なり。物動いて事を生ず。されば事も亦形なり。意物に見われし者、之を物の持前という。物質の和合也。其事に見われしもの之を事の持前というに、事の持前は猶物の持前の如く、是亦形を成す所以のものなり。火の形に熱の意あれば水の形にも冷の意あり。されば火を見ては熱を思い、水を見ては冷を思い、梅が枝に囀ずる鶯の声を聞ときは長閑になり、秋の葉末に集く虫の音を聞ときは哀を催す。若し此の如く我感ずる所を以て之を物に負わすれば、豈に天下に意なきの事物あらんや。

　斯くいえばとて、強ちに実際にある某の事某の物の中に某の意全く見われたりと思うべからず。某の事物には各其特有の形状備りあれば、某の意も之が為に隠蔽せらるる所ありて明白に見われがたし。之を譬うるに張三も人なり、李四も亦人なり。人に二なければ差別あるべき筈なし。然るに此二人のものを見て我感ずる所に差別あるは何ぞや。人の意尽く張三に見われたりといわんか夫の李四を如何。若李四に見われたりといわんか夫の張三を如何。して見れば張三も李四も人は人に相違なけれど、是れ人の一種にして真の人にあらず。されば未だ全く人の意を見わすに足らず。蓋し人の意は我脳中の人に於て見わるるものなれど、実際箇々の人に於て全く見わるるものにあらず。其故如何と尋るに、実際箇々の人に於ては各々自然に備わる特有の形ありて、夫の人の意も之が為に妨げられ遂に全く見われ難きによるなり。故曰、形は偶然のものにして変更常ならず、意は自然のものにして万古易らず。易らざる者は以て当にすべし、常ならざる者豈当にならんや。

　偶然の中に於て自然を穿鑿し種々の中に於て一致を穿鑿するは、性質の需要とて人間にはなくて叶わぬものなり。穿鑿といえど為方に両様あり。一は智識を以て理会する学問上の穿鑿、一は感情を以て感得する美術上の穿鑿是なり。

🌼 작품 번역문

　인물의 선악을 정하기 위해서는 자신에게 이상이 없어서는 안 된다. 소설의 시비를 평하기 위해서는 정의가 없어서는 안 된다. 그래서 지금 『도세이쇼세이카타기当世書生気質』의 비평을 하려면 소설본의를 밝히지 않으면 안된다. 본의라는 것이 재미있는 것이 아니어서 읽는 사람에 있어서 따분하고 쓰는 사람도 더없이 귀찮아 결국 없는게 나을지도 모르지만 이것도 일의 순서이므로 생략할 수 없다. 따라서 될 수 있는 한 생략해 기술하니 참아주기를 바란다.

대저, "형形이 있으면 그곳에 의(意, idea)가 있다. 의는 형에 의해 나타나고 형은 의에 의해 존재한다. 사물의 존재적 측면에서 말하면 의意가 있어 형形이 있고, 형形이 있어 의意가 있는 것이므로 어떤 것이 이 중요하고 어떤 것이 가볍다고 하기 어렵다. 그렇지만 그 고유의 성질로는 의意야말로 중요한 것이다. 의意는 내부에 있어서 외부로 나타나기도 하고 형形 없이도 존재한다. 그러나 형形은 의意 없이는 한시도 존재할 수 없다. 의意는 스스로를 위해 존재하고 형形은 의意를 위해 존재하기 때문에 엄격히 말하면 형形이 있어 의意가 있는 것이 아니라 의意가 있어 비로소 형形이 있다고 해야 할 것이다. 베린스키(러시아 비평가)가 현실세계에서 유일한 사유思惟가 있어서 존재한다고 말한 것도 그냥 한 것이 아니라고 생각한다.

형이란 사물이다. 사물이 움직여 사건을 만든다. 그렇다면 사건도 형이 된다. 의가 사물에 나타난 것으로 이것을 물체 고유 성질이라고 한다. 사물과 본질의 화합이다. 사건에 나타난 것도 이것을 사건 고유성질이라 하니, 이것은 더욱이 사물의 고유성질과 같이 이것 또한 형을 이루는 연유인 것이다. 불火이라는 형形에 열熱이라는 의意가 있으며, 물水이라는 형形에도 냉冷이라는 의意가 있다. 그러므로 불을 보고는 열熱을 생각하고 물을 보고는 냉冷을 생각하며 매화 가지에 지저귀는 휘파람 새 소리를 들을 때는 한가롭게 되고, 가을 나뭇잎의 벌레우는 소리는 슬픔을 자아낸다. 혹시 이와같이 내가 느끼는 바를 가지고 이를 사물에 상응하도록 하면 어찌 천하에 의意 없는 사물이 있겠는가?

이렇게 말한다고 해서 반드시 실제로 있는 어떤 사건, 어떤 사물 중에 그것의 의를 완전하게 드러낸다고 생각해서는 안 된다. 어떤 사물에는 각각 그 특유의 형상이 갖추어 있기 때문에 그것의 의意도 이것 때문에 은폐되어서 명백히 드러내기 어렵다. 이것을 비유하자면 장삼張三도 사람이며 이사李四도 사람이다. 사람이 둘뿐이라면 차별이 있을 리 없다. 그러나 이 두 사람을 보고 내가 느끼기에 차별이 있는 것은 왜인가? 사람의 의意가 모두 장삼에게 보인다고 할까? 저 이사를 어떻게 볼 것인가? 혹시 이사에게 보인다고 할 수 있을까? 저 장삼은 어떨까? 그리고 보면 장삼도 이사도 사람은 사람인 것이 틀림없지만 이것은 사람의 일종으로 진실한 사람이 아니다. 그렇기 때문에 아직 온전히 사람의 의意를 보는 것이 충분치 않다. 아마 사람의 의意는 우리의 머릿속의 사람에게 보이는 것으로 실제 개개의 사람에게서 보이는 것이 아니다. 그 이유가 무엇 때문이냐고 물으면 실제 개개인에 있어서는 각각 자연에 따른 특유의 형形이 있어 그 사람의 의意도 이것 때문에 방해되어 결국 전혀 보기 힘들어 진다. 따라서 말하기를 형形은 우연한 것으로 변경되고 평상시의 것이 아니다. 의意는 자연의 것으로 만고에 변하지 않는다. 변하지 않는 것은 그 때문에 목표로 할 만하고 평상시의 없는 것이 어찌 목표가 되겠는가?

우연 속에서 자연을 천착하고 여러 가지 속에서 일치를 천착하는 고유 성질은 인간에게 없어선 안 되는 것이다. 천착이란 방법엔 두 가지 모양이 있다. 하나는 지식으로 이해하는 학문상의 천착이고, 또 하나는 감정을 가지고 감득感得하는 미술美術의 천착인 것이다.

이러한 이론을 바탕으로 일본 최초의 근대소설을 실현한 것이 화제작 『우키구모(浮雲, 뜬구름)』이다. 1887년부터 1891년에 걸쳐 발표된 사실주의 소설 『우키구모』는 언문일치체로 쓰인 작품으로 일본의 최초 근대소설의 시작을 알리는 작품으로 후타바테이 시메이의 대표작이다.

작품 줄거리는, 관청에 다니는 융통성 없는 주인공 우쓰미 분조內海文三는 이유를 알지 못한 채 면직당하고 만다. 자존심 강한 분조는 상사에게 복직을 부탁하지도 못한 채 고민한다. 한편 요령 좋은 혼다 노보루本田昇가 출세하게 되자, 오세이의 어머니 오마사お政는 분조보다는 혼다를 맘에 들어 하게 되고, 딸인 오세이お勢를 혼다에게 시집보내려 한다는 내용이다.

오세이와 분조 그리고 분조의 친구인 혼다本田를 중심으로 세 사람의 관계양상과 모습을 서사하는 가운데 일본에 서구사상과 문물이 들어오면서 봉건사회의 틀에서 점차 시민사회로 탈바꿈되어 가는, 근대를 살아가는 인간의 자아확립과 인간성 존중이라는 근대정신이 표현되어 있다.

당초의 문명비판에서 작가 자신의 문제인 지식인의 삶의 방법 추구라는 문제로 굴절 되었지만, 메이지 문명의 왜곡歪曲과 지식인의 고뇌를 전형적으로 파악한 일본 최초의 근대소설이라고 할 수 있다. 처음으로 언문일치체 문장을 시도하고 구어口語를 지문地文에 도입하였다.

● 작품 원문 『우키구모浮雲』

第一回　アヽラ怪しの人の挙動（ふるまい）

　千早振る神無月ももはやあと二日の余波（なごり）となった二十八日の午後三時ごろに、神田見附の内より塗渡る蟻（とわた）、散る蜘蛛の子とうようよぞよぞよ沸き出でて来るは、いずれも頤（おとがい）を気にしたもう方ゞ。しかしつらつら見てとくと点検すると、これにも種々種類のあるもので、まず髭から書き立てれば、口髭、頬髭、顎の髭、やけに興起したナポレオンの髭に、狆の口めいたビスマルク髭、そのほか矮鶏髭（ちゃぼ）、貉髭、ありやなしやの幻の髭、濃くも淡くもいろいろに生え分かる。髭に続いて差（ちが）いのあるのは服飾。白木屋仕込みの黒物ずくめにはフランス皮の靴の配偶（みょうと）はありうち、これを召す方様の鼻毛は延びて蜻蛉（とんぼ）をも釣るべしという。これより降（くだ）っては、背皺よると枕詞の付く「スコッチ」の背広にゴリゴリするほどの牛の毛皮靴、そこで踵にお飾りを絶さぬ所から泥をひく亀甲ズボン（かめのこ）、いずれも釣るしんぼうの苦患（くげん）を今に脱せぬ貌（かお）つき、デも持ち主は得意なもので、髭あり服ありわれまたなにをかもとめんとすました顔色で、火をくれた木頭（もくづ）とそっくりかえってお帰りあそばす、イヤおうらやましいことだ。その後より続いて出ておいでなさるはいずれも胡麻塩頭、弓と曲げても張りの弱い腰に無残や空弁当をぶらさげてヨタヨタものでお帰りなさる。さて老朽してもさすがはまだ職に堪えるものか。しかし日本服でも勤められる手軽なお身の上、さりとはまたお気の毒な。

　途上人影のまれになったころ、同じ見附の内より両人（ふたり）の少年が話しながら出てまいった。一人は年齢二十二、三の男、顔色は蒼味七分に土気三分、どうもよろしくないが、秀た眉にきっとした目つきで、ズーと押しとおった鼻筋、ただ惜しいかな口もとがちと尋常でないばかり。しかし締まりはよさそうゆえ、絵草紙屋の前に立っても、パックリあくなどという気づかいはあるまいか。とにかく顎がとがって頬骨があらわれ、ひどくやつれているせいか顔の造作がとげとげしていて、愛嬌気といったら微塵もなし。醜くはないがどこともなくケンがある。背はスラリとしているばかりでさのみ高いというほどでもないが、痩肉（やせじし）ゆえ、半鐘なんとやらという人聞きの悪いあだ名に縁がありそうで、年数物ながら摺畳皺（たたみじわ）の存じた霜降り「スコッチ」の服を身にまとって、組み紐を盤帯（はちまき）にした帽檐広

な黒ラシャの帽子を載いてい、今一人は、前の男より二ツ三ツ兄らしく、中肉中背で色白の丸顔、口もとの尋常な所から目つきのパッチリとした所はなかなか好男子ながら、顔だちがひねてこせこせしているので、何となく品格のない男。黒ラシャの半「フロックコート」に同じ色の「チョッキ」、ズボンは何か乙な縞ラシャで、リュウとした衣装付け、縁の巻き上がった釜底形の黒の帽子を眉深にかぶり、左の手を隠袋《かくし》へ差し入れ、右の手で細々した杖をおもちゃにしながら、高い男に向かい、

「しかしネー、もし果たして課長がわが輩を信用しているなら、けだしやむを得ざるに出でたんだ。なぜと言って見たまえ、局員四十有余名と言やア大層のようだけれども、みんな腰の曲がった老爺《じいさん》にあらざれば気のきかない奴ばかりだろう。そのうちで、こう言やアおかしいようだけれども、若手でサ、原書もちったアかじっていてサ、そうして事務を取らせて捗《はか》のいく者と言ったら、マアわが輩二、三人だ。だからもし果たして信用しているのなら、やむを得ないのサ。」

「けれども山口を見たまえ、事務を取らせたらあの男ほど捗のいく者はあるまいけれども、やっぱり免を食ったじゃアないか。」

「あいつはいかん、あいつはばかだからいかん。」

「なぜ。」

「なぜと言って、あいつはばかだ、課長に向かってこないだのような事を言う所を見りゃア、いよいよばかだ。」

「あれは全体課長が悪いサ、自分が不条理な事を言い付けながら、何もあんな頭ごなしにいうこともない。」

「それは課長の方があるいは不条理かもしれぬが、しかしいやしくも長官たる者に向かって抵抗を試みるなぞというなア、ばかの骨頂だ。まず考えて見たまえ、山口はなんだ、属吏じゃアないか。属吏ならば、たとい課長の言い付けを条理と思ったにしろ思わぬにしろ、ハイハイって言ってその通りに処弁していきゃア、職分は尽きてるじゃアないか。しかるにあいつのように、いやしくも課長たる者に向かってあんな差図がましい事を………」

「イヤあれはさしずじゃアない、注意サ。」

「フム乙う山口を弁護するネ、やっぱり同病相あわれむのか、アハアハアハ。」

高い男は中背の男の顔をしり目にかけて口をつぐんでしまったので談話がすこしとぎれる。錦町へ曲がり込んで二ツ目の横町の角までまいった時、中背の男はふと立ち止まって、

「ダガ君の免を食ったのは、弔すべくまた賀すべしだぜ。」

「なぜ。」

「なぜと言って、君、これからは朝から晩まで情婦のそばにへばり付いている事ができらアネ。アハアハアハ。」

「フフフン、ばかを言いたもうな。」

ト高い男は顔に似気なく微笑を含み、さて失敬の挨拶も手軽く、別れて独り小川町の方へまいる。

◉ 작품 번역문

제1회 이상한 사람들의 거동

세월은 빨라 시월도 이제 이틀밖에 남지 않은 스무 여드레 오후 3시 경에 간다神田 파출소 안쪽에서 개미가 줄지어 가듯, 거미 퍼져 나가 듯 우글우글 뿔뿔이 나오는 것은 하나같이 턱수염에 신경 꽤나 쓰신 관리님들.

하지만 그 얼굴을 하나하나 들여다 볼라치면 수염 하나에도 갖가지가 있으니, 우선 수염부터 써 보면, 콧수염, 구레나룻수염, 턱수염, 어지간히도 삐치게 올린 나폴레옹 수염에, 개 주둥이처럼 살짝 팔자로 난 비스마르크 수염, 그 외에 닭꼬리 같은 수염, 너구리 꼬리 같은 수염, 있는 듯 없는 듯한 환상적인 수염이 짙고 옅게 가지가지로 났구나.

수염에 이어 제각각인 것은 옷차림. 온몸을 시로키야白木屋에서 구입한 검은 양복에 프랑스 가죽신발까지 맞춘 사람의 코틸은 길게 자라 잠자리를 매달 정도이다.

이들보다 약간 격이 낮은 쪽은 등에 주름져 있는 스카치 양복에 뻣뻣한 소털 가죽신, 거기다 발꿈치 쪽에 기모노에나 다는 측장을 달고 기장이 길어 끌고 다니는 거북무늬 구닥다리 바지.

입은 자도 있네.

하나같이 매달아 놓은 기성복들의 고통을 지금이라도 벗겨줄 듯한 얼굴, 그래도 입고 있는 주인들은 수염도 기르고, 양복도 입었고 더 이상 무얼 바랄까 하는 표정으로 불에 그슬린 대팻밥이 뒤로 젖혀지듯 허리를 젖히고 귀가를 한다.

아―부럽구나! 부러워. 그 뒤를 이어 나오시는 분들은 모두 반백의 머리. 활처럼 휘어 힘이라고는 없는 허리에 무참하게 빈 도시락을 매달고 비틀비틀 집으로 돌아가네.

저리 늙었어도 아직 자리에서 버틸 수 있을까. 그러나 일본 옷을 입고 다닐 수 있는 편한 신분이라곤 하지만 또 불쌍한 처지.

길가에 사람이 좀 한가해졌을 무렵, 그 파출소 쪽에서 두 명의 젊은이가 이야기를 나누며 걸어 나왔다. 하나는 나이 스물 두셋쯤 되어 보이는 청년, 안색은 창백한 기색이 7할에 사색이 3할, 아무래도 좋지 않은데 수려한 눈썹에 부리부리한 눈, 그리고 시원스런 콧날, 단지 아쉬운 것은 입매가 약간 이상할 뿐. 하지만 어딘가 야무진 구석도 있어 보이니 책가게 앞에 서서 바보처럼 입을 벌리고 있을 것 같지는 않지만, 어쨌든 턱이 뾰족하고 광대뼈가 튀어나온 데다 매우 초췌한 탓에 표정까지 신경질적으로 애교라고는 털끝만치도 없어 보인다. 못생기지는 않았지만 어딘가 험상궂은 구석이 있다. 키는 말라서 그렇게 큰 정도는 아니지만, 말라서 전봇대라는 듣기에 기분 좋지 않은 별명이 어울릴 듯 했고, 오래된 다다미 자국이 얼룩져있는 희끗희끗한 스카치 양복을 걸치고 여러 가닥 실로 띠가 둘러진 챙 넓은 검은 고급 천으로 만든 모자를 썼다.

그리고 또 한 남자는 이 남자보다 두세 살 위의 형인 듯, 적당히 살찐데다 중간 키의 희고 둥근 얼굴, 어딘가 평범해 보이는 입매와 똑똑한 눈매가 호남형이면서 얼굴이 좀 오목조목해 왠지 품격 없어 보이는 남자. 검은 천(羅紗, 라사)으로 된 반코트에 같은 색 조끼, 바지는 좀 싼티 나는 줄무늬 천의 유행하는 의상을 입었다. 끝을 말아 올린 검은 모자를 눈언저리까지 깊숙이 푹 뒤집어쓰고 왼손은 바지 주머니에, 오른 손은 가느다란 지팡이를 쥔 채 키 큰 남자 쪽을 쳐다보면서,

"그런데 말이야. 과장님이 혹시 우리를 신용한다면 아마도 어쩔 수 없이 다시 부를 거야. 왜냐면 국원이 40여 명이지만 대부분 모두가 허리 굽은 노인이거나 아니면 알아듣지 못하는 녀석들뿐이잖아. 그 속에 이렇게 말하긴 좀 뭐하지만 젊은 일꾼에 원서도 조금 볼 줄 알고,

그리고 사무를 잘 보는 사람이라고 하면 우리 두세 사람 정도이지. 그래서 혹시 우리를 신용하고 있다면 어쩔 수 없다는 것이지."

"그렇지만 야마구치를 봐봐. 사무를 맡게 한다면 그 정도로 잘하는 자는 없을 텐데 역시 면직 되었잖아."

"그 녀석은 안 돼. 그 녀석은 바보여서 안 돼."

"왜?"

"왜라니, 그 녀석은 바보야. 과장님한테 이전번과 같은 것을 말하는 것을 봐. 바보지!"

"그건 과장님이 나빴어. 자신이 부조리한 것을 말해 놓고 그렇게 무조건 말할 것도 없잖아?"

"그건 과장님이 부조리 할지도 모르지만, 그러나 건방지게 상사한테 반항하는 것도 말야. 정말 바보인거지. 먼저 생각해 봐. 야마구치는 뭐야 부하관리잖아. 부하라면 가령 과장이 말하는 것이 조리에 맞든 안맞든 "네, 네" 하고 그대로 처리하면 직분을 다한 것이 아닌가? 그런데 그 녀석처럼 과장되시는 분께 그런 명령하는 듯 한 일을……."

"아니, 그것은 명령이 아니야. 주의를 드린거야."

"음, 꽤나 야마구치의 변호를 꽤나 하는구먼. 역시 동병상련인가? 아하하하—"

키 큰 남자는 중간 키의 남자를 내려다 보면서 입을 다물어버려서 이야기는 잠시 끊겼다. 니시키초錦町로 돌아서 두 번째 골목 모퉁이에 갔을 때, 중간 키의 남자가 갑자기 멈춰 서서,

"그렇지만, 자네가 면직당한 것은 안됐으면서도 축하해야 할 일이지."

"왜?"

"왜냐면, 이제부터는 아침부터 밤까지 정부情婦 옆에 붙어있을 수 있으니까. 아하하하……."

"흥— 바보 같은 소리하네." 하고 키 큰 남자는 그 얼굴에 어울리지 않는 미소를 머금고, 바로 작별인사를 가볍게 하고 헤어져 혼자 오가와마치小川町 쪽으로 갔다.

2 겐유샤문학硯友社文学

1885년(M18) 도쿄대학 예비문予備門의 학생이었던 오자키 고요尾崎紅葉와 야마다 비묘山田美妙를 중심으로 「분유카이文友会」와 같은 모임을 만들었다. 이것이 발전하여 펜클럽 친구로 존재

하자는 의미로 〈겐유샤硯友社: 연우사〉라고 칭하였다. 그리고 그해 5월 일본 최초의 문예결사의 기관지인 「가라쿠타분코我楽多文庫」를 창간하였다. 메이지시대에 만들어진 최초의 문학결사文学結社인 겐유샤硯友社를 중심으로 창작 활동을 펼친 것을 '겐유샤문학硯友社文学'이라고 한다.

겐유샤는 개량주의 반발로부터 복고적 측면과 고전 회귀적 방향을 취했고, 공리주의에 반발하여 문학적 오락성을 추구하였으며 순수한 문학을 추구하는 지식인이 참여하여 문학의 가치를 향상시켰다. 당초에는 의고전주의擬古典主義에 의해 에도기의 게사쿠戲作적 성향이 강한 취향趣向의 것이었다. 그러나 쓰보우치 쇼요에 의한 사실주의의 영향을 받아 심리묘사 주체로 전환해 갔다. 이후 관념소설, 비참소설로 이어져 갔다.

▸ **오자키 고요**尾崎紅葉

오자키 고요는 에도의 이세야伊勢屋라는 상점 집안의 출생이다. 오자키 고요는 1883년 도쿄대학 예비문予備門에 들어가 문학에 대한 관심을 심화시켰으며, 1885년에 야마다 비묘 등과 함께 겐유샤를 결성하였고, 기관지 「가라쿠타분코我楽多文庫」를 발간하였다. 이후 이즈미 교카泉鏡花, 다야마 가타이田山花袋, 도쿠타 슈세이德田秋声 등과 같은 문인들을 제자로 받아들이면서 전성기를 맞았고 근대문체의 확립 등 당시의 문단에 커다란 영향을 미쳤다. 또한 1885년에는 『겐지모노가타리源氏物語』를 읽고 그 영향을 받아 심리묘사에 중점을 둔 『다조다콘多情多恨』을 썼다. 그리고 1888년 제국대학 법과대학 정치과에 입학하였으나 국문과로 전과하였고 이듬해에 중퇴하였다. 대학을 중퇴하기 전 요미우리読売신문사에 입사하여 작품을 발표함으로써 큰 인기를 얻었다.

오자키 고요는 이하라 사이카쿠井原西鶴의 날카로운 감각과 자신의 시적인 유미주의를 혼합시켜 낭만적 사실주의를 창조하였으며, 『니닌비쿠니 이로잔게(二人比丘尼色懺悔: 두 명의 비구니 참회)』는 가조쿠셋추타이雅俗折衷体, 『다조다콘(多情多恨: 다정다한)』의 'である' 조調, 그리고 『곤지키야샤(金色夜叉: 금색야차)』도 가조쿠셋추타이와 서구 문맥으로 창작하여 당시의 새로운 문학의 출현이라는 호평을 얻어 일약 유행작가로서 세상에 알려졌다. 그러나 원래 병약했던 오자키 고요는 『곤지키야샤』의 연재 도중 건강이 나빠져 요양을 하였으나 위암으로 자택에서 숨을 거뒀다.

『니닌비쿠니이로잔게』는 오자키 고요의 출세작으로 1889년 4월 (「가라쿠타분코」를 간행하던) 요시오카吉岡서점에서 간행한 시리즈물의 첫 번째 작품으로 출판되었다. 『니닌비쿠니이로잔게』는 전국시대를 소재로 하여 전쟁터에서 죽은 젊은 무사를 애도하는 두 사람의 비구니가 해후한다는 스토리로 회화문은 구어체를 사용하고 지문地文은 유려한 문어문을 사용함으로써 풍아風雅와 비속卑俗함을 절충한 문체를 사용하고 있다.

작품의 줄거리는 초가집에서 만난 두 사람의 여승이 과거를 참회하는 슬픈 이야기이다. 한 사람의 젊은 여승이 있는 곳에 또 한 사람의 여승이 길을 잃고 찾아온다. 두 여승은 어떠한 연유로 출가하게 되었는지를 이야기 하던 중 양쪽 다 사랑하는 남자가 죽었다는 것을 알게 된다. 또 그리워하던 젊은 무사가 같은 사람이었음을 알게 된다. 사랑 때문에 세상을 등진 젊은 여성의 순수한 정서와 낭만적 시적 정취가 풍부하게 표현되어 정치소설에 식상했던 시기에 독자들의 갈채를 받았다.

『곤지키야샤金色夜叉』는 오자키 고요가 쓴 메이지시대의 대표적 신문 연재 소설이다. ≪요미우리신문≫에 1897년 1월부터 1902년 5월까지 연재되었으나 미완으로 끝났다. 쇼와昭和 시대에 들어와 영화나 드라마화되기도 하였다. 〈청일전쟁〉 이후 자본주의가 팽배해진 사회를 배경으로 간이치와 오미야를 둘러싼 돈과 사랑을 둘러싼 갈등을 리얼하게 그려낸 『곤지키야샤』는 집필 도중 작가의 사망으로 인하여 미완으로 중단되었다가, 그의 제자 오구리 후요小栗風葉에 의해 완결되었다.

당시 절찬 받았던 가조쿠셋추타이의 문체는 자연주의 문학의 구어문 소설이 일반화되자, 오자키 고요의 미문美文이 오히려 고풍스러움으로 받아들여져 스토리 전개의 통속성이 강조되었다. 또 나중에 발견된 창작 메모에 의하면 간이치가 고리대금업에 의해 모은 돈을 사회를 위해 사용한 것과, 오미야お宮가 도미야마富山에게 시집간 데에는 의도가 있었던 것이라는 구상이 확실히 밝혀지기도 하였다.

내용 줄거리는 고등중학교의 학생 하자마 간이치間貫一의 약혼자인 오미야가 결혼이 얼마 남지 않았을 때, 부호인 도미야마 다다쓰구富山唯継에게 시집가 버린다. 돈 때문에 사랑하는 여자를 빼앗겼다고 격노한 간이치는 아타미熱海에서 오미야를 추궁하지만, 오미야는 본심을 밝히지 않는다. 간이치는 오미야에게 복수하기 위해 고리대금업자가 된다. 한편 오미야는 행복한 결혼 생활을 하지 못하고 간이치에게 용서를 구하지만 용서받지 못한다. 오미야는 죽음을 각오하고 용서를 비는 편지를 전하는 것으로 작품은 끝을 맺고 있다.

오자키 고요는 자본주의 속에 팽배한 물질욕의 문제를 그려 인간의 애정이나 우정 그리고 헌신을 호소하고 있다. 이 작품은 한국에서 1913년 조중환이 번안하여 『장한몽長恨夢』으로 발표되었고, 『이수일과 심순애』라는 제목의 신파극으로 공연되기도 하였다.

◉ 작품 원문 『곤지키야샤金色夜叉』

第一章

「さあ、まあ、いらつしやいまし」

主の勧むる傍より、妻はお俊を促して、お俊は紳士を案内して、客間の床柱の前なる火鉢在る方に伴れぬ。妻は其処まで介添に附きたり。二人は家内の紳士を遇ふことの極めて鄭重なるを訝りて、彼の行くより坐るまで一挙一動も見脱さざりけり。その行く時彼の姿はあたかも左の半面を見せて、団欒の間を過ぎたりしが、無名指に輝ける物の凡ならず強き光は燈火に照添ひて、殆ど正く見る能はざるまでに眼を射られたるに呆れ惑へり。天上の最も明なる星は我手に在りと言はまほしげに、紳士は彼等の未だ曾て見ざりし大さの金剛石ダイアモンドを飾れる黄金の指環を穿めたるなり。

お俊は骨牌の席に復ると俤く、密に隣の娘の膝を衝きて口早に唄きぬ。彼は忙々く顔を擡げて紳士の方を見たりしが、その人よりはその指に耀く物の異常なるに駭かされたる体にて、

「まあ、あの指環は！一寸ちよいと、金剛石ダイアモンド？」

「さうよ」

「大きいのねえ」

「三百円だつて」

お俊の説明を聞きて彼は漫に身毛の弥立つを覚えつつ、

「まあ！　好いのねえ」

鱮の目ほどの真珠を附けたる指環をだに、この幾歳か念懸くれども未だ容易に許されざる娘の胸は、忽ち或事を思ひ浮べて攻皷の如く轟けり。彼は惘然として殆ど我を失へる間に、電光の如く隣より伸来れる猿臂は鼻の前なる一枚の骨牌を引攫へば、

「あら、貴女どうしたのよ」

お俊は苛立ちて彼の横膝を続けさまに拊きぬ。

「可くつてよ、可くつてよ、以来もう可くつてよ」

彼は始めて空想の夢を覚して、及ばざる身の分を諦めたりけれども、一旦金剛石の強き光に焼かれたる心は幾分の知覚を失ひけんやうにて、さしも目覚かりける手腕の程も見る見る漸く四途乱になりて、彼は敢無くもこの時よりお俊の為に頼み難き味方となれり。

かくしてかれよりこれに伝へ、甲より乙に通じて、

「金剛石！」

「うむ、金剛石だ」

「金剛石?」

「成程金剛石！」

「まあ、金剛石よ」

「あれが金剛石？」

「見給へ、金剛石」

「あら、まあ金剛石?」

「可感い金剛石」

「可恐い光るのね、金剛石」

「三百円の金剛石」

瞬く間に三十余人は相呼び相応じて紳士の富を謳へり。

彼は人々の更互におのれの方を眺むるを見て、その手に形好く葉巻を持たせて、右手を袖口に差入れ、少し懈げに床柱に靠れて、目鏡の下より下界を見遍すらんやうに目配してゐたり。

かかる目印ある人の名は誰しも問はであるべきにあらず、洩れしはお俊の口よりなるべし。彼は富山唯継とて、一代分限ながら下谷区に聞ゆる資産家の家督なり。同じ区なる富山銀行はその父の私設する所にして、市会議員の中にも富山重平の名は見出さるべし。

🌼 작품 번역문

"자, 어서 들어오십시오."

주인이 권하는 곁에서 안주인은 오슌을 재촉했고, 오슌은 신사를 안내해서 객실주인이 권하는 옆 화로 쪽으로 데리고 갔다. 안주인은 그곳까지 시중을 들며 따라갔다. 두 사람은 안주인이 신사를 대하는 태도가 매우 정중한 것을 의아하게 여기고 그가 걸어가 앉을 때까지 일거일동을 지켜보았다. 그가 화로에 갈 때 그의 모습은 왼쪽의 얼굴만 보이며 둘러앉아 있는 사이를 지나갔는데, 무명지에 빛나는 어떤 물건의 범상치 않은 강한 빛은 등불을 받아 아름답게 빛나서 사람들은 거의 똑바로 쳐다볼 수 없을 정도로 눈이 부시고 기가 질려 어쩔 줄 몰랐다. 천상에서 가장 밝은 별은 내손에 있다고 말하는 듯, 신사는 그들이 지금껏 보지 못한 커다란 다이아몬드가 장식된 황금반지를 끼고 있었다.

오슌은 가루타 카드놀이를 하는 자리에 돌아오자 조용히 옆에 있는 아가씨의 무릎을 찌르며 재빨리 속삭였다. 그녀는 재빨리 얼굴을 들어 신사 쪽을 보고는 그 사람보다 그 손에서 반짝이는 이상한 물건에 놀란 모습으로,

"어머나, 저 반지는! 잠깐만 다이아몬드?"

"그래."

"커다랗네."

"300엔 이래."

오슌의 설명을 듣고 그녀는 까닭 없이 소름이 끼치는 것을 느끼며 말했다.

"어머나! 좋겠네."

아주 작은 진주라도 박은 반지를 요 몇 년 동안 원했지만, 아직 손쉽게 허락되지 않은 아가씨의 가슴은 갑자기 어떤 일을 떠올리며 공격의 북소리처럼 고동쳤다. 그녀가 멍해 있는 사이 전광석화처럼 옆에서 뻗어 나온 긴 팔은 코앞에 있던 한 장의 가루타를 채갔다.

"어머, 너 어떻게 된 거니?"

오슌은 안절부절 못하며 그녀의 무릎을 계속해서 쳤다.

"괜찮아, 괜찮아. 이젠 괜찮아."

그녀는 비로소 공상의 꿈에서 깨어나 닿지 못할 신분에 포기는 했지만, 일단 다이아몬드의 강한 빛에 끌린 마음은 어느 정도 지각을 잃은 듯했다. 그토록 놀라운 솜씨도 순식간에 점차 엉망진창이 되어 그는 어이없게도 이때부터 오슌을 위해 도움이 안되는 아군이 되었다.

이리하여 여기서 저기로 전해지고, 갑에서 을로 옮겨져,

"다이아몬드!"

"음, 다이아몬드다."

"다이아몬드?"

"정말 다이아몬드네."

"어머나, 다이아몬드야!"

"저것이 다이아몬드?"

"봐봐, 다이아몬드야."

"어머, 뭐 다이아몬드?"

"멋진 다이아몬드네."

"매우 반짝거리네. 다이아몬드."

"300엔짜리 다이아몬드래."

순식간에 30여 명이 서로 맞장구치며 신사가 부자인 것을 강조했다.

그는 사람들이 번갈아가며 자신 쪽을 바라보는 것을 보고 그 손에 멋지게 담배를 들고, 오른손은 소맷부리에 넣고, 조금 느슨해진 듯 마루기둥에 기대어 안경 밑으로 지상세계를 내려다보듯 살피고 있었다.

이렇게 화제가 된 사람의 이름을 누가 묻지도 않았는데 오슌의 입에서 흘러나왔다. 그는 도미야마 다다쓰구富山唯継라고 일대 갑부인 시타야구에서 소문난 자산가의 장남이다. 같은 구에 있는 도미야마은행은 그 아버지가 세운 것으로 시의원 중에서도 도미야마 주헤이란 이름은 쉽게 찾아낼 수 있었다.

▶ 야마다 비묘山田美妙

야마다 비묘는 소설가이자 시인이며 비평가로, 언문일치체 및 신체시 운동의 선구자로도 잘 알려져 있다.

무사 집안의 장남으로 태어나 도쿄후東京府 다이니第二중학교에 입학하여 어릴 적 친구인 오자키 고요와 다시 만났고, 도쿄대학 예비문에 입학하여 1885년(M18)에 오자키 고요와 함께 겐유샤를 결성하였다. 이후「가라쿠타분코」에 교쿠테이 바킨曲亭馬琴풍의 처녀작『다테고토조시竪琴草紙』를 발표하였다. 1886년에 연재한『조카이쇼세쓰텐구嘲戒小說天狗』는 언문일치체로 쓰인 소설로써 선구적인 작품이었다. 이후 신체시新体詩에 관심을 갖고 오자키 고요 등과 함께「신타이시센新体詞選」을 간행하는 등 신체시 운동에 앞장섰다. 학교를 중퇴하고 다음 해인 1887년에 ≪요미우리신문≫에 최초의 언문일치체 신문소설『무사시노武蔵野』를 연재하였다. 또 같은 해에 부인잡지「이라쓰메以良都女」를 창간하는가 하면 1888년에는 소설잡지「미야코노하나都の花」를 주재하여 스무 살에 쓰보우치 쇼요에 필적할만할 명성을 얻기도 하였다. 겐유샤와는 소원해져 자연탈퇴가 되었고, 1889년에는 도쿠토미 소호德富蘇峰의 의뢰를 받아『고초蝴蝶』를「고쿠민노토모国民之友」에 발표했는데, 작품 삽화에 처음으로 나체가 등장하여 발매금지를 당하는 등 물의를 빚기도 하였다. 1890년에는 가이신신문사改進新聞社에 입사하였고, 이후에 필리핀 독립혁명 지사를 소재로 한 작품도 창작하였으나 만년에는 병과 가난으로 쓸쓸한 생활을 하였다.

야마다 비묘의 언문일치의 작품은『무사시노』,『고초』와 같은 시대소설이 많아서 지문에 'です・ます', 'である' 조調를 사용하였고, 회화문은 남북조시대를 배경으로 한『무사시노』에서 아시카가足利 시대의 속어 등 고풍스런 말을 사용하였다.

또한 야마다 비묘는 일본어 국어사전의 편찬에도 관여했는데,『니혼다이지쇼日本大辞書』와『다이지텐大辞典』(青木嵩山堂, 1912년)을 편찬하였다.『니혼다이지쇼』는 일본 사전으로는 최초로 어구의 해석이 구어체로 곁들여진 것이며, 또 악센트가 부기되어진 사전으로써 일본어 악센트 연구에 많은 자료로 이용되고 있다.

야마다 비묘의 소설은 도입부 후 주인공이 죽어서 끝나는 작품, 야담 이야기 중의 장면을 엮어서 쓴 작품, 교훈을 목적으로 한 작품 등으로 내용면에서 빈약하다. 그러나 근대문학의 선구자로서 문학 형식을 발전시킨 작가로서 높이 평가되고 있다.

『조카이쇼세쓰텐구嘲戒小說天狗』는 'です'체로 쓰인 언문일치체 소설로 1886년부터 1887년에 간행된, 하늘에 산다는 신통력 있는 괴물이야기이다.

역사소설『무사시노』는 1887년 11월부터 12월까지 ≪요미우리신문≫에 연재하여 부록으로 출판되었는데, 무사시노 가을을 배경으로 무로마치 초기 무사의 항쟁을 소재로 비극적인 내용을 다룬 작품이다.

3 이상주의理想主義

1890년대(M20)에는 겐유샤의 오자키 고요와 함께 고다 로한幸田露伴의 주도적 활동이 두드러졌는데 이를 근대문학사에서는 '고로시대紅露時代'라고 한다. 여성의 심리묘사에 탁월함을 보인 오자키 고요와 남성의 신념을 장인정신으로 그려낸 고다 로한이 문단의 주도적 역할을 하던 시대를 일컫는 말이다.

사실주의적 작품을 창작했던 오자키 고요에 비해, 고다 로한은 동양적 사상을 근간으로 하는 이상주의적 작품을 창작하며 근대문학의 발전을 꾀하면서 '이상주의(理想主義: 리소슈기)'라 불렸다.

고다 로한은 막부의 세이이타이쇼군(征夷大将軍: 정이대장군)을 측근에서 모셨던 에도의 무사집안 출생으로, 1937년 제1회 〈문화훈장〉을 수상한 작가이다.

1875년 도쿄 사범학교 부속 소학교에 입학한 즈음 구사조시草双紙나 요미혼読本을 애독하였다. 졸업 후 도쿄의 다이이치第一 중학교에 입학하지만 중퇴하게 되고, 이후 도쿄에이학교東京英学校에 진학하지만 곧 또 중퇴하게 된다. 이후 급비생으로서 체신성通信省 전신수기학교電信修技学校를 졸업하고 홋카이도에 부임했을 때, 쓰보우치 쇼요의 『쇼세쓰신즈이』와 『도세이쇼세이카타기』를 접하고 문학의 길에 접어들게 되었다. 이후 전신기사일을 그만두고 돌아와 '로한露伴'이라 칭하고 작품을 창작하게 된다. 1889년 『후류부쓰(風流佛: 풍류불)』와 1893년 『고주노토(五重塔: 오층탑)』를 발표하여 작가로서의 지위를 확립하였다. 이후에는 역사와 전기의 집필이나 고전을 해석하는데 역점을 두었다.

의고전주의擬古典主義의 대표적 작가로서 이하라 사이카쿠井原西鶴의 영향을 받았다. 한문학이나 일본고전 등에 능통하여 한학의 교양을 살려서 유교적, 무사도적 정신과 불교적 체험을 섞어 작가의 이상을 형상화하였다. 그리고 공예에 힘을 쏟는 장인정신을 남성적인 필치로 그려냈다.

『고주노토』는 1891년과 1892년에 잡지 「곳카이国会」에 연재된 소설로 고다 로한이 24살 때 발표한 작품이다. 오층탑 건립을 위해 목공의 정열과 집념을 그려 남성적인 이상을 가진 예술가를 그린 소설이다.

작품의 줄거리는 성격이 둔하여 세상을 능숙하게 살아가지 못하는 실력이 좋은 목공 주베十兵衛가 야나카谷中 간노지感応寺의 고승에게 오층탑을 자신이 만들고 싶다고 이야기한다. 확고한 의지를 가지고 오층탑 건설에 정열을 태우는 주베는 의리도 인정도 버리고 오층탑 건립에 일신을 바친다.

오층탑이 막 완성되던 날 큰 폭풍우가 와서 주위 건물 지붕이 날아가고 오층탑이 쿵쿵 흔들리게 되자, 모두들 오층탑이 쓰러질 거라고 생각하였지만 오층탑은 흠이 없이 세워져 있었다. 주인공 주베의 타협을 모르는 장인 기질로 마침내 오층탑을 훌륭하게 완성한다는 이야기로 완성된 오층탑이 폭풍우에 휘말리는 장면 묘사가 뛰어난 작품이라는 평가를 받고 있다.

『후류부쓰』는 1889년 「신초모모쿠시新著百種」에 발표한 작품으로 여행지에서 꽃 파는 아가씨를 만나 사랑하게 된 조각가가 사랑하는 여인의 모습을 불상에 새기는데, 그 불상이 한밤중에는 살아서 움직인다는 비련의 이야기를 담고 있다. 이 작품은 연애지상주의와 예술에의 동경을 몽환적으로 융합시켜 초현실적인 세계를 그렸다고 평가되는 작품이다.

4 낭만주의浪漫主義

'낭만주의(浪漫主義: 로만슈기)'는 모리 오가이와 기타무라 도코쿠北村透谷 그리고 시마자키 도손島崎藤村 등을 중심으로 한 「분카쿠카이文学界」, 요사노 뎃칸与謝野鉄幹과 그의 아내 아키코晶子가 활동한 「묘조明星」를 중심으로 시가詩歌나 평론 등으로 전개되었다. 초기의 로만슈기는 서구의 낭만주의문학의 영향을 받아, 자아의식 각성에 의한 개방적인 자유를 추구하여 연애나 예술의 절대성을 주장하는 한편 공상적이고 유미적 예술을 지향하였다. 또한 개성존중이나 인간정신의 자유 평등 등 자유로운 감정표현을 목표로 하였다. 이 시기 활동했던 문인들을 살펴보면 기타무라 도코쿠와 다카야마 조규高山樗牛의 평론, 시마자키 도손과 도이 반스이土井晩翠의 시詩, 요사노 뎃칸과 아키코의 단카短歌, 이외에도 이즈미 교카泉鏡花, 구니키타 돗포国木田独歩의 소설 등을 들 수 있다. 사실주의에 대한 반동에서 관념소설觀念小說이 나타나고, 〈청일전쟁〉 후 사회 불안으로부터 비참소설悲惨小說 혹은 심각소설深刻小說로 이어졌다.

▶ 모리 오가이森鷗外

모리 오가이는 메이지 다이쇼기의 소설가이자 평론가이고 번역가이며 육군 군의로도 활동한 작가이다. 도쿄대학 의학부를 졸업하고 육군 군의가 되어 육군성의 파견 유학생으로 독일에서 4년간 생활하였다. 귀국 후 번역시집 『오모카게於母影』와 소설 『마이히메舞姫: 무희』를 발표하였고, 동인들과 문예잡지 「시가라미조시しがらみ草紙」를 창간하여 다채로운 예술 계몽활동을 전개했다. 이때 쓰보우치 쇼요와 '몰이상논쟁没理想論争'[5]을 벌이기도 하였다. 쓰보우치 쇼요와 오고간 몰이상논쟁은 당시의 청년들에게 문학에 대한 관심을 깊게 함과 동시에, 예술을 지탱하는 이론의 중요성을 각인시켰다. 〈청일전쟁〉의 출정 등으로 잠시 창작 활동을 중단하였으나 「스바루スバル」를 창간하고 『간(雁: 기러기)』을 발표하였고 이후 『아베이치조쿠(阿部一族: 아베일족)』나 『다카세부네(高瀬舟: 너벅선)』 등의 역사소설을 집필하기도 하였다. 또한 모리 오가이는 일본 문화를 유럽과 동일한 근대문명으로 바꾸려고 다방면에 걸쳐 계몽활동에 힘썼다. 또

---

5 몰이상논쟁没理想論争 : 메이지 20년대에 쓰보우치 쇼요가 셰익스피어를 인용하여 이상이나 주관을 직접 표현하지 않고 사실과 현상을 객관적으로 묘사하는 것을 주장하였는데, 이에 대해 모리 오가이가 이상과 미를 중시한 입장으로 반박한 논쟁을 말한다.

번역가로도 활동하였는데 안데르센 원작의 번역소설 『솟쿄시진(即興詩人: 즉흥시인)』은 원작 이상의 명역으로 평가되고 있다.

　모리 오가이의 자전적 색채가 짙은 『마이히메』는 유학처였던 독일이라는 이국을 무대로 추억하는 형식을 취해 문어체로 표현한 작품으로 낭만적인 이국정서는 당시의 젊은이들에게 깊은 감명을 주었다. 특히 모리 오가이의 독일 유학시절을 엮은 단편소설 『마이히메』, 『우타카타노키(うたかたの記: 물거품 기록)』, 『후미즈카이(文づかひ: 파발꾼)』 등은 독일 삼부작으로 유명하다. 이 세작품은 모두 독일을 배경으로 하여 일본 유학생의 비련을 단편소설로 엮은 것이다. 이 세 작품은 모두 독일을 배경으로 하여 일본 유학생의 비련을 청신한 낭만적 기풍의 아문체雅文体로 그려내어, 당시 문단의 게사쿠적 분위기를 불식시켰다.

　모리 오가이가 1890년 「고쿠민노토모国民之友」에 발표한 단편소설 『마이히메』는 유학처였던 독일이라는 이향의 땅을 무대로 추억하는 형식을 취한 작품으로, 서양의 자유로운 공기를 접하고 자아를 추구한 청년의 고뇌를 묘사해 주목을 받았으며, 작품에 내재된 낭만적인 이국정서는 당시의 젊은이들에게 깊은 감명을 주었다.

　작품 줄거리를 살펴보면, 독일 유학 중이던 관리 오타 도요타로太田豊太郎는 엘리스라는 독일 여성을 만나 좋아하게 되고 사랑에 빠진다. 오타 도요타로는 엘리스 아버지의 장례비를 마련해 주고 교제를 지속하지만 동료의 모략에 의해 면직되고 만다. 이후 엘리스와 동거하며 생활비를 마련하기 위해 신문사의 독일 주재 통신원이 된다. 이후 친구의 도움으로 대신의 러시아 방문에 수행하게 되어 신뢰를 얻어 복직을 도모할 수 있게 되었고, 친구의 충고에 따라 일본에 귀국하기로 한다. 나중에 엘리스는 오타 도요타로가 임신한 자신을 버리고 출세를 위해 귀국한다는 사실을 친구를 통해 듣게 되고, 그 충격으로 미쳐버린다. 엘리스의 병이 나을 기미가 보이지 않는 것을 알면서도 도요타로는 귀국해 버리고 만다.

　이 작품은 메이지 청년의 근대적 자아각성과 그 고뇌를 그린 기코분擬古文의 낭만주의 작품으로, 일본근대문학 성립에 큰 역할을 한 작품이다.

◎ 작품 원문 『마이히메舞姫』

石炭をば早や積み果てつ。中等室の卓のほとりはいと静にて、熾熱燈の光の晴れがましきも徒なり。今宵は夜毎にこゝに集ひ来る骨牌仲間も「ホテル」に宿りて、舟に残れるは余一人のみなれば。

五年前の事なりしが、平生の望足りて、洋行の官命を蒙り、このセイゴンの港まで来し頃は、目に見るもの、耳に聞くもの、一つとして新ならぬはなく、筆に任せて書き記しつる紀行文日ごとに幾千言をかなしけむ、当時の新聞に載せられて、世の人にもてはやされしかど、今日になりておもへば、穉き思想、身の程知らぬ放言、さらぬも尋常の動植金石、さては風俗などをさへ珍しげにしるしゝを、心ある人はいかにか見けむ。こたびは途に上りしとき、日記ものせむとて買ひし冊子もまだ白紙のまゝなるは、独逸にて物学びせし間に、一種の「ニル、アドミラリイ」の気象をや養ひ得たりけむ、あらず、これには別に故あり。

げに東に還る今の我は、西に航せし昔の我ならず、学問こそ猶心に飽き足らぬところも多かれ、浮世のうきふしをも知りたり、人の心の頼みがたきは言ふも更なり、われとわが心さへ変り易きをも悟り得たり。きのふの是はけふの非なるわが瞬間の感触を、筆に写して誰にか見せむ。これや日記の成らぬ縁故なる、あらず、これには別に故あり。

嗚呼、ブリンヂイシイの港を出でゝより、早や二十日あまりを経ぬ。世の常ならば生面の客にさへ交を結びて、旅の憂さを慰めあふが航海の習なるに、微恙にことよせて房の裡にのみ籠りて、同行の人々にも物言ふことの少きは、人知らぬ恨に頭のみ悩ましたればなり。此恨は初め一抹の雲の如く我心を掠めて、瑞西の山色をも見せず、伊太利の古蹟にも心を留めさせず、中頃は世を厭ひ、身をはかなみて、腸日ごとに九廻すともいふべき惨痛をわれに負はせ、今は心の奥に凝り固まりて、一点の翳とのみなりたれど、文読むごとに、物見るごとに、鏡に映る影、声に応ずる響の如く、限なき懐旧の情を喚び起して、幾度となく我心を苦む。嗚呼、いかにしてか此恨を銷せむ。若し外の恨なりせば、詩に詠じ歌によめる後は心地すが／＼しくもなりなむ。これのみは余りに深く我心に彫りつけられたればさはあらじと思へど、今宵はあたりに人も無し、房奴の来て電気線の鍵を捩るに

は猶程もあるべければ、いで、その概略を文に綴りて見む。

작품 번역문

　석탄은 이미 다 쌓여 있었다. 중등실에 있는 테이블 근처는 매우 조용해 백열등 빛이 빛나는 것도 무의미한 일이다. 밤마다 여기에 모였던 트럼프 동료도 호텔에 숙박하고 있어, 오늘밤 배에 남은 것은 나 혼자기 때문이다. 5년 전 일이지만 그때 가진 희망이 이루어져 서양에 유학하라는 관청의 명령을 받고, 여기 사이공의 항구에 올 즈음엔 눈에 보이는 것, 귀에 들리는 것 모두 새롭지 않은 것이 없었고, 붓 가는 데로 써내려간 기행문은 날을 더해가며 수천 자가 되었을 것이다. 당시 신문에 게재되어 세상 사람에게 유행되었지만, 오늘에 이르러 생각해 보면 천한 사상이나 분수를 모르는 방언, 그렇지 않으면 보통 동식물이나 암석, 결국에는 풍속마저도 진기한 듯이 적었던 것을 물정을 아는 사람은 어떻게 보았을까? 이번 항로에 올랐을 때 일기를 적어 보려고 샀던 노트도 아직 백지인 채로 있는 것은 독일에서 공부하던 중 일종의 염세주의적 성격이 길러진 것일까……아니 그렇지 않다. 이것에는 다른 이유가 있는 것이다.

　이제 동쪽으로 돌아가는 지금의 나는 서쪽을 향해 배에 타고 있던 옛날의 내가 아니다. 학문이야 말로 아직 자신에게 만족하지 못한 것이 많지만, 세상의 성쇠도 알고, 사람 마음이 의지가 안 된다는 것은 말할 것도 없고, 자신과 자기 자신의 마음까지도 변하기 쉬운 것을 깨닫고 말았다. 어제와 오늘이 다른 나의 순간의 감촉을 붓으로 옮겨 누군가에게 보이게 되겠지. 이것이 일기를 쓰지 않는 이유이다……아니 아니다. 이것에는 다른 이유가 있는 것이다.

　아─브린디시의 항구를 출발한지 벌써 20일 정도가 지났다. 보통 때라면 배에서 처음 마주하는 손님이라도 아는 사이가 되어 여행의 우울함을 서로 위로하는 것이 선박여행의 습관인데, 가벼운 병을 이유로 방안에 틀어박혀, 동행하는 사람들과도 이야기를 거의 하지 않는 것은 사람들이 알지 못하는 원망에 골머리를 앓고 있었기 때문이었다. 이 원망은 처음에는 한줄기의 구름처럼 나의 마음을 흐리게 하고 스위스 산의 풍경도 보이지 않고, 이탈리아의 유적에도 마음을 두지 못하고, 중도부터는 세상이 싫어지고, 자신이 덧없이 여겨져 정신이 매일 몇 번이나 도는 듯한 통증을 나에게 주었고, 지금은 마음 깊숙한 곳에 엉기어 붙어 한 점의 그늘 정도가 되었지만, 글자를 읽는 것도 사물을 볼 때마다 거울에 비추는 모습이나 목소리에 응답하는 울림처럼 한없이 그리워지는 기분이 들어서 몇 번이고 나의 마음을 괴롭힌다. 아—어떻게 해서 이 원망을 없앨까? 혹시 다른 원망이라면 시를 쓰거나 와카和歌를 지은 후에는 기분이 시원해지기라도 할 것이다. 이것만은 너무나 깊고 나의 마음에 새겨져 있어서 그처럼은 되지 않을 것이라고 생각하지만, 오늘밤은 주위에 사람도 없고, 보이가 와서 전등 스위치를 켜는 것도 아직 시간이 있는 듯해서 그 대강을 문장으로 적어 본다.

▶ 기타 작가

1893년(M26) 문학잡지 「분가쿠카이」가 기타무라 도코쿠北村透谷와 시마자키 도손島崎藤村 등에 의해서 창간되었다. 그들은 당시 문단의 지배적 지위에 있었던 겐유샤硯友社의 봉건적인 문학에 대항하였고 기독교적 인간관의 영향을 받아 인간성의 해방과 예술의 절대적 가치를 설명했다.

「분가쿠카이」의 사상적 지주였던 기타무라 도코쿠는 「인생에 관계한다는 것은 무엇을 뜻하는가人生に相渉るとは何の謂ぞ」 등의 평론으로 자아확립과 생명감의 충실 그리고 연애를 찬미하며 일본 낭만주의운동의 선구자로서 활약하였다.

다카야마 조규高山樗牛는 국가주의사상이 고양되어 가는 가운데 일본주의를 주창했다. 니체를 알게 된 후에는 극단적인 개인주의를 주장하였고, 「미적 생활을 논한다美的生活を論ず」에서는 본능의 충족이 인생의 최대 목적이라고 논했다.

기독교 신자이자 자유주의자였던 도쿠토미 로카德富蘆花는 봉건적인 가족제도의 불합리를 지적한 출세작 『호토토기스(不如帰: 두견새)』를 비롯하여, 낭만적이고 참신한 자연묘사와 자전적이고 자유주의적인 소설을 발표해서 독자적인 지위를 구축했다.

자연을 사랑한 구니키타 돗포国木田独歩는 산문시적 소설에 이어서, 시정이 풍부한 『무사시노武蔵野』를 비롯해 다양한 작품을 창작하여 서정시인 다운 자질을 보였다. 그리고 만년에는 점차 인간의 운명을 응시하는 자연주의적 경향을 띠어갔다.

한편 〈청일전쟁〉 후, 급격한 자본주의의 발전이 일으킨 사회불안을 배경으로 사회적인 문제의식을 명료하게 나타낸 관념소설이 등장하기도 하는데, 이의 대표적 작가로 이즈미 교카泉鏡花를 꼽을 수 있다. 오자키 고요의 문하생이었던 이즈미 교카의 대표작으로는 『야코준사夜行巡

査: 야행순사』를 들 수 있으며, 특히 『고야히지리(高野聖: 고야산 승려)』에서는 낭만적 작풍을 선보이며 신비하고 환상적인 미적 세계를 구축하였다. 〈청일전쟁〉 후에 유행하던 사회문제에 대해서 자신의 생각을 드러낸 관념소설은 1898년쯤에는 자취를 감췄다.

히로쓰 류로広津柳浪는 비참한 사건을 다룬 『구로토카게(黒蜥蜴: 검은 도마뱀)』 등의 심각소설을 썼다. 심각소설은 1896~1897년에 많이 쓰여졌으며, 죽음이나 병고 등 인생의 어두운 면의 묘사에 중점을 두었기에 비참소설로도 불렸다.

메이지 여류문학의 제1인자 히구치 이치요는 『우모레기(うもれ木: 매목)』를 출세작으로 메이지 20년대를 대표하는 작가이자 일본의 최초의 여류 직업작가로 일컬어진다.

히구치 이치요는 일본의 최초 여류 직업작가로 자신의 궁핍한 생활가운데 사회저변을 살아가는 사람들을 관찰하여, 극한 상황에서도 필사적으로 살아가려는 인간의 모습과 봉건제와 빈곤 속에서 살아가는 여성의 고뇌하는 모습을 작품에 담아내었다. 이치요 작품으로는 특히 현실성을 살려 핍박받는 여성의 노여움과 슬픔을 그려 낸, 『다케쿠라베(たけくらべ: 키재기)』, 『주산야(十三夜: 십삼일 밤)』, 『니고리에(にごりえ: 흐린 강)』 등이 있다.

『다케쿠라베』는 1895년부터 1896년까지 「분가쿠카이」에 단속적으로 발표된 작품인데 이를 1896년 「분게이쿠라부文芸倶楽部」에 일괄 게재한 것이다.

도쿄의 요시와라吉原 유곽에서 생활하는 14살 소녀 미도리美登利와 승려의 아들인 운명의 소년 신뇨信如와의 사랑을 그린 『다케쿠라베』는 사춘기에 접어든 소년 소녀의 미묘한 심리를 서정성과 동정을 중심으로 리얼하게 묘사하여, 모리 오가이와 고다 로한에게 격찬을 받았다.

제3장

明治末期 小說

　군비를 확장한 일본은 영국과 동맹을 체결하고 1904년 러시아와 개전을 결정하고 선전포고를 하게 된다. 압록강을 건너 진군한 일본군은 펑텐奉天 전투를 승리로 이끌고 난 후 뤼순 항을 함락시켰고, 대한해협에서 발틱함대를 격파시켜 우수한 전세를 이끌었다. 참패를 당한 러시아는 자국 내에 발발한 러시아 혁명으로 인해 더 이상 전쟁을 지속할 수 없는 상황이 되어 미국의 중재로 포츠머스에서 강화조약을 체결하게 된다. 이 전쟁을 계기로 대한제국은 제국주의 열강의 묵인하에 1910년 〈한일병합조약〉을 맺으며 일본의 식민지로 전락하게 된다.

　이후 1911년 일본은 미국과 새로운 〈미일통상항해조약〉을 체결하여 관세자주권을 회복하는 것을 시작으로 다른 열강과 맺었던 불평등조약을 전폐하고 대등한 조건으로 조약개정을 이루었다.

　신정부는 부국강병을 달성하기 위한 산업혁명을 적극적으로 추진해 근대산업의 성장과 자본주의 발달이 이뤄졌다. 특히 제사공장이나 방적공장의 여성노동자들에 의해 면방산업을 중심으로 대규모 공업이 확립되면서 일본은 면제품 수출이 확대되었다. 그리고 제사공장에서 일어난 여성노동자의 쟁의가 발생하게 되고, 숙련공을 중심으로 노동자가 단결하여 자본가에 대항하는 움직임이 일어나면서 자본가 계급에 대항하는 노동자의 생활을 옹호하는 운동이 일어났고 사회주의 사상도 유행하게 되었다.

1 자연주의自然主義

19세기말 프랑스를 중심으로 일어난 자연주의(自然主義: 시젠슈기)[6]가 일본에도 유입되었다. 인간과 사회의 현실을 체계적이고 과학적으로 분석하는 서구의 자연주의와는 달리 일본의 자연주의는 작가 개인의 내면의 진실을 객관적으로 그리는 것을 목표로 하였다. 과학자와 같이 냉정한 눈으로 현실을 있는 그대로 기록하는 서구의 자연주의가 변용된 것이었다.

일본 자연주의 문학의 특징은 허구를 배척하며 현실을 폭로하고 작가의 치부를 드러내는 등 적나라한 자기고백을 존중하였다. 진실을 그리기 위하여 낡은 도덕이나 풍속을 비판하는가 하면 터부를 두려워하지 않고 본능의 세계를 파헤쳤다.

시마자키 도손의『하카이破戒』와 다야마 가타이의『후톤蒲団』은 자연주의 문학의 방향성을 제시한 작품들이며, 시마무라 호게쓰島村抱月는 자연주의 이론적인 지주로서 역할을 수행하였다.

메이지 말년까지 성행하며 문학계에 큰 영향을 끼쳤던 일본의 자연주의는 자전적인 것과 사생활의 고백으로 치달았으나 사회성은 계승되지 않았다.

자연주의의 대표적 작가로는 시마자키 도손과 다야마 가타이 외에도 도쿠타 슈세이德田秋声, 마사무네 하쿠초正宗白鳥, 이와노 호메이岩野泡鳴 등이 있다.

도쿠타 슈세이는 출판사였던 하쿠분칸博文館에 취직한 후 이즈미 교카의 권유로 오자키 고요의 문하생으로 들어갔고, 1896년「분게이쿠라부文芸俱楽部」에 피차별부락被差別部落 출신의 아버지와 딸을 취재한 처녀작『야부코지(藪かうじ: 자금우)』[7]를 발표하며 작품활동을 시작하였다. 1900년에는 ≪요미우리신문≫에 연재한『구모노유쿠에(雲のゆくへ: 구름이 가는 곳)』가 출세작이 되어 이즈미 교카 등과 더불어 사천왕四天王으로 칭해지기도 하였다. 1908년 근처 술집을 모델로 한 중편『아라조타이新世帯』를 ≪고쿠민신문国民新聞≫에 연재하고 자연주의로 작풍을 전환하였다. 특히 장편『가소진부쓰仮装人物: 가장인물』는 여류소설가였던 야마다 준코山田順子를 모델로 한 '준코모노順子もの'를 집대성한 작품이자 후기 대표작으로 제1회 〈기쿠치칸상菊池寛賞〉을 수상하기도 하였다. 이후에 발표한 많은 작품을 통해 삶이 자신이 생각한 대로 해결되지 않는

---

6 자연주의自然主義 : 19세기 후기, 프랑스의 소설가 에밀졸라를 중심으로 일어난 문학운동. 그때까지의 사실주의를 계승, 과학적 정신을 세우고, 보다 실증주의적인 입장에서 체계적으로 진실을 잡아내려고 했다. 일본의 자연주의의 본류는, 이 문학사상과는 무관한 낭만주의부터 발생해서 보다 자아에 충실한 형태로 계승되었다.

7 야부코지藪かうじ : 자금우藪柑子, 지길자地桔子, 왜각장矮脚樟, 천장금이라고도 한다. 산지의 숲 밑에서 자라며, 땅속 줄기에서 뻗어 나오는 15~20cm의 식물이다.

다는 내용을 일관되게 담아내어 냉정한 현실을 철저하게 파헤쳐 일본의 자연주의문학을 완성시켰다.

마사무네 하쿠초는 1904년(M37) 처녀작 『세키바쿠(寂寞: 적막)』를 발표하며 문단에 데뷔하였다. 1908년 러일전쟁 후의 청년상을 그린 『이즈코에(何処へ: 어디에)』는 그의 대표작이다. 방관자적 입장에서 냉혹하게 인생의 어두움을 묘사했다. 또한 평론가로서도 합리적이고 예리한 비평정신을 보였다.

그 외의 자연주의 작가로 이와노 호메이는 자유분방하고 노골적인 묘사에 의해서, 자연주의 작가 중에서도 특이한 존재가 되었다. 이와노 호메이가 취한, '보쿠(僕: 내)'라는 1인칭을 사용해 주인공의 사상을 설파하는 방법은 '이치겐보사론(一元描写論: 일원묘사론)[8]으로 발전했다.

이러한 자연주의 문학운동을 이론적으로 지탱한 작가는 하세가와 덴케이長谷川天渓와 시마무라 호게쓰島村抱月였다. 시마무라 호게쓰는 영국과 독일 유학을 다녀온 미학적인 입장에서 자연주의 문학운동의 계몽과 지도에 힘을 썼는데, 1879년(M12)에 간행된 평론집 『긴다이분게이노켄큐近代文芸之研究』에서는, 일본 자연주의문학의 체계화를 시험하기도 하였다. 또 시마무라 호게쓰는 신극운동新劇運動의 지도자로서도 큰 업적을 남겼다.

이러한 자연주의 사조는 점차 작가신변의 좁은 사실 편중과 고백성을 특징으로 한 문학으로서 발전하게 되었고, 다이쇼기大正期의 사소설(私小説: 시쇼세쓰)[9]과 심경소설(心境小説: 신쿄쇼세쓰)로 이어져 갔다.

▶ **시마자키 도손**島崎藤村

시마자키 도손은 「분가쿠카이」에 참가하여 낭만주의 시인으로서 『와카나슈(若菜集: 봄나물)』 등을 출판한 후 소설로 전환하여 대표적인 자연주의 작가가 된 문인이다.

국학자였던 아버지에게는 『효경孝經』과 『논어論語』를 배웠고, 학창시절에는 그리스도교의 세례를 받았으며 서양문학에 심취한 한편 마쓰오 바쇼松尾芭蕉 등의 고전물도 닥치는 대로 읽었

---

8 이치겐보사론(一元描写論: 일원묘사론) : 이와노 호메이岩野泡鳴가 주장한 묘사법으로 다야마 가타이田山花袋·시마무라 호게쓰島村抱月의 방관적 관조설에 반대한 것으로 사건을 주인공 한사람의 눈을 통해서 본 묘사의 일면성이 특징이다.
9 사소설私小説 : '시쇼세쓰' 혹은 '와타쿠시쇼세쓰'라고도 칭한다. 작가자신을 주인공으로 하여 작가의 체험을 고백하듯이 묘사하는 일본 독자적인 소설 방법으로 허구를 배제하고 사실을 추구한 소설을 말한다.

다. 서정성을 띤 낭만주의 시인으로 출발한 시마자키 도손은 산문에 의한 새로운 표현방법을 모색한 후, 1906년 『하카이』를 자비로 출판하였다.

『하카이』는 사회소설적 측면과 자기고백소설적 측면을 모두 가지고 있어 당시 시마무라 호게쓰를 비롯한 많은 평론가에게 절찬을 받으면서, 일본 자연주의 문학운동의 발족과 일본 근대소설의 출발을 보인 기념비적 작품이 되었다. 하지만 시마자키 도손이 보인 사회성은 더 이상 진보하지 않았고 이후에는 내면의 고백을 중요시한 자전적 소설가의 길을 걷게 된다. 또 다른 작품 『하루(春: 봄)』는 시마자키 도손의 신변에서 소재를 구한 자전소설로, 이상과 사실의 모순에 고민하고 절망하는 시마자키 도손의 모습이 극명하게 묘사되어 있다. 또 『이에(家: 가문)』에서는 작가자신의 체험을 바탕으로 하여 메이지말기의 봉건적 가족제도 아래 괴로워하는 인간과 무너져 가는 가문의 모습을 묘사하고 있으며, 「신세이(新生: 신생)」에서는 철저한 자기고백으로 사소설적 자연주의 성향을 짙게 드러냈다. 한편 만년의 역사소설 『요아케마에(夜明け前: 동트기 전)』에서는 동서양의 문제인식을 바탕으로 격동의 시대를 살아가는 지식인의 고뇌에 찬 일생을 그려냈으며, 이후 〈일본펜클럽〉이 결성되면서 초대회장으로 추대되어 활동하기도 하였다.

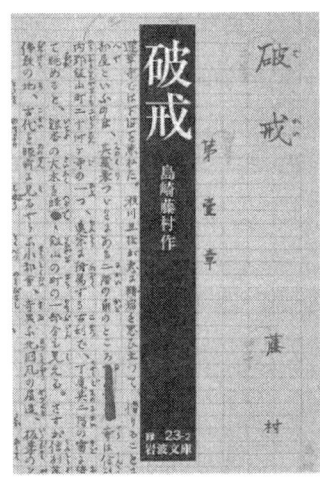

장편소설 『하카이』는 1906년 료쿠인소쇼綠陰叢書의 제1편으로 1,500부가 자비출판된 시마자키 도손의 대표작이다.

작품 줄거리는 다음과 같다. 피차별부락 출신의 청년교사 세가와 우시마쓰瀬川丑松는 태생과 신분을 숨기고 살라는 아버지의 훈계를 받고 성장한다. 나가노 사범학교를 졸업하고 소학교 교원이 된 우시마쓰는 차별과 용감하게 싸우는 같은 피차별부락 출신의 해방운동가 이노코猪子를 만나 따르게 되면서 자신의 출신을 밝히는 것에 대해 고민하게 된다. 그러던 중 아버지가 쇠뿔에 들이받혀 급사했다는 전보를 받게 되어 고향으로 돌아갔는데, 아버지가 마지막 순간까지도 '명심해라'라는 말을 남김으로써 출신을 밝히지 말 것을 당부한 유언을 듣게 된다. 우시마쓰가 고향에서 돌아오니 학교 교사 중에 부락민 출신자가 있다는 소문이 퍼져있었다. 한편 부락민 출신의 이노코는 반대파의 습격으로 죽게 되고 이 소식을 들은 우시마쓰는 크게 충격을 받게 된다. 당당하게 싸웠던 이노코의 삶과 자신의 거짓에

찬 인생을 깨닫게 된 우시마쓰는 결국 아버지의 충고를 깨고 자신의 출생을 밝히고 만다. 그리고 우시마쓰는 미국 텍사스로의 여행을 생각하며 도쿄를 향해 출발하면서 작품은 끝을 맺는다. 피차별 부락部落 문제를 제재로 하였지만 그 본질을 추구하는 작가의 의식은 보이지 않고 보편적인 사춘기의 고뇌로 표현되어 감상적으로 끝났다는 평도 있다. 그러나 도스토예프스키의 『죄와 벌』의 구성과 닮아있다는 것과 사회성과 자기고백성을 통일한 본격적인 근대소설이자 내용에 명확한 허구성이 의도되어 있다는 평가도 있다.

작품 원문 『하카이破戒』

　「皆さんも御存じでせう。」と丑松は嚙んで含めるやうに言つた。「是山国に住む人々を分けて見ると、大凡五通りに別れて居ます。それは旧士族と、町の商人と、お百姓と、僧侶と、それからまだ外に穢多といふ階級があります。御存じでせう、其穢多は今でも町はづれに一団に成つて居て、皆さんの履く麻裏を造つたり、靴や太鼓や三味線等を製へたり、あるものは又お百姓して生活を立てゝ居るといふことを。御存じでせう、其穢多は御出入と言つて、稲を一束づゝ持つて、皆さんの父親さんや祖父さんのところへ一年に一度は必ず御機嫌伺ひに行きましたことを。御存じでせう、其穢多が皆さんの御家へ行きますと、土間のところへ手を突いて、特別の茶椀で食物なぞを頂戴して、決して敷居から内部へは一歩も入られなかつたことを。皆さんの方から又、用事でもあつて穢多の部落へ御出になりますと、煙草は燐寸で喫んで頂いて、御茶は有ましても決して差上げないのが昔からの習慣です。まあ、穢多といふものは、其程卑賤しい階級としてあるのです。もし其穢多が斯の教室へやつて来て、皆さんに国語や地理を教へるとしましたら、其時皆さんは奈何思ひますか、皆さんの父親さんや母親さんは奈何思ひませうか――実は、私は其卑賤しい穢多の一人です。」

　手も足も烈しく慄へて来た。丑松は立つて居られないといふ風で、そこに在る机に身を支へた。さあ、生徒は驚いたの驚かないのぢやない。いづれも顔を揚げたり、口を開いたりして、熱心な眸を注いだのである。

　「皆さんも最早十五六――万更世情を知らないといふ年齢でも有ません。何卒私の言ふこ

とを克く記憶えて置いて下さい。」と丑松は名残惜しさうに言葉を継いだ。

「これから将来、五年十年と経つて、稀に皆さんが小学校時代のことを考へて御覧なさる時に―あゝ、あの高等四年の教室で、瀬川といふ教員に習つたことが有つたツけ―あの穢多の教員が素性を告白けて、別離を述べて行く時に、正月になれば自分等と同じやうに屠蘇を祝ひ、天長節が来れば同じやうに君が代を歌つて、蔭ながら自分等の幸福を、出世を祈ると言つたツけ―斯う思出して頂きたいのです。私が今斯ういふことを告白けましたら、定めし皆さんは穢しいといふ感想を起すでせう。あゝ、仮令私は卑賤しい生れでも、すくなくも皆さんが立派な思想を御持ちなさるやうに、毎日其を心掛けて教へて上げた積りです。せめて其の骨折に免じて、今日迄のことは何卒許して下さい。」

斯う言つて、生徒の机のところへ手を突いて、詫入るやうに頭を下げた。

「皆さんが御家へ御帰りに成りましたら、何卒父親さんや母親さんに私のことを話して下さい―今迄隠蔽して居たのは全く済まなかつた、と言つて、皆さんの前に手を突いて、斯うして告白けたことを話して下さい―全く、私は穢多です、調里です、不浄な人間です。」

と斯う添加して言つた。

第弐拾壱章（六）中

작품 번역문

"여러분 알고 계시겠지요." 하고 우시마쓰는 알아듣도록 말하였다. "이 산간 지방에 사는 사람들을 나눠보면 크게 다섯 가지로 나누어집니다. 그것은 옛날 무사족, 마을의 상인, 농민, 승려, 그리고 또 그 외에 에타穢多라는 계급이 있습니다. 알고 있지요. 그 에타는 지금도 마을에서 떨어져 하나의 집단이 되어 살고 있으며, 여러분이 신는 조리[10]를 만들거나, 구두나 북 또는 샤미센 등을 만들어 살고 있고, 또 어떤 이는 또 농민으로 생활하고 있는 것을 알고 있지요, 그 에타는 '출입료'라고 하여 벼를 한 다발씩 들고 여러분의 아버지나 할아버지 집에 1년에 한 번씩은 반드시 인사를 하러 가는 것을. 여러분은 또 알고 있지요. 그 에타가 여러분의 집에

---

10 조리ぞうり : 짚으로 만든 일본 신발.

가면 토방에 손을 짚고 별도의 그릇에 담긴 음식 따위를 먹고, 결코 문턱에서 안으로는 한발도 들어가지 못하는 것을. 여러분 쪽에서 또한 용무가 있어 에타 부락에 갔을 때도 담배는 성냥을 켜서 피우고, 차가 있어도 결코 마시지 않는 것이 옛날부터의 관습입니다. 에타는 그 정도로 비천한 계급인 것입니다. 혹시 에타가 이 교실에 와서 여러분에게 국어나 지리를 가르친다고 하면 그때 여러분은 어떻게 생각하겠습니까? 여러분 아버지와 어머니는 어떻게 생각할까요? 사실 나는 그 비천한 에타 중의 한 사람입니다."

손과 발이 심하게 떨려왔다. 우시마쓰는 서 있지도 못할 정도로 거기에 있는 책상에 몸을 의지하였다. 아━생도는 놀랐다거나 놀라지 않았다 할 정도가 아니었다. 모두가 얼굴을 들고 입을 벌리고 열심히 눈동자를 집중시키고 있었다.

"여러분도 이제 열다섯, 여섯 살. 세상물정을 아주 모르는 나이도 아닙니다. 부디 나의 말을 잘 기억해 주세요."

하고 우시마쓰는 아쉬운 듯 말을 이었다.

"지금부터 앞으로, 5년, 10년이 지나면 가끔 여러분이 소학교 시절의 일을 생각할 때……아━ 그 고등소학교 4학년 교실에서 세가와라는 선생에게 배운 적이 있었지……그 에타 출신 선생이 자신의 출신을 고백하고 이별을 고하고 떠나갈 때, 정월이 되면 자신들도 도소주屠蘇로 축하하고, 덴쵸세쓰天長節가 되면 똑같이 '기미가요'를 부르며 뒤에서 자신들의 행복과 출세를 기도한다고 했었지……이렇게 기억해 주었으면 좋겠습니다. 내가 지금 이런 이야기를 고백하면 틀림없이 여러분은 추하다고 느끼겠지요. 아━설령 내가 비천하게 태어났다고 해도 적어도 여러분이 훌륭한 생각을 가질 수 있도록 매일 마음을 다해 가르쳤다고 생각합니다. 적어도 그 수고를 생각해서라도 지금까지의 일은 부디 용서해 주세요."

이렇게 말하고 생도들의 책상이 있는 곳에 손을 짚고 공손히 사과하듯 고개를 숙였다.

"여러분이 집에 돌아가면, 부디 아버지나 어머니에게 나의 일을 이야기해 주세요……. 지금까지 숨기고 있던 것은 정말 죄송했다고, 여러분 앞에서 손을 합장하고 이렇게 고백한 것을 이야기해 주세요……. 사실 나는 에타입니다. 백정입니다. 부정한 인간입니다."

이렇게 덧붙여 말했다.

제21장 (6) 중에서

▶ 다야마 가타이田山花袋

다야마 가타이는 군마현群馬県 출생의 소설가로 자연주의 작품을 발표하였고 기행문에도 뛰어난 작가이다.

14살에 한시집을 만들었으며, 게이엔파桂園派의 와카나 서양문학을 즐겼다. 1890년 야나기타 구니오柳田国男와 알게 되고, 그 다음 해에 오자키 고요에게 입문한 후 소설가 에미 스이인江見水蔭의 지도를 받게 된다. 처음엔 겐유샤의 영향을 받았지만, 1896년(M29)에는 구니기타 돗포国木田独歩와 시마자키 도손을 만나 1897년에 『조조시(抒情詩: 서정시)』를 간행하였다. 감상적인 서정시인 이었던 다야마 가타이는 프랑스의 자연주의 작가 모파상에게 크게 영향을 받아, 1902년에 소설 『주에몬노사이고(重右衛門の最後: 주에몬의 최후)』를 발표하였다. 1904년 러일전쟁이 발발하자 제2군의 사진반 종군기자로 근무하였고, 이후 모리 오가이森鴎外와 빈번히 교류하면서 자연주의문학을 자각하게 되었다. 1907년에 발표한 『후톤』으로 다야마 가타이는 자연주의 작가의 대표 작가가 되었다.

자신과 그 주변을 가능한 한 노골적으로 대담하고 냉정하게 묘사하려고 한 다야마 가타이는 『세이(生: 생)』, 『쓰마(妻: 부인)』, 『엔(縁: 인연)』의 장편 3부작으로 사소설 작가로서의 지위를 굳혔다. 그리고 대표작 『이나카쿄시(田舎教師: 시골교사)』에서는 일체의 주관을 철저히 배제하고 대상을 있는 그대로 묘사하는 '헤이멘뵤샤론(平面描写論: 평면묘사론)'[11]을 주장하였으며, 자연주의 형식을 정착 발전시킨 자연주의문학의 대표작가라 할 수 있다.

『후톤』은 1907년 9월 「신쇼세쓰新小説」에 발표한 중편소설로, 일본 자연주의문학으로 사소설의 출발점을 알린 작품이다. 성性을 노골적으로 그려낸 부분이 당시의 문단과 저널리즘에 커다란 반향을 일으켰다. 러일전쟁 후 시마자키 도손의 『하카이』가 큰 갈채를 받자 이를 의식한 다야마 가타이는 여제자를 짝사랑하여 성욕의 번민을 그린 자기고백적 작품 『후톤』을 발표하였다. 이 작품은 이후의 자연주의 문학의 성격을 결정지었다.

작품 줄거리는 다음과 같다. 부인과 두 아이가 있는 34살 정도의 중년작가 다케나카 도키오竹中時雄는 요코야마 요시코横山芳子라는 여학생을 제자로 맞이하게 된다. 도키오는 여제자 요시

---

11 헤이멘뵤샤론(平面描写論: 평면묘사론) : 묘사의 객관성을 철저하게 한 방법으로 다야마 가타이田山花袋가 주장한 묘사 법이다. 방관적이고 객관적인 태도와 작중인물의 내면에 들어서지 않는 묘사의 평면성이 특징이다.

코를 애인으로 상상하기도 하는데, 요시코에게 애인이 생기게 되면서, 요시코의 애인을 질투하며 괴로워하게 된다. 도키오는 두 사람을 떼어놓기 위해 요시코를 부모가 계시는 고향에 돌려보내 버린다. 요시코가 떠난 후 도키오는 요시코가 사용하던 이불을 뒤집어쓰고 그녀의 체취를 맡으며 눈물을 흘린다는 내용이다.

다야마 가타이와 그의 여제자인 오카다 미치요岡田美知代를 모델로 한 작품으로 알려져 있다.

2 반자연주의反自然主義

1900년대 후반 자연주의 전성기가 찾아오면서 물질적이고 본능적인 사실편중의 고백문학으로 나아가는 자연주의에 반발하는 작가나 그룹의 활동이 나타나기 시작한다. 일본 문단에 성행하는 자연주의에 반발한 형태로 자연주의에 비판적 입장을 취한 작가들의 문학경향을 종합해서 나타난 것이 '반자연주의(反自然主義: 한시젠슈기)'로 메이지 말기부터 다이쇼大正 중기에 걸쳐 나타났다. 이 그룹은 문학관도 서로 많이 다르고, 원래 하나의 입장에서 출발한 것이 아니지만 대략 다음 세 부류로 구별할 수 있다.

첫째는 자연주의 작가들로부터 고답파(高踏派: 고토하) 혹은 여유파(余裕派: 요유하)로 불린 모리 오가이와 나쓰메 소세키夏目漱石, 둘째는 관능과 정욕에 호소하는 미적 세계를 추구하였던 탐미파(耽美派: 단비하) 작가들, 셋째는 이상주의적 개인주의를 주창하고, 자기에 충실함을 존중한 백화파(白樺派: 시라카바하) 작가들이다.

그중 메이지 말기 활동한 사조는 고답파[12]이다. 고답파는 19세기 실증주의 시대인 낭만주의와 상징주의 사이에 일어난 프랑스의 문학형식 중 하나인데 이것이 유입되어 모리 오가이를 중심으로 형성되었다.

여유파는 가인歌人이자 일본어 학자인 마사오카 시키正岡子規의 '샤세이분(写生文: 사생문)'[13]에

---

12 고답파(高踏派: 고토하) : 낭만주의 시의 자유로운 형식과 과도한 감수성 및 사회적, 정치적인 적극적 행동주의에 반동하여 형식의 엄격함과 감정의 초월을 시도하며 이국적 정취로 고전적인 주제를 선택하여 엄격하고 완벽하게 작품을 완성하는데 노력한 사조이다.

13 사생문(写生文: 샤세이분) : 사생에 의해서 사물을 있는 그대로 그리려는 것을 말한다. 메이지 중기부터 서양화의 사생 관념을 응용하여 하이쿠俳句와 단카短歌의 근대화 추진한 마사오카 시키正岡子規가 같은 방법으로 산문에도 적용하려고 주창한 것으로 마사오카 시키와 다카하마 교시高浜虚子 등에 의해 『호토토기스ホトトギス』를 중심으로 발전하여 근대적인 일본어에 의한 산문 창출에 커다란 역할을 하였다.

의해 시작되어 나쓰메 소세키와 그 문하생들을 중심으로 결성되었다. 인생에 있어 여유를 가지고 속세에 초연하며 현실과 동떨어져 사물을 보려했던 사조이다.

모리 오가이와 나쓰메 소세키는 외국 유학경험을 토대로 풍부한 교양과 넓은 시야 그리고 예리한 비판정신을 가지고 자연주의문학의 유행에도 초연하게 이상적인 태도를 유지했다. 이렇게 자연주의 흐름의 바깥에 서서 독자적인 입장을 유지한 두 사람의 사조를 고답파 혹은 여유파라고 한다. 이 두 작가는 근대문학 사상 독보적인 작가로 이후 많은 작가들에게 영향을 끼쳤으며 현재도 폭넓은 독자들의 사랑을 받고 있다.

▶ 모리 오가이森鷗外

모리 오가이는 잠시 문단을 떠나 있다가 자연주의 작가의 활약에 자극을 받아, 1909년 잡지 「스바루」[14]의 창간과 함께 문단에 복귀하여 왕성한 창작 활동을 재개했다. 자연주의에 대한 비판을 담은 「비타 섹슈얼리스ヰタ・セクスアリス」와 나쓰메 소세키의 『산시로三四郎』에 영향을 받은 『세이넨(青年: 청년)』을 발표하였다. 또 모리 오가이의 정신 형성과정을 아는데 있어서 중요한 지표가 되는 자전적 소설 『모소(妄想: 망상)』를 1911년 「미타분가쿠三田文学」에 발표하였다. 1911년부터 1913년까지 「스바루」에 『간』을 연재하였다.

이후 노기 마레스케乃木希典의 메이지 천황에 대한 순사殉死를 계기로 역사소설로 전환하여 『아베이치조쿠阿部一族』를 간행하였다. 그리고 뒤이어 역사적 소재에 속박되지 않고, 윤리적 행위와 사회적 관습과의 역학관계를 테마로 하는 『산쇼다유(山椒大夫: 산쇼대부)』를 발표하였다.

이시기에 발표된 작품 『간』은 모리 오가이의 학창시절 친구들을 모델로 한 작품으로, 우연에 의해 인생의 기로가 정해지는 불가사의한 세계의 단면을 안정된 정취로 그려내고 있다.

작품 줄거리를 살펴보면, 고리대금업자의 첩 오타마お玉는 의과대학생 오카다岡田에게 연모

의 감정을 갖게 된다. 오타마는 오카다를 집에 초대하려 하지만, 하숙집 식사 시간과 겹치게 되고 오카다 친구의 방문으로 인해 오카다와 둘만의 시간을 갖지 못하게 된다. 결국 오타마는 사랑하는 마음을 전하지 못하게 되고, 오카다는 독일로 유학가기 위해 하숙집을 나서게 된다는 이야기이다.

오카다의 친구가 회상하는 형식으로 쓰인 『간』은 모리 오가이의 고향을 배경으로 청춘시절 추억을 담아 내적 좌절감과 허무한 심리를 낭만적이고 서정적으로 묘사하고 있다.

◉ 작품 원문 『간雁』

「さあ僕もそろそろお暇をしましょう」と云って、岡田があたりを見廻した。

女主人はうっとりと何か物を考えているらしく見えていたが、この詞を聞いて、岡田の方を見た。そして何か言いそうにして躊躇して、目を脇へそらした。それと同時に女は岡田の手に少し血の附いているのを見附けた。「あら、あなたお手がよごれていますわ」と云って、女中を呼んで上り口へ手水盥を持って来させた。岡田はこの話をする時女の態度を細かには言わなかったが、「ほんの少しばかり小指の所に血の附いていたのを、よく女が見附けたと、僕は思ったよ」と云った。

岡田が手を洗っている最中に、それまで蛇の咽から鳥の死骸を引き出そうとしていた小僧が、「やあ大変」と叫んだ。

新しい手拭の畳んだのを持って、岡田の側に立っている女主人が、開けたままにしてある格子戸に片手を掛けて外を覗いて、「小僧さん、何」と云った。

小僧は手をひろげて鳥籠を押さえていながら、「も少しで蛇が首を入れた穴から、生きている分の鳥が逃げる所でした」と云った。

岡田は手を洗ってしまって、女のわたした手拭でふきつつ、「その手を放さずにいるのだぞ」と小僧に言った。そして何かしっかりした糸のような物があるなら貰いたい、鳥が籠の穴から出ないようにするのだと云った。

女はちょっと考えて、「あの元結ではいかがでございましょう」と云った。

「結構です」と岡田が云った。

女主人は女中に言い附けて、鏡台の抽斗から元結を出して来させた。岡田はそれを受け取って、鳥籠の竹の折れた跡に縦横に結び附けた。

「先ず僕の為事はこの位でおしまいでしょうね」と云って、岡田は戸口を出た。

女主人は「どうもまことに」と、さも詞に窮したように云って、跡から附いて出た。

岡田は小僧に声を掛けた。「小僧さん。御苦労序にその蛇を棄ててくれないか」

「ええ。坂下のどぶの深い処へ棄てましょう。どこかに縄は無いかなあ」こう云って小僧はあたりを見廻した。

「縄はあるから上げますよ。それにちょっと待っていて下さいな」女主人は女中に何か言い附けている。

その隙に岡田は「さようなら」と云って、跡を見ずに坂を降りた。

拾玖 中で

◎ 작품 번역문

"자— 나도 슬슬 물러가지요." 하고 말하고, 오카다가 주위를 둘러보았다.

여주인은 넋을 잃고 무엇인가를 생각하고 있는 듯이 보였지만, 이 말을 듣고 오카다 쪽을 보았다. 그리고 무엇인가 말하려는 듯 주저하며 시선을 옆으로 피하였다. 그와 동시에 여자는 오카다의 손에 피가 조금 묻은 것을 발견했다. "어머, 당신 손이 더렵혀졌네요."라며 하녀를 불러 계단에 세숫대야를 가져오게 했다. 오카다는 이 이야기를 할 때 여자의 태도를 자세하게는 말하지 않았지만, "새끼손가락에 조금밖에 묻지 않은 피를 용케도 여자가 발견했다고 나는 생각했다."라고 말하였다.

오카다가 손을 씻고 있는 사이에, 그때까지 뱀의 입에서 죽은 새를 꺼내려던 동자승이 "야— 큰일났네." 하고 외쳤다.

접어진 새 수건을 가지고 오카다 옆에 서있던 여주인이 열어 놓은 격자문에 한손을 잡고 내다보며 "동자승, 왜요?" 하고 말하였다.

동자승은 팔을 벌려 새장을 붙잡고서 "까딱하면 뱀이 머리를 넣은 구멍에서 살아있는 새가 도망가겠네요." 하고 말했다.

오카다는 손을 씻고 여자가 건넨 수건에 손을 닦으면서 "그 손 놓지 말고 있어." 하고 동자승에게 말하였다. 그리고 무엇인가 단단한 실 같은 것이 있으면 주세요. 새가 새장 구멍에서 나오지 않도록 해야겠다고 말하였다.

여자가 잠깐 생각하더니 "저— 머리끈은 어떨까요?" 하고 말했다.

"좋아요." 하고 오카다가 말했다.

여주인은 하녀에게 말해서 경대 서랍에서 머리끈을 꺼내오게 시켰다. 오카다는 그것을 받아서 새장의 대나무가 부러진 곳에 종횡으로 연결했다.

"대체로 내가 할 일은 이 정도네요."라며 오카다는 출입구를 나왔다.

여주인은 자못 어색한 듯이 "정말 고맙습니다." 하며 뒤를 따라 나왔다.

오카다는 동자승에게 말을 걸었다.

"동자승, 수고한 김에 그 뱀도 버려주지 않겠어?"

"네— 비탈길 아래 도랑 깊은 곳에 버리죠. 어디에 새끼줄은 없을까?"

동자승은 근처를 둘러보았다.

"새끼줄은 있으니 드릴게요. 잠깐만 기다려 주세요." 여주인은 하녀에게 무엇인가 지시하였다.

그 사이에 오카다는 "그럼 안녕히—" 하고 뒤돌아보지 않고 비탈길을 내려왔다.

19 중에서

▶ **나쓰메 소세키**夏目漱石

나쓰메 소세키는 소설가이자 평론가로 활동하였으며 영문학자로서 영문학을 강의하기도 하였다. 대학시절 마사오카 시키正岡子規를 만나 하이쿠를 배우고 도쿄제국東京帝国대학 영문과를 졸업한 후 구마모토熊本의 다이고第五고등학교에서 교사로 근무하다가 영국으로 유학하였다. 귀국 후 도쿄 제국대학 강사로서 영문학을 강의하면서 풍자적 성격을 지닌 『와가하이와네코데아루(吾輩は猫である: 나는 고양이로소이다)』를 잡지 「호토토기스ホトトギス」에 발표하여 세간에 알려지게 되었다. 지식인의 생활태도와 사고방법 그리

고 근대일본의 성격 등을 예리하게 비판한 것으로, 높은 수준의 교양에 이르는 창조적이고 참신한 문학으로 평가되었다.

이후 1906년 중학영어교사 시절의 체험을 살린 『봇짱(坊っちゃん: 도련님)』을 발표하였다. 이듬해인 1907년 대학교수직을 사퇴하고 아사히신문사朝日新聞社에 입사한 나쓰메 소세키는 39세에 본격적인 직업작가로의 길로 들어섰다. 그해 직업작가로서의 첫 번째 작품인 『구비진소(虞美人草: 양귀비)』를 발표했다. 이후 발표한 3부작 『산시로三四郎』, 『소레카라(それから: 그 후)』, 『몬(門: 문)』에 이르러 작풍은 일변하여 연애와 사회를 축으로 인간의 근원적인 존재의 불안을 추구해 나갔다.

1909년에는 만한철도滿韓鐵道 총재인 친구 나카무라 요시코토中村是公의 권유로 만주와 조선을 여행하고, ≪아사히신문≫에 『만칸토코로도코로滿韓ところどころ』를 연재하기도 하였다.

1910년에는 위궤양으로 이즈伊豆의 슈젠지修善寺에서 요양하게 되는데 이곳에서의 죽음의 체험은 이후의 작품에 큰 영향을 주었다. 이후 후기 3부작이라 불리는 『히간스기마데(彼岸過迄: 피안이 지날 때까지)』에서는 자아의식의 과잉이 초래하는 고뇌를, 『고진(行人: 행인)』에서는 자신을 너무 믿은 나머지 초래된 고독과 회의의 고통을, 『고코로(こころ: 마음)』에서는 자아의 두려움을 묘사해 냈다.

만년의 나쓰메 소세키는 자신에게 충실하게 살려고 하는 주인공과 아내 그리고 그 친척들의 관계를 중심으로 한 인간관계의 상극相克을 예리하게 묘사한 자전적 소설 『미치쿠사(道草: 노방초)』를 발표하였다. 뒤이어 원만한 부부관계를 둘러 싼 인간의 에고이즘을 파헤친 『메이안(明暗: 명암)』에 착수하였지만 그의 사망으로 인하여 중절되었다.

작품 『봇짱』의 줄거리를 살펴보면, 부모가 남긴 유산으로 동경물리학교를 졸업한 도련님은 시코쿠의 어느 중학교 수학교사로 부임하게 된다. 부임해서 덴푸라소바天麩羅蕎麦를 먹거나 경단을 먹고 또 온천 욕조에서 헤엄친 일 등으로 학생들에게 놀림을 받게 되거나, 첫 숙직날 밤에 기숙생도들이 모기장 안에 메뚜기를 넣는 등 새로운 생활에 고충을 겪게 된다. 숙직사건으로 친해진 수학주임교사 야마아라시山嵐와 친하게 된다. 교감이 영어교사의 약혼자를 좋아해 영어교사를 좌천시키자 분노한 두 사람은 의기투합한다. 그러나 교감의 음모에 의해 야마아라시 마저 사직 당하자 천벌을 준다는 명분으로 기생과 놀아나는 교감을 때려 주게 된다. 이후 도련님은 사직하고 도쿄로 돌아가 노면전차의 기수가 된다는 내용이다.

　낯선 이방인 에도 토박이 도련님이 부임한 학교에서 장난이 심한 학생들과 도덕성이 결핍된 선생들 사이에서 낯선 이방인으로서 겪는 에피소드를 그린 것으로, 지식인의 에고이즘과 인간 관계를 묘사하여 교육계의 부조리를 고발한 작품이다. 일반 사회윤리를 바탕으로 사회의 치부를 고발한 이 작품은 해학적이고 경쾌한 문체가 돋보이는 작품이다.

🌸 작품 원문 『봇짱坊っちゃん』

　「取締上不都合だから、蕎麦屋や団子屋へさえはいってはいかんと、云うくらい謹直な人が、なぜ芸者といっしょに宿屋へとまり込んだ」野だは隙を見ては逃げ出そうとするからおれはすぐ前に立ち塞がって「べらんめえの坊っちゃんた何だ」と怒鳴り付けたら、「いえ君の事を云ったんじゃないんです、全くないんです」と鉄面皮に言訳がましい事をぬかした。おれはこの時気がついてみたら、両手で自分の袂を握ってる。追っかける時に袂の中の卵がぶらぶらして困るから、両手で握りながら来たのである。おれはいきなり袂へ手を入れて、玉子を二つ取り出して、やっと云いながら、野だの面へ擲きつけた。玉子がぐちゃりと割れて鼻の先から黄味がだらだら流れだした。野だはよっぽど仰天した者と見えて、わっと言いながら、尻持をついて、助けてくれと云った。おれは食うために玉子は買ったが、打つけるために袂へ入れてる訳ではない。ただ肝癪のあまりに、ついぶつけるともなしに打つけてしまったのだ。しかし野だが尻持を突いたところを見て始めて、おれの成功した事に気がついたから、こん畜生、こん畜生と云いながら残る六つを無茶苦茶に擲きつけたら、野だは顔中黄色になった。

　おれが玉子をたたきつけているうち、山嵐と赤シャツはまだ談判最中である。
「芸者をつれて僕が宿屋へ泊ったと云う証拠がありますか」
「宵に貴様のなじみの芸者が角屋へはいったのを見て云う事だ。胡魔化せるものか」
「胡魔化す必要はない。僕は吉川君と二人で泊ったのである。芸者が宵にはいろうが、はいるまいが、僕の知った事ではない」
「だまれ」と山嵐は拳骨を食わした。赤シャツはよろよろしたが「これは乱暴だ、狼藉である。理非を弁じないで腕力に訴えるのは無法だ」

「無法でたくさんだ」とまたぽかりと撲ぐる。「貴様のような奸物はなぐらなくっちゃ、答えないんだ」とぽかぽかなぐる。おれも同時に野だを散々に擲き据えた。しまいには二人とも杉の根方にうずくまって動けないのか、眼がちらちらするのか逃げようともしない。「もうたくさんか、たくさんでなけりゃ、まだ撲ってやる」とぽかんぽかんと両人でなぐったら「もうたくさんだ」と云った。野だに「貴様もたくさんか」と聞いたら「無論たくさんだ」と答えた。

「貴様等は奸物だから、こうやって天誅を加えるんだ。これに懲りて以来つつしむがいい。いくら言葉巧みに弁解が立っても正義は許さんぞ」と山嵐が云ったら両人共だまっていた。ことによると口をきくのが退儀なのかも知れない。

「おれは逃げも隠れもせん。今夜五時までは浜の港屋に居る。用があるなら巡査なりなんなり、よこせ」と山嵐が云うから、おれも「おれも逃げも隠れもしないぞ。堀田と同じ所に待ってるから警察へ訴えたければ、勝手に訴えろ」と云って、二人してすたすたあるき出した。

(十一)中で

◉ 작품 번역문

　"단속상 형편이 좋지 않으니, 국수집이나 떡집조차 들어가서는 안 된다고 말할 정도로 근실하고 정직한 사람이 왜 게이샤芸者하고 함께 여관에 묵고있는 거냐?"

　노다는 틈을 보고 도망치려하였고, 나는 바로 앞을 막아서서

　"바보같은 도련님, 어쩔래?" 하고 호통을 치니,

　"아니, 당신 일을 말한게 아닙니다. 정말 아닙니다." 하고 멋적은 핑계를 지껄여댔다.

　그때 내가 정신을 차리고 보니, 양손으로 자신의 소맷자락을 잡고 있었다. 쫓아올 때 소매 속에 달걀이 흔들거려 난감해져서 양손으로 쥐고서 온 것이었다. 나는 갑자기 소매에 손을 넣어서 달걀을 두 개 꺼내어서 '에잇—' 하고 노다의 얼굴에 내던졌다. 달걀이 퍽하고 깨져 코에서부터 노른자가 줄줄 흘러내렸다. 노다는 몹시 기겁하고 놀래서 '으아—' 하고 엉덩방아를 찧으며 살려달라고 말하였다. 나는 먹기 위해 달걀을 샀을 뿐, 때리려고 소매에 넣어둔 것은 아

니었다. 단지 울화가 치민 나머지 던질 생각도 없이 던지고 말았던 것이다. 그러나 노다가 엉덩방아를 찧는 것을 보고 처음으로 내가 성공했다는 것을 깨닫고, "개 같은 놈— 개 같은 놈—" 하며 남은 여섯 개의 달걀을 마구 내던졌더니 노다의 얼굴빛은 노랗게 되었다.

내가 달걀을 던지고 있을 때 야마아라시와 아카셔쓰는 아직 담판 중이었다.

"내가 게이샤를 데리고 여관에 묵은 증거 있습니까?"

"초저녁에 네놈과 친숙한 게이샤가 길모퉁이 집에 들어간 것을 보고 하는 말이다. 속을 것 같으냐."

"속일 필요가 없지. 요시카와와 둘이서 묵은 것이다. 게이샤가 초저녁에 들어오든지 말든지 나는 모르는 일이다."

"닥쳐!" 하고 야마아라시는 주먹을 한 대 먹였다. 아카셔츠는 비틀비틀했지만 "이건 폭력이고 행패다. 시시비비를 구별하지 않고 완력에 호소하는 것은 불법이다."

"불법이라도 괜찮아."라며 또 '퍽'하고 때렸다. "니 놈처럼 간사한 놈은 맞지 않으면 답이 없어."라며 '퍽—퍽' 때렸다. 나도 동시에 노다를 몹시 패놓았다. 결국에는 두 사람 모두 삼나무 밑동에 웅크리고 움직일 수 없는지 눈을 깜빡거리며 도망가려고도 하지 않았다.

"이제 됐냐? 아직 부족하면 또 때려 주지." 하고 '퍽—' ' 퍽—' 두 사람이서 때리니 "이제 충분해" 하고 말하였다. 노다에게 "니놈도 됐냐?" 하고 물으니 "물론 됐다"라고 대답하였다.

"니놈들은 간사한 놈들이니, 이렇게 천벌을 주는 것이야. 이렇게 혼났으니 이후 조심하는 것이 좋아. 아무리 사특한 말로 변명해도 정의는 용서하지 않는다." 하고 야마아라시가 말하자 두 사람 모두 잠자코 있었다. 경우에 따라서는 말을 하는 것이 힘들었을지도 모른다.

"나는 도망가지도 숨지도 않을 것이다. 오늘밤 5시까지는 항구의 미나토야港屋에 있겠다. 용무가 있으면 순사든 뭐든 보내라." 하고 야마아라시가 말하자, 나도 "나도 도망가지도 숨지도 않을 거야. 홋타와 같은 곳에 기다리고 있을 테니 경찰에 고소하려면 마음대로 고소해." 라고 말하고 둘이서 성큼성큼 걷기 시작했다.

(11) 중에서

◆ 모리 오가이와 나쓰메 소세키의 비교

작가	창작 활동	작품	사는 방식	문학사조	교양
모리 오가이 (1862~1922)	제약 속에 작품 창작	-객관적 -냉정한 시선 -反自然主義·高踏 ·主知的	-절대주의 -방관자적 체념	반자연주의 高踏·주지적	독문학
나쓰메 소세키 (1867~1916)	자유롭게 작품 창작	-작품에 자신을 투영 -당시 세태를 취함 -反自然主義·余裕 ·主知的	-개인주의 -소쿠텐쿄시(則天 去私)[15] 지향	반자연주의 余裕·주지적	영문학

---

15 소쿠텐쿄시則天去私 : 만년의 나쓰메 소세키가 이상으로 삼은 생의 이념으로, 아집을 떠나 하늘(자연)의 절대적 예지叡
知에 따라 살아가려고 하는 태도를 말한다.

제4장

大正時代 小說

다이쇼시대라 함은 메이지 천황이 사망하고 다이쇼 천황이 등극한 1912년부터 1926년 사망하기까지의 시기를 말한다. 이 시기는 러일전쟁 이후부터 진행된 민중운동 다이쇼데모크라시 デモクラシー로 점철된 시기이다. 대륙진출을 위하여 군부가 사단의 증강을 요구했던 것이 빌미가 되어 사이온지 내각이 무너지고 뒤이어 육군대장 가쓰라 타로桂太郎가 내각을 조성하게 되면서 반대세력에 의한 군부비판의 목소리는 사회로까지 확장되어 의회 정회로까지 이어졌다. 가쓰라는 정회하였던 의회를 수습하여 재개하려 하다가 군중들에게 포위되었고(1913. 2), 마침내 하원의장으로부터 사직을 권고받기에 이르렀다.

이같은 상황에서 지방 중소도시 중간계층을 중심으로 군비축소운동이 일어나 전국적으로 확산되었다. 그러다가 1914년 〈제1차 세계대전〉(1914. 4~1918. 11)이 발발하게 되었고 〈영일동맹〉을 구실삼아 정부가 참전을 결정하는 바람에 잠시 주춤해졌다.

이 전쟁으로 유럽전역은 많은 피해를 당하고, 기아와 죽음의 공포에 휩싸였지만 일본은 유례없는 특수를 누렸다. 유럽과 교역이 끊긴 중국, 동남아 시장에 면사, 면직물, 일용잡화 등 경공업부분은 물론, 선박주문의 쇄도로 조선업의 활황과 중화학공업의 신장도 두드러져 일본은 세계적인 공업국, 자본주의국 반열에 오르게 되었다. 그 가운데 막대한 이익을 얻은 나리킨(成金: 벼락부자)이 속출하였다. 그러나 이 대전으로 호황을 입은 것은 상층부와 졸부들 뿐, 러일전쟁 때와 마찬가지로 민중들의 삶은 악화 일변으로 가고 있었다. 그런 와중에 1917년 11월 러시아혁명이 성공하자 당황한 소련정부는 즉각 독일과 1차 대전의 단독강화교섭에 들어갔고,

이에 놀란 서양열강과 함께 일본정부도 동참하기로 하여 서둘러 시베리아 출병을 선언(1918. 8) 하였다. 러일전쟁의 상흔이 채 아물기도 전에 〈1차 세계대전〉 파병에 이어 이제는 남의 나라 혁명수습에 까지 파병을 결정함으로써 다시금 전쟁분위기를 조성하는 정부에 대해 민중들은 일제히 반기를 들었다. 민중들을 더욱 분노하게 한 것은 파병결정에 의한 쌀 수요급증을 겨냥한 미곡상들의 매점매석이었다. 쌀소동은 1918년 7월 7일 도야마현富山県 여성들이 쌀의 현외 유출과 쌀 선적 중지를 요구하였던 것이 발단이 되어, 8월 2일 시베리아 출병 선언이 도화선이 되었다. 8월 3일~5일에 걸쳐 도야마 만 일대에 수백 명의 여성들이 모여 "쌀을 달라"며 외치고 나선 것을 시작으로 순식간에 전국으로 확산되었다. 이에 당황한 정부는 신문 보도를 금지하고 군대를 동원하여 진압하려 했지만, 참가자만도 100만 명이 넘는 자연발생적인 '쌀소동米騷動'은 9월 17일까지 계속되었다.

〈제1차 세계대전〉을 통해 세계적으로 민주주의의 풍조가 높아지는 분위기 속에 일본에서도 민주주의적 사회운동이 발흥하게 되었고, 1919년에는 보통선거 및 부인참정권 운동도 활발해졌다.

1920년대에는 교육과 저널리즘의 발전에 힘입어 대중문화가 국민적 확대를 보이며 학문과 사상분야에서 자유주의적 분위기가 형성되었다. 또 의무교육을 시행함으로써 취학률이 97%를 넘어섰고 고등교육 수혜자도 급증하였다. 도시를 중심으로 지식계층이나 샐러리맨 혹은 직업을 가진 여성이 증가하여 신문, 잡지, 서적 등의 활자문화가 융성해졌다. 이런 흐름을 타고 이와나미岩波문고를 비롯한 문고판 시대가 시작되면서 대중잡지의 발행 부수도 100만 부를 넘었다.

1923년 9월 도쿄를 중심으로 한 간토関東 지역에 진도 7.9급의 초강력 지진이 발생하였고, 지진으로 인한 화재까지 겹쳐 도쿄와 요코하마를 비롯한 간토 지역 일대에 큰 피해가 발생했다. 재난의 혼란 속에 계엄령이 시행되었고, '재일 조선인이 식수원에 독약을 탔다' '폭력단을 조직하여 일본인을 살해하려 한다'는 등의 유언비어가 난무하면서 자경단이나 경찰관에 의해 많은 조선인이 학살당하는 비극이 발생하였다.

대지진 이후 민심이 각박해지면서 또다시 거국적인 보통선거운동이 일어났다. 아울러 민중들의 반전 평화에 대한 열망도 더욱 높아져 재차 육해군의 군비축소를 거론하는 상황에 이르렀다. 나날이 고조되어 가는 민중운동의 열기에 정부는 마침내 의회정치를 받아들이게 되었고,

1925년 3월 29일 드디어 만25세 이상의 남자가 중의원 의원의 선거권을 갖게 되는 〈보통선거법普通選擧法〉이 의회를 통과하게 되는 쾌거를 이루게 되었다. 뒤이어 〈치안유지법治安維持法〉이 제정되었고, 이후 〈노동쟁의조정법勞動爭議調停法〉이 제정(1926)되어 노동자·농민의 단결권과 쟁의권이 공인되게 되었고, 노동자·농민 등 무산세력이 중앙 혹은 지방의회에 진출할 수 있게 됨으로써 '노동력착취의 완화'와 '고액소작료의 경감'이 다소나마 실현되었다.

1925년에는 라디오 방송이 도쿄와 오사카에서 개시되면서 스포츠관람도 대중오락의 하나로 자리잡아 갔다.

다이쇼기는 메이지의 시대적 강권에 반역하는 호헌운동護憲運動과 같은 '다이쇼데모크라시'로 인해 동양과 서양이란 모순 개념의 접합 시기였다고 생각할 수 있다. 다이쇼데모크라시는 시민의식을 토대로 사회의식으로 확장되었다. 그리고 개인주의·자유주의·민주주의·사회주의가 수용되고 뿌리내렸다.

다이쇼문학은 이러한 사상적인 기반 위에서 개성의 다양화와 자유스런 개화를 이룰 수 있었다. 개성의 특수성 주장에 의한 다양하고 자유스런 사고와 함께 다이쇼문학은 주로 잡지를 중심으로 이뤄졌으며, 주로 단편소설들이 창작되었다. 장편소설은 주로 메이지시대 활동했던 작가들에 의해 쓰여 신문소설이나 부인잡지에 발표되었다. 즉, 다이쇼문학은 저널리즘의 발달에 의한 잡지문학의 시대이고, 단편소설 창작은 이에 순응한 것이라 설명할 수 있다. 당시 중학생들이 애독한 소설은 권위 있는 문학잡지였던 「주오코론中央公論」이나 「신초新潮」에 게재된 단편소설이 중심이었기 때문이다.

1 탐미파耽美派

탐미주의耽美主義[16]는 유미주의 혹은 심미주의라고 불리는 사조로, 공리도덕성보다는 미美의 향수나 형성에 최고의 가치를 두는 서구의 문예사조 중 하나이다. 이러한 탐미주의가 당시 일본 문학계에 유입되어, 사상보다는 관능적이고 향락적인 감각과 정서를 중시한 작가군이 등장

---

16 탐미주의耽美主義 : 19세기 후반 프랑스와 영국을 중심으로 일어난 사조로 생활을 예술화하여 관능의 향락을 추구하였다. 1860년에 시작되었는데, 작품의 가치를 작품에 담긴 사상이나 메시지가 아닌 형태와 색채의 미에 있다고 하는 주의이다.

하게 되는데 이를 '탐미파(耽美派: 단비하)'라고 한다. 탐미파 문학은 사회정세의 불안과 자본주의 경제에 의한 빈부격차, 차별로 인해 나타난 자연주의 문학이 추악한 현실폭로의 방향으로 흘러갔던 것에 대한 반발로 나타났다. 즉, 자유롭고 향락적인 인생관을 배경으로 미의 세계를 탐닉하는 경향의 문학이었다. '유미파(唯美派: 유이비하)' 혹은 '신낭만주의(新浪漫主義: 신로만슈기)'라고도 불리는 탐미파는 잡지 「스바루」, 「미타분가쿠三田文学」, 「신시초新思潮」를 중심으로 나가이 가후永井荷風·다니자키 준이치로谷崎潤一郎 등의 활동에 의해 이루어졌다.

▶ 나가이 가후永井荷風

　나가이 가후는 도쿄 출생으로 프린스턴대학과 보스턴대학에 유학한 경험이 있는 아버지를 둔 엘리트 집안 출신이다. 문학에 대한 관심은 연극을 좋아하는 어머니 영향으로 가부키歌舞伎와 일본 고유의 음악에 친숙해졌고, 한학에서 일본학에 이르기까지 다양한 분야를 접할 수 있었다.

　1897년 중학교를 졸업하고 고등학교 입시를 실패한 후 일본 우편회사 상하이 지점장으로 부임 받은 아버지를 따라 상하이에서 약 3개월 생활하다가 귀국하여 고등상업학교 부속 외국어학교 중국어과淸語科에 입학하지만 1899년 제적되었다. 1903년에는 아버지의 권유로 미국으로 건너가 유학하고 프랑스로 건너가 은행에 근무하다가 1908년 귀국하였다. 그해 8월 미국과 프랑스 유학생활을 통해 서구근대문학의 정수와 합리주의 정신을 체득하여 외국체험을 감각적인 문체로 그린 『아메리카모노가타리あめりか物語』를 하쿠분칸博文館에서 간행하였다. 나가이 가후는 처음에 졸라이즘을 소개하였지만 미국으로 건너가 체재하던 중 심경에 변화를 일으켜 정취주의, 향락주의 등 관능적이고 향락적인 미를 추구하는 작품을 써 내려갔다. 연이어 1909년에는 『후란스모노가타리ふらんす物語』를 간행하지만 신청과 동시에 발매 금지를 당한다. 1910년에 모리 오가이와 우에다 빈上田敏의 추천에 의해 교수에 취임하게 되고, 그해 5월 잡지 「미타분가쿠三田文学」를 창간하고 주재하였다.

　이후 『레이쇼(冷笑: 냉소)』, 『스미다가와(すみた川: 스미다강)』 등을 발표해 탐미파 작가로서의 지위를 굳혔다. 풍속과 계절변화의 정밀한 묘사는 예리한 감각과 다채로운 어휘로 애수와 고독, 허무감을 자아내어 시적인 산문으로 평가받고 있다.

『레이쇼』는 1910년 발표한 작품으로 도쿄에서 사라져 가는 에도의 정서를 그려 냈고, 『스미다가와』는 스미다강 양쪽 기슭의 시타마치下町 풍경을 통해 근대문명에 침식되지 않은 황폐의 미를 발견하고 이를 형상화한 작품이다.

▶ **다니자키 준이치로**谷崎潤一郎

다니자키 준이치로는 몽환적 공상, 공상적 구상, 주관적 정열, 색채적 과장, 묘사적 역설 등 반자연주의를 내건 탐미파의 대표 작가라고 할 수 있다. 도쿄 출생으로 부유한 사업가 집안에 태어났으나 아버지의 거듭되는 사업실패로 가세가 기울어졌다. 1908년 도쿄제국대학 국문과에 진학하지만 후에 학비 미납으로 중퇴하였다. 재학 중 제2차 「신시초新思潮」를 창간하여 희곡 『단조(誕生: 탄생)』와 소설 『시세이(刺青: 문신)』를 발표하였다. 그리고 나가이 가후에게 격찬을 받아 신진작가로서 문단의 지위를 확고히 하였다. 자연주의 문학이 왕성하던 시기에 반자연주의적인 작풍을 유지하며 활동한 다니자키 준이치로는 다이쇼시대에는 당시의 모던 풍속에 영향을 받은 여러 작품을 발표하기도 하였으며, 탐정소설 분야에도 경지를 넓히기도 하였고, 영화에도 깊은 관심을 표하기도 하였다.

관동대지진으로 간사이關西로 이주한 후에는 왕성한 집필 활동을 하였는데, ≪오사카아사히신문≫에 연재한 장편 『지진노아이(痴人の愛: 치인의 사랑)』는 요부妖婦 나오미에게 희롱당하는 남자들의 희비극을 그려 커다란 반향을 불러 일으켰다. 뒤이어 『만지卍』, 『다데쿠우무시(蓼喰ふ虫: 여뀌먹는 벌레)』, 『슌킨쇼(春琴抄: 슌킨초록)』 등을 발표해 다이쇼의 모더니즘과 일본의 중세 전통미를 양립한 문학 활동을 이어갔다.

〈태평양전쟁〉 중인 1942년에는 오사카의 상류계급층의 생활과 제2차 세계대전으로 오사카 문화의 붕괴 과정을 담은 장편소설 『사사메유키細雪: 싸락눈』를 집필하기 시작하였으나, 게재 금지조치를 당하여 종전 이후인 1948년에 완성하였다. 이후 『사사메유키』로 〈마이니치출판문화상每日出版文化賞〉과 〈아사히문화상朝日文化賞〉을 수상하였으며, 1960년대 이후에는 〈노벨문학상〉 후보가 되기도 하였다.

다니자키 준이치로는 퇴폐적 악마주의 성향의 포우나 영국 소설가 와일드 그리고 보들레르 등에게서 보이는 불건전하고 추악한 것으로부터 미를 추구하는 문예 경향에서 시작하였으나 고전회귀나 여성미의 추구로 이채를 발하며 메이지, 다이쇼, 쇼와昭和 시대에 걸쳐 문단 제일선에서 활약하였다. 특히 그의 문학세계 전반에는 가학적(사디즘) 혹은 피학적(마조히즘) 변태 성욕과 여성의 발에 대한 풋 페티시즘foot-fetishism과 남성 정복형의 여성에 대한 숭배 등이 나타나 있다. 또 정신병리학의 지식을 바탕으로 변태적 쾌락을 대담하게 취급하여 '악마주의'[17] 작가로 불리기도 하였다. 치정이나 시대풍속 등을 테마로 통속성과 문체 그리고 사상을 예술의 경지에까지 이르게 한 근대의 문호라 할 수 있겠다.

그의 처녀작이자 출세작인 『시세이(刺青: 문신)』는 1910년 「신시초」에 발표된 단편소설로 피부나 발에 대한 페티시즘과 거기에 빠진 남자를 모티브로 하고 있다.

작품 줄거리는 에도 말기를 배경으로 남이 알지 못하는 쾌락과 숙원에 끌려 살아온 문신사의 이야기이다. 문신사 세이키치淸吉는 문신을 새겨 넣을 때 피부를 찔려 괴로워하는 사람들의 모습을 보며 말할 수 없는 쾌락을 느낀다. 그런 그의 숙원은 미녀를 만나 그녀의 몸에 자신의 영혼을 새겨 넣고 싶다는 것이었다. 우연히 자신이 찾던 아름다운 여자의 발을 보지만 놓쳐버리고 다음 해에 그 여자와 다시 재회하게 된다. 세이키치는 그녀에게 두 개의 그림을 보여주며 그녀 안에 숨겨진 요부적 기질을 불러낸다. 결국 그는 그녀의 몸에 커다란 무당거미를 새기게 되고, 그녀 자신을 정말 살찌우는 거름으로 세상 남자들을 이용하는 여자로 변신하게 된다는 내용이다.

다니자키 준이치로는 이 작품에서 아름다운 것은 여성의 몸이고, 아름다운 것은 강한 것이며 더 나아가 향락이란 아름다운 것에 정복되는 것이라는 것을 강조하며 관능적이고 탐미적인 경향을 표현해 냈다.

◎ 작품 원문 『시세이刺青』

　それはまだ人々が『愚』と云う貴い徳を持っていて、世の中が今のように激しく軋み合わない時分であった。殿様や若旦那の長閑な顔が曇らぬように、御殿女中や華魁の笑いの種が尽きぬようにと、饒舌を売るお茶坊主だの幇間だのと云う職業が、立派に存在して行

---

17 악마주의悪魔主義 : 탐미주의를 한층 더 심화한 퇴폐, 기괴를 선호한 문예의 한 경향을 말한다.

けた程、世間がのんびりしていた時分であった。女定九郎、女自雷也、女鳴神、--当時の芝居でも草双紙でみ、すべて美しい者は強者であり、醜い者は弱者であつた。誰も彼も挙って美しからんと努めた揚句は、天稟の体へ絵の具を注ぎ込むまでになった。芳烈な、或は絢爛な、線と色とがその頃の人々の肌に躍った。

馬道を通うお客は、見事な刺青のある駕籠昇を選んで乗った。吉原、辰巳の女も美しい刺青の男に惚れた。博徒、鳶の者はもとより、町人から稀には侍なども入墨をした。

❀ 작품 번역문

그것은 아직 사람들이 '어리석음'이라는 귀한 덕을 가지고 있어, 이 세상이 지금처럼 심하게 서로 다투지 않는 시기였다. 주군이나 도련님의 편안한 얼굴이 어두워지지 않듯이, 하녀나 유녀들의 웃음거리가 끊이지 않도록 수다를 파는 다도 담당 승려이던, 술자리에서 손님의 흥을 돋우는 남자던 간에 직업이 훌륭하게 존재해 갈 정도로 세상이 태평스럽던 시대였다. 악독한 여자 온나사다쿠로, 요미혼에 등장하는 온나지라이야, 가부키의 단골인 온나나루카미—당시의 연극에서나 구사조시에서도 모두 아름다운 것은 강자이고, 추한 것은 약자이었다. 모든 사람이 모두 아름다움을 추구한 결과 타고난 몸에 색깔을 입히게 되었다. 강렬하고 혹은 현란한 선과 색이 당시 사람들의 몸에 춤추고 있었다.

말이 다니는 길을 다니는 손님은 훌륭한 문신가가 있는 가마꾼을 골라 탔다. 요시와라 다쓰미의 여자들도 아름다운 문신이 있는 남자에게 반했다. 노름꾼, 막노동꾼은 물론 조닌, 무사들도 문신을 했다.

2 시라카바파白樺派

시라카바파가 활동한 시기는 '다이쇼데모크라시'라는 민권운동, 사회주의운동, 노동운동으로 사회일반에 민주주의나 자유주의 기풍이 넘치는 가운데, 근대 시민사회가 성립되어 가던 시기이다. 이 시기에는 해외문화나 사상의 교류가 이루어졌으며, 톨스토이와 같은 문호의 작품을 비롯해 루돌프 오이켄과 베르그송 같은 철학자들의 사상이 소개되었다. 이러한 배경 아래 개성존엄이나 생명의 창조력에 대한 이해가 진전되면서 등장한 것이 시라카바파(白樺派: 백화파) 문학이다.

시라카바파는 윤리와 자아, 예술을 존중하며 보편적 인간성을 추구하고, 기독교의 영향을 받아 인류애와 이상주의의 입장을 견지하였다. 이는 물질적이며 인간의 본능과 추함까지도 노골적으로 묘사하는 자연주의와는 사뭇 대조적이다. 감각적이고 물질적인 것이 유일한 현실이라는 자연주의 사고방식을 부정하고, 그들의 배후에 움직이는 생명의 힘을 참다운 의미의 현실로 받아들였으며, 오직 자신들 인간 내부에 있는 생명의 힘을 자각하고, 그 생명력을 예술로 표현해 가는 것이 자신들에게 부여된 사명이라고 주장하였다.

개성의 존중이나 선善의 추구를 기조로 하여 인간긍정의 문학을 주장한 시라카바파는 '신이상주의(新理想主義: 신리소슈기)'라 불리기도 하며, 잡지 「시라카바白樺」의 창간에 참여한 문인들에 의해 추진되었다. 「시라카바」 창간에 참여한 작가들은 주로 개성을 지닌 가쿠슈인学習院 출신의 귀족이나 상류계급의 자제들이었다. 그들은 개성의 신장, 이상적 삶, 박애정신 등의 키워드를 중심으로 자아 성장과 완성을 추구하였고, 국가나 사회라는 매개 없이 개인이 세계 인류와 연계되는 자아중심주의를 보이기도 하였다.

시라카바파에 참여하여 활동한 작가들로는 시가 나오야志賀直哉, 아리시마 다케오有島武郎, 무샤노코지 사네아쓰武者小路実篤 등이 있으며, 시라카바파는 문학뿐만 아니라 예술 전반에 이르는 폭넓은 활약은 다이쇼기 예술 활동의 중심적인 존재가 되었다.

▶ 시가 나오야志賀直哉

시가 나오야는 미야기현宮城県 출생으로, 부친은 메이지기 재계에서 중요한 인물로 소부総武철도와 제국帝国생명보험의 중역을 맡기도 하였다. 2살 때부터 도쿄에서 성장하여 가쿠슈인 고등과를 졸업하고, 도쿄제국東京帝国대학 영문학과에 입학하였지만, 이후 국문과로 전과하였고 얼마 되지 않아 중퇴하였다.

가쿠슈인 시절부터 풍요로운 생활을 배경으로 같은 부류의 친구들과 방탕한 생활을 보냈다. 이후 1921년부터는 최초의 장편소설인 『안야코로(暗夜行路: 암야행로)』를 집필하기 시작하였으며,

1949년에는 친구인 다니자키 준이치로谷崎潤一郎와 함께 〈문화훈장〉을 받기도 하였다.

시라카바파에서 '소설의 신小說の神様'으로 불린 시가 나오야는 강한 자아를 가지고 자기감정의 움직임에 충실하게 살려는 자연스러움과 순수함을 지닌 작가였다. 시가 나오야의 강렬한 자아긍정의 정신은 예리한 시적 감수성을 기조로 맑고 투명하며 간결한 문체와 탁월한 리얼리즘의 기법을 사용함으로써 훌륭한 단편소설을 낳았다. 시가 나오야는 엄격한 윤리관과 강렬한 자아의 소유자로 간결한 문체와 리얼리즘 수법에 의한 뛰어난 작품을 남겼는데, 『아바시리마데(網走まで: 아바시리까지)』를 비롯해, 체험에서 오는 관찰력으로 간결한 문체를 사용하여 생과 사의 의미를 담은 『기노사키니테(城の崎にて: 기노사키에서)』, 불화했던 아버지와 아들이 화해해 가는 과정을 그린 『와카이(和解: 화해)』, 스시를 먹고 싶어 하는 소년 점원이 자신에게 스시를 사준 귀족을 신과 같은 존재로 여기게 된다는 『고조노카미사마(小僧の神様: 사환아이의 신)』 등이 그것들이다. 그중에서도 우연히 만난 쥐의 죽음에 이르는 모습을 정확하게 묘사하면서, 그 묘사를 통해서 주인공의 사생관을 암시한 『기노사키니테』는 삶과 죽음을 예리하게 응시한 작자 자신의 심경을 모티브로 한 심경소설의 대표작이다.

시가 나오야는 7년간 사사받은 기독교 교육사상가인 우치무라 간조内村鑑三의 영향에서 벗어나, 자신과 타인과의 갈등에 눈을 돌리고, 그 상극을 묘사하면서 초월하려고 노력했다. 그 결과 자연과의 합일에 이르는데, 그 성과를 나타낸 것이 작가의 유일한 장편소설 『안야코로暗夜行路』이다.

『안야코로』는 1921년부터 잡지 「가이조改造」에 연재한 시가 나오야의 유일한 장편소설로, 1937년까지 단속적으로 발표된 작품이며, 젊은 시절 부친과의 불화를 모티브로 하고 있다. 어두운 운명의 인생유전 속에서 평온과 화합을 찾아가는 주인공의 긴 여정과 고뇌를 그리고 있다.

대략의 줄거리를 살펴보면, 주인공 도기토 겐사쿠時任謙作는 할아버지와 어머니 사이의 부정한 아이로 태어난다. 자신의 출생의 비밀을 알게 된 후 방황하다가, 자신이 원하던 여성과 순조롭게 결혼하지만 아내의 정조의 과오로 인해 다시 불행에 휘말린다. 겐사쿠는 아내를 용서하고 싶지만 의심과 번민에 싸인 생활을 견디지 못하고 다이센大山으로 떠나게 된다. 그곳 대자연과 산사람들에게 감동을 받아 평온함과 조화의 심경에 도달한다는 내용이다.

『안야코로』는 심리의 명암이 구체적 매체를 통해 적확하게 표현되었으며, 겐사쿠의 윤리적 판단이 소설 내면에 일종의 긴박감을 부여하고, 통일성을 보여 준 작품이라 할 수 있다.

이처럼 시가 나오야는 강인한 자아의식과 결벽적인 도의감道義感이 특징으로 인간의 생명과 자연의 조화를 그린 심경소설을 확립하였다.

◎ 작품 원문 『안야코로暗夜行路』

　私が自分に祖父のある事を知ったのは、私の母が産後の病気で死に、その後二月程経って、不意に祖父が私の前に現われて来た、その時であった。私の六歳の時であった。

　或る夕方、私は一人、門の前で遊んでいると、見知らぬ老人が其処へ来て立った。眼の落ち窪んだ、猫背の何となく見すぼらしい老人だった。私は何という事なくそれに反感を持った。

　老人は笑顔を作って何か私に話しかけようとした。然し私は一種の悪意から、それをはぐらかして下を向いて了った。釣上った口元、それを囲んだ深い皺、変に下品な印象を受けた。「早く行け」私は腹でそう思いながら、尚意固地に下を向いていた。

　然し老人は中々その場を立ち去ろうとはしなかった。私は妙に居堪らない気持になって来た。私は不意に立上って門内へ駈け込んだ。その時、

　「オイオイお前は謙作かネ」と老人が背後から云った。

　私はその言葉で突きのめされたように感じた。そして立止った。振返った私は心では用心していたが、首はいつか音なしく点頭いて了った。

　「お父さんは在宅かネ？」と老人が訊いた。

　私は首を振った。然しこのうわ手な物言いが変に私を圧迫した。

　老人は近寄って来て、私の頭へ手をやり、

　「大きくなった」と云った。

　この老人が何者であるか、私には解らなかった。然し或る不思議な本能で、それが近い肉親である事を既に感じていた。私は息苦しくなって来た。

작품 번역문

　내가 나의 할아버지 실체를 알게 된 것은 나의 어머니가 산후에 얻은 병으로 죽고 난 후 2개월 정도 지나, 갑자기 할아버지가 나의 앞에 나타났을 때였다. 내가 6살 때였다.

　어느 날 저녁, 내가 홀로 문 앞에서 놀고 있을 때 잘 모르는 노인이 거기에 서 있었다. 눈이 움푹 패이고 새우등을 한 왠지 초라해 보이는 노인이었다. 나는 딱히 이유 없이 그 사람에게 반감을 가졌다.

　노인은 웃는 얼굴로 뭔가 나에게 말을 걸으려고 하였다. 그러나 나는 일종의 악의에서 그것을 따돌리고, 고개를 숙여 버리고 말았다. 치켜 올라간 입가, 그것을 둘러싼 깊은 주름, 이상하게 품위 없어 보이는 인상을 받았다. "빨리 가란 말야" 속으로 나는 그렇게 생각하면서 더욱 고집스럽게 아래를 내려다보았다.

　그러나 노인은 좀처럼 그 자리를 떠나려고 하지 않았다. 나는 이상하게 더 이상 참을 수 없는 기분이 되어졌다. 나는 갑자기 일어나서 대문 안으로 뛰어 들어갔다. 그때,

　"어이 어이―너가 겐사쿠니?" 하고 노인이 뒤에서 말했다.

　나는 그 말에 고꾸라질 듯하였다. 그리고 멈춰 섰다. 뒤돌아 선 나는 내심 경계하고 있었지만, 고개는 어느새 소리도 없이 끄덕이고 말았다.

　"아버지 계시니?" 하고 노인이 물었다.

　나는 고개를 저었다. 그러나 고단수의 말투가 이상하게 나를 압박하였다.

　노인은 다가와서 나의 머리에 손을 얹고

　"많이 컸네." 하고 말하였다.

　이 노인이 누구인지 나는 알지 못했다. 그러나 어떤 묘한 본능으로 그 사람이 가까운 육친인 것을 이미 느끼고 있었다. 나는 숨쉬기가 힘들어졌다.

▶ **아리시마 다케오**有島武郎

　아리시마 다케오는 도쿄 출생으로 부친은 대장성 관료인 아버지의 교육 방침에 따라 미국인 가정에서 생활하였다. 4살부터 요코하마에이와橫浜英和학교를 다닌 후 가쿠슈인에 입학 중등과

를 졸업하였다. 이후 삿포로농학교札幌農学校에 입학하였으며, 기독교 교육사상가인 우치무라 간조內村鑑三의 영향을 받아 1901년부터 기독교를 믿기 시작하였다. 이후 졸업하고 군대 생활을 한 후 미국으로 유학하여 하버드대에서 공부하게 된다. 신앙에 대해 비판적으로 변하게 되었고, 점차 무정부적인 사회주의자에 관심을 가지고 지식인이 담당해야 할 역할에 대해 고뇌하며 사회주의에 경도되어 갔다. 1907년 귀국하여 기독교를 떠나 대학의 영어강사로 지내다 시가 나오야, 무샤노코지 사네아쓰 등과 함께 동인지「시라카바」창간에 참여하게 된다. 1923년에는「후진코론婦人公論」기자인 하타노 아키코波多野秋子를 만나 사랑에 빠져 6월 가루이자와軽井沢의 별장에서 함께 목을 매어 일생을 마감하게 된다.

본능적 생활에 진정한 자유가 있다고 서술한「오시미나쿠아이와우바우(惜みなく愛は奪ふ: 아낌없이 사랑은 빼앗는다)」는 다이쇼기 작가의 인간론과 인생론을 대표하는 평론으로 알려져 있다. 한편 아리시마 다케오는 농장을 개방하여 소작농에게 경작지를 분배하기도 하는 등 무샤노코지 사네아쓰의 '아타라시키무라新しき村'운동과 함께 시라카바파의 이상주의 사상과 생활의 일치를 위한 노력을 실천하였지만 그 이상의 전개는 없었다.

「시라카바」의 동인에 가담하여『가인노마쓰에이(カインの末裔: 카인의 후예)』,『지이사키모노에 (小さき者へ: 어린이에게)』,『아루온나(或る女: 어떤 여자)』등을 썼다. 이들 작품에서는 사랑을 기조로 하는 이상주의 입장에서 자아와 본능의 발전과 확립을 지향하고 있다.

아리시마 다케오의 대표작『아루온나』는 1911년「시라카바」의 창간과 함께『아루온나노그린프스(或る女のグリンプス: 어떤 여자의 인생)』로 연재를 시작하여 1913년까지 계속한 것을 전반부로 하고, 이후 후반부를 집필하여『아루온나』라는 제목으로 개제하고 1919년 소분카쿠叢文閣에서 합본하여 출판하였다.

『아루온나』는 여성 해방이 문제시되기 시작한 러일전쟁 전후를 무대로 한 것으로, 인습적 사회질서에 반발하여 본능적 삶에 충실하려고하는 요코葉子를 주인공으로 하여 빚어진 갈등과 모순을 파악하고자 한 작품이다.

작품의 줄거리를 요약해 보면, 25세로 재색을 겸비하고 지기 싫어하는 자존심 강하고 자유분방한 성격의 요코는 어머니의 반대를 무릅쓰고 신문기자이며 시인인 기베木部와 사랑에 빠져 결혼한다. 그렇지만 기베의 육체와 성격에 불만을 가지고 두 달 만에 헤어진다. 그런데 그때 요코는 이미 임신하고 있어서 아이를 출산한 후에는 유모에게 맡기고 의도적으로 방종한 생활을 하게 된다. 요코는 어머니의 유언에 따라 어머니의 오명을 벗겨 준 기무라의 구혼을 받아들이기로 하고 기무라가 있는 미국으로 가기 위해 배를 탄다. 요코는 배에서 사무장 구라치倉地를 만나게 되고, 항해를 하는 동안 구라치와 사랑에 빠지고 만다. 그리고 요코는 일본으로 다시 돌아오게 되는데, 일본에 도착하자마자 구라치와 요코의 관계가 신문에 실려 알려지면서 주위의 친척이나 친구들이 누구도 상대해 주지 않는다. 이후 구라치와 요코는 살림을 차려 생활한다. 그러나 요코와의 관계 때문에 실직한 구라치는 생활을 위해 군사 스파이로 활동하다가 위험을 느껴 행방을 감춰버린다. 엉망이 된 생활에 요코는 건강을 잃게 되고, 히스테릭해진다. 건강이 악화되어 입원 후 수술을 받지만 경과가 좋지 않아 죽음을 깨닫게 된 요코의 괴로운 신음 소리만이 비참하게 들려오는 것으로 작품은 끝을 맺고 있다.

요코는 남성작가에 의해 그려진 근대의 새로운 여성상으로 여성의 자유와 독립이 충분히 실현되지 못하던 시절을 산 여인의 불행한 운명을 보여 준 작품이다. 발표 당시에는 모델소설이자 통속소설로 평가받았지만, 전후에 근대일본의 본격적 순문학으로서 평가받기도 하였다.

▶ **무샤노코지 사네아쓰**武者小路実篤

무샤노코지 사네아쓰는 도쿄 출생으로 귀족집안 출신이었으나 세 살 때 아버지를 여의면서 홀어머니 밑에서 자랐다. 가쿠슈인学習院 초등, 중등, 고등학교를 졸업하였다. 이때 톨스토이에 심취하여 작품을 탐독하였고 이후 도쿄제국대학 철학과를 입학했으나 중퇴하였다. 1910년 시가 나오야, 아리시마 다케오 등과 함께 「시라카바」를 창간하였다. 1918년에는 유토피아를 꿈꾸는 이상적인 조화의 사회, 계급투쟁이 없는 세계라는 이상향의 실현을 목표로 '아타라시키무라'를 건설을 추구하기도 하였다. 1951년 〈문화훈장〉을 수상하였다.

무샤노코지 사네아쓰는 톨스토이의 인도주의적 작품을 반영하여 시라카바파의 사상적 지도자로서 활약하는 가운데, 자신을 살리는 것이 인류보편의 선善에 연결된다고 하는 자기긍정自己肯定의 사고방식을 주장했다. 작가의 실연을 취재한 자전적 작품인 『오메데타키히토(お目出たき人: 어수룩한 사람)』, 『유조(友情: 우정)』, 지고지순하고 숭고한 사랑의 감정을 그린 『아이토시(愛と死: 사랑과 죽음)』등을 발표하여 낙천적이고 자연스러운 인간긍정의 정신을 보였다. 또한 평범한 단어와 무기교의 기교라고도 할 만한 문체로 인해 폭넓은 독자층을 확보하였다.

『유조友情』는 1919년에 ≪오사카마이니치신문≫에 게재한 것을 1920년에 이분샤以文社에서 단행본으로 간행되었다. 이 작품을 집필할 당시 '아타라시키무라'에 이사하여 새로운 마을을 건설하기 위해 노력하는 한편 집필하였던 작품이다. 이 작품은 '아타라시키무라'의 젊은이들이 후에 결혼했을 때나 실연당했을 때 축하해 주고 힘을 주고 싶어서 쓴 것이라고 밝히고 있다.

작품 줄거리는 각본가인 주인공 노지마野島는 아름다운 용모에 쾌활한 성격을 가진 친구 여동생 스기코杉子에게 사랑을 느낀다. 노지마는 무명의 각본가인데 그의 친구 오미야大宮는 신진 작가로서 세상에 인정받은 작가이다. 두 사람은 서로에게 격려를 아끼지 않는 돈독한 우정의 친구사이였다. 이후 파리로 유학 간 오미야에게 한 통의 편지가 오는데 동인지에 소설을 발표 했으니 읽어 달라는 내용이었다. 소설은 오미야와 스기코가 바다를 사이에 두고 사랑의 편지를 주고받은 내용이었다. 노지마는 배신감에 분노하며 동정 받지 않겠다는 마음과 허전함 속에서 무언가를 창조하겠다고 결심하는 내용으로 끝을 맺고 있다.

3 신사조파新思潮派

'신사조파(新思潮派: 신시초하)'는 '신현실주의(新現實主義: 신겐지쓰슈기)' 혹은 '이지파(理智派: 이지하)' 라고도 불리는 사조로 1910년대 후반에 일본문학의 중심이 된 사조이다. 신시조파는 제국대학 학생이 중심이 되어 발간한 잡지 「신시초新思潮」를 중심으로 활동한 작가들을 말한다. 「신시초」 의 제1차(1907~1908년)는 종합적인 문예잡지로 창간된 것으로 체홉의 번역이나 입센 연구회 의 기록을 게재하였다.

신시조파는 탐미파와 백화파가 간과했던 현실을 명석한 지성에 의해 재구성하려 하였다. 문예잡지 「신시초」는 「데이코쿠분가쿠帝国文学」에 대항하여 1907년 극작가이자 비평가였던 오사 나이 가오루小山内薫에 의해 창간되었지만 이름을 떨치지 못했고 후에 제국대학생에 의해 부활 되어 도쿄제국대학의 동인지로서 이어졌다. 당시 도쿄제국대학에는 1895년 1월부터 발행되던 기관지가 있어서 인문학 연구, 논설, 창작, 번역 소개, 특히 외국의 사상, 문예사조를 적극적으로 소개하며 일본 근대문예사조에 많은 영향을 끼치기도 하였지만, 무명작가에게는 그다지 개방적이지 않았다. 이 점에 불만을 가진 야마모토 유조山本雄三 등이 "우리들이 쓴 것을 자유롭게 발표할 수 있는 잡지"를 만들자고 하여 발간한 것이 제3차 「신시초」였다. 제3차와 제4차 창간 후 활동한 작가들의 왕성한 활동에 의해 '신사조파'로 불리며 다이쇼문학의 대표 문학사조 중 하나로 자리매김되었다. 「신시초」에 의해 문단에 등단한 작가는 아쿠타가와 류노스케芥川龍之介, 기구치 간菊池寛, 구메 마사오久米正雄, 야마모토 유조 등이 있는데, 이들은 현실의 단면을 심리적이고 이지적인 수법으로 파악하고 재구성하려 한 것이 특징을 지니고 있다. 특히 사회의 어두운 현실이나 인간의 모습을 감정을 개입시키지 않고 객관적으로 관찰하고 파악하여 이지理知에 의해 새로운 해석을 덧붙여 섬세한 기교에 의해 표현하려고 시도하였다.

▶ **아쿠타가와 류노스케**芥川龍之介

아쿠타가와 류노스케는 도쿄 출생으로 생후 7개월에 어머니가 정신이상이 되어 백모의 손에 양육되어졌다. 이후 11세에 어머니가 돌아가시고 다음 해에 숙부의 집에 양자로 감에 따라 아쿠타가와 성을 사용하게 되었다. 1910년 중학교 성적우수자로 다이이치第一고등학교에 입학한 후 1913년 도쿄제국대학 영문학과에 입학하였다.

이듬해인 1914년 동기인 기구치 간과 구메 마사오 등과 함께 제3차 「신시초」를 창간하고 처녀작인 『로넨(老年: 노년)』을 발표하였다. 1915년 「데이코쿠분가쿠」에 대표작 『라쇼몬(羅生門: 나생문)』을 발표한 후, 나쓰메 소세키 문하생으로 들어가게 된다. 1916년 제4차 「신시초」를 발간하면서 게재한 『하나(鼻: 코)』로 나쓰메 소세키에게 절찬 받았다. 이후 해군기관학교 촉탁교관으로 영어를 가르치면서 단편작품을 연이어 발표하였다. 1917년 교직을 사직하고 오사카마이니치신문사에 입사하였다. 그사이 결혼과 생부의 사망 등 많은 일들을 경험하게 된다.

1921년에는 해외 시찰원으로 중국 여행을 마친 후 건강이 악화되었다.

1927년 매형이 방화와 보험금 사기혐의로 철도 자살을 하게 되자, 아쿠타가와 류노스케는 매형이 남긴 대출금을 갚는 등 가족들을 돌봐야 했다. 그의 주변에서는 출판 편집과 관련된 인세 문제, 경제적 부담 등 그를 괴롭히는 일들이 끊임없이 일어났다. 결국 수면제 없이는 잠을 잘 수 없을 만큼의 극도의 신경쇠약으로 힘들어했고, 거기에 광인의 아들로서 언제 발광할

지 모른다는 불안감까지 겹쳐 왔다. 결국 그는 두 번의 자살시도 끝에 『조쿠세이호노히토(続西方の人: 속 서방사람들)』를 완성한 1927년 7월 24일 35세에 스스로 삶을 마감하였다.

그의 자살은 '격동의 시기'와 '전환의 시기'를 살았던 지식인의 자살이라는 점에서 사회적 사건으로 연일 크게 보도되었다. 그를 기념하는 뜻에서 분게이슌주샤文藝春秋社가 제정한 〈아쿠타가와상芥川賞〉은 현재까지도 일본 문단의 등용문으로서 일컬어지고 있다.

그의 작품은 크게 3기로 구분할 수 있는데, 초기의 작품들은 설화문학을 출처로 하여 『라쇼몬』, 『하나』, 『이모가유(芋粥: 마죽)』 등의 역사물에 인간의 내면 특히 에고이즘을 그려낸 것들이 유명하다. 중기의 작품들은 예술지상주의적인 면이 전면에 표출된 『지고쿠헨(地獄変: 지옥변)』은 헤이안시대 불화佛畵를 그리는 주인공을 배경으로 예술의 완성을 위해서는 어떠한 희생도 아끼지 않는 자세를 보여 주고 있다. 후기의 작품들은 작가가 어려운 상황에서 자살을 생각하고 있어서였는지 생사에 관한 작품이 많다. 대두하는 프롤레타리아 문단에 부르주아 작가로서 공격받게 된 시기로 자기고백적인 자전적 글쓰기를 시작하였다. 특히 만년의 대표작인 『갓파河童』[18]는 정신병환자를 주인공으로 하여 다양한 갓파와 갓파 사회를 묘사함으로써 당시의 일본과 인간사회를 통렬하게 비판한 작품이다.

아쿠타가와 류노스케는 다양한 양식과 문체를 구사하여 단편소설의 완성자라 불리며, 역사적 소재에 근대적인 심리해석을 덧붙여 명확한 주제를 재구성한 작가라고 할 수 있다.

그의 대표적 작품 중 하나인 『라쇼몬』은 1915년 「데이코쿠분가쿠」에 발표한 작품으로, 『곤자쿠모노가타리슈今昔物語集』의 내용을 토대로 창작한 작품이다.

작품 내용은, 기근이나 회오리바람과 같은 천재지변이 일어난 헤이안을 배경으로 주인집에서 쫓겨난 하인이 헤이안쿄의 성문인 라쇼몬羅生門에서 겪은 이야기를 적고 있다. 주인집에서 쫓겨난 하인은 갈 곳이 없어 헤매다가 날이 저물어 도적 소굴이나 시체를 버리거나, 들짐승들의 거처로 사용되었던 라쇼몬에 비를 피해 들어간다. 식량을 마련할 길이 없는 그는 차라리 도적이 되어 버릴까 하는 생각도 하지만, 도저히 용기가 나지 않아 고민하던 중 라쇼몬의 2층에서 들리는 인기척을 느끼게 된다. 소리나는 곳을 찾아가 시체에서 머리털을 뽑아내어 가발을 만드는 노파를 만나게 되고, 살기 위해 어쩔 수 없는 것이라는 노파의 변명을 들으며 자신

---

18 갓파河童 : 전설의 동물로 일본 전국에 전승된 일본 요괴이다. 물에서 사는 신 혹은 신과의 매체가 되는 동물로 귀신, 덴구天狗와 함께 유명한 요물 중 하나이다. 물 속에 산다는 어린애 모양을 한 상상의 동물을 말한다.

도 살기위해 악도 긍정할 수밖에 없다는 결론을 얻고 노파의 옷을 벗겨 가지고 어둠 속으로 달아난다는 내용이다.

　살기위해 악을 행할 수밖에 없는 인간의 에고이즘을 극명하게 폭로하고 있다.

◉ 작품 원문 『라쇼몬^{羅生門}』

　下人には、勿論、何故老婆が死人の髪の毛を抜くかわからなかった。従って、合理的には、それを善悪のいずれに片づけてよいか知らなかった。しかし下人にとっては、この雨の夜に、この羅生門の上で、死人の髪の毛を抜くと云う事が、それだけで既に許すべからざる悪であった。勿論、下人は、さっきまで自分が、盗人になる気でいた事なぞは、とうに忘れていたのである。

　そこで、下人は、両足に力を入れて、いきなり、梯子から上へ飛び上った。そうして聖柄^{ひじりづか}の太刀に手をかけながら、大股に老婆の前へ歩みよった。老婆が驚いたのは云うまでもない。

　老婆は、一目下人を見ると、まるで弩^{いしゆみ}にでも弾^{はじ}かれたように、飛び上った。

　「おのれ、どこへ行く。」

　下人は、老婆が死骸につまずきながら、慌てふためいて逃げようとする行手を塞^{ふさ}いで、こう罵^{のの}った。老婆は、それでも下人をつきのけて行こうとする。下人はまた、それを行かすまいとして、押しもどす。二人は死骸の中で、しばらく、無言のまま、つかみ合った。しかし勝敗は、はじめからわかっている。下人はとうとう、老婆の腕をつかんで、無理にそこへ扭^ねじ倒した。丁度、鶏^{にわとり}の脚のような、骨と皮ばかりの腕である。

　「何をしていた。云え。云わぬと、これだぞよ。」

　下人は、老婆をつき放すと、いきなり、太刀の鞘^{さや}を払って、白い鋼^{はがね}の色をその眼の前へつきつけた。けれども、老婆は黙っている。両手をわなわなふるわせて、肩で息を切りながら、眼を、眼球^{めだま}が眶^{まぶた}の外へ出そうになるほど、見開いて、唖のように執拗^{しゆうね}く黙っている。これを見ると、下人は始めて明白にこの老婆の生死が、全然、自分の意志に支配されていると云う事を意識した。そうしてこの意識は、今までけわしく燃えていた憎悪の心

を、いつの間にか冷ましてしまった。後に残ったのは、ただ、ある仕事をして、それが円満に成就した時の、安らかな得意と満足とがあるばかりである。そこで、下人は、老婆を見下しながら、少し声を柔らげてこう云った。

「己は検非違使の庁の役人などではない。今し方この門の下を通りかかった旅の者だ。だからお前に縄をかけて、どうしようと云うような事はない。ただ、今時分この門の上で、何をして居たのだか、それを己に話しさえすればいいのだ。」

すると、老婆は、見開いていた眼を、一層大きくして、じっとその下人の顔を見守った。眶の赤くなった、肉食鳥のような、鋭い眼で見たのである。それから、皺で、ほとんど、鼻と一つになった唇を、何か物でも噛んでいるように動かした。細い喉で、尖った喉仏の動いているのが見える。その時、その喉から、鴉の啼くような声が、喘ぎ喘ぎ、下人の耳へ伝わって来た。

「この髪を抜いてな、この髪を抜いてな、鬘にしようと思うたのじゃ。」

下人は、老婆の答が存外、平凡なのに失望した。そうして失望すると同時に、また前の憎悪が、冷やかな侮蔑と一しょに、心の中へはいって来た。すると、その気色が、先方へも通じたのであろう。老婆は、片手に、まだ死骸の頭から奪った長い抜け毛を持ったなり、蟇のつぶやくような声で、口ごもりながら、こんな事を云った。

「成程な、死人の髪の毛を抜くと云う事は、何ぼう悪い事かも知れぬ。じゃが、ここにいる死人どもは、皆、そのくらいな事を、されてもいい人間ばかりだぞよ。現在、わしが今、髪を抜いた女などはな、蛇を四寸ばかりずつに切って干したのを、干魚だと云うて、太刀帯の陣へ売りに往んだわ。疫病にかかって死ななんだら、今でも売りに往んでいた事であろ。それもよ、この女の売る干魚は、味がよいと云うて、太刀帯どもが、欠かさず菜料に買っていたそうな。わしは、この女のした事が悪いとは思うていぬ。せねば、饑死をするのじゃて、仕方がなくした事であろ。されば、今また、わしのしていた事も悪い事とは思わぬぞよ。これとてもやはりせねば、饑死をするじゃて、仕方がなくする事じゃわいの。じゃて、その仕方がない事を、よく知っていたこの女は、大方わしのする事も大目に見てくれるであろ。」

老婆は、大体こんな意味の事を云った。

下人は、太刀を鞘（さや）におさめて、その太刀の柄(つか)を左の手でおさえながら、冷然として、この話を聞いていた。勿論、右の手では、赤く頬に膿を持った大きな面皰(にきび)を気にしながら、聞いているのである。しかし、これを聞いている中に、下人の心には、ある勇気が生まれて来た。それは、さっき門の下で、この男には欠けていた勇気である。そうして、またさっきこの門の上へ上って、この老婆を捕えた時の勇気とは、全然、反対な方向に動こうとする勇気である。下人は、饑死をするか盗人になるかに、迷わなかったばかりではない。その時のこの男の心もちから云えば、饑死などと云う事は、ほとんど、考える事さえ出来ないほど、意識の外に追い出されていた。

「きっと、そうか。」

老婆の話が完(おわ)ると、下人は嘲(あざけ)るような声で念を押した。そうして、一足前へ出ると、不意に右の手を面皰から離して、老婆の襟上(えりがみ)をつかみながら、噛みつくようにこう云った。

「では、己が引剝(ひはぎ)をしようと恨むまいな。己もそうしなければ、饑死をする体なのだ。」

下人は、すばやく、老婆の着物を剝ぎとった。それから、足にしがみつこうとする老婆を、手荒く死骸の上へ蹴倒した。梯子の口までは、僅に五歩を数えるばかりである。下人は、剝ぎとった檜皮色(ひわだいろ)の着物をわきにかかえて、またたく間に急な梯子を夜の底へかけ下りた。

작품 번역문

하인은 물론 노파가 어째서 죽은 사람의 머리털을 뽑는지 알 수 없었다. 따라서 합리적으로는 그것을 선과 악 어느 쪽으로 받아들여야 좋을지 알 수 없었다. 그러나 하인에게 있어서, 이 비오는 밤, 이 라쇼몬에서, 죽은 사람의 머리털을 뽑는다는 사실만으로도 이미 용서할 수 없는 죄악이었다. 물론 하인은 조금 전까지만 해도 자기가 도적이 될 생각이었다는 것 따위는 까맣게 잊어버리고 있었던 것이다.

그래서 하인은 두발에 힘을 주고 갑자기 사다리에서 위로 뛰어 올라갔다. 그리고 칼자루를 움켜잡고 성큼성큼 앞으로 다가갔다. 노파가 놀란 것은 말할 것도 없다.

노파는 하인을 보자마자 마치 새총에서 튕겨나간 것처럼 벌떡 일어섰다.

"너, 어디로 도망가려구."

하인은 노파가 시체에 걸리면서 허둥지둥 도망치는 앞을 가로막고, 이렇게 소리를 질렀다. 노파는 그래도 하인을 밀어 젖히고 도망치려고 하였다. 하인은 하인대로 도망치지 못하게 떠밀었다. 두 사람은 시체들 속에서 아무 말도 하지 않은 채 실랑이를 했다. 그러나 승패는 처음부터 분명했다. 하인은 마침내 노파의 팔을 붙잡고 무리하게 그 자리에 비틀어 넘어뜨렸다. 마치 닭다리처럼 뼈와 가죽만 남은 팔이었다.

"무슨 짓을 하고 있었던 거야? 말해! 말하지 않으면 이거야."

하인은 노파를 밀치더니 갑자기 칼을 뽑아 번쩍이는 칼날을 그 눈앞에 들이댔다. 그러나 노파는 잠자코 있었다. 두 손을 바들바들 떨며 어깨를 들먹이면서 눈알이 튀어나올 정도로 눈을 크게 뜨고 벙어리처럼 집요하게 다물고 있었다. 이것을 본 하인은 비로소 명백하게 이 노파의 생사가 완전히 자신의 의지에 달려있다는 것을 의식하였다. 그리고 이 의식은 이때까지 사납게 타오르고 있던 증오의 마음을 어느새 식혀주고 말았다. 뒤에 남은 것은 단지 다만 어떤 일을 하고 그것이 원만히 성취되었을 때의 안온한 득의와 만족뿐이었다. 그래서 하인은 노파를 내려다보면 약간 부드러워진 어투로 이렇게 말하였다.

"나는 게비이시청檢非違使厅[19]의 관리가 아니다. 지금 막 이 성문 아래를 지나던 나그네다. 그러니 너를 묶어 어쩌자는 게 아니다. 단지 이런 시간에 성문 위에서 무엇을 하고 있었는지 그것을 나에게 이야기하면 된다."

그러자 노파는 크게 뜬 눈을 한결 더 크게 뜨고 가만히 그 하인의 얼굴을 지켜보았다. 눈두덩이 빨갛게 된 육식하는 새처럼 날카로운 눈으로 응시하였다. 그리고 나서 거의 주름으로 코와 하나가 된 입술을 무엇인가 먹고 있는 듯이 움직였다. 가느다란 모가지에 툭 불거진 목젖이 움직이는 게 보였다. 그때 그 목구멍에서 까마귀가 우는 듯한 신음소리가 하인의 귀에 들려왔다.

"이 머리카락을 뽑아서, 이 머리카락을 뽑아서 말이야, 가발로 만들려고 하는 거야."

하인은 노파의 대답이 의외로 평범한 것에 실망했다. 그리고 실망한 동시에 다시 조금 전의 그 증오가 싸늘한 모멸과 함께 마음속으로 들어왔다. 그러자 그 기미를 상대도 느낀 것이었을

---

[19] 게비이시청檢非違使厅 : 헤이안시대 초기에 비리를 감찰하기 위하여 설치한 벼슬을 가진 게비이시(현재의 검찰·재판·경찰 업무를 겸한 직책을 가진 자)들이 사무를 보던 곳이다.

것이다. 노파는 한손에 아직 시체의 머리에서 뽑은 긴 머리카락을 쥔 채 두꺼비가 중얼거리는 듯 한 목소리로 더듬거리며 이런 말을 하였다.

"그래, 죽은 사람의 머리카락을 뽑은 것은 얼마나 나쁜 일인지 몰라. 여기에 있는 시체들은 모두 그런 일을 당해도 좋은 인간들이야. 지금 내가 머리카락을 뽑은 계집도 뱀을 네 치 정도씩 잘라서 말린 것을 마른 생선이라고 궁중을 경호하는 무사들에게 팔려 갔지. 염병이 걸려 죽지 않았으면 지금도 팔고 있을 거야. 게다가 이 여자가 판 말린 생선이 맛이 좋다며 경호무사들이 빠지지 않고 식재료로 샀다고 해. 나는 이 여자가 한 일이 나쁘다고 생각지 않아. 그렇지 않았으면 굶어 죽었을 것으로, 어쩔 수 없는 일이었다고 생각해. 그래서 어쩔 수 없다는 것을 잘 알고 있는 이 여자는 아마 내가 한 일도 관대하게 봐줄 것이야."

노파는 대체적으로 이런 의미의 말을 하였다.

하인은 칼을 칼집에 넣고 그 칼자루를 왼손으로 누르며 냉정하게 이야기를 듣고 있었다. 물론 오른손에는 빨간 뺨에 고름이 찬 큰 여드름을 신경 쓰면서 듣고 있었다. 그러나 이것을 들으면서 하인의 마음에는 어떤 용기가 생겨났다. 그것은 조금 전 성문 아래에서 이 남자에게 없었던 용기였다. 그리고 또 조금 전에 성문 위에 올라와 이 노파를 잡으려던 때의 용기와는 전혀 반대 방향으로 움직이려는 용기였다. 하인은 굶어 죽느냐 도둑이 되느냐를 고민하지 않게 되었을 뿐만 아니라 그때 이 남자의 마음으로 말하자면 굶어죽는다는 것은 정말 생각할 수 없을 정도로 의식 밖으로 쫓겨나 있었다.

"틀림없이, 그런 거겠지."

노파의 말이 끝나자 하인은 조롱하는 듯한 목소리로 다짐을 하였다. 그리고 한발 앞으로 내딛더니 갑자기 여드름을 만지던 오른손으로 노파의 목덜미를 움켜잡으며 잡아먹을 듯이 이렇게 말하였다.

"그럼 내가 억지로 벗긴 것도 원망하지 않겠지. 나도 이러지 않으면 굶어죽을 몸이야."

하인은 재빠르게 노파의 기모노를 벗겼다. 그리고 다리에 매달리려는 노파를 거칠게 시체 위로 걷어찼다. 사다리 입구까지는 불과 다섯 걸음 정도였다. 하인은 벗겨낸 짙은 암적색 기모노를 옆구리에 끼고 순식간에 가파른 계단을 통해 어둠속으로 뛰어 내려갔다.

1916년 제4차 「신시초」에 발표된 『하나』는 『곤자쿠모노가타리』의 「이케노오노젠친나이구노하나노코토池尾禅珍内供鼻語」와 『우지슈이모노가타리宇治拾遺物語』의 「하나나가키소우노코토鼻長き僧の事」를 제재로 한 작품이다.

작품의 줄거리를 살펴보면, 약 15cm정도 되는 긴 코를 가지고 있었던 이케노오池の尾의 사찰寺 승려인 젠치나이구禅智内供는 늘 코 때문에 놀림을 받아야 했다. 속으로는 자존심이 상하여 늘 코가 신경이 쓰였지만 겉으로는 아무렇지도 않은 척하였다. 어느 날 제자에게 코를 짧게 만드는 방법을 들은 젠치나이구는 그 방법대로 하여 코를 짧게 만들 수 있었다. 그리고 누구도 자신을 보고 웃지 않을 것이라 생각하였다. 그러나 코가 짧게 된 후 더욱 놀림을 받게 된 젠치나이구는 오히려 코가 짧아진 것이 원망스러웠다. 그러던 어느 날 아침 일어나 보니 원래의 코로 돌아와 있었고, 젠치나이구는 안심하게 된다는 내용이다.

인간은 누구나 타인의 행복을 질투하고 불행을 동정하면서도 내심 기뻐하는 심리묘사를 잘 포착한 작품이다.

◎ 작품 원문 『하나鼻』

弟子の僧は、内供が板敷の穴から鼻をぬくと、そのまだ湯気の立っている鼻を、両足に力を入れながら、踏みはじめた。内供は横になって、鼻を床板の上へのばしながら、弟子の僧の足が上下に動くのを目の前に見ているのである。弟子の僧は、時々気の毒そうな顔をして、内供の禿げ頭を見下しながら、こんな事を云った。　＜中略＞　さて二度目に茹でた鼻を出して見ると、成程、何時になく短くなっている。これではあたりまえの鍵鼻と大した変りはない。内供はその短くなった鼻を撫でながら、弟子の僧の出してくれる鏡を、極りが悪そうにおずおず覗いて見た。鼻はーーあの顎の下まで下がっていた鼻は、殆嘘のように萎縮して、今は僅に上唇の上で意気地なく残喘を保っている。所々まだらに赤くなっているのは、恐らく踏まれた時の痕であろう。こうなれば、もう誰もわらうものはないのにちがいない。ーー鏡の中にある内供の顔は、鏡の外にある内供の顔を見て、満足そうに目をしばたたいた。

✿ 작품 번역문

　제자 중은, 나이구 스님이 판자 뚜껑의 구멍에서 코를 빼자, 아직 김이 서리고 있는 코를, 두 발로 힘껏 밟기 시작했다. 나이구 스님은 코를 바닥에 늘어뜨리고 옆으로 누워서, 제자 중의 발이 위아래로 움직이는 것을 눈앞에서 보고 있는 것이다. 제자 중은 가끔 미안한 듯한 얼굴로, 나이구 스님의 벗겨진 이마를 내려다보면서, 이렇게 말했다. 〈중략〉 그런데 두 번째로 삶은 코를 꺼내어 보니, 과연 어느 틈엔지 짧아져 있다. 이 정도라면 틀림없는 매부리코와 크게 다를 바 없다. 나이구 스님은 그렇게 짧아진 코를 만지면서, 제자 중이 내밀어 준 거울을 썩 기분 좋지 않은 듯이 떨떠름하게 들여다봤다. 코는— 턱 아래까지 내려와 있던 코는, 거의 거짓말처럼 줄어들어, 이젠 고작 윗입술 위에 힘없이 모양만 남아 있다. 군데군데 얼룩얼룩 붉어진 곳은 아마도 밟혔을 때의 흔적일 것이다. 이렇게 되었으니 이젠 누구도 비웃을 사람이 없을 것임에 틀림없다. ―거울 속에 있는 나이구 스님의 얼굴은, 거울 밖에 있는 나이구 스님의 얼굴을 보고, 만족스러운 듯이 눈을 깜빡이고 있다.

▶ 기쿠치 간菊池寛

　기쿠치 간은 소설가이자 극작가이며 저널리스트로 분게이슌주샤文藝春秋社를 창설한 실업가이기도 하다. 본명은 기쿠치 히로시이다.

　1888년 가가와현香川県 유학자 집안 출신으로 다카마쓰高松중학교를 수석졸업한 후 도쿄고등사범학교에 입학하지만 제적당한다. 이후 메이지대학 법학부에 입학했다가 중퇴한 후 1910년 다이이치고등학교에 입학하여 아쿠타가와 류노스케와 교우관계를 맺게 된다. 그러나 일본공산당 간부인 사노 후미오佐野文夫의 절도죄를 뒤집어쓰고 퇴학당한다. 이후 교토京都제국대학 영문학과에 입학하여 졸업하였다. 1914년 제3차, 제4차 「신시초」의 창간에 동인으로 참가하였다.

　1916년 《지지신포時事新報》의 사회부 기자를 거쳐 소설가가 되었으며, 1923년에 「분게이슌주」를 창간하여 성공함으로써 부호가 되었다. 그리고 가와바타 야스나리川端康成를 비롯한 신진작가들에게 금전적 원조를 지원하였으며, 일본문예가협회日本文藝家協会를 설립하고, 〈아쿠타가와상芥川賞〉과 〈나오키상直木賞〉을 제정하였다. 기쿠치 간은 연극에도 큰 관심을 가져 희곡을 창작하기도 하였고, 1920년에는 통속소설 『신주후진眞珠婦人: 진주부인』을 창작하였다. 또 〈태평양전쟁〉 중에는 문예후방운동을 발안하여 군국주의 익찬翼贊운동의 일익을 담당하기도 하였다.

1917년 「신시초」에 발표한 『지치카에루父帰る: 아버지돌아오다』는 희곡으로 전1막으로 되어 있으며, 후에 영화화되기도 하였다. 발표 당시는 호평을 받지 않았지만, 1920년 상연되면서 유명해진 작품으로, 아버지와 아들의 대립된 사랑을 묘사한 일본의 고전적인 희곡이다.

작품의 줄거리는, 가족을 돌보지 않고 가출했던 아버지가 20년 만에 초췌한 모습으로 돌아오는 내용으로 메이지 40년경 작은 소도시를 배경으로 어머니와 빈곤 속에서 관청 급사로 일하며 동생들 뒷바라지를 한 장남과 초등학교 교사인 차남, 그리고 재봉을 잘하는 여동생이 등장한다. 장남은 여동생을 부잣집에 시집보내려 생각하지만, 어머니는 20년 전 도락道樂으로 재산을 탕진하고 가족을 버린 채 가출해 버린 남편을 떠올리며 사람 됨됨이가 중요하다고 생각한다. 아버지가 나타났다는 소식을 들은 어느 날 현관문을 열고 아버지가 초췌하고 늙은 모습으로 돌아온다. 돌아온 아버지를 용서하자는 차남과 어머니 그리고 여동생, 용서하지 못하겠다는 장남과의 다툼을 들은 아버지는 다시 가출하게 된다. 이후 마음을 바꾼 장남이 차남에게 아버지를 모셔오라 하지만 어디에도 아버지의 모습은 보이지 않는다는 이야기로 끝을 맺고 있다.

제5장
大正末~昭和初期 小說

다이쇼 말기에서 쇼와 초기는 무산정당(日本農民黨·社會民衆黨·日本労農党)과 군부 파시즘이 대립하면서 사회불안이 가중된 시기이다.

1923년 9월 1일 발생한 관동대지진의 여파로 77개 은행(약 10%)이 도산되면서 1927년 일본에 금융공황이 찾아왔다. 특히 1929년의 세계공황은 일본의 상황을 더욱 악화시켜 노동쟁의와 소작쟁의가 확산되었고, 쌀값과 각종 농산물 가격이 폭락하였다. 경제공황의 타격으로 정당과 재벌에 대한 사회적 불만이 높아졌고, 파시즘 기운이 득세하기 시작했다. 다이쇼 데모크라시가 최고조에 달했던 1925년에 보통선거법이 제정되어 1928년에는 중의원선거에 25세 이상 남자에 한하여 보통선거가 실시되기도 하였다.

한편 새로 들어선 다나카田中 내각은 거류민 보호를 명분으로 중국 산둥성에 군대를 출동시켰으나, 일본정부와 중국 사이에 교섭이 성사되지 못하면서 관동군의 위기감이 증폭되자 만주를 무력으로 일본 세력하에 넣으려는 계획에 1931년 〈만주사변〉을 일으키게 되었다. 관동군은 일본정부의 불확대 방침에도 불구하고 점령지를 확대하여 나갔고, 중국의 교전회피정책을 취하여 만주일대는 관동군의 점령하에 들어가게 되었다. 만주를 손에 넣은 후 만주국 건국을 선언하고 승인하였고, 1933년 국제연맹의 일본군 철군 요구안을 거부하고 국제연맹을 탈퇴하였다.

1920년 이후 인구집중으로 인해 도시화가 더욱 가속되면서 1930년대 초반은 도시화, 대중화, 정보화, 서양화로 대변되는 사회상황과 더불어 모더니즘적 풍조가 나타났다. 이러한 사회

적 상황은 문학에도 영향을 미쳐 다이쇼 말기부터 쇼와 초기에는 '프롤레타리아문학プロレタリ
ア文学', '신감각파(新感覺派: 신칸카쿠하)' 그리고 모더니즘 문학으로서 '신흥예술파(新興藝術派: 신코게
이주쓰하)'와 '신심리주의(新心理主義: 신신리슈기)'가 등장하였다.

1 프롤레타리아문학プロレタリア文学

'프롤레타리아문학(プロレタリア文学: 프롤레타리아분가쿠)'이란 1920년대부터 1930년대 전반에
걸쳐 유행한 문학으로 개인주의적인 문학을 부정하고 사회주의사상이나 공산주의사상과 결부
시킨 문학을 말한다.

다이쇼시대에 만연했던 데모크라시운동은 계급성이 강조됨에 따라 차츰 사회주의운동으로
전환되기 시작했고, 사회운동과 노동운동의 연계가 강조되기 시작했다. 〈러일전쟁〉과 〈제1차
세계대전〉을 거치면서 일본의 사회운동, 민중운동은 급속히 확산되는데 이러한 시대적 상황
속에서 새로운 조류로서 '민중예술'이 등장하였다. 프롤레타리아문학의 선구로서 1910년대 후
반부터 실제 현장의 노동체험을 가진 일군의 작가들이 나타났다. 아나키즘운동으로 시작한 미
야지마 스케오宮嶋資夫는 자신의 체험을 살려 『고후(坑夫: 갱부)』[20]를 소설화하여 발표하였다.

1920년의 일본 프로문단은 아오노 스에키치青野季吉,[21] 하야시 후사오林房雄 등은 사회주의자
야마카와 히토시山川均의 이론을 좇아 일본의 현실에 적용하기 위해서 생활경험을 중시하였고,
신세대 작가 가지 와타루鹿地亘, 나카노 시게하루中野重治 등은 경제학자 후쿠모토 가즈오福本和夫
의 이론을 실천하고자 하였다.

프롤레타리아문학운동은, 1921년(T10) 창간된 「다네마쿠히토種蒔く人」로 시작되었는데, 관
동대지진 이후의 탄압으로 폐간되자, 1924년 창간된 「분게이센센文藝戰線」을 중심으로 활성화
되었다. 그러다가 진영 간의 대립으로 1927년에는 세 개의 단체(〈労農芸術家連盟〉·〈日本プロ

---

20 『고후(坑夫: 갱부)』: 다이쇼기의 사회주의 문학 중에서 노동문학 최초의 작품이다. 소형의 간소한 장정의 한 권의
책으로 나온 「坑夫」는 발매 3일후에 발매 금지가 되어, 紙型까지 압수되어, 1920년에 단행본 「恨みなき殺人」(聚英
社)에 내용을 조금 삭제하여 겨우 합법적으로 유포되었다. 주제나 형상에 있어서 비약적 성장을 나타낸 노동문학으
로 평가되고 있다.
21 프롤레타리아문학운동은 사회주의 프롤레타리아 예술가가 자연발생적인 프롤레타리아 예술가를 목적 의식으로까
지, 사회주의 의식까지 끌어올리는 집단적 활동임을 강조하였다.

レタリア芸術連盟〉·〈前衛芸術家同盟〉)로 분열되었다.

구라하라 고레히토藏原惟人는 이러한 사태를 타개하려고 연합체 결성을 시도하여 〈좌익문예가총연합회〉가 결성되었다. 3·15사건을 계기로 〈프로게이プロ芸〉와 〈젠게이前芸〉는 합동조직이 되었고, 1928년 이 두 조직이 합쳐져 〈나프(NAPF: 全日本無産者芸術連盟: Nippona Artista Proleta Federacio: 전일본무산자예술연맹)〉를 조직하여 잡지 「센키戦旗」를 중심으로 문화운동을 추진하였다. 이후 문학을 비롯한 연극과 영화 등 넓은 분야에서 문화운동을 추진하기 위한 조직들이 만들어졌는데, 이러한 단체의 협의체로 조직된 것이 〈코프(KOPF: 日本プロレタリア文化連盟: Federacio de Proletaj Kultur Organizoj Japa naj: 일본프롤레타리아문화연맹)〉이며, 〈코프〉에 속한 작가군은 기관지 「프롤레타리아분카プロレタリア文化」를 발행하여 활동하였다. 이때 〈일본프롤레타리아작가동맹〉도 〈국제혁명작가동맹〉에 정식으로 가입했다. 그런데 1932년부터 고바야시 다키지小林多喜二의 사망에 이어 구라하라 고레히토의 검거 등 일본정부의 〈코프〉에 대한 대 탄압이 시작되어 조직은 혼란에 빠지고, 활동도 급속히 위축되었다. 마침내 1934년 2월 〈일본프롤레타리아작가동맹〉은 대회를 열어 해체성명을 발표함으로써 일본프롤레타리아문학운동도 종지부를 찍게 된다.

프롤레타리아문학은 개인적 문제보다 문학의 사회성을 주장하며 1928년(S3)부터 1931년(S6) 무렵까지 당시의 문단을 주도하면서 절정을 이루었다. 그러나 본격적인 전쟁체제로 접어들면서 시류를 비판하는 작품은 거의 발표할 수 없게 되면서 쇠퇴하게 된다.

프롤레타리아계열의 대표작가로는 고바야시 다키지, 미야모토 유리코宮本百合子, 하야마 요시키葉山嘉樹, 도쿠나가 스나오德永直, 나카노 시게하루中野重治 등을 들 수 있다.

▶ 고바야시 다키지小林多喜二

고바야시 다키지는 프롤레타리아문학의 대표적 작가이다. 아키타현秋田県 소작농가의 차남으로 태어났다. 백부의 도움으로 오타루小樽고등상업학교에 진학하였고, 재학 중에 문예잡지에 투고하거나 교내 문예활동에 적극적으로 임하는 가운데 당시 심각한 불황에서 오는 사회불안 등의 영향으로 노동운동에 참여하기 시작하였다.

졸업 후 은행에 근무하던 중 1928년 총선거에서 노동운동가 야마모토 겐조山本懸蔵의 선거운동을 도왔고, 또 3·15 사건을 소재로 한 작품을 발표하기도 하였다.

1929년 「센키戰旗」에 『가니코센(蟹工船: 게공선)』을 발표한 이후 도쿄로 이주하여 〈닛폰프롤레타리아삿카도메이日本プロレタリア作家同盟〉의 서기장이 되며, 『후자이지누시(不在地主: 부재지주)』를 발표한 것이 원인이 되어 은행에서 해고당한다. 1930년 오사카에서 일본공산당에게 자금을 지원한 혐의로 체포되었다가 바로 석방되었으나 『가니코센』으로 추가 기소되어 형무소에 수감되었다가 보석 출옥되었다. 1931년에는 일본공산당에 입당하였고 1932년 사상단속 대상이 되어 지하 활동으로 들어갔으나, 1933년 체포되어 받은 고문으로 사망하였다.

고바야시 다키지는 구라하라 고레히토藏原惟人의 이론을 받아서 정치적 이론을 우선시한 작품을 써 나갔으며, 가난하고 학대 받는 농민 노동자의 고통과 투쟁을 그려 나갔다.

『가니코센』은 프롤레타리아문학의 대표적 작품이다. 가혹한 노동 아래 착취 구조를 깨달아 가는 노동자들의 군상群像을 예리한 필치로 묘사하고 있다.

작품 줄거리는 오츠크해 캄차카반도 앞바다에서 게를 잡아 통조림으로 만드는 게공선蟹工船 안에서의 이야기이다. 하코다테로 출항하는 낡아빠진 게가공선. 그 속 악취 나는 배 밑 선반에서 생활하는 노동자들이 있다. 폭력적이고 비인간적인 이 배의 감독 아사카와浅川는 노동자에게 비인도적 폭력과 학대를 가하기 일쑤다. 혹독한 환경 탓에 병든 노동자들이 속출하였지만 감독은 아랑곳없이 병자들에게도 일을 시켰고, 그로 인해 각기병을 앓던 27세 젊은 노동자가 죽게 된다. 이를 살해당한 것으로 여긴 노동자들은 마침내 동맹파업을 일으키게 된다. 동맹파업은 잘 진행되는 것처럼 보였지만 구축함이 나타나 대표 9명을 체포해 간 이후 노동은 한층 더 가혹해졌다. 노동자들은 이제 대표를 뽑지 않고 모두가 한 덩어리로 뭉쳐 다시 동맹파업을 단행하기로 한다는 내용으로 되어 있다.

☀ 작품 원문 『가니코센蟹工船』

「ストライキやったんだ」

「ストキがどうしたって？」

「ストキでねえ、ストライキだ」

「やったか！」

「そうか。このまま、どんどん火でもブッ燃いて、函館さ帰ったらどうだ。面白いど」

吃りは「しめた！」と思った。

「んで、皆勢揃えしたところで、畜生等にねじ込もうッて云うんだ」

「やれ、やれ！」

「やれやれじゃねえ。やろう、やろうだ」

学生が口を入れた。

「んか、んか、これア悪かった。—やろうやろう！」火夫が石炭の灰で白くなっている頭をかいた。

皆笑った。

「お前達の方、お前達ですっかり一纒めにして貰いたいんだ」

「ん、分った。大丈夫だ。何時でも一つ位え、ブンなぐってやりてえと思ってる連中ばかりだから」

—火夫の方はそれでよかった。

雑夫達は全部漁夫のところに連れ込まれた。一時間程するうちに、火夫と水夫も加わってきた。皆甲板に集った。「要求事項」は、吃り、学生、芝浦、威張んなが集ってきめた。それを皆の面前で、彼等につきつけることにした。

監督達は、漁夫等が騒ぎ出したのを知ると—それからちっとも姿を見せなかった。

「おかしいな」

「これア、おかしい」

「ピストル持ってたって、こうなったら駄目だべよ」

吃りの漁夫が、一寸高い処に上った。皆は手を拍いた。

「諸君、とうとう来た！　　長い間、長い間俺達は待っていた。俺達は半殺しにされながらも、待っていた。今に見ろ、と。しかし、とうとう来た。

「諸君、まず第一に、俺達は力を合わせることだ。俺達は何があろうと、仲間を裏切ら

ないことだ。これだけさえ、しっかりつかんでいれば、彼奴等如きをモミつぶすは、虫ケ
ラより容易いことだ。──そんならば、第二には何か。諸君、第二にも力を合わせること
だ。落伍者を一人も出さないということだ。一人の裏切者、一人の寝がえり者を出さない
ということだ。たった一人の寝がえりものは、三百人の命を殺すということを知らなければ
ならない。一人の寝がえり……（「分った、分った」「大丈夫だ」「心配しないで、やっ
てくれ」）……

　「俺達の交渉が彼奴等をタタキのめせるか、その職分を完全につくせるかどうかは、一
に諸君の団結の力に依るのだ」

◉ 작품 번역문

　"스트라이크 일어났대."

　"스토키가 어쨌다구?"

　"스토키가 아니야, 스트라이크야"

　"했구나!"

　"그래? 이대로 계속 불이라도 마구 때서 하코다테에 가면 어때? 재미있겠는데"

　말더듬이는 '됐다' 하고 생각했다.

　"그래 모두 힘을 합쳐서, 짐승 같은 놈들에게 항의하는 거야."

　"해라── 해."

　"해라 해라가 아니야. 합시다, 합시다야."

　학생이 곁에서 말참견을 하였다.

　"맞아, 맞아, 잘못했어. 하자── 하자─!" 화부가 석탄재로 하얗게 된 머리를 긁었다.

　모두 웃었다.

　"여러분, 여러분끼리 완전히 하나로 뭉쳐 주세요."

　"응, 알았어. 걱정 없어. 언제라도 하나 정도 후려갈겨 주고 싶다고 생각하고 있는 패거리들
뿐이니까."

　─화부 쪽은 그것으로 됐다.

잡부들은 전부 어부들이 있는 곳으로 끌어 모았다. 1시간 정도 되는 사이에 화부와 뱃사람들도 가담했다. 모두 갑판에 모였다. '요구사항'은 말더듬이, 학생, 시마우라, 이반나가 모여서 결정했다. 그것을 모두의 면전에서 그들에게 들이밀기로 하였다.

감독들은 어부들이 떠들어대기 시작한 것을 알자, 그로부터 조금도 모습을 보이지 않았다.

"이상하네!"

"이건, 이상해."

"권총을 가지고 있다고 해도 이렇게 되면 쓸모없잖아."

말더듬이 어부가 조금 높은 곳에 올라갔다. 모두들 박수를 쳤다.

"여러분! 드디어 때가 왔습니다! 오랫동안 정말 오랫동안 기다려 왔습니다. 우리들은 초죽음을 당하면서도 기다리고 있었습니다. '두고보자'고. 그런데 드디어 때가 왔습니다."

"여러분! 먼저 첫 번째로 우리들은 힘을 합치는 것입니다. 우리들은 무슨 일이 있어도 동료를 배신하지 않는 것입니다. 이것만 확실히 하고 있으면, 그놈들을 비벼 죽이는 것은 벌레 같은 것보다 쉬운 일입니다. 그러면 두 번째는 무엇인가. 여러분, 두 번째도 힘을 합치는 것입니다. 낙오자를 한 사람도 내지 않는 것입니다. 한 사람의 배신자, 한 사람의 배반자를 내지 않는다는 것입니다. 단지 한사람의 배반자는 300명의 목숨을 죽이는 것이라는 것을 알아야만 합니다. 한 사람의 배반자…("알았어, 알았어." "괜찮아" "걱정하지 마. 해 줘.")…."

"우리들 교섭이 그놈들을 때려눕힐 수 있을 것인지, 그 직분을 완전히 다할 수 있을지 어떨지는 모두 여러분의 단결력에 달려 있습니다."

▶ 기타 프롤레타리아 작가들

미야모토 유리코宮本百合子는 도쿄 출생으로 유명한 건축가의 장녀로 태어났다. 도쿄여자사범학교 부속고등학교에 재학 중에 소설을 쓰기 시작하였다. 1916년 니혼조시日本女子대학 영문과에 입학하였으나 이후 중퇴하고, 『마즈시키히토비토노무레(貧しき人々の群: 가난한 사람들 무리)』를 발표하여 천재소녀로서 주목을 받았다. 1918년 아버지를 따라 미국으로 건너가 그곳에서 결혼하게 되지만, 1924년 이혼하게 된다. 이 시기의 경험을 토대로 결혼과 이혼에 이르는 과정을 묘사한 작품 『노부코伸子』를 1924년부터 1926년에 걸쳐 잡지 「가이조改造」에 발표하여 문단에

큰 반향을 일으켰다. 1927년에는 러시아 문학자 유아사湯淺와 소련 유학에 동행하여, 3년간 체재하는 동안 사회주의에 관심을 갖게 되었고, 귀국한 후에는 〈프롤레타리아작가동맹〉에 가입한 후 일본 공산당에도 입당한다. 1932년 공산당원인 미야모토 겐지宮本顯治와 결혼하지만, 그로부터 2개월 후 부부가 함께 체포되어 감금되었다. 교도소에서 미야모토 겐지와 주고받은 서간문을 『주니넨노테가미(十二年の手紙: 12년의 편지)』라는 제목으로 간행하기도 하였다.

하야마 요시키葉山嘉樹는 후쿠오카현福岡県의 무사집안 출생이다. 1913년 와세다早稻田대학 고등예과에 진학하지만 학비 미납으로 제적당하였다. 이후 선원 생활을 하다가 직업을 바꾸어 시멘트 공장에서 근무하였는데, 공장에서 일어난 노무 사고를 계기로 노동조합을 만들려고 하지만 결국 실패하고 해고된다. 이후 나고야名古屋 노동자협회에 가입하여 각종 노동쟁의를 지도하였다. 1923년 〈나고야공산당사건〉으로 검거되고 나고야 형무소에 미결수로서 투옥되어 옥중에서 『인바이후(淫売婦: 매춘부)』 등을 집필하였다. 1925년 출옥 후 『인바이후』, 『세멘토타루노나카노테가미(セメント樽の中の手紙: 시멘트 통속의 편지)』, 『우미니이쿠루히토비토(海に生くる人々: 바다에 사는 사람들)』 등을 발표하였다.

대표작 『우미니이쿠루히토비토』는 1926년 가이조샤改造社에서 간행된 작품이다.

작품 줄거리는, 폭풍우 속에서 석탄선 만주마루萬壽丸가 새벽에 무로란室蘭 항구를 출발하여 요코하마에 도착하는 배안에서 일어나는 일들을 기록한 것이다. 탁한 선원실에서 생활하는 선원들은 대부분 폐결핵에 걸린 환자들로 열악한 환경 속에서 일하게 되는데, 작업 중 견습직원이 중상을 입게 된다. 그러나 선장은 상해치료비를 착취한 채 아무런 처치도 하지 않는다. 이에 선원들이 선장 몰래 다친 선원을 병원에 데려가 치료시키고 돌아와 요구서를 작성하여 선장에게 내민다. 선장은 즉시 실행하겠다고 약속하지만 요코하마에 도착하자마자 스트라이크 중심인물들을 경찰서에 넘겨 버린다. 경찰에게 잡혀간 선원들은 구치소에서 설을 맞이하게 된다는 이야기이다. 작가의 체험을 토대로 한 기념비적인 작품이라 할 수 있다.

도쿠나가 스나오德永直는 구마모토현熊本県 출생으로 소작농의 장남으로 태어났다. 초등학교를 중퇴하고 그 후 인쇄공장 견습공 등을 하면서 노동조합 운동에 참가했으며, 1922년 도쿄에 상경하여 하쿠분칸 인쇄소의 식자공이 되고, 1923년 출판종업원 조합 결성에 참가하여 지부의 책임자가 되었다. 1926년에는 공동인쇄쟁의에 참가하지만 패배하여 해고당한다. 1929년에 〈일본프롤레타리아작가동맹日本プロレタリア作家同盟〉에 가입하였고, 『다이요노나이마치(太陽のな

い街: 태양이 없는 거리)』를 발표하며 프롤레타리아 작가로서 주목받게 되어 작가 활동을 전개하였다.

대표작 『다이요노나이마치』는 1929년 「센키」에 연재된 작품으로 작가가 노동조합 간부로서 체험한 공동인쇄쟁의를 소재로 한 작품이다.

작품 줄거리는, 종업원 3천 명이 근무하는 '대동인쇄회사'는 햇빛이 비치지 않는 거리에 있는데 대동인쇄의 노동조합은 38명의 면직 반대로 동맹파업에 들어갔다. 회사 사장은 좌익적인 조합의 뿌리를 뽑기 위해 전원 해고로 대항하면서 50일간의 쟁의가 계속되었고 그로 인해 경찰에 끌려가는 조합원도 발생했다. 쟁의를 계속하면서 사산한 6개월 된 아이를 분만하지 못하고 죽은 오카요お加代, 그리고 오카요를 죽인 것은 자신들을 착취하는 자본가라고 생각하는 다카키高枝, 양분되어 대립하는 간부 등 노동자의 힘겨운 투쟁이 계속된다. 그러던 어느 날 대동인쇄소에 불이 나고 그와 함께 제복을 입은 순사를 태운 몇 대의 트럭이 거리를 에워싼 후, 간부 대부분이 감금 당하게 된다. 회사는 몇 개의 해결조건을 제시하게 되는데, 이를 거부하고 싸우려는 다짐을 하게 된다는 내용이다.

이 작품은 프롤레타리아문학의 대표작품으로 영어를 비롯한 여러 외국어로 번역되어 소개되었다. 그러나 도쿠나가 스나오가 프롤레타리아 작가동맹을 탈퇴하고 전향을 발표한 후 1937년 절판을 선언하였다.

나카노 시게하루中野重治는 1902년 후쿠이현福井県 출생으로 소설가이자 시인이자 비평가이자 정치가로 활약한 작가이다. 프롤레타리아문학운동에 참가하여 서정성과 전투성을 합친 작품을 창작한 것으로 유명하다. 다이이치고등학교 재학 중에 일본문학을 비롯한 독일과 러시아문학을 섭렵하였고, 단카短歌회에 참여하여 단카를 만들기도 하였다. 이후 도쿄제국대학 독일문학과를 졸업했다. 1926년에는 호리 다쓰오堀辰雄 등과 함께 동인잡지 「로바驢馬」를 창간하여 시를 발표하였고, 같은 해 〈일본프롤레타리아예술연맹〉에 들어가 중앙위원이 되었다. 1931년 일본공산당에 입당하여 일본프롤레타리아문화결성을 위해 활약하였으나, 이후 탄압으로 검거 투옥되었다가 1934년 전향하여 출소하였다.

대표 작품으로는 『무라노이에(村の家: 마을의 집)』, 『우타노와카레(歌のわかれ: 단카와의 이별)』, 『구소카토시나리오(空想家とシナリオ: 공상가와 시나리오)』와 같은 작품들이 있다.

『우타노와카레』는 1939년 잡지 「가쿠신革新」에 연재한 소설이다. 작품내용은 고등학교를

5년이나 다니고 있는 재학생 주인공 야스키치安吉와 하숙집 친구들과의 일상을 중심으로 그려 놓은 이야기이다. 야스키치가 시험을 잘 보고 고등학교를 무사히 졸업한 후 도쿄대학 독문과를 입학하게 되지만, 관동대지진 후의 도쿄에서의 생활은 기쁘지 않다. 작가의 꿈을 가지고 소개받은 작가를 찾아가 보거나 단카회에서 최고점을 받아 인정받게 되지만 단카와도 이별을 고하게 된다는 내용이다.

작가 자신의 청춘상을 묘사한 작품이지만, 청춘의 감미로움과 설렘보다 청춘의 정신적 방황이 잘 묘사되어 있는 작품이다.

2 신감각파新感覺派

모더니즘문학은 20세기 문학사조의 하나로 1920년대 전 후반에 일어난 전위운동前衛運動[22]을 말한다. 도시 생활을 배경으로 전통을 부정하는 전위적인 문학 활동은 유럽, 아메리카 합중국, 라틴아메리카 등에서 그 동향이 나타났다.

일본에서는 관동대지진을 기점으로 기성문학의 타파를 지향, 문단의 새로운 공기를 불어넣으려는 새로운 문학 운동이 일어났다. 쇼와 초기부터 서구의 문예작품과 초현실주의 문예사조의 소개를 중심으로 뿌리내렸는데, 그 중의 하나가 '신감각파新感覺派: 신칸카쿠하'이다. 이 사조에 참여한 작가들은 1924년「분게이지다이文芸時代」를 창간하고 새로운 문학창조를 목표로 하였다. 그때까지의 사실적인 표현방법을 부정한 그들은 의인법과 비유 등을 참신하게 사용한 표현방법에 의해서, 특히 참신한 감각적 문체를 사용하거나 신선한 이미지를 그려냈으며, 직관과 인생에 대한 주관적 해석을 작품에 표현해 내었다. 특히 도시생활이나 기계문명의 단면이나 현상을 감각적으로 골라내어 지적으로 재구성하였다.

대표 작가로는 요코미쓰 리이치橫光利一, 가와바타 야스나리川端康成, 가타오카 뎃페이片岡鉄兵 등이 있다.

---

22 전위운동前衛運動 : 아방가르드avant-garde 혹은 전위예술로 칭해지며, 크게 쉬르레알리슴(surréalisme : 〈제1차 세계대전〉 이후 프랑스를 중심으로 비합리적인 잠재의식이나 꿈의 세계를 탐구하여 표현의 혁신을 꾀한 예술 운동), 다다이즘(파괴주의 예술운동으로, 전통의 부정과 권위에 대한 반항 등을 지향. 스위스 취리히에서 트리스탄 차라에 의해 시작), 미래파(운동과 생명력에 의한 세계 파악을 지향. 이탈리아의 마리네티가 주창), 큐비즘(Cubisme: 분석적 단계에서 종합적 단계로 전개. 재현적인 표현에서 형태를 자유롭게 입체적으로 표현함) 등이 있다.

▶ **요코미쓰 리이치**横光利一

    요코미쓰 리이치는 후쿠시마현福島県 출생으로 아버지는 토목공사 청부업자였다. 1916년 와세다대학 영문과에 입학하였으나 신경쇠약으로 휴학하였다. 휴학 중 문학에 경도되어 문예잡지에 소설을 투고하기 시작하여, 1917년에는 『신메(神馬: 신사의 말)』가 가작으로 당선되어 「분쇼세카이文章世界」에, 같은 해 10월 『한자이(犯罪: 범죄)』가 당선작이 되어 「요로즈초호萬朝報」에 게재되었다. 1919년에 기쿠치 간에게 사사 받았으며, 1921년에는 정치경제학과에 전과하지만 장기 결석과 학비 미납으로 제적당하게 된다. 1923년 잡지 「분게이슌주文藝春秋」의 동인이 되었고 이후 『니치린(日輪: 태양)』, 『하에(蝿: 파리)』 등을 발표하여 문단에서의 지위를 인정받았다. 1924년 가와바타 야스나리 등과 함께 「분게이지다이文藝時代」를 창간하고 『하루와바샤니놋테(春は馬車に乗って: 봄은 마차를 타고)』 등의 작품을 발표하여 신감각파 문학운동을 일으켰다. 1936년에는 고베를 출항하여 반년 간 유럽을 여행하였다. 〈태평양전쟁〉으로 국수주의적 경향이 짙었던 1940년에는 기쿠치 간 등의 작가와 함께 문예후방운동에 동참하였다. 이후 1941년 〈대정익찬회大政翼賛会〉 수련회에 참가하였고, 1942년 〈대동아문학자대회〉에 출석하여 선언문을 낭독하였으며, 1943년에는 해군보도반원으로서 전시징용에 응하였으나 병으로 포기하기도 하였다. 이러한 활동으로 인해 전후에 문단의 전범戰犯으로서 비난받게 되면서 작가와 작품의 평가도 떨어지게 되었다.

    『하루와바샤니놋테』는 1926년 잡지 「조세이女性」에 발표된 작품이다. 창작을 직업으로 삼아 생활하며 폐결핵에 걸린 부인을 간호하는 남편의 일상생활이 잘 묘사된 작품이다.

    작품 줄거리는, 주인공인 남편은 부인을 얻기 위해 4, 5년간 처갓집의 반대에 시달렸다. 이를 극복하고 결혼한 후에는 어머니와 부인 사이의 갈등으로 2년 동안 힘이 든 생활을 해야 했다. 이제 조금 편안해졌다고 생각할 즈음 부인이 폐결핵으로 자리에 눕게 된다. 곁에 있어 주지 않는다고 불평하는 아내를 달래며 생활하던 중 의사에게 더 이상 가망이 없다는 이야기를 듣게 되고, 그날부터 부인은 불평을 하지 않게 된다. 죽을 준비를 하듯 성경을 읽고 며칠이 지난 뒤 아는 사람으로부터 꽃다발을 받고 아내는 창백한 얼굴을 꽃다발에 묻은 채 눈을 감는다는 내용이다.

    사랑하는 병든 아내를 간호하는 남편의 모습과 심리를 잘 묘사하고 있으며 비운에 놓인 부부의 갈등과 애정이 회화문에 농축되어 있는 작품이다.

▶ **가와바타 야스나리**川端康成

　오사카大阪 출생에 아버지는 의사의 아들로 태어난 가와바타 야스나리는 3세 때 아버지를 여의고, 이듬해 어머니가 폐렴으로 사망하자 조부모 밑에서 성장하게 되지만 8세에 할머니가, 16세 때 할아버지마저 사망하여 고아가 된다. 이후 친척에게 신세를 지게 되면서 타인에 대해 솔직하지 못하고 애정에 민감하게 반응하는 등 고아 근성이 깊어지게 된다.

　1920년 도쿄제국대학 영문학과에 입학하여 곧 도코今東光 등과 함께 동인지「신시초」제6차 발간을 기획하였다. 이후 영문학과에서 국문학과로 편입하여 1923년 창간된「분게이이순주」의 동인이 되었다. 1924년 졸업하고 요코미쓰 리이치 등과 함께 동인지「분게이지다이」를 창간한 후,『이즈노오도리코(伊豆の踊子: 이즈의 무희)』를 발표하였다. 1931년에는 잡지「데초手帖」를 창간하고 후에「긴다이세이카쓰近代生活」,「분가쿠文学」,「분가쿠카이文学界」등의 동인이 되어, 장편소설『유키구니(雪国: 눈고장)』와 단편소설『긴주(禽獣: 금수)』등을 발표함으로써 신감각파를 대표하는 작가로 부상하였다. 이후 1944년『후루사토(故園: 고향)』,『유히(夕日: 석양)』등으로 〈기쿠치칸상〉을 수상하였다. 한편 1945년 해군보도반원으로 종군하였고, 종전 후 1948년에는 일본 펜클럽 제4대 회장에 취임하였다. 이 시기의 작품『야마노오토(山の音: 산소리)』[23]는 가족을 제지하거나 바람난 아들을 교정하려고도 하지 않은 채 자신의 내면세계를 응시하고 살아가는 아버지와 그 가족의 이야기로서 당시대의 일본인과 일본인의 생활을 잘 표현하고 있다. 또『센바즈루(千羽鶴: 천마리 종이학)』를 통해 일본의 전통적인 미를 현대 생활 속에서 표현하려 하였다.

　이후 1958년에는 국제펜클럽 부회장에 취임하여 대외적 활동을 하였으며, 1968년에는 〈노벨문학상〉을 수상하기도 하였다.

　가와바타 야스나리는 근대적인 지성과 감각에 의해 애수의 성격을 띠는 냉철한 관찰력으로 서정적 작품을 창작한 작가로, 초기 대표작품인『이즈노오도리코伊豆の踊子』는 19살에 작가가 이즈伊豆를 여행했던 실제 체험을 모티브로 한 것이다.

---

23 『야마노오토山の音』: 1949년부터 1954년에 걸쳐 여러 잡지에 발표한 작품들을 전편수록하여 1954년 筑摩書房에서 간행한 작품. 도쿄에서 회사를 운영하는 尾形信吾는 아내 保子 죽은 언니의 모습을 그리워하며 살아간다. 가마쿠라鎌倉에 살아가는 信吾를 둘러싼 가족의 이야기.

고독이나 우울한 기분에서 벗어나기 위해 홀로 이즈 여행에 나선 청년이 시모다下田로 향하는 유랑게이닌旅芸人단의 무희를 만나 아련한 사랑의 마음을 갖게 되는 여정과 애환을 그린 작품이다.

작품 원문『이즈노오도리코伊豆の踊子』

　道がつづら折りになって、いよいよ天城峠に近づいたと思うころ、雨あしが杉の密林を白くそめながら、すさまじい早さでふもとから私を追って来た。

　私は二十歳、高等学校の制帽をかぶり、紺がすりの着物にはかまをはき、学生カバンを肩にかけていた。一人伊豆の旅に出てから四日目のことだった。修善寺温泉に一夜泊まり、湯が島温泉に二夜泊まり、そして朴歯高げたで天城を登って来たのだった。かさなりあった山々や原生林や深い渓谷の秋に見とれながらも、私は一つの期待に胸をときまかして道をいそいでいるのだった。そのうちに大粒の雨が私をうち始めた。折れ曲がった急な坂道をかけ登った。ようやく峠の北口のたどりついてほっとすると同時に、私はその入り口で立ちすくんでしまった。あまりに期待がみごとに的中したからである。そこで旅芸人の一行が休んでいたのだ。

　つっ立っている私を見た踊り子が、すぐに自分の座蒲団をはずして、裏返しにそばへおいた。

　「ええ……」とだけ言って、私はその上に腰をおろした。坂道を走った息切れと驚きとで、「ありがとう。」という言葉が、のどにひっかかって出てこなかったのだ。

　踊子と真近にむかいあったので、私はあわててたもとからタバコを取り出した。踊子が、また連れの女の前のタバコ盆を引きよせて、私に近くしてくれた。やっぱり私はだまっていた。

　踊子は十七くらいに見えた。私には、わからない古風の不思議な形で大きく髪をゆっていた。それが卵形のりりしい顔を非常に小さく見せながらも、美しく調和していた。髪をゆたかに誇張して描いた、稗史的な娘の絵姿のような感じだった。踊子の連れは四十代の女が一人、若い女が二人、ほかに、長岡温泉の宿屋の印ばんてんを着た二十五、六の男がい

た。

　私はそれまでに、この踊子たちを二度見ているのだった。最初は私が、湯が島へ来る途中、修善寺へ行く彼女たちと湯川橋の近くで出会った。その時は若い女が三人だったが、踊子は太鼓をさげていた。私はふり返りふり返りながめて、旅情が自分の身についたと思った。それから、湯が島の二日目の夜、宿屋へ流して来た。踊子が玄関の板じきで踊るのを、私ははしご段の中途に腰をおろして一心に見ていた。ーーあの日が修善寺で今夜が湯が島なら、あすは天城を南に越えて湯が島温泉へ行くのだろう。天城七里の山道できっと追いつけるだろう。そう空想して道をいそいで来たのだったが、雨宿りの茶屋でぴったりおちあったものだから、私はどぎまぎしてしまったのだ。

❀ 작품 번역문

　구절양장 꼬불꼬불한 길이 이윽고 아마기 고개에 다다랐다고 생각할 즈음, 빗발이 삼나무 숲을 하얗게 물들이면서, 엄청난 속도로 산기슭에서 나를 쫓아왔다.

　나는 스무살, 고등학생 모자를 쓰고, 곤색 교복에 하카마를 입고, 학생가방을 어깨에 메고 있다. 홀로 이즈 여행에 나와서 나흘째였다. 슈젠지 온천에 하룻밤 지내고, 유가지마 온천에 이틀 밤을 묵고, 그리고 굽 높은 나막신을 신고 아마기 고개를 올라온 것이다. 중첩된 산들이나 원시림 그리고 깊은 계곡의 가을풍정에 취하면서도, 나는 하나의 기대로 가슴을 두근거리며 길을 서두르고 있는 것이다. 그러는 사이에 굵은 빗방울이 나를 때리기 시작했다. 구불구불 구부러진 급한 고갯길을 뛰어올랐다. 이윽고 고개의 북쪽 입구에 도달하여 안도함과 동시에, 나는 그 입구에서 망설이고 말았다. 너무나 기대가 정확하게 적중했기 때문이다. 거기서 떠돌이 연예인 일행이 쉬고 있었던 것이다.

　우두커니 서 있는 나를 본 오도리코가, 곧바로 자기의 방석을 빼서 뒤집어 옆에 놓아 주었다. "예 예……."라고만 말하고, 나는 그 위에 앉았다. 고갯길을 달려온 숨 가쁨과 놀라움으로, "고마워요."라는 말이, 목에 걸려서 나오지 않았다.

　오도리코와 가까이 마주 앉았기 때문에, 나는 당황하여 소맷자락에서 담배를 꺼냈다. 오도리코가, 동행한 여자 앞에 있는 재떨이를 내 곁에 가져다 놓아 주었다. 역시 나는 잠자코 있었다.

오도리코는 열일곱 정도로 보였다. 나로서는 알 수 없는 고풍스런 이상한 형태로 크게 머리를 틀어 올리고 있었다. 그것이 계란형의 갸름한 얼굴을 대단히 작게 보이면서도, 아름답게 조화했다. 머리를 풍요롭게 과장하여 그린 전통적인 여자그림 같은 느낌이었다. 오도리코 일행은 사십대의 여자가 한 사람, 젊은 여자가 두 사람, 그밖에 나가오카 온천의 숙소 표시의 한텐半纏[24]을 입은 스물대여섯의 남자가 있었다.

나는 그때까지, 이 오도리코 일행을 두 번 봤던 것이다. 처음은 내가 유가지마에 오는 도중에 슈젠지에 가는 그녀들과 유가와바시 근처에서 만났다. 그때는 젊은 여자가 세 사람이었는데, 오도리코는 북을 메고 있었다. 나는 뒤돌아보고 또 뒤돌아보고, 여정旅情이 내 몸에 달라붙었다고 생각했다. 그리고 유가지마의 이틀째 밤, 나의 숙소에 들어왔다. 오도리코가 현관 바닥에서 춤추는 것을, 나는 사다리 계단의 중간에 앉아서 열심히 보고 있었다. ―그날이 슈젠지였기 때문에, 오늘 밤이 유가지마라면 내일은 아마기 고개를 남쪽으로 넘어 유가지마 온천으로 갈 것이다. 아마기 칠십 리의 산길에서 분명 추월할 수 있을 것이다. 그렇게 계산하고 서둘러 왔었지만, 비를 피하는 찻집에서 딱 마주쳤기 때문에, 나는 당황해 버린 것이다.

가와바타 야스나리의 심성을 가장 잘 드러낸 『유키구니』는 1935년부터 1937년까지 「분게이슌주」에 발표한 장편소설이다. 이후 속편을 집필하고 가필 수정하여 1947년 「가이조改造」에 재발표하였다.

작품 줄거리는, 사진을 통해 서양무용에 관심이 있는 주인공 시마무라島村가 작년 5월 에치고越後의 유자와湯沢에 있는 '다카한タカハン'이라는 온천 여관에 들어간 적이 있는데, 그곳에서 샤미센 연주와 춤을 배우는 고마코駒子를 만나서 하룻밤을 보내게 된다. 이후 12월에 시마무라는 도쿄에서 에치고 유자와에 있는 온천으로 반 년 만에 다시 고마코를 만나러 가게 된다. 가는 열차 안에서 병자 유키오行男와 그를 돌보는 요코葉子를 만나게 되었는데, 온천이 있는 역에 함께 내리게 된다. 시마무라는 온천장에 가서 고마코에게 요코에 대해 듣게 된다. 다음 해 가을 다시 온천에 간 시마무라는 온천장을 떠나기 전날 밤 누에고치 창고에 불이 난 것을 목격하게 된다. 2층에서 여자의 몸이 떨어지는데 그 여자는 요코였고, 뛰어내린 요코를 고마코가 끌어안고 우는 것을 지켜보며 작품은 끝을 맺고 있다.

---

24 한텐半纏 : 깃을 뒤로 접지 않고 가슴의 옷고름 끈이 없는 하오리羽織 비슷한 짧은 겉옷의 하나.

　이 작품은 고마코와 요코를 통한 본질적인 순수미의 허무함을 그리며 아름다운 눈 고장雪国을 배경으로 한 정경이나 심경묘사가 뛰어난 수작이다. 작자의 비현실의 미학이 만들어 낸 한 편의 그림 같은 이상형의 세계를 표현함으로써 〈노벨문학상〉을 수상하게 된다.

◎ 작품 원문 『유키구니雪国』

　国境の長いトンネルを抜けると雪国であった。夜の底が白くなった。信号所に汽車が止った。

　向側の座席から娘が立ってきて、島村の前のガラス窓を落した。雪の冷気が流れこんだ。娘は窓いっぱいに乗り出して、遠くへ叫ぶやうに、

　「駅長さあん、駅長さあん。」

　明りをさげてゆっくり雪を踏んで来た男は襟巻で鼻の上まで包み、耳に帽子の毛皮を垂れてゐた。

　もうそんな寒さかと島村は外を眺めると、鉄道の官舎らしいバラックが山裾に寒々と散らばってゐるだけで、雪の色はそこまで行かぬうちに闇に呑まれてゐた。

　「駅長さん、私です、御機嫌よろしゅうございます」

　「ああ、葉子さんじゃないか。お帰りかい。また寒くなったよ」

　「弟が今度こちらに勤めさせていただいておりますのですってね。お世話さまですわ」

　「こんなところ、今に寂しくて参るだろうよ。若いのに可哀想だな」

　「ほんの子供ですから、駅長さんからよく教えてやっていただいて、よろしくお願いいたしますわ」

　「よろしい。元気で働いてるよ。これからいそがしくなる。去年は大雪だったよ。よく雪崩れてね、汽車が立往生するんで、村も炊出しがいそがしかったよ」

　「駅長さんずいぶん厚着に見えますわ。弟の手紙には、まだチョッキも着ていないようなことを書いてありましたけれど」

　「私は着物を四枚重ねだ。若い者は寒いと酒ばがり飲んでいるよ。それでごろごろあすこにぶっ倒れてるのさ、風邪を引いてね」

駅長は宿舎の方へ手の明かりを振り向けた。

「弟もお酒をいただきますでしょうか」

「いや」

「駅長さんもうお帰りですの？」

「私は怪我をして、医者に通ってるんだ」

「まあ。いけませんわ」

和服に外套の駅長は寒い立話をさっさと切り上げたいらしく、もう後姿を見せながら、

「それじゃまあ大事にいらっしゃい」

「駅長さん、弟は今出ておりませんの？」と葉子は雪の上を目探しして、

「駅長さん、弟をよく見てやって、お願いです」

悲しいほど美しい声であった。高い響きのまま夜の雪から木魂して来そうだった。

◎ 작품 번역문

　지방 경계의 긴 터널을 빠져나오자 눈고장이었다. 밤의 끝자락이 하얗게 되었다. 신호소에 기차가 멈추었다.

　건너편 좌석에서 처녀가 일어나 오더니 시마무라 앞 유리창문을 내렸다. 눈의 냉기가 흘러 들어왔다. 처녀는 창문에 몸을 잔뜩 내밀고 멀리 외치듯이,

　"역장님— 역장님—"

　등불을 들고 천천히 눈을 밟으며 온 남자는 목도리로 코 위까지 감싸고 귀에 모자의 털가죽을 늘어뜨리고 있었다.

　벌써 그런 추위인가 싶어 시마무라가 밖을 내다보니 철도 관사인 듯한 가건물이 산기슭에 을씨년스럽게 흩어져 있을 뿐 눈빛은 거기까지 가기 전에 어둠에 삼켜져 있었다.

　"역장님, 접니다. 안녕하셨어요?"

　"아— 요코잖아. 어서 와. 다시 추워졌어."

　"동생이 이번에 이쪽으로 근무하게 되서, 폐를 끼치네요."

　"이런 곳, 금방 쓸쓸해질 거야. 젊은 나이에 안됐어."

"아직 어린애니까, 역장님께서 잘 가르쳐 주셔요. 잘 부탁드립니다."

"괜찮아, 건강하게 근무하고 있으니까. 이제부터 바빠질 거야. 작년은 대설이었어. 자주 눈사태가 나서 기차가 오도 가도 못해서 마을에서도 밥을 지어 대느라 바빴어."

"역장님은 꽤 옷을 껴입은 듯 하네요. 동생의 편지로는 아직 조끼도 입지 않은 듯이 써 있었습니다만."

"난 옷을 네 겹이나 껴입었지. 젊은 사람들은 추우면 술만 마시고 있어. 그리고 빈둥빈둥 여기저기에 쓰러져서는 감기에 걸리고 말야."

역장은 관사 쪽으로 손에 든 등불을 돌렸다.

"동생도 술을 마시나요?"

"아니"

"역장님 이제 돌아가시나요?"

"나는 다쳐서 병원에 다니고 있어."

"어머, 안됐네요."

기모노에 외투차림 역장은 추운데 서서 이야기 하는 것을 끝내고 싶은 듯 뒷모습을 보이면서.

"그러면 자― 조심해서 가."

"역장님, 동생은 지금 나와 있지 않나요?" 하고 요코는 눈 위를 살펴보고,

"역장님, 동생을 잘 봐주세요. 부탁합니다."

애처로우리만큼 아름다운 목소리였다. 높은 울림 그대로 밤에 쌓인 눈에서 메아리쳐 올 듯하였다.

---

3 신흥예술파新興藝術派

프롤레타리아문학의 유행에 대해서 일어난 반마르크스주의의 문학사조로 결성된 모더니즘 문학 집단의 하나이다. 잡지 「신초新潮」의 편집장이었던 나카무라 무라오中村武羅夫는 1925년에는 프롤레타리아문학의 발흥과 「분게이순주」에 대항하기 위해 「후도초不同調」를 창간하였다. 그러나 1929년 휴간하고 1930년 「긴다이세이카쓰近代生活」를 창간하여 '신흥예술파(新興芸術派

신코게이주쓰해'의 거점으로 삼았다. 1928년 나카무라는 평론에서 프롤레타리아문학에 대한 위기의식을 표명하고, 앞장서서 예술주의 문학집단〈주산닌쿠라부十三人俱樂部〉를 결성하였다. 이에 신감각파의 흐름을 이어받아 후나하시 세이치舟橋聖一, 이부세 마스지井伏鱒二 등 모더니즘, 예술파 작가들이 참가하여 1930년〈신코게이주쓰하쿠라부新興芸術派俱楽部〉를 결성하였다. 그러나 이들은 프롤레타리아문학에 대항할 목적으로 모였을 뿐으로 명확한 문학이념을 주장하지는 않았다. 나카무라 무라오는 도회생활을 표면적으로 묘사하는데 그쳤고, 이부세 마스지, 고바야시 히데오小林秀雄와 같은 신인 작가들이 참가하여 개성적 문학으로 두각을 나타냈다.

▶ 이부세 마스지井伏鱒二

이부세 마스지는 히로시마현広島県 지주집안에서 출생하였다. 5세에 아버지를 잃고 할아버지 집에서 자랐다. 소년시절부터 작문을 잘 하였으나 성적은 그다지 좋지 않아 중학교 3학년 때는 화가를 지망하여 사생여행을 다니기도 하였다. 화가 하시모토 간세쓰橋本関雪를 만나 문하생을 희망하지만 거절 당하고, 문학을 좋아하는 형의 권유로 와세다대학 불문과에 입학한다. 그러나 3학년 때 담당교수와 충돌하여 휴학하게 되고 이후 복학을 신청하지만 반대로 인해 중퇴하였다. 당시 미술학교에도 적을 두었는데 미술학교도 중퇴하고 만다. 1923년 동인지「세이키世紀」에 참가하여『유헤이(幽閉: 유폐)』를 발표하였고, 1924년에 사토 하루오에게 사사받게 된다. 1929년『유헤이』를 개작한『산쇼우오(山椒魚: 도롱뇽)』를「분게이도시文芸都市」에,『야네노우에노사완(屋根の上のサワン: 지붕위의 사완)』을「분가쿠文学」에 발표하였다. 1938년『존만지로효류키(ジョン萬次郎漂流記: 존만지로의 표류기)』로 제6회〈나오키直木상〉을 수상하고「분가쿠카이文学界」의 동인이 되었다. 전시 중에는 육군에 징용되어 쇼난昭南에 체재하면서 일본어신문의 편집을 담당하였다. 1965년『구로이아메(黒い雨: 검은비)』를「신초」에 연재하였는데, 이 작품으로 1966년〈노마野間문예상〉을 수상하였고, 같은 해에〈문화훈장〉도 수상하였다.

『산쇼우오』는 1929년 잡지「분게이도시」에 발표한 단편소설이다. 학생시절의 습작『유헤이』를 개작하여 발표한 작품으로, 이후 1985년 자선집에 수록할 때 결말 부분이 많이 삭제되어 많은 논의를 불러일으키기도 하였다.

바위굴집에서 나갈 수 없는 한 마리 도롱뇽을 주인공으로 한 이야기이다. 작품 줄거리를 살펴보면, 도롱뇽은 바위굴 집에서 편안하게 사는 동안 머리가 커져 자신이 거처하던 동굴에서 밖으로 나오려고 해도 머리가 입구에 끼어 밖으로 나올 수가 없게 된다. 나가지 못하게 된 도롱뇽은 동굴 밖의 경치를 바라보며 자유를 잃어버린 것에 슬퍼하며 비탄해 한다. 비탄에 잠긴 나머지 못된 성격이 되어버린 도롱뇽은 어느 날 우연히 자신의 동굴에 들어온 개구리를 자신의 경우와 똑같이 못나가게 가두어 버린다. 나가려는 개구리와 못나가게 막는 도롱뇽은 서로 언쟁을 주고받으며 싸우는 동안 점점 화해하게 되는 내용이다.

　이부세 마스지는 이 작품에서 감상을 억제한 문장표현 속에 독자적인 유머를 담아 인간의 고독, 오만, 어리석음을 유머러스하게 표현하고 있다.

◎ 작품 『산쇼우오山椒魚』

山椒魚は悲しんだ。
（きんしょううお）

　彼は彼の棲家である岩屋から外に出てみようとしたのであるが、頭が出口につかえて外に出ることができなかったのである。今はもはや、彼にとっては永遠の棲家である岩屋は、出入口のところがそんなに狭かった。そして、ほの暗かった。強いて出て行こうとこころみると、彼の頭は出入口を塞ぐコロップの栓となるにすぎなくて、それはまる二年の間に彼の体が発育した証拠にこそはなったが、彼を狼狽させ且つ悲しませるには十分であったのだ。

　「何たる失策であることか！」

　彼は岩屋のなかを許されるかぎり広く泳ぎまわってみようとした。人々は思いぞ届せし場合、部屋のなかをしばしばこんな工合に歩きまわるものである。けれど山椒魚の棲家は、泳ぎまわるべくあまりに広くなかった。彼は体を前後左右に動かすことができただけである。その結果、岩屋の壁は水あかにまみれて滑らかに感触され、彼は彼自身の背中や尻尾や腹に、ついに苔が生えてしまったと信じた。彼は深い嘆息をもらしたが、あたかも一つの決心がついたかのごとく呟いた。

　「いよいよ出られないというならば、俺にも相当な考えがあるんだ。」

　しかし、彼に何一つとしてうまい考えがある道理はなかったのである。

岩屋の天井には、杉苔^{すぎこけ}と銭苔^{ぜにこけ}とが密生して、銭苔は緑色の鱗^{うろこ}でもって地所とり(小児の遊戯の一種)の形式で繁殖し、杉苔は最も細かくかつ紅色の花柄^{かへい}の尖端^{せんたん}に、可憐^{かれん}な花を咲かせた。。可憐な花は可憐な実を結び、それは隠花植物の種仔散布の法則通り、間もなく花粉を散らしはじめた。

山椒魚は、杉苔や銭苔を眺^{なが}めることを好まなかった。むしろそれらを疎んじ^{うとん}さえした。杉苔の花粉はしきりに岩屋のなかの水面に散ったので、彼は自分の棲家の水が汚^{よご}れてしまうと信じたからである。あまつさえ岩や天井の凹^{くぼ}みには、一群れずつの黴^{かび}さえも生えた。黴は何と愚かな習性を持っていたことであろう。常に消えたり生えたりして、絶対に繁殖して行こうとする意志はないかのようであった。山椒魚は岩屋の出入り口に顔をくっつけて、岩屋の外の光景を眺めることを好んだのである。ほの暗い場所から明るい場所をのぞき見することは、これは興味深いことではないか。そして小さな窓からのぞき見するときほど、常に多くの物を見ることはできないのである。

✺ 작품 번역문

도롱뇽은 슬펐다.

그는 그의 집인 동굴에서 밖으로 나가 보려고 했지만, 머리가 출구에 막혀 밖으로 나갈 수가 없었던 것이다. 지금은 그에게 있어서 이미 동굴은 영원의 집이었고 출입구가 너무나 좁았다. 그리고 어두웠다. 굳이 나가려고 마음먹으면 그의 머리는 출입구를 막는 코르크 뚜껑에 지나지 않았다. 그것은 딱 2년 동안에 그의 몸이 발육한 증거였지만, 그를 낭패하게 만들었고, 더욱이 슬프게 하기에 충분한 것이었다.

"무슨 실책이란 말인가!"

그는 바위굴 안을 가능한 한 넓게 헤엄쳐 다니려고 하였다. 사람들은 울적해 질 경우, 방안을 가끔 이런 방식으로 걸어 다닌다. 그렇지만 도롱뇽의 집은 헤엄쳐 다닐 정도로 넓지 않았다. 그는 몸을 전후좌우로 움직일 수 있었을 뿐이다. 그 결과 바위굴 벽은 물 때 투성이가 되어 미끄럽게 느껴져 그는 그 자신의 등이나 꼬리나 배에 결국 이끼가 자라고 말았다고 믿었다. 그는 깊은 한숨을 내쉬었지만 어디까지나 하나의 결심이 선 것처럼 중얼거렸다.

"결국 나갈 수 없다고 한다면, 나에게도 상응하는 생각이 있지."

그러나 그에게는 뭐하나 좋은 생각이 있을 도리가 없었다.

바위굴 천정에는 솔이끼와 우산이끼 등이 밀생하여 우산이끼는 초록색의 비늘로 땅따먹기 (어린이의 유희 일종)의 형식으로 번식하여, 솔이끼는 더욱 잘게 더욱 붉은 색의 꽃무늬의 끝에 애처로운 꽃을 피우게 했다. 애처로운 꽃은 가련한 결실을 맺고 그것은 민꽃식물의 종자 분포의 법칙대로 얼마 되지 않아 꽃가루를 흩뜨려 놓기 시작했다.

도롱뇽은 솔이끼와 우산이끼를 바라보는 것을 좋아하지 않았다. 오히려 그것을 싫어하기까지 하였다. 솔이끼의 꽃가루는 계속 바위굴 속의 수면에 흩어져서 그는 자신의 살고 있는 물이 더럽혀질 거라고 믿었기 때문이었다. 게다가 바위나 천정의 오목한 곳에는 한 무리씩의 곰팡이마저 자랐다. 곰팡이는 얼마나 어리석은 습성을 가지고 있는 것일까. 항상 사라졌다가 자라거나 해서 절대로 번식해 가려는 의지는 없는 듯하였다. 도롱뇽은 바위굴 출입구에 머리를 대고 바위굴 밖의 광경을 쳐다보는 것을 즐겼다. 어두컴컴한 장소에서 밝은 장소를 들여다보는 것은 매우 흥미로운 것이 아닌가. 그리고 작은 창에서 들여다보는 만큼 평소 많은 것을 볼 수 없었다.

4 신심리주의新心理主義

20세기 초 서양에서는 프로이드의 정신분석학이나 베르그송의 철학을 토대로 '의식의 흐름' 이나 '내적고백'의 수법에 의해 의식적으로 혹은 무의식적으로 실체를 그리거나, 인간의 심층 심리에 천착한 문예사조가 나타나게 된다. 이러한 사조를 모더니즘이라고도 한다. 모더니즘 대표 작가는 아일랜드의 제임스 조이스James Joyce나 프랑스 작가 마르셀 프루스트Marcel Proust 등이다.

일본에서는 쇼와 초기에 이러한 모더니즘의 일환으로 새로운 사조가 나타난다. 이른바 '신심리주의(新心理主義: 신신리슈기)'로, 의식의 흐름이나 내적 독백과 같은 수법에 의해 인간 존재의 원류를 찾으려는 문학사조이다. 대표작가로는 이토 세이伊藤整, 호리 다쓰오堀辰雄 등을 들 수 있다.

▶ **호리 다쓰오**堀辰雄

　　호리 다쓰오는 도쿄에서 출생하였으나, 히로시마広島의 무사집안으로 부친은 메이지유신明治維新 이후 도쿄 지방재판소의 감독기사로 근무하였다. 수학을 좋아하여 미래 수학자를 꿈꾸며 1921년 다이이치고등학교 이과에 입학하였으나 러시아문학 전공자이자 번역가인 진자이 기요시神西清로 인해 문학에 관심을 갖게 되었다. 1923년에 하기와라 사쿠타로萩原朔太郎의 시집을 탐독하였고, 무로 사이세이室生犀星와 아쿠타카와 류노스케를 소개받았다. 9월에는 관동대지진을 피해 구사일생으로 살아났으나 어머니를 잃은 충격에 빠지게 된다. 이로 인해 이후 늑막염에 걸려 휴학하였다. 1925년 도쿄제국대학 국문학과에 입학하여, 이듬해 나카노 시게하루 등과 「로바」를 창간하여 시와 에세이를 번역 발표하였다. 1927년에는 처녀작 『루벤수노기가(ルウベンスの偽画: 루벤스의 모조그림)』를 「야마마유(山繭: 산누에)」에 발표하였다. 그해 7월 아쿠타카와 류노스케의 자살로 충격을 받은 데다 늑막염이 겹쳐 이듬해 학교를 휴학하게 된다. 1929년 프랑스 작가 장 콕토의 영향을 받은 『부키요나텐시(不器用な天使: 서투른 천사)』를 「분게이이슌주」에 발표하였다. 1930년 『세이카조쿠(聖家族: 성가족)』를 잡지 「가이조」에 발표하여 문단에서 높이 평가받았다. 이후 『하나오모테루온나(花を持てる女: 꽃을 가진 여인)』, 『요넨지다이(幼年時代: 유년시대)』, 『가이후쿠키(恢復期: 회복기)』, 『모유루호(燃ゆる頬: 달아오른 뺨)』, 『가제타치누(風立ちぬ: 바람이 불다)』 등을 내놓으면서 이전까지 사소설적이던 일본소설의 흐름 속에 의식적으로 픽션에 의한 서양풍 소설의 문학형식을 확립하려고 하였다.

　　1936년 「가이조」에 발표한 『가제타치누』는 호리 다쓰오의 중편소설이다.

　　작품 줄거리는 죽음을 눈앞에 두고 살아가는 사랑하는 애인을 응시하는 것을 통해 죽음을 초월하는 삶을 그린 작품이다. 나わたし는 여름 피서지에서 세쓰코せつこ를 알게 되어 약혼하지만, 그녀는 폐결핵을 앓게 된다. 요양차 남알프스南アルプス가 보이는 후시미富士見의 병원에 입원하여 두 사람은 함께 생활하게 되면서 더욱 사랑이 깊어 간다. 가을이 가고 겨울이 되었을 때 병원에는 중환자들만 남게 된다. 나는 우리들의 행복한 삶을 주제로 한 소설을 쓰기 시작하는데 마지막 부분을 남겨둔 어느 눈 내리는 날 저녁, 세쓰코는 숨을 거둔다. 세쓰코는 죽었지만 그녀와의 추억에 잠기며 그녀가 죽은 후에도 여전히 그녀를 사랑하고 의지하고 있는 자신을 깨달으며 새롭게 살 것을 다짐하게 된다는 내용이다.

작자의 체험을 소재로 죽음을 앞둔 사랑과 삶의 존재를 추구한 것으로 등장인물의 심층심리를 예술적으로 표현하여, 1930년대(S10) 문학의 대표작으로 평가된다.

1936년 『조쿄쿠(序曲: 서곡)』, 『가제타치누(風立ちぬ: 바람이 분다)』, 1937년 『후유(冬: 겨울)』, 『곤야쿠(婚約: 약혼)』 1938년 『시노카게노타니(死のかげの谷: 죽음 그늘의 골짜기)』 등을 게재하고, 1938년 4월에는 한데 모아 노타쇼보野田書房에서 작품집 『가제타치누』로 간행하였다.

제6장
昭和10年代 小說

1931년 만주사변에서부터 1945년 종전하기까지는 흔히 전시기戰時期로 일컬어진다. 만주사변을 계기로 일본은 경제적 공황에서 벗어나 일시적인 안정의 시기에 접어 들었다. 반면 군국주의가 고양되면서 치안유지법과 특별고등경찰의 탄압에 견디지 못한 공산당지도자들은 전향성명서를 잇따라 내기 시작하였고, 일본 좌익은 빙하기로 들어가게 되었다. 이즈음 문단의 추이는 '전향문학(轉向文學: 덴코분가쿠)'이 발표되는 한편 기성작가들의 활약과 신인작가의 등장도 두드러졌다.

그러나 1936년에 발생한 〈2·26사건〉[25]은 군부의 정치적 영향력이 확대되었으며 또한 사상과 언론의 단속도 강화되었다. 이러한 상황하에 1937년에는 베이징의 노구교에서 일본군과 중국군이 충돌하는 노구교사건盧構橋 事件이 발생한 것이 계기가 되어 〈중일전쟁〉이 발발하였다. 이로 인해 〈곳카소도우인호우(国家総動員法: 국가총동원법)〉이 발표되고, 〈다이세이요쿠산카이(大政翼贊会: 대정익찬회)〉가 결성되면서 전시체제가 본격화된 이래 1941년 12월 8일 〈태평양전쟁〉으로 확장되면서 사상과 문화통제가 가중되어 문학계는 더욱 침체되어 간다.

◆ 2·26 사건
나가타초永田町 일대를 점거한 병사들

---

25 2·26사건 : 육군 내의 황도파와 통제파 파벌이 군부의 정치적 입김이 강해진 틈을 타 대립하다가, 1939년 2월 26일 황도파 계열의 젊은 청년장교들이 봉기하여 수상관저와 주요시설을 습격하여 장악하였지만 후에 진압된 사건을 말한다.

이 시기는 국가시책에 의하여 전향문학(転向文学: 덴코분가쿠), 전쟁문학(戰爭文学: 센소분가쿠), 국책문학(国策文学: 고쿠사쿠분가쿠)이 전면으로 부상된다.

1 전향문학轉向文学

'전향(轉向: 덴코)'이란 사상이나 정치적 주장에 대한 입장을 바꾸는 것으로, 특히 일본에서는 쇼와 시대 전시체재하에 강력한 탄압으로 인해 많은 사람들이 공산주의나 사회주의를 포기하고 천황제 국가체제 안으로 귀속한 것을 말한다. 프롤레타리아 계열 작가들이 전향의 고뇌를 사소설적으로 고백한 문학을 '전향문학(轉向文学: 덴코분가쿠)'이라고 한다.

1933년 6월 당시 공산당 지도자 사노 마나부佐野学, 나베야마 사다치카鍋山貞親가 옥중에서 천황제 지지, 만주사변 긍정, 코민테른 탈당을 주장하고 실질적인 공산주의 포기 등 공동서명에 의한 전향성명이 옥중에서 발표되었다. 약 1년 반 사이에 옥중에 있던 공산주의자의 90%가 전향하게 되었는데 전향의 이유도 다 제각각으로 가정애, 구속에서 오는 반성, 건강 등이었다.

처음에는 전향자가 쓴 것을 전향문학이라 불렀지만, 뒤이어 전향의 경위와 양심의 표명, 재기의 결의, 그리고 자학적인 퇴폐나 파시즘의 전환 등 여러 측면으로 나타났는데, 그 대부분이 사소설私小說 형태를 취하고 있다.

주요 작가와 작품으로 다카미 준高見順의 『고큐와스레우베키(故旧忘れ得べき: 옛 친구 잊혀질까)』, 무라야마 도모요시村山知義의 『햐쿠야(白夜: 백야)』, 도쿠나가 스나오德永直의 『후유가레(冬枯れ: 겨울 초목)』, 시마키 겐사쿠島木健作의 『세이카쓰노탄큐(生活の探求: 생활의 탐구)』 등을 들 수 있다.

▶ 다카미 준高見順

다카미 준은 사생아로 태어나 어머니 손에서 길러졌고, 이로 인해 괴롭힘을 당하기도 하였다. 1924년 도쿄 다이이치고등학교에 입학하였고, 1925년 다다이즘 잡지 「가이텐지다이迴転時代」를 창간하였다. 1927년 도쿄제국대학 영문학과 입학하여 동인잡지 「분게이코사쿠文芸交錯」 창간에 참가하였고, 1928년 좌익예술동맹에 참가하여 기관지에 『아키카라아키마데(秋から秋ま

で: 가을부터 가을까지』를 발표하였다. 1930년 대학을 졸업하고 〈콜럼비아레코드사〉 교육부에 근무하며 잡지 「슈단集団」 창간에도 참가하였다. 1933년에는 〈치안유지법〉 위반 혐의로 검거되었으나, 6개월 뒤에 전향을 표명하고 석방되었다. 1935년에 『고큐와스레우베키(故旧忘れ得べき: 옛 친구 잊혀질까』를 발표하고 제1회 〈아쿠타가와상〉 후보가 되어 작가로서의 지위를 확립하였다. 1941년에는 해군보도반원으로서 징용되어 버마에 파병되었고, 1942년에는 중국에 파견되어 난징南京에서 열린 제3회 〈대동아문학자대회〉에 출석하였다. 1945년에 〈일본문학보국회日本文学報国会〉에 참가하기도 하였다.

전후에는 『무네요리무네니(胸より胸に: 가슴에서 가슴으로)』, 『와가무네노소코노코코니와(わが胸の底のここには: 내 가슴 깊숙한 곳에는)』, 『아르리베라리스토(あるリベラリスト: 어떤 자유주의자)』 등 사소설풍의 작품을 통해 상처받기 쉬운 정신을 규명하였고, 만년에는 쇼와시대를 그린 『게키류(激流: 격류)』 등의 작품을 발표하였다.

전향문학의 대표작이라 할 수 있는 『고큐와스레우베키』는 1935년부터 1936년까지 「히고요미日暦」 및 「진민분코人民文庫」에 연재한 것을, 1936년 진민샤人民社에서 간행한 작품이다.

작품 줄거리는 다이쇼 말기부터 쇼와 초기에 걸쳐 좌익운동에 헌신한 영문과 출신 '小関'는 출판사 영어잡지 편집 일을 돕다가 좌익운동을 함께 했던 친구를 만난다. 좌익운동에 전념했던 친구들이 10년 후에 허무와 퇴폐에 빠져 있는 모습을 그리고 있다.

2 문예부흥기文藝復興期

프롤레타리아문학이 정치적 압박으로 인해 전향이 이루어지면서 프롤레타리아사조가 쇠퇴하자, 그간 문단의 지배력을 상실하고 있던 기성 중견작가들이 상업 저널리즘의 영향으로 활동을 재개하게 되었다. 이들이 활약한 1933년부터 1943년까지의 시기를 '문예부흥기(文藝復興期: 분게이홋코키)'로 칭한다. 다니자키 준이치로谷崎潤一郎의 『슌킨쇼春琴抄』, 시마자키 도손島崎藤村의 『요아케마에(夜明け前: 해뜨기 전)』, 도쿠타 슈세이德田秋声의 『가소진부쓰(仮装人物: 가장인물)』 등이 대표적이다.

다니자키 준이치로의 『슌킨쇼』는 1933년 「주오코론中央公論」에 발표한 중편소설로 마조히즘을 초월한 본질적인 탐미주의를 그린 작품으로 평가받고 있다.

작품 줄거리는, 9살 때 눈병으로 실명한 주인공 슌킨春琴은 샤미센을 배우게 되고, 견습생 사스케佐助도 슌킨의 시중을 들며 샤미센을 배우게 된다. 스승이 죽은 뒤 20살이 된 슌킨은 샤미센 반주자로 독립하게 되었고 그 명성이 널리 퍼졌다. 그러던 중 슌킨은 자신의 미모에 반해 제자가 된 유명한 집안의 아들이 자신을 유혹하자 거들떠보지 않고 오히려 그의 얼굴에 상처를 입히게 된다. 그리고 얼마 후 누군가가 슌킨의 집에 침입해 슌킨의 얼굴에 뜨거운 물을 끼얹어 큰 화상을 입게 되어 슌킨은 자신의 짓물러진 얼굴을 사스케에게 보이지 않으려 한다. 사스케는 스스로 자신의 눈을 바늘로 찔러 실명한 뒤 슌킨 옆을 떠나지 않고 돌보았다는 이야기이다.

이 작품은 구두점이나 개행改行을 대담하게 생략하거나 괄호 등 기호문자를 극히 사용하지 않는 독자적이고 실험적인 문체를 사용한 것이 특징이다.

시마자키 도손의 『요아케마에』는 1929년 4월부터 1935년 10월까지 「주오코론」에 단속적으로 게재한 작품으로, 제1부는 1932년, 제2부는 1935년 신초샤新潮社에서 간행되었다. 1853년 이후부터 1886년까지의 바쿠후 말기와 메이지유신의 격동기에 기소木曾의 한 역참 마을을 무대로 하여, 역참마을 당주의 아들로 태어나 국학國学에 관심을 가진 주인공 아오야마 한조青山半蔵를 둘러싼 인간 군상을 그린 작품이다.

줄거리를 살펴보면 국학을 신봉하고 있던 아오야마 한조는 메이지유신으로 새로운 세상이 도래할 것이라 믿고 있었다. 그러나 현실은 서양문화를 의식한 문명개화와 신정부의 개혁정치에 의해 사람들은 더욱 압박당한다. 메이지정부가 산림을 국유림화하고 벌채를 금지한 것에 대해 탄원서를 제출하지만, 오히려 한조는 주모자로 지목되어 일자리를 잃게 된다. 희망을 잃은 한조는 우국憂国의 시를 지어 그 부채를 천황의 행렬에 던져 벌금을 물게 되고, 이후 절망에 빠진 한조는 고향 사원에 불을 질러 미치광이로 몰리게 되고 감금되었다. 추위와 속박으로 고민하다 결국 미쳐서 생을 마감하는 것으로 이야기는 끝을 맺고 있다.

『요아케마에』는 에도부터 메이지 여명의 모습을 목격자로서 잘 그려내고 있어 당시의 역사적 배경을 아는데 주요한 자료로 평가받고 있기도 하다.

도쿠타 슈세이의 『가소진부쓰』는 1935년부터 1938년까지 「게이자이오라이経済往来」에 게재된 것을 1938년 「주오코론」에서 간행한 작품이다.

작품 줄거리는 아내밖에 모르며 세상 연애사건을 냉담하게 바라보던 중년 작가 이나무라 요조稲村庸三는 아내가 갑자기 죽은 후 자유분방하게 되어 자기도취적이고 다정한 기질을 가진 고즈에 요코梢葉子에게 끌리게 되어 집요한 치정에 빠지게 된다는 이야기이다.

애인의 자유분방한 남자관계와 그 뒤를 쫓는 주인공의 덧없는 모습을 그린 작품으로 냉정하게 자신의 애욕 체험을 응시하는 사소설의 극치를 표명하여 제1회 〈기구치칸상〉을 수상하기도 하였다.

3 전쟁문학戰爭文学 · 국책문학国策文学

'전쟁문학(戰爭文学: 센소분가쿠)' 또는 '국책문학(国策文学: 고쿠사쿠분가쿠)'은 전쟁을 소재로 다룬 문학을 말하는 것으로, 근대 이후의 전쟁을 소재로 하고 있다. 좁게는 〈태평양전쟁〉기에 일본에서 전쟁수행의 국책고양 의도를 가지고 쓰인 문학을 가리키기도 한다. 또 전쟁의 기록으로서 문학은 '전기문학戦記文学', '전사문학戦史文学'이라고도 불린다.

〈중일전쟁〉과 〈태평양전쟁〉을 수행하는 전시기는, 정부의 언론 통제가 극심하여 많은 문학자들이 보도반원으로 종군해 간 시기였다. 그로 인해 전쟁터에서 병사의 모습과 전쟁의 참상을 그린 작품이 발표되었다.

이러한 시대 상황을 배경으로 〈중일전쟁〉 발발과 동시에 출판사의 요청에 따라 작가가 전쟁터에 파견되어 르포타주가 쓰였다. 그중 난징南京 공략전에 종군한 이시카와 다쓰조石川達三는 『이키테이루헤이타이(生きてゐる兵隊: 살아있는 병사)』를 「주오코론」에 발표하였다.

이시카와 다쓰조는 아키타현秋田県 출신의 작가로 교사인 아버지로 인해 여러 지역을 전전하며 성장하였다. 다이니와세다第二早稲田고등학원를 졸업하고 1927년 와세다대학 영문학과에 입학하였으나, ≪오사카아사히신문≫의 현상소설에 응모하여 당선한 뒤 1년만에 중퇴하고 국민시론사国民時論社에 취직하였으나 오래가지 못하고 퇴직하였다. 1930년 이민감독자로서 브라질에 건너가지만, 몇 개월 되지 않아 귀국한 후 다시 복직하여 「신와세다분가쿠新早稲田文学」의 동인이 되면서 소설을 썼다. 브라질에서의 경험을 살려 창작한 소설 『소보蒼氓』가 1935년 제1회 〈아쿠타가와상〉을 수상하였다. 이후 1938년 「주오코론」에 발표한 『이키테이루헤이타이

(生きてゐる兵隊: 살아있는 병사)』는 무방비한 시민과 여성을 잔혹하게 살해하는 묘사나 혹은 군인으로서 전쟁에 대한 비관 등을 포함한 내용이 복자 삭제되었음에도 "반군적인 내용으로 시국적으로 불온당한 작품"이라 하여, 발표 당일 발매 금지 처분을 받게 되며, 이후 저자, 편집자, 발행자까지 〈신문지법〉 위반혐의로 기소되었다. 이러한 처분으로 인하여 문학의 자주성은 상실되고 전쟁에 무비판적인 황군皇軍 찬미의 작품만을 양산하는 결과를 초래하였다. 또 문학이 외부의 힘에 굴복하여 현실을 절대화하고 문학의 자립성을 포기하는 상황이 된 것이다.

1938년에는 군보도부원軍報道部員으로 쉬저우徐州 전쟁에 종군하던 히노 아시헤이火野葦平가 자신의 전투경험을 소재로 한 『무기토헤이타이(麦と兵隊: 보리와 병사)』를 「가이조」에 발표하였다. 이 작품은 종군일기 형식의 전기문학으로 전쟁의 실태보다는 작가 자신의 인간으로서의 반응과 감상 등 전쟁터에서 살아가는 병사의 시야에 포착된 생사의 경계와 전투장의 광활한 자연에 대한 영탄 등이 담겨 있을 뿐 전쟁에 대한 비판정신은 엿보이지 않는다. 그럼에도 이 작품은 100만 부가 팔리는 베스트셀러가 되었고, 『쓰치토헤이타이(土と兵隊: 흙과 병사)』, 『하나토헤이타이(花と兵隊: 꽃과 병사)』 등을 연이어 발표하기에 이른다.

1938년에는 일본 내각정보부는 한코漢口 공략전에 종군작가를 요청하여 펜부대로 육군반 24명, 해군반 8명이 음악가들이 모인 레코드부대와 화가들이 소집되자, 고바야시 히데오小林秀雄는 국책을 위한 문학자 동원을 비판하기도 하였다.

이 해에는 농민문학 진흥을 목적으로 농민들의 문학 간담회가 결성되는가 하면 〈대륙개척문예간담회〉, 〈해양문학협회〉 등 많은 협회가 설립되었고, 1940년에는 〈대정익찬회大政翼賛会〉가, 1942년에 각 단체를 합병한 〈니혼분가쿠호코쿠카이日本文学報国会〉가 창설된다. 이러한 흐름 속에서 다테노 노부유키立野信之의 『고호노쓰치(後方の土: 후방의 땅)』, 도쿠나가 스나오德永直의 『센켄타이(先遣隊: 선발대)』, 유아사 가쓰에湯浅克衛의 『센쿠이민(先駆移民: 선 이주민)』, 하시모토 에이키치橋本英吉의 『고도(坑道: 갱도)』 등이 대륙문학과 생산문학으로 창작되어 국책 문학의 형태로 나타났다.

그뿐만 아니라 〈청일전쟁〉에서 나팔수였던 기구치 고헤이木口小平와 〈청일전쟁〉에 종군한 오가사와라 나가나리小笠原長生의 해전일지에 "목숨을 바쳐 천황의 은혜에 보은하라"는 내용의 수병 어머니의 편지, 〈러일전쟁〉의 군신 히로세広瀬 중령, '폭탄 삼총사' 등 많은 군국미담이 잡지나 신문에 보도되거나 미담모음집 같은 서적으로 발행되어 널리 알려졌고, 이러한 군국미

담은 초등학교 교과서에까지 수록되게 되었다.

🕸 작품 원문 『이키테이루헤이타이生きてゐる兵隊』

　こういう追撃戦ではどの部隊でも捕虜の始末に困るのであった。自分たちがこれから必死な戦闘にかかるというのに警備をしながら捕虜を連れて歩くわけにはいかない。最も簡単に処置をつける方法は殺すことである。しかし一旦つれて来ると殺すのにも気骨が折れてならない。「捕虜はとらえたらその場で殺せ」それは特に命令というわけではなかったが、大体そういう方針が上部から示された。

　笠原伍長はこういう場合にあって、やはり勇敢にそれを実行した。彼は数珠つなぎにした十三人を片ぱしから順々に斬っていった。

🕸 작품 번역문

　이런 추격전에서는 어떠한 부대도 포로처지에 곤란해 했다. 자신들이 앞으로의 필사적인 전투를 취하는데 경비를 서면서 포로를 데리고 걸을 수는 없었다. 가장 쉽게 처리하는 방법은 죽이는 것이다. 그러나 일단 데려 오면 죽이는 것에도 마음고생이 따른다. "포로는 잡으면 그 자리에서 죽여라" 그것은 특별히 명령이라고 할 수 없지만, 대체로 그러한 방침이 상부로부터 제시되었다.

　가사하라 상병은 이런 경우에 있어서도, 역시 용감하게 그것을 실행했다. 그는 죽 늘어세워 묶은 열세 명을 한쪽에서부터 순차적으로 칼로 베어 갔다.

1 근대소설의 시대구분과 그에 따른 문학사조와 문단 흐름을 정리해 보세요.

2 계몽기 소설의 종류와 특징에 대해 말해 보세요.

3 사실주의 작가들과 문학이론서 그리고 작품에 대해 설명해 봅시다.

4 낭만주의 대표작가와 작품에 대해 말해 보세요.

5 자연주의 대표작가와 작품에 대해 말해 보세요.

6 다이쇼기 문학사조의 특징을 이야기 해 봅시다.

7 탐미파 특징과 대표작가 및 작품에 대해 설명해 봅시다.

8 쇼와 초기의 문학사조의 특징을 이야기 해 봅시다.

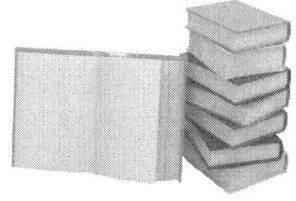

제6부 현대소설現代小說

◆ 원폭으로 파괴된 히로시마広島의 모습　　　　　◆ 종전 직후 도쿄東京의 모습

　1945년 8월 6일 히로시마広島에, 8월 9일 나가사키長崎에 원자폭탄이 투하되자 일본은 〈포츠담선언〉[1]을 수락하고 무조건 항복을 선언하였다. 전쟁에 패한 일본은 GHQ(연합군최고사령부)의 주도로 전면 개혁을 실시하게 된다. 의해 전쟁을 주도한 주모자 처벌과 군대가 해산되었고, 군국주의자의 공직추방이 이루어졌고 치안유지법과 특고경찰이 폐지되었다.

　선거법이 개정되어 이전까지 25세 이상의 남자에게만 주어지던 선거권이 20세 이상의 남녀에게 주어졌으며, 지주의 토지소유를 제한하고 당시 일본 산업을 지배하고 있던 미쓰이三#와 미쓰비시三菱 재벌을 해산시키는 등 정치와 사회개혁을 시행하였고, 새로운 교육제도를 도입하였다.

　또한 노동자의 지위와 생활을 향상시키기 위해 노동자들이 단결할 권리, 사용자와 단체 교섭할 권리, 파업 등의 쟁의권 등이 인정되는 노동조합법이 제정되었고, 1946년에는 정치주권을 국민에게 주는 주권재민主權在民과 국민 개개인의 권리를 보장하는 기본적 인권존중 그리고 군대전력을 보유하지 않고 영구적으로 전쟁을 포기한다는 것 등을 제정한 〈일본국헌법〉이 공포하는 등 구체적인 개혁을 연이어 이루어 나갔다.

---

1 포츠담선언 : 〈제2차 세계대전〉 막바지인 1945년 7월 26일 독일 베를린의 교외 포츠담에서 열린 연합국 정상회담 중 발표한 연합국의 대일對日 공동선언으로, 모두 13개 항목으로 되어 있다. 제1항~5항(前文)은 일본 군국주의자들이 세계 인류와 일본 국민에 지은 죄를 뉘우치고 이 선언을 즉각 수락할 것을 요구하였고, 제6항은 군국주의의 배제, 제7항은 일본영토의 보장점령, 제8항은 카이로선언의 실행과 일본영토의 한정, 제9항은 일본군대의 무장해제, 제10항은 전쟁범죄자의 처벌, 민주주의의 부활 및 강화, 언론·종교·사상의 자유 및 기본적 인권존중의 확립, 제11항은 군수산업의 금지와 평화산업유지의 허가, 제12항은 민주주의 정부수립과 동시에 점령군의 철수, 제13항은 일본군대의 무조건 항복을 규정하고 있다.

1950년 〈한국전쟁〉이 발발함에 따라, 일본은 1951년 연합국 48개국과 〈샌프란시스코 평화조약〉을 체결하였고, 이후 극동極東의 안전을 위해 미군이 주둔하는 것을 허락한 〈미일안전보장조약〉도 체결하였다. 소련과도 국교를 회복한 후, 국제연합에도 가입하였다.

1950년 〈한국전쟁〉이 일어나자 미군이 일본에 물자를 대량 주문함에 따라 일본은 호경기를 맞이하며 경제가 부흥되었고, 국민총생산은 세계 2위가 되었다. 급격한 경제발전으로 인구가 대도시로 집중되어 도시 과밀화와 농어촌 인구 감소가 나타났다. 또한 대기오염과 수질오염 그리고 소음 등의 공해가 커다란 사회문제가 되었다.

이러한 시기의 문단 추이를 살펴보면 전쟁이 종결되고 언론표현의 자유가 주어지면서 전시체제에서 탄압을 받으며 침묵을 강요당하던 좌익문인들의 활동이 폭넓게 펼쳐졌다. 또 개개인의 주체성을 존중한 문학으로 작가가 체험한 어두운 시대나 전쟁과 같은 극한 상황을 새로운 문학적 방법으로 표현한 '전후파(戰後派: 센고하)'가 등장하는가 하면, 중견 기성작가들의 활동과 전후 정체성의 혼란을 겪으면서 기성도덕에 반하여 자학적이고 퇴폐적으로 살고자 한 '무뢰파(無賴派: 부라이하)'가 등장하였다.

1950년대 중반에는 전후의 풍속이나 세태를 그리는 중간소설(中間小說: 주칸쇼세쓰)와, 전후파 작가를 계승하면서도 전후파와 사뭇 대조적인 '제3의 신인(第三の新人: 다이산노신진)'이 등장하여 다양한 문학 활동을 펼쳐나갔다. 이 시기 주목되는 작가로는 이시하라 신타로石原愼太郞와 오에 겐자부로大江健三郞 등을 들 수 있다.

1970년대에 접어들면 문단은 제3의 신인 그룹을 이은 '내향의 세대(内向の世代: 나이코우노세다이)' 작가들의 활동이 활발히 이루어지고, 1970년대 후반에서 1980년대에 이르면 도시의 공간과 건조해지는 인간의 감성을 포착해낸 무라카미 류村上龍와 무라카미 하루키村上春樹가 돋보이며, 요시모토 바나나吉本バナナ를 비롯한 여성작가들의 활동도 두드러지게 된다.

제1장
昭和20年代 小說

〈태평양 전쟁〉이 종결되고 사상이나 표현의 자유가 주어지자 지하에 숨어있던 좌익운동은 공공연히 지상으로 모습을 드러냈다. 이러한 가운데 문단 흐름은 전시 중에 숨을 죽이고 있던 프롤레타리아 계열 문학자들이 〈신니혼분가쿠카이新日本文学會〉를 중심으로 하여 민주주의문학民主主義文学 활동을 펼쳐나갔다. 또한 전후 순수문학으로 독자적 위치를 확보해야 전통적 문학 극복과 새로운 것의 추구를 목표로 「긴다이분가쿠近代文学」를 창간하여 활동한 '전후파(戰後派: 센고하)'문학이 대두되었다. 전통문학을 이어받은 노대가老大家들을 중심으로 기성작가들의 활동도 부활되어 그동안 억압되었던 감각적 향락 요구에 응하여 전후의 풍속이나 세태를 그리는 '중간소설(中間小說: 주칸쇼세쓰)'의 융성 등 다양한 문학활동이 펼쳐졌다. 문예잡지의 복간과 창간이 줄을 이었고, 이러한 시대를 배경으로 '무뢰파(無賴派: 부라이하)'가 등장하면서 전후세대 문학으로 이어졌다.

현대사회의 복잡화, 다양화는 매스커뮤니케이션이나 상업 저널리즘의 팽창과 어우러져 문학을 비롯한 문학자의 자세에도 큰 변화를 가져왔다. 고도성장이 추진되면서 텔레비전과 주간지 등이 전국적으로 보급되고 도시의 대중화와 함께 '제3의 신인(第三の新人: 다이산노신진)'이 등장하는데 이것은 그룹 중심의 문학운동이 아니라 사제관계 중심으로 이루어졌다.

1 노대가의 부활老大家の復活

1945년 전시 중에 집필을 중지하였던 나가이 가후의 『오도리코(踊子: 무희)』를 비롯 다니자키 준이치로의 『사사메유키(細雪: 싸락눈)』가 완성되어 발표되었고, 가와바타 야스나리도 『센바즈루(千羽鶴: 종이학)』[2]와 같은 작품을 통해 근대의 유현미幽玄美를 표현하였다. 이외에도 시가 나오야의 『하이이로노쓰키(灰色の月: 회색 달)』[3]와 마사무네 하쿠초正宗白鳥의 『센사이샤노카나시미(戦災者の悲しみ: 전쟁으로 재난 입은 사람들의 슬픔)』 등을 일시에 발표하며 건재함을 과시하였다.

인간의 해학이나 비애를 그려낸 이부세 마스지는 『요하이타이초(遥拝隊長: 요배대장)』[4]를 통해 전후사회의 괴로움을 유머와 따뜻함으로 그려 냈다.

이토 세이伊藤整는 『나루미센키치鳴海仙吉』[5]에서 전후 지식인의 모습을 그려내는 등 기성작가들은 종전과 동시에 각자의 방식으로 창작 활동을 펼쳐 갔다.

기성 작가들의 부활은 패전 직후 일본문학의 공백을 메우는 역할을 하였다.

▶ **시가 나오야**志賀直哉

시가 나오야는 1949년(S24) 친교를 나누고 있던 다니자키 준이치로와 〈문화훈장文化勲章〉을 공동수상하였고, 가쿠슈인学習院 이후 다른 문인들과도 교류하였다. 만년에는 집필을 줄였지만, 문학전집류 감수에 힘썼다.

『하이이로노쓰키(灰色の月: 잿빛 달)』는 단편소설로, 패전 후 얼마되지 않은 1945년 11월 집필

---

2 『센바즈루千羽鶴』: 1949년의 「千羽鶴」(『読物時事別冊』 5월호)와 「森の夕日」(『別冊文藝春秋』 8월호), 1950년의 「絵志野」(『小説公園』 3월호)와 「母の口紅」(11월 12월호), 1951년 「二重星」(『別冊文藝春秋』 10월호) 등 흩어져 게재된 작품을 1952년 지쿠마쇼보筑摩書房에서 단행본으로 『千羽鶴』가 간행되어 〈芸術院賞〉을 수상했다. 내용은 죽은 불륜 상대의 아들을 만나 사랑했던 사람의 모습을 발견하고 마음이 끌리는 부인의 사랑과 죽음 그리고 불륜 상대 아들과 부인의 딸과의 관계를 통해 도덕 세계를 그리면서 인간의 애욕의 세계와 죽음의 세계를 중첩시켜 절대적 미를 형상화하고 있다.

3 『하이이로노쓰키灰色の月』: 1946년 1월 『世界』에 발표한 작품.

4 『요하이타이초遥拝隊長』: 1942년부터 1년간 육군 징용원으로 싱가폴에 체재한 것을 체험으로 쓴 작품. 1950년 『展望』 발표. 전쟁 중 트럭으로 이동하는 중에 부하가 내뱉은 불경한 말을 듣고 주먹으로 제재를 가하는 중 트럭 짐받이에서 그 부하와 함께 떨어져 머리를 찧어 절름발이 미치광이가 된다. 전쟁이 끝났음에도 끝나지 않았다고 착각하는 모습을 통해 전쟁으로 인한 상흔을 형상화하고 있다.

5 『나루미센키치鳴海仙吉』: 1946년부터 48년까지 여러 잡지에 독립적으로 발표한 단편을 모아 1950년 細川書店에서 간행한 작품. 종전 직후 가족과 헤어져 홋카이도에 혼자 남겨진 중년의 문학자 鳴海仙吉의 사상과 심정 그리고 행동을 시, 소설, 평론, 희곡 등 여러 형식을 빌려 그린 작품.

하여 1946년 『세카이世界』 창간호에 발표하였다. 1945년 10월 시가 나오야는 마루노우치丸の内 회관의 모임에서 돌아가기 위해 도쿄에서 시부야渋谷까지의 야마노테센山手線의 전차에서 아사 餓死 직전의 소년과 마주치게 된다. 『하이이로노쓰키』는 이 경험을 토대로 한 단편인데, 전후 황폐해진 도쿄 전차 안을 무대로 삶의 피곤에 지쳐 잠이 든 채 노선을 일주하는 18살 소년공少 年工의 영양실조에 걸려 아사하기 직전 모습과 전차 안의 다른 손님들의 모습을 통해 종전 직 후의 황폐하고 힘든 현실을 고발하고 있다.

▶ **나가이 가후**永井荷風

전후 나가이 가후는 일본내의 어려운 주택사정과 인플레이션으로 인해 사촌동생이나 지인 의 집에 기거하다가 1948년에 스가노현菅野県에 집을 사서 정착하여 수필집 『가쓰시카미야게葛 飾土産』를 출판하였다. 이후 1950년에는 심신의 여유를 찾고 아사쿠사浅草와 가쓰시카葛飾 등을 산책하거나, 자신의 작품이 상연되는 무대에 특별출연하거나 대기실에서 무희들과 담소하는 등 여유로운 생활을 하였다.

1952년 온화한 시정과 고매한 문명비판 그리고 투철한 현실관조가 갖춰진 뛰어난 창작에 에도문학 연구와 외국문학 이식의 업적을 올려, 일본 근대문학 사상 위대한 업적을 세운 인물 로 평가되어 〈문화훈장〉을 수상하였다. 1957년 이치가와市川시로 이사하고 1959년 3월 병으로 보행이 어려워지면서 근처 식당 외에는 집에 틀어박혀 있다가 각혈에 의한 심장마비로 생을 마감하였다.

전쟁과 상관없이 창작생활을 지속해 왔던 나가이 가후는 『우키시즈미(浮沈: 부침)』[6]와 『군쇼 (勳章: 훈장)』[7] 그리고 『오도리코(踊子: 무희)』 등을 발표하였다. 『우키시즈미』는 전쟁 중의 일상생 활의 어려움 속에서도 그것과 상관없이 음란한 생활을 탐닉하는 것을 그려 내고 있으며, 『군 쇼』와 『오도리코』는 나가이 가후가 1936년부터 아사쿠사浅草에 다니며 친하게 된 오페라관의

---

6 『우키시즈미浮沈』: 1946년 『中央公論社』에 발표. 도쿄 근처의 지방에서 상경한 사다코さだ子가 긴자에서 여급생활 을 하다가 부잣집 남자를 만나 결혼하지만 미망인이 되고, 그 후 그다지 좋아하지 않는 교사 후지키藤木와 재혼하지 만 순탄치 않는 생활을 그린 것.

7 『군쇼勳章』: 1946년 『新生』에 발표. 아사쿠사 오페라관의 무대 뒤를 배경으로 한 작품으로 돈부리메시야どんぶり飯 屋의 배달원 할아버지가 勳八等瑞宝章과 〈러일전쟁〉의 從軍記章을 가슴에 단 모습을 카메라맨인 내가 사진을 찍어 준 후 나타나지 않은 것을 그린 내용.

작곡가나 가수 혹은 무희들과 친하게 되면서 대본을 썼던 경험을 토대로 창작한 것이다.

1946년 「덴보展望」에 발표한 『오도리코』의 줄거리는, 동거하고 있는 무희 하나에花枝의 여동생 지요미千代美도 상경하여 무희가 되는데, 자유분방한 지요미는 언니 하나에의 동거남인 안무가와 관계를 맺게 되어 임신하게 된다. 결국 언니 하나에는 지요미의 아이를 데리고 시골로 내려가 생활하게 된다는 내용으로 전전戰前의 아사쿠라 정서와 화려한 무대를 배경으로 무대 뒤의 모습이 잘 묘사되어 있다.

▶ 다니자키 준이치로谷崎潤一郎

다니자키 준이치로는 전시에 중지되었던 『사사메유키(細雪: 싸락눈)』를 완성하였다.

『사사메유키』는 1943년 「주오코론中央公論」에 연재되지만 육군성으로부터 게재금지를 당하게 된다. 그러나 굴하지 않고 계속 집필하여 1944년에 자비 출판한 것을 1946년에 상권, 1947년에 중권, 1948년 하권을 단행본으로 《中央公論社》에서 간행하였다. 『사사메유키』에 등장하는 자매들은 다니자키 준이치로의 아내 마쓰코松子와 처제 시게코重子를 모델로 한 것으로 알려져 있다.

이 작품은 몰락한 오사카 상인 집안의 네 자매를 중심으로 네 자매의 성격과 오사카 지방의 전통적인 풍속 등을 잘 그려 내어, 〈마이니치출판문화상每日出版文化賞〉과 〈아사히문화상朝日文化賞〉을 수상하였다.

대략의 줄거리는, 오사카大阪 선착장에서 오래된 상점을 자랑스럽게 여기는 마키오카蒔岡 가문의 네 자매, 쓰루코鶴子, 사치코幸子, 유키코雪子, 다에코妙子의 이야기이다. 마키오카 집안은 모를 사람이 없을 정도로 유명했지만, 점포는 이미 다른 사람에게 넘어 갔다. 네 자매 중 장녀인 쓰루코는 데릴사위로 들어온 남편과의 사이에 여섯 명의 아이를 두고 본가에서 살아가고 있고, 둘째인 사치코도 데릴사위로 들어온 남편과 분가해서 살아가는 평범한 주부이다. 유키코는 심지가 굳은 성격으로 여러번 선을 보지만 좀처럼 혼담이 이루어지지 않는다. 이와는 반대로 넷째 다에코는 연애사건으로 신문에 날 정도로 적극적이며, 애인이 있으면서도 수해 때 목숨을 건져 준 인연으로 알게 된 사진작가와 연애하게 되고 결혼 약속까지 한다. 두 사람 사이에서 갈등하던 중 사진작가가 죽게 되자 깊은 상처를 받게 된다. 유키코의 혼담도 겨우 성사되어 결혼 준비를 하던 중 다에코는 바텐더 남자의 아이를 임신하였지만 사산하게 된다. 유키코는 결혼식을 올리기 위해 도쿄행 기차를 타고, 다에코는 미요시三好에게 간다는 내용이다.

작품 원문 『사사메유키細雪』

　妙子はそれから一週間後に退院したが、余りおほびらに出歩かなければ差支へあるまいと云ふ貞之助の意見に従つて、三好の許へ引き取られることになり、兵庫の方に二階借りをして、その日から夫婦暮しを始めた。そして、四月廿五日の晩に、貞之助たちや雪子に暇乞ひ傍々、手廻りの物を運ぶために忍んで蘆屋へ訪ねて来たが、以前彼女の部屋であつた二階の六畳に上つて見ると、そこには雪子の嫁入道具萬端がきらびやかに飾られて、床の間には大阪の親戚その他から祝つて来た進物の山が出来てゐた。が、雪子より先に妙子が新所帯を持つたことは、誰あつて知らう筈もないので、彼女は此の家に預けて置いた荷物の中から、當座の物をひとりでこそこそと取り纏め、唐草の風呂敷包に括つて、三十分ばかり皆と話してから兵庫の家へ帰つて行つた。

　お春は妙子の退院と同時に蘆屋へ戻つたのであつたが、これも内々尼崎の親たちの方に見合ひの話があるらしく、雪子娘さんのお興入が済みましたら、二三日お暇を下さいますやうに、と云つてゐるのであつた。

　幸子は、そんな工合に急に此処へ来て人々の運命が定（きだ）まり、もう近々に此の家の中が淋しくなることを考へると、娘を嫁にやる母の心もかうではないかと云ふ気がして、やゝもすると感慨に沈みがちであつたが、雪子はひとしほ、貞之助夫婦に連れられて廿六日の夜行で上京することに極まつてからは、その日日の過ぎて行くのが悲しまれた。それにどうしたことなのか数日前から腹工合が悪く、毎日五六囘も下痢するので、ワカマツやアルシリン錠を飲んで見たが、余り利きめつた。と、その日の朝に間に合ふやうに、大阪の岡米に誂へて置いた髪が出来て来たので、彼女はちよつと合はせて見てそのまゝ床の間に飾つて置いたが、学校から帰つて来た悦子が忽ちそれを見付け、姉ちやんの頭は小さいなあと云ひながら被つて、わざわざ臺所へ見せに行つたりして女中たちを可笑しがらせた。小槌屋に仕立てを頼んで置いた色直しの衣裳も、同じ日に出来て届けられたが、雪子はそんなものを見て

も、これが婚禮の衣裳でなかつたら、と、呟きたくなるのであつた。さう云へば、昔幸子
が貞之助に嫁ぐ時にも、ちつとも樂しさうな樣子なんかせず、妹たちに聞かれても、嬉し
いことも何ともないと云つて、けふもまた衣えらびに日は暮れぬ嫁ぎゆく身のそゞろ悲し
き、と云ふ歌を書いて示したことがあつたのを、圖らずも思ひ浮かべてゐたが、下痢はと
うとうその日も止まらず、汽車に乘つてからもまだ續いてゐた。

🏵 작품 번역문

　　다에코는 일주일 후 퇴원했지만 너무 공공연히 돌아다니지만 않으면 지장은 없을 것이라는
데이노스케의 의견에 따라, 미요시가 맡기로 하여 효고 쪽에 2층을 빌려 그날부터 부부생활을
시작하였다. 그리고 4월 25일 밤에 데이노스케와 유키코에게 작별인사 겸 소지품을 옮기기 위
해 슬그머니 아시야에 방문했지만, 이전에 그녀 방이었던 2층 방에 올라보니, 거기에는 유키코
의 혼수품이 눈부시게 장식되어 도코노마[8]에는 오사카 친척 등 외부에서 축하러 보내온 선물
이 가득 쌓여 있었다. 그러나 유키코보다 먼저 다에코가 신접살림을 차린 것은 누구도 몰랐기
때문에 그녀는 이 집에 맡겨 놓은 물건 중에서 그 자리에 있는 물건을 혼자서 조용히 모아서
당초무늬 보자기에 묶어 두고 30분 정도 모두와 이야기하고 나서 효고의 집으로 돌아갔다.

　　오하루는 다에코가 입원함과 동시에 아시야로 돌아왔는데, 은밀히 아마가사키[9]의 부모님 쪽
에서 맞선이야기가 있는 듯 유키코의 결혼식이 끝나면 이삼일 시간을 달라고 말하고 있었다.

　　사치코는 그런 상태가 갑자기 여기에 온 사람들의 운명이 결정되고 가까운 시일에 이집이
쓸쓸해질 것을 생각하니 딸을 시집보내는 어머니의 마음이 이런 것일 거라는 기분이 들어 자
칫 감회에 빠져 있었지만, 유키코는 특히 데이노스케 부부에게 이끌려 26일 밤차로 상경하기
로 결정되고 부터는 하루하루 지나가는 날들이 슬펐다. 게다가 어찌된 일인지 수일 전부터 배
가 아프더니 매일 대여섯 차례 설사를 해서 와카마쓰나 알리인정을 먹어 봤는데도 그다지 듣
지 않았다. 그리고 그날 아침에 맞추기 위해 오사카의 오카요네岡米에 주문해 둔 가발이 완성되
어서 그녀는 잠깐 맞춰본 채 도코노마에 놓아 두었는데, 학교에서 돌아온 에쓰코가 바로 그것

---

8 도코노마床の間 : 일본식 방의 상좌上座에 바닥을 한층 높게 만든 곳(벽에는 족자를 걸고, 바닥에는 꽃이나 장식물을
　꾸며 놓음. 보통 객실에 꾸밈).
9 아마가사키尼崎 : 효고현 남동부에 있는 도시.

을 발견하고 "언니 머리는 작구나" 하고 쓰고서 일부러 부엌에 보이러 가서 하녀들을 우스꽝스럽게 만들었다. 고즈치야小槌屋에 부탁해 놓은 갈아입을 의상도 같은 날에 완성되어 도착했지만, 유키코는 그것을 보고도 이것이 혼례의 의상이 아니라면 하고 중얼거리고 싶어졌다. 그러고 보니 옛날에 사치코가 데이노스케에게 시집갈 때도 조금도 즐거운 듯한 모습이 아니었고, 동생들이 물어도 "기쁘지도 아무렇지도 않아"라고 말하며 "오늘도 또/ 의상 고르느라고/ 날은 저무네/ 시집가는 몸이여/ 어쩐지 슬퍼지네" 하고 단가短歌를 써 보였던 것을 우연히도 떠올렸지만, 설사는 결국 그날도 멈추지 않고 기차에 타고 나서도 계속 되고 있었다.

2 무뢰파無賴派

전후 GHQ 점령하의 혼란 속에서 이전의 질서가 붕괴되자 자조적이고 타락적이며 퇴폐적인 작품 경향으로 소설을 쓴 작가들을 '무뢰파(無賴派: 부라이하)'라고 한다. 종래의 자연주의적 혹은 사소설적 리얼리즘에 대항하여 요설체饒舌體를 사용한 부분이 에도江戶시대의 게사쿠戱作와 비슷하다 하여 '신희작파(新戱作派: 신게사쿠하)'라고도 한다. 이 사조는 전쟁과 패전의 체험을 적당히 얼버무리지 않고 정확히 수용하여 전후 상황을 실존적으로 파악하였고, 기성논리에 반항하며 진실된 인간성을 주장하였다.

이러한 작가로는 다자이 오사무太宰治, 사카구치 안고坂口安吾, 오다 사쿠노스케織田作之助, 이시카와 준石川淳, 이토 세이伊藤整 등이 있다.

무뢰파에 해당하는 이들 작가들은 각각 다른 계통에서 활동하여 전전戰前에 서로 면식도 없었고, 전후에도 각각 독립적으로 문학의 길을 걸었지만, 전후 일본인의 심정을 잘 나타낸 공통적 특성을 가지고 있다. 또 그들의 삶은 작품과도 무관하지 않았다. 오다 사쿠노스케와 사카구치 안고는 각성제를 상용하면서 과혹하고 자유분방한 집필생활을 계속하였고, 다자이 오사무는 전후 세상의 혼란 속에 자기의 관념을 현실화하려고 스스로 자살이라는 파멸의 길을 선택하였다. 당대에 있어 그들의 언동과 작품은 일본문학사상 미래를 향한 현대문학으로 나아가는 가능성을 내포하고 있었다고 할 수 있다.

전후 사회의 모든 권위와 질서의 붕괴를 지향한 니힐리즘ニヒリズム[10]과 데카당스デカダン

ㅈ[11]의 풍조에서, 일체의 권위를 인정하려고 하지 않는 그들의 반속무뢰反俗無賴[12]의 정신이 당시 강한 공감을 불러일으켰다.

▶ **다자이 오사무**太宰治

아오모리현青森県 출신의 다자이 오사무의 본명은 쓰시마 슈지(津島修治: つしま しゅうじ)이며 대지주의 집에서 태어났다. 17세경에 습작『사이고노다이코最後の太閤』를 동인지에 발표하면서 작가를 지망하였다.

1929년 당시 성행하던 프롤레타리아문학의 영향으로 동인지「사이보분게이細─胞文芸」를 발행하고 작품을 발표하였으나 계급에 대한 고민으로 인해 그해 12월에 자살을 기도하기도 하였다. 히로사키弘前고등학교 재학 시절에 이즈미 교카泉鏡花나 아쿠타카와 류노스케芥川龍之介의 작품을 좋아하였다. 1930년에 고등학교를 졸업하고 프랑스문학을 동경하여 프랑스어도 모른 채 도쿄제국대학 불문학과에 입학하였다. 그러나 강의 내용을 이해하지 못하고 집에서 보내오는 돈으로 호사스럽고 퇴폐적인 생활을 보내는 한편 자신에 대한 혐오와 가정에서의 소외감 그리고 엘리트 의식 사이에서 동요하며 좌익운동에 경도되어 「센키戦旗」를 애독하기도 하였다.

소설가가 되기 위해 이부세 마스지井伏鱒二의 수하에 입문하였는데, 이때 다자이 오사무太宰治라 칭하게 되었다. 재학 중 카페 여급인 유부녀와 만나 가마쿠라鎌倉의 고시고에腰越에서 입수자살을 시도하였으나 미수에 그쳤다. 학업은 계속 유급되었고 결국 수업료 미납으로 제적당하여 1935년 3월 미야코신문사都新聞社(현재 東京新聞)의 입사시험에 실패하고 대학졸업도 이뤄지지 못하자, 3월 15일 자살을 시도하였으나 실패하였다. 4월에는 맹장염을 일으켜 입원하게 되는데 그때 진통제로 파비날을 사용한 후 중독되게 된다. 최초의 작품집 『반넨(晩年: 만년)』을

---

10 니힐리즘ニヒリズム : 일명 '허무주의'라고도 한다. 전통적인 기성의 질서와 가치를 부정하고, 생존은 무의미하다고 여기는 태도를 말하며 무의미한 생존에 안주하는 도피적인 경향과, 기성 문화와 제도를 파괴하려고 하는 반항적인 경향이 있다.

11 데카당스デカダンス : 데카당스는 프랑스어로 '퇴폐·쇠락'을 의미하며, 19세기 프랑스와 영국에서 일어났다. 지성보다는 관능에, 도덕·질서보다는 죄·퇴폐에 관심을 갖고 새로운 전위적인 미를 발견하려 하였다. 병적인 감수성, 탐미적 경향, 전통의 부정, 비도덕성 등의 특징을 보이는 허무적·퇴폐주의적인 예술경향과 생활태도를 말한다.

12 반속무뢰反俗無賴 : 세속적인 습관이나 풍습에 따르지 않으며, 일반적으로 정해진 방식을 추구하지 않는 것.

간행한 1936년 8월 제1회 〈아쿠타가와상芥川賞〉 수상자를 선정하는 과정에서 높은 평가를 받았으나 차석에 그쳤고 다음번 수상을 기대하였지만, 제2차에서도 탈락되었고, 제3차에서는 후보 작가는 수상대상에서 제외된다는 규정에 따라 후보에도 오르지 못하게 되자 충격을 받는다.

다자이 오사무는 결핵 치료라는 것으로 알고 1936년 10월부터 1개월 동안 무사시노武藏野병원에 입원하였지만, 사실은 그 당시 빠져 있었던 약물 중독을 치료하기 위한 것이었다. 다자이 오사무가 1개월 입원해 있는 동안 아내가 친척 청년과 불륜의 관계를 가지게 되고, 이러한 일련의 사건은 다자이 오사무에게 큰 충격으로 다가왔다.

1937년까지 〈아쿠타가와상〉 문제와 연관하여 저널리즘에 자신의 문학이 정당한 이해와 평가를 받지 못하고 있다는 것을 피력하기도 한다. 문학성을 인정받지 못한데다가 선배·친구·지인의 배반, 아내의 불륜까지 겹쳐 다자이 오사무의 인간불신은 정점에 달했다. 이후 1937년 내연의 처와 수면제를 흡입하고 자살을 시도하지만 미수에 그치자 1년간 절필을 하게 된다.

그러나 1938년 이부세 마스지井伏鱒二의 권유로 야마나시현山梨県 덴가차야天下茶屋에 3개월 체재하는 동안, 이부세 마스지의 중매로 지질학자의 딸 이시하라 미치코石原美知子와 결혼하여 자살미수에서 벗어나 새로운 삶을 다짐한다. 정신적으로 안정을 찾은 다자이 오사무는 『후가쿠핫케이(富嶽百景: 후가쿠 100경)』, 『하시레메로스(走れメロス: 달려라 메로스)』 등의 단편을 발표하였다. 전쟁 중에도 『쓰가루津軽』, 『오토기조시お伽草紙』 등 창작 활동을 지속하였다.

1947년에는 몰락해 가는 상류계층의 모습을 그린 장편소설 『샤요(斜陽: 석양)』[13]가 호평을 받으며 유행작가가 되었다. 그러나 인간에 대한 불신과 공포를 담아낸 『닌겐싯카쿠(人間失格: 인간실격)』[14]와 『오토(桜桃: 앵두)』를 완성한 후 1948년 애인과 함께 다마가와玉川에 빠져 자살하여 생일날 발견되었다.

『닌겐싯카쿠』는 중편소설로 잡지 「덴보展望」에 1948년 6월호부터 8월호까지 3회에 걸쳐 게재된 작품이다.

『닌겐싯카쿠』에서는 어린 시절부터 마음 약하고 사람을 무서워한 재산가의 막내아들인 주인공이 그런 자신을 들킬까봐 오히려 익살을 떨며 성장해 간다. 화가가 꿈이었지만 아버지의 뜻을 거역하지 못하고 진학하기 위해 상경하고, 다른 사람 앞에서는 재밌게 익살맞은 행동을

---

13 『샤요斜陽』: 1947년 「新潮」에 7월부터 10월까지 연재된 작품.
14 『닌겐싯카쿠人間失格』: 1948년 잡지 「展望」에 연재소설로 발표.

할 뿐 본래의 자신을 누구에게도 표현하지 못하는 남자의 인생을 1인칭 시점에서 그리고 있다.

사소설 형식의 픽션이지만 주인공이 회고하는 과거는 다자이 자신의 인생이 진하게 반영되어 있는 부분이 담겨있어 자전적인 소설로 언급되기도 한다.

◉ 작품 원문 『닌겐싯카쿠人間失格』

はしがき

私は、その男の写真を三葉、見たことがある。

一葉は、その男の、幼年時代、とでも言うべきであろうか、十歳前後かと推定される頃の写真であって、その子供が大勢の女のひとに取りかこまれ、（それは、その子供の姉たち、妹たち、それから、従姉妹いとこたちかと想像される）庭園の池のほとりに、荒い縞の袴はかまをはいて立ち、首を三十度ほど左に傾け、醜く笑っている写真である。醜くくけれども、鈍い人たち（つまり、美醜などに関心を持たぬ人たち）は、面白くも何とも無いような顔をして、

「可愛い坊ちゃんですね」

といい加減なお世辞を言っても、まんざら空からお世辞に聞えないくらいの、謂いわば通俗の「可愛らしさ」みたいな影もその子供の笑顔に無いわけではないのだが、しかし、いささかでも、美醜に就いての訓練を経て来たひとなら、ひとめ見てすぐ、

「なんて、いやな子供だ」

と頗すこぶる不快そうに呟つぶやき、毛虫でも払いのける時のような手つきで、その写真をほうり投げるかも知れない。

まったく、その子供の笑顔は、よく見れば見るほど、何とも知れず、イヤな薄気味悪いものが感ぜられて来る。どだい、それは、笑顔でない。この子は、少しも笑ってはいないのだ。その証拠には、この子は、両方のこぶしを固く握って立っている。人間は、こぶしを固く握りながら笑えるものでは無いのである。猿だ。猿の笑顔だ。ただ、顔に醜い皺しわを寄せているだけなのである。「皺くちゃ坊ちゃん」とでも言いたくなるくらいの、まことに奇妙な、そうして、どこかけがらわしく、へんにひとをムカムカさせる表情の写真

であった。私はこれまで、こんな不思議な表情の子供を見た事が、いちども無かった。

第二葉の写真の顔は、これはまた、びっくりするくらいひどく変貌へんぼうしていた。学生の姿である。高等学校時代の写真か、大学時代の写真か、はっきりしないけれども、とにかく、おそろしく美貌の学生である。しかし、これもまた、不思議にも、生きている人間の感じはしなかった。学生服を着て、胸のポケットから白いハンケチを覗のぞかせ、籐椅子とういすに腰かけて足を組み、そうして、やはり、笑っている。こんどの笑顔は、皺くちゃの猿の笑いでなく、かなり巧みな微笑になってはいるが、しかし、人間の笑いと、どこやら違う。血の重さ、とでも言おうか、生命いのちの渋さ、とでも言おうか、そのような充実感は少しも無く、それこそ、鳥のようではなく、羽毛のように軽く、ただ白紙一枚、そうして、笑っている。つまり、一から十まで造り物の感じなのである。キザと言っても足りない。軽薄と言っても足りない。ニヤケと言っても足りない。おしゃれと言っても、もちろん足りない。しかも、よく見ていると、やはりこの美貌の学生にも、どこか怪談じみた気味悪いものが感ぜられて来るのである。私はこれまで、こんな不思議な美貌の青年を見た事が、いちども無かった。

◎ 작품 번역문

머리말

나는 이 남자의 사진을 세 장 본적이 있다.

한 장은 그 남자의 어린 시절이라고 할까. 열 살 전후 정도로 추정되는 사진이며, 그 아이가 많은 여자에게 둘러싸여(그것은 그 아이의 누나와 동생들, 그리고 사촌들이라고 생각된다) 정원의 연못가에 거친 줄무늬 하카마를 입고 서서 목을 30도 정도 왼쪽으로 기울여 보기 흉하게 웃고 있는 사진이다. 흉하지만 둔한 사람들(즉, 아름답고 추함에 관심을 가지지 않는 사람들)은 재미있는 듯 아무렇지 않은 듯한 얼굴을 하고,

"귀여운 도련님이네요."

라며 적당한 칭찬을 해도 전혀 공허한 칭찬으로 들리지 않을 정도로 이른바 통속적인 '귀여운' 모습도 그 아이 미소에 없는 것도 아니었지만, 그러나 조금이라도 아름다움과 추함에 관한 훈

련을 해 온 사람이라면 한눈에 바로,

"어머나, 싫은 아이야."

라고, 매우 불쾌하게 중얼거리며, 벌레라도 쫓을 때의 손놀림으로 그 사진을 집어 던질지도 모른다.

정말 그 아이의 미소는 잘 보면 볼수록 누구에게도 알려지지 않은 섬뜩하고 싫은 느낌이 든다. 뭐야— 이것은 미소가 아니야. 이 아이는 조금도 웃고 있지 않아. 그 증거로 이 아이는 두 주먹을 꼭 쥐고 서있어. 인간은 주먹을 굳게 쥐고 웃지 않아. 원숭이야. 원숭이의 미소야. 단지 얼굴에 못생긴 주름이 있을 뿐이야. "주름투성이 도련님"이라고 말하고 싶을 정도로 정말 기묘한 그리고 어딘가 추잡스럽고 이상하게 사람을 화나게 만드는 표정의 사진이었다. 나는 지금까지 이런 이상한 표정의 아이를 본 적이 한 번도 없었다.

두번째 사진의 얼굴은, 이것 또한 깜짝 놀랄 정도로 심하게 변모해 있었다. 학생 모습이다. 고등학교 시절의 사진인지 대학시절의 사진인지는 확실하진 않지만, 어쨌든 대단히 잘생긴 학생이다. 그러나 이것 또한 신기하게도, 살아있는 인간의 느낌은 들지 않았다. 교복을 입고, 가슴 주머니에서 하얀 손수건을 살짝 드러내고, 등나무의자에 앉아 다리를 꼰 채로 역시 웃고 있다. 이번 미소는 주름투성이 원숭이의 웃음이 아니라 상당히 정교한 미소였다. 그렇지만 인간의 웃음과는 어딘가 다르다. 혈액의 무게라고나 할까, 생명의 떫음이라고 할까, 그런 충만감은 조금도 없고, 그야말로 새보다도 깃털처럼 가벼운 단지 백지 한 장의 무게로 그렇게 웃고 있다. 즉, 하나에서 열까지 가짜 느낌이었던 것이다. 아니꼽다고 해도 모자라다. 경박하다고 해도 부족하다. 여자 같다고 해도 모자라다. 멋쟁이라고 해도 물론 부족하다. 게다가 잘 보면 역시 이 미모의 학생도 어딘가 괴담스런 기분 나쁜 느낌이 드는 것이다. 나는 지금까지 이런 이상한 미모의 청년을 본 적이 한 번도 없었다.

▶ 사카구치 안고坂口安吾

사카구치 안고坂口安吾는 전쟁 전후에 활동한 대표적인 작가로 니가타현新潟県 출신이다. 중의원衆議院 의원이자 한시인漢詩人인 사카구치 니이치로坂口仁一郎의 다섯 번째 아들로 태어났다.

부호였으나 조부의 투기실패로 몰락한 집안과 5살 때 태어난 여동생에게 어머니의 사랑을 빼앗겼다는 생각으로 반항심을 가지고 성장하였다. 중학교 2학년 때 학교성적이 나빠 유급된 후 보들레르나 이시카와 다쿠보쿠石川啄木의 영향을 받았다. 낙제로 인한 퇴학을 염려하여 도쿄의 도요야마豐山중학교(현재 豊山高等学校)로 편입하게 되었다. 아버지가 돌아가신 후 아버지가 남긴 빚을 갚기 위해 소학교 비정규 교원으로 근무하기도 하였다. 그러나 1926년부터 불교를 본격적으로 연구하기 위해 교원을 그만두고 도요대학東洋大学 인도철학윤리과에 입학한다. 4시간의 수면 외에는 불교서나 철학서를 읽는 생활을 1년 반 동안 지속하면서 신경쇠약에 걸렸으나 이를 극복하기 위해 산스크리스트어를 비롯해 티베트어, 프랑스어 등의 공부에 열중하였다.

1930년 대학을 졸업한 사카구치 안고는 본격적으로 프랑스 문학을 배우기 위해 아테네 후란세アテネ・フランセ 고등과高等科에 들어갔고, 거기서 만난 친구들과 「고토바言葉」를 창간하였다. 1931년 제2호 「고토바」에 게재한 처녀작 『고가라시노사카구라카라(木枯の酒倉から: 초겨울의 양조장에서)』 시마자키 도손島崎藤村에게 칭찬받고 소설가로서의 자질에 자신을 갖게 된다.

1931년 잡지 「아오이우마青い馬」에 중편 『구로타니무라黒谷村』를 발표한 후 문단에 인정받아 신인작가로서 주목받으며 작가활동을 하게 된다. 그러나 1934년 자살미수를 되풀이하던 친구가 뇌염으로 발광하여 요절한 것과 또 다른 친구가 급성 폐막염으로 사망한 것에 충격을 받아 방랑의 생활을 보내기도 하였다.

1943년 9월에 자전소설 『니주이치(二十一: 스물하나)』를 「겐다이분가쿠現代文学」에 발표하고, 10월에 창작집 『신주(真珠: 진주)』를 발표하지만 일부의 표현이 시국과 맞지 않는다는 이유로 재판再版을 금지 당하였다. 1946년 잡지가 복간되고 4월에 「新潮」에 발표한 평론 「다라쿠론堕落論」은 종전 후의 암담한 생활 가운데 전시 중의 윤리나 인간의 실상을 재검토함으로써 패전에 잠식된 일본인에게 커다란 영향을 주었다.

1946년 6월에 발표한 『하쿠치(白痴:백치)』[15]도 패전 무렵 궁핍하게 살던 영화연출가와 백치 여자와의 관계를 통해 육체와 본능을 기조로 기성도덕을 뛰어넘은 타락 속에서 인간성 회복을 꿈꾸는 내용을 담아 큰 반향을 불러 일으켰다. 1948년 1월에 九州書房에서 『니류노히토(二流の人: 2류 인간)』를 간행하였고, 미완未完인 『린라쿠노세이슌(淪落の青春: 윤락의 청춘)』를 이토 세이, 다

---

15 『하쿠치白痴』: 1946년 『新潮』 6월호에 게재된 단편소설로 전쟁 말기 인간과 가축이 동거하는 헛간과도 같은 집에 하숙하던 청년과 백치 소녀와의 관계 속에서 원형적 인간의 모습을 보여 주고 있다.

자이 오사무, 하야시 후사오林房雄 등이 활동하는 「루마네스크るまねすく」에 발표했다.

그해 2월에 『긴센무조(金銭無情: 금전무정)』를 〈文藝春秋新社〉에서 간행하였는데, 이때부터 필로폰 등을 복용하게 되었고, 다자이 오사무가 자살한 6월경부터는 더욱 심한 우울증에 빠지게 된다. 이를 극복하기 위해 단편과 에세이의 집필 주문은 거절하고 장편 『닛폰모노가타리(にっぽん物語: 일본이야기)』의 연재 집필에 몰두하지만, 불규칙한 생활에 필로폰의 과다복용으로 병세는 더욱 악화되어 취재를 위해 교토에 간 12월에는 발열 상태로 여관에 누워 있게 된다. 이듬해 1949년 중독으로 신경쇠약과 광란 상태가 심해져 도쿄대학 부속병원 신경과에 입원한 후 중독증상과 우울증이 나아져 작품 활동을 다시 이어 나갔다.

그러나 1953년 1월 『야네우라노한닌(屋根裏の犯人: 지붕 밑 범인)』을 「킹キング」에 발표한 이후 4월 무렵부터 우울증이 재발하여 약물을 과다 복용하게 되지만, 50세가 다되어 얻은 아들로 인해 부모임을 자각하며 생활을 변화시키려 노력하였다.

이후 일본인의 새로운 역사와 풍토를 기록하기 위해 일본 각지를 여행하며 추리소설과 풍토기 등을 발표하여 연재하였다. 그러나 1955년 2월 자택에서 뇌출혈로 48세에 사망하게 된다.

사카구치 안고의 작가 생활은 약 24년간(1931~1955)인데, 종전 14년간의 생활과 전후 10년의 생활(문단에서 성공, 연애, 술과 놀이, 광기, 장편소설 실패, 사회적 사건, 죽음)이 매우 유사한 것으로 지적되고 있다. 그리고 사카구치 안고의 여러 작품에 관철되고 있는 것은 "웅대한 허구정신이며, 사소설적인 자서전 소설에는 자기 부정과 독특한 구도자적 태도"가 맥박 치고 있고, 광기어린 폭발적인 성격과 텅 빈 넓음이 있다고 평가되기도 한다.[16]

사카구치 안고는 철저하게 타락하여 맨 밑바닥에서 새로이 출발하려는 자세를 내보이며 전쟁 중에 독자적인 합리주의를 확립하고, 전통적 형식미를 배제한 실질적인 미美를 주장하며 전후에는 전쟁 전과 전쟁 중의 윤리관을 부정하고 데카당스 윤리를 묻는 작품을 창작하였다.

사카구치 안고의 작품은 미숙한 실패작이나 미완성 작품으로 이른바 문호라 불릴만한 유명한 기교의 문학자가 아니라는 평가도 있지만, 때때로 인간의 영혼을 깊숙한 곳을 울리는 감동

---

16 미요시 다쓰지三好達治가 사카구치 안고에 대해 "그는 당당한 건축이지만 안에 들어가 보면, 다다미가 깔려 있지 않은 느낌이다."라고 평한 것에 대해, 사카구치 안고 자신이 웃으며 "정말 절의 본당과 같은 큰 가란도伽藍堂에 한 장의 돗자리도 보이지 않는다. 소중한 한 시간 한 시간을 그냥 무심히 맞이하고 보내고 있다. 실제로 부족한 매일이며, 평생이다. 신발을 신은 채 슥ー 들어와 밟고 그대로 슥ー 나가도 불평할 수도 없다. 어디에도 구분이 없는 것이다. 여기에서 나막신을 벗어라 라는 금지 푯말이 어디에도 없는 것이다."라고 자신을 이야기 한 것에서 이러한 평가가 나오고 있다.

과 애절한 슬픔과 닮은 동경을 주는 특이한 매력이 있는 작가로 장르를 넘어 다른 작가나 독자로부터 많은 사랑 받고 있기도 하다.

▶ **오다 사쿠노스케**織田作之助

오사카 출신인 오다 사쿠노스케는 처음에는 극작가를 희망하여 희곡을 발표하기도 하였으나 스탕달의 영향을 받아 소설가로 전환하여, 아오야마 고지青山光二와 함께 「가이후海風」를 창간하여, 1938년 처녀작 『아메(雨: 비)』를 발표하였다. 1939년에는 여러 신문사에서 일하면서 작가활동을 겸하여 9월에 「가이후海風」 6호에 『조쿠슈(俗臭: 세속의 냄새)』를 발표하였다. 이 작품은 매형의 큰형의 삶을 소재로 한 것인데, 이듬해 무로 사이세이室生犀星의 추천으로 〈아쿠타가와 상〉 후보작이 되면서 주목을 받게 된다. 또한 7월에 발표한 『메오토젠자이(夫婦善哉: 부부단팥죽)』[17] 가 「가이조샤改造社」의 제1차 문예추천 작품이 되어, 이를 계기로 본격적인 작가 생활에 들어간다. 전쟁 중에는 장편소설 『세이슌노갸쿠세쓰(青春の逆説: 청춘의 역설)』가 발매금지 처분을 받기도 했지만 당시의 풍속을 생생하게 묘사한 단편 『세소(世相: 세상)』를 발표하는 등 무뢰파의 한 사람으로서 활약하였다.

그러나 1946년 12월 결핵에 의한 다량의 각혈로 도쿄병원에 입원하는 등 건강 상태가 점차 악화되어 이듬해 1월 33세의 나이로 사망하였다.

3 신일본문학회新日本文学會

전후 가장 먼저 활동을 개시한 작가군은 전쟁 중 침묵을 강요당했던 프롤레타리아 문학자였다. 미야모토 유리코宮本百合子, 나카노 시게하루中野重治, 구라하라 고레히토蔵原惟人 등이 중심이 되어 「신니혼분가쿠新日本文学」를 창간하여 전후의 해방감을 반영한 민주주의문학을 추구하였다.

민주주의문학은 민중을 기반으로 창조적·문학적 에너지의 앙양과 결집, 반동적 문학·문화

---

17 『메오토젠자이夫婦善哉』 : 1940년 『海風』에 발표한 소설로 오사카 法善寺를 무대로 한 작품.

와의 투쟁, 진보적인 문학·문화운동의 연락 협동 등을 강령으로 하고 있었는데, 아키타 우자쿠 秋田雨雀를 비롯한 9명의 프롤레타리아 문학자들이 중심이 됨으로써 이데올로기적, 당파적인 문학 운동체에 머무르게 된다. 그로 인해 구 프롤레타리아 문학자들의 좌절·전향에 대한 경험 또는 적극적인 전쟁협력에 대한 체험은 사상捨象되거나 은폐되었다.

미야모토 유리코宮本百合子는 종전 후 부인문제와 사회문제에 대해 많은 관심을 가지고 〈후진민슈쿠라부婦人民主クラブ〉의 간사로 근무하며 공산당 지도에 의한 문예운동 추진에 힘썼다. 1950년 점령하의 정치활동 방침을 둘러싼 당내의 혼란과 공산주의자 숙청에 의해 공산당 활동이 크게 제한되어 공산당 중앙위원이었던 남편 미야모토 겐지宮本顕治도 공직 추방대상자가 되었고, 당의 분열에 직면해 있었다. 미야모토 유리코는 역경 속에서도 집필과 당의 선전활동을 계속하는 한편, 자전적 작품인 『미치시루베(道標: 이정표)』를 완성하고 이듬해 뇌수막염 패혈증으로 인해 사망하였다.

또 **도구나가 스나오**德永直는 『쓰마요네무레(妻よねむれ: 아내여 잠들라)』를 발표하며 왕성한 창작 활동을 펼쳤다. 또 노동자 작가의 실력향상을 위해 노력하였으며, 나가노현長野県의 스와諏訪 지역의 노동자와 농민의 항쟁을 그린 『시즈카나루야마야마(静かなる山々: 조용한 산들)』는 외국에도 번역되어 소개되었고, 1950년대의 일본문학의 대표로서 소련에서 높게 평가되기도 하였다.

전후 공산당에 다시 입당한 **나카노 시게하루**中野重治는 「신니혼분가쿠新日本文学」 창간에 참가하였고, 히라노 겐平野謙과 아라 마사히토荒正人 등과 「정치와 문학논쟁政治と文学論争」을 일으키며 전후문학을 확립하였다. 그러나 1964년에는 일본공산당과 정치이론으로 대립하여 제명되었다. 가미야마 시게오神山茂夫와 함께 『니혼쿄산토히한(日本共産党批判: 일본공산당비판)』을 출판하기도 하였다. 『고샤쿠노사케(五勺の酒: 다섯 잔의 술)』는 다섯 잔의 술에 취한 늙은 교사의 말 속에 천황제를 비판하는 세력에 경직되어 가는 모습을 통렬히 비난하였다.

사타 이네코佐多稲子는 전후일본 문예평론가였던 구보카와 쓰루지로窪川鶴次郎와 이혼하고, 〈후진민슈쿠라부〉의 창립에 힘썼으며, 전후 민주화운동에 공헌하였다. 핵실험 금지조약을 둘러싼 문제로 제명되었다. 체험에 입각하여 전후 공산당의 경과를 그린 『와타시노도쿄치즈(私の東京地図: 나의 도쿄지도)』(1946), 『하구루마(歯車: 수레바퀴)』(1958) 등이 있다.

하세가와 시구레長谷川時雨의 『규분니혼바시旧聞日本橋』에서 영감을 받아 썼다는 『와타시노도쿄치즈』는 사타 이네코가 살았던 이케노하타池之端를 비롯해 변두리 마을에서의 생활이 잘 그려져 있다. 이케노하타에서 어린 소녀가 살기 위해 노력하는 모습과 그 마을에서 이뤄진 전차 선로 연장공사와 전후에 불에 탄 곳에서 다바타田端 역을 바라보며 아쿠타가와 류노스케와의 추억을 회상하는 장면 등이 담겨 있다. 도쿄가 사타 이네코의 심상풍경으로서 선명하게 그려 져 있다.

이외에도 전후 여성을 둘러싼 여러 가지 문제를 작품에 담아 부인잡지나 주간지 등에 연재 하는 한편 사회활동에도 적극적으로 참가하였다. 사타 이네코의 생활은 가난하고 어려웠지만, 오히려 그러한 생활과 모습을 밝고 쾌활하게 그려 나간 것이 그녀의 특징이라고 할 수 있다.

4 전후파戰後派

작가들이 체험한 전쟁과 어두움의 시대 상황을 문학적 표현에 의해 자신의 존재와 삶의 방 법을 모색하려 한 '전후파(戰後派: 센고하)'는 크게 '제1차 전후파(第一次戰後派: 다이이치지센고하)'와 '제 2차 전후파(第二次戰後派: 다이니지센고하)'로 나뉜다.

전후의 여러 가지 체험은 전후문학 성립에 큰 영향을 주게 되는데, 전후문학에서 센고하가 형성된 기점은 1946년 1월 창간된 잡지 「긴다이분가쿠近代文学」[18]라 할 수 있다. 야마무로 시즈 카山室静 외 6명이 참여한 「긴다이분가쿠」는 평론을 중심으로 하여 정치보다도 인간을 우위에 두는 문학을 주장하였다. 「긴다이분가쿠」를 중심으로 새로운 작가나 평론가가 나타나 전후파 戰後派 사조가 형성되었다. 여기에 참여한 작가들은 모두 청춘기에 프롤레타리아 문학운동의 좌절을 체험하였고, 전쟁기에는 극심한 자아의 굴절을 겪으며 사회에 대한 불신이 강했다. 그 리고 전후를 맞아 30대 문학자로서 세대적 사상적 기반을 공유하며 공통의 문학적 사명감을 지니고 있었다. 그리하여 극한 상황 속에서도 살아가는 운명을 추구하며 정치와 문학 혹은 전 쟁과 평화문제 등의 사회문제를 정면으로 취급하였다.

이들의 경향을 살펴보았을 때 노마 히로시, 우메자키 하루오, 시이나 린조 등으로 대표되는 전쟁문학의 방향성과 나카무라 신이치로, 후쿠나가 다케히코 등으로 대표되는 20세기의 소설

---

18 「긴다이분가쿠近代文学」: 야마무로 시즈카山室静, 히라노 겐平野謙, 혼다 슈고本多秋五, 하니야 유타카植谷雄高, 아라 마사히토荒正人, 사사키 기이치佐々木基一, 오다기리 히데오小田切秀雄 등이 참가하였다.

적인 수법을 이용한 실험소설로 나누기도 한다.

1) 제1차 전후파第一次戰後派

패전 직후인 1946~1947년 비교적 빠른 시점에 내용이나 방법에서 기성 문학을 극복하고 새로운 문학을 지향하고자 한 무리의 작가가 등장하는데 노마 히로시野間宏, 시이나 린조椎名麟三, 우메자키 하루오梅崎春生, 나카무라 신이치로中村真一郎와 같은 제1차 전후파이다. 이들은 마르크스주의를 경험한 이후 전향체험이나 혹은 전장체험이라는 실존과 관련된 체험을 가지고 있지만, 반드시 문학적 업적이나 지향하는 바가 일치하지는 않는다.

노마 히로시野間宏는 장편소설長編小說과 사회전체의 구조를 파악하는 전체소설全体小說을 지향한 효고현兵庫県 출신 작가이다. 고등학교 재학 중 동인지 「산닌三人」을 창간하였으며 교토제국대학京都帝国大学에 진학하여 반전反戦 학생운동에도 참가하였다. 대학을 졸업한 후에는 오사카 시청에 근무하며 피차별 부락과 관계되는 일을 담당하였다. 1941년 징집되어 중국과 필리핀 전지에서 말라리아에 감염되어 귀국하였다. 1943년 사회주의운동경력이 문제가 되어 사상범으로 오사카 육군 형무소에서 반년간 복역한 후 부대에 복귀하였다. 종전 후에는 일본공산당에 입당하였고, 암흑시기의 혁명과 자기 확충의 통일의 길을 모색하는 청년을 그린 『구라이에(暗い絵: 어두운 그림)』로 작가 생활을 시작하였다.

1946년 「황평黃蜂」에 발표한 단편 『구라이에』는 작가 자신의 경험을 토대로 한 자전적 소설로, 〈태평양전쟁〉 말기 오사카 군수공장에서 일하면서 좌익운동에 깊은 관심을 지닌 주인공 후카미 신스케深見進介가 우정과 운동 그리고 연애 사이에서 괴로워하다가 마침내 자신이 가야 할 길을 선택한다는 이야기이다.

1952년에는 군대의 비인간성을 폭로한 『신쿠치타이(眞空地帶: 진공지대)』를 발표하여 〈마이니치출판문화상毎日出版文化賞〉을 수상하였다. 장편 『신쿠치타이』는 육군형무소에서 2년 복역을 마치고 가석방 되어 돌아온 기타니木谷 일등병을 중심으로 심한 폭행과 제재가 통하는 군대사회를 일반사회에서 격리된 '진공지대'로 표현하며, 군대 말단기구인 병영 생활을 적나라하게 묘사함으로써 일본군국주의를 비판하고 있다.

노마 히로시는 1964년에 소련을 추종했다고 일본공산당으로부터 제명처분을 받기도 하였지

만, 문필활동은 지속하여 1971년『세이넨노와(青年の環: 청년의 고리)』로 〈다니자키준이치로상谷崎潤一郎賞〉과 1973년 〈로터스상ロータス賞〉을 수상하였다. 1974년 〈日本アジア·アフリカ作家会議〉의 초대의장으로 선출되기도 하였다. 그리고 1989년에는 일본문학에 기여한 공로로 1988년도 〈아사히상朝日賞〉을 수상한 후 1991년 암으로 사망하였다.

1939년 7월부터 9월까지 오사카를 배경으로 하여 등장인물만 100명이 넘는 장편소설『세이넨노와青年の環』를 썼는데, 노마 히로시가 주창한 전체소설의 실천으로 쓰인 작품이다. 노마 자신이 오사카시 직원으로 일할 당시 관계된 피차별 부락被差別部落 해방 운동의 경험을 연애와 성, 전쟁과 연관시켜 그리고 있다.

개인과 전체의 생사를 시대의 심층에서 그려 냄으로써 독자의 마음을 사로잡은 노마 히로시는 만년까지 사회적 발언을 많이 한 것으로도 알려져 있기도 하다.

우메자키 하루오梅崎春夫는 후쿠오카시福岡市 출신으로 도쿄제국대학 국문과 재학 중 「와세다분가쿠早稲田文学」에 『가제우타게(風宴: 바람의 연회)』를 발표하였다. 졸업 후 도쿄시 교육국에 근무하던 중에 징집되어 가고시마현의 암호병으로 복무하다가 패전을 맞았다.

전후 1946년 창간된 잡지 「스나오(素直: 순수)」 편집부에서 일하면서 창간호에『사쿠라지마桜島』를 발표하여 신진 작가로 주목받았다. 『사쿠라지마』는 암호병 무라카미村上 상사軍曹를 중심으로 세상의 학력과 상관없는 군대내의 서열이나, 선임이 신병을 괴롭히는 장면 등을 통해 군인의 모습을 형상화하고 있다. 자신의 전쟁 체험을 바탕으로 생과 사의 경계를 격조 높고 고전적인 문체로 엮어 내었다.

1950년『구로이하나(黒い花: 검은 꽃)』, 1951년『레이코零子』, 1953년『가이타이샤(拐帯者: 횡령자)』가 각각 〈나오키상〉 후보에 오르고, 『보로야노슌주(ボロ家の春秋: 넝마주이 봄가을)』로 제32회 〈나오키상〉(1954년 하반기)을 수상하였다. 같은 해「군조群像」에 게재한『스나도케이(砂時計: 모래시계)』로 제2회 〈신초샤新潮社 문학상〉 수상, 1964년『구루이타코(狂ひ凧: 고장난 연)』로 〈예술장려문부대신상芸術選奨文部大臣賞〉 수상, 『겐카(幻花: 환상의 꽃)』로 〈마이니치출판문화상毎日出版文化賞〉을 수상하였다.

시이나 린조椎名麟三는 효고현 출신으로 부모의 자살로 생활이 궁핍해지자 14세에 가출하여 히메지姫路중학교를 중퇴하고, 음식점 배달, 요리사 견습생 등의 직업을 전전했다. '우지카와宇治川전기'의 차장車掌 시대에 칼 마르크스를 읽기 시작하며 일본공산당에 입당하였으나, 이후

1931년 특고에 검거되었다. 옥중에서 읽은 니체의 『고노히토오미요(この人を見よ: 이 사람을 보라)』를 계기로 전향하여, 그 후 니체의 『오이나루쇼고(大いなる正午: 위대한 정오)』를 계기로 철학에 빠져 들었다. 키에르 케고르 등을 통해 크리스트교에 관한 지식을 얻었고, 소설에 관해서는 도스토예프스키와의 만남을 통해 "소설의 진정한 의미"를 알았다고 한다. 전후 『신야노슈엔(深夜の酒宴: 심야의 주연)』으로 등단하였다.

『신야노슈엔深夜の酒宴』은 1947년 「덴보展望」에 발표한 중편소설로, 1946년 7월 탈고한 『구로이운가(黒い運河: 검은 운하)』를 개작한 작품이다. 한때 공산당원이었던 주인공 스마키須﨑는 전후의 폐허 속에서 옥사를 연상시키는 이상한 아파트에 불행한 주민들과 함께 살고 있다. 하지만 그는 존재하는 모든 것을 탄식하면서도 계속 참으려고 한다. 운하 옆의 타다만 창고를 개조한 아파트에 살고있는 주민들, 빈사하는 천식환자, 영양실조 소년, 매춘부의 생태 등을 건조한 문체로 그려낸 작품으로, 사회의 최하층민의 생활과 관념적이고 형이상학적 논의의 이상한 융합은 전후에 독자적인 실존적 문학 등장으로서 주목받았다. 실존주의적 작풍을 선보인 『신야노슈엔』을 발표하며 사회 밑바닥에서 자라나 오로지 혁명운동으로 보내고 감옥에서 그 고독한 관념을 반추한 사람들의 생각을 담아냈다. 1950년 기독교에 입교하여 세례를 받은 후 기독교 작가로 활동하였으며, 1955년 『우쓰쿠시이온나(美しい女: 아름다운 여인)』로 〈예술장려문부대신상 芸術選奨文部大臣賞〉을 수상하기도 하였다.

나카무라 신이치로中村真一郎는 도쿄 출신으로 어려서 어머니를 잃고 어린 시절은 시즈오카 현静岡県에 있는 외조부모 밑에서 자랐다. 중학교 시절에 아버지를 여의고 독지가의 지원으로 다이이치第一고등학교에 진학하여 가토 슈이치加藤周一를 알게 된다. 도쿄제국대학 불문과에 입학하여 창작에 뜻을 두고 「마티네 포에티크マチネ・ポエティク」를 만들어 압운정형시押韻定型詩[19]의 가능성을 추구하였다. 전후 그들의 시도는 시단에서 백안시되었지만, 나카무라는 만년까지 그 시도를 계속했다. 소설가로서의 출발은 전시에 쓰고 있던 작품의 발표로부터 시작되었다. 전시에 살았던 한 사람의 지식인의 생애를 더듬은 장편 5부작 『시노카게노시타니(死の影の下に: 죽음의 그늘 아래에서)』로 시작되었다. 『시노카게노시타니』는 유럽문학에 대한 교양을 모태로 오직 문학자체의 혁신을 겨냥한 작가로 프랑스 작가 프루스트의 다른 시간을 동시에 서술하는

---

19 압운정형시押韻定型詩 : 한자의 초성, 중성, 종성의 세 가지 소리로 나누어 초성을 자모字母라 하고 중성과 종성을 합해서 운모韻母라 하며 운모가 같은 글자로 맞추는 것을 압운이라 한다. 이러한 압운에 시구나 글자의 수, 배열순서, 운율 등을 일정한 형식적 제약 속에서 표현한 시 형식을 말한다.

수법을 구사한 작품이다. 당시 나카무라의 작품은 전쟁전의 이상과 전후의 현실에 농락당하는 지식인의 군상을 그린 『가이텐모쿠바(回転木馬: 회전목마)』로 대표되듯 현실의 일본 사회 속에서 지식인의 역할을 추구한 것이 많았다.

그러나 1957년에 아내가 어린 딸을 남기고 수면제 자살을 한 것을 계기로 정신질환을 앓아 과거 기억을 부분적으로 잃은 후로 에도시대 한시를 읽고, 서양 문학에 한문학 요소를 덧붙이는 계기가 되었다.

1971년에는 한문학의 조예를 기반으로 한 평전 『라이산요도소노지다이(頼山陽とその時代: 라이산요와 그 시대)』를 「주오분코中公文庫」에서 출간해 일본 한문학사의 검토 계기를 만든다.[20]

소설에서는 작가와 경력과 비슷한 작가를 화자로 하여 전체 소설의 하나의 형태를 만든 『시키(四季: 사계)』(신초샤)로 〈일본문학대상日文学大賞〉을 탔다.

다양한 단편을 집필하며 다양한 소재에 도전하였는데, 만년에는 성애의 의미를 문학에서 찾아 『뇨타이겐소(女体幻想: 여체환상)』(신초샤), 『시주소(四重奏: 사중주)』 4부작을 「슈에이샤集英社」에서 간행하는 등 끝까지 창작 의욕을 가지고 현역 작가로 평생을 다했다.

나카무라는 소설 방법에 관심을 갖고, 작품의 문체표현을 살리는 것을 일생의 과제로 삼았다. 대중적 인기를 얻은 베스트셀러 작가는 아니었지만, 문학 형식과 내용에 관심을 가진 독자에게는 무시할 수없는 존재라고 할 수 있다.

2) 제2차 전후파第二次戦後派

제2차 전후파(第二次戦後派: 다이니지센고하)에 해당하는 작가로는 다케다 다이준武田泰淳, 오오카 쇼헤이大岡昇平, 미시마 유키오三島由起夫, 아베 고보安部公房, 홋타 요시에堀田善衛 등이다. 이들은 제2차 전후파의 특징이라 할 수 있는, 자기와 타자와의 관계나 자기와 사물과의 관계를 응시하며 자기존재의 문제를 고집하는 실존주의 내지 존재론적 경향을 더욱 관념적이고 사색적인 방향을 취하며 나아갔다. 이들은 새롭고 독자적인 발상과 방법의 작품 창작을 시도하였고, 개인을 넘어 보편적인 인간상이나 확고한 사상이나 관념등과도 결부되어 있었다. 정치와 문학

---

20 이후에도 『蠣崎波響の生涯』(新潮社)로 読売文学賞, 유작이 된 『木村蒹葭堂のサロン』(新潮社), 『詩人の庭』(集英社), 『江戸漢詩』(岩波書店) 등이 있다.

문제에 대해서도 날카로운 문제의식을 가진 실존주의적 경향을 띠면서 종전의 일본적 리얼리
즘과 사소설을 지양하며 시야를 확대해 갔다.

다케다 다이준武田泰淳은 도쿄 출신으로 도쿄제국대학 중국문학과支那文学科에 입학하여 다케
우치 요시미竹内好를 만났다. 좌익 활동을 하면서 전단지 배포에 참가했다가 체포되어 한 달여
구속되었다가 석방 후에는 대학을 중퇴하고 〈중국문학연구회中国文学研究会〉를 설립하였다. 〈중
일전쟁〉 당시 중화전선에서 2년 복무 후 제대하였다. 1947년 『마무시노스에(蝮のすゑ: 살무사의
후예)』를 발표하고 홋카이도 대학 법문학부 조교수로 재직한 바 있다.

『마무시노스에蝮のすゑ』는 성경의 '마태복음' 제3장에서 따온 제목이다. 전쟁이 끝난 후 중국
에서 대필을 하며 살아가는 전직 시인과 자신에게 일을 맡긴 부인과 그녀의 병든 남편 그리고
부인을 좋아하는 남편 상사와의 관계를 중심으로 한 이야기이다. 패전 후 중국에서 추악한 현
실 속에 살아가는 일본인의 모습을 드라마틱하게 구성하여 동일 인간 내부에 존재하는 선과
악 혹은 가해자와 피해자의 이중성 등을 그려 냈다. 다케다 다이준은 모든 존재는 서로 관계하
면서 변화하는 것을 강조하며 제행무상의 사상을 형상화하고 있다.

이듬해에는 「긴다이분가쿠近代文学」의 동인이 되어 작가 생활에 전념하기 위해 퇴직하고 도
쿄로 돌아왔다. 이후 몇 편의 작품들은 영화화되었고, 1973년에는 『가이라쿠(快楽: 쾌락)』로 〈일
본문학대상日本文学大賞〉, 1976년 『메마이노스루산포(目まいのする散歩: 현기증 나는 산보)』로 〈노마
문예상野間文芸賞〉을 수상하기도 하였다.

오오카 쇼헤이大岡昇平는 1919년 「赤い鳥」에 동화를 투고해서 입선하였다. 아오야마가쿠인青
山学院중학부에 입학하여 기독교에 감화된다. 고등학교에 진학해서 야학에서 프랑스어를 배우
고, 고바야시 히데오小林秀雄에게 개인교습을 받는다. 1929년 교토제국대학京都帝国大学에 입학하
여 나카하라 주야中原中也 등과 함께 「하쿠치군白痴群」을 창간하였다. 대학을 졸업한 후에는 고
쿠민신문사国民新聞社에 입사하여 근무하였으나 1936년 퇴사하였다.

1944년 소집으로 부대에 입대하여 필리핀에서 암호수로 복무하다가 다음 해 1월 미군의 포
로가 되어 포로병원에 수용되었고, 종전된 후 12월 귀국하여 효고현으로 돌아온다.

1949년에 필리핀 종군체험을 담은 작품으로 쏠 수 있었던 미군 병사를 쏘지 못하고 포로가
된 심적 요인을 철저하게 파헤친 『후료키(俘虜記: 포로기)』로 〈요코미쓰리히치상横光利一賞〉을 수
상하였고, 메이지대학明治大学 강사로 근무하며 『노비(野火: 쥐불)』를 간행한 후 5월에 〈요미우리

문학상読売文学賞〉을 수상하였다.

『후료키』는 고바야시 히데오小林秀雄의 권고로 쓰기 시작한 작품이다. 1948년에 발표한 연작소설로 후기에 포로수용소 사실을 빌려 점령하의 사회를 풍자한 것이 의도였다고 밝히고 있다. 줄거리는 크게 두 가지로 나누어 전반부는 포로가 되기 전과 후반부는 포로가 된 후 생활을 그린 것으로, 전쟁터에서 맞닥트린 미군 병사를 만나 죽이느냐 죽느냐는 선택의 기로에서 결국 주인공의 선택은 적을 죽이지 않는 것을 선택하게 되고, 결국 포로가 되어 어떻게든 살아남아 일본으로 돌아가려는 개인의 무력한 삶에 대한 애착이 잘 드러나 있다. 포로의 공간에서 연합군이 점령한 공간으로 그리고 일본의 전후 공간으로 전개되어 개인의 삶에 대해 추적하고 있다. 『후료키』가 일반적인 전쟁문학과 다른 점은 수용소를 비통하고 유머러스하게 그려 인간의 에고이즘과 타락을 냉철하게 통찰하여 세밀하게 분석하고 묘사한 점이다.

한편 1961년에는 『가에이(花影: 꽃그림자)』를 中央公論社에서 발행한 후 〈마이니치출판문화상毎日出版文化賞〉, 〈신초샤문학상新潮社文学賞〉을 수상하였다. 1974년에 간행한 『레이테센키(レイテ戦記: 레이테전기)』는 일본군 8만 4천 명의 희생자를 낳은 레이테 섬의 사투를 방대한 자료와 인터뷰로 재구성하였다. 후기에서 "전사戰史는 아니다. 레이테 섬이라는 한정된 장소에서 펼쳐졌던 하나의 비극이다."라고 후기에 적고 있듯이 공통된 열대공간에서 미국인, 필리핀인 그리고 일본인이 선택해야만 했던 각자의 선택에 대한 삶을 잘 묘사하고 있다.

이 작품으로 〈마이니치예술상毎日芸術賞〉을 수상하였고, 작품 『나카하라 주야中原中也』는 〈노마문예상〉을 수상하는 등 각종 상을 수상하였다.

미시마 유키오三島由起夫는 농상무성農商務省 관리인 아버지와 유학자 출신의 어머니 사이에서 도쿄에서 태어났다. 유소년기 가부키歌舞伎와 노能 그리고 이즈미 교카泉鏡花 등의 소설을 좋아하는 조모와 동거하면서 조모의 영향을 많이 받았다.

1931년 가쿠슈인 초등과에 입학하여 시詩와 하이쿠俳句 등을 초등과 기관지「고자쿠라小ざくら」에 발표한 것을 비롯해 시가詩歌나 산문 작품 그리고 희곡 등을 창작하였다. 1942년 우수한 성적으로 중등과를 졸업한 후 가쿠슈인 고등과를 거쳐 아버지의 권유로 도쿄제국대학 법률학과에 진학하였다. 출판통제가 심했던 당시 처녀단편집 『하나자카리모리(花ざかりの森: 만개한 삼림)』(七丈書院)를 출판하였다.

1945년 도쿄제국대학 재학 중 군마현群馬県의 비행기 제작소에 근로 동원되어 작업하면서 소설『주세이中世』를 「분게이세이키文芸世紀」에 발표하였다. 이후 입영통지를 받고 신체검사를 받았지만, 때마침 걸린 기관지염을 폐병으로 오진하여 당일 귀가하게 된다. 신체의 허약에서 오는 소심함이 전쟁에 대한 자신의 소극적인 태도로 나타난 것에 대해 미시마 유키오는 콤플렉스를 갖게 된다.

1947년 도쿄대학 졸업하고 오쿠라쇼大蔵省 사무관으로 근무하면서 왕성한 창작 활동을 이어갔다. 이듬해에는 잡지 「긴다이분가쿠近代文学」의 제2차 동인으로 참가하였다. 관공서 근무와 집필 활동으로 인한 과로 때문에 시부야 역의 홈에서 선로에 떨어지는 사고를 계기로 직업작가로 전환한 이후 11월에 『가멘노코쿠하쿠(仮面の告白: 가면의 고백)』를 집필하여, 이듬해 7월에 출판하였다.

화려한 관념과 아름다운 문장에 의해 도착한 자기내면의 고뇌를 담은 『가멘노코쿠하쿠』는 미시마 유키오 스스로 "이번 소설은 태어나 처음 쓰는 사소설이다. 물론 문단적인 사소설은 아니며 지금까지 가상의 인물에 대해 날카로웠던 심리 분석의 날을 자신에게 향하고 스스로 자신의 생체해부를 하려는 시도"라고 밝힌 자기 고백의 작품이다.

다른 사람과 다른 성적 경향에 고민하여 성장과정에서 자신을 객관적으로 생체를 해부해 가는 자신을 고백한 작품이다. 성적 이상자의 자각과 정상적인 사랑에의 시도, 그리고 좌절을 고통과 비애로 가득 찬 이지적이고 시적인 문체로 그려냈다.

1951년 12월 ≪아사히신문≫ 특별통신원으로 약 반년간의 세계 일주를 하고 1952년 귀국하였다. 1950년 일어난 금각사 방화사건을 소재로 1956년 「新潮」에 『긴카쿠지(金閣寺: 금각사)』를 연재하여 제8회 〈요미우리문학상読売文学賞〉을 수상하였다. 『긴카쿠지』는 긴카쿠지를 불태움으로써 소멸이 아닌 영원히 존재하는 미의 완성도를 추구하며 죽음의 철학을 창조하고 있다.

이후 소설 『비토쿠노요로메키(美徳のよろめき: 미덕의 비틀거림)』를 비롯한 베스트셀러를 다수 발표하며 문단의 총아가 된다. 1965년 단편 『유코쿠(憂国: 우국)』을 각색, 감독, 주연하여 영화화하기도 하였다. 미시마는 일본인 작가로서 해외에 널리 알려져 국제적 작가라는 명성을 얻었다. 광범위하게 여행을 다니며, 많은 외국 출판인들과 교분을 맺은 까닭에 유럽과 미국에서 많은 독자층을 확보했고, 대표작들은 대부분 영어로 번역되어 두 번이나 〈노벨문학상〉 후보에 지명되기도 하였다.

1966년 미시마 유키오는 취재를 위해 나라현奈良県과 구마모토현熊本県에 갔을 때 해상자위대

海上自衛隊 다이이치주츠카第一術科학교에 들른 이후 조국방위대를 구상하고 학생들을 이끌고 자위대 입대 체험을 정기적으로 시행하였다. 1968년 〈조국방위대祖国防衛隊〉의 명칭을 변경하여 〈다테노카이楯の会〉를 결성하여, 우익 정치활동에 본격 참여했다. 이후 『반노테라(暁の寺: 초저녁 절)』를 집필 중 국제반전day의 좌익 데모와 10·21 국제반전day 투쟁에 대항하기 위해 자위대自衛隊 치안 출동과 쿠데타에 의한 헌법개정과 자위대 군국화를 실현을 기대하였으며 〈다테노카이〉의 활동 등을 활발하게 행하였지만 그 꿈은 이뤄지지 않았다. 1970년 육상자위대陸上自衛隊 주둔지에서 〈다테노카이〉 멤버 4명과 자위대의 궐기·쿠데타를 촉구하는 연설을 한 직후에 할복 자결하였다.

도쿄 출신인 **아베 고보**安部公房는 만주의과대학満州医科大学 의사인 아버지를 따라 유소년기를 만주에서 생활하였다. 고교시절부터 독일의 시인 릴케와 철학자 하이데거에 심취했으며, 전후 부흥기에는 다양한 예술운동에 적극적으로 참가하여 르포르타주 등을 익히는 등, 문학의 지평을 넓혀 갔다.

귀국하여 세이조成城고등학교에 입학하였고, 독일어 교사였던 아베 로쿠로阿部六郎에게 큰 영향을 받아 연극과 실존주의 문학을 탐독하게 된다. 그러나 군사훈련의 영향으로 폐결핵에 걸려 휴학하고, 다시 만주 봉천奉天으로 돌아가 휴양하게 된다.

1943년 졸업 후에는 도쿄제국대학 의학부에 입학하지만, 1944년 학생들이 학도병으로 징집되자 연말에 만주로 돌아가 개업한 아버지를 도왔다. 1946년 패전으로 집을 쫓겨나 봉천奉天 시내를 전전하며 생활비를 마련하다가 연말에 귀국하였다.

1947년 만주에서의 체험을 토대로 한 『무메이시슈(無名詩集: 무명시집)』를 자비출판하였고, 1948년 대학을 졸업하고 쓴 처녀장편 『넨도베이(粘土塀: 흙담)』 중 『다이이치노노토(第一のノート: 제1노트)』가 상업잡지 「고세이個性」에 처음으로 게재되었으며, 이후 문학모임에도 참여하였다.

1951년 「긴다이분가쿠近代文学」에 만주벌판의 체험을 토대로 한 초현실주의 작품인 단편 『가베-에스카르마시노한자이(壁 - S·カルマ氏の犯罪:벽- S·카르마씨의 범죄)』[21]를 발표하여, 제25회 〈아쿠타카와상〉을 공동 수상하였다. 1950년대의 전위예술에 관심을 갖고 노마 히로시野間宏와 함께 「진민분가쿠人民文学」에 참가해 일본공산당에 소속되기도 하였으나 당 규율을 어기고 의견

---

21 『壁-S·カルマ氏の犯罪』: 『壁』는 아베 고보安部公房의 최초의 중편작품집으로 『S·カルマ氏の犯罪』, 『バベルの塔の狸』, 『赤い繭』(3부 구성)으로 된 옴니버스 작품. 1951년 月曜書房에서 간행. 이름을 상실한 남자가 현실에서 존재감을 잃고 눈에 비치는 현실이 기괴하고 부조리한 덩어리로 변모하여 드디어 자신도 무기물의 벽으로 변신한다는 이야기이다.

서를 공표하여 당에서 제명된다. 1962년에 발표한 『스나노온나(砂の女: 모래여자)』를 끝으로 장편을 쓰기 시작하며, 1964년에 『다닌노카오(他人の顔: 타인의 얼굴)』를, 1967년에는 『모에쓰키타치즈(燃えつきた地図: 불타버린 지도)』를 집필하였다.

1973년에는 자신이 직접 주재하는 극단 〈아베코보스튜디오安部公房スタジオ〉를 발족하여 본격적인 활동을 시작하였으나 1982년 건강 문제로 그만두게 된다. 만년에는 폐쇄적 공간을 무대로 하여 내향적 주인공의 모습을 담아낸 작품들을 썼으며, 〈노벨문학상〉 후보에 오르기도 하였다. 1992년 12월 25일 소설을 집필하다 뇌출혈로 쓰러져 입원, 퇴원 후에도 요양을 계속했으나 병상이 악화되어 1993년 1월 급성심부전으로 68세에 사망하였다.

대표적인 작품 『스나노온나砂の女』는 1962년 신초샤에서 간행되어, 1963년 〈요미우리読売문학상〉을 수상한 작품이다. 세계 여러나라 언어로 번역 소개되어 1967년 프랑스의 〈최우수외국문학상〉을 수상하였고, 아베 고보 자신의 각본으로 영화화되기도 하였다.

작품 줄거리는, 1955년 8월 어느 날 니키 준페이가 휴가를 이용해 해안에 새로운 곤충채집을 하기 위해 언덕 마을에 가서 과부 혼자 살고 있는 민가에 묵게 된다. 마을의 집들은 모래언덕에 패인 개미구멍 같은 바닥에 있고 사다리를 통해서만 지상 출입을 할 수 있게 되어 있었다. 하룻밤 보내고 나니 사다리가 제거되어 굴 아래 갇히게 된 남자는 과부와 동거 생활을 하지 않을 수 없게 된다. 모래에 묻히지 않기 위해 모래를 파내는 생활을 하면서 니키 준페이는 다양한 방법으로 탈출을 시도하지만 실패하게 된다. 그곳에서 지내면서 니키 준페이는 유수장치溜水装置 연구에 몰두하게 된다. 시간이 흘러 탈출할 수 있는 사다리를 발견하지만 탈출하지 않는다. 7년이 지나 가정재판소에서는 니키 준페이를 실종으로 인한 사망자로 판결한다.

이상한 상황 설정을 사실적으로 표현한 이 작품은 모래세계에서 도피와 실패를 거듭했던 사람이 곧 모래생활에 적응하고 탈출의 기회가 찾아와도 도망치지 않는 모습을 통해 시민사회의 일상성이나 거기에 존재하는 인간의 생명력의 본질과 진상이 상징적으로 그려져 있다. 초기소설을 대표하는 이 작품은 벽이 인간을 절망시키기보다 인간의 정신에 있어 좋은 운동이 되고 얼마나 웃음을 주는가를 나타내려는 목적으로 쓴 작품이다. 독특한 우화적 감각과 유머로 고독한 인간의 실존적 체험을 그려 가치의 역전을 꾀한 초현실적인 세계를 관념적인 작풍으로 그려 내었다.

◉ 작품 원문 『스나노온나 砂の女』

　遥か彼方まで延々と連なる砂丘。一人の中学校教師、仁木順平（岡田英次）は３日間の休暇を利用して、昆虫の採集と生態観察をしにやって来た。

　日が暮れかかり、休んでいるところへ部落の男（三井弘次）が通りかかった。

　「先生、これからどうなさるね」

　「又、明日出直して来るつもりだが・・・」

　「登りのバスはもう終いだが、先生さえよけりゃ、この近くで泊まるとこの世話ぐらいしてあげられるで」

　「そいつはあり難い」

　仁木が部落の男たちに案内されたところは、砂丘を掘った中に建てられた一軒の小屋だった。仁木は縄梯子で下へ降りた。

　「どうぞ」その家に住む女（岸田今日子）が家の中へ招き入れた。主人に死なれ一人で住んでいるのだという。

　女が食事を持って来た。食卓の上に唐傘を吊るす。

　「砂が降ってきますから」女は言った。電気が来ていないため、ランプを灯す。仁木にとってはこれも貴重な体験だった。

　「風の強い日なんか、一晩で砂が一尺も二尺も積もってしまうんです」女が言った。

　その時、「おーい、助っ人の道具、持ってきてやったぞー」上の方から男の声がした。

　仁木は「助っ人？ やはり他に誰かいるんじゃないか」　　女は無視して外に出、砂かきを始めた。

　「手伝おうか」仁木が言うと、「いいんですよ、最初の日からじゃ悪いから」

　「最初の日？ おかしなことをいうなぁ、僕が泊まるのは今晩だけだよ」仁木は笑った。

　女が砂をかき、モッコに載せた砂を上の男たちが滑車で引き上げる。引き上げた砂はどこかへ捨てるのであろうか。そんな作業は朝まで続くのだった。

　翌日、仁木は身支度をした。女はまだ寝ている。外へ出てみると、自分が降りた筈の梯子がない。砂をよじ登る。砂はまったく手ごたえがなく、足元から崩れるばかりだ。

　仁木は女に詰め寄った。「梯子を付けてくれないか」女は無言だった。

　その時、仁木ははっと気付く。『あれは縄梯子だった。縄梯子は下からは架けたり外したりできない！』

　「チキショー、グルだったんだな」仁木は女に怒鳴った。

　「・・・女手ひとつじゃ、無理なんですよ」女は、済みません、済みません、を繰り返すのだった。

　仁木は訳のわからない策略に自分がはまったのだと悟る。昨夜、女が懸命に砂かきをしていた。そのための労働力として自分が連れてこられたのか。

　「砂かきをしないと、家が埋まってしまうんです」

　「ふん、勝手に埋まればいいんだ、人を巻き添えにすることはないだろ！」仁木は憤慨した。

　再度の砂登りに失敗した仁木は、女を縛り上げたが、それで逃げられる訳でもないと知ると空しくなり、結局又、解いてやる。上から滑車で『配給』が降りてきた。煙草と焼酎だった。仁木は焼酎をがぶ飲みした。

　「身体に毒ですよ」女が言った。

　仁木は自棄になり板壁を壊し始めた。「何するんだい！」「梯子を作るんだ！」

　仁木と女はもつれ合った。その時、地響きとともに家が揺れ、砂が降って来た。仁木は女をかばうように覆い被さる。

　女が苦しみだした。仁木は男たちに助けを求めた。子宮外妊娠！？

　男たちが女を毛布に包み上へ引き上げ、医者へ連れて行った。

　仁木は一人、残された。縄梯子が残されていた。仁木は上へ上がってみた。そして海を眺める。このまま逃げようと思えば逃げられる。

しかし、仁木は再び穴に戻った。鳥取りの罠が変じた貯水装置を見つめる。

『・・・別にあわてて逃げ出したりする必要はないのだ。私の気持ちは貯水装置のことを誰かに話したいという欲望ではちきれそうになっている。話すとなれば、この部落の者以上の聞き手はまず有り得ない。逃げる手立てはそれから考えればいい』仁木の表情はかってなく、明るい希望に満ちているのだった。

◎ 작품 번역문

저 멀리 끝없이 이어지는 모래 언덕. 중학교 교사 니키 준페이仁木順平는 3일간의 휴가를 이용해 곤충채집과 생태 관찰을 하러 왔다.

날이 저물어 쉬고 있는데 부락의 남자 미쓰이 고지三井弘次가 지나갔다.

"선생님, 이제부터 어떻게 하실 건가요?"

"내일 다시 올 셈입니다만……."

"올라가는 버스는 이미 끝났는데, 선생님이 괜찮다면 이 근처에서 묵을 곳을 알아봐 줄 수 있는데요."

"그것 참 고맙네요."

니키가 부락의 남자들에 의해 안내된 곳은 모래구덩이 속에 세워진 한 채의 오두막이었다. 니키는 줄사다리로 내려갔다.

"들어오세요." 그 집에 사는 여자가 집안으로 안내했다. 남편이 죽어 혼자서 살고 있다고 하였다.

여자가 식사를 가지고 왔다. 식탁 위에 지우산을 매달아 놓았다.

"모래가 떨어져서요." 여자가 말했다. 전기가 들어오지 않아서 램프를 켰다. 니키에게는 이것도 귀중한 체험이었다.

"바람이 세게 부는 날이면 하룻밤에 모래가 한두 자씩이나 쌓여 버립니다." 여자가 말했다.

그때 "어이 도와줄 사람 도구, 가지고 왔어―" 위쪽에서 남자 목소리가 들렸다.

니키는 "도와줄 사람? 역시 다른 누군가 있잖아" 여자는 무시하고 밖으로 나가서, 모래를 긁어내기 시작했다.

"도와 줄까" 하고 니키가 말하자, "괜찮아요, 첫째 날부터라면 미안하니깐."

"첫째 날? 이상하네요. 내가 묵는 것은 오늘 밤뿐이에요." 니키가 웃었다.

여자는 모래를 긁고 삼태기에 올린 모래를, 위에 있는 남자들이 도르래로 끌어올렸다. 올려진 모래는 어딘가에 버리는 것일까? 그런 작업은 아침까지 계속됐다.

다음날 니키는 몸단장을 했다. 여자는 아직 자고 있다. 밖에 나와 보니 자신이 내려왔던 사다리가 없다. 모래를 기어오른다. 모래는 조금도 반응이 없고, 발밑에서 무너질 뿐이었다.

니키는 여자에게 다가섰다. "사다리를 대주지 않겠어?" 여자는 아무말이 없었다.

그때 니키는 순간 깨달았다. "그건 줄사다리였다. 줄사다리는 아래에서 걸거나 떼어낼 수 없다!"

"젠장— 한통속이었구나!" 니키는 여자에게 호통쳤다.

"……여자 혼자서는 힘들어요." 여자는 미안합니다, 미안합니다를 반복했다.

니키는 알 수 없는 책략에 자신이 빠진 것이라는 걸 깨달았다. 어젯밤, 여자가 열심히 모래를 긁고 있었다. 그런 노동력을 위해 자신이 끌려 온 것인가.

"모래를 긁지 않으면 집이 묻혀 버립니다."

"흥— 제멋대로 묻히면 그만이지. 사람을 끌어들일 것까진 없잖아." 니키는 분개했다.

다시 모래 등반에 실패한 니키는 여자를 꽁꽁 묶었지만, 그렇게 해서 달아날 수 있는 것도 아니란 것을 알고 허무해져 결국 또 풀어 준다. 위에서 도르래로 '배급'이 내려왔다. 담배와 소주였다. 니키는 소주를 꿀꺽꿀꺽 마셨다.

"몸에 해로워요." 여자가 말했다.

니키는 자포자기해서 판자벽을 깨기 시작했다. "뭐하는 거예요?"

"사다리를 만드는 거야!"

니키와 여자는 뒤엉켰다. 그때 땅울림과 함께 집이 흔들리고, 모래가 불어왔다. 니키는 여자를 감싸듯이 덮어 막았다.

───────────────────────

여자가 고통스러워했다. 니키는 남자들에게 도움을 청했다. 자궁 외 임신?

남자들이 여자를 담요에 싸서 위로 끌어 올려 의사에게 데려 갔다.

니키는 혼자 남겨졌다. 줄사다리가 남겨져 있었다. 니키는 위로 올라가 보았다. 그리고 바다를 바라본다. 이대로 도망치려고 생각하면 도망갈 수 있다.

하지만 니키는 다시 구멍으로 돌아갔다. 까마귀를 잡는 올가미로 만든 저수 장치를 바라본다. "……별로 서둘러서 도망갈 필요는 없어. 내 마음은 저수 장치를 누군가에게 말하고 싶은 욕망으로 가득 차 넘치고 있다. 말하게 되면 이 부락 사람 이상의 청자는 우선 없을 것이다. 도망칠 수단은 그때부터 생각하면 돼." 니키의 표정은 여느 때보다 밝은 희망에 가득 차 있는 것이었다.

5 중간소설中間小說

전후의 언론·표현의 자유화됨에 따라 출판 저널리즘이 비약적으로 성장하기 시작했다. 문학자들은 순수문학의 예술성과 통속적인 재미를 담은 소설을 쓰기 시작하였는데, 이러한 순수문학과 통속소설이 혼재된 소설을 '중간소설(中間小說: 주칸쇼세쓰)'이라 칭하였고, 중간소설이 게재된 잡지를 '중간잡지'라고 부르기도 하였다. 중간소설은 1947년 잡지 「쇼세쓰신초小說新潮」의 창간 무렵부터 유행하기 시작하여 전후 소설의 큰 위치를 차지하게 되지만, 대중소설의 자체 지위향상에 따라 소설분야를 가리키는 말로서 사용되는 일은 줄어들게 된다. 또한 역사소설, 시대소설, 추리소설, 연애소설, 모험소설 등 오락소설의 분류에 따른 수많은 중간소설과 그 외 다른 소설의 엄격한 구분도 존재하지 않게 된다.

이시자카 요지로石坂洋次郎, 니와 후미오丹羽文雄 등이 이러한 경향의 작품을 많이 발표하였고, 다카미 준高見順, 이노우에 야스시井上靖도 순수문학과 중간소설적 작품을 발표하였다.

이외에도 전후 세상인심이 갑자기 변해가는 모습을 그린 다무라 다이지로田村泰次郎의 『니쿠타이노몬(肉体の門: 육체의 문)』[22]과 같은 풍속소설도 등장하였다.

---

22 『니쿠타이노몬肉体の門』 : 1947년 「風雪社」에 발표한 작품으로 전후 일본 최초의 베스트셀러 소설이다. "육체의 해방을 인간의 해방이다"라는 테마를 자유로운 성을 표현함으로써 화제가 되었다. 종전 후 불태워진 어두운 도시에서 무리지은 젊은 창부들을 주인공으로 하여, 전쟁으로 인한 무력함과 아픔을 기저로 패전 후의 혼돈스런 풍속을 대담하게 묘사한 작품.

▶ **이시자카 요지로**石坂洋次郎

아오모리현青森県 출신으로 게이오기주쿠慶應義塾대학을 졸업하고 교사로 근무하다가 교직생활을 그만두고 가사이 젠조葛西善蔵문학에 반발한 건전한 문학을 지향하였다. 「미타분가쿠三田文学」에 게재한 『와카이히토(若い人: 젊은이)』[23]로 〈미타문학상三田文学賞〉을 수상하였다. 이시자카 요지로의 출세작이라 꼽히는 『와카이히토若い人』가 큰 인기를 얻어 인기작가가 되지만, 우익단체에서 불경한 문구가 들어갔다는 이유로 출판법위반으로 고소당하여 불기소처분을 받기도 하였다.

전시 중에는 육군보도반원으로 필리핀에 파견되었다. 전후에는 도호쿠東北 지방의 항구를 배경으로 젊은 남녀의 교제를 둘러싼 소동을 그린 장편소설 『아오이산먀쿠(青い山脈: 푸른산맥)』를 1947년 6월부터 10월까지 ≪아사히신문朝日新聞≫에 연재하였는데, 이 작품이 영화화되어 크게 히트함으로써 일약 유행작가가 되었다.

1966년에는 "건전한 상식에 입각해 명쾌한 작품을 쓴 것으로 평가"받아 제14회 〈기쿠치칸상〉을 수상하기도 하였다.

▶ **니와 후미오**丹羽文雄

미에현三重県 출신의 작가로 인간의 업業을 응시해 그 구원을 정토진종浄土真宗에서 구하려 한 작가이다. 다이이치와세다第一早稲田고등학원에 입학하여 오자키 가즈오尾崎一雄와 친교를 맺고 문학면에서 큰 감화를 받았으며, 오자키 가즈오의 소개로 히노 아시헤이火野葦平가 발행한 동인지 「마치街」의 동인으로 참여하여 소설 『아키(秋: 가을)』를 투고하였다. 이후 「신세이토우하新正統派」를 창간하여 더욱 정열적으로 소설을 발표하였다.

1929년 와세다대학 국문과를 졸업 후 승려의 직무를 맡아 일했으나, 소설 『아유(鮎: 은어)』가

---

23 『와카이히토若い人』: 기타구니北国 항구도시 미션스쿨에 근무하는 28세 교사 마사키 신타로間崎慎太郎는 요정 생활을 하는 어머니와 살아가는 사생아 여학생 에바 게이코江波恵子의 작문을 읽고 그 격정적인 열정에 감동받는다. 한편, 동료 교사 하시모토 스미橋本スミ는 마사키 신타로가 여학생에 끌리는 것을 책망하고 마사키 신타로는 양쪽 여성에게 끌린다. 한편 마사키 신타로가 에바 게이코의 어머니 요정에서 싸움이 난 것을 중재하다 큰 부상을 입고 그날 밤 에바 게이코와 맺어지게 된다. 이것을 알게 된 하시모토 스미는 집에서 좌익 불법 활동의 집회를 열어 검거된다는 내용이다.

주목을 받아 승려를 그만두고 상경하여 여러 문예잡지에 연이어 작품을 게재하였다. 전쟁 중
에는 해군 보도반원으로서 활동하면서 그때 보고 들은 것을 『가이센(海戰: 해전)』으로 발표하기
도 하였으며 전후에는 도쿄나 긴자 등을 무대로 한 풍속소설이 인기를 끌어 유행작가가 되었
다. 쉰 살까지는 사소설적 작품을 창작하였으나, 이후에는 연애를 중심으로 한 장편소설을 썼
고, 후진들과의 교류도 열심히 하며 후진을 양성하였다.

1956년부터 〈일본문예가협회日本文藝家協会〉 이사장을 비롯한 각종 임원직을 맡아 수행한
1977년에는 〈문화훈장文化勳章〉을 수상하였다.

▶ **다카미 준**高見順

후쿠이현福井県 지사知事의 사생아로 태어나 때때로 놀림을 당하며 성장한 다카미 준은 1924
년 다이이치고등학교에 입학한 후 〈사회사상연구회社会思想研究会〉에 가입하여 1925년 다다이
즘 잡지「가이텐지다이廻転時代」창간에 동참하였고, 1927년 도쿄제국대학 영문학과에 입학「분
게이코사쿠文芸交錯」창간에도 참여하였다. 1928년에는 〈좌익예술동맹〉에 참가해 기관지에『
아키카라아키마데(秋から秋まで: 가을에서 가을까지)』를 발표하는 등 프롤레타리아문학에 치중하였
다. 1933년 치안유지법 위반으로 검거되고 전향을 표명한 후 1936년 전향작품을 발표하고 문
필활동에 들어갔다. 1941년에는 육군보도반원으로 미얀마와 중국대륙에 파견되었다가 난징南
京에서 열린 제3회 〈대동아문학자대회大東亜文学者大会〉에 참석한 바 있으며, 〈일본문학보국회日
本文学報国會〉에도 참여하였다.

전후에는 사소설풍으로 상처받기 쉬운 정신을 파고들어간 작품『와가무네노소코노코코니와
(わが胸の底のここには: 나의 가슴 깊은 곳에)』, 『아르리베라리스토(あるリベラリスト: 어느 자유주의자)』
등을 발표하였다. 또 만년에는 쇼와시대를 그린『게키류(激流: 격류)』, 장편『세이메이노키(生命の
樹: 생명의 나무)』와 같은 작품을 창작하였다. 또 시인으로서도 활동하여 나가이 가후永井荷風에
버금가는 일기작가로도 알려져 있다.

▶ 이노우에 야스시井上靖

홋카이도北海道 출신으로, 군의인 아버지가 〈한국전쟁〉에 종군하는 바람에 어머니의 고향인 유가시마湯ヶ島의 조모 밑에서 성장하게 된다. 이시카와현石川県의 다이시第四고등학교 재학 중 문학활동을 본격화한 이노우에 야스시는 졸업 후 규슈제국대학 영문과에 입학하였으나 중퇴하고 철학과에 재입학하였다. 1936년 대학을 졸업하고 「선데이마이니치サンデー毎日」의 현상소설에 입선한 것이 인연이 되어 ≪마이니치신문毎日新聞≫ 오사카 본사 학예부에 근무하게 된다. 〈중일전쟁〉 때 소집되어 출정한 이듬해 병 때문에 제대하고 학예부에 복귀한다. 1950년 『도규闘牛』로 제22회 〈아쿠타가와상〉을 수상한 후 신문사를 퇴사하고 집필과 취재 강연을 위한 여행을 하였으며, 1976년에는 〈문화훈장〉을 수상하기도 하였다. 이노우에 야스시의 소설은 현대를 무대로 하는 것, 자전적 색채가 강한 것, 일본 전국시대의 역사를 취재 한 것으로 대별된다. 교묘한 구성과 시정 그리고 풍부한 작풍은 오늘날에도 널리 사랑받아 영화·드라마·무대화의 움직임도 끊이지 않고 있다.

주요작품으로는 『도규(闘牛: 투우)』, 『덴표노이라카(天平の甍: 덴표지붕)』, 『효우헤키(氷壁: 빙벽)』, 『요도도노닛키(淀どの日記: 웅덩이일기)』, 『후토(風濤: 풍도)』 등 다수의 작품이 문학상을 수상하였다. 『후토』는 13세기의 중국과 동아시아를 무대로 한 장대한 역사소설로 작품 밑바닥에는 상실감을 담아내고 있다.

제2장

昭和30年代 小說

1950년대 중반(S30)은 전후의 피폐함에서 벗어나 고도성장기에 접어드는 시기로, 현대사회나 정치에 강한 관심을 표명하는 사회파작가의 활동이 두드러진다. 1951년 일본과 연합국 사이에 맺어진 〈샌프란시스코강화조약〉으로 일본은 정치·경제·군사에 걸쳐 미국을 의존하며 선진국으로 나아가기 위해 산업 사회 형성에 매진하게 된다. 1956년에는 국제연맹에 가입하면서 국제사회로 복귀하게 되고, 1960년 〈미일안전보장조약〉이 체결됨에 따라 극동 군사전략으로 군사기지를 제공하고 자본주의진영의 일익을 담당하게 된다.

경제적으로는 〈한국전쟁〉의 군수보급기지 역할을 하면서 소비경제가 부활하게 되었고, 중화학공업 중심으로 산업구조가 전환되면서 설비투자의 증대와 기술혁신의 진전에 따라 각종 신흥품목의 공업이 눈부시게 발전하며 고도 경제성장을 이룩하게 된다.

이 시기 새로운 신진작가들의 눈부신 활동이 주목을 받으며 제각각 〈아쿠타가와상〉을 수상하였다. 이들은 전후파 작가들에 비해 오히려 전쟁을 숙명으로 받아들일 수밖에 없었기에 '제3의 신인(第三の新人 다이산노신진)'[24]에 더 가까웠던 이들은 전후파 문학의 계승과 전통적 문학 계승 및 극복 등의 문제를 안고 갖가지 모색을 시험하였다. 이들은 공통적으로 작품에 공허감이나 시니컬한 자세를 드러내고 있다.

뒤를 이은 문학세대로는 **이사하라 신타로**石原愼太郎와 **오에 겐자부로**大江健三郎와 같은 작가들

---

24 제3의 신인第三の新人 : 제2차 세계대전 후의 독자적인 상황에서 등장한 작가들을 그룹으로 묶어 第一次 戰後派를 제1의 신인, 第二次 戰後派를 제2의 신인, 그리고 3번째 그룹이라는 의미의 第三の新人으로 구분하고 있다.

이 주목받았다.

1960년대에는 '정치와 문학政治と文学'에 대한 논쟁을 벌이면서 통일된 세계관이나 문학관을 가진 큰 사조의 문학은 해체되고, 이념이나 방법과 상관없이 다양화된 경향을 띠게 되었다.

1 제3의 신인第三の新人

〈한국전쟁〉의 휴전협정이 조인되고, 프랑스군의 패퇴에 의해 베트남의 독립이 결정되는 등 전후의 동남아시아 상황이 안정을 찾게 되고, 일본도 전후의 궁핍의 시대를 탈피해 번영의 시기로 들어선다. 그러나 전시에 유소년기를 보내고 성인이 된 젊은이들은 기성세대에 대항할 수 있는 사상이나 행동의 지표가 없었다. 또한 경제부흥기를 맞아 상업주의 지배하에 들어가게 되면서 오락적인 화제작이나 베스트셀러를 지향하게 된다. 이에 따라 1952년부터 1955년경까지 〈아쿠타가와상〉 연관된 후보작이나 수상작으로 문단에 등장한 신진작가들이 나타나게 되는데 이를 '제3의 신인第三の新人'으로 구분한다.

전후파戦後派가 본격적인 유럽풍 장편소설을 지향한 반면, 제3의 신인第三の新人은 전쟁전의 일본문단의 주류였던 사소설과 단편소설로의 회귀를 도모한 것이 특색이다. 이들은 전통적 사소설 방법에 의해 일상생활의 공허를 그리고 있는데, 대표적인 작가로는 야스오카 쇼타로安岡章太郎·엔도 슈사쿠遠藤周作·요시유키 준노스케吉行淳之介·고지마 노부오小島信夫·조노 준조庄野潤三 등이 있다.

요시유키 준노스케의 단편소설 『슈우(驟雨: 소나기)』는 매춘부와의 관계를 다룬 작품이다. 대학을 나와 샐러리맨 생활 3년째인 독신남 야마무라 히데오山村英夫는 사랑이 번거롭다고 생각하고, 창녀촌에 다니며 유희를 즐긴다. 그러던 중 친해진 창녀에게 애정을 품게 되면서, 창녀가 대하는 다른 손님을 질투한다는 내용이다. 이 작품은 남녀의 성적관계를 통해 인간존재의 의미를 되묻고 있다. 요시유키 준노스케는 전후 고도경제성장기의 남녀 관계를 그린 일련의 작품을 통해서 많은 독자들로부터 인기를 얻었다. 순수문학을 지향하던 그는 사소설적인 순수문학 계열, 예술적 경향의 작품을 발표하였다.

고지마 노부오는 『아메리칸스쿨アメリカン·スクール』에서 미국학교를 견학한 일본인 영어교

사들의 부조리와 골계적인 체험을 통해 전후戰後의 미일관계를 예리하게 풍자하고 있다. 패전 후 일본이 우월한 미국문화를 어떻게 받아들일 것인가를, 영어를 사용해 상징적으로 표현하며 그에 대해 여러 인물 양상을 제시하는 것을 통해 일본의 국민의식을 희화적으로 그리고 있다.

조노 준조의 『유베노쿠모(夕べの雲: 저녁 구름』는 1965년에 발표된 작품으로 〈요미우리문학상〉을 수상하였다. 1960년대 초의 초가지붕의 농가와 숲 그리고 'S자 길' 혹은 '중간의 길' 등 도쿄 근교에 남아 있는 자연묘사가 잘 드러난 작품이다. 다마多摩 언덕에 이사 온 가족의 이야기로, 소설가로 보이는 아버지와 아내 그리고 딸과 두 아들의 일상이 정성껏 그려져 있다.

대표작 『풀사이도쇼케이(プールサイド小景: 풀사이드풍경』(1955)으로 〈아쿠타가와상〉을 수상하였으며, 말년의 작품으로 『게이코짱노유카타(けい子ちゃんのゆかた: 게이코의 유카타』[25] 등 다수의 작품이 여러 문학상을 수상하였다.

▶ 야스오카 쇼타로安岡章太郎

고치현高知県 출신인 야스오카 쇼타로는 도사근왕당원土佐勤王党員[26]을 많이 낸 바쿠후 말기 보신전쟁戊辰戦争[27]을 이끌었던 근왕가 집안이다.

1941년 게이오대학 문학부에 입학하여 재학 중, 1944년 육군에 학도 동원되어 만주로 갔다. 그러나 이듬해 폐결핵에 걸려 제대 처분을 받고 송환되었다. 육군소장이었던 아버지가 패전으로 실직되자 소득이 없어져 힘든 가운데, 야스오카 쇼타로도 결핵으로 육체적, 정신적 고통 속에 1948년 영문학과를 졸업한다.

1951년 『가라스노구쓰(ガラスの靴: 유리구두』를 「미타분가쿠三田文学」에 싣고 작가로 데뷔하여 문단의 주목을 받게 된다. 『가라스노구쓰』는 대학생을 주인공으로 하여 미군 접수가옥接収家屋의 메이드 에쓰코悦子와의 사랑을 중심으로 개인적인 세계를 자세하게 그려 내어 이후 〈아쿠타가와상〉을 수상하게 된다. 이후 『슈쿠다이宿題』를 비롯한 여러 작품들로 연이어 〈아쿠타가와

---

25 『게이코짱노유카타けい子ちゃんのゆかた』: 2004년 「文藝誌」에 연재되어 이듬해 봄 신초샤에서 단행본으로 출간됐다. 조노 준조의 후기에 따르면, 아이들의 자립 뒤에 남겨진 노부부의 말년을 그리는 일련의 작품 군의 하나라고 밝히고 있다. 작가 자신과 그 가족에게 직접 취재 한 작품 군을 하나로 파악할 수 있다.

26 도사근왕당원土佐勤王党員 : 에도 바쿠후 말기의 도사土佐에서 존왕양이尊王攘夷를 내걸고 결성된 결사당에 참여한 무사들을 말한다.

27 보신센소戊辰戦争 : 1868년~1869년은 왕정복고를 거쳐 메이지 정부를 수립한 사쓰마번薩摩藩·조슈번長州藩 등을 핵심으로 한 새로운 정부군과 구 바쿠후세력 및 오우奥羽·에쓰번越藩의 동맹과 싸운 일본의 내전을 말한다.

상〉 후보에 오르거나 수상하였다.

1960년대 초에는 『가이헨노코케이(海辺の光景: 해변의 풍경)』로 〈예술장려상〉, 〈노마문학상〉 등을 수상하고, 록펠러 재단의 기금으로 미국으로 유학하게 되면서 미국에 대한 관심이 깊어져 번역하기도 하였다.

야스오카 쇼타로는 작품을 통해 지울 수 없는 굴욕감을 간직한 약자로서의 '나'를 형상화하며 자기의식을 표현하였으며, 비평가 자격으로 〈아쿠타가와상〉을 비롯 다양한 문학상의 심사위원을 역임하기도 하였다.

▶ **엔도 슈사쿠**遠藤周作

엔도 슈사쿠는 만주의 은행에 근무하는 부친을 따라 유년시대를 만주에서 지냈다. 귀국 후 12살 때 백모의 영향으로 카톨릭 세례를 받았다. 1941년 조치上智대학 재학 중에 동인잡지 「조치上智」 제1호에 평론을 발표하였다. 그러나 1942년 중퇴하였고, 1945년 게이오대학 프랑스학과에 입학하였고 입대 직전에 종전을 맞이했다. 종전 후 대학에 돌아가서 프랑스 가톨릭 문학에 심취했다. 1947년 12월 처음 쓴 평론이 인정받아 여러 편의 평론을 발표하며 비평가로 활동한다.

1950년 프랑스 카톨릭 문학을 더 배우기 위해 전후 최초의 프랑스 유학생으로 리옹대학에 입학하지만 건강의 악화로 프랑스에서의 생활을 포기하고, 1953년 귀국하였다. 1954년 文化学院 강사로 근무하며 그해 말에 집필한 첫 소설 『아덴마데(アデンまで: 아덴까지)』가 동료들에게 높은 평가를 받고, 이어서 쓴 『시로이히토(白い人: 백인)』가 제33회 〈아쿠타가와상〉을 수상하면서 소설가로 각광을 받았다. 〈제2차 세계대전〉을 배경으로 한 『시로이히토』는 못생긴 얼굴로 열등감을 갖고 있는 프랑스 백인 주인공과 자신의 신체적 콤플렉스를 자각하며 순교를 희망하며 살아가는 신학 청년을 대비하여 신앙에의 회의와 사색을 담아내고 있다.

그리고 1957년 〈규슈대학 생체해부사건九州大学生体解剖事件〉을 주제로 한 소설 『우미토도쿠야쿠(海と毒薬: 바다와 독약)』(文学界)로 소설가로서의 지위를 더욱 견고히 했다.

대표작으로는 『우미토도쿠야쿠』,[28] 『친모쿠(沈黙: 침묵)』, 『후카이가와(深い河: 깊은 강)』[29] 등이

---

28 『우미토도쿠야쿠海と毒薬』: 인체실험을 하는 의사와 간호사들의 모습을 그린 작품으로, 이에 관여하는 사람들이

있는데, 많은 작품들이 구미에 번역되어 높은 평가를 받았다.

엔도 슈사쿠는 작품 창작 활동 이외에 자신의 중병체험을 바탕으로 한 캠페인과 일본 기독교 예술 센터를 시작하는 등 사회적인 활동도 많이 하였다. 신학자가 아니고 더욱이 신학교육을 받지 않았음에도 불구하고 엔도 슈사쿠는 자신의 문학의 가장 큰 테마를 기독교로 삼아 창작하고 활동함으로써 일본의 기독교 분야를 대표하는 인물이 되었다.

1966년 신초샤에서 간행된 『친모쿠』는 일본 에도시대 초기 행해진 기독교 탄압의 역사사실을 기반으로 한 역사 소설이다.

작품의 줄거리는, 시마바라난島原の乱 후 가혹한 크리스천 탄압에 굴복하여 신부가 배교했다는 소식이 로마에 알려지고, 세바스찬 로드리고가 마카오에서 만난 기치지로와 함께 일본에 오게 된다. 그러나 기치지로의 배신으로 밀고 되어 체포된다. 명예롭게 죽으리라 마음먹은 로드리고였지만, 자신 때문에 고문 당하는 신자들을 보며 하나님을 원망한다. 하지만 고통 받는 사람을 구원하는 것이 예수님의 가르침인 것을 깨달은 로드리고는 마침내 예수의 성화를 밟는다. 동판을 밟고 괴로워하는 순간 "나는 침묵하고 있었던 것이 아니다. 너희들과 함께 괴로워하고 있었다."라는 음성을 듣고, 자신이 믿는 하느님의 가르침의 의미를 이해하게 된 로드리고는 그리스도교의 믿음에 대해 다시 자각하게 된다는 내용이다.

17세기 일본의 기독교 박해시기를 배경으로 포르투갈 예수회 소속 신부의 선교와 신앙을 부인해야만 살 수 있는 절체절명의 상황에서 고민하는 인물들의 내면 묘사를 통해 크리스천의 믿음을 조용하지만 가슴 뜨겁게 그리고 있다.

전 세계 13개 국어로 번역되어 "20세기의 기독교 문학에서 가장 중요한 작가"로 칭해졌으며, 전후 일본 문학의 대표작으로 높이 평가되고 있다.

양심의 가책을 느끼면서도 인체실험에 참가하게 되고 점차 강한 반발도 없이 만연화되어 가는 모습을 그리고 있다. 기독교와 같은 윤리적 성격을 갖지 못한 평범한 성격의 일본인이 집단 심리에 자신도 모르게 포악하게 변모되어 가는 것을 형상화하였다.

29 『후카이가와深い河』: 엔도 슈사쿠의 나이 70세인 1993년에 발표하여 〈마이니치예술상每日芸術賞〉을 수상한 작품으로 전후 40년이 경과한 때 다양한 업에 종사하는 일본인 5명이 여러 가지 이유로 인도로의 여행을 결심하고 여행에 참가한다. 사람들이 쉽게 이해할 수 없는 깊은 업을 가진 이들은 위대한 갠지스 강에 의해 인생이 무엇인가를 느끼게 된다는 내용으로 일본인 가져야 할 기독교상像이자 범세계적인 기독교 상을 제시하고 있다.

◎ 작품 원문 『친모쿠^{沈黙}』

　私は転んだ。しかし主よ。私が棄教したのではないことを、あなただけが御存知です。なぜ転んだと聖職者たちは自分を訊問するだろう。穴吊りが怖ろしかったからか。

　そうです。あの穴吊りを受けている百姓たちの呻き声を聞くに耐えなかったからか。そうです。そしてフエレイラの誘惑したように、自分が転べば、あの可哀想な百姓たちが助かると考えたからか。そうです。でもひょっとすると、その愛の行為を口実にして自分の弱さを正当化したのかもしれませぬ。

　それらすべてを私は認めます。もう自分のすべての弱さをかくしはせぬ。あのキチジローと私とにどれだけの違いがあると言うのでしょう。だがそれよりも私は聖職者たちが教会で教えている神と私の主は別なものだと知っている。

　あの踏絵の記憶は司祭の目ぶたの裏に焼きつくように残っていた。通辞が自分の足もとにおいた木の板。そこに銅板がはめこまれ、銅板には日本人の細工師が見よう見まねで作ったあの人の顔が彫られていた。

　それは今日まで司祭がポルトガルやローマ、ゴアや澳門で幾百回となく眺めてきた基督の顔とは全くちがっていた。それは威厳と誇りとをもった基督の顔ではなかった。美しく苦痛をたえしのぶ顔でもなかった。誘惑をはねつけ、強い意志の力をみなぎらせた顔でもなかった。彼の足もとものあの人の顔は、痩せこけ疲れ果てていた。

　多くの日本人が足をかけたため、銅板をかこんだ板には黒ずんだ親指の痕が残っていた。そしてその顔もあまり踏まれたために凹み摩滅していた。凹んだその顔は辛そうに司祭を見あげていた。辛そうに自分を見あげ、その眼が訴えていた。（踏むがいい。踏むがいい。お前たちに踏まれるために、私は存在しているのだ）

　その踏絵に私も足をかけた。あの時、この足は凹んだあの人の顔の上にあった。私が幾百回となく思い出した顔の上に。山中で、放浪の時、牢舎でそれを考えださぬことのなかった顔の上に。人間が生きている限り、善く美しいものの顔の上に。そして生涯愛そうと思った者の上に。その顔は今、踏絵の木のなかで摩滅し凹み、哀しそうな眼をしてこち

らを向いている。（踏むがいい）と哀しそうな眼差しは私にいった。

　（踏むがいい。お前の足は今、痛いだろう。今日まで私の顔を踏んだ人間たちと同じように痛むだろう。だがその足の痛さだけでもう充分だ。私はお前たちのその痛さと苦しみをわかちあう。そのために私はいるのだから）

　「主よ。あなたがいつも沈黙していられるのを恨んでいました」

　「私は沈黙していたのではない。一緒に苦しんでいたのに」

　「しかし、あなたはユダに去れとおっしゃった。去って、なすことをなせと言われた。ユダはどうなるのですか」

　「私はそう言わなかった。今、お前に踏絵を踏むがいいと言っているようにユダにもなすがいいと言ったのだ。お前の足が痛むようにユダの心も痛んだのだから」

　その時彼は踏絵に血と埃とでよごれた足をおろした。五本の足指は愛するものの顔の真上を覆った。この烈しい悦びと感情とをキチジローに説明することはできなかった。

◎ 작품 번역문

　나는 배교背教하였다. 그러나 주여! 내가 배교한 것이 아니라는 것을, 당신만이 아십니다. 왜 배교했냐고 성직자들은 나를 신문하겠지요. 거꾸로 매달리는 것이 두려웠던 것일까?

　그렇습니다. 거꾸로 매달린 백성들의 신음 소리를 듣고 견디지 못했던 것일까? 그렇습니다. 그리고 페라리가 유혹한 대로, 자신이 개종하면, 그 가련한 백성들이 도움을 받을 것이라고 생각했던 것일까? 그렇습니다. 그러나 어쩌면, 그 사랑의 행위를 핑계로 자신의 연약함을 정당화했을지도 모른다.

　그 모든 것을 나는 인정한다. 또 나의 모든 약점을 감추지 않는다. 기치지로와 내가 어떤 점이 다르다고 할 수 있을까. 하지만 그보다 나는 성직자들이 교회에서 가르치고 있는 신神과 나의 주님이 별개의 것이라는 것을 알고 있다.

　그 성화聖畵의 기억은 사제司祭의 눈꺼풀에 각인되듯이 남아 있었다. 통역이 자신의 발밑에 놓은 목판. 거기에 동판이 박혀 있고, 동판에는 일본인 세공사가 눈동냥으로 만든 그 사람의 얼굴이 새겨져 있었다.

그것은 지금까지 사제가 포르투갈이나 로마, 고아(포르투갈 수도)와 마카오에서 수백 번 이상 바라 본 그리스도의 얼굴과는 전혀 달랐다. 그것은 위엄과 자부심을 가진 그리스도의 얼굴이 아니었다. 유혹을 거절하고, 강한 의지의 힘을 넘쳐흐르게 하는 얼굴도 아니었다. 그의 다리 밑의 그 사람 얼굴은 바싹 마르고 지쳐 있었다.

많은 일본인이 발로 밟아서, 동판을 둘러싼 판에는 거무스름한 엄지손가락의 상흔이 남아 있었다. 그리고 그 얼굴도 너무나 밟혀서 움푹 닳아 없어져 있었다.

움푹 들어간 그 얼굴은 괴로운 듯 사제를 올려다보고 있었다. 괴롭게 자신을 올려다보는 그 눈이 호소하고 있었다. (밟아도 된다. 밟아도 되느니라. 너희들에게 밟히기 위해 나는 존재하고 있는 것이니라.)

그 성화聖畫를 나도 발로 밟았다. 그때, 발이 움푹 패인 그 얼굴 위에 있었다. 나는 수백 번 이상 생각하였던 얼굴 위를. 산에서 방황할 때, 감옥에서 그것을 생각 안 했던 적이 없었던 얼굴 위를. 인간이 살아있는 한 좋고 아름다운 얼굴 위를. 그리고 평생 사랑하리라고 생각한 사람의 위를. 그 얼굴은 지금 성화나무 안에 닳아 없어지고 움푹 패여 불쌍한 눈을 해서 이쪽을 향하고 있었다. (밟아도 된다)고 애처로운 눈길로 나에게 말했다.

(밟아도 된다. 네 다리는 지금 아플 것이다. 지금까지 내 얼굴을 밟았던 인간들처럼 아플 것이다. 그러나 그 다리의 아픔만으로 이미 충분하다. 나는 너희들의 그 아픔과 고통을 함께 하였다. 그러기 위해 내가 있으니까.)

"주여 당신이 언제나 침묵하고 계시는 것을 원망했습니다."

"나는 침묵하고 있었던 것이 아니다. 함께 괴로워하고 있었느니."

"하지만 당신은 유다에게 떠나라고 말씀하셨습니다. 떠나가서 할 것을 하라고 말씀하셨습니다. 유다는 어떻게 됩니까."

"나는 그렇게 말하지 않았다. 지금 너에게 성화를 밟는 것이 좋다고 말한 것처럼 유다에게도 하는 것이 좋다고 말한 것이다. 너의 다리가 아픈 것처럼 유다의 마음도 아팠던 것이니까."

그때 그는 성화에 피와 먼지로 더럽혀진 발을 내렸다. 다섯 발가락은 사랑하는 사람의 얼굴 바로 위를 덮었다. 이 격렬한 기쁨과 감정을 기치지로에게 설명할 수가 없었다.

2 사회파社会派

▶ **이시하라 신타로**石原愼太郎

효고현 출신으로 쇼난湘南고등학교를 졸업하고 히토쓰바시一橋대학에 입학하였다. 대학 재학 중 학내 동인지 「히토쓰바시분게이一橋文芸」 복간에 힘을 쓰고, 『하이이로노교시쓰(灰色の教室: 회색교실)』을 동인지에 발표하였다. 1955년 『다이요노기세쓰(太陽の季節: 태양의 계절)』를 「文学界」에 발표하여 이듬해 제34회 〈아쿠타가와상〉을 수상하면서 베스트셀러가 되었다. 동년에 영화화되어 인기를 얻었으며, 그 제목을 따서 당시 향락적인 젊은이들을 비판하여 '태양족太陽族'이라는 유행어가 만들어져 불리기도 했다. 1963년에 『오카미이키로부타와시네(狼生きろ豚は死ね: 이리는 살고 돼지는 죽어라)·겐에이노시로(幻影の城: 환영의 성)』를 신초샤에서 출판하였다. 1967년 요미우리신문사의 의뢰로 베트남전쟁을 취재하였고, 그 경험으로 정치를 지향해 1968년에 참의원선거에 전국구로 출마하여 당선하였다. 1968년 참의원 의원으로 당선된 이래 1972년 중의원参議院의원이 되었고, 1976년 환경청環境庁장관, 1987년 운수대신運輸大臣, 최근 도쿄도지사에 이르기까지 정치인으로서의 기반을 굳혔다.

작가로서 〈예술장려문부대신상芸術選奨文部大臣賞〉, 〈히라바야시타이코문학상平林たい子文学賞〉 등을 수상했으며, 정치색이 강한 수필을 써서 미일美日 간의 마찰을 일으키기도 하였다.

『다이요노기세쓰』는 권투선수인 학생 쓰가와 다쓰야津川竜哉와 부유층 여성 에이코英子와의 연애를 통해 기성의 도덕과 관습을 무시한 자유분방함을 묘사하고 있다. 고등학생 쓰가와 다쓰야는 배구부에서 복싱부로 옮겨 복싱에 열중하면서 부원들과 담배·술·도박·여자·싸움과 같은 방종한 생활을 한다. 길거리에서 유혹한 히데코와 육체관계를 맺고 다쓰야에게 점차 매료되어 간다. 그러나 따라다니는 에이코를 싫어하게 된 쓰가와 다쓰야는 형 미치히사道久에게 5천 엔에 팔아 버린다. 그것을 안 에이코는 화가나 미치히사에게 돈을 부쳐 버린다. 그러다 에이코는 쓰가와 다쓰야의 아이를 갖게 되어 임신 중절 수술을 받는데, 수술이 실패하여 복막염으로 사망하고 만다. 장례식에 간 쓰가와 다쓰야는 영정에 향로를 던지며 눈물을 흘리는 이야기이다.

이 작품은 전후의 혼란기를 벗어나 재편성되고 있는 도시 대중사회 속에서 물질적 욕망에 휩싸여 정처없이 방향을 잃고 살아갈 수 밖에 없는 젊은이들의 마음을 그린 것으로 허무와 절망을 오히려 쾌락주의적으로 추구하는 자세를 그리고 있다.

『다이요노기세쓰』는 수상작으로 선정되었지만, 심사과정에서도 젊은 열정이 넘친다고 평가되어 격찬을 받은 한편, 사토하루오가 "작가에게 미적태도가 결여된 것을 보고 혐오를 금할 수 없었다."라고 평하듯이 문장의 치졸함과 오자가 있다는 등 많은 단점이 지적되기도 하였다. 스토리가 윤리성이 부족하여 발표되자 문단뿐만 아니라 일반 사회에서도 칭찬과 함께 비난을 야기하기도 하였다.

▶ 오에 겐자부로大江健三郎

에히메현愛媛県 출신으로 도쿄대학 프랑스학과를 졸업하였다. 대학 재학 중『시이쿠(飼育: 사육)』로 최연소 〈아쿠타가와상〉을 수상한 작가이다.

1954년 도쿄대학 교양학부에 입학하고 연극 각본으로『텐노나게키 (天の嘆き: 하늘의 탄식)』, 『나쓰노큐우카(夏の休暇: 여름 휴가)』를 집필하여 『가잔(火山: 화산)』을 게재하여 〈이초나미키상銀杏並木賞〉[30]을 수상하였다. 1955년「분게이文藝」에 『야사시히토다치(優しい人たち: 상냥스런 사람들)』로 가작을 수상하였다. 학생연극 극본『시닌니구치나시(死人に口なし: 죽은 사람은 말이 없다)』를 집필하고 희곡 『게모노타치노코에(獣たちの声: 짐승들 소리)』로 창작희곡 콩쿠르에 입상하였고, 당해 10월 다치카와立川 기지 확장 반대 데모에 참가하였다.

1957년 〈사쓰키마쓰리상五月祭賞〉 수상작『기묘나시고토(奇妙な仕事: 이상한 일)』가 ≪도쿄대학 신문≫에 게재되어 ≪매일신문≫에서 히라노 겐平野謙의 격찬을 받는다. 이를 계기로「분가쿠 카이文学界」에 『시샤노오고리(死者の奢り: 죽은 자의 사치)』를 발표하였는데, 『시샤노오고리』가 제 38회 〈아쿠타가와상〉 후보가 되었다.

---

30 이초나미키상銀杏並木賞 : ≪도다이신문東大新聞≫에서 주최하는 문학상을 말한다.

『시샤노오고리』는 시체 처리실의 수조에 떠다니는 시체를 각각 개성화된 살아있는 인간과 같이 취급하여, 주체적으로 살고 있지 않은 사람은 죽은 시체와 같음을 묘사하고 있다. 이를 통해 타성적으로 살아온 인간이 주체적이자 목적을 가지고 살아가는 것에 대해 눈뜨게 된다는 이야기이다. 대학병원의 해부용 사체를 옮기는 아르바이트를 하는 주인공의 일이 결국은 무익한 헛수고였다는 것을 알게 된다. 실존주의 사상, 시대의 어두운 폐색감을 잘 표현해 얻은 문체로서 평가가 높았다.

1958년에 이시하라 신타로를 비롯한 젊은 문화인들과 〈와카이니혼노카이若い日本の会〉를 결성하여 1960년 안보투쟁에 반대하였다. 1959년에는 도쿄대학을 졸업하고 장편『와레라노지다이(われらの時代: 우리들의 시대)』를 발표하였다. 이 작품은 청년으로서 느끼는 우울함과 허무감, 괴상하고 폐쇄적인 섹슈얼리티를 주제로 전면에 내세워 통렬한 비난을 받았으나, 이 작품으로 인해 처음으로 작품 분위기가 전환되었다.

1961년 우익 소년의 테러모습을 통해 시대상황에 대한 고독과 우울함을 파헤치며 정치와 성性을 주제로 한『세븐틴(セヴンティーン: 열일곱)』을 「분가쿠카이文学界」에 발표하였고, 1964년에는 장애를 가진 히카리의 탄생을 기점으로 쓴 자전적 소설『고진테키나타이켄(個人的な体験: 개인적 체험)』을 발표하여 제11회 〈신초샤문학상〉을 수상하기도 하였다. 이 작품은 지적장애를 안고 태어난 자식의 죽음을 바라는 아버지가 온갖 정신편력을 겪은 끝에 상상력에 의해 현실로 돌아오기까지의 과정을 그린 작품이다.

오에 겐자부로는 장애를 가진 아이를 중심으로 한 개인적 체험과 히로시마·나가사키 피폭, 그리고 전쟁이라는 인류 고유의 비극을 대응시켜 자신의 주제로써 심화시켜 나갔다. 초기에는 전후파 작가답게 전쟁 체험과 그 후유증을 소재로 인간의 내면 세계를 응시하는 사회비판적인 작품을 많이 썼다.

대표작품 중 하나인『시이쿠』는 제39회 〈아쿠타가와상〉을 수상한 작품이다.

줄거리는 패전기의 일본 산촌을 무대로 고립된 마을에 비행기가 추락하고 살아남은 흑인 병사를 사육하게 된다. 흑인 병사가 흉폭하지 않은 것을 알게 된 아이들은 병사와 사이좋게 지낸다. 그러나 현県에 연행한다는 명령이 내려지면서 상황은 역전되어 '나'는 흑인 병사의 포로가 되고 만다. 어른들에 의해 구출되지만, 그때 마을 사람들과 함께 들어온 아버지의 손도끼에 의해 두개골을 맞고 비참한 최후를 맞게 된다. 친구였던 흑인 병사가 자신을 인질로 잡는 상황으로 인해 육체적 정신적 상처를 받게되고 마을 어른들처럼 죽음에 익숙해져가는 어른이 되어 간다는 내용으로, 아이들이 흑인 병사를 사육하는 순간을 은유와 우의적인 표현으로 묘사한 수작이다.

◉ 작품 원문 『시이쿠飼育』

　僕らは長いあいだ、お互いの眼の底をさぐりあい、話しあったあと、黒人兵の足首から猪罠を外す決心をしたのだ。黒人兵は黒い鈍重な獣のようにいつも眼を涙か脂かはっきりしない濃い液体でうるおし、膝をかかえこんで地下倉の床に坐り黙っているのだから、猪罠を取りのぞいたところで、僕らにどんな危害を加え得よう？ 一匹の黒んぼにすぎないのだから。

　僕が父の道具入れから取りだしてきた鍵を兎口が強く握りしめて、黒人兵の膝に肩がふれるほど屈みこんで猪罠を外した時、黒人兵急に呻くような声をあげて立ちあがり、足をばたばたさせた。兎口は恐怖に涙を流しながら猪罠を壁に放りつけ階段を逃げ上がって行ったが、僕と弟は立ちあがることさえできず、躰をしめつけあうだけなのだ。僕と弟を突然回復した黒人兵への恐怖が息もたえだえにする。しかし、黒人兵は鷲のように僕らへ掴みかかって来るかわりに、そのまま腰を下し長い膝をかかえこんで、どんよりした涙と脂に濡れた眼を壁の根に落ちている猪罠にそそいでいた。兎口が恥にうなだれて地下倉へ戻って来た時、僕と弟は彼を優しい微笑でむかえた。黒人兵は家畜のようにおとなしい……。

　その夜ふけ、地下倉の揚蓋の巨きい南京錠をおろしに来た父が、黒人兵の自由になった足首を見たが、不安に胸を熱くしている僕をとがめはしなかった。黒人兵が家畜のようにおとなしい、という考えは空気のように子供らも大人たちも含めて、村のあらゆる者たちの肺へしのびこみ融けこんできているのだった。

　それから急に彼は黒く輝く額をあげて僕を見つめ、身ぶりで彼の要求を示した。僕は兎口と顔を見合わせながら、頬をゆるめときほぐす喜びを押さえることができない。黒人兵が僕らに語りかける、家畜が僕らに語りかけるように、黒人兵が語りかける。

　僕らは駆けて部落長の家へ行き、村の共有財産の一つの道具箱を土間からかつぎ出して地下倉へ運んだ。その中には武器として使えるものが含まれていたが僕らはそれを黒人兵にゆだねることをためらわなかった。僕らにとって家畜のような黒人兵が、かつて戦う兵士であったということは信じられない、あらゆる空想を拒んでしまう。黒人兵は道具箱を見つめ、それから僕たちの眼を見つめた。僕らはぞくぞくする喜びに躰をほてらせて黒人兵を見守っていた。

　「あいつ、人間みたいに」と兎口が低い声で僕にいった時、僕は弟の尻を突っつきながら笑いで躰をよじるほど幸福で得意な気持だった。明りとりからは子供らの驚嘆の吐息が霧のように勢よく吹きこんでくるのだった。

　朝食の籠を運びかえり、僕ら自身の朝食をすましてから、僕らが再び地下層へ戻って見ると黒人兵は道具箱からスパナーや小型のハンマーを取り出し、床にしいた南京袋の上に規則正しくならべていた。傍に坐る僕らを見て、黒人兵の黄色く汚れてきた大きい歯が剝き出され頰がゆるむと、僕らは衝撃のように黒人兵も笑うということを知ったのだった。そして僕らは黒人兵と急激に深く激しい、殆ど《人間的》なきずなで結びついたことに気づくのだった。

✺ 작품 번역문

　우리는 오랫동안 서로의 눈을 살펴보고, 서로 이야기 한 뒤, 흑인 병사의 발목에서 멧돼지 덫을 풀어줄 결심을 한 것이다. 흑인 병사는 검은 둔중한 짐승처럼 항상 눈을 눈물인지 지방인지 확실하지 않는 진한 액체에 젖어 무릎을 껴안고 지하 창고 바닥에 앉아 가만히 있으니, 멧돼지 덫을 풀어주었을 때 우리들에게 어떤 위해를 가하랴? 한 마리의 흑인에 지나지 않는데.

　내가 아버지의 연장상자에서 꺼내 온 열쇠를 언청이가 꽉 쥐고, 흑인 병사의 무릎에 어깨가 닿을 정도로 굽혀 멧돼지 덫을 풀었을 때, 흑인 병사는 갑자기 신음하는 듯한 목소리를 내며 일어나 발을 허둥거렸다. 언청이는 공포에 눈물을 흘리며 멧돼지 덫을 벽에 내던지고 계단을 달려 도망갔지만, 나와 동생은 일어서는 것조차 불가능해 몸을 서로 몸을 붙잡았을 뿐이다. 나와 동생은 갑자기 회복한 흑인 병사에 대한 공포로 숨이 끊어질 듯하였다. 그러나 흑인병사는 독수리처럼 우리들에게 달려드는 대신에 그대로 앉아서 긴 무릎을 껴안고, 흐릿한 눈물과 기름에 번진 시선을 벽바닥에 떨어져 있는 멧돼지 덫에 보내고 있었다. 언청이가 부끄러움에 고개를 숙이고 지하창고에 돌아왔을 때, 나와 동생은 그를 상냥한 미소로 맞이했다. 흑인 병사는 가축처럼 얌전하였다…….

그날 밤 늦게, 지하창고 널빤지에 커다란 자물쇠를 채우러 온 아버지가 흑인 병사의 자유롭게 된 발목을 보았지만, 불안하게 가슴을 태우고 있던 우리들을 나무라지는 않았다. 흑인 병사가 가축처럼 온순하다는 생각은 공기처럼 아이들과 어른들을 포함해 마을의 모든 사람들의 가슴에 스며들어 녹아 있었던 것이었다.

_____

그리고 갑자기 그는 검게 빛나는 이마를 들어 나를 바라보며, 몸짓으로 자신의 요구를 나타냈다. 나는 언청이와 얼굴을 마주보고 웃으며 마음이 풀어져 기쁨을 억제 할 수 없었다. 흑인 병사가 우리에게 말을 건다, 가축이 우리에게 말을 거는 것처럼, 흑인 병사가 말을 건다.

우리들은 부락장 집에 달려 가서 마을 재산 중 하나인 연장통을 토방에서 메고 나와 지하창고로 옮겼다. 그곳엔 무기로 사용되는 것도 있었지만, 우리들은 그것을 흑인 병사에게 맡기는 것을 망설이지 않았다. 우리들에게 있어서 가축 같은 흑인 병사가 한때는 싸우는 군인이었다는 것이 믿을 수 없는 어떤 공상으로 거부하고 말았다. 흑인 병사는 연장통을 본 후에 우리들의 눈을 바라보았다. 우리들은 설레는 기쁨으로 몸이 달아올라 흑인 병사를 지켜보고 있었다.

"저 녀석 인간처럼!" 하고 언청이가 낮은 목소리로 나에게 말했을 때, 나는 동생의 엉덩이를 찌르며 웃음이 나와 몸이 꼬일 정도의 행복감으로 득의의 기분이 되었다. 들창에서는 아이들의 경탄의 입김이 안개처럼 기세 좋게 불어오고 있었던 것이다.

아침식사 바구니를 옮기고 돌아간 우리는 아침을 먹고 나서, 우리들이 다시 지하창고에 돌아가자, 흑인 병사는 연장통에서 스패너와 소형 망치를 꺼내 바닥에 곡물부대 위에 규칙적으로 쭉 늘어 놓았다. 옆에 앉은 우리들을 보고 흑인 병사는 노랗고 더러워진 큰 치아를 드러내 놓고 미소를 짓자 우리들은 충격처럼 흑인 병사도 웃는다는 것을 알았던 것이다. 그리고 우리들은 흑인 병사와 급작스럽게 깊이 열렬하게 거의 "인간적"인 유대로 결합 된 것을 깨달았던 것이었다.

　　1967년 30대 첫 장편으로 『만엔간넨노훗토보르(万延元年のフットボール: 만엔원년의 풋볼)』를 발표하여, 최연소 나이로 제3회 〈다니자키준이치로상〉을 수상했고, 마침내 1994년 12월 8일 〈노벨문학상〉을 수상했다.

　　오에 겐자부로의 장편소설 『만엔간넨노훗토보르』는 1967년(S42) 1월부터 7월까지 「군조群像」에 연재된 작품을 가필 수정하여 같은 해 9월 고단사講談社에서 간행되었다.

　　친구를 자살로 잃고 상심한 대학교수 미쓰사부로蜜三郎는 미국 유학에서 돌아온 동생 다카시鷹四의 권유에 따라 의지할 곳과 새로운 삶을 찾아 시코쿠四国의 깊은 골짜기에 있는 고향 마을로 돌아간다. 골짜기 마을을 방문하여 자신들의 '뿌리'를 확인하고 회복의 계기로 삼으려던 그들은 막부 말기에 일어난 자신들의 할아버지와 관련된 농민봉기 소식을 전해 듣게 된다. 동생은 백년전 증조부 형제가 일으킨 백성봉기를 모방하여 자신과 피 억압 주민의 해방을 목표로 폭동을 일으키고 슈퍼마켓 약탈 소란을 선동하지만, 해방시키지 못한 채 자살하고 만다. 동생의 죽음으로 인해 형은 투쟁에 대해 자각하게 된다는 내용이다.

　　비행동적인 형과 폭동을 원하는 동생을 각각 다르게 묘사하고, 대립시켜 역사 인식의 복안을 제시하고 있다.

　　이 작품이 발표 된 당시는 1960년과 1970년에 이르는 안보시대로, 이러한 시대 배경과 작가의 전후 민주주의적 사상이 작품에 잘 나타나 있다.

◉ 작품 원문 『만엔간넨노훗토보르万延元年のフットボール』

　1. 死者にみちびかれて

　夜明けまえの暗闇に眼ざめながら、熱い「期待」の感覚をもとめて、辛い夢の気分の残っている意識を手さぐりする。内臓を燃えあがらせて嚥下されるウイスキーの存在感のように、熱い「期待」の感覚が確実に躰の内奥に回復してきているのを、おちつかぬ気持で望んでいる手さぐりは、いつまでもむなしいままだ。力をうしなった指を閉じる。そして、躰のあらゆる場所で、肉と骨のそれぞれの重みが区別して自覚され、しかもその自覚が鈍い痛みにかわってゆくのを、明るみにむかっていやいやながらあとずさりに進んでゆく

意識が認める。そのような、躰の各部分において鈍く痛み。連続性の感じられない重い肉体を、僕自身があきらめの感情において再び引きうける。そらがいったいどのようなものの、どのようなときの姿勢であるか思いだすことを、あきらかに自分の望まない、そういう姿勢で、手足をねじまげて僕は眠っていたのである。

　眼ざめるたびに、うしなわれた熱い「期待」の感覚をさがしもとめる。欠落感ではなく、それ自体が積極的な実体たる熱い「期待」の感覚。見つけることができないと納得すると、あらためて再度の眠りへの斜面に自分を誘導しようとする、眠れ、眠れ、世界は存在しない。しかし今朝は、いかにも強い毒が躰のなか全体を痛くして眠りへの溯行を妨げる。恐怖心が噴出しようとする。陽がのぼるまで一時間はあるだろう。それまでは今日がどのような日であるかを把握できない。

　胎児のように、なにもわからないで暗闇のうちに横たわっている。かつてはそのおうな時、性的な悪習が便利だった。しかし二十七歳。既婚、養護施設にいれた子供までいる現在では、手淫をする自分を考えると恥ずかしさが湧（わ）きおこってたちまち欲望の胚子をひねりつぶす。眠れ、眠れ、それができなければ眠った人間を模倣せよ。不意に暗闇のうちに、昨日人夫たちが浄化槽をつくるために掘った直方体の穴ぼこが見えてくる。いたむ躰のなかでは荒廃した苦い毒が増殖して、耳と眼、鼻、口。肛門、尿道から、チューブ入りゼリーのようにゆるゆるはみだそうとしている。

　眼った人間を模倣したまま、僕は立ちあがり、渋滞しながら暗闇のなかを歩く。眼をつむり、躰のさまざまな部分を、ドア、壁、家具にうちつけては苦しい譫言（たわごと）じみた呻き声を発する。もっとも、僕の右眼は、真昼に強く見ひらかれても視力をもたない。右眼がそのようになった事情の奥底にひそむものを僕はいつ理解できるだろう？ それは厭（いた）らしく無意味な事故である。ある朝、僕が街を歩いていると、怯えと怒りのパニックにおちいった小学校の一団が石礫（いしつぶて）を投げてきた。僕は片眼を撃たれて舗道に倒れたまま、この事故についてなにひとつ理解することがなかった。僕の右眼は、白眼の部分から黒眼の部分にまたがって横に裂け、視力をうしなった。現在にいたるまで、あの事故の本当の意味を理解したと感じたことはない。いかにもそれを理解することを惧（おそ）れる気持がある。もしあなたが右眼を掌でおおって歩くなら、あなたは右前方に待ち伏せるじつに多くのものに出会わなければな

らないだろう。あなたは突然に衝突する。あなたはくりかえし頭を、顔を強打する。そのようにして、僕の頭と顔の右半分は、生ま傷のたえまがなく、僕は醜い。しかも僕は眼の負傷以前から、それは母親が、美しくなるであろう弟に比較しながら、僕の成人後の容貌^{ようぼう}について予言した言葉をたびたび思い出させたのであるが、しだいに自分にそなわっている醜さの特性をあきらかにしていた。失われた眼が、醜さを日々更新し、つねになまなましく強調しつづけているにすぎない。生来の醜さは日蔭^{ひかげ}にひそんで沈黙していようとする。

◉ 작품 번역문

1. 죽은 자에 이끌려

새벽녘 동트기 전 어둠에 잠이 깨어서, 뜨거운 '기대' 감각을 찾아, 쓰라린 꿈의 기분이 남아 있는 의식을 더듬는다. 내장을 불태워 삼키는 위스키의 존재감처럼, 뜨거운 '기대'감각이 확실히 몸 깊숙한 곳에서 회복해 오는 것을, 진정되지 않은 마음으로 원하는 모색은 언제까지나 헛될 뿐이다. 힘이 빠진 손가락을 접는다. 그리고 몸 여러 군데의 살과 뼈가 제각각의 무게가 나누어져 자각되어져, 게다가 그 자각이 둔한 통증으로 변해가는 것을, 빛을 향해 마지못해 뒷걸음쳐 나가는 의식이 느껴졌다. 그러한 몸 각 부분에 있어서의 둔한 통증. 연속성이 느껴지지 않는 무거운 육체를 나 자신이 포기하는 감정으로 다시 떠맡는다. 그것이 도대체 어떤 것인지, 어떤 때 자세인지 떠올리는 것을, 분명히 자신은 원하지 않는다. 그런 자세로 손발을 비틀어 나는 잠자고 있었던 것이다.

눈뜰 때마다 잃어버린 뜨거운 '기대'감각을 추구하였다. 결핍감이 아니라, 그 자체가 적극적인 실체인 뜨거운 '기대'감각. 찾을 수 없다고 납득하면, 새삼스럽게 다시 잠의 사면으로 자신을 유도하려고 한다. 잠들어라, 잠들어라, 세계는 존재하지 않는다. 그러나 오늘 아침은 그야말로 강한 독이 몸 안 전체를 아프게 하여, 수면의 역행을 방해한다. 공포심이 분출하려고 한다. 해가 뜰 때까지 1시간은 있어야 겠지. 그때까지는 오늘이 어떤 날인지를 파악할 수 없다. 태아처럼 아무것도 모른 채 어둠 속에 누워 있다. 옛날부터 그러한 때에 성적인 악습이 편리하였다. 그러나 27살, 기혼, 양호시설에 넣어진 아이들까지 있는 현재 자위를 하는 자신을 생각하면 창피함이 북받쳐 바로 욕망의 배자胚子를 짜내어 버린다. 잠들라—잠들라—그것을 할 수 없으면 잠든 인간을 모방하라. 갑자기 어둠속에 어제 인부들이 정화조를 만들기 위해 판 직방체의 굴이 보인다. 아픈 몸속에서는 황폐하고 쓴 독이 증식하여 귀와 눈, 코, 입, 항문, 요도에서 튜브에 든 젤리처럼 천천히 삐져나오려 한다.

잠든 인간을 모방한 채 나는 일어나 정체된 어둠 속을 걷는다. 눈을 감고 몸의 여러 부분을, 문, 벽, 가구에 부딪혀 고통스럽고 잠꼬대같이 중얼거리는 소리를 낸다. 무엇보다 내 오른쪽 눈은 한낮에 강하게 눈을 떠도 시력을 갖지 않는다. 오른쪽 눈이 그렇게 된 사연 깊숙이 숨어 있는 것을 나는 언제 이해할 수 있을까?

그것은 불쾌하고 무의미한 사고이다. 어느 날 아침 내가 거리를 걷고 있을 때 무서움과 분노로 패닉상태에 빠진 초등학생 한 무리가 돌멩이를 던졌다. 나는 한쪽 눈을 맞아 신작로에 쓰러진 채, 이 사고에 대해 뭐 하나 이해할 수 없었다. 내 오른쪽 눈은 흰자위에서 검은자위까지 옆으로 찢어져 시력을 잃었다. 현재에 이르기까지 그 사고의 진정한 의미를 이해했다고 느낀 것은 아니다. 아무래도 그것을 이해하는 것을 두려워하는 마음이 있다. 만약 당신이 오른쪽 눈을 손바닥으로 가리고 걷는다면, 당신은 오른쪽 전방에 기다린 실로 많은 것들을 만나지 않으면 안 될 것이다. 당신은 갑자기 충돌한다. 당신은 반복해서 머리를 얼굴을 강타한다. 그렇게 하여 내 머리와 얼굴 오른쪽 절반은 상처가 끊임없을 것이고 나는 추악해진다. 게다가 나는 눈 부상 이전부터, 그것은 어머니가 아름다운 남동생과 비교해서 내가 성인이 된 후 외모에 대해 예언 한 말씀을 종종 떠올렸는데, 점차 자신이 지닌 추함의 특성을 밝히고 있었다. 잃어버린 눈이 추함을 매일 갱신하여 결국 생생하게 강조되어진 것에 지나지 않는다. 타고난 추함이 그늘에 숨어 침묵하고 있으려 한다.

제3장
昭和40年代 小說

1960~1970년대는 일본에서 고도성장기에 안착되었다고 보이는 시기이다.

급격한 고도성장은 도시화, 대중화를 초래하였고 전후세대의 개인중심적 사고를 예고하였다. 이 시기에 등단한 작가들 역시 이데올로기를 배제한 내향적 성격을 띠고 있었다. 이러한 작가군을 '내향의 세대(内向の世代: 나이코우노세다이)'라고 한다. 이후 1975년(S50)에는 여성 권리의 신장을 추구하는 페미니즘운동을 배경으로 여성작가의 활동이 현저하게 두드러졌다. 또 사회 전체의 공업화에 의해 도시화가 진행됨에 따라 생활의식도 감성 변용이 진행되어 도시의 몽상공간과 건조한 감성을 그려 낸 무라카미 류와 무라카미 하루키 그리고 요시모토 바나나와 같은 여류작가들이 등장하였다.

1 내향의 세대內向の世代

1971년 문학비평가 오다기리 히데오小田切秀雄가 처음 사용한 것으로 알려진 '내향의 세대(内向の世代: 나이코우노세다이)'라는 일본문학사에서 1930년대에 태어나 1965년부터 1974년까지 대두한 일련의 작가를 가리키는 일본문학사의 용어로 사용되고 있다. 오다기리는 1960년대의 학생운동의 퇴조와 권태, 혐오감에서 정치적 이데올로기로부터 거리를 두기 시작한 "탈 이데올로기 내성적 문학세대"라는 부정적 의미에서 사용하였다.

이 시기의 경제적인 번영은 풍요로운 생활과 안정된 시민사회를 만들어냈다. 그러나 경제발전과 더불어 빠르게 도시화되는 현상 속에서 지금까지의 일상적 생활이 붕괴되는 현실에 직면하게 되었다. 이와 같은 대중사회화는 좋든 싫든 개인의 존재를 매몰시키려는 위기를 가지고 있었다. 이런 불확실한 일상생활, 인간관계를 세밀하게 표현하고자 한 문학이 등장한 것이다.

내향적 세대의 문학적 특색을 살펴보면, 일상적인 언어에 의해 소설세계를 성립시킨 것, 비현실적 세계를 일상성에 도입하고 초현실주의적 방법이 도입된 것, 도시생활이 소설화된 것, 무의미한 인간이 무의미한 장소에서 무의미하게 살아가는 생존의 모습이 주류를 이룬다.

대표적인 작가는 후루이 요시키치古井由吉, 고토 메이세이後藤明生, 아베 아키라阿部昭, 구로이 센지黒井千次, 오가와 구니오小川国夫 등이다.

후루이 요시키치古井由吉는 도쿄 출신으로 도쿄대학 대학원에서 독어독문학을 수료하고 릿쿄立教대학에 재직하면서 1968년 처녀작 『모쿠요비니(木曜日に: 목요일에)』를 동인잡지 「하쿠뵤(白描: 백묘)」에 발표하였다. 1970년 은퇴한 이후 창작에만 전념하여 1971년 『요코杳子』(文芸)로 제64회 〈아쿠타가와상〉을 수상했다. 이후 『유키가쿠레行隠れ』(1972), 『구시노히(櫛の火: 빗의 불)』(1974) 등을 발표하였고, 1977년부터는 고토 메이세이後藤明生 등과 함께 「文体」의 편집자로도 활동하였다.

1980년 도시에 버려진 남녀의 생활을 그리는 『스미카(栖: 거처)』로 제12회 〈일본문학대상日本文学大賞〉을 수상하였고, 1983년 우연히 만난 남녀 간의 농밀한 성을 그린 『무쿠게(槿: 무궁화)』로 제19회 〈다니자키준이치로상〉, 1987년 『나카야마자카(中山坂: 나카야마언덕)』로 제14회 〈가와바타야스나리문학상川端康成文学賞〉 등 각종 문학상을 수상하였다.

1991년 2개월간의 입원 경험이 전환점이 되어 『라쿠텐키(楽天記: 낙천기)』, 『하쿠하츠노우타(白髪の唄: 흰머리 노래)』 등의 작품을 창작하였는데, 그는 여기서 인간의 광기 및 삶과 죽음 그리고 현재와 과거 등의 다양한 상극의 경계를 왕복하는 독특한 작풍을 그려 냈으며, 정신의 깊은 부분을 파고 들어가는 묘사와 기성의 문맥을 깨뜨리는 독특한 문체를 시도하였다.

후루이 요시키치는 일본인의 습관과 심성의 내면에 숨어 있는 감수성과 감성을 인식적인 문체를 사용하여 표현하였다.

고토 메이세이後藤明生는 함경남도에서 태어나 중학교 재학 중에 패전을 맞아 일본으로 돌아와 후쿠오카겐리쓰아사쿠라福岡県立朝倉중학교에 편입하여 학교를 마치고 와세다대학에 입학하

였다. 재학 중『아카토쿠로노키로쿠(赤と黒の記録: 적색과 검은색의 기록)』(1955)로「분게이文藝」의 전국 학생소설 콩쿠르에서 입선하였고, 졸업 후에는 출판사에 근무하면서 발표한『간케이(関係: 관계)』(1962)로 〈분게이文藝상〉을 수상(가작)하였다. 그리고 이후『닌겐노뵤키(人間の病気: 인간의 병)』(1967)로 〈아쿠다카와상〉 후보에 오르는 등 여타 문학상의 후보작 혹은 수상하기도 하였다.

1973년 발표한『하사미우치(挾み擊ち: 협공)』는 20년 전에 소유했던 외투를 찾아 방황하는 '나'를 주인공으로 한 작품이다. 식민지에서 태어난 '나'는 '패전'이라는 큰 사건으로 인해 '고향'으로 생각하고 있던 장소에서 쫓겨나게 된 후, 자신의 정체성을 상징하는 외투를 찾아 여행하면서 과거와 현재의 의미를 되새기는 내용이다. 식민지에서 태어나고 자라면서 고향이라 여겼던 장소를 패전으로 상실하게 된 식민자의 아이덴티티에 대한 고뇌를 표현하고 있다. 이 작품은 식민지인 조선 영흥에서 태어난 작가가 패전과 함께 일본으로 돌아와 겪게 되는 상실감과 정체성의 혼란을 작품에 잘 묘사하고 있다.

아베 아키라阿部昭는 가나가와현神奈川県 출신의 작가로 해군군인이었던 아버지를 따라 여러 곳에서 생활하였다. 도쿄대학 불문과를 졸업하고 라디오도쿄ラジオ東京에서 라디오나 TV의 디렉터로 활동하면서 창작에도 몰두하여 1962년에 발표한『고도모베야(子供部屋: 어린이방)』로 〈문학계신인상文学界新人賞〉을 수상하였다. 1971년『시레이노큐카(司令の休暇: 사령의 휴가)』로 주목을 받은 이후에는 전업작가로 활동하였다. 1973년『센넨(千年: 천년)』으로 〈마이니치출판문화상〉, 『진세이노이치니치(人生の一日: 인생의 하루)』로 〈예술장려신인상〉을 수상하였으며 〈아쿠타가와상〉에 6번이나 후보가 되는 최다기록을 세우기도 하였다.

『시레이노큐카司令の休暇』는 과거에 영광으로 빛났던 일가가 전후 굴욕의 일가로 전락하면서 직업군인 아버지를 둔 가족의 한 사람으로서 겪어야 했던 생의 어려움과 정신적 고통을 암에 걸려 임종하는 아버지와 아들의 화해를 통해 역사 속에 그늘져버린 인간상을 묘사하고 있다.

아베 아키라 소설의 모티브는 패전 후 권위 실추를 맛본 군인 출신의 늙은 아버지나 지적장애를 가진 동생과 아들 등 자신의 가족에 관한 것이 많아, 사소설적 성향을 드러내고 있다.

아베 아키라는 시가 나오야 이후의 리얼리즘 문체를 잇고 있지만, 자신만의 문체로 일상생활의 세부를 묘사하고 있다. 가족과 자신의 변모, 그리고 인간을 감싸고 있는 환경과 사회의 변모를 정밀한 필치에 비평성을 담아 묘사하였다.

구로이 센지黒井千次는 도쿄 출신으로 부친은 최고재판소最高裁判所의 재판관을 지낸 오사베

긴고長部謹吾이다. 1955년 도쿄대학 경제학부를 졸업하고 샐러리맨 생활을 하면서 창작을 병행하였다. 구로이 센지는 '내향의 세대' 가운데 1955년대의 기업 노동자 소외의식 문제 등을 다루며 '전후파'와의 연속성을 잇고 있는 작가이다.

〈신일본문학회新日本文学会〉 회원이기도 한 그는 1958년 『아오이코조(青い工場: 푸른공장)』를 발표하여 당시 노동자 작가의 유망주로서 주목받았다. 또 「분가쿠카이文学界」에 발표한 『메카니즘No.1メカニズムNo.1』은 노동현장의 모순을 심리적 측면에서 묘사하여 주목받았다.

1968년에 『세이산교슈칸(聖産業週間: 성 산업주간)』으로 〈아쿠다카와상〉 후보에 올랐으며, 1970년에는 『지칸(時間: 시간)』으로 〈예술장려신인상〉을 수상하였다. 이후 작가 활동에 전념하여 1984년에 『군세이(群棲: 군서)』로 〈다니자키준이치로상〉을, 1995년에는 『커튼콜カーテンコール』로 〈요미우리문학상〉을 수상하였다.

오가와 구니오小川国夫는 시즈오카현静岡県에서 태어났다. 1934년 아오야마青島초등학교에 입학하였으나, 1938년 폐결핵과 복막염으로 휴학하고 요양 중 독서에 심취하면서 문학자의 꿈을 꾸게 되었다. 1942년 시타志太중학에 입학하여 학도근로에 동원되어 조선소에 다니게 되는데, 이때의 경험이 훗날의 작품에 짙게 투영되어 있다. 1946년 시즈오카静岡고등학교 재학중 가톨릭 세례를 받았다.

1950년 도쿄대학 재학 중 「긴다이분가쿠近代文学」에 『도카이노호토리(東海のほとり: 도카이부근)』를 발표한 후 동년 10월 유학차 프랑스로 건너가 유럽 각국을 여행하였다. 귀국 후 복학하지 않고 바로 창작 활동에 들어갔다.

1957년 니와 다다시丹羽正 등과 함께 잡지 「세이도우지다이青銅時代」를 창간하여, 제1호에 유럽을 방랑했던 경험을 그린 『아폴론섬アポロンの島』을 발표하였다. 『아폴론섬』은 당시에는 주목을 끌지 못했지만, 1965년 시마오 도시오島尾敏雄가 ≪아사히신문≫에 격찬한 것이 계기가 되어 알려지게 된다.

자신의 경험에서 심화된 주제로 자연과 하나님 그리고 인간과의 관계를 그리고 있어 비현실적이나 추상에 기초한 이미지를 섞은 내성적이며 간결하고 힘찬 문체로 고향 시즈오카현과 지중해를 원형으로 하는 작은 공동체를 취급하는 것이 특징이다. 주로 기독교와 지중해 세계를 그린 것이 많지만, 노가쿠能楽에도 관심이 깊었다.

2 무라카미 류村上龍

나가사키현長崎県 출신의 소설가로 자신의 소설을 바탕으로 영화를 제작하기도 하였다.

1972년 무사시노武蔵野미술대학 기초디자인과에 재학 중 소설을 쓰기 시작하였고, 1976년 기지촌基地村에서 마약과 난교乱交로 젊은날을 보내는 젊은 청춘의 모습을 그린 『가기리나쿠토우메이니치카이부루(限りなく透明に近いブルー: 한없이 투명에 가까운 블루)』로 제19회 〈군조群像신인문학상〉과 제75회 〈아쿠타카와상〉을 수상하였다.

이후 본격적인 활동에 들어가 1980년 물품 보관함에 버려진 고아의 파괴 충동을 그린 『코인록카·베이비즈コインロッカー・ベイビーズ』로 제3회 〈노마문예신인상〉을 수상하였다. 이후 자전적 작품인 『식스티나인(69, sixty nine)』으로 일본을 약육강식형 사회로 변화하려 계획하는 비밀 결사의 싸움을 그린 『아이토겐소노파시즘(愛と幻想のファシズム: 사랑과 몽상의 파시즘)』, SM 양을 과격한 성 표현으로 그린 연작 『도파스트파즈ㅅ』 등을 연이어 발표하였고, 이를 영화화하기도 하였다. 특히 1999년부터는 일본의 금융·정치·경제 관련 문제를 다루는 메일 매거진 「JMM」을 주재하며 정치경제 관련 문제 등에도 적극적으로 참여하고 있다.

◎ 작품 원문 『69』

　天使レディ・ジェーン・松井和子との恋は、一九七〇年の二月、雨の降る日曜日に、一方的な彼女の**心変り**によって終わった。

　天使には年上のボーイ・フレンドができたのだった。

　そのボーイ・フレンドは九大の医学部へ行き、天使はトンタンへ行ったから、僕達は吉祥寺を中心に、**醒めた関係になっても**、何度かデートをした。井の頭公園の桜が散ってしまった頃、天使は、ボーイ・フレンドと結婚するつもりだと言った。その挽僕はサントリーの角を一本とホワイトを半分と赤玉ポートワインを一本飲み、カレーライスと牛丼を二杯ずつ食べて、夜中にフルートを吹きまくり、同じアパートの若いヤクザから「うるせえ」と四発殴られた。

　僕が小説家になってから、何度か手紙が来て、一度だけ電話があった。電話があった

時、僕はボズ・スキャッグスの『ウイー・アー・オール・アローン』を聞いていた。

「あ、ボズ・スキャッグスやろ？」

「うん、そう」

「まだ、ポール・サイモンとか聞きよる？」

「いや、もう聞かん」

「そうやろね、うちはたまに聞くけど」

「元気？」

天使は答えなかった。その電話の後で、手紙が来た。

……ボズ・スキャッグスが流れてて、ヤザキさんの声を聞くと、ふいに高校の頃に戻った感じがしました。わたしもボズ・スキャッグスは好きですが、聞きません、去年から今年にかけて、いやなことばかりありました、だから、今はよくトム・ウェイツを聞きます、いやなことを忘れようと思うのですが、本当にいやなことを忘れようと思ったら、別の生き方が必要でしょう？……

手紙の最後には、ポール・サイモンの詞がタイプで打ってあった。

Still crazy after all these years……

きっとレディ・ジェーンは、ブライアン・ジョーンズのチェンバロの音のような感じでずっと生きていくことだろう。

「朝立ち祭」に協力したニワトリ達は、アダマによって、閉山後の炭鉱付近の山に放され、一度地方紙に取材されたことがある。

「元気です、野生化したニワトリ十メートルもジャンプ！」

◎ 작품 번역문

천사 레이디·제인·마쓰이 카즈코와의 사랑은 1970년 2월, 비가 내리는 일요일에 일방적으로 그녀의 **변심**에 의해 끝났다.

천사에게는 연상의 남자친구가 생긴 것이었다.

그 남자친구는 규슈대학 의학부로 가고 천사는 톤탄에 갔기 때문에, 우리들은 기치조지吉祥

寺를 중심으로 **식어버린 관계**가 되어서도 몇 번인가 데이트를 했다. 이노카시라공원井の頭公園의 벚꽃이 져버릴 무렵, 천사는 남자친구와 결혼할 생각이라고 말했다. 그날 밤 나는 산토리 위스키サントリ一の角 한 병과 화이트와인을 절반, 적포도 포트와인赤玉ポートワイン 한 병을 마시고, 카레라이스와 소고기 덮밥을 두 그릇씩 먹고, 밤중에 플루트를 마구 불어 같은 아파트의 야쿠자에게 "시끄러" 하고 네 방이나 맞았다.

내가 소설가가 되고 나서 몇 번인가 편지가 왔고, 단 한 번 전화가 왔다. 전화가 왔을 때, 나는 보즈 스캑스Boz Scaggs의 'We're All Alone'를 듣고 있었다.

"아, 보즈 스캑스지?"

"응, 그래."

"아직, 폴 사이먼 들어?"

"아니, 더 이상 듣지 않아."

"그렇지. 우리는 가끔 듣는데."

"건강해?"

천사는 대답하지 않았다. 그 전화 후 편지가 왔다.

……보즈 스캑스가 흘러나오고, 야자키 씨의 목소리를 들으니, 갑자기 고등학교 시절로 돌아온 느낌이 들었습니다. 나도 보즈 스캑스는 좋아하지만, 듣지 않습니다. 지난해부터 올해에 걸쳐 싫은 것만 있었습니다. 그래서 지금은 자주 톰웨이츠Tom Waits를 듣습니다. 싫은 것을 잊으려고 생각합니다만, 정말 나쁜 일을 잊으려고 하면 다른 삶의 방식이 필요하겠죠……?

편지의 마지막에는 폴 사이먼의 노래가사가 타이핑되어 있었다.

Still crazy after all these years…….

필시 레이디 제인은 브라이언 존스의 쳄발로 소리같은 느낌으로 계속 살아가게 될 것이다.

'아사다치마쓰리朝立ち祭'에 차출되었던 닭들은 아다마에 의해 폐광산의 탄광 근처의 산에 방사되어 한 번은 지방지에 취재된 적이 있다.

"건강하네요. 야생화된 닭 십 미터나 점프!"

3 무라카미 하루키村上春樹

일본의 소설가이자 미국문학 번역가인 무라카미 하루키는 교토京都 출신이다. 부모 모두 일본어 교사로, 책을 좋아하는 부모의 영향을 받아 세계문학을 읽어가며 10대를 보냈으며, 중학교 시절에는 세계역사를 반복해 읽느라, 수업은 뒷전이었기 때문에 성적은 좋지 않았다.

재수 생활 후 1968년에 와세다대학 문학부에 입학한 하루키는 영화 각본가를 목표로 연극과에 들어가, 시나리오를 집필하기도 하였다. 학교보다는 레코드 가게에서 아르바이트를 하거나, 가부키초歌舞伎町의 재즈카페에서 일하기도 하였다. 1975년 와세다대학을 졸업하고, 1979년 도시 생활을 그린 『가제노우타오키케(風の歌を聴け :바람의 노래를 들으라)』로 〈군조신인문학상〉을 수상하며 문단에 화려하게 데뷔하였다.

이후 1981년 전업작가로 전환하여 그 이듬해 『히쓰지오메구루보우켄(羊をめぐる冒険: 양을 둘러싼 모험)』을 발표하여 제4회 〈노마문예신인상〉을 수상하였다. 1985년에는 「세카이노오와리토하드보일드·원더랜드(世界の終りとハードボイルド・ワンダーランド: 세계의 종말과 하드보일드 원더랜드)」를 발표하여 주목을 끌었다.

1987년 발표한 『노르웨이노모리(ノルウェイの森: 노르웨이의 숲)』는 430만 부에 이르는 밀리언셀러를 기록하면서 하루키붐을 일으켰다. 이를 계기로 광범위한 독자층을 확보하여 일본의 국민적 작가이자 인기작가로 자리를 군히게 되었다. 1991년 뉴저지주 프린스턴대학의 객원연구원으로 초빙되어 도미하였고, 이듬해에는 재적 기간 연장을 위한 객원강사로 취임하였다. 1994년 4월 인간 내면에 숨어있는 폭력과 악을 그린 『네지마키도리크로니클(ねじまき鳥クロニクル: 태엽새 크로니클)』 제1부와 제2부를 간행하여, 이듬해 제47회 〈요미우리문학상〉을 수상하였다.

1997년 3월 도쿄 지하철 독가스사건 피해자의 인터뷰를 정리한 논픽션 『언더그라운드アンダーグラウンド』를 간행하여 주위를 놀라게 했다. 이전과는 달리 사회문제를 정면으로 다루어 일본 뿐 아니라 국외에서도 주목을 끌었고, 2006년 아시아권에서 처음으로 〈프란츠 카프카상〉을 수상한 이래 〈노벨문학상〉에서도 유력한 후보로 간주되고 있다.

그의 작품에는 이데올로기나 사회성·정치성은 거의 드러나 있지 않으며, 젊음의 낭만적 방황과 자아 찾기를 잊지 않으며, 젊음의 낭만적 방황과 자아 찾기를 감각적이고도 간결한 문체와 독특한 구성으로 이야기하고 있다. 무분별해 보이는 프리섹스와 세계에 대한 싸늘한 시각

뒤에는 지독히도 뜨거운, 우리가 상실해 가는 것들에 대한 갈망과 사랑이 있다.

『노르웨이 숲』의 저자 후기

나는 원칙적으로 소설에 후기를 덧붙이는 일을 좋아하지 않지만, 이 소설만큼은 그것을 필요로 하리라고 생각한다.

우선, 첫 번째로 이 소설은 5년쯤 전에 내가 쓴 「개똥벌레」라는 단편소설을 그 축으로 하고 있다. 나는 이 단편을 기본으로 해서 400자 원고지 300매 분량의 다듬어진 연애소설을 써볼까 생각하고 있었다. 「세계의 종말과 하드 보일드 원더랜드」를 끝내고 다음 장편을 착수하기 전의, 이를테면 기분전환의 가벼운 기대를 가지고 쓰기 시작했는데, 결과적으로는 원고 분량이 900매 정도로 불어나서 '가볍다'라고 말하기 어려운 소설이 되고 말았다. 아마도 내가 생각하고 있었던 것 이상의 그 무엇이 이 소설에 쓰여 있으리라 생각한다.

두 번째로, 이 소설은 지극히 개인적인 소설이다. 「세계의 종말」과 「하드 보일드 원더랜드」가 자전적인 요소가 있다고 말하는 것도 같은 의미인데, F.스코트·피츠제럴드(F·Scott Fitzgerald)의 「밤은 부드러워」와 「그레이트 개츠비」가 자전적인 소설이라고 말하는 것과 같은 그런 의미에서의 자전적인 소설이라고 생각한다. 아마도 이 문제는 감각 차원의 문제라고 생각된다.

나라는 인간이 쓸 만하다거나 쓸 만하지 않다거나 하는 것처럼 이 소설도 역시 좋다거나 좋지 않다거나 하리라고 생각한다. 다만 이 작품이 나라고 하는 인간의 됨됨이를 능가하여 존속하기를 희망할 뿐이다.

세 번째로, 이 소설은 남부 유럽에서 썼다. 1986년 12월 21일에 그리스 미케네스 섬의 한 빌라에서 쓰기 시작해서, 1987년 3월 27일 로마교외의 아파트와 호텔에서 완성했다. 일본이 아닌 곳에서 써졌다는 사실이 이 소설에 어떠한 영향을 미쳤을 수도 있고, 전혀 아무런 영향을 미치지 않았을 수도 있다. 단지 전화도, 찾아오는 손님도 없이 오직 글쓰기에만 몰두할 수 있었던 점에 감사하고 그 이외의 커다란 환경의 변화는 없었다.

이 소설의 전반부는 그리스에서, 중반부는 시실리에서, 후반부는 로마에서 쓰였다. 아테네의 싸구려 호텔 방에는 테이블과 의자가 없어서 나는 매일 타베루나(주점)에 들어가, 워크맨으로 '서전트 페퍼즈 론리 하츠 클럽 밴드Sergeant Pepper's Lonely Hearts Club Band'의 테이프를 120회 정도 계속해서 들으면서 이 소설을 써 내려 갔다. 그런 의미에서 이 소설은 존레넌과 매카트니에게 약간의 도움a little help을 받고 있다.

넷째, 이 소설은 이미 죽음으로 헤어진 나의 몇몇 친구들과 살아있지만 떨어져 있는 나의 몇몇 친구들에게 바친다.

1987년 6월 무라카미 하루키

🌐 작품 원문 『노르웨이노모리ノルウェイの森』

「ねえワタナベ君、英語の仮定法現在と仮定法過去の違いをきちんと説明できる？」と突然僕に質問した。

「できると思うよ」と僕は言った。

「ちょっと訊きたいんだけれど、そういうのが日常生活の中で何かの役に立ってる?」

「日常生活の中で何か役に立つということはあまりないね」と僕は言った。「でも具体的に何かの役に立つというよりは、そういうのは物事をより系統的に捉えるための訓練になるんだと僕は思ってるけれど」

緑はしばらくそれについて真剣な顔つきで考えこんでいた。「あなたって偉いのね」と彼女は言った。「私これまでそんなこと思いつきもしなかったわ。仮定法だの微妙だの化学記号だの、そんなもの何の役にも立つもんですかとしかかんがえなかったわ。だからずっと無視してやってきたの、そういうややっこしいの。私の生き方は間違っていたのかしら?」

「無視してやってきた?」

「ええそうよ。そういうの、ないものとしてやってきたの。私、サイン、コサインだって全然わかってないのよ」

「それでまあよく高校を出て大学に入れたもんだようね」と僕はあきれていった。

「あなた馬鹿ねえ」と緑はいった。「知らないの?　勘さえ良きゃ何も知らなくても大学の試験なんて受かっちゃうのよ。私すごく勘がいいのよ。次の三つの中から正しいものを選べなんてパッとわかっちゃうもの」

「僕は君ほど勘が良くないから、ある程度系統的なものの考え方を身につける必要があるんだ。鴉が木のほらにガラスを貯めるみたいに」

「そういうのが何か役に立つのかしら?」

「どうかな」と僕は言った。「まあある種のことはやりやすくなるだろうね」

「たとえばどんなことが?」

「形而上的思考、数カ国語の習得、たとえばね」

「それが何かの役に立つのかしら?」

「それはその人次第だね。役に立つ人もいるし、立たない人もいる。でもそういうのはあくまで訓練なんであって役に立つ立たないはその次の問題なんだよ。最初にも言ったように」

「ふうん」と緑は感心したように言って、僕の手を引いて坂道を下りつづけた。「ワタナベ君って人にものを説明するのがとても上手なのね」

「そうかな？」

「そうよ。だって私これまでにいろんな人に英語の仮定法は何の役に立つのって質問したけれど、誰もそんな風にきちんと説明してくれなかったわ。英語の先生でさえよ。みんな私がそういう質問すると混乱するか、怒るか、馬鹿にするか、そのどれかだったわ。誰もちゃんと教えてくれなかったの。そのときにあなたみたいな人がいてきちんと説明してくれたら、私だって仮定法に興味持てたかもしれないのに」

「ふむ」と僕は言った。

僕は緑に電話をかけ、君とどうしても話がしたいんだ。話すことがいっぱいある。話さなくちゃいけないことがいっぱいある。世界中に君以外に求めるのは何もない。君と会って話したい。何もかも君と二人で最初から始めたい、といった。

緑は長いあいだ電話の向こうで黙っていた。まるで世界中の細かい雨が世界中の芝生に降っているようなそんな沈黙がつづいた。僕はそのあいだガラス窓にずっと額を押しつけて目を閉じていた。それからやがて緑が口を開いた。「あなた、今どこにいるの？」と彼女は静かな声で言った。僕は今どこにいるのだ？

僕は受話器を持ったまま顔を上げ、電話ボックスのまわりをぐるりと見まわして見た。僕は今どこにいるのだ？でもそこがどこなのか僕にはわからなかった。見当もつかなかった。いったいここはどこなんだ？僕の目にうつるのはいずこへともなく歩きすぎていく無数の人々の姿だけだった。僕はどこでもない場所のまん中から緑を呼びつづけていた。

◉ 작품 번역문

"그런데, 와타나베! 영어의 '가정법 현재'와 '가정법 과거'의 차이를 정확하게 설명할 수 있어요?" 하고 갑자기 나에게 질문했다.

"설명할 수 있어요."라고 나는 대답했다.

"잠깐 묻고 싶은데 말이죠! 그런 것들이 우리 일상생활에 무슨 도움이 되는 거죠?"

"물론 일상생활에 무언가 특별한 도움이 되는 것은 그다지 없지?"라고 나는 말을 이었다. "하지만 구체적으로 어디에 도움이 된다기 보다는, 그런 것들이 사물을 보다 더 체계적으로 파악하기 위한 훈련이 된다고 생각하고 있어."

미도리는 잠시 그 대답에 진지한 표정으로 생각하더니, "당신은 정말 훌륭하군요."라며 말을 이었다. "나는 지금까지 그런 것에 대해 그렇게까지 생각해 보지도 못했어요. 가정법이니 미분이니 화학기호 따위는 아무 짝에도 쓸모없다고 밖에 생각 못했어요. 그래서 지금까지 그런 까다로운 것들을 무시해 버린 거예요. 내가 살아온 방식이 잘못된 걸까?"

"무시했다고?"

"그래요. 그런 것들 없는 셈 치고 살아왔죠. 난 사인이나 코사인도 전혀 몰라요."

"그러고도 용케 고등학교를 나와 대학엘 들어갈 수 있었군." 하고 나는 어이없다는 듯이 말했다.

미도리는 "와타나베는 바보구나!" 하고 말했다. "정말 몰라? 눈치만 있으면 아무것도 몰라도 대학 입학시험쯤은 거뜬히 합격할 수 있어요. 난 눈치가 정말로 빠르거든요. 다음 세 가지 중에서 옳은 것을 고르시오, 하면 금방 답을 알아 버리거든요."

"나는 너만큼 눈치가 빠르지 않으니까 어느 정도 체계적인 사고방법을 익힐 수 있는 훈련이 필요해. 까마귀가 나무 구멍에 유리 조각을 저장해 두는 것처럼."

"그런 것이 어디에 유용한지 몰라?"

"어떨까?" 하고 나는 말했다. "글쎄 어떤 종류의 일은 하기 쉬워지겠지."

"예를 들면 어떤 일?"

"형이상학적 사고나 여러 개의 외국어를 습득하는 일. 예를 들자면 뭐 그런 것들."

"그런 게 무슨 도움이 돼요?"

"그거야 사람 나름이겠지. 도움이 되는 사람도 있고 도움이 안 되는 사람도 있어. 하지만 그러한 일은 어디까지나 훈련이어서, 쓸모가 있느냐 없느냐는 그 다음 문제겠지. 처음에도 말했던 것처럼."

"그래요?"라고 미도리는 감탄한 듯이 말하고, 내 손을 끌고 언덕길을 계속 내려갔다.

"와타나베는 남에게 사물에 대한 설명을 아주 능숙하게 해요."

"그런가?"

"그래요. 하지만 나는 지금까지 여러 사람들에게 '영어의 가정법이 무슨 쓸모가 있지?' 하고 질문해 보았지만, 아무도 제대로 설명해 주지 않았어요. 영어 선생님마저도요. 모두 내가 그런 질문을 하면, 허둥대든가 화를 내든가 바보취급하든가 어느 하나였지. 그 누구도 제대로 가르쳐 주지 않았어. 그럴 때 당신 같은 사람이 있어서, 제대로 설명해 주었더라면, 나도 가정법에 흥미를 가질 수 있었을지도 모르는데."

"그런가?"라고 나는 대답했다.

나는 미도리에게 전화를 걸어, "아무래도 너와 이야기하고 싶다. 얘기할 것들이 엄청 많다. 이야기하지 않으면 안 될 게 잔뜩 있어. 온 세상에서 너 이외에 원하는 건 아무것도 없어. 너와 만나 이야기하고 싶다. 뭐가 됐든지 너와 둘이서 처음부터 시작하고 싶다."라고 말했다.

미도리는 오래도록 전화 저쪽에서 말이 없었다. 마치 온 세상의 가랑비가 온 세상의 잔디에 내리고 있는 것 같은 그런 침묵이 계속되었다. 나는 그동안 줄곧 유리창에 이마를 대고는 눈을 감고 있었다. 그리고 마침내 미도리가 입을 열었다.

"와타나베, 지금 어디 있는 거죠?" 하고 그녀는 조용한 목소리로 물었다.

나는 지금 어디에 있는거지?

나는 수화기를 든 채 얼굴을 들고, 전화박스 주변을 빙그르르 둘러보았다.

'나는 지금 어디에 있는 것인가?' 하지만 그곳이 어디인지 나로서는 알 수 없었다. 짐작도 할 수 없었다. 도대체 여기는 어디란 말인가? 내 눈에 보이는 것은 행선지도 없이 걸어서 지나쳐가는 무수한 사람들의 모습뿐이었다. 나는 그 어떤 좌표도 없는 장소의 한가운데에서 미도리를 계속해서 부르고만 있었다.

---

4 여류작가 女流作家

기계문명의 급속한 발달과 고도의 정보화 사회에 의해 인간성 상실과 해체의 위구심이 표명된 80년대에는 새로운 의식과 기술로 인간 조형을 시도한 여류작가들이 등장했다.

고노 다에코河野多惠子를 비롯해, 다카하시 다카코高橋たか子, 사에구사 가즈코三枝和子, 쓰시마 유코津島佑子, 야마다 에이미山田詠美, 에쿠니 가오리江国香織, 미야베 미유키宮部みゆき, 요시모토 바나나吉本バナナ 등이 있다.

고노 다에코는 오사카 출신으로 오사카후大阪府여자전문학교를 졸업하고, 1950년 니와 후미오가 주재한 「분가쿠샤文学者」의 동인으로 활동하였다. 1961년 『요우지가리幼児狩り』를 발표하며 주목을 받았고, 1963년 『가니(蟹: 게)』로 〈아쿠타가와상〉을 수상하였다. 1989년 〈일본예술원日本芸術院〉 회원이 되었고, 오바 미나코大庭みな子와 함께 최초로 〈아쿠타가와상〉 선발 여성위원이 되었다.

다니자키 준이치로谷崎潤一郎의 법통을 이어 매저키즘적 비정상인 성애 등을 주제로 하고 있으며, 『다니자키분가쿠토코테이노요쿠보(谷崎文学と肯定の欲望: 다니자키문학과 긍정의 욕망)』(1976)로 〈요미우리문학상〉을 수상하였다. 히라바야시 다이코를 높이 평가하여 〈히라바야시 다이코平林たい子 기념회〉 이사장을 지내기도 하였다.

다카하시 다카코는 소설가이자 중국문학자인 다카하시 가즈미高橋和巳의 아내로 교토 출신의 작가이다.

1954년 교토대학 프랑스학과를 졸업하고 다카하시 가즈미와 결혼하였다. 1971년 남편과 사별한 후 소설을 쓰기 시작하였고, 1975년에 엔도 슈사쿠의 권유로 카톨릭 세례를 받았다. 1981년에는 파리에서 수도 생활을 하다가 1985년 정식으로 〈예루살렘회〉에 입회하였다.

1971년 講談社에서 『가나타노미즈오토(彼方の水音: 저편 물소리)』를 간행하였고, 미하라산三原山에서의 여대생의 투신자살을 그린 『유와쿠샤(誘惑者: 유혹자)』(1976) 등 다수의 작품을 발표하였으며, 『이카리노코(怒りの子: 분노의 아이)』(1985)로 〈요미우리문학상〉을 비롯한 각종 문학상을 수상하기도 하였다.

사에구사 가즈코는 효고현 출신으로 1948년 간사이가쿠인関西学院대학 철학과를 졸업하고 동 대학원을 진학하였으나 중퇴하고 결혼하였다. 중학교 교사를 하면서 「文藝人」을 창간하였고, 1968년 『가가미노나카노야미(鏡のなかの闇: 거울 속의 어둠)』를 간행하였으며, 1869년 『쇼케이가오코나와레테이루(処刑が行われている: 처형이 이뤄지다)』를 출판하고 〈다무라 도시코상田村俊子賞〉[31]을 수상하였다.

---

31 다무라 도시코상田村俊子賞 : 근대 여류 소설가 다무라 도시코田村俊子의 사후에 발생한 인세를 기반으로 설립된 문학

그 후에도 많은 작품을 발표했지만, 1988년 이후에는 헤이안平安의 여성문학자나 고대여성 등을 주인공으로 하는 역사소설을 많이 썼다. 이외에『히비키코響子』시리즈가 있으며, 1991년 간행된『렌아이쇼세쓰노칸세(恋愛小説の陥穽: 연애소설의 함정)』를 통해 그때까지 선례가 없었던 페미니즘 문학 비평을 실천했다.

쓰시마 유코는 다자이 오사무太宰治의 차녀로 도쿄 출신이며, 세계 여러 나라 언어로 번역되어 국제적 평가가 높은 작가이다.

시라유리白百合여자대학 영문과 재학 중「요세아쓰메(よせあつめ: 오합지졸)」를 창간하고 처녀작『데노시(手の死: 손의 죽음)』를 발표하였다. 1971년에는『샤니쿠사이(謝肉祭: 사육제)』를 간행하였는데, 이 시기에는 모자가정母子家庭의 테마를 반복해서 그리게 된다. 1998년 5년에 걸쳐 구상해온 대작『히노야마-야마자루키火の山―山猿記』를 완성하였고, 가족 및 삶과 죽음 등 지금까지의 테마를 집대성하여 〈다니자키 준이치로상谷崎潤一郎賞〉·〈노마문예상〉을 수상하였다.

야마다 에이미는 소설가이자 만화가로 활약한 도쿄 출신의 작가이다. 메이지대학明治大学 국문학과 재학 중 만화연구회에 입회하였고, 대학 재학 중 OB로 당시 이미 프로였던 이시카와 준石川潤이 연구회에 찾아온 것을 계기로 만화가로 데뷔하게 된다. 1981년에는 대학을 중퇴하고 만화작품을 발표하였다.

1985년 당시 교제하고 있던 흑인을 모델로 저술한 작품인『베드타임아이즈ベッドタイムアイズ』(河出書房新社)로 문예상을 수상하면서 데뷔하였고 〈아쿠타가와상〉 후보에 올랐으며, 이후 다른 작품들도 후보작에 올랐지만 수상에는 이르지 못했다. 그러나 1987년『솔뮤직러버스온리ソウル・ミュージック・ラバーズ・オンリー』로 〈나오키상〉을 수상했다.

소설 작품은 주로 성인남녀의 연애와 성애를 그린 것과 사춘기 소년 소녀를 그리는 것으로 나눌 수 있다.

에쿠니 가오리는 아동문학작가이자 번역가이며 시인으로 활동한 도쿄 출신 작가이다. 메지로가쿠인目白学園여자단기대학 국문학과를 졸업하고 1985년「유레카ユリイカ」에 시「와타가시(綿菓子: 솜사탕)」를 처음으로 투고하였다. 1986년 아동문학잡지에 투고한『모모코桃子』가 입선하였고, 다음 해에『구사노조노하나시草之丞の話』로 〈하나이치몬메치이사나はないちもんめ小さな童

상으로 여류 작가의 뛰어난 작품에 수여된다. 다무라 도시코의 친구이자 러시아 문학 번역가인 유아사 요시코湯浅芳子가 중심이 되어 설립하였다.

화상〉을 수상하였다.

1989년에는 미국 유학 때의 경험을 소재로 한『409ラドクリフ』을 발표하여 〈페미나상フェ
ミナ賞〉[32]을 수상하였다. 1992년에는 알코올 중독증 아내와 동성애자의 남편과의 생활을 그린
『기라키라히카루きらきらひかる: 반짝반짝 빛나다』로 〈무라사키시키부紫式部문학상〉을 수상하였
고, 이후 영화화되기도 하였다.

미야베 미유키는 도쿄 출신으로 추리작가이다. 도쿄 스미다가와墨田川고등학교를 졸업하고
3년간 사무원으로 근무하며 속기사 자격증을 취득한 후 법률사무소에 5년간 근무하였다. 1984
년에 講談社의 소설작법교실을 다니면서 습작한 작품으로 〈독서추리소설신인상オール讀物推理
小說新人賞〉에 응모하여 후보작에 올랐고, 다음 해에 단편『와레라가린진노한자이(我らが隣人の犯
罪: 우리 이웃의 범죄)』로 수상하며 데뷔하였다. 1989년 전업작가로 전향하여『모호한(模倣犯: 모방
범)』과 같은 미스테리 소설을 발표하면서 인기작가의 반열에 올랐다.

도쿄 출신의 **요시모토 바나나**는 비평가이자 시인인 요시모토 다카아키吉本隆明의 차녀이다.
니혼日本대학 예술학부를 졸업하였다. 1987년 단편소설『키친キッチン』을 「가이엔海燕」에 게재
한 후 〈가이엔海燕신인문학상〉[33]을 수상하였다. 작품『키친』은 부모를 일찍 여의고 유일한 혈
육인 할머니의 죽음으로 천애 고아가 된 대학생 사쿠라이 미카게桜井みかげ와 할머니의 지인知
人인 청년 타나베 유이치田辺雄一 그리고 그의 어머니 에리코えり子의 교류를 그린 작품이다.

❋ 작품 원문『키친キッチン』

「女になるのも大変よね。」

ある夕方、唐突にえり子さんが言った。

読んでいた雑誌から顔を上げて、私は、は？と言った。美しいお母さんは出勤前のひと
時、窓辺の植物に水をやっていた。

「みかげは、みどころありそうだから、ふと言いたくなったのよ。あたしだって、雄一

---

32 페미나상フェミナ賞 : 프랑스의 권위 있는 문학상 중의 하나로 1903년 남성작가를 대상으로 한 프랑스의 최우수 소설
   에 대해 수여하는 상인 공쿠루상Prix Goncourt에 대한 성차별의 대항 의도를 가지고 만든 상이다.
33 가이엔海燕 신인문학상 : 후쿠타케福武서점이 간행한 문예잡지 「가이엔」의 신인문학상. 1982년부터 1996년까지 수
   상하였다.

を抱えて育ててるうちに、そのことがわかってきたのよ。つらいこともたくさん、たくさんあったわ。本当にひとり立ちしたい人は、なにかを育てるといいのよね。子供とかさ、鉢植えとかね。そうすると、自分の限界がわかるのよ。そこからがはじまりなのよ。」

歌うような調子で、彼女は彼女の人生哲学を語った。

「いろいろ、苦労があるのね。」

感動して私が言うと、

「まあね、でも人生は本当にいっぺん絶望しないと、そこで本当に捨てらんないのは自分のどこなのかをわかんないと、本当に楽しいことがなにかわかんないうちに大っきくなっちゃうと思うの。あたしは、よかったわ。」

と彼女はいった。肩にかかる髪がさらさら揺れた。いやなことはくさるほどあり、道は目をそむけたいくらい険しい……と思う日のなんと多いことでしょう。愛すら、すべてを救ってはくれない。それでも黄昏の西日に包まれて、この人は細い手で草木に水をやっている。透明な水の流れに、虹の輪ができそうな輝く甘い光の中で。

「わかる気がするわ。」

私は言った。

「みかげの素直な心が、とても好きよ。きっと、あなたを育てたおばあちゃんもすてきな人だったのね。」

とヒズ・マザーは言った。

「自慢の祖母でした。」

私は笑い、

「いいわねえ。」

と彼女が背中で笑った。

ここにだって、いつまでもいられない——雑誌に目を戻して私は思う。ちょっとくらっとするくらいつらいけれど、それは確かなことだ。

いつか別々の所でここをなつかしく思うのだろうか。

それともいつかまた同じ台所に立つこともあるのだろうか。

でも今、この実力派のお母さんと、あのやさしい目をした男の子と、私は同じ所にいる。それがすべてだ。

もっともっと大きくなり、いろんなことがあって、何度も底まで沈み込む。何度も苦しみ何度でもカムバックする。負けはしない。力は抜かない。

夢のキッチン。

私はいくつもいくともそれをもつだろう。心の中で、あるいは実際に。あるいは旅先で。ひとりで、大ぜいで、二人きりで、私の生きるすべての場所で、きっとたくさんもつだろう。

◎ 작품 번역문

"여자가 되는 것도 힘든 일이에요."

어느 날 저녁 느닷없이 에리코 씨가 말했다.

읽고 있던 잡지에서 얼굴을 들고, 나는, 네? 하고 말했다. 아름다운 엄마는 출근 전 잠깐, 창가 나무에 물을 주고 있었다.

"미카게는 장래성이 있어 보여서, 문득 말하고 싶어졌어요. 나도 유이치를 안고 키우는 동안에 그것을 알게 되었지. 힘든 일도 정말 많이 있었어요. 정말 홀로 독립하고 싶은 사람은 무엇인가를 키우면 좋아요. 아이라든지, 화분이라든지. 그러면 자신의 한계를 알 수 있어요. 거기에서 시작되는 거야……."

노래하는 것 같은 모습으로, 그녀는 그녀의 인생철학을 말했다.

"여러 가지로 고생했나 봐요."

감동해서 내가 말하니,

"응— 하지만 인생은 정말이지 한번 절망해 봐야 알아, 거기서 정말 버리지 못하는 것이 자신의 무엇인지를 모르면, 정말 즐거운 일이 무엇인지 모르는 사이에 크게 돼 버리고 만다고 생각해요. 나는 다행이었어."

하고 그녀는 말했다. 어깨에 늘어진 머리카락이 살랑살랑 흔들렸다. 싫은 것은 지천으로 널려 있고, 길은 외면하고 싶을 정도로 험난하다⋯⋯고 생각한 날이 얼마나 많았을까. 사랑조차 모든 것을 구해주지 않는다. 그래도 황혼의 석양에 감싸여 이 사람은 가냘픈 손으로 초목에 물을 주고 있다. 투명한 물 흐름에 무지개가 생길 것 같은 빛나는 달콤한 빛 속에서.

"알 것 같아요."

나는 말했다.

"미카게의 솔직한 마음이 너무 좋아요. 반드시 당신을 키운 할머니도 멋진 사람이었겠죠."

하고 그의 어머니가 말했다.

"자랑스러운 할머니였습니다."

나는 웃었고,

"좋겠네요."

하고 그녀가 등 뒤에서 웃었다.

여기에도 언제까지나 있을 수 없다 — 잡지에 눈을 돌린 나는 생각했다. 좀 휘청할 정도로 괴롭지만, 그것은 확실한 일이다.

언젠가 다른 곳에서 이곳을 그립다고 생각하게 될까.

아니면 언젠가 다시 같은 부엌에 서 있게 되기도 할까.

하지만 지금, 실력과 엄마와 부드러운 눈을 한 남자와 나는 같은 곳에 있다. 그게 다이다.

훨씬 더 커서, 여러 가지 일이 있고, 여러 번 바닥까지 가라앉는다. 몇 번이나 고통스러워하고 여러 번 재기한다. 지지는 않는다. 힘을 빼지 않는다.

꿈의 주방.

나는 몇 개라도 그것을 갖게 될 것이다. 마음속으로, 혹은 실제로. 혹은 여행지에서. 혼자서, 혹은 많은 사람들, 또는 두 사람이, 내가 사는 모든 장소에서 분명히 많이 가질 것이다.

1 현대소설의 문학사조와 문단 흐름에 대해 정리해 보세요.

2 무뢰파에 대해 말해 보세요.

3 전후파 문학의 흐름과 작가 및 작품에 대해 말해 보세요.

4 전후파와 「제3의 신인」을 비교해 봅시다.

5 1950년대 두드러진 작가에 대해 말해 보세요.

6 1960년대 문단에 대해 설명해 봅시다.

7 1970년대 두드러진 작가에 대해 설명해 봅시다.

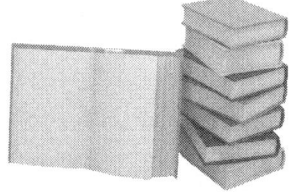

제7부 한국인 일본어소설韓国人の日本語小説

제1장
조선인 일본어소설朝鮮人の日本語小說

지금까지 한국문학에서는 일제강점기 일본어로 쓴 작품은, ①일본어로 쓰였기에, ②일본문단에서 등단 혹은 활동하였기에, ③잡지「国民文学」에 글을 실었기 때문에, ④친일단체에서 활동한 사람이 글을 썼기 때문에 등 여러 가지 이유로 당시의 작품들을 '친일문학'이란 틀 안에 묶어둔 채 작품과 작가를 사장시켜 버린 경우가 많았다. 그뿐만 아니라 '친일문학'이라고 칭해지던 시기도 다양하여, 〈태평양전쟁〉 시인은 1941년부터 1945년까지로 보는 시각과 일제가 파시즘화되어간 〈중일전쟁〉을 시발점으로 하는 1937년 이후로 보는 시각이 혼재하고 있다.

당시의 문학을 '암흑기문학', '식민통치하 문학', '친일문학' 등으로 칭하며 일률적으로 매도하거나 비난하기보다 당시의 작품들을 재조명하여 한국문학으로 인정하여, 한국문학사의 외연을 확장할 필요가 있을 것이다. 또한 국가가 국민을 지켜주지 못하여 혼란스럽던 당대를 살아야 했던 선인들의 국민윤리 의식을 논하며 질타하기보다는 개인적이고 인간적이며 문학적인 접근을 시도하여, 혼란의 시간을 고뇌와 고통 속에 보내야 했던 선인들의 고충을 이해하고 앞으로 나아가야 할 방향을 제시받는 교훈으로 받아들일 필요가 있을 것이다.

한국어와 일본어가 공존해서 사용되었던 일제강점기 '이중언어공간'의 시기는 시대적 배경에 따라 크게 3기로 구분된다.

제1기 1882~1922년, 제2기 1923~1938년, 제3기 1939~1945년으로 나누어진다.

제1기는 주로 일본으로 건너갔던 유학생들에 의한 문학으로, 대표적 작품은 이광수李光洙의 1909년 『아이카(愛か: 사랑인가)』를 들 수 있다. 이광수의 처녀작으로 알려진 『아이카』는 열한

살 때 부모를 여의고 혈혈단신 세상의 쓴맛 단맛 다 겪은 조선인 유학생 문길(文吉, 분키치)과 일본인 여학생 미사오操와의 이야기이다. 문길은 미사오에게 많은 위로를 받고 좋아하게된 후, 손가락을 잘라 혈서를 써 미사오에게 보낸다. 귀국하기 전날 밤에 미사오를 만나기 위해 시부야 미사오의 하숙집을 찾아가지만 만나지 못하자, 미사오가 일부러 만나주지 않는다고 생각한 문길이는 철도 레일에 드러누워 죽음을 기다린다는 내용이다.

이외에도 주요한 등 유학생들의 창작과 조선의 고전작품이 번역되어 일본에 소개되기도 하였다.

제2기는 조선과 일본에서 일본어작품이 창작된 시기로, 일본문단에서는 **프롤레타리아 사조**가 성행하였고, 조선에서는 민요연구 부흥의 시대였다.

프롤레타리아 문단에는 이북만, 임화, 백철 등 일본유학생들과 김용제 같은 장기체재자들도 포함되어 있었으며, 프롤레타리아문학이 쇠퇴하면서 등장한 작가 장혁주張赫宙가 있다.

1923년에 일본으로 건너간 **김희명**金熙明과 **정연규**鄭然圭가 각각 시와 소설 분야에서 작품을 발표함으로써, 이후 재일조선인문학의 길을 열었다. 이 시기에는 또한 조선에서 발표되었던 근대문인들의 작품이 번역되어 조선문학이 동시대 문학으로서 일본에 소개되었다. 또 정지용도 유학 생활 동안 많은 일본어 시를 창작하여 발표하였다. 조선에서의 일본어소설은 유학에서 돌아온 이수창의 작품을 효시로 보고 있다.

1931년 이후부터는 신문이나 잡지에의 투고도 많아지게 되었으며 이상李箱이나 이석훈도 일본어 작품을 다수 발표하였다.

한편 **장혁주**張赫宙는 1932년 소설 『가키도(餓鬼道: 아귀도)』로 일본문단에 등단했다. 일본어로 쓴 소설이지만, 식민지의 참혹한 현실을 사실적으로 묘사하여 당시 계급문학에서 유행하던 농민소설에 못지않은 현실 비판 의식을 담고 있다는 평가를 받았다.

제3기는 〈중일전쟁〉을 전후하여 황민화 정책이 강화됨에 따라 조선어 사용이 금지되고 일본어 상용화 정책이 시행되던 시기의 작품을 말한다. 주로 친일잡지 「국민문학國民文學」, 「녹기綠旗」, 「동양지광東洋之光」, 「총동원總動員」 등에 게재된 일본어소설은 크게 몇 가지 유형으로 나눌 수 있다.

첫째, 맹목적 혹은 오판으로 침략전을 찬양 추종한 어용작품이라 평가되는 전시기 문학으로서, 김사영金士永의 『세이간(聖顔: 성안)』과 『고후코(幸不幸: 행불행)』, 정인택鄭人澤의 『가에리미와세

지(かへりみはせじ: 돌아보지 않으리)』와 『오보에가키(覚書: 각서)』, 홍종우洪鍾羽의 『겐가쿠모노가타리(見学物語: 견학이야기)』, 최재서崔載瑞의 『히우치이시(燧石: 부싯돌)』 등을 들 수 있는데, 이들 작품은 '징병·징용을 통한 천황의 국민되기'나 '전쟁찬미' 등의 소재를 다루고 있다.

둘째, 일본인과 조선인간의 연애담이나 결혼담을 소재로 한 작품으로, 이효석李孝石의 『아자미노쇼(薊の章: 엉겅퀴의 章)』와 홍종우의 『쓰마노코쿄(妻の故郷: 아내의 고향)』 등을 들 수 있는데, 이들 작품은 내선일체의 일환인 내선결혼을 주제로 하고 있다.

셋째, 황국신민화 정책에 부응한 충량한 신민모습을 그린 작품으로는 최재서의 『호도엔슈한(報道演習班: 보도연습반)』, 이광수의 『가가와코초(加川校長: 가가와 교장)』, 최병일崔秉一의 『혼네(本音: 본심)』 등이 있다. 그리고 황국신민화에 정책에 걸맞는 여성상으로 변모하는 모습을 그린 작품으로는 정인택의 『세이료리카이와이(清涼里界隈: 청량리 부근)』, 최정희崔貞熙의 『노기쿠쇼(野菊抄: 들국화초록)』, 변동림卞東琳의 『기요이다마시이(淨魂: 깨끗한 영혼)』, 조용만趙容萬의 『모리쿤후사이토보쿠토(森君夫妻と僕と: 모리부부와 나)』 등이 있다.

넷째, 이외에도 오족협화론과 만주개척에 대해 쓴 작품은 정인택의 『노무(濃霧: 짙은 안개)』, 이무영李無影의 『도류(土龍: 토룡)』 등이 있으며, 일제강점기를 배경으로 문인의 고뇌와 문단의 갈등을 그린 이석훈의 『시즈카나아라시(静かな嵐: 고요한 폭풍)』 등이 있다.

마지막으로, '일본어글쓰기'라는 모양을 취하면서도 내용면에서 시국과는 무관한 작품으로, 유진오의 『난코쿠센세이(南谷先生: 남곡선생)』, 김사량의 『무루오리시마(ムルオリ島: 물오리섬)』 등이 있는데, 이들 작품은 외형상 국책에 따르고는 있지만 순수문학 성향을 지닌 작품으로 평가받고 있다.

▶ **김사량**金史良

본명은 김시창金時昌(1914~1950)이며 김사량은 필명이다. 평양 출신인 김사량은 미곡상米穀商을 하는 부유한 가정에서 태어났으며, 당시 조선에서는 극소수에 해당하는 미국식 교육을 받은 어머니 밑에서 성장하였다. 1931년 평양고등학교 5학년 때, 항일운동인 해주·평양·신의주 '동맹휴교사건'의 주모자 중의 한 명으로 주목받아 퇴학처분을 받고 쫓기게 되어 그해 12월 형 김시명의 도움으로 가짜 학생증과 교복을 입고 일본으로 건너가게 된다.

이후 1932년 10월 그의 첫 번째 시「市井初秋」를 잡지「東光」에 발표하였다. 1934년 고등학교 2학년 봄방학 때는 평양에 귀국해서 임화의 '독일낭만주의 강의'에 참가했으며, 소설『도조로(土城廊, 토성랑)』를 일본어로 창작하지만 일본어에 자신이 없어 발표하지는 않았다. 1935년 〈신협극단新協劇團〉의 지방 공연을 관람하거나 좌담회에 참가하는 등 극예술에도 관심을 지니고, 〈조선예술좌朝鮮藝術座〉와 인연을 맺기도 하였으며,『도조로』을 각색하여 11월 쓰키지築地 소극장에서 상연하기도 하였다.

1936년 2월「사가고등학교 문과을류 졸업기념지佐賀高等学校文科乙類卒業記念誌」에 콩트『니(荷, 짐)』를 발표하고, 6월 쓰루마루 다쓰오鶴丸辰雄, 우메사와 지로梅沢次郎, 신타니 도시오新谷俊郎, 사와카이 스스무沢開進, 나카지마 요시히토中島義人 등과 동인잡지「데이보堤防」를 발행하였다. 잡지 창간호에 구민具珉이란 필명으로『자쓰온(雜音: 잡음)』을, 9월 2호에『도조로』를 발표하는 등 활발한 창작 활동을 하다가 10월 조선예술좌와 연루되어 〈사상범보호관찰법〉에 의해 2개월간의 구류 생활을 하게 된다.

이후 장혁주의 소개로 야스타카 도쿠조保高德藏를 알게 되고, 그가 주재하는『분게이슈토文芸首都』에『조센분가쿠후게쓰로쿠(朝鮮文学風月録: 조선문학풍월록)』,『히카리노나카니(光の中に: 빛 속으로)』를 발표하면서 다른 잡지에도 평론과 수필 등을 발표하는 등 왕성한 집필 활동을 펼쳐나갔다.

1941년에는 〈사상범 예방구금법〉에 의해 가마쿠라鎌倉 경찰서에 구류되었다가 이듬해 석방되어 귀국한 후,「국민문학国民文学」에 장편소설『태백산맥太白山脈』을 연재하고, 8월 28일 〈국민총력조선연맹〉의 지시에 의해 해군견학단 일원으로 파견되어 르포『해군행』과 장편소설『바다의 노래』를 썼다.

1946년 1월『연안망명기』를「민성民聲」에 싣고, 2월 경성에서 평양으로 돌아와 〈북조선예술총동맹〉에서 활동하다가, 〈한국전쟁〉이 발발하자 제1차 종군작가단의 일원으로 뽑혀 최전선을 따라 마산 앞바다가 보이는 서북산에까지 종군한 후 후퇴 중에 강원도 원주 부근에서 낙오되어 심장병으로 사망한 것으로 추정된다.

김사량의 작품 중 1939년「분게이슈토文藝首都」에 발표한『히카리노나카니(光の中に: 빛 속으로)』는 〈아쿠타가와상〉 후보작으로 뽑힌 작품이다. 김사량의 자전적인 면모가 엿보이는『히카리노나카니光の中に』는 제국대학 학생으로 빈민가의 노동자와 아이들을 가르치는 봉사활동에 나온 남南 선생의 이야기이다.

　제국대학교에 다니는 남선생은 영세민 구제사업 단체인 S협회에서 영어를 가르치게 되는데, 일본 아이들이 자신을 내지인으로 알고 미나미南선생으로 부르는 것에 내심 편안함을 느끼면서도 조금 갈등하는 정도였다. 아이들 중 유별나고 정서가 불안정한 야마다 하루오는 남 선생이 조선인이라는 것을 본능적으로 알아채고 무시하는 태도를 보인다. 그러나 하루오는 조선인 어머니 정순과 일본인 야마다 한베 사이에 태어난 혼혈아로 자신의 콤플렉스를 감추기 위해 오히려 조선인을 미워하는 행동을 보인다. 그러다 아버지의 학대 끝에 칼에 찔려 빈민구호병원에 실려 가게 된다. 남 선생은 야마다의 출생을 알게 되면서 그의 상처를 감싸 주려고 한다는 내용이다.

　김사량은 일제의 탄압이 극심하던 문학의 암흑기인 1940년대에 조선 민중에 대한 애정과 식민지 지식인의 고뇌를 잘 그려내고 있다.

🌼 작품 원문 『히카리노나카니光の中に』

　「おばさん。……妾、やはり帰りませんわ……それに妾の顔にひどい傷が出来るさうですの……さうなれば……あの人……妾を売り飛ばそうとも云へませんし……誰もこんな妾なんか買ひはしませんもの……」それから痙攣でも起したやうに急に起き上ららとした。

　「あ！」

　「お前さん、どうしたんだよ」老婆は慌てて彼女を抱へて寝床の中へ落着かせた。

　「……何か……音がしたの」彼女は気でもふれたやうに息を切らした。「おばさん……春雄が来るのです。さうれ妾を訪ねて来るのです……」それから急に金切り声で叫び出した。

　「おばさん出て行つて下さい……隠れて下さい！」

　「誰も来やしねえだよ、誰も見えやしねえぢやねえか」老婆は悲しさうに泣き声をしぼつた。

　私は忍び足で戸口を出て来たがどうしたのか汗がびつしよりだつた。その時、私は誰かの小さな影が廊下のかどを慌てて横ぢつたやうに思つた。誰かははつきり見分けがつかなか

つたが、おやほんとうに春雄ではなかつたのかといふ考へがさつとひらめいた。私は急いで
その曲り角まで行くと不審さうに邊りをながめた。果して私の推測は間違ひではなかつた。
二階へ上る階段の裏側の薄暗い隅の方に、山田春雄が射すくめられたやうに身を隠したまま
目を光らしてゐたのである。

　「どうしたんだね」私は近寄つて行つた。

　慌てて彼は首を振つた。そしておびえたやうにますます隅の方へ尻ごみした。何か隠し
物でもあるのか右の手を後の方へぎゆつと廻して放さなかつた。今に悲鳴でも出しさうだつ
た。

　「母ちゃんの見舞に来たんだね」私は喉元が熱くなるのを感じながら云つた。非常に感
動したのだつた。「母ちやんは今も君が見たいと云つてゐたよ」

　彼は一層強く首を振つた。私は不満な気持になつて彼の體を引き寄せた。彼は後手を放
さなかつた。それは何か白い小さな紙包を握りつぶして一生懸命に隠さうとしてゐる。瞬間
春雄は母のために何か持つて来たのだなと私は思つた。自分の母を見舞ひに来てゐながら人
の前を憚つたり、知られまいとしたりせねばならないのは、何と悲しいことであらう。私
は寧ろ少年のさういふ姿が何とも云へない程いぢらしいものに思へた。私は云たた。

　「きつと母ちゃんが喜ぶよ」

　その時突然彼は私の體に頭を埋めながら啜り泣きをはぢめた。

　『莫迦だな』

　彼はますます激しく泣いた。

_____

　彼は中段まで下りて来ると急に立ち止つて、私の體にびつたりよりついて私を見上げなが
ら甘えるやうにこう云つた。

　「先生僕は先生の名前を知つてゐるよう」

　「さうか」私はてれかくしに笑つてみせた。「云つてごらん」「南先生でせう？」さう
云つたかと思ふと彼は私の手に自分の脇にかかへてゐた上服を投げ付けて、嬉々としながら
石段をひとり駆け下りて行くのだつた。

　私もほつと救はれたやうな軽い足取りで倒れさうになりながら、ただたつと彼の後を追ふ

て下りて行つた。

◉ 작품 번역문

"아주머니……저, 돌아가지 않을래요……게다가 제 얼굴에 끔찍한 상처가 생긴다는군요……그러면……그 사람……저를 팔아 버리겠다는 소리도 하지 않을 거고……누구도 저 같은 여자는 사 주지 않을 거니까."

그리고 경련이라도 일으키는 듯 갑자기 일어나려고 했다.

"아!"

"이봐, 왜 그래?

노파는 얼른 그녀를 안아 침대 위에 눕혔다.

"무슨……소리가 났어요."

그녀는 정신 나간 듯 숨을 헐떡였다.

"아주머니……하루오가 온 거예요. 그 아이가 날 찾아왔어요……."

그리고는 갑자기 찢어지는 듯한 소리를 지르기 시작했다.

"아주머니, 나가 주세요!……숨어 주세요!"

"아무도 안 왔어. 아무도 안 보이잖아……."

노파는 슬픈 듯 울먹이는 목소리를 내었다.

나는 발소리를 죽여 문을 나왔지만 어찌된 건지 온몸이 땀에 푹 젖어있었다. 그때 누군가의 작은 그림자가 복도 모퉁이를 급히 가로지른 것 같다는 생각이 들었다. 누군지는 분명하게 분간할 수 없었지만, 아니 정말 하루오가 아니었을까 하는 생각이 얼른 스쳤다. 나는 서둘러 그 모퉁이까지 가서 의심스럽게 주변을 둘러보았다. 과연 내 추측은 틀림이 없었다. 2층으로 올라가는 계단 뒤 어둑한 구석 쪽에 야마다 하루오가 잔뜩 웅크리고 몸을 숨긴 채 눈을 빛내고 있었던 것이다.

"어떻게 된 거냐?" 나는 가까이 다가갔다.

그는 황망히 고개를 가로저었다. 그리고 겁먹은 듯 점점 구석 쪽으로 뒷걸음질 쳤다. 뭔가 감추고 있는 물건이라도 있는 건지 오른 손을 뒤로 휙 돌리고는 놓지 않았다. 당장 비명이라도

지를 것 같았다.

"엄마 병문안을 온거지?"

나는 목구멍이 뜨거워지는 걸 느끼며 말했다. 너무나 감동스러웠다.

"엄마는 지금도 네가 보고 싶다고 말하셨어."

하루오는 더욱 강하게 고개를 가로저었다. 나는 마땅찮은 기분이 되어 그의 몸을 잡아당겼다. 그는 뒤로 빼돌린 손을 놓지 않았다. 손안에는 뭔가 하얀 종이로 싼 것을 꽉 거머쥐고 열심히 감추려 하고 있었다. 순간 하루오가 어머니를 위해 뭔가를 가지고 온 것이라고 생각하였다. 자기 어머니 문병을 오면서 다른 사람 앞을 꺼리거나 모른 척 해야만 하다니 이 얼마나 서글픈 일이란 말인가. 나는 오히려 소년의 그런 모습이 뭐라 말할 수 없을 정도로 기특하게 여겨졌다. 나는 말했다.

"엄마가 분명히 좋아하실거야."

그때 갑자기 그는 내 품에 머리를 묻으면서 소리내어 울기 시작했다.

"바보로구나."

그는 점점 더 격렬하게 울었다.

그는 중간 계단까지 내려오더니 갑자기 멈춰 서서, 내 몸에 바짝 다가와 나를 올려다보면서 응석부리듯 이렇게 말했다.

"선생님, 전 선생님 이름을 알고 있어요."

"그래?"

나는 멋쩍음을 감추려고 웃어보였다.

"말해 보렴."

"남 선생님이죠?"

말이 끝나기 무섭게 그는 내 손에다 자기 옆구리에 끼고 있던 웃옷을 던져 주고 좋아하면서 돌계단을 혼자서 뛰어 내려갔다.

그제서야 나도 '휴' 하고 구제받은 듯 가벼운 발걸음으로 쓰러질 듯 후다닥 쫓아 내려갔다.

▶ **이석훈**李石薰

이석훈(1907~?)은 극작가이자 언론인으로 활동한 근대 소설가이다. 본명 석훈錫薰이며, 호는 금남琴南으로 평안북도 정주定州 출생이다. 와세다早稻田고등학원 문과를 졸업하였으며, 경성방송국·평양방송국·조선일보 출판부 등에 근무하였고 한때〈극예술연구회劇藝術研究會〉에 가담하여 신극운동에도 참여했었다. 1933년「신동아新東亞」지에 중편『황혼의 노래』를 연재하면서 문단에 등장하여, 그 후『광인기狂人記』,『질투』,『가을의 일절一節』,『봄의 서곡』,『가난병病』,『회색가灰色街』,『라일락 시절』등을 연이어 발표하였다.

일제 말기(1941~1944)에는 단편·평론·기행·수필 등 많은 친일적인 작품 활동을 하였다. 8·15 광복 후에는 해군 정훈 장교로 근무했고 제대 후〈6·25 전쟁〉때 공산군에 납치되었다. 러시아문학에 조예가 깊었고, 작품세계는 지식인의 고민과 애정의 갈등을 독특한 필치로 섬세하게 다루었다.

『부타오이유우기』(豚追遊戲: 돼지쫓기 놀이)는 1943년 7월「国民文学」에 게재한 작품으로 쓰지소설辻小說[34]이다.

◈ **작품 원문『돼지쫓기 놀이**豚追遊戲』

　これは、雲山にあった実話である。
　英米人の鉱山師どもが、端午の節句に、所謂、朝鮮人労働者の慰労会なるものを開いた。それといふのが、仲々毛色の変つたもので、すべすべして捕へにくいやうに、コールタールを真黒く塗つたくつた何頭かの洋豚を放ち、そいつを労働者達に追はせるのである。つまり、豚を捕へるだけ、どちそうに預かるといふ趣向だ。ウスノロの同胞等は、少しでもよけいに、くひしんぼうを満足させようといふさもしさから、一生懸命豚追ごつこをするのだつた。ヤンキーどもは、高い所に悠然と腰かけて、この凌辱的な競技にやんやと喝采しうち興ずるのである。ウスノロの憐れな同胞ならば、汗たらたらで顔といはず、着物といはず、黒一色に汚れ、なほも夢中に豚を追ひまはるのであつた。悲しいことには、誰一

―――――――――
34 쓰지소설辻小說 : 길거리에서 외치는 식의 문체를 사용한 매우 짤막한 소설. 네거리소설이라고도 한다.

人、人間扱ひされてゐないことを、憤慨する者とてなかつた。

◉ 작품 번역문

　이것은 운산에서 있었던 실화이다.

　영미인 광산 기사들이 단오 절기에 소위 조선인노동자 위로회 같은 것을 열었다. 그 위로회라는 것이 매우 색다른데, 콜타르(타마유)를 새까맣게 처발라 잡기 힘든 매끈매끈한 몇 마리의 양돼지를 풀어 놓고, 노동자들에게 쫓게 했다. 즉, 돼지를 잡은 만큼 먹게 하겠다는 취향이었다. 아둔한 동포들은 조금이라도 더 걸신들린 배를 채우기 위해 비열하게 열심히 돼지몰이를 하는 것이었다. 양키들은 높은 곳에서 여유롭게 앉아 이 수치스러운 경기에 우레와 같이 갈채하며 매우 즐거워하는 것이었다. 아둔하고 가엾은 동포들은 땀범벅 얼굴이며 옷이며 할 것 없이 시커멓게 더럽혀져도 여전히 정신없이 돼지잡기를 하는 것이었다. 슬픈 것은 누구 하나 인간대접 받지 못하는 것을 분개하는 이가 없었다는 것이다.

제2장
재일한국인 작가在日韓国人作家

　재일한국인문학의 본격적인 출발은 해방 이후로 보는 것이 일반적이다. 재일한국인의 위치가 식민지시대와 확연히 달라져, 재일과 조국사이에서 주체적으로 선택할 수 있었지만, 이 사이에서 고민하게 된다.

　종전 이후 「민주조선民主朝鮮」과 「조선문예朝鮮文藝」 등의 잡지가 간행되면서 김달수金達壽, 이은직李殷直, 장두식張斗植 등의 작가가 활동하기 시작하였다.

　김달수는 『겐카이나다(玄海灘: 현해탄)』에서 해방 전의 일본의 조선식민지 통치를 배경으로 조선지식인의 민족적 자각과 고뇌를 그려 작가로서 이름을 알리게 된다. 특히 『태백산맥太白山脈』은 8·15에서 10월 대구봉기로 이어지는 격변의 민족사에 대한 생생한 기록으로 민족분단 근원의 추궁과 함께 그 아픔을 생생하게 잘 묘사하고 있다. 김달수는 해방 전후 재일조선인의 삶과 역사를 형상화한 작가로 활동하며 격동기의 조국 근대사의 이념적 전황을 배경으로 민중과 지식인의 갈등과 고뇌의 양상을 보여주며 조선인의 저항정신과 생명력을 담아내는데 주력하였다.

　장두식도 『아루자이니치조센진노기로쿠(ある在日朝鮮人の記録: 어느 재일조선인의 기록)』을 통해 재일조선인으로 살아야 하는 힘든 삶을 묘사하고 있다. 생활비를 위해 신문배달과 같은 궂은일을 하며, 빈곤 아동으로 학비를 면제받고 겨우 학교에 다닐 수 있었던 장두식은 김달수와 함께 「오타케비(雄叫び: 우렁찬 외침)」를 발간하여 조선문맹청년을 가르치기도 하였다. 그러나 요코스카橫須賀경찰서의 사상 단속반인 특고特高에 의해 불온 유인물로 찍혀 발행 금지를 당하였다.

이처럼 종전 직후 발표된 작품들은 식민지의 어려운 시기를 겪은 작가들이 자신들의 체험을 바탕으로 한 작품들이 많이 창작되었다.

1917년 조선 전라북도에서 태어난 **이은직**은 1928년 3월 신태인新泰仁공립보통학교를 졸업하고, 1929년부터 3년 정도 고향의 일본인 상점에서 더부살이로 일하였다. 이후 1933년 5월 일본에서의 유학에 뜻을 두고, 도항 증명서를 겨우 얻어 일본으로 건너가 유리공장에서 일하면서 야간 상업학교에 편입하여 졸업하였다. 이후, 작가를 지망하여 니혼日本대학에 입학하여 문학을 전공하였다. 1942년 〈니혼가쿠게이日本学芸통신사〉에 입사하여 편집부에 근무하다, 1945년 2월 〈중앙흥생회中央興生会〉 신문국에서 일하게 된다.

1945년 8월 해방 후 11월부터 〈재일조선인연맹在日本朝鮮人聯盟〉의 활동에 참여한 이후 지속적으로 재일동포의 민족교육 문화사업에 종사하였다. 1960년부터 〈재단법인조선장학회財団法人朝鮮奨学会〉 이사로 근무하였으며, 가나가와神奈川대학에서 강사로 근무하기도 하였다.

이은직의 『나가레(ながれ: 흐름)』는 월간 「게이주쓰카芸術科」에 연재한 최초의 장편소설로, 제10회 〈아쿠타가와상〉 후보에 추천되었으나 검열에 의해 중단되었다. 해방 후에는 『신편 춘향전新篇春香伝』, 장편 3부작인 『다쿠류(濁流: 탁류)』, 장편 5부작 『조센노요아케오모토메테(朝鮮の夜明けを求めて: 조선의 여명을 바라며)』 등을 게재하였다.

『나가레(ながれ: 흐름)』는 해방 후 일본에서 조선인의 민족교육 운동을 위해 〈재일본조선인연맹在日本朝鮮人聯盟〉의 일을 돕는 주인공 송영철宋永哲의 활약을 그리고 있다. 식민지시대에 실시된 황민화 정책을 비롯해 일제의 조선어 사용금지와 조선 전통문화 말살정책을 고발하며, 전쟁이 끝난 후 차별과 억압과 굴욕의 속박에서 해방되어 조국에 돌아가 인간답게 살려고 시모노세키를 비롯한 여러 항구에 몰려 든 조선동포들의 모습을 그려 내고 있다. 또 해방 후 몰려 든 조선 이남의 일자리나 식량부족 상황과 주거지 부족 등으로 유랑민의 증가를 그려 내고 있다. 그리고 일본에 남은 동포들을 위해 〈재일본조선인연맹〉이 결성되고, 일본에서 성장해 조선 문자는커녕 말조차 모르는 재일조선 아이들에게 한글을 가르치기 위한 민족교육운동의 발흥 등을 위해 노력하는 사람들의 이야기를 담고 있다. 제I부는 도쿄에 중학교 설립을 마치기까지, 제II부는 미군사령부의 탄압에 의한 역사교육투쟁과 사립학교 인가를 받아 민족 교육을 추진하는 과정을 그렸다.

제1세대 작가들은 모국에서 유년시절을 보낸 후 일본으로 이주하여 일본어를 습득한 작가들로, 조국에 대한 유대감과 조선 민중의 저항적 모습 등을 작품화하였다.

『가라스노시(鴉の死: 까마귀의 죽음)』을 쓴 **김석범**金石範은 오사카 출신의 재일조선인으로, 본명은 신양근愼陽根이다. 부모의 고향이 제주도인 김석범은 전쟁 중에 제주도에서 살다가 일본으로 돌아갔고, 해방된 후 서울에 건너왔다가 다시 일본으로 돌아가 간사이대학關西大學 경제학과와 교토대학 문학부를 졸업하였다. 고향인 제주에서 〈제주 4·3사건〉으로 인해 양민이 학살되는 사건을 접하면서 이를 모티브로 하여 『가라스노시』를 『간수박서방(看守朴書房: 간수 박서방)』과 함께 「분게이슈토文藝首都」에 게재하였다. 이후 1970년에는 『만덕유레이키단(万德幽靈奇譚: 만덕유령기담)』을, 1976년에는 「文学界」에 장편소설 『가잔토(火山島: 화산도)』를 발표하였다. 『가잔토』는 1957년 〈제주 4·3사건〉의 전모를 장대한 서사로 써 내려간 작품으로 이후 1998년에 〈마이니치예술상〉을 수상하기도 하였다.

이회성李恢成은 『햐쿠넨노타비비토타치(百年の旅人たち: 백년의 나그네들)』[35]을 1994년에 발표하였다. 이회성은 패전으로 부모와 함께 일본인 인양자들과 함께 사할린을 탈출하여 나가사키현 수용소에 들어가 조선으로의 귀환을 시도하였으나 이루지 못한 채 삿포로시札幌市에서 생활하게 된다. 삿포로에서 고등학교를 마치고, 와세다대학을 졸업하였다. 졸업후 조선어 창작을 시도하지만 뜻을 이루지 못하고, 일본어로 작품을 창작하였다. 1969년 〈군조群像신인문학상〉을 수상하고 본격적인 작가 생활을 시작하였다. 1972년 『기누타오우쓰온나(砧をうつ女: 다듬이질 하는 여인)』으로 〈아쿠타카와상〉을 수상하기도 하였다.

『기누타오우쓰온나』는 어머니가 죽은 후 외할머니의 신세타령을 통하여, 일본사회에서 긍지를 잃지 않고 살아가는 조선인들의 모습이나, 조선풍속과 신앙심을 향토색 짙게 그려내고 있다. 이외에도 『와레라세이슌노도조니테(われら靑春の途上にて: 우리들 청춘의 길 위에서)』(1970)[36]를 비롯한 많은 작품에서 충실한 황국신민이 되기 위해 노력하는 조선인, 일본사회에서 조선인에 대한 차별과 편견에서 벗어나기 위해 귀화를 선택하는 조선인 등 일본인으로 살아가려는 조선동포들의 방황과 고뇌하는 모습과 갈등을 그리고 있다. 이외에도 김학영金鶴泳, 양석일梁石日과 같은 재일동포 작가들이 있다.

---

35 『햐쿠넨노타비타치(百年の旅人たち: 백년의 나그네들)』: 재일조선인 1세를 일본의 식민지 지배의 피해자이기도 하지만, 2세에게 피해를 가져다 준 가해자임을 그리고 있다.

36 『와레라세이슌노도조니테(われら靑春の途上にて: 우리들 청춘의 길 위에서)』: 어려운 조선인 가정에서 가출한 주인공의 눈을 통해 현실 생활에 적응하지 못하고 소외되어 가는 동포들의 우울하고 고난에 찬 삶과 일본사회에서 정치적 신념을 위해 조직 활동을 했던 이들의 좌절과 재일동포 젊은이의 상실감을 그리고 있다.

제2세대 작가들은 일본에서 태어나 일본어를 모국어로, 한국어는 후천적인 학습에 의해 습득한 작가들로, 재일한국인으로서의 존재와 생활에 고민하며, 민족적 정체성의 혼란과 갈등 등을 작품에 그리고 있다.

이양지李良枝는 서울 유학 경험을 토대로 한『나비타령ナビ·タリョン』에서 가야금과 판소리를 접한 주인공이 부모의 별거와 이혼 그리고 일본에서의 조선인 차별에서 벗어나기 위해 한국행을 감행하지만, 조국에 대한 거리감과 좌절에 의해 이방인으로 소외되어 가는 모습을 그리고 있다. 또〈아쿠타카와상〉수상작『유히(由熙:유희)』는 모국에서 유학하는 동안 대금소리와 한글에 애착을 느낀 주인공은 조국을 이해하라는 언니의 충고와 모국을 사랑해야 한다는 마음 사이에서 갈등하다가 자폐증세까지 보이게 된다. 자신의 위선적 태도에 환멸을 느끼고 결국 귀국한다는 내용으로 한국어와 일본어 사이에서 갈등한 재일동포 2세의 정체성문제를 그린 작품이다. 이외에도『고쿠(刻: 각)』(1985)을 발표하여 한일 양국에서 느끼게 되는 소외감을 재일동포들의 존재를 통해 냉철한 눈으로 관찰하여 그려내는 등 재일동포들의 갈등과 차별 그리고 피해 등을 담아내고 있다.

1980년대에는 재일동포 3세의 활약이 두드러진다. 강신자姜信子는『고쿠후쓰우노자이니치간코쿠진(ごく普通の在日韓国人: 평범한 재일한국인)』(1987)으로 제2회〈아사히저널상朝日ジャーナル賞〉을 수상하며 작가로서 데뷔하였다.

유미리柳美里는 1994년『이시니오요구사카나(石に泳ぐ魚: 돌에서 헤엄치는 물고기)』로 소설가로 데뷔하여『가조쿠시네마(家族シネマ: 가족시네마)』로 1996년 하반기〈아쿠타카와상〉을 수상하였다.

이외에도 현월玄月도『가게노스미카(蔭の棲みか: 그늘의 집)』로 1999년도 하반기〈아쿠타카와상〉을 수상하였다. 전쟁에서 오른쪽 손을 잃고, 오사카시 동부 변두리의 미로 같은 마을에 기거하는 소반ソバン할아범을 주인공으로 뒷골목의 삶을 생생하게 그려 내었다.

제3세대 작가들은 기존세대의 작가와 달리 문학적인 모티브나 주제와 문체 등이 더욱 다양해지고 그 영역이 확대되어 가고 있지만 작품 속에 나타난 한국인의 색채는 점차 사라져 가고 있다. 그러나 2000년에 발표한 가네시로 가즈키金城一紀의『고GO』는 조선 국적에서 한국 국적으로 바꾼 자신의 출생을 토대로 한, 반 자전적 소설로〈나오키상〉을 수상하기도 하였다.

1 일제강점기 시대배경에 대해 생각해 보세요

2 일제강점기 창작된 조선인의 일본어 작품의 유형에 대해 말해 보세요.

3 제1세대 재일조선인 문학에 대해 설명해 보세요.

4 재일동포문학의 흐름에 대해 설명해 보세요.

5 앞으로의 재일동포문학의 변화에 대해 생각해 보세요.

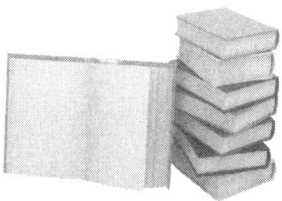

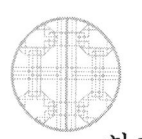

■ 한국논저

加藤周一 著·김태준 노영희 譯(1995), 『日本文学史序說』Ⅰ Ⅱ, 시사일본어사.

강지현(2012), 『일본 대중문예의 시원』, 소명출판.

권태민(2006), 『일본근대와근대문학』, 불이문화.

김명주 譯(2011), 『日本 단편소설』, 지식과교양.

김미경 編著(2011), 『일본 단편소설』, 인문사.

김상규(2012), 『일본문학의 이해와 감상』, 도서출판 책사랑.

김석자(1999), 『현대 일본문학 100선』, 단국대학교출판부.

_____(2003), 『일본 근·현대작가와 작품연구』, 제이앤씨.

김숙자 외(2010), 『일본문화』, 시사일본어사.

김순전(2007), 『일본의 사회와 문화』, 제이앤씨.

_____(2014), 『한일 경향소설의 선형적 비교연구』, 제이앤씨.

김영옥(2003), 「谷崎潤一郎문학연구 : '여성'의 시·공간을 중심으로」, 동덕여대 대학원.

김태연(2005), 『일본문학 입문』, 제이앤씨.

김환기(2006), 『재일 디아스포라 문학』, 새미.

나카무라미쓰오 著·고재석·김환기 譯(2001), 『일본메이지문학사』, 동국대학교 출판부.

마에다아이 著·유은경 譯(2003), 『일본 근대 독자의 성립』, 이룸.

문학사상사 자료조사연구실 편저(1996), 『하루키의 문학수첩』, 문학사상사.

박순애(1998), 『일본의 문화와 사회』, 시사일본어사.

박전열 외(2000), 『일본의 문화와 예술』, 한누리 미디어.

사희영(2011), 『「国民文学」과 한일작가들』, 도서출판 문.

신현하(2000), 『日本文学史』, 보고사.

안영희(2006), 『일본의 사소설』, 살림.

유숙자(2002), 『在日한국인문학연구』, 月印.

이기섭(2008), 『신일본문학사』, 시간의 물레.

이일숙(2002), 『시대별 일본문학사』, 제이앤씨.

_____·임태균(2009), 『포인트 일본 문학사』, 제이앤씨.

이토세이 著·유은경 譯(1993), 『일본문학의 이해』, 새문사.

임종석(2004), 『일본문학사』, 제이앤씨.

문학사상사 編著(1996), 『하루키의 문학수첩』, 문학사상사.

장남호(2007), 『일본 근현대문학 입문』, 충남대학교 출판부.

_____·이상복(2008), 『일본근·현대 문학사』, 어문학사.

정인문(2003), 『한일 근대문학 교류사』, 제이앤씨.

_____(2005), 『일본근대문학의 어제와 오늘』, 제이앤씨.

조양욱(1996), 『日本, 키워드77 이것이 일본이다』, 고려원.

秋錫敏(2003), 『日本近代文学の理解と鑑賞』, 제이앤씨.

최재철(1998), 『일본문학의 이해』, 민음사.

예하미디어편집부(2006), 『일본문학의 흐름』, 예하미디어.

한국일본학회 編(2001), 『新日本文学의 理解』, 시사일본어사.

한국일어일문학회(2003), 『나쓰메소세키에서 무라카미 하루키까지』, 글로세움.

호쇼마사오 著·고재석 譯(1998), 『일본현대문학사』, 문학과 지성사.

홍기삼외 4인(2001), 『재일한국인문학』, 솔.

■ 일본논저

秋山虔·三好行雄 編者(2005), 『日本文学史』, 文英堂.

麻生磯次 外 4人 監修(1969), 『日本文学史の指導と実際』, 明治書院.

池田浩士(1983), 『大衆小說の世界と反世界』, 現代書館.

巖淵宏子·北田幸惠(2005), 『はじめの学ぶ日本女性文学史-近代編』, ミネルヴァ書房.

上田秋成 著·鵜月洋 訳(2006), 『雨月物語』, 角川学芸出版.

小田切秀雄(1984), 『女性のための文学入門』, オリジン出版センター.

小田切秀雄(1990), 『社會文学·社會主義文学研究』, 勁草書房.

大場俊助(1955), 『日本文学概論』, 中大出版者.

加藤周一(1980), 『日本文学史序說』 上·下, 筑摩書房.

柄谷行人(2012), 『日本近代文学の起源』, 岩波書店.

金獄哲宗(1995), 『平家物語』, 有明堂.

久保田淳 外 4人(1997), 『日本文学史』, 岩波書店.

久松潛一 編(1971), 『国文学史』, 至文堂.

国文学編輯部 編(1993), 『近代文学作中人物事典』, 学燈社.

国文学編集部(2007), 『知っ得 日本の古典 名文名場面100選』, 学燈社.

国文学編集部(2007),『知っ得現代作家便覧』, 学燈社.

後藤祥子 外 3人(2003),『はじめの学ぶ日本女性文学史-古典編』, ミネルヴァ書房.

小西甚一(1993),『日本文学史』, 講談社学術文庫.

酒井茂之(1988),『一冊で日本の名著100冊を讀む』, 友人社.

阪倉篤義 外 4人 編(1957),『竹取物語 伊勢物語 大和物語』, 岩波書店.

神保五彌 編(1978),『近世日本文学史』, 有斐閣雙書.

高見順(1987),『昭和文学盛衰史』, 文芸春秋社.

高崎正秀(1968),『国文学史の整理法』, 学習研究社.

竹田青嗣(1991),『戦後史大事典』, 三省堂.

中野幸一(1899),『常用源氏物語要覧』, 武蔵野書院.

南富鎮(2006),『文学の植民地主義』, 世界思想社.

日栄社編集所(1994),『要説伊勢物語』, 日栄社.

平岡敏夫・東郷克美 編(1979),『日本文学史概説』, 有精堂.

藤橋純子(2001),『源氏物語で見につく古典文法』, 旺文社.

本間久雄(1948),『文学概論』, 東京堂.

待井新一(2005),『文法全解 源氏物語』(一)・(二)・(三), 旺文社.

松井嘉一・松本圭司(1995),「日本語学習者のための日本文化史」, 凡人社.

松原新一・礒田光一・秋山駿(1978),『戦後日本文学史・年表』, 講談社.

丸山顕徳 外 3人 編著(2007),『新編これからの日本文学』, 金寿堂出版有限会社.

三木卓 監修(2001),『日本の名作文学案内』, 集英社.

三谷栄一 編(1983),『鑑賞日本古典文学 第6巻―竹取物語・宇津保物語』, 角川書店.

村松定孝(1985),『文学概論』, 双文社.

尹建次(2014),「三つの国家」のはざまでの苦難と悲惨-作家・金達寿の場合」, 2014年9月25日, 人文研究 Vol.183.

吉本バナナ(1998),『キッチン』, 角川書店.

吉田精一・山本健吉編(1986),『日本文学史』, 角川書店.

論文・レポート作成必携編集委員会(1998),『近代文学現代文学論文・レポート作成必携 』, 学燈社.

渡辺澄子 編(2000),『女流文学を学ぶ人のために』, 世界思想社.

▎기타

ウィキペディア https://ja.wikipedia.org/wiki/

위키백과   http://ko.wikipedia.org/

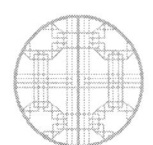

부록1 - 일본문학 인명·작품명·사항

가

가가미 시코(各務支考、かがみしこう) ▶ 에도 후기의 하이진俳人.

가게로닛키(かげろふ日記) ▶ 헤이안 중기의 일기. 후지와라노미치즈나(藤原道綱、ふじわらのみちづな)의 어머니 작품. 3권. 여류 일기문학의 선구.

가구라우타(神楽歌、かぐらうた) ▶ 신에게 제사지낼 때 부르는 가요. 헤이안시대에 발달.

가나가키 로분(仮名垣魯文、かながきろぶん) ▶ 게사쿠戱作 작자. 대표작 『아구라나베(安愚楽鍋、あぐらなべ)』, 『세 이요도추히자쿠리게(西洋道中膝栗毛、せいようどうちゅうひざくりげ)』가 있다.

가나조시(仮名草子、かなぞうし) ▶ 에도 초기, 평이한 가나문仮名文으로 쓰인 소설류의 총칭.

가라쓰마루 미쓰히로(烏丸光広、からつまるみつひろ) ▶ 에도 초기의 가인歌人. 교시狂詩에 능통하고, 서가書家로도 유명했다.

가루미(かるみ) ▶ 마쓰오 바쇼(松尾芭蕉、まつおばしょう) 만년의 하이카이俳諧 이념. 심원한 시詩 정신에 근거 한 평명솔직平明率直한 표현에 의한 새로운 풍조.

가마쿠라(鎌倉、かまくら) 시대 ▶ 가마쿠라에 막부幕府가 있었던 시대(1192~1333).

가모노 마부치(賀茂真淵、かものまぶち) ▶ 에도 중기의 국학자国学者, 가인歌人. 「만요슈万葉集」 연구에 큰 업 적을 남겼다.

가모노조메이(鴨長明、かものちょうめい) ▶ 가마쿠라 전기의 가인. 중세 염세적 은자隠者문학의 대표적인 작 가. 수필 「호조키(方丈記、ほうじょうき)」, 가론歌論 「무메이쇼(無名抄、むめいしょう)」, 불교설화집 『홋 신슈(發心集、ほっしんしゅう)』 등이 있다.

가부키(歌舞伎、かぶき) ▶ 근세 초기에 유행한 춤으로 시작된, 일본의 대표적인 연극.

가사노가나무라(笠金村、かさのかなむら) ▶ 나라奈良 초중기의 가인歌人. 궁정가인으로 천황의 행행行幸에 따 른 작품이 많다. 생몰미상.

가쓰레키(活暦、かつれき) ▶ 가부키와 교겐의 연출양식의 하나. 종래 사극史劇의 황당무계함을 배제하고, 사실事實을 중요시하는 메이지明治시대의 연극개량 운동에서 실현했다.

가와바타 야스나리(川端康成、かわばたやすなり) ▶ 소설가. 「文芸時代」 창간에 참여하고, 신감각파의 대표 작가가 되었다. 〈2차 세계대전〉 후에는 일본미의 전통을 잇는 자세를 강하게 표출했으며, 1968 년 〈노벨문학상〉 수상. 작품으로는 『이즈노오도리코(伊豆の踊子、いずのおどりこ)』, 『유키구니(雪国、 ゆきぐに)』 등이 있다.

가와타케 모쿠아미(河竹黙阿弥、かわたけもくあみ) ▸ 에도 후기의 가부키 각본작자. 에도 가부키 최후의 집대성자. 작품 약 360편.

가이라이자(傀儡者、かいらいじゃ) ▸ 여러 곳을 돌아다니면서 인형을 조정하는 마술사.

가이후소(懐風藻、かいふうそう) ▸ 나라奈良 시대의 한시집漢詩集. 작자 미상, 751년 완성.

가제니쓰레나키모노가타리風につれなき物語 ▸ 가마쿠라시대의 모노가타리. 내용이 부분적으로 많이 없어진 채로 전해져 오는 귀족 이야기.

가쿄(花鏡、かきょう) ▸ 노가쿠쇼能楽書. 1424년 제아미 지음. 선문후견先聞後見, 서파급(序破急、じょはきゅう) 유겐幽玄, 겁초 등의 문제를 논한 책.

가쿄효시키(歌経標式、かきょうひょしき) ▸ 나라奈良 후기 일본 최고最古의 가학서歌学書. 772년 완성.

가키노모토노히토마로(柿本人麻呂、かきのもとのひとまろ 또는 かきもとひとまろ) ▸ 『만요슈万葉集』의 가인歌人. 덴무天武・지토持統・몬무文武의 삼조三朝에 걸쳐 근무한 하급관리로, 생몰미상. 서사序詞, 대구對句 등 화려한 수사기교를 구사한 중후한 가풍歌風으로, 가성歌聖으로 숭앙 받음.

간아미(観阿彌、かんあみ) ▸ 남북조시대의 노배우能役者, 노작자能作者, 야마토사루가쿠大和猿楽의 간제자観世座를 창설하여 간제류観世流의 원조가 되었다.

게사쿠쇼세쓰(戯作小説、げさくしょうせつ) ▸ 희작소설.

게이코쿠슈(経国集、けいこくしゅう) ▸ 827년 헤이안 초기의 칙찬한시집勅撰漢詩集 20권.

겐유샤(硯友社、けんゆうしゃ) ▸ 메이지 18년(1885) 결성된 일본최초의 문학결사. 기관지 「가라쿠타분코(我楽多文庫、からくたぶんこ)」. 에도적인 풍속취미를 살린 사실주의 문학운동을 전개. 취미성趣味性, 풍속성風俗性이 농후하다.

겐유샤분가쿠(硯友社文学、けんゆしゃぶんがく、겐유샤문학) ▸ 근대 일본최초의 문학결사. 1885년 동경대학예비문(제일고등학교)의 학생이었던 오자키 고요尾崎紅葉, 야마다 비묘山田微妙, 이시바시 시안石橋思案 등에 의해 발족. 「가라쿠타분코我楽多文庫」를 발간하여, 가와카미 비잔川上眉山, 이와야사자나미巖屋小波 등의 문학동호회에서 출발하여, 영원한 펜클럽 친구라는 의미로, 겐유샤硯友社로 칭하였다. 당시의 문단에서 큰 영향을 준 문학결사였다. 1903년 10월 오자키 고요의 죽음으로 해체되었으나, 그 영향은 크다.

겐지모노가타리(源氏物語、げんじものがたり) ▸ 헤이안 중기의 장편 모노가타리. 54권. 무라사키 시키부紫式部 지음. 11세기 초기 성립. 제왕 4대 70여 년간에 걸친 인생사를 3부로 나누어 묘사하고 있다. 제1부는 주인공 히카루 겐지光源氏의 사랑과 영달을, 제2부는 히카루 겐지와 그를 둘러싼 사람들의 현세 생활의 파탄과 고뇌의 모습을, 제3부는 히카루 겐지 사후死後의 이야기로, 유려하고 밀도 높은 문체에 의한 모노가타리 최고의 걸작으로 평가받음. 'あはれ'의 문학이념.

고다 로한(幸田露伴、こうだろはん) ▸ 소설가. 고증학자. 처음에는 이상주의적 경향을 나타내는 소설을 썼지만, 후에는 고증考證, 평석評釋에 전념하여 훌륭한 사전史傳과 역사소설을 발표했다. 대표작 『고주노토(五重塔、ごじゅうのとう)』.

고라이후타이쇼(古来風体抄、こらいふうたいしょう) ▸ 후지와라노도시나리(藤原俊成、ふじわらのとしなり)의 가론歌論서. 2권. 와카사和歌史를 서술하고, 『만요슈万葉集』부터 『센자이슈(千載集、せんざいしゅう)』까지의 뛰어난 우타歌를 논평하고 있다.

고문사학파古文辭学派 ▸ 일본에서, 근세 중기에 일어난 고학古学의 하나. 중국의 고문사학古文辭学의 학문을 발전시킨 오규 소라이(荻生徂 徠、おぎゅうそらい)를 중심으로 한 학파.

고바야시 잇사(小林一茶、こばやしいっさ) ▸ 에도 후기의 가인歌人. 고아 근성으로 약자에 대한 관심과 주관적인 구句를 많이 읊은 개성적인 가인歌人.

고쇼쿠이치다이오토코(好色一代男、こうしょくいちだいおとこ) ▸ 이하라 사이카쿠(井原西鶴、いはらさいかく)의 우키요조시(浮世草子、うきよぞうし) 8권. 주인공 요노스케(世之介、よのすけ)의 외도 행각의 일생을 54장의 단편으로 묘사한 작품.

고쇼쿠이치다이온나(好色一代女、こうしょくいちだいおんな) ▸ 이하라 사이카쿠井原西鶴의 우키요조시浮世草子 6권. 24장. 여주인공의 호색적 편력의 생애를, 한 노녀老女의 참회 이야기 형식으로 묘사한 작품.

고스기 덴가이(小杉天外、こすぎてんがい) ▸ 소설가. 에밀 졸라의 영향을 받아 자연주의 소설을 썼으나 후에는 주로 통속소설을 썼다.

고실(故實、こじつ) ▸ 옛날의 의식, 복장, 예법 등의 규칙. 습관 사례.

고실가(故實家、こじつか) ▸ 옛날의 의식, 복장, 의례 등의 규정, 습관, 사례에 능통한 사람.

고와카마이(幸若舞、こうわかまい) ▸ 중세기에 만들어진 예능의 하나. 군키모노軍記物 등에 곡을 붙여 말하며, 간단한 춤동작도 행한다.

고우타(小歌、こうた) ▸ 헤이안시대부터 근세에 걸쳐 민간에 유행한 가요.

고지키(古事記、こじき) ▸ 일본 최고最高의 역사서. 太安万侶おおのやすまろ 편, 712년 완성

고케노고로모(苔の衣、こけのころも) ▸ 가마쿠라시대의 모노가타리. 4권. 3대에 걸친 귀족의 이야기를 그린 작품.

고콘초몬주(古今著聞集、ここんちょうもんじゅう) ▸ 가마쿠라 중기의 설화집. 20권. 다치바나노나리스에(橘成季、たちばなのなりすえ) 편. 고금古今의 설화 약 700화를 내용별로 30편으로 분류하고, 시대별로 분류했다. 설화집 중에서 가장 형식이 정리된 작품.

고쿠가쿠(国学、こくがく) ▸ 고지키古事記, 일본서기日本書紀, 만요슈万葉集 등 일본고전을 문헌학적으로 연구, 유불儒佛 도래渡来 이전의 일본 고유의 정신을 분명히 정리하려 한 근세에 발흥한 일본학을 정리한 학문.

고쿠사쿠분가쿠(国策文学、こくさくぶんがく) ▸ 국책문학. 전시에 국가적 정책에 부응한 문학.

고킨와카슈(古今和歌集、こきんわかしゅう) ▸ 헤이안 초기 최초의 칙찬와카집(勅撰和歌集、ちょくせんわかしゅう)으로 고킨슈(古今集、こきんしゅ)라고도 한다. 20권. 만요슈 이후의 수가秀歌 약 1,100수를 편집. 가풍은 우미섬세優美纖細하고 지적이고 기교적인 우타가 많다.

고토바인고쿠덴(後鳥羽院御口伝、ことばいんごくでん) ▸ 고토바인後鳥羽院이 쓴 가론서歌論書.

곤자쿠모노가타리슈(今昔物語集、こんじゃくものがたりしゅう) ▸ 헤이안 후기의 불화仏話, 설화說話, 민화民話 등을 묶어 놓은 31권. 작자 미상. 인도, 중국, 일본의 3부로 나누어 1,065화를 수록한 일본 최대 최고의 설화문학.

관백(関白、かんぱく) ▸ 천황을 도와 국가를 다스리는 최고의 직위.

교겐(狂言、きょうげん) ▸ 일본 전통예능의 하나. 노가쿠能樂 사이에 끼여 연출되는 대사臺詞 중심의 희극.

교시(狂詩、きょうし) ▸ 에도 중기부터 메이지시대에 걸쳐 행해진 골계문학(滑稽文学、こっけいふがんく)의 한 양식. 한시漢詩의 형식으로 속어, 속훈俗訓을 이용하여, 비속한 사물형상을 해학적으로 읊은 것.

교쿠요와카슈(玉葉和歌集、きょくようわかしゅう) ▸ 가마쿠라 후기의 조쿠센와카슈勅撰和歌集. 20권. 예리한 자연관조에 의한 서경絞景시에 특색이 있다.

구사이법사(救濟法師、くさいほうし) ▸ 남북조시대의 렌가시(連歌師、れんがし). 후세 렌가連歌 제1의 선구자로 추앙 받음.

구칸쇼(愚管抄、ぐかんしょう) ▸ 가마쿠라 전기의 역사서. 지엔慈円 지음. 도리의 전개라는 관념으로, 진무神武천황부터 준토쿠順徳천황까지의 역사를 설명하고 있다.

기노시타 모쿠타로(木下杢太郎、きのしたもくたろう) ▸ 시인. 극작가. 국학자国学者. 탐미주의를 대표하는 사람에 속한다.

기노쓰라유키(紀貫之、きのつらゆき) ▸ 헤이안 전기의 가인. 도사닛키(土佐日記、とさにっき)의 작자. 삼십육가선의 한 명. 『고킨와카슈古今和集』 찬자撰者의 중심인물로 가나서문仮名序를 집필. 가풍은 이지적, 기교적으로 유려한 문체로 「고킨조古今調」를 대표한다.

기쿠치 히로시(菊池寛、きくちひろし) ▸ 기쿠치 간菊池寛의 본명. 소설가. 극작가. 「문예춘추」를 창간했으며, 신문소설의 새로운 장을 열었다. 대표작 『지치카에루父帰る』.

기키(記紀、きき) ▸ 고지키古事記와 니혼쇼키日本書紀를 함께 표현할 때, 앞을 생략하고 뒷발음만을 따서 표현한 것. 기키가요(記紀歌謠、ききかよう)를 일컫는 것이 일반.

기타무라 도코쿠(北村透谷、きたむらとうこく) ▸ 시인, 평론가, 희곡작가. 자유민권운동에 좌절하여, '정치에서 문학政治から文学へ'으로 전향한 작가.

기타하라 하쿠슈(北原白秋、きたはらはくしゅう) ▸ 시인. 가인. 대표작 『자슈몬(邪宗門、じゃしゅうもん)』, 처음에는 탐미적인 경향을 나타냈지만, 나중에는 자연찬미로 전향했다.

긴요와카슈(金葉和歌集、きんようわかしゅう) ▸ 헤이안 후기의 천황의 지시에 의해 만들어진 조쿠센와카슈勅撰和歌集. 10권.

긴키(近畿、きんき) 지방 ▸ 일본 본토의 중서부에 위치한 지방. 교토京都 오사카大阪 미에三重 사가佐賀 효고兵庫 나라奈良 와카야마현和山県을 일컫는다.

나

나가이 가후(永井荷風、ながいかふう) ▸ 소설가. 처음에는 에밀 졸라의 영향을 크게 받았지만, 나중에는 에도 정서에 탐닉하여 탐미파耽美派의 대표작가가 되었다.

나라(奈良、なら) 시대 ▸ 수도가 나라奈良에 있었던 시대(710~784).

나미키 고헤이(並木五瓶、なみきごへい) ▸ 가부키 각본脚本 작가. 나미키 쇼조(並木正三、なみきしょうぞう)의 문인. 1772~1801년에 걸쳐 교토 오사카, 에도 양쪽에서 활약. 합리성에 뛰어난 작품으로, 시대물(時代物、じだいもの)과 세와모노(世話物、せわもの)를 독립시키는 방법을 창시했다.

나미키 쇼조(並木正三、なみきしょうぞう) ▶ 가부키歌舞伎 각본脚本 작자. 1751~1781년에 걸쳐서 교토, 오사카 극단의 제1인자. 조루리浄瑠璃적인 수법으로, 웅대한 구상의 시대물을 특기로 했음.

나쓰메 소세키(夏目漱石、なつめそうせき) ▶ 영문학자. 소설가. 일본의 근대를 깊이 통찰하여, 지식인의 내면을 묘사했으며, 일본 근대문학의 확립에 공헌한 대표적 작가. 대표작「わが輩(はい)は猫(ねこ)である」,「坊(ぼ)っちゃん」,「草枕(くさまくら)」,「それから」,「門(もん)」,「こころ」,「道草(みちくさ)」,「明暗(めいあん)」등이 있음.

나이코노세다이(内向の世代、ないこうのせだい) ▶ 내향의 세대.

나카가와 오쓰유(中川乙由、なかがわおつゆう) ▶ 에도 후기의 하이진俳人.

나카쓰카사노나이시노닛키(中務内侍日記、なかつかさのないしのにっき) ▶ 가마쿠라 중기, 나카쓰카 사노나이시(中務内侍、なかつかさのないし)의 일기. 후시미(伏見、ふしみ) 천황에 뇨보(女房、にょうぼう)로서 근무한 회상기.

난소사토미핫켄덴(南総里見八犬伝、なんそうさとみはっけんでん) ▶ 다키자와 바킨滝沢馬琴의 요미혼讀本. 9집 106책. 1814~1842년에 간행. 인仁 의義 예禮 지智 충忠 신信 효孝 제悌의 여덟 가지 덕을 상징하는 옥玉을 가지고 여덟 마리 개忠僕가 사토미里見 가문의 신하로서 사토미 가문의 재건再建을 위해 활약하는, 권선징악 사상이 강한 전기傳記소설. 에도 요미혼의 최고봉.

노(能、のう) ▶ 춤을 주체로 표현하는 무대예술. 가마쿠라시대에 덴가쿠田楽, 사루가쿠猿楽로부터, 무로마치(室町、むろまち)시대, 야마토사루가쿠(大和猿楽、やまとさるがく)의 간아미(観阿彌、かんあみ), 제아미(世阿彌、ぜあみ) 부자父子에 의해 대성되었다.

노가쿠(能楽、のうがく) ▶ 피리, 북 등의 반주에 맞추어 요교쿠(謡曲、ようきょく)를 부르면서 탈(가면)을 쓰고 춤을 추는 예능藝能.

노리토(祝詞、のりと) ▶ 제사 때, 신전神殿에서 부르는 노래.

노인(能因、のういん) ▶ 헤이안 중기의 가인. 속명俗名은 다치바나노나가야스(橘永愷、たちばなのながやす). 우타마쿠라(歌枕、うたまくら, 우타를 짓는 수사법의 하나)를 동경하며, 여행과 우타를 사랑하고, 많은 일화를 남겼다.

뇨보(女房、にょうぼう) ▶ 옛날, 일본의 궁중에서 한 직책을 부여 받은 고위의 여성 관리 또는 귀족에 시중들던 여성.

누카타노오키미(額田女王、ぬかたのおおきみ) ▶『만요슈』초기의 대표적 궁정 여류 가인歌人. 생몰미상. 풍부한 정감과 정확한 기교를 구사하여『만요슈』에 장가(長歌、ちょうか), 단가(短歌、たんか) 합하여 11수가 있다.

니조 요시모토(二条良基、にじょうよしもと) ▶ 남북조南北朝 시대의 정치가, 문화인.

니혼료이키(日本靈異記、にほんりょういき) ▶ 헤이안 전기의 일본 최고의 불교 설화집. 승려 게이카이景戒가 찬자撰者. 민간의 고전승古傳承, 인과응보 설화 등 116화를 연대순으로 배열해 놓은 작품.

니혼쇼키(日本書紀、にほんしょき) ▶ 일본 최초의 칙찬(勅撰, 천왕의 지시에 의한) 역사서. 도네리신노舎人親王 편집지휘, 720년 완성.

니혼에이다이쿠라(日本永代蔵、にほんえいだいくら) ▶ 이하라 사이카쿠井原西鶴의 우키요조시浮世草子. 세상의 부휼에 관해 교훈을 섞어 묘사한 작품. 6권 6책. 단편 30화. 조닌물町人物、ちょうにんもの의 제1 작품.

닌토쿠(仁德、にんとく) **천황** ▸ 기키記紀에서 제16대 천황. 난파難波에 도읍을 정하고 외교와 농업을 장려했다고 전해진다.

다

다누마(田沼、たぬま) **시대** ▸ 도쿠가와(德川、とくがわ) 10대 장군 이에하루(家治、いえはる)의 시대(1767~1786).

다니자키 준이치로(谷崎潤一郎、たにざきじゅんいちろう) ▸ 소설가. 탐미적, 악마주의적인 작풍을 나타내며, 관서 이주 후에는 전통적인 일본문화와 고전문학을 원천으로 하여, 모노가타리物語성이 풍부한 세계를 구축한 작품을 많이 썼다. 대표작「刺青、しせい」、「春琴抄、しゅんきんしょう」、『지진노아이(痴人の愛、ちじんのあい)』、『사사메유키(細雪、ささめゆき)』 등.

다메나가 슌스이(為永春水、ためながしゅんすい) ▸ 닌조본(人情本、にんじょうぼん)의 대표작가. 대표작『春色梅兒誉美、しゅんしょくうめごよみ』

다야마 가타이(田山花袋、たやまかたい) ▸ 소설가. 자연주의 문학을 주창하고, 추진한 작가. 대표작『노골적인 묘사露骨なる描写』、『이불(蒲団、ふとん)』、『생生』、『이나카교시(田舎教師、いなかきょうし)』、『일병졸(一兵卒、いっぺいそつ)』 등이 있음.

다이니혼홋케켄키(大日本法華験記、たいにほんほっけけんき) ▸ 불교서.

다이산노신진(第三の新人、だいさんのしんじん) ▸ 제3의 신인.

다이카개신(大化改新、たいかかいしん) ▸ 645년에 시작된 일본의 고대정치개혁. 율령을 바탕으로 중앙집권 국가 수립을 꾀하였다.

다이키台記 ▸ 헤이안平安시대 말기의 한문일기. 12권. 후지와라노요리나가(藤原頼長、ふじわらのよりなが) 지음. 섭관 정치사 연구의 근본 자료.

다치바 후카쿠(立羽不角、たちばふかく) ▸ 에도 후기의 하이진俳人.

다카하마 교시(高浜虚子、たかはまきょし) ▸ 하이진俳人. 소설가. 마사오카 시키(正岡子規、まさおかしき) 이후의 하이단俳壇 최대의 지도자. 객관사생客観写生을 중시하고, 하이쿠俳句는 화조풍영花鳥諷詠의 시라고 주창했다.

다케루노미코토(倭建命、たけるのみこと) ▸ 야마토(大和、やまと) 국가 성립기의 전설적 영웅.

다케타카시(たけたかし) ▸ 가론歌論 등에서 격조가 높고 장대한 미를 일컫는다.

다케토리모노가타리(竹取物語、たけとりものがたり) ▸ 헤이안 전기의 현존 최고最古의 전기傳記 모노가타리. 모노가타리 문학의 시초를 이룬 작품.

다키자와 바킨(滝沢馬琴、たきざわばきん) ▸ 에도 말기의 게사쿠샤戯作者. 난소사토미핫켄덴(南総里見八犬伝、なんそうさとみはっけんでん) 저술. 산토 교덴(山東京伝、さんとうきょうでん)에게 사사師事하여 기뵤시(黄表紙、きびょうし)와 고칸(合巻、ごうかん) 등을 저술했지만, 특히 독본(讀本、よみほん)에 뛰어난 작품이 많다. 권선징악을 중심이념으로 하는 웅대한 구상과 복잡한 줄거리의 대작을 아속절충(雅俗折衷、

がぞくせっちゅう)의 유려한 문체로 저술했다.

단가(短歌、たんか) ▶ 와카和歌 형식의 하나. 5·7·5·7·7의 5句 31音으로 이루어지는 우타歌. 7세기경 에 성립하여 정착했다.

단나슈(旦那衆、たんなしゅう) ▶ 부자이고 세력이 있는 사람.

단린(談林、だんりん) ▶ 니시야마 소인(西山宗因、にしやまそういん)을 중심으로 1673~1684년에 유행한 하이 카이의 유파. 데이몬풍貞門風의 보수적 경향에 비해, 현실에 대한 관심과 수법의 자유분방함을 특색으로 했지만, 지나치게 기발하여 바쇼풍芭蕉風이 유행함과 동시에 붕괴되었다.

단비하(耽美派、たんびは) ▶ 탐미파.

데이몬(貞門、ていもん) ▶ 마쓰나가 데이토쿠松永貞徳를 중심으로 1624~1673년에 유행한 하이카이의 유파 流波.

덴무(天武、てんむ)**천황** ▶ 천황 중심의 율령체제를 완성한 제40대 천황.

덴치(天智、てんち)**천황** ▶ 일본 제38대 천황. 호적을 만들고, 율령을 새로이 하여 내정을 정비한 천황.

덴코분가쿠(転向文学、てんこうぶんがく) ▶ 전향문학. 주로 '천황을 부정했던 프롤레타리아문학에서, 천황을 중심으로 국가가 나아 가야 한다.'고 전향한 것을 지칭한다.

도리카에바야모노가타리とりかえばや物語 ▶ 헤이안 말기의 모노가타리. 현존본은 가마쿠라 초기의 개작改 作. 작자 미상. 곤다이나곤權大納言은 남성적인 딸과 여성적인 아들의 성별을 뒤바꾸어 양육한 결 과 두 사람 모두 파탄하여, 결국 본래의 성으로 돌아와 행복하게 되었다는 내용.

도사닛키(土佐日記、とさにっき) ▶ 헤이안 중기 기노 쓰라유키(紀貫之、きのつらゆき)의 일기문학. 1권. 가나仮 名에 의한 최초의 획기적인 일기문학 작품.

도이 반스이(土井晩翠、どいばんすい) ▶ 시인. 영문학자. 「天地有情、てんちゆうじょう」, 「荒城(こうじょ う)の月(つき)」 등이 있음.

도카이 산시(東海散士、とうかいさんし) ▶ 메이지 중기 정치소설가. 대표작은 정치소설 『가진노기구(佳人之奇 遇、かじんのきぐう)』가 있다.

도쿠토미 로카(德富蘆花、とくとみろか) ▶ 후쿠자와 유키치福澤諭吉와 함께 일본의 대표적인 계몽가 도쿠토 미 소호德富蘇峰의 동생으로 작가. 대표작 『호토토기스(不如帰、ほととぎす)』, 『자연과인생自然と人生』 이 있음.

라

란가쿠(蘭学、らんがく) ▶ 에도 중기 이후, 네덜란드어를 수학하여, 네덜란드 서적을 통한 서양학문을 닦으 려했던 학문. 스기타 겐파쿠(杉田玄白、すぎたげんぱく)의 활약이 컸음.

레키시모노가타리(歴史物語、れきしものがたり) ▶ 가나仮名문으로 쓰인 모노가타리풍의 역사적 사실을 제재 題材로 하여 서술한 역사서.

로만슈기(浪漫主義、ろうまんじゅぎ) ▶ 낭만주의.

록뱌쿠반 우타아와세(六百番歌合、ろっぴゃくばんうたあわせ) ▶ 1193년 가을, 후지와라노요시쓰네(藤原良経、ふ

じわらのよしつね)의 집에서 행하여진 육백 번의 노래 경합(歌合、うたあわせ).

료운슈(凌雲集、りょううんしゅう) ▸ 헤이안 초기 일본 최초의 칙찬한시집勅撰漢詩集. 1권. 한시문漢詩文 전성기를 상징하는 화려하고 웅장한 작품이 많다.

료진히쇼(梁塵秘抄、りょうじんひしょう) ▸ 헤이안 후기의 가요집. 고시라 가와인小白河院 편저. 20권.

리소슈기(理想主義、りそうしゅぎ) ▸ 이상주의.

마

마사시칸(摩詞止観、まさしかん) ▸ 중국 수나라 시대의 불교서. 20권. 수행의 실천법을 설파하고, 천태교학天台教学의 비법을 전하는 내용.

마스카가미(増鏡、ますかがみ) ▸ 남북조 시대의 역사 모노가타리. 17권. 고도바後鳥羽천황부터 고다이고後醍醐천황까지의 15대, 154년간의 궁정 역사를 편년체로 기술.

마쓰나가 데이토쿠(松永貞徳、まつながていとく) ▸ 에도 초기의 하이진俳人・가인歌人・가학자歌学者.

마쓰오 바쇼(松尾芭蕉、まつおばしょう) ▸ 에도 전기의 하이진俳人. 하이카이를 혁신, 대성한 바쇼풍芭蕉風의 우타歌. 대표적인 기행문 ;『野ざらし紀行、のざらしきこう』,『笈の小文、おいのごぶみ』,『更科紀行、さらしなにっき』,『奥の細道、おくのほそみち』등이 있음.

마쓰우라미야모노가타리(松浦宮物語、まつうらみやものがたり) ▸ 가마쿠라 초기의 모노가타리. 3권. 작자 미상. 환상적이고 요염한 이야기. 헤이안시대의『우쓰보모노가타리(宇津保物語、うつぼものがたり)』를 모방하고,『하마마쓰추나곤모노가타리(浜松中納言物語、はままつちゅうなごんものがたり)』와 비슷하다.

마쓰이 스마코(松井須摩子、まついすまこ) ▸ 여배우.『인형의집人形の家』에서 노라역으로 각광을 받고, 새로운 시대의 여배우로 활약했다.

마쓰키 단단(松木淡淡、まつきたんたん) ▸ 에도 후기의 하이진俳人.

마에쓰케쿠(前付句、まえつけく) ▸ 7・7의 2구句의 쓰케쿠를 제목으로 하여, 그 앞에 5・7・5의 3구 17자 하이구의 앞의 구를 붙이는 것. 센류川柳의 전신.

마이게쓰쇼(毎月抄、まいげつしょう) ▸ 서간체의 가론서. 후지와라노데이카(藤原定家、ふじわらのていか) 저. 어느 귀족의 노래에 대한 첨삭에 덧붙인 가론.

마치부교소(町奉行所、まちぶぎょうしょ) ▸ 에도시대에 에도, 교토, 오사카, 시즈오카에 설치된, 행정, 경찰, 재판 등을 담당하던 곳.

마쿠라코토바(枕詞、まくらことば) ▸ 수사법의 하나로, 주제와는 관계없이, 어떤 말 앞에 도입적으로 이용되는 일정한 표현. 5음이 가장 많고 가끔 4, 3, 6음의 것도 있다.

마쿠라노소시(枕草子、まくらのそうし) ▸ 헤이안시대 수필문학. '오카시'의 문학이념. 세이 쇼나곤(清少納言、せいしょうなごん) 지음.

만요슈(万葉集、まんようしゅう) ▸ 일본 현존 최고最古의 와카和歌집. 20권으로 이루어졌으며 약 4,500수의 우타歌가 수록되어있다. 정확한 성립연대는 알 수 없으나 대체로 759년 전후에 성립되었을 것이라고 추측되며, 내용별로 잡가(雜歌、ぞうか), 상문(相聞、そうもん), 만가(挽歌、ばんか) 등으로 분류된다.

메이지유신(明治維新、めいじいしん) ▶ 19세기 후반, 에도시대 막번(幕藩、ばくはん) 체제의 붕괴로부터 메이지 신정부에 의한 근대 통일국가의 성립까지, 일본 근대의 출발점이 된 정치 개혁.

모노가타리(物語、ものがたり) ▶ 일본 산문 문학의 한 형식.

모리 오가이(森鴎外、もりおうがい) ▶ 소설가. 번역가. 평론가. 군의관. 일본 근대문학의 확립에 공헌한 메이지, 다이쇼大正시대의 대표적 문학가. 대표작「舞姫、まいひめ」,「あそび」,「青年、せいねん」,「雁、がん」,「山椒大夫、さんしょうだゆう」,「高瀬舟、たかせぶね」 등이 있음.

모모야마(桃山、ももやま) **시대** ▶ 도요토미 히데요시(豊臣秀吉、とよとみひでよし)가 전국을 통일했을 때의 시대(1582∼1600).

몬토쿠(文徳、もんとく)**천황** ▶ 제55대 천황.

무라사키 시키부(紫式部、むらさきしきぶ) ▶ 헤이안 중기의 여류 문학자. 가인歌人. 그녀의 작품인『겐지모노가타리源氏物語』는 일본 고전의 최고봉으로 불린다. 그 밖에『무라사키시키부닛키紫式部日記』,『무라사키시키부슈紫式部集』가 있다.

무라사키시키부닛키(紫式部日記、むらさきしきぶにっき) ▶ 무라사키 시키부가 궁정에 근무한 기록. 전편은 아쓰히라 황태자(敦成親王、あつひらしんのう)의 탄생 전후의 기록적 부분이 대부분이고, 후편은 수상隨想적, 소식문에 기탁한 인생론과 인물론을 서술하였다.

무라카미 류(村上龍、むらかみ　りゅう, 1952. 2. 19.∼) ▶ 소설가. 영화감독. 나가사키長崎현 사세보佐世保시 출신. 무사시노武蔵野미술대학 재학 중인 1976년, 마약과 섹스에 탐닉하여 타락한 젊은이들을 묘사한『限りなく透明に近いブルー』로〈군조신인문학상〉,〈아쿠타가와상〉을 수상. 히피문화의 영향을 강하게 받은 작가로서, 무라카미 하루키村上春樹와 함께 시대를 대표하는 작가로 평가. 대표작으로『코인롯카·베이비즈コインロッカー·ベイビーズ』,『사랑과 환상의 파시즘愛と幻想のファシズム』,『오분 후의 세계五分後の世界』,『희망의 나라 엑소더스希望の国のエクスダス』 등. 자신의 소설을 근간으로 영화 제작.

무라카미 하루키(村上春樹、むらかみ　はるき, 1949. 1. 12∼) ▶ 소설가. 미국문학 번역가. 교토京都후 후시미伏見구에서 태어나, 효고兵庫현 니시미야西宮시와 아시야芦屋시에서 성장. 와세다早稲田대학 재학 중 재즈카페를 열었음. 1979년『바람의 노래를 들어라風の歌を聴け』으로〈군조신인문학상〉을 수상하여 데뷔. 1987년에 발표한『노르웨이노모리ノルウェイの森』는 430만 부의 매출을 올리는 베스트셀러가 되고, 이를 계기로 무라카미 하루키 붐이 일었다. 그 밖의 주요 작품은『양을 둘러싼 모험羊をめぐる冒険』,『세계의 종말과 하드보일드 원더랜드世界の終りとハードボイルド·ワンダーランド』,『태엽새 크로니클ねじまき鳥クロニクル』,『해변의 카프카海辺のカフカ』,『IQ84』 등이 있다. 해외 외국에도 인가가 높아, 미국에서도 영향력이 큰 작가의 한 사람이다. 현대 일본작가 중에서〈노벨문학상〉수상 최고 유력후보로 보고 있다. 외국 작품의 번역 활동도 왕성하게 하고 있고, 수필, 기행문, 논픽션 등도 출판하고 있는데, 해외에서 무라카미 하루키의 작품이 해외에서도 많이 번역되어 읽혀, 높은 인기를 구가하고 있다.

무로마치(室町、むろまち) **시대** ▶ 교토의 무로마치에 막부가 있었던 시대(1336∼1573).

무메이소시(無名冊子、むめいそうし) ▸ 가마쿠라 전기의 논평 문학. 작자 미상. 『겐지모노가타리』이후의 모노가타리를 비평하고 여류 문학자론에도 언급한 최초의 모노가타리 평론서.

무샤노코지 사네아쓰(武者小路実篤、むしゃのこうじさねあつ) ▸ 소설가. 극작가. 시인. 화가. 쉽고 청신한 문체로 솔직한 자기긍정의 사상을 묘사. 대표작으로는『아다라시키무라(新しき村、あたらしきむら)』「인간만세(人間萬歳、にんげんばんざい)」,「애욕(愛慾、あいよく)」등이 있다.

미나모토노사네토모(源実朝、みなもとのさねとも) ▸ 가마쿠라 막부의 3대 장군. 미나모토노요리토모(源頼朝、みなもとのよりとも)의 차남. 와카에 뛰어남.『긴카이와카슈(金塊和歌集、きんかいわかしゅう)』편찬.

미즈마 센토쿠(水間占徳、みずませんとく) ▸ 에도 후기의 하이진俳人.

민유샤(民友社、みんゆうしゃ) ▸ 메이지 20년(1887), 도쿠토미 소호(徳富蘇峰、とくとみそほう)가 창설, 주재主宰한 출판결사. 기관지「고쿠민노토모(国民之友、こくみんのとも)」.

바

박자목(拍子木、ひょうしぎ) ▸ 밤 순찰을 알리며 치는 두 개의 긴 막대기.

방하사(放下師) ▸ 방하放下(중세에서 근세에 걸쳐 큰 대로에서 벌이는 마술이나 곡예 등 일종의 잡기)를 연기한 예능인. 주로 승僧의 모습을 한 사람이 많았다.

벤나이시닛키(辨内侍日記、べんないしにっき) ▸ 가마쿠라 중기의 일기. 2권. 궁정에 봉사한 6년간의 내용을 와카와 함께 그린 작품.

부라이하(無頼派、ぶらいは) ▸ 무뢰파.

분게이훗코기(文芸復興期、ぶんげいふっこうき) ▸ 문예부흥기.

분카슈레이슈(文華秀麗集、ぶんかしゅうれいしゅう) ▸ 818년. 헤이안 초기의 칙찬한시집勅撰漢詩集. 3권.

분쿄히후론(文教秘府論、ぶんきょうひふろん) ▸ 헤이안 초기 중국 육조와 당의 시학서를 종합 정리하여, 시문 창작의 주요 규칙을 설명한 시학서. 6권.

불역유행설(不易流行說) ▸ 쇼풍蕉風 하이카이俳諧의 근본이념. '불역不易'은 시적詩的 생명의 영원성, 불변성이고, '유행流行'은 시대와 함께 변화하는 유동성을 말한다.

비와호시(琵琶法師、びわほうし) ▸ 비파(琵琶, 현악기의 일종)를 켜면서 서사시를 낭송하는 것을 생업生業으로 한 승려. 가마쿠라시대 이후에는 군키모노軍記物, 특히『헤이케모노가타리(平家物語、へいけものがたり)』를 읊었다.

빈궁문답가(貧窮問答歌) ▸ 야마노우에노오쿠라(山上憶良、やまのうえのおくら)의 장가長歌 및 반가(挽歌、ばんか).『만요슈万葉集』5권에 있는 빈자貧者의 생활과 괴로움을 문답형식으로 호소한 작품.

사

사가(嵯峨、さが)**천황** ▸ 제52대 천황.

사고로모모노가타리(狹衣物語、さごろもものがたり) ▸ 헤이안 후기의 모노가타리. 4권.『겐지모노가타리』의

영향이 강하다. 겐지노미야源氏宮와의 이룰 수 없는 사랑에 고뇌하는 사고로모대장狹衣大将이 신탁神託에 의해 제위帝位에 오르는 반생半生을 그리고 있다.

사누키노스케닛키(讚岐典侍日記、さぬきのすけにっき) ▸ 헤이안 후기의 일기. 2권. 저자는 사누키노스케讚岐典侍. 호리카와堀河천황의 발병에서 승하할 때까지와, 어린 도바鳥羽천황에 봉사한 것에 대한 기록 일기.

사라시나닛키(更級日記、さらしなにっき) ▸ 헤이안 중기의 일기. 1권. 작자는 스가와라노다카스에노무스메(菅原孝標女、すがわらのたかすえのむすめ)의 딸. 궁정세계에 대한 동경과 회한을 중심으로, 생애를 회고한 작품.

사비(さび) ▸ 쇼풍蕉風 하이카이의 근본이념의 하나. 한적閑寂, 고담枯淡의 경지를 말하고, 구句의 정조情調로써 중시하였다. 원래는 중세의 대표적 미의 이념인 '유겐(幽玄、ゆうげん)'의 발전으로 형성된 미의식.

사쓰마 조운(薩摩浄雲、さつまじょううん) ▸ 고조루리古浄瑠璃에서 이야기하는 사람語り部. 사카이堺 출신으로, 1624년경에 에도에 나와 꼭두각시 연극을 흥행시켰다.

사요고로모(小夜衣、さよごろも) ▸ 가마쿠라시대의 모노가타리. 3권. 왕조모노가타리(王朝物語、おうちょうものがたり)의 영향이 현저한 작품.

사이교호시(西行法師、さいぎょうほうし) ▸ 헤이안 말, 가마쿠라 초기의 가인. 23세에 출가하여 초암과 행각에의 감회를 우타歌로 표현했으며, 그 작풍作風은 자유청명하고 주정적主情的이다.

사이바라(催馬楽、さいばら) ▸ 헤이안시대에 발달한 가요. 귀족의 향연 등에 이용된 것.

사토무라 조하(里村絶巴、さとむらじょうは) ▸ 무로마치 말기의 렌가시連歌師. 1602년 沒.

산가쿠(散楽、さんがく) ▸ 일본 고대 예능의 하나. 중국에서 나라奈良 시대에 전래된 곡예曲藝, 경업輕業, 흉내 등 잡예雜藝의 총칭.

산다이지쓰로쿠(三代実録、さんだいじつろく) ▸ 헤이안 초기의 역사서. 50권.

산보에(三宝絵、さんぼうえ) ▸ 불교 설화집. 3권.

샤레풍(酒落風、しゃれふう) ▸ 시류에 맞는 세련된 감각이 있는 것 또는 말.

샤지쓰슈기(寫實主義、しゃじつしゅぎ) ▸ 사실주의.

샤카이하(社会派、しゃかいは) ▸ 사회파.

세와모노(世話物、せわもの) ▸ 닌교조루리(人形浄瑠璃、にんぎょうじょうるり)나 가부키(歌舞伎、かぶき)에서, 유명한 소문이나 세상의 사건 등을 각색한 작품 또는 그 공연公演 양식. 사실성이 특징.

세이 쇼나곤(清少納言、せいしょうなごん) ▸ 헤이안 중기의 여류 수필가. 가인歌人. 명민한 재기와 기지, 한시문의 소양으로 궁정에서 특이한 재치를 발휘했다. 작품으로 마쿠라노소시(枕草子、まくらのそうし)와 세이쇼나곤슈清少納言集가 있다.

세이와(清和、せいわ)**천황** ▸ 제56대 천황.

세이지쇼세쓰(政治小說、せいじしょうせつ) ▸ 정치소설.

세켄무수코카타기(世間息子気質、せけんむすこかたぎ) ▸ 에지마 기세키絵島其磧의 우키요조시浮世草子. 6권. 기질물氣質物.

센고하삿카(戰後派作家、せんごはぶんがく) ▸ 전후파작가로서 전후파문학戰後派文学을 다룸.

센고햐쿠반 우타아와세(千五百番歌合、せんごひゃくばんうたあわせ) ▸ 1201년 고토바인御鳥羽院이 30명에게 노래를 지어 바치게 한 백수가百首歌를 노래 경합(우타아와세歌合)으로 한 것.

센류(川柳、せんりゅう) ▸ 5・7・5의 3구句 17자로 이루어지며, 기지에 의해 인정人情의 기미氣味를 표현하며, 풍자와 골계滑稽를 주로 하는 에도 서민문예.

센묘(宣命、せんみょう) ▸ 천황의 명령을 전달하는 문서의 하나.

센소분가쿠(戰爭文学、せんそうぶんがく) ▸ 전쟁문학. 전시 상황을 선전 선동하여, 국민들이 전쟁에 협조하게 하기 위하여 문학으로 승화시킨 것.

센키모노가타리(戰記物語、せんきものがたり) ▸ 전쟁담合戰譚. 전쟁合戰 모노가타리 등을 구성요소로 하여 성립한 서사시적인 문학형태. 특히 중세 시대에 뛰어난 작품들이 많음.

소기(宗祇、そうぎ) ▸ 무로마치 후기의 렌가시連歌師. 고전학자. 렌가連歌 최고의 명예적인 종장宗匠에 임명되어, 렌가집『신센쓰쿠바슈(新撰菟玖波集、しんせんつくばしゅう)』를 편찬했으며 문예 고전을 전국적으로 널리 알렸다.

소네노요시타다(曽禰好忠、そねのよしただ) ▸ 헤이안 중기의 가인. 고어古語와 속어俗語, 신기新奇한 표현을 이용한 우타가 많고, 가풍歌風이 청신하다.

소초(宗長、そうちょう) ▸ 무로마치 말기의 렌가시連歌師.

소칸(宗鑑、そうかん) ▸ 무로마치 말기의 렌가, 하이카이의 작자.

쇼보겐조(正法眼蔵、しょうぼうげんぞう) ▸ 선서禪書. 도겐(道元、どうげん) 지음. 95권. 1231〜1253년 사이에 일본어로 법어法語를 정리한 것으로, 조동종曹洞宗의 근본 교리.

쇼세쓰신즈이(小說神髓、しょうせつしんずい) ▸ 쓰보우치 쇼요(坪内逍遙、つぼうちしょうよう)의 문학론. 권선징악주의 소설을 배제하고 사실주의를 제창, 일본 최초의 근대소설 이론서.

쇼쿠고슈이와카슈(続後拾遺和歌集、しょくごしゅういわかしゅう) ▸ 가마쿠라 전기의 조쿠센와카슈勅撰和歌集.

쇼쿠센자이와카슈(続千載和歌集、しょくせんざいわかしゅう) ▸ 가마쿠라 전기의 조쿠센와카슈勅撰和歌集.

쇼쿠슈이와카슈(続拾遺和歌集、しょくしゅういわかしゅう) ▸ 가마쿠라 전기의 조쿠센와카슈勅撰和歌集.

수령(首領、しゅりょう) ▸ 국사国司의 별칭. 일반적으로 임지에 부임하여 실제로 행정을 담당한 지방관.

슈이슈(拾遺集、しゅういしゅう) ▸ 헤이안 중기 세 번째 조쿠센와카슈勅撰和歌集. 20권.

스미요시모노가타리(住吉物語、すみよしものがたり) ▸ 가마쿠라 초기의 모노가타리. 2권. 작자 미상. 계모繼母 이야기의 대표작.

스사노오노미코토(素盞鳴尊、すさのおのみこと) ▸ 일본신화에 나오는 신.

스에히로 뎃초(末広鉄腸、すえひろてっちょう) ▸ 메이지 중기 정치소설가. 대표작『셋추바이(雪中梅、せっちゅうばい)』.

스즈키 쇼산(鈴木正三、すずきしょうさん) ▸ 에도 전기의 승僧. 가나조시(仮名草子、かなぞうし)의 작자.

시가 나오야(志賀直哉、しがなおや) ▸ 소설가. 강렬한 자아의식과 결백한 감성에 뒷받침된 정교한 리얼리즘을 확립한 작가. 대표작『기노사키니테(城崎(きのさき)にて)』,『안야코로(暗夜行路、あんやこうろ)』등이 있음.

시대물(時代物、じだいもの) ▸ 닌교조루리(人形浄瑠璃、にんぎょうじょうるり)나 가부키(歌舞伎、かぶき)에서, 역사

상의 사건·인물을 제재題材로 한 것.

시라카바파(白樺派、しらかばは) ▶ 문예동인잡지. 1910년 창간. 1923년 폐간. 개성존중, 인도주의를 주창.

시라카바하(白樺派、しらかばは) ▶ 백화파.

시마자키 도손(島崎藤村、しまざきとうそん) ▶ 시인, 소설가, 자연주의 문학의 제1인자. 대표작『파계(破戒、はかい)』,『봄(春、はる)』,『이에(家、いえ)』,『신생(新生、しんせい)』,『와카나슈(若菜集、わかなしゅう)』,『라쿠바이슈(落梅集、らくばいしゅう)』가 있음.

시젠슈기(自然主義、しぜんしゅぎ) ▶ 자연주의.

시키테이 산바(式亭三馬、しきていさんば) ▶ 골계滑稽 작가. 대표작『우키요후로(浮世風呂、うきよふろ)』,『우키요도코(浮世床、うきよとこ)』

시테シテ ▶ 노가쿠에서 주역이 되는 등장인물.

신고센와카슈(新後撰和歌集、しんごせんわかしゅう) ▶ 가마쿠라 전기의 조쿠센와카슈勅撰和歌集.

신고킨와카슈(新古今和歌集、しんこきんわかしゅう) ▶ 가마쿠라 전기 여덟 번째의 조쿠센와카슈勅撰和歌集. 20권. 약 1,980수. 고도바인(後鳥羽院、ごとばいん) 편. 감각적, 회화적이고 모노가타리적, 상징적인 작품도 많음. 「신고킨풍新古今風」이라고 불리며,『만요슈万葉集』,『고킨와카슈古今和歌集』와 함께 가풍歌風의 세 전형典型의 하나이기도 함.

신니혼분가쿠하(新日本文学派、しんにほんぶんがくは) ▶ 사회주의 계통의 문학결사. 신일본문학회, 기관지「신일본문학」.

신사루갓키(新猿楽記、しんさるがっき) ▶ 가장 오래된 사루가쿠猿楽에 관한 기록서. 1권.

신시초하(新思潮派、しんしちょうは) ▶ 신사조파.

신신리슈기(新心理主義、しんしんりしゅぎ) ▶ 신심리주의.

신조쿠센와카슈(新勅撰和歌集、しんちょくせんわかしゅう) ▶ 고호리가와後堀川천황의 칙명勅命에 의해 후지와라노데이카(藤原定家、ふじわらのていか)가 찬진撰進한 조쿠센와카슈勅撰和歌集. 무가武家의 노래(우타)가 많다.

신칸카쿠하(新感覚派、しんかんかくは) ▶ 신감각파.

신케이(心敬、しんけい) ▶ 무로마치 중기의 가인歌人. 렌가시連歌師.

신코게이주쓰하(新興芸術派、しんこうげいじゅつは) ▶ 신흥예술파.

쓰레즈레구사(徒然草、つれづれぐさ) ▶ 요시다겐코법사吉田兼好法師의 수필. 2권. 헤이안시대의『마쿠라노소시(枕草子、まくらのそうし)』와 함께 일본 수필문학의 대표작으로 중세문학 최고의 작품 중 하나.

쓰루야 난보쿠(鶴屋南北、つるやなんぼく) ▶ 교겐狂言 작가. 삼 대째까지는 배우, 사 대째는 가부키 각본 작자.

쓰보우치 쇼요(坪内逍遙、つぼうちしょうよう) ▶ 영문학자. 극작가. 소설가. 평론가. 와세다早稲田대학 교수. 일본근대 최초의 소설이론서『소설신수(小說神髓、しょうせつしんずい)』와 게사쿠戱作『당세서생기질(当世書生気質、とうせいしょせいかたぎ)』의 작자.

쓰쓰미추나곤모노가타리(堤中納言物語、つつみちゅうなごんものがたり) ▶ 헤이안 후기 일본 최초의 단편 모노가타리집. 10편編과 단편 1로 구성되어 있음. 1편만이 고시키부小式部가 지었고, 나머지 작품은 작자 미상. 뛰어난 재기와 감각이 엿보이며, 기발한 취향을 섞어 인생의 단면을 묘사한 작품.

쓰케아이(付合、つけあい) ▸ 렌가連歌, 하이카이俳諧에서 장구長句, 단가短歌를 덧붙이는 것.

쓰쿠리모노가타리(作り物語、つくりものがたり) ▸ 헤이안 초기의 문학 형식의 하나. 허구의 이야기.

아

아라고토(荒事、あらごと) ▸ 닌교조루리人形浄瑠璃나 가부키歌舞伎에서, 배우가 남색藍色 물감으로 얼굴에 선을 그리고, 과장된 연기로 초인적인 강인함을 표현하는 것.

아라라기あららぎ ▸ 단가短歌 잡지. 1908년 창간. 사생단가寫生短歌를 표방하고, 시마키 아카히코(島木赤彦、しまきあかひこ), 사이토 모키치(斎藤茂吉、さいとうもきち) 대표작 『적광(赤光、しゃっこう)』 등을 배출.

아라키다 모리다케(荒木田守武、あらきだもりたけ) ▸ 무로마치 말기의 렌가, 하이카이俳諧의 작자. 모리다케 센쿠(守武千句、もりだけせんく)를 지어 하이카이 형식을 확립하고, 하이카이 문예의 기초를 다졌다.

아리시마 다케오(有島武郎、ありしまたけお) ▸ 소설가. 다이쇼기大正期의 시라카바파白樺派를 대표하는 사상성 풍부한 작가. 대표작 『카인의 후예カインの末裔』, 『어떤 여자或る女』 등이 있음.

아리와라노나리히라(在原業平、ありわらのなりひら) ▸ 헤이안 초기의 가인. 육가선六歌仙, 삼십육가선三十六歌仙의 한 명. 미모와 가재歌才, 불우한 생애, 분방한 연애 등으로 유명하고, 정감 넘치는 우타가 많다.

아와시미즈모노가타리(石清水物語、いわしみずものがたり) ▸ 가마쿠라시대의 모노가타리. 2권. 작자 미상. 무사의 사랑과 출가出家를 다룬 작품.

아카조메 에몬(赤染衛門、あかぞめえもん) ▸ 헤이안 중기의 여류 가인. 재학才学에 뛰어나고, 가재歌才는 이즈미 시키부와 나란히 평가받았다.

아쿠다가와 류노스케(芥川竜之介、あくたがわりゅうのすけ) ▸ 소설가. 다이쇼기大正期의 시민문학을 대표. 나쓰메 소세키夏目漱石에게 사사받았다. 작품으로 『라쇼몬(羅生門、らしょうもん)』, 『지옥변(地獄変、ちごくへん)』, 『하동(河童、かっぱ)』, 『하나(鼻、はな)』, 『하구루마(歯車、はぐるま)』 등이 있다.

야노 류게이(矢野竜渓、やのりゅうけい) ▸ 메이지 중기 정치소설가. 대표작 『게이코쿠비단(経国美談、けいこくびだん)』

야리쿠(遣句、やりく) ▸ 렌가·하이카이에서 마에쿠(前句(まえく), 앞구)가 어려워서 쓰케구(付句(つけく), 다음구)를 붙이기 어려울 때, 쓰케구를 붙이기 쉽도록 가볍게 붙이는 구.

야마노우에노오쿠라(山上憶良、やまのうえのおくら) ▸ 나라 전기 『만요슈万葉集』의 가인. 유교, 불교 등의 지식을 갖춘 사상가로서, 노병빈사老兵貧死 등 인생 고난과 자식에 대한 애정을 노래한 작품이 많다.

야마모토 유조(山本有三、やまもとゆうぞう) ▸ 대표작 『여자의 일생女の一生』.

야마베노아카히토(山部赤人、やまべのあきひと) ▸ 나라奈良 전기의 가인歌人. 궁정가인으로 맑고 깨끗한 자연미를 단정하게 노래한 서경敍景 가인歌人. 생몰미상.

야마지노쓰유(山路の露、やまじのつゆ) ▸ 가마쿠라시대의 모노가타리.

야마토모노가타리(大和物語、やまとものがたり) ▸ 헤이안 중기의 우타모노가타리. 173단으로, 전반은 가인歌人의 이야기이고 후반은 모노가타리物語적 설화로 구성되어 있다.

야마토조정大和朝廷 ▸ 야마토 지방에 있었던 일본 최초의 통일정권(645~672).

에도江戸**시대** ▸ 현재의 도쿄東京가 정치적 중심이 되었던 시대(1603~1867).

에이가모노가타리(栄華物語、えいがものがたり) ▸ 헤이안시대 최초의 역사 모노가타리. 40권. 작자 미상. 우다天宇田천황부터 호리가와堀河천황까지 15대 약 200년의 궁정을 중심으로 한 귀족사회의 역사를, 가나문에 의한 편년체編年體로 모노가타리식으로 엮었다.

엔기시키延喜式 ▸ 헤이안平安시대 중기의 율령의 시행세칙. 율령 정치의 기본이 된 것으로, 궁정의 연중 의식과 제도 등에 대하여 기록한 것. 50권.

엔기카쿠延喜格 ▸ 헤이안시대의 법전. 12권.

엔쿄쿠(宴曲、えんきょく) ▸ 가마쿠라시대부터 무로마치 시대에 유행한 서사적 장편 우타. 무사武士를 중심으로 주로 연회석에서 불려, 소가루歌라고 불렸다.

오구리 후요(小栗風葉、おぐりふうよう) ▸ 소설가. 오자키 고요尾崎紅葉 문하에서 활약했다.

오노노고마치(小野小町、おののこまち) ▸ 헤이안 전기의 여류 가인. 육가선, 삼십육가선의 한 명. 애조를 띤 정감 넘치는 가풍.

오사나이 가오루(小山内薫、おさないかおる) ▸ 신극운동의 선구자. 자유극장, 쓰키지築地 극장이라는 두 극단을 창립하고 주재했으며, 외국연극을 소개, 이식하고, 연출의 분야를 확립하였다. 또한 소설, 희곡을 창작하고, 연극평론과 영화에도 큰 공적을 남겼다.

오산문예(五山文藝、ごさんぶんげい) ▸ 가마쿠라 말기부터 무로마치 시대에, 교토·가마쿠라의 오산五山을 중심으로 한 선승禪僧의 한시문漢詩文·주석註釋·어록語錄의 종류를 말한다.

오자키 고요(尾崎紅葉、おざきこうよう) ▸ 소설가. 근세문학과 근대문학의 가교 역할을 한 작가. 대표작「금색야차(金色夜叉、こんじきやしゃ)」.

오치쿠보모노가타리(落窪物語、おちくぼものがたり) ▸ 헤이안시대의 모노가타리. 4권. 현존 일본 최고最古의 계모가 의붓자식을 학대하는 이야기.

오카가미(大鏡、おおかがみ) ▸ 헤이안 후기의 역사를 이야기식으로 정리한 책(歷史物語) 작자 미상. 몬토쿠文德천황에서 고이치조後一条천황까지의 14대 170여 년의 역사를 기전체紀傳體로 서술한 역사물鏡物의 선구.

오카모토 기도(岡本綺堂、おかもとぎどう) ▸ 신극운동가, 신극창작자. 대표작「修善寺物語、しゅうぜんじものがたり」

오토기조시(お伽草子、おとぎぞうし) ▸ 무로마치 시대부터 에도江戸 초기에 걸쳐 만들어진 통속 단편소설의 총칭.

오토모노야카모치(大伴家持、おおとものやかもち) ▸ 나라 후기의 가인. 오토모노다비토大伴旅人의 아들. 섬세한 감성을 기줄 해맑고 요염한 미를 표현한 훌륭한 작품이 많다.

오토모노다비토(大伴旅人、おおとものたびと) ▸ 나라 전기의 무장武將이자 가인歌人. 타고난 서정시인으로 불렸다.

와카(和歌、わか) ▸ 중국의 한시漢詩에 대응한 일본 고유시의 총칭. 특히 5·7·5·7·7의 5구 31음의 음수율을 가진 단가短歌가 이를 대표한다.

와칸로에슈(倭漢朗詠集、わかんろうえいしゅう) ‣ 헤이안 중기의 가요집. 2권. 후지와라노킨토(藤原公任、ふじわらのきんとう) 편

와키ワキ ‣ 와키야쿠わき役. 노가쿠에서, 무대와 청중을 연결시켜 주는 나레이터語り部 역할을 하는 등장인물.

요미혼(読本、よみほん) ‣ 에도 후기 소설의 한 종류. 그림을 주제로 한 구舊 사조思潮 시詩에 비해 읽는 것을 주로 한 책.

요사노뎃칸(与謝野鉄幹、よさのてっかん) ‣ 가인歌人. 시인. 단가短歌 혁신운동을 추진, 신시사(新詩社(しんししゃ)、SSS)를 창립하여, 「명성(明星、みょうじょう)」을 창간했으며, 부인 요사노 아키코(与謝野晶子、よさのあきこ、みだれ髪)와 함께 낭만주의 운동을 전개했다.

요사노부손(与謝無村、よさのぶそん) ‣ 에도 중기의 하이진俳人, 화가. 중흥기 하이단俳壇의 중심작가. 청신하고 낭만적, 유미적唯美的인 작품.

요시노吉野**시대** ‣ 남북조南北朝(1336～1392)시대의 별칭.

요시다 겐코(吉田兼好、よしだけんこう) ‣ 가마쿠라 말기, 남북조 초기의 가인歌人. 수필 「쓰레즈레구사(徒然草、つれづれぐさ)」의 작자.

요엔(妖艶、ようえん) ‣ 상냥하고 기품이 있는 아름다운 것 또는 모습.

요와노네자메(夜半寝覚、よわのねざめ) ‣ 헤이안 후기의 모노가타리. 5권. 숙명에 고뇌하는 여주인공의 이야기.

요코미쓰 리이치(横光利一、よこみつりいち) ‣ 소설가. 신감각파의 대표작가. 가와바다 야스나리川端康成와 「문예시대」를 창간.

요쿄쿠(謡曲、ようきょく) ‣ 노카쿠能楽에서, 소리에 의한 선율적인 부분인 가락과 대본에 해당하는 내용을 말함. 「요쿄쿠謡曲」를 무대에 올리면 노가쿠能楽가 됨.

우게쓰모노가타리(雨月物語、うげつものがたり) ‣ 요미혼読本. 5권. 우에다 아키나리(上田秋成、うえだあきなり) 지음. 중국의 소설과 일본의 고전을 번안, 개작한 괴이소설 9편을 수록했다.

우신(有心、うしん) ‣ 와카에서 의미내용과 사상의 깊이를 나타내는 미적 이념으로서, 이 이념에 합치하는 것을 '우신타이(有心体、うしんたい)'라고 함.

우쓰보모노가타리(宇津保物語、うつぼものがたり) ‣ 헤이안 전기의 모노가타리. 20권. 금琴(한국의 거문고와 비슷한 현악기) 일족의 이야기와, 좌대장左大將의 딸 아테미아를 둘러싼 구혼 이야기를 섞은 내용.

우에다 아키나리(上田秋成、うえだあきなり) ‣ 에도 후기의 가인歌人, 하이진俳人, 국학자国学者. 우키요조시浮世草子, 독본讀本 작자. 하치몬지야본(八文字屋本、はちもんじやぼん)의 작자로서 기질물氣質物(기질을 강하게 표현하려고 한 에도시대 소설의 일종)을 많이 저술했다. 대표작 『우게쓰모노가타리(雨月物語、うげつものがたり)』.

우지슈이모노가타리(宇治拾遺物語、うじしゅういものがたり) ‣ 가마쿠라 전기의 설화說話집. 15권. 196화. 작자 미상.

우키구모(浮雲、うきぐも) ‣ 후타바테이 시메이(二葉亭四迷、ふたばていしめい)의 소설. 'だ調'에 의한 언문일치체言文一致體에 의한 당시의 지식인知識人과 세태世態를 부각시킨 일본 최초의 근대소설로 일컬어진다.

우키요조시(浮世草子、うきよぞうし) ▸ 1682년 이하라 사이카쿠井原西鶴가 「고쇼쿠이치다이오토코(好色一代男、こうしょくいちだいおとこ)」를 간행한 이후, 약 80년간 가미가다(上方, 오사카 지방)를 중심으로 유행한 소설류의 총칭.

우타(歌、うた) ▸ 일본 운문문학의 한 형식. 와카和歌나 단카短歌를 말한다.

우타닛키(歌日記、うたにっき) ▸ 가나문으로 쓰여진 자기의 심정 생활의 고백과 지나간 인생을 회상적으로 기록한 것이 일기문학이라면, 우타닛키歌日記는 일기문학적인 특질과 함께, 우타歌가 중심이 되어, 그 우타를 짓게 된 배경 설명이 되어 있는 일기 작품이다.

우타모노가타리(歌物語、うたものがたり) ▸ 헤이안 초기의 문학 형식의 하나. 『이세모노가타리(伊勢物語、いせものがたり)』 등과 같이 우타歌를 중심으로 한 이야기.

우타아와세(歌合、うたあわせ, 노래짓기 대회) ▸ 가인歌人이 좌우로 나뉘어 와카의 우열을 겨루는 문학적 유희. 헤이안시대 이후 궁정과 귀족 사이에서 유행했다.

우타타네노키(うたた寝の記、うたたねのき) ▸ 가마쿠라 중기의 일기문학. 아부쓰니(阿佛尼、あぶつに) 지음. 아부쓰니가 출가하기 전의 불꽃 같은 사랑을 그린 작품.

유겐(幽玄、ゆうげん) ▸ 그윽하고 미묘하며, 측량할 수 없는 것 또는 모습. 깊은 맛이 있는 것. 일본 고전문학과 예술에서 미적 이념의 하나. 특히 가론歌論 등에서는 신비적이고 이해를 다할 수 없는 언어 밖에 맴도는 서정이 있는 미.

이누쓰쿠바슈(犬筑波集、いぬつくばしゅう) ▸ 하이카이 렌가의 선집選集. 렌가에 대해 하이카이를 비하卑下하여 '이누犬'를 붙였다.

이마카가미(今鏡、いまかがみ) ▸ 헤이안 후기의 역사 모노가타리. 10권. 고이치조後一条천황부터 다카쿠라高倉천황까지의 약 150년간의 궁정사宮廷史.

이세모노가타리(伊勢物語、いせものがたり) ▸ 헤이안 전기의 현존 최고의 『우타모노가타리歌物語』, 우타를 중심으로 한 단편 모노가타리. 약 125단段의 『우타모노가타리』로 구성되어 있다.

이자요이닛키(十六夜日記、いざよいにっき) ▸ 가마쿠라 중기의 일기문학. 아부쓰니阿佛尼 지음. 죽은 남편의 유산상속을 둘러싸고 그 소송을 위해 가마쿠라로 향하는 도중의 여행과 가마쿠라 체재 중의 여러 가지 사정을 기록한 것.

이즈미 교카(泉鏡花、いずみきょうか) ▸ 소설가. 오자키 고요(尾崎紅葉、おざきこうよう)의 문하생門下生으로 특이한 작품을 표방하여 제1인자가 됨. 대표작 『고야산 승려(高野聖、こうやひじり)』, 『우타안돈(歌行灯、うたあんどん)』 등이 있음.

이즈미 시키부(和泉式部、いずみしきぶ) ▸ 헤이안 중기의 여류 가인. 파란만장한 생애를 보냈으며, 정열적이고 자유분방한 서정가抒情歌, 연애가戀愛歌는 헤이안시대 여류 가인 중 제1인자로 평가된다.

이치가와 사단지(市川左団次、いちかわさだんじ) ▸ 가부키 배우. 일본 연극의 근대화에 공헌한 명배우. 오사나이 가오루小山内薫와 자유극장을 결성하여 신극新劇의 선구가 되었으며, 오카모토 기도(岡本綺堂、おかもときどう) 등과 신가부키新歌舞伎를 확립하였다.

이하라 사이카쿠(井原西鶴、いはらさいかく) ▸ 에도 전기의 하이카이시(俳諧師、はいかいし). 『우키요조시(浮世草子、うきよぞうし)』의 작자. 호색물好色物 「好色一代男」, 「好色一代女」, 「好色五人女」. 조닌물 「日

本永代蔵、にほんえいだいくら」, 「世間胸算用、せけんむねざんよう」 등이 있음.

인세이(院政、いんせい) ▶ 천황이 양위 후에 상황上皇 또는 법황法皇으로서 국정을 행하는 정치 형태.

임신의 난(壬申の乱、にんしんのらん) ▶ 672년 덴치天智천황의 아들 오토모 황자大友皇子와 천황의 동생 오아마노미코大海人의 사이에 일어난 내란. 결국, 오토모 황자는 자살하고 오아마노미코가 즉위하여 덴무천황이 되었다.

자

자(座、ざ) ▶ 절이나 신사神社 또는 귀족의 보호 아래 가마쿠라, 무로마치시대에 발달한 상공업자의 동업 조직. 영업과 세제상의 특권을 받았다.

잔기리모노(散切物、ざんぎりもの) ▶ 산발 머리를 주인공으로 한 가부키歌舞伎에서 세와모노世話物의 일종. 메이지明治 초기 새로운 풍속의 세태극.

잣게이슈(雜芸集、ざっけいしゅう) ▶ 헤이안 후기부터 가마쿠라시대에 걸쳐서 유행한 신흥가요를 모은 책.

잣파이(雜俳、ざっぱい) ▶ 언어 유희적인 문예로 에도시대의 서민 사이에 유행.

장가(長歌、ちょうか) ▶ 와카和歌 형식의 하나. 5음과 7음, 즉 5・7 음을 3회 이상 반복하면서 마지막에 추가로 7로 끝맺는 우타歌. 이로서 장가長歌는 최소 43음 이상으로 구성된다. n(5+7)+7, n=2로 5+7+5+7+7=31음일 때 단가短歌, n>2로 5+7+5+7+5+7+7음일 때 장가長歌가 된다.

제아미(世阿彌、ぜあみ) ▶ 무로마치 초기의 노배우(能役者、のうやくしゃ), 노작자(能作者、のうさくしゃ), 사루가쿠 (猿楽、さるがく)를 유겐(幽玄、ゆうげん)한 무겐노(夢幻能、むげんのう)로 끌어올려 대성시켰다.

조닌(町人、ちょうにん) ▶ 에도시대 도시에 사는 기술자와 상인.

조루리(浄瑠璃、じょうるり) ▶ 일본 전통음악 중에 이야깃거리의 일종. 샤미센(三味線、しゃみせん) 반주로 서사(이야기)된다.

조류삿카(女流作家、じょりゅうさっか) ▶ 여류 작가.

주칸쇼세쓰(中間小説、ちゅうかんしょうせつ) ▶ 중간소설.

지카마쓰 몬자에몬(近松門左衛門、ちかまつもんざえもん) ▶ 에도 중기의 조루리浄瑠璃나 가부키歌舞伎의 작자. 소네자키신주(曽根崎心中、そねざきしんじゅう)를 저술.

지테이키(池亭記、ちていき) ▶ 요시시게 야스타네(慶滋保胤、よししげやすたね)의 수필. 한문체.

지토(持統)**천황** ▶ 일본 제41대 천황. 덴무천황의 황후. 덴무천황 사후에 즉위.

짓킨쇼(十訓抄、じっきんしょう) ▶ 가마쿠라 중기의 설화집. 3권. 작자 미상. 주로 연소자에게 교훈을 주고 계몽하기 위해 10항목의 덕목을 예를 들어 설명하고 있다.

짓펜샤 잇쿠(十返舎一九、じっぺんしゃいっく) ▶ 곳게이본滑稽本 작가. 대표작 『도카이도추히자쿠리게(東海道中膝栗毛、とうかいどうちゅうひざくりげ)』

타

태평기(太平記、たいへいき) ▸ 군기모노가타리(軍記物語、ぐんきものがたり). 40권. 고지마 호시小島法師 지음. 남북조南北朝의 항쟁을 간결한 화한혼효문(和漢混淆文、わかんこんこうぶん)으로 그린 작품.

평판기(評判記、ひょうばんき) ▸ 에도시대에 창작된 각 분야의 비평과 선전을 위한 작은 책자.

파

프롤레타리아プロレタリア **문학운동** ▸ 기관지 「種(たね)蒔(ま)く人(ひと)」, 「文芸戦線(ぶんげいせんせん)」, 「戦旗(せんき)」, 하야마 요시키(葉山嘉樹、はやまよしき) -『海(うみ)に生(い)きる人々』, 고바야시 다키지(小林多喜二、こばやしたきじ) -『蟹工船、かにこうせん』, 도쿠나가 스나오(徳永直、とくながすなお) -『太陽のない街』등이 있음.

프롤레타리아분가쿠プロレタリア文学 ▸ 프롤레타리아문학.

하

하기와라 사쿠타로(萩原朔太郎、はぎわらさくたろう) ▸ 구어자유시의 완성자. 구어에 의한 시적 음악성을 추구. 대표작 「달에 짖다月に吠える」.

하마마쓰추나곤모노가타리(浜松中納言物語、はままつちゅうなごんものがたり) ▸ 헤이안 후기의 모노가타리. 겐주나곤(源中納言、げんちゅうなごん)을 주인공으로 전생轉生, 몽고蒙古 등 신비적 색채가 강한 작품.

하이분(俳文、はいぶん) ▸ 기지機知, 골계滑稽, 주탈酒脫, 경묘輕妙라는 하이카이俳諧의 정신, 풍미風味를 지닌 문장.

하이카이(俳諧、はいかい) ▸ 골계滑稽, 기지機知를 특색으로 한 「하이카이렌가俳諧連歌」가 독자적으로 성장. 에도江戸시대에 서민문예로서 독립 발전했다.

하치몬지야본(八文字屋本、はちもんじやぼん) ▸ 에도 중기, 교토京都의 서점인 하치몬지야八文字屋에서 출판된 책.

한시젠슈기(反自然主義、はんしぜんしゅぎ) ▸ 반자연주의.

헤이안(平安、へいあん) **시대** ▸ 수도가 교토京都에 있었던 시대(794~1192).

헤이지모노가타리(平治物語、へいじものがたり) ▸ 가마쿠라 초기의 군기모노가타리. 3권. 작자 미상.『헤이지노란平治の乱』의 전말을 그린 작품.

헤이추모노가타리(平中物語、へいちゅうものがたり) ▸ 헤이안 중기의 우타모노가타리.

헤이케모노가타리(平家物語、へいけものがたり) ▸ 가마쿠라 전기의 군기모노가타리軍記物語. 12권. 작자 미상. 헤이케 일문平家一門의 영고성쇠榮枯盛衰를 중심으로 치승治承·수영壽永의 동란의 역사를 그린 작품.

호겐모노가타리(保元物語、ほげんものがたり) ▸ 가마쿠라 초기의 군기모노가타리. 3권. 작자 미상.『호겐노란保元の乱』을 그린 작품.

호소카와 유사이(細川幽済、ほそかわゆうさい) ▸ 아즈치모모야마(安土桃山、あづちももやま) 시대의 무장. 가인歌

人으로서 유명하여 근대 가학歌学의 선조라고 불렸다.

호조키(方丈記、ほうじょうき) ▶ 가마쿠라 초기의 수필. 1권. 가모노초메이(鴨長明、かものちょうめい) 지음. 중세 염세주의적 은자문학의 대표작 중 하나.

혼야쿠쇼세쓰(翻訳小説、ほんやくしょうせつ) ▶ 번역소설.

혼카도리(本歌取、ほんかとり) ▶ 잘 알려진 고가古歌의 한 구句 또는 몇 구數句를 인용하여 작가作歌하는 기교. 연상에 의해 시적 내용이 풍부하게 되었다.

홋쿠(発句、ほっく) ▶ 렌가連歌와 하이카이俳諧의 연구連句의 제1구. 5·7·5의 17음으로, 원칙으로서 기고(季語、きご), 기레지切れ字(하이쿠 등에서 한 구句의 매듭에 쓰는 조사나 조동사)를 포함.

환골탈태換骨奪胎 ▶ 옛사람의 시문詩文의 어구語句와 내용을 살리면서, 표현을 변화시켜 새로운 것을 만들어 내는 것.

후가와카슈(風雅和歌集、ふうがわかしゅう) ▶ 남북조 초기의 17번째의 조쿠센와카슈勅撰和歌集. 20권.

후도키(風土記、ふうどき) ▶ 각 지방별로 풍토風土 문화 그 밖의 정서를 기록한 것. 713년 완성.

후시가덴(風姿花伝、ふうしかでん) ▶ 노가쿠예술론집能楽芸術論集. 제아미 지음. 「노能」를 대성시킨 간아미観阿彌, 제아미世阿彌 부자의 예술론을 집대성한 책.

후지와라노긴토(藤原公任、ふじわらのきんとう) ▶ 헤이안 중기의 가인. 가학歌学자. 박학다재博学多才로 이치조초一条朝 문화의 중심적 존재.

후지와라노다메가네(藤原為兼、ふじわらのためかね) ▶ 가마쿠라 후기의 가인. 혁신적인 가풍歌風과 가론歌論으로 가단歌壇에 새로운 바람을 일으켰다.

후지와라노데이카(藤原定家、ふじわらのていか、ふじわらのさだいえ) ▶ 가마쿠라 전기의 가인歌人. 고전학자. 요염하고 화려하며 교묘한 가풍歌風으로 신고킨新古今풍을 대표하였다. 오구라햐쿠닌잇슈(小倉百人一首、おぐらひゃくにんいっしゅ) 편.

후지와라노도시나리(藤原俊成、ふじわらのとしなり) ▶ 헤이안 말, 가마쿠라鎌倉 시대 초기의 가인. 후지와라노데이카藤原定家의 부친. 가풍歌風은 온화하고 서경적 경향이 강하며, 유겐체幽玄体를 이상으로 했다. 가마쿠라시대 초기의 와카和歌계를 지도했다.

후지와라노미치나가(藤原道長、ふじわらのみちなが) ▶ 헤이안 중기의 귀족. 세 명의 딸을 황후로, 세 명의 천황의 외척으로 섭정이 되어 후지와라藤原 가문 전성기를 만들어 낸 사람.

후지와라노아키히라(藤原明衡、ふじわらのあきひら) ▶ 헤이안 중기의 한시인漢詩人. 문장박사文章博士를 역임한 학자의 가문을 확립한 사람.

후지와라노요리미쓰(藤原頼通、ふじわらのよりみつ) ▶ 헤이안 중기의 귀족. 후지와라노미치나가藤原道長의 장자長子.

후쿠자와 유키치(福沢諭吉、ふくざわゆきち) ▶ 메이지시대 계몽사상가. 게이오대학慶應大学의 전신인 게이오의숙慶応芸塾義塾의 창설자. 대표작 『세계국진(世界国尽、せかいくにづくし)』, 『학문의 권장学問のススメ』.

후타바테이 시메이(二葉亭四迷、ふたばていしめい) ▶ 소설가. 러시아 문학 번역가. 언문일치체言文一致體에 의한 근대 사실주의 소설의 개척자. 대표작 『쇼세쓰소론(小説総論、しょうせつそうろん)』, 『우키구모(浮雲、うきぐも)』 등이 있음.

후톤(蒲団、ふとん) ▸ 다야마 가타이田山花袋의 소설. 1907년 발표. 중년 작가가 그의 여제자와의 사랑과
비애를 적나라하게 묘사하여, 자연주의 문학의 방향을 결정지은 작품.

히로쓰 류로(広津柳浪、ひろつりゅうろう) ▸ 소설가. 인생의 암흑면을 그려 비참소설에 활약이 큰 작가.

히키우타(引歌、ひきうた) ▸ 고가古歌를 우타와 문장 등에 인용하는 것. 또는 그 고가古歌.

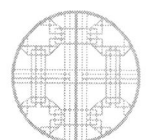

부록2 - 시대별 일본소설 흐름

‣ 중고시대 소설

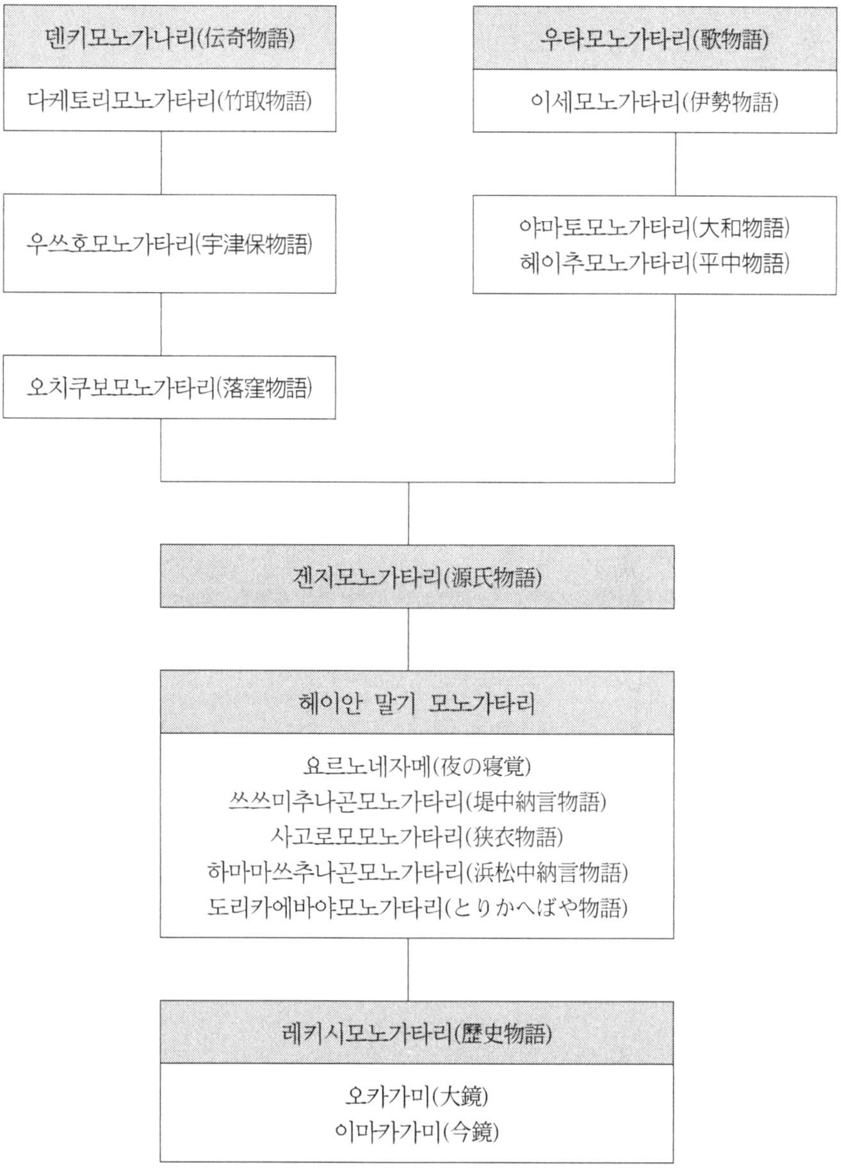

덴키모노가나리(伝奇物語)	우타모노가타리(歌物語)
다케토리모노가타리(竹取物語)	이세모노가타리(伊勢物語)

우쓰호모노가타리(宇津保物語)	야마토모노가타리(大和物語) 헤이추모노가타리(平中物語)

오치쿠보모노가타리(落窪物語)	

겐지모노가타리(源氏物語)

헤이안 말기 모노가타리

요르노네자메(夜の寝覚)
쓰쓰미추나곤모노가타리(堤中納言物語)
사고로모모노가타리(狭衣物語)
하마마쓰추나곤모노가타리(浜松中納言物語)
도리카에바야모노가타리(とりかへばや物語)

레키시모노가타리(歷史物語)

오카가미(大鏡)
이마카가미(今鏡)

‣ **중세시대 소설**

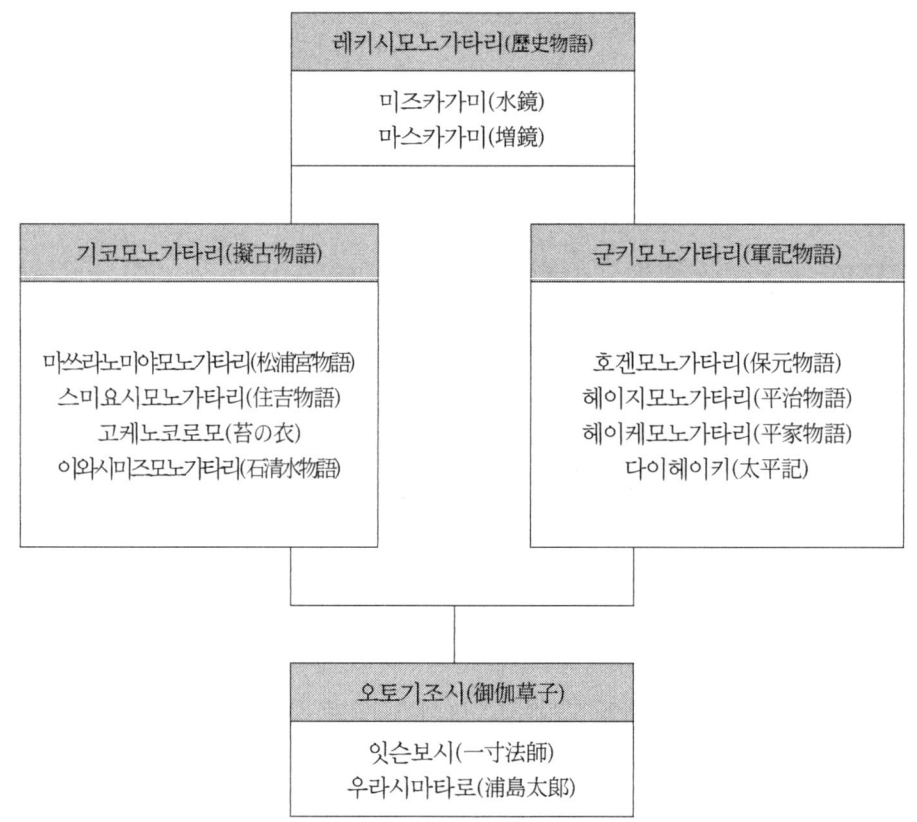

▸ **근세시대 소설**

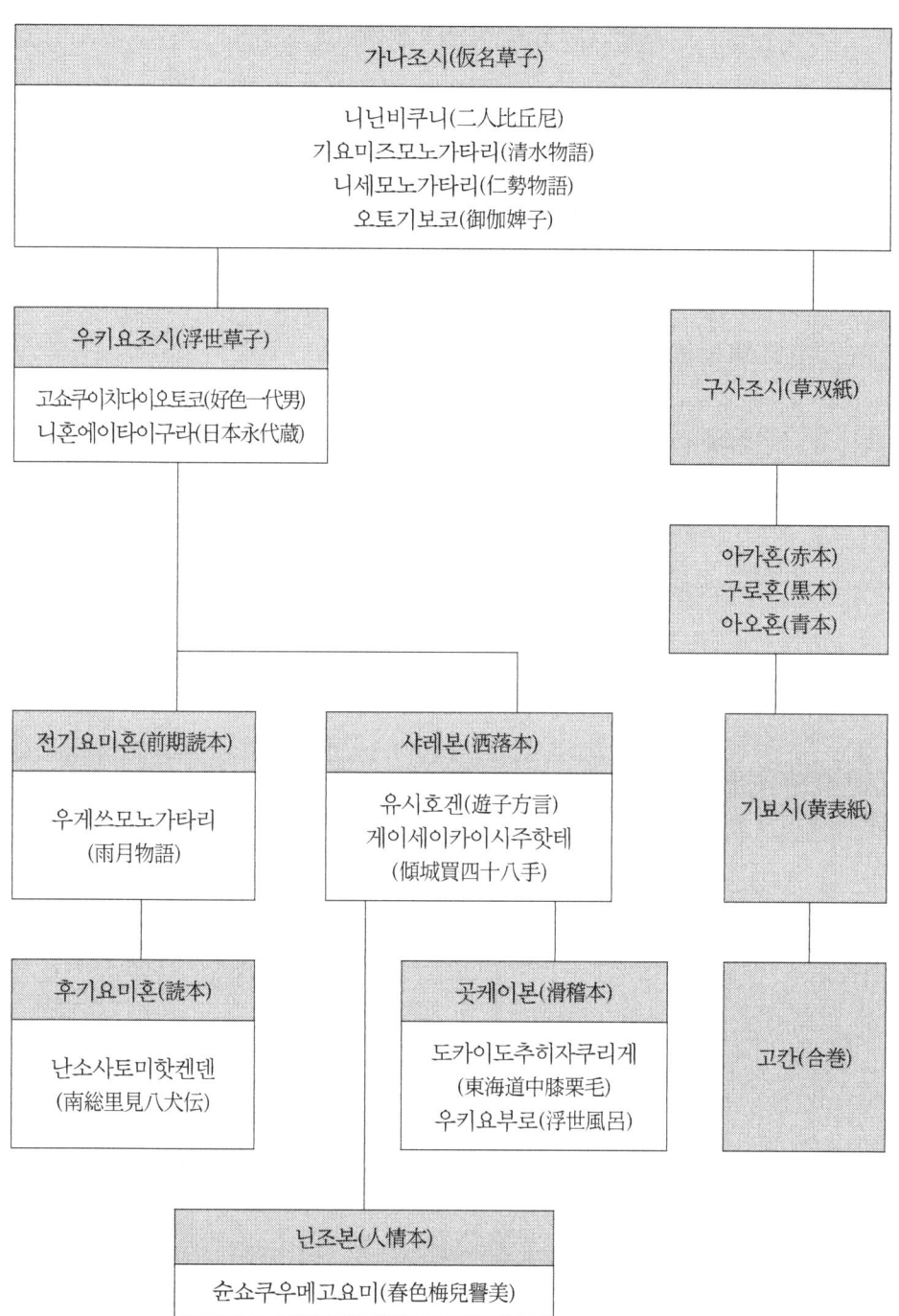

▸ **근대소설**

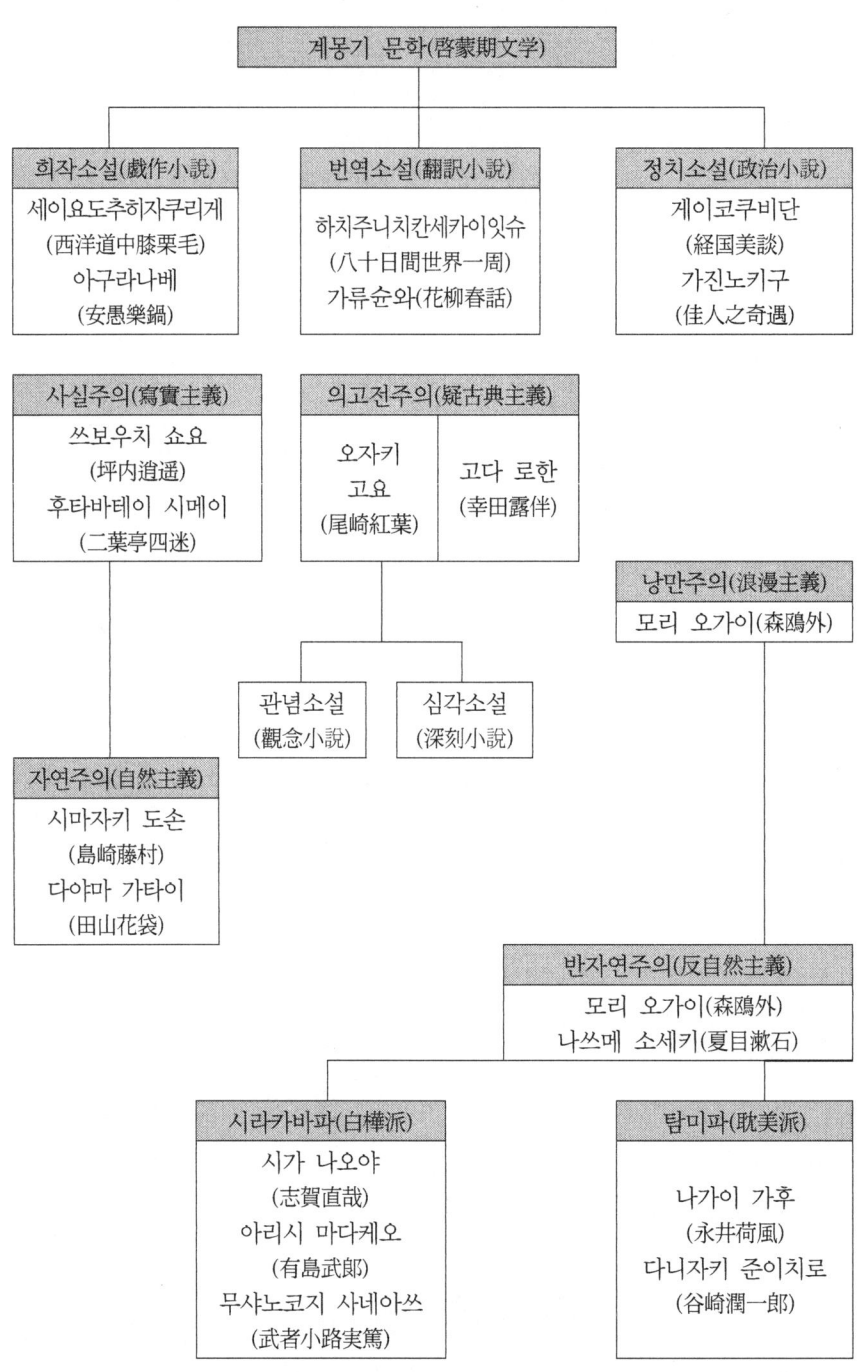

| 계몽기 문학(啓蒙期文学) |

희작소설(戱作小說)	번역소설(翻訳小說)	정치소설(政治小說)
세이요도추히자쿠리게 (西洋道中膝栗毛) 아구라나베 (安愚樂鍋)	하치주니치칸세카이잇슈 (八十日間世界一周) 가류슌와(花柳春話)	게이코쿠비단 (経国美談) 가진노키구 (佳人之奇遇)

사실주의(寫實主義)	의고전주의(疑古典主義)
쓰보우치 쇼요 (坪内逍遥) 후타바테이 시메이 (二葉亭四迷)	오자키 고요 (尾崎紅葉) / 고다 로한 (幸田露伴)

낭만주의(浪漫主義)
모리 오가이(森鴎外)

| 관념소설
(觀念小說) | 심각소설
(深刻小說) |

자연주의(自然主義)
시마자키 도손 (島崎藤村) 다야마 가타이 (田山花袋)

반자연주의(反自然主義)
모리 오가이(森鴎外) 나쓰메 소세키(夏目漱石)

시라카바파(白樺派)	탐미파(耽美派)
시가 나오야 (志賀直哉) 아리시 마다케오 (有島武郎) 무샤노코지 사네아쓰 (武者小路実篤)	나가이 가후 (永井荷風) 다니자키 준이치로 (谷崎潤一郎)

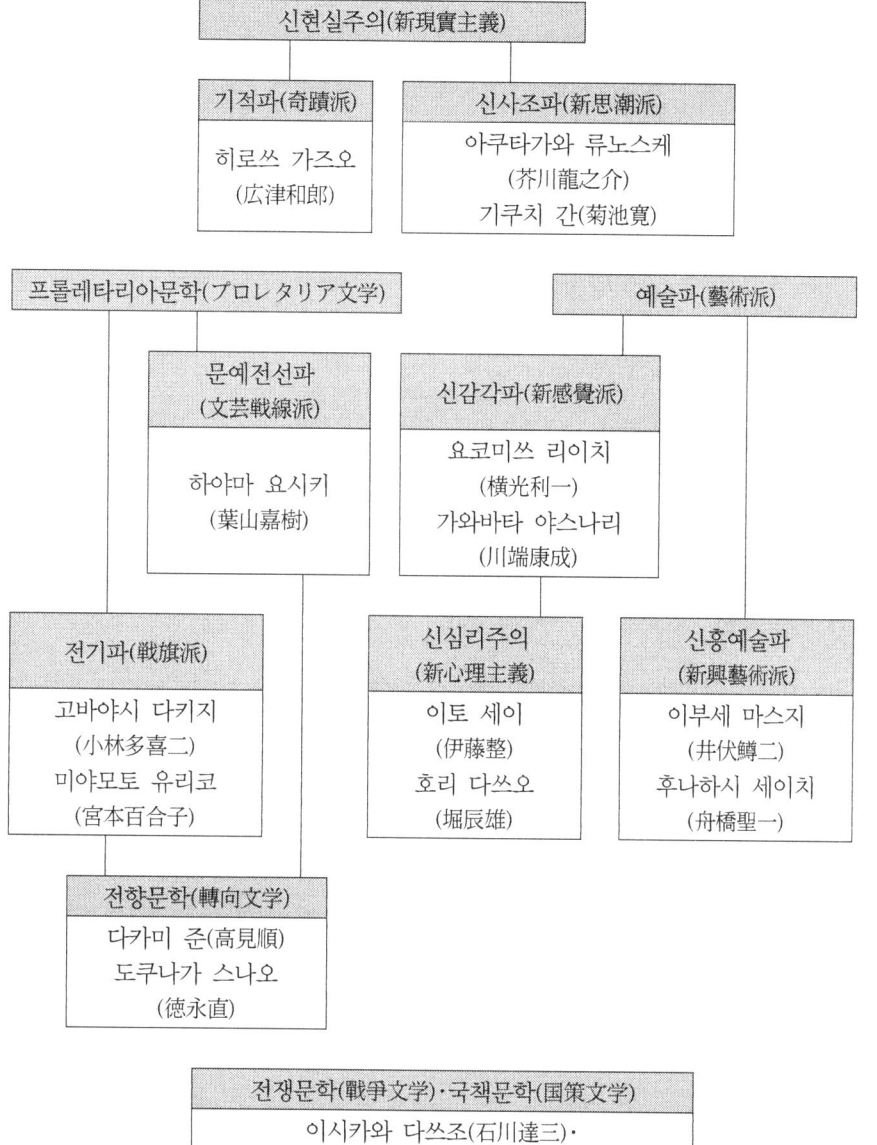

‣ **현대소설**

신일본문학회(新日本文学會)
미야모토 유리코 (宮本百合子) 나카노 시게하루(中野重治) 구라하라 고레히토 (蔵原惟人)

전후파(戰後派)
노마 히로시(野間宏) 우메자키 하루오 (梅崎春夫) 다케다 다이준(武田泰淳) 오오카 쇼헤이(大岡昇平)

무뢰파(無頼派)
다자이 오사무(太宰治) 사카구치 안고 (坂口安吾) 오다 사쿠노스케 (織田作之助)

제3의 신인(第三の新人)
야스오카 쇼타로(安岡章太郎) 엔도 슈사쿠(遠藤周作)

사회파(社會派)
이시하라 신타로 (石原愼太郎) 오에 겐자부로 (大江健三郎)

내향의 세대(內向の世代)
후루이 요시키치(古井由吉) 고토 메이세이(後藤明生) 아베 아키라(阿部昭)

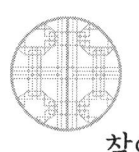

찾아
보기

 저자약력

김순전金順槇　전남대학교 일어일문학과 교수, 한일비교문학·일본근현대문학 전공

저서『일본의 사회와 문화』(제이앤씨, 개편 2011년 2월)
　　『제국의 식민지 창가』(제이앤씨, 2014년 8월)
　　『한일 경향소설의 선형적 비교연구』(제이앤씨, 2014년 12월) 외 다수

사희영史希英　전남대학교 일어일문학과 강사, 일본근현대문학 전공

논문「『国民文学』좌담회에 나타난 '文学'역할과 '文化'변용」
　　『日語日文学』제65집(대한일어일문학회, 2015년 2월) 외 다수
저서『「国民文学」과 한일작가들』(도서출판 문, 2011년 9월) 외 다수
역서『잡지『国民文学』의 詩 世界』(제이앤씨, 2014년 1월)

박경수朴京洙　전남대학교 일어일문학과 강사, 일본근현대문학 전공

논문「엔카와 大正 데모크라시의 영향관계 고찰 -添田唖蟬坊의 엔카를 중심으로-」
　　『日本語文学』제67집(日本語文学會, 2014년 11월) 외 다수
저서『정인택, 그 생존의 방정식』(제이앤씨, 2011년 6월) 외 다수
역서『정인택의 일본어소설 완역』(제이앤씨, 2014년 6월)

한국인을 위한 **일본소설 개설**

초판인쇄 2015년 08월 20일
초판발행 2015년 08월 30일

저 자 김순전·사희영·박경수
발행인 윤석현
발행처 제이앤씨
등 록 제7-220호

주 소 서울시 도봉구 우이천로 353 3F
전 화 (02) 992-3253 (대)
전 송 (02) 991-1285

전자우편 jncbook@daum.net
홈페이지 http://www.jncbms.co.kr
책임편집 최현아

ⓒ 김순전·사희영·박경수, 2015. Printed in KOREA.

ISBN 978-89-5668-140-5 13830   **정가** 24,000원